능력 있는 시녀님

A Competent Maid

능력 있는
시녀님 1

유인 장편소설

초판 1쇄 찍은 날 | 2017년 9월 22일
초판 3쇄 펴낸 날 | 2022년 12월 23일

지은이 | 유인
펴낸이 | 권태완 우천제

편집책임 | 박은정
편집 | 김효주 천희진
편집 디자인 | 이즈플러스

펴낸곳 | (주)케이더블유북스
등록번호 | 제25100-2015-43호
등록일자 | 2015. 5. 4
WFN | 제3-020호

주소 | 구로구 디지털로31길 38-9 에이스테크노타워 1차 401호
전화 | 02-867-4626 팩스 | 02-866-4627
E-mail | cl_production@naver.com

ISBN 979-11-293-0420-9
　　　979-11-293-0419-3 (set)

능력 있는 시녀님

A Competent Maid

유인 장편소설

I

윈즈북

Contents

Prologue   7

Chapter 1 믿을 수 없는 기적   17

Chapter 2 피의 황태자와 시녀님   101

Chapter 3 좌충우돌 탄신연회   174

Chapter 4 황태자의 개인 시녀   284

Chapter 5 황태자비 간택   361

Chapter 6 온 힐데른   438

Prologue

나는 못난이였다. 어린 시절부터 남들보다 잘하는 것이 없었다.

"애가 착하긴 한데, 왜 이렇게 굼뜨지? 잘하는 것도 없고."

이게 나의 일반적인 평가였다. 그건 어머니가 돌아가신 후 뒤늦게 나를 찾은 아버지, 클로얀 왕국의 국왕에 의해 왕녀로 궁에 들어간 이후에도 마찬가지였다.

"역시 천한 핏줄이라 그런가? 왜 이렇게 못났지?"

그게 왕궁에서의 나의 평가였다. 왕비인 새어머니도, 왕자인 두 오빠도 모두 나를 천시했다. 그래도 나는 기죽지 않고 씩씩하게 살려고 노력했다. 왕궁에서 내 편이라고는 한 명도 없었기 때문에 씩씩하게 지내지 않으면 도저히 버틸 수가 없었던 것이다. 물론 씩씩하게 지낸다고 해서 못난 게 달라지는 것은 아니었다. 난 늘 무시당하는 못난이였다. 왕국이 제국에 의해 멸망당해 시녀로 끌려온 뒤에도 마찬가지였다.

"마리!"

"네!"

나를 부르는 소리에 나는 헐레벌떡 달려갔다. 매서운 인상의 여인이 나를 노려보고 있었다. 상급 시녀인 수잔이었다.

"너 도대체 청소를 하긴 한 거니? 이 먼지 도대체 뭐야?"

왕국이 제국에 의해 멸망당할 때, 나는 목숨을 구하기 위해 시녀로 모습을 분하고 있었다. 아무리 못난이여도, 왕가의 핏줄을 제국군이 살려 둘 리가 없었기 때문이다. 덕분에 목숨을 건질 수 있었고, 제국 황궁에 끌려와 허드렛일을 하는 하급 시녀가 되었다.

"똑바로 좀 해!"

나는 고개를 조아렸다.

"죄송합니다."

왕녀에서 하급 시녀가 되었지만 변한 것은 없었다. 똑같이 못난이였고, 구박을 피할 수 없었다.

'그래도 최선을 다해 열심히 하자!'

그나마 내 유일한 장점이라면 어떤 상황에서라도 씩씩함을 잊지 않는다는 것이다.

"착한 마음으로 최선을 다해 살면 주님께서 축복해 주실 거란다."

"이런 저도요?"

"그럼. 주님께서는 모두를 사랑하신단다."

엄마가 옛날에 했던 이 말을 믿고 있었으니까. 잘난 구석이라곤 하나도 없는 나이지만, 신께서는 이런 나라도 사랑하신다는 것을 믿고 있었다.

'저도 언젠가 축복해 주세요.'

그런데 그런 내 기도 때문일까? 어느 날 나에게 믿을 수 없는 일이 일어났다.

⋯⋯⋅≪✦≫⋅⋯⋯

그 일이 일어난 것은 어느 여름날, 내 나이 17살 때였다.

"병에 걸린 죄수를 돌보는 일이요?"

"그래. 너 말고 우리 중 누가 그런 일을 하겠니?"

황궁 하급 시녀의 업무는 정말 다양했다. 청소, 설거지, 빨래 등의 간단한 허드렛일부터 수많은 고된 일까지.

황궁의 감옥에 갇힌 죄수가 병에 걸리면 보통은 치료 없이 지켜보지만, 병증이 심해지면 간병을 해준다. 그런 경우 간병은 하급 시녀의 몫이었다. 그리고 그런 일은 아무도 하고 싶어 하지 않기 때문에 늘 내 몫이었다.

"왜 못 하겠니? 하기 싫어?"

"아, 아니요."

솔직히 나도 하고 싶지 않았다. 다른 사람도 아닌 죄수의 간병이라니, 누가 하고 싶겠는가? 하지만 당연히 나에겐 선택할 권리가 없었다.

'간병이라고 해봤자 식사 수발 정도니까. 별것 없을 거야. 힘내자.'

그렇게 생각하며 기운을 돋운 나는 감옥에 딸린 병실로 향했다.

"이쪽이다."

간수의 안내에 따라 방에 들어가니 고약한 악취가 훅 느껴졌다.

'아.'

나는 손으로 입을 가렸다. 어딘가 익숙한 냄새. 그건 바로 엄마가 죽을 때 느껴지던 죽음의 냄새였다.

"어차피 곧 죽을 놈이다. 특별히 대단한 놈도 아니니, 대충 돌보면 돼."

나는 간수의 말을 알아들었다. 굳이 신경 써서 간병할 필요가 없다는 뜻이었다. 아마 내가 이 자리에서 나 몰라라 도망가도 별말 하지 않으리라. 아니, 어쩌면 그쪽을 더 바라고 있을지도 몰랐다. 실제로 그렇게 간병하는 시늉만 하고 도망 오는 시녀도 많았다. 어차피 죄수니까, 아무도 신경 안 쓰기 때문이다.

'하지만.'

나는 고개를 저었다. 그냥 돌아가도 별다른 문제가 없겠지만, 그러고 싶지 않았다. 그건 어릴 적 돌아가셨던 엄마가 떠올라서이기도 했고, 침상에 누워 있는 죄수의 눈빛이 쓸쓸해 보이기도 했기 때문이다.

'무슨 죄를 지은 죄수인지는 모르지만.'

내가 돌아가면 이 남자는 홀로 쓸쓸한 죽음을 맞이해야 하리라. 그렇게 두고 싶지 않단 생각이 들었다.

"엄마는 네가 나중에 무엇을 하든, 다른 사람에게 도움을 줄 수 있는 사람이 되었으면 좋겠구나."

잘하는 것 하나 없는 못난이지만, 그래도 작은 도움 정도는 줄 수 있지 않을까. 그렇게 생각한 나는 간병을 시작했다.

"어차피 곧 죽을 놈인데, 신경 안 써도 된다니까. 쓸모없는 일이야."

간수가 뒤에서 혀를 찼다. 나는 그 핀잔을 뒤로하고 죄수를 열심히 간병했다. 죽을 떠서 먹이고, 차가운 수건으로 열을 식히고, 더러운 몸을 씻겨 주었다.

"쯧. 소용없다니까."

그렇게 며칠이 지났다. 열심히 간병했지만, 간수의 말대로 죄수의 상태는 계속해서 악화되었다. 나는 죄수의 생명이 얼마 남지 않았다는 것을 직감했다. 엄마도 비슷한 과정을 거치며 생명이 꺼졌기 때문이다.

'엄마 보고 싶다.'

죽어가는 죄수를 보니, 갑자기 엄마 생각이 나며 가슴이 울컥했다. 가난했지만 유일하게 행복하던 시절. 그때로 돌아가 엄마 품에 안기고 싶었다. 괜히 눈물이 돌아 남몰래 손등으로 눈가를 닦을 때였다. 생각지도 못 한 일이 일어났다.

"고…… 맙다."

"……!"

나는 눈을 동그랗게 떴다. 잘못 들었나 싶었지만 아니었다. 죽어 가던 죄수가 나에게 말을 건 것이다.

"고, 고맙다. 정말로……."

힘겹게 말을 한 죄수가 고개를 돌려 흐릿한 눈동자로 나를 바라보았다. 나는 곧 죽음을 앞둔 죄수에게 뭐라고 대답해야 할지 몰라 당황했다. 죄수는 똑같은 감사를 반복했다.

"고…… 맙다. 정말로."

"아, 아니에요. 저는 그냥 할 일을……."

"아니, 그냥 버려두어도 되었을 텐데, 정말…… 고맙다. 덕분에 쓸쓸히 죽지 않게 되었어."

말을 할수록 죄수의 목소리에 생기가 돌았다. 나는 그것이 죽기 직전, 일시적으로 기운이 돌아오는 회광반조의 증상임을 눈치챘다.

"네 이름이 무엇이지?"

"마리. 마리예요."

나는 그가 나와 대화를 나누고 싶어 한다는 것을 깨닫고 열심히 대답해 주었다.

"마지막에 너를 위해 기도해 주고 싶구나. 혹시 바라는 것이 있느냐?"

그 물음에 나는 고민했다. 원하는 것?

"무엇이든 좋단다. 너를 위해 기도해 주마."

그 말에 나는 주저하다 입을 열었다. 어차피 남자가 기도해 준다고 해서 큰 의미는 없을 것 같았지만, 이런저런 이야기를 하며 말동무나 해주기 위해서였다.

"능력 있는 사람이 되었으면 좋겠어요."

"능력?"

"네, 저는 엄청 무능하거든요. 그래서 일 잘하고, 능력 있는 사람이 되었으면 좋겠어요."

내 말에 그가 힘겹게 미소 짓는 것이 느껴졌다. 내 소원이 아이처럼 느껴진 것이리라. 하지만 난 진지했다. 평생 못난이로 살았으니, 언젠가는 모두에게 인정받는 사람이 되고 싶었다.

"능력이면 정확히 어떤? 능력도 여러 종류가 있지 않느냐. 정확히 말해보아라."

"음……."

나는 고민했다.

"일단 시녀 일을 아주 잘하고 싶어요."

"시녀 일?"

고작 바라는 소원이 시녀 일을 잘하게 해달라니. 남자는 너무 소박하다고 느낀 듯했다. 나도 같은 생각이 들어서 급히 말을 이었다.

"물론 다른 일들도 잘했으면 좋겠어요. 미술도 잘했으면 좋겠고, 음악도 잘했으면 좋겠고, 공예도 잘했으면 좋겠고, 요리도 잘했으면 좋겠어요."

"그래? 그리고?"

나는 신이 나서 계속해서 말했다. 워낙 못난이로 구박받으며 자라서일까? 잘하고 싶은 일이 아주 많았다.

"활도 잘 쐈으면 좋겠고, 춤도 잘 췄으면 좋겠고, 카드 게임도 잘했으면 좋겠어요. 아, 의사 선생님처럼 사람을 고치는 의술도 있었으면 좋겠고, 나쁜 범인을 잡을 수 있는 능력도 있었으면 좋겠어요. 그리고……."

그렇게 한참을 떠들던 나는 입을 다물었다.

"……너무 많이 바라죠?"

"그래, 욕심쟁이구나."

남자의 말에 나는 얼굴이 빨개졌다.

"그, 그냥 해본 말이에요. 소원은 누구나 빌 수 있잖아요."

"그래, 그렇지."

침상에서 고개를 끄덕인 남자는 내 눈을 똑바로 바라보았다.

"만약에, 만약에 말이다."

"……?"

"너에게 정말 그런 능력이 생긴다면 너는 그 능력으로 무엇을 할 생각이니?"

난 잠시 입을 다물었다. 신나서 떠들긴 했지만, 실제로 그런 일이 일어날 리가 없지 않은가? 그래도 남자의 눈동자가 워낙 진지했던 탓일까? 이전부터 생각하던 것을 대답했다.

"의미 있는 삶을 살고 싶어요."

"의미 있는 삶?"

"네."

"무엇이 의미 있는 삶이지?"

"그건……."

나는 고민했다. '의미 있는 삶'이란 것의 답은 사람마다 모두 다를 것이다. 누구는 성공에 가치를 둘 것이고, 누구는 돈에, 누구는 명예에, 누구는 자기 수양에. 100명이면 100명 모두 다 다른 대답을 하겠지.

그리고 나는—

"할 수 있다면 다른 사람들에게 행복을 주는 삶을 살고 싶어요. 그게 제 소원이에요."

그 대답에 남자는 잠시 입을 다물었다.

"착한 아이구나."

"아, 아니에요. 그냥 생각만……."

정말 기특하다는 목소리여서 나는 살짝 얼굴을 붉혔다.

"너의 이름이 무엇이니?"

"아까 말씀드렸다시피 마리예요."

"아니."

남자는 고개를 저었다.

"난 너의 진실 된 이름, 진명(眞名)을 묻는 거란다."

"……!"

나는 자신도 모르게 침을 꿀꺽 삼켰다.

'나의 진실 된 이름이라고?'

'마리'는 진짜 이름이 아니었다. 내겐 그 누구도 모르는, 나 자신도 잊고 있었던 또 다른 이름이 있었다.

'설마 내 정체를 알고 있는 것은 아니겠지?'

나는 남자의 눈을 바라보았다. 그의 푸른 눈은 투명하고 맑았다. 죄를 지어 감옥에 갇힌 이라고는 생각할 수 없을 정도로.

'아니야. 내 정체는 아무도 몰라. 그냥 물어본 것일 거야. 하지만…….'

그때 남자가 말했다.

"신께 너의 소원을 빌어주고 싶구나. 너의 진실 된 이름을 말해다오."

나는 한참을 주저하다 입을 열었다. 원래대로라면 절대로 꺼내서는 안 될 이름이지만, 남자의 목소리에는 거절할 수 없는 힘 같은 것이 있었다.

"모리나 드 브란데 라 클로얀."

클로얀 왕국의 고귀한 핏줄, 모리나.

그게 바로 내 진실 된 이름이었다. 말을 꺼낸 나는 남자의 눈치를 살폈다. 혹시라도 남자가 내 정체를 간수에게 밝히면 나는 곧장 체포될 것이다. 하지만 다행히 남자는 전혀 그럴 생각이 없어 보였다. 그저 이렇게만 말할 뿐이었다.

"모리나, 예쁜 이름이구나."

그는 마치 신부님이 하듯 내 머리 위에 손을 올려놓았다. 나는 흠칫 놀랐으나 그 손길을 피하진 않았다. 왜일까? 그래서는 안 될 것 같았다. 그의 기도는 굉장히 짧았다.

"주의 종이 주게 바라옵니다. 이 소녀가 원하는 그대로 이루어주시옵소서. 나의 주께 간절히 부탁드리오니, 그대로 이루어지게 하소서."

기도를 끝낸 남자는 곧바로 잠에 빠졌다. 마치 해야 할 일을 다 마친 사람처럼 편안한 표정으로. 나는 잠시 말없이 그를 바라보다 이불을 덮어주었다. 아마 오늘 돌아가면 다시 그를 볼 수 없으리라.

"평안히 쉬세요."

병실을 나오니, 밖에서 대기하던 간수가 말했다.

"수고했다. 고생했어. 이제 오지 않아도 될 거야."

늘 핀잔을 주던 간수였지만, 한결같은 내 태도에 어느 순간부터 나에게 잘해 주기 시작했다.

"아니에요. 간수님도 수고하셨습니다."

나는 고개를 젓고는 숙소로 돌아가 잠을 청했다. 하지만 마지막 남자의 모습 때문일까? 괜히 마음이 심란해져 잠이 잘 오지 않았다.

'자자, 마리. 빨리 자야 내일도 일찍 일어나 열심히 일할 수 있어.'

간병이 끝났으니 이제는 다시 궁으로 돌아가 새벽 청소부터 시작해 온종일 고된 일을 해야 했다.

'내일도 또 하루 종일 혼나겠구나.'

나는 작게 한숨을 내쉬었다. 몸이 힘든 것보다 하루 종일 꾸중을 들을 게 걱정이었다.

'아까 전 남자에게 말했던 것처럼 일을 잘할 수 있었으면.'

나는 그런 마음으로 잠이 들었다. 그런데 일을 잘하고 싶다는 마음으로 잠들어서일까? 그날 나는 신기한 꿈을 꾸었다.

다른 나라 대저택의 하녀가 되는 꿈이었는데, 꿈속에서의 그녀는 나와 달랐다. 나처럼 구박받는 못난이가 아닌, 누구에게나 사랑받고 일 잘하는 최고의 하녀였다. 그 꿈은 너무나 생생해, 마치 정말로 내가 꿈속의 그녀가 된 것 같은 느낌이 들었다.

Chapter 1
믿을 수 없는 기적

안개가 낀 듯 흐릿한 시야. 나는 이것이 꿈속임을 깨달았다. 나는 꿈속에서 또 다른 인물이 되어 있었다. 누군가 꿈속의 나 '그녀'를 불렀다.

「오늘은 어떤 차(茶)지?」

「철관음(鐵觀音)입니다, 주인님.」

부드러운 음성.

「철관음?」

「네, 청, 푸젠성 남쪽에서 나는 우룽차의 일종으로 맑은 맛이 좋다고 해요.」

꿈속의 '그녀'는 맑은 향의 차를 남자에게 내밀었다. 절도 있고, 부드러운 동작이었다. 차 맛을 본 남자는 감탄을 뱉었다.

「정말 맑군. 역시 최고의 솜씨야.」

「감사합니다. 차의 품질이 상품이어서 더 맑은 맛이 나는 것 같아요.」

「아니야. 다른 사람이 끓였으면 이런 맛이 나지 않았겠지.」

남자는 고개를 저으며 미소를 지었다.

「비올라, 너는 내가 가진 최고의 보배이니까.」

그 대화를 마지막으로 마리는 번뜩 눈을 떴다.

'꿈이구나. 비올라가 누구지?'

그녀는 고개를 갸웃했다. 전혀 모르는 사람이었다. 심지어 건축 양식이나 가구를 봤을 때 제국의 저택도 아닌 것 같았다.

'저기 서쪽 끝 섬나라 잉글랜드 쪽인 것 같은데. 그나저나 되게 생생한 꿈이네.'

꿈은 짧지만 굉장히 생생했다. 마치 비올라란 하녀의 삶 일부분을 대신 경험한 듯한 느낌이었다. 그런데 그때 요란한 소리가 그녀를 불렀다.

"마리, 일어났어? 늦겠어! 빨리 가자."

그녀와 같은 방을 쓰는 동료 시녀, 제인이었다.

그녀는 시계를 바라봤다. 새벽 5시 30분. 빨리 준비하지 않으면 늦을 것이다. 마리는 서둘러 시녀복을 걸치고, 근무 장소인 백합궁으로 향했다.

동료 시녀인 제인이 그녀에게 말했다.

"마리, 오늘은 꼭 잘해. 수잔 시녀님이 벼르고 있는 거 알지?"

그녀는 고개를 끄덕였다.

"오늘도 실수하면 그냥 꾸지람으로 안 끝날 수도 있어."

"응, 잘할게."

그렇지 않아도 그녀도 걱정이었다. 상급 시녀인 수잔이 자신을 혼내는 게 갈수록 정도를 넘어서고 있었다. 오늘 하루는 또 어떻게 버틸지.

'꿈속 하녀처럼 나도 일을 잘할 수 있었으면.'

꿈속의 그녀는 그야말로 완벽한 하녀였다. 청소, 빨래, 설거지 같은 허드렛일은 물론이고, 식사 시중, 다도, 서류 정리 등의 난해한 일도 못하는 게 없었다. 아니, 단순히 잘하는 수준이 아니라, 그녀의 손에 들어가면 허드렛일도 예술이 되었다. 그야말로 메이드계의 마스터라고 할까나? 그녀의 반의반만큼이라도 일할 수 있으면 혼나지도 않을 것이다.

'쓸데없는 생각 말고 최선을 다해 열심히 하자.'

곧 백합궁에 도착한 그녀는 배정받은 장소로 향했다. 그녀가 새벽에 일할 곳은 1층 응접실 근처의 복도였다. 귀빈들이 일어나 돌아다니기 전에 간단히 청소를 끝내고, 아침 식사가 끝나면 주방으로 가 뒤처리를 해야 한다.

"수고해, 마리."

"응, 있다가 봐."

제인에게 인사하며 그녀는 숨을 들이켰다. 오늘은 기필코 실수 없이 일해 꾸지람을 듣지 않으리라. 그렇게 의지를 돋우며 복도를 돌아보는 순간이었다. 무언가 이상한 느낌이 들었다.

'응?'

딱 꼬집어 표현할 수는 없지만, 기이한 이질감에 그녀는 고개를 갸웃했다. 그리고 그 순간, 그녀의 눈에 새로운 세상이 펼쳐졌다.

'세, 세상에. 이게 뭐지? 내 눈이 잘못됐나?'

그녀는 입을 벌리고 주변을 둘러보았다. 마리의 눈에 새롭게 펼쳐진 세상은…….

'더, 더러워.'

……더러웠다.

'원래 여기가 이렇게 더러웠나?'

그녀는 눈을 깜빡였다. 벽 구석구석의 때, 창틈 사이의 짙은 먼지, 바닥에 붙어 있는 희미한 찌꺼기 등 온통 눈에 거슬리는 것투성이였다.

'왜 지금까지 몰랐지?'

저 오래된 때들은 하룻밤 사이에 생긴 게 아니었다. 이전부터 있었던 것인데, 갑자기 눈에 들어오기 시작한 것이다. 그것도 돋보기로 보듯 선명하게.

'수잔 시녀님 오기 전에 빨리 닦자.'

너무 손댈 게 많아 도저히 시간 안에 못 할 것 같았다. 그녀는 서둘러 대걸레를 가져와 바닥에 댔다. 그리고 빡빡 밀려는 순간, 다시 한번 기이한 감각이 느껴졌다.

'……왜 이렇게 편하지?'

그녀는 눈을 깜빡였다. 갑자기 컨디션이 좋아지기라도 했는지 걸레질이 굉장히 가벼웠다. 별로 힘들지도 않았고, 무엇보다 걸레가 지나갈 때마다 묵은 때가 쓱쓱 닦여 나갔다. 또 어디가 더러운지 눈에 확연히 보이니 힘을 분산하는 것도 편했다.

'마치 꿈속의 하녀라도 된 것 같잖아.'

마리는 자신도 모르게 생각했다. 어젯밤 꿈속의 그녀도 비슷한 능력이 있었다. 남들의 눈에 안 띄는 부분까지 세세하게 볼 수 있는 안목, 능숙한 청소 실력. 모두 그녀의 능력 중 일부였다.

'설마…… 에이.'

꿈을 꾸었다고 그 꿈의 주인공과 비슷한 능력을 가지게 되다니. 말도 안 되는 생각이었다. 하지만 그 순간.

"너에게 정말 그런 능력이 생긴다면 너는 그 능력으로 무엇을 할 생각이니?"

갑자기 떠오르는 남자의 목소리.

'마, 말도 안 돼. 정말 그 기도가 이루어졌다고? 그런 일이 일어날 리가 없잖아!'

그렇게 혼란에 빠진 와중, 복도 청소가 끝이 났다. 이전과 비교도 안 되는 속도였다.

"와!"

그녀는 청소가 끝난 복도를 돌아보고, 자신도 모르게 감탄성을 뱉었다. 깨끗했다. 단순히 깨끗한 수준이 아니라, 은은하게 광이 나는 것 같았다.

'이걸 내가 청소한 거란 말이야?'

그녀는 눈을 껌뻑거렸다. 스스로 해놓고도 믿어지지가 않았다. 심지어 시간까지 남다니.

'도대체 어떻게 된 거지?'

그녀는 얼떨떨한 기분으로 복도 옆 응접실을 바라보았다.

'여기도 더럽네.'

정확히 말하면 늘 관리하는 곳이니만큼 깨끗한 축에 속했지만, 그녀의 눈에는 이곳저곳 손댈 곳이 보였다.

'어쩌지? 시간이 남긴 남는데.'

응접실은 그녀의 담당 구역이 아니니 더럽든 말든 상관없었다. 하지만 왜일까? 자꾸만 청소하고 싶다는 욕구가 치솟았다. 더러운 잡티를 모조리 없애서 매끈매끈 광택이 나는 모습을 보고 싶었다.

"지, 진짜 내가 어떻게 된 거야?"

그녀는 당황스러워 중얼거렸다. 마치 자신이 다른 사람이라도 된 것 같았다. 그런 혼란스러운 마음과 별개로 그녀의 몸이 저절로 움직였다.

'시간이 많이 남지 않았으니, 일단 눈에 가장 거슬리는 것들 위주로.'

테이블과 의자를 닦고, 카펫 구석에 굴러다니는 작은 먼지를 쓸었고, 성원을 내다보는 창가의 얼룩도 제기했다. 그러고도 시간이 남아 그녀는 본격적으로 디테일한 부분을 청소했다. 선반을 닦은 후, 미묘하게 흐트러진 장식용 그릇들을 깔끔하게 정돈하고, 조각상 구석의 먼지를 닦았다. 눈에 안 띄는 의자 다리들도 깨끗하게 해준 것은 물론이다.

'카펫도 한번 빨고 싶다.'

그렇게 속으로 중얼거리고 있을 때였다. 매서운 목소리가 그녀를 불렀다.

"마리! 청소 안 하고 뭘 하고 있니? 오늘 렉싱턴 백작가에서 궁을 방문하기로 해 바쁜 것 몰⋯⋯!"

수잔 시녀였다. 다짜고짜 언성을 높이던 수잔은 어느 순간 입을 꾹 다물었다. 마리가 청소해 놓은 복도를 본 것이다. 수잔은 눈을 크게 뜨고 복도를 살폈다.

'뭐야, 왜 이렇게 깨끗하지?'

원래 마리는 꼼꼼하지 못해 늘 더러운 부분이 군데군데 남아 있는데, 오늘은 아니었다. 깨끗했다. 아니, 단순히 깨끗한 정도가 아니라, 마치 그녀가 맡은 구역만 따로 리모델링이라도 한 것 같은 착각이 들 정도였다.

눈에 안 띄는 부분도 잘 청소했는지 살펴봤지만, 역시나 완벽했다.

'저 못난이 마리가 이렇게 깔끔하게 청소를 해놨다고?'

믿을 수가 없었다.

"마리, 오늘 누가 도와줬니?"

마리는 답했다.

"⋯⋯제가 했어요, 시녀님."

"네가? 말도 안 돼. 혼내지 않을 테니 솔직히 말해봐."

"정말로 제가⋯⋯."

마리는 조심스러운 목소리로 답했다. 수잔은 인상을 찌푸렸다.

'정말로? 말도 안 돼.'

그녀도 마리가 못난 부분이 많지만, 거짓말하는 아이는 아니란 것은 알고 있었다. 하지만 역시 믿을 수가 없었다. 뭐라고 더 따져 볼까 하다가 그녀는 고개를 저었다.

"알겠다. 그러면 일단 주방으로 가서 뒷정리를 도와줘."

"네, 시녀님!"

다람쥐처럼 주방으로 가는 마리를 보며 수잔은 속으로 중얼거렸다.

'진짜로 저 아이가 한 일인지는 더 지켜보면 알겠지.'

어차피 조금만 보면 알 일이니까. 수잔은 그렇게 생각했다. 하지만 그때만 해도 수잔은 모르고 있었다. 아직 놀람은 시작도 하지 않았다는 것을.

마리가 능숙해진 것은 청소뿐만이 아니었다. 그녀는 산더미처럼 쌓인 설거지거리를 뚝딱 해치웠다. 단순히 속도만 빠른 게 아니었다. 그녀가 닦은 그릇은 마치 광이 나는 것 같았다.

"저거 마리 맞지?"

"그, 그런 것 같은데?"

"그런데 어떻게 저렇게……?"

주방의 동료 시녀들이 눈을 커다랗게 뜨고 마리를 바라보았다. 설거지를 끝낸 마리는 주방용 걸레를 들고, 어지럽혀진 부분을 정리하고 있었다. 그녀의 손이 지나갈 때마다 전쟁터 같던 주방이 인테리어 전시룸처럼 깔끔하게 변모했다. 남은 식재료의 보존 처리까지 모든 게 완벽했다.

"……."

시녀들은 그런 그녀를 입을 벌리고 바라보았다. 모두 자신이 헛것을 보고 있는 건 아닌가 하는 표정이었다. 그중에는 늘 심하게 구박하던 주방의 책임 시녀도 있었다.

'저 아이가 원래 저렇게 일을 잘했었나?'

책임 시녀는 눈을 깜빡였다. 두 눈으로 보고도 믿을 수가 없었다. 물론 책임 시녀도 저 어린 시녀가 매사에 늘 열심히 하는 것은 알고 있었다. 그럼에도 손이 굼뜨고 실수가 잦아 매번 심하게 혼냈는데, 오늘은 완전히 다른 사람이 된 것 같았다.

'내가 평소에 너무 심하게 혼냈나?'

저렇게 잘하는 모습을 보니, 평소에 도를 넘게 혼냈던 것이 조금 미안한 마음이 들었다. 결국, 책임 시녀는 한참을 주저하다 입을 열었다.

"······마리."

"네, 네? 시녀님?"

정리 삼매경에 빠져 있던 마리는 주방의 책임 시녀가 자신을 부르자 고개를 돌렸다.

"시키실 일이라도?"

"아니, 그런 건 아니고."

책임 시녀는 고개를 젓더니 입을 열었다.

"열심히 하는구나."

"······!"

생각지도 않은 말에 마리는 눈을 동그랗게 떴다.

'나한테 하는 이야기인가?'

저 책임 시녀에게 이런 말을 듣는 것은 처음이었다. 아니, 비단 저 책임 시녀뿐 아니라 그녀에게 이런 말을 해준 사람은 아무도 없었다. 늘 구박만 했지. 더구나 놀라운 일은 끝이 아니었다.

"오늘 수고 많았다. 나머지는 우리가 정리할 테니 오전 일과 시작할 때까지 가서 조금 쉬고 있어."

"아, 괜찮습니다!"

"아니야. 네가 처음으로 기특한 모습을 보여 특별히 상을 주는 거야."

마리는 지금 상황이 꿈인가 생시인가 싶었다.

'내가 이런 칭찬을 받다니?!'

책임 시녀는 고개를 끄덕이며 말했다.

"앞으로도 오늘처럼만 하렴."

그렇게 주방 밖으로 나온 마리는 탕비실로 들어갔다. 화장실 옆 청소 도구를 모아 놓는 탕비실은 그녀 같은 하급 시녀들의 휴식 장소였다.

'내가 칭찬을 받다니?'

어안이 벙벙했다.

'믿을 수 없어.'

그녀의 가슴이 벅차올랐다. 물론 별것 아닌 간단한 칭찬이었다. 그러나 그녀에게는 특별한 의미가 있었다.

"왜 이렇게 애가 못났지?"

"잘하는 게 뭐니?"

그렇게 맨날 못난이로 구박만 받다가 처음으로 듣는 칭찬이었기 때문이다.

"그런데 도대체 내가 어떻게 된 거지?"

그녀는 혼란스러운 얼굴로 중얼거렸다. 칭찬을 들은 건 기쁘지만, 뭔가 이상했다.

'난 원래 이렇게 유능하지 않은데…….'

정말 꿈속의 하녀라도 된 것 같지 않은가?

'징말 그 남자의 기도가 이루어지기라도 한 걸까?'

고민하던 그녀는 고개를 저었다.

"모르겠다. 일단 열심히 일하고, 원인은 천천히 생각해 보자."

"앞으로도 오늘처럼만 하렴."

그녀는 방금 들었던 칭찬을 떠올렸다. 다시 가슴이 벅차올랐다. 자신에게 다가온 믿을 수 없는 일이 축복인지, 뭔지는 모르겠다. 그래도 조금만 더 이 기적이 유지되었으면 좋겠다고 마리는 생각했다.

그렇게 마리의 새로운 시녀 생활이 시작되었다. 그녀는 정말로 꿈속의 주인공 '비올라' 같은 능력을 보여 주었다. 청소면 청소, 빨래면 빨래, 설거지면 설거지. 뭐 하나 빠지는 게 없었다.

처음엔 의심의 눈초리로 보던 수잔도 결국 그녀를 불러 이렇게 말했다.

"내가 지금까지 너를 잘못 봤던 것 같구나."

"수잔 시녀님?"

마리는 놀라 고개를 들었다.

"지금까지 나한테 혼나느라 많이 속상했지?"

"……!"

마리는 화들짝 놀라 고개를 저었다.

"아, 아닙니다."

"아니야. 어쨌든 지금까지 정말 고생 많았어. 노력하더니, 최근엔 정말 많이 나아졌더구나. 앞으로도 이렇게만 잘해 주면 좋겠구나."

그 말에 마리는 가슴이 찡하고 울렸다.

"네, 감사합니다, 시녀님. 앞으로도 열심히 하겠습니다."

수잔은 고개를 끄덕이더니 물었다.

"마리, 차 시중은 들어봤니?"

"아직 차 시중은……."

그렇게 대답하다 마리는 입을 다물었다. 수잔 시녀가 무슨 말을 하려는 건지 깨달은 것이다.

"시녀님?"

"그래, 너도 슬슬 차 시중을 들어야지. 이제부터 틈틈이 연습하도록 하렴."

"……!"

차 시중! 그건 귀인들을 직접 모시는 중급 시녀의 업무였던 것이다.

"왜? 못 하겠니?"

"아닙니다. 감사합니다!"

마리는 고개를 숙였다. 지금 자신이 들은 말이 현실인가 싶었다. 수 많은 하급 시녀 중에서 차 시중을 맡는 것은 극히 일부. 귀족들을 직접 상대해야 하므로 절대 아무에게나 차 시중을 맡기지 않는다.

'내가 차 시중을 맡게 되다니.'

수잔의 방에서 나온 그녀는 자신의 볼을 꼬집었다. 아픈 것 보니 꿈 은 아닌데.

그렇게 그녀는 차 시중을 들기 시작했다. 그리고 믿을 수 없게도 그 녀는 차 시중도 능숙했다. 수잔이 감탄해 외쳤다.

"대단해, 마리! 어떻게 그렇게 절도 있는 동작을? 이전에 차 시중을 들어 본 적 있는 거니?"

하지만 그녀가 차 시중을 이전에 들어 본 적이 있었을 리가 있겠는 가? 마리는 곤란한 얼굴로 고개를 저을 뿐이었다.

'정말 내가 어떻게 된 거지? 설마 그때 남자의 기도가 진짜로 이루어 져서?'

고민했지만 도저히 알 수가 없었다. 어쨌든 그녀의 혼란과 별개로 백 합궁의 시녀들 사이에서 마리의 이름은 갈수록 높아졌다. 뭐든지 잘하 는 마리로!

"고마워, 마리."

"역시 마리네. 이것도 좀 부탁해."

지금까지 구박받았던 것이 거짓말이었던 것처럼 삶이 바뀌었다. 마치 신데렐라라도 된 것처럼 말이다. 그녀는 꿈이라도 꾸는 것 같았다.

　그런데 그러던 어느 날이었다. 그녀의 일상이 또다시 뒤바뀌는 일이 일어났다. 새로운 '꿈'을 꾸게 된 것이다.

　안개가 잔뜩 낀 흐릿한 영상. 마리는 자신이 또다시 꿈을 꾸고 있다는 것을 자각했다. 지난번 하녀 마스터인 비올라의 꿈을 꿀 때와 똑 닮은 느낌이었기 때문이다. 꿈속의 '나'는 성벽 위에 올라가 눈을 감고 있었다. 누군가 그런 '나'에게 말을 걸었다.

「무엇을 하고 있지, 피오나?」

「바람을 느끼고 있어요.」

「바람?」

　남자는 꿈속의 '나'에게 말했다.

「또 영감을 얻고 있는가 보군.」

　꿈속의 '나'는 고개를 끄덕였다.

「하여튼 대단해. 이미 대륙 최고의 경지이면서, 한시도 쉬지를 않는군.」

「…….」

「그러면 다음 작품은 바람을 담은 작품이겠군. 기대하지.」

　그러며 남자는 '나'에게 말했다.

「정원의 구도자(求道者), 피오나.」

　거기까지 꿈을 꾼 마리는 번뜩 눈을 떴다.

　'무슨 꿈이지? 지난번과 같은 꿈인가?'

　하녀 마스터 비올라 때의 꿈처럼 굉장히 생생했다. 마치 실제로 꿈속의 인물이 된 것처럼 말이다. 하지만 이번 꿈은 지난번과 다른 점이 있었다.

‘피오나라고? 뭐 하는 인물이지?’

그녀는 눈을 깜빡였다. 꿈속 인물의 정체를 알 수가 없었다. 지난번과 다르게 꿈이 굉장히 단편적이었던 탓이다.

‘바람을 담은 작품이라고? 그리고 정원의 구도자? 무슨 말이지? 정원사인가?’

그녀는 자신의 손을 내려다보았다. 혹시나 변한 게 있나 싶었지만, 특별히 느껴지는 것은 없었다.

‘하긴 꿈을 꾸었다고 꼭 능력을 사용할 수 있다고 볼 수는 없으니까.’

아직 자신에게 일어난 변화는 그 정체가 불명확했다. 설마 꿈을 꾼다고 꿈속의 능력을 매번 사용할 수 있겠는가? 아마 지난번이 특별한 경우일 가능성이 높았다. 그렇게 생각하며 침대에서 일어나려고 할 때였다. 방 밖에서 누군가 그녀를 불렀다.

"마리! 마리!"

"네!"

방문을 여니, 한 선배 시녀가 서 있었다. 마리는 의아한 얼굴로 물었다.

"선배님, 여기에는 무슨 일로?"

"지금 시간 괜찮지? 수잔 시녀님이 널 부르셔."

마리는 의아한 표정을 지었다. 상급자인 수잔이 그녀를 따로 부르는 일은 거의 없었는데?

‘무슨 일이지?’

고개를 갸웃하며 그녀는 수잔의 방으로 갔다.

"수잔 시녀님, 무슨 일로 저를?"

"아, 마리. 어서 와."

수잔이 웃는 낯으로 그녀를 맞았다. 이전 잡아먹을 듯한 태도와 비교하면 참 부드러워진 모습이었다.

"고생이 많지? 요즘 계속 잘해 줘서 고맙구나."

"아닙니다."

마리는 어색한 표정으로 그 칭찬을 들었다.

"궁에서 요즘 너에 대한 칭찬이 참 많아."

"감사합니다."

"지금까지처럼만 계속 잘해 주었으면 좋겠구나."

그렇게 잠시 그녀에 대해 칭찬하다가, 수잔은 용건을 꺼냈다.

"사실 이렇게 부른 것은 근무처 이동 때문이란다."

"근무처 이동이요?"

"그래. 네가 잠시 다른 곳으로 가서 일해 주어야 할 것 같아."

"어느 곳으로 가게 되나요?"

수잔은 차를 마시며 말을 이었다.

"얼마 뒤에 제국 탄신연회가 있는 거 알고 있지?"

당연히 알고 있다. 제국에서 가장 큰 행사로, 일주일 내내 큰 연회와 축제를 벌인다. 이제 얼마 뒤면 황궁의 모든 시녀는 축제를 준비하느라 정신없게 될 것이다.

"마침 이번 기념일이 3황비마마의 기일과 겹쳐서, 황태자 전하의 친모이신 3황비마마를 기리는 의미로 장미궁의 정원을 새로 꾸미고 있단다."

"……."

"그런데 일손이 많이 모자라 우리 쪽에 지원 요청이 들어왔어."

"그러면 가서 정원을 꾸미면 되는 건가요?"

"아니, 정원을 꾸미는 일은 당연히 전문 정원사들이 진행할 거야. 마리, 너는 가서 정원사들을 보조해 주기만 하면 돼."

"……그렇군요."

설명을 끝낸 수잔은 고개를 갸웃했다. 특별히 어려울 것은 없는 일인데, 마리의 얼굴이 이상했던 것이다. 뭔가 당황한 듯한 표정?

"마리, 무슨 문제라도?"

"아, 아닙니다. 그러면 바로 그쪽으로 나가도록 하겠습니다. 감사합니다."

의아해하는 수장을 뒤로하고 마리는 방을 나온 후 혼란스러운 표정을 지었다.

'정원 공사라고?'

그녀는 어젯밤 꿈을 떠올렸다.

「그러면 다음 작품을 기대하지. 정원의 구도자(求道者), 피오나.」

정확한 것은 몰라도, 꿈속의 주인공은 아마 정원과 관련된 예술을 하는 인물일 가능성이 높았다. 설마 이번 일과 상관이 있지는 않겠지? 하지만 마리는 곧 고개를 저었다.

'아닐 거야. 정원 공사는 모두 정원사들이 할 거고, 어차피 시녀인 나는 가서 허드렛일만 할 테니까. 무슨 상관이 있겠어.'

그녀는 그렇게 생각했다.

그렇게 다음 날부터 마리는 백합궁이 아닌, 황궁의 장미 정원으로 출근했다.

"잘 부탁합니다! 백합궁에서 온 시녀 마리입니나!"

그녀는 씩씩하게 인사했다. 이른 아침부터 한창 정원 조경에 열심이던 정원사들이 그녀를 돌아보았다.

"어린 시녀님이네?"

"네, 잘 부탁합니다!"

"잘 부탁은 무슨. 우리야말로 잘 부탁하지. 앞으로 잘해 보자고."

그녀의 아버지뻘 되어 보이는 중년 남자가 푸근하게 웃으며 말했다.

"그래요, 잘 부탁해요."

"위험한 도구가 많으니 다치지 않게 조심하고."

다행히 정원사들은 친근히 그녀를 맞아주었다. 서로 안살림을 담당하는 내명부와 의전을 담당하는 궁내부로 소속이 다르기도 했고, 남자들만 득실거리던 정원사 사이에 어린 소녀가 오자 기뻐하는 눈치인 것 같기도 했다.

"특별히 어려운 일은 없을 거야. 부탁하는 것만 잘해 주면 돼."

정원 조경을 총감독하는 책임 조경사 한스의 말대로 특별히 어려운 일은 없었다. 대부분의 일은 정원사들의 몫이고, 그녀는 그저 그들의 편의를 돌봐 주기만 하면 됐다. 식사를 가져다주고, 간단한 심부름을 해주고. 어지럽혀진 작업 현장을 정리하고. 정말 간단한 일들이라 백합궁에서 일할 때보다 훨씬 편했다.

'역시 특별히 할 일은 없구나.'

얼마 전 꾸었던 꿈 때문에 혹시나 하는 생각을 했으나, 역시나 그녀가 나설 일은 없어 보였다.

'좋네. 일하기도 편하고.'

더운 여름날 밖에 있는 것이 힘들긴 했지만, 그것 외에는 모두 좋았다. 그리고 가장 좋은 것은,

"마리야, 더운데 햇빛 아래 있지 말고 저기 나무 밑에 가서 앉아 있어."

"그래, 얼굴 다 타요. 지금 딱히 할 일 없으니 좀 쉬어요."

특별히 그녀가 한 것도 없는데도, 정원사 모두 그녀에게 잘해 주었다는 것이다. 특히 총책임자인 한스는 그녀가 고향에 두고 온 딸을 닮았다며 각별하게 잘해 주었다.

"마리가 신경 써서 챙겨 준 것이라 그런지 더 맛있네."

한스는 샌드위치를 뜯으며 웃었다.

"조금 더 있으니, 많이 드세요."

"응, 고마워. 마리, 너도 앉아서 쉬어. 하루 종일 돌아다니던데."

"아, 괜찮은데……."

"앉아, 앉아. 아무도 안 보니까."

"가, 감사합니다."

마리는 엉거주춤 그의 옆에 앉았다.

"밥은 먹었니?"

"아직……."

"이런."

한스는 혀를 찼다.

"바빠도 잘 챙겨 먹고 다녀야지. 더 마르면 어떻게 하려고."

그 따뜻한 말에 마리는 가슴이 뭉클해졌다. 엄마가 돌아가신 후, 자신을 걱정해 주는 이는 아무도 없었다. 국왕의 숨겨진 딸로 왕성에 들어갔지만, 굴러들어온 돌로 구박만 받았을 뿐이다. 왕국이 망한 후, 시녀가 된 뒤로는 말할 것도 없고. 한스의 따뜻한 말을 듣고 있으니 괜히 엄마 생각이 나, 마리는 화제를 돌렸다.

"조경하시는 것 많이 힘드실 것 같아요."

자신이야 심부름만 하지만 정원사들은 아니었다. 나뭇가지를 다듬고, 자르고, 꽃을 심고, 화단을 옮기고 완전히 대공사였다.

"응? 당연히 힘들지. 그래도 재미있어."

총책임자 한스는 말했다.

"우리 정원사는 정원을 방문하는 사람들에게 행복을 주는 사람들이니까."

"행복을 주는 사람들……."

마리는 나직이 중얼거렸다. 왠지 멋진 말이었다.

'나도 남들에게 행복을 줄 수 있는 사람이 될 수 있었으면.'

작고 보잘것없는 자신이지만, 언젠가는 그녀도 그런 사람이 되고 싶었다. 그런데 그때, 한스가 낮게 한숨을 내쉬었다.

"그나저나 걱정이구나."

"……?"

"최선을 다하고 있긴 하지만, 황태자 전하께서 마음에 들어 하셔야 할 텐데."

"아……."

그 말에 마리의 안색이 어두워졌다. 이 정원의 공사를 명령한 황태자가 어떤 인물인지 떠올랐던 것이다.

피의 황태자 라엘! 그 이름은 공포나 다름없었다. 서자로 태어나, 스스로 황태자의 지위에 오른 인물로 그 과정에서 그가 흘린 피는 헤아릴 수도 없이 많았다. 늘 쓰고 다니는 철가면에 피가 마를 일이 없다고 해서 혈가면이라고도 불리는 철혈의 군주.

'우리 클로얀 왕국도 황태자의 손에 의해 멸망했지.'

그녀는 왕성이 함락되던 그날의 일을 떠올렸다. 피에 물든 철가면을 쓰고 검을 휘두르던 그는 마치 악마의 화신 같았다.

'시간이 많이 흘렀으니, 설마 이제 와서 내 정체를 들킬 일은 없겠지만.'

그래도 떠올리는 것만으로도 두려운 마음이 들었다. 그런 잔혹한 황태자이니, 그가 정원을 마음에 들어 하지 않으면 어떤 벌을 받을지 몰랐다.

특히 총책임자인 한스는 목이 달아날 수도 있는 일이었다. 아직 황태자가 그들 같은 아랫것들의 목숨을 취한 적은 없지만, 고래로 폭군은 내키는 대로 칼을 휘두르고는 했으니까. 마리는 급히 말했다.

"저는 정원에 대해 잘 모르지만, 정말 멋지게 꾸며지고 있는 것 같아요. 분명 황태자 전하께서도 흡족해하실 거예요."

한스는 미소 지었다.

"뭐, 3황비마마의 고향인 프랑스의 정원처럼 비스타 양식을 도입해 평면기하학적으로 꾸미고 있으니, 아마 싫어하지는 않으실 것 같아."

비스타 양식. 권위를 상징하는 궁을 주축으로 선형으로 길들이 뻗어나가며, 정원 내부는 기하학적인 문양을 이루는 형식이다.

"정원 조경은 어떻게 넘어갈 것 같은데, 문제가 있어."

"어떤?"

"3황비마마의 조각상이 문제야."

"아……."

마리는 입을 가렸다. 그 말의 의미를 깨달은 것이다.

"정원의 중심이 되는 지점에 3황비마마의 조각상을 만들 건데…… 그 조각상을 황태자 전하께서 마음에 들어 하실지 모르겠어."

그러며 한스는 걱정된다는 표정을 지었다.

"10년 전 누명을 쓰고 억울하게 돌아가신 3황비마마를 향한 황태자 전하의 효심은 워낙 유명하니까. 조금이라도 전하의 마음에 들지 않으면 그 분노를 어떻게 감당할지."

그렇게 말한 한스는 깊게 한숨을 내쉬고는 고개를 저었다.

"내가 너한테 별 이야기를 다 하는구나. 미안하다."

"아, 아니에요."

"고향에 있는 딸아이 때문인지 남처럼 느껴지지 않아서. 딸애가 딱 너랑 동갑이거든."

한스는 자리에서 일어나며 쉬고 있는 정원사들에게 외쳤다.

"자! 밥 다 먹었으면 이제 그만 쉬고 일어나 일하자고!"

"네!"

분주히 다시 정원을 다듬기 시작하는 그들을 보며 마리는 걱정된다는 표정을 지었다.

'잘되어야 할 텐데.'

물론 그녀가 보기엔 정원도, 조각상도 다 잘 만들어지고 있는 것 같지만, 보는 기준은 모두가 제각각이니까.

'만약 그 피의 황태자가 마음에 안 들어 하면.'

마리는 이전에 봤던 황태자의 모습을 떠올리고 부르르 몸을 떨었다.

"모리나 왕녀는 어디에 있지? 반드시 찾아내라."

피에 젖은 칼을 들고 자신을 찾던 모습. 만약 그때 시녀로 분장하지 않았다면, 자신은 목숨을 잃었을 것이다. 냉혹한 철가면을 쓴 그는 한 치의 자비도 가지고 있지 않은 듯했으니까.

'만약 조각이 그의 마음에 들지 않는다면, 화를 피할 수 없을 거야.'

모르긴 몰라도, 최소한 조각을 담당한 조각사는 큰 벌을 받으리라.

'한스 정원사님.'

마리는 입술을 깨물었다. 3황비마마의 조각을 하는 이는 다름 아닌 총책임자인 한스였다. 그가 황실 최고의 조경사이자 조각사였기 때문이다.

'조금이라도 도움을 드리고 싶은데, 어떻게 방법이 없을까?'

그녀는 고민했다. 하지만 일개 시녀인 그녀가 무슨 수로 그를 돕겠는가. 불가능한 일이었다. 그런데 그 순간 머릿속을 스치는 생각이 있었다.

「그러면 다음 작품을 기대하지. 정원의 구도자(求道者), 피오나.」

얼마 전 꾼 꿈의 내용.

'혹시?'

한 가지 가능성이 그녀의 머릿속에 떠올랐다.

그날 밤, 마리는 숙소 근처에 있는 창고에 몰래 들어갔다. 혹시나 하는 생각이 들어 확인하기 위해서였다. 하지만 그녀는 곧 실망한 표정으로 도구를 내려놓았다.

"안 되잖아, 역시."

그녀가 내려놓은 도구는 정과 망치 등 조각 도구였다. 정원 손질용 가위도 있었다. 혹시나 꿈속에서 봤던 피오나의 능력을 사용할 수 있을까, 확인해 보았지만 역시나 안 되었다.

'하녀 꿈을 꾸었을 때는 왜 능력이 생겼던 거지? 그냥 그때가 특별했던 걸까?'

마리는 고민했다. 사실 아무런 능력이 안 생기는 게 당연했다. 꿈을 꾼다고 꿈속 주인공의 능력이 생긴다는 게 말이 되는가?

"지난번처럼 능력이 생기면 한스 님을 도와드릴 수 있을 텐데."

할 수만 있다면 그를 도와주고 싶었다. 자신을 따뜻하게 대해 주었던 그에게 조금이라도 도움이 되고 싶었다. 하지만 아무리 망치와 정을 만져도 아무런 능력도 생기지 않았다. 혹시나 꿈을 더 꾸어야 하는가 싶어 잠을 청했지만, 아무런 꿈도 꾸지 못했다.

그러는 사이 정원 조경을 감독하며 조각을 하는 한스의 얼굴은 점차 초조해졌다. 뭔가 조각이 뜻대로 안 풀리는 눈치였다.

"이렇게 되면 안 되는데. 뭔가 부족해."

그런 그를 보며 마리는 안타까운 마음이 들었다.

'예쁜데.'

생전에 굉장한 미인이었다는 3황비마마의 조각상답게 조각상은 예뻤다.

하지만 확실히 무언가 부족한 느낌이 들긴 했다. 문외한인 마리도 그렇게 느낄 정도니, 전문가인 한스는 오죽하랴. 아마 과중한 부담감에 생각처럼 조각이 안 풀리는 것 같았다.

"하아."

한스는 종종 남몰래 한숨을 내쉬었다.

그렇게 시간은 흘렀고, 중간에 한스를 더욱 초조하게 만드는 일이 일어났다. 황태자의 최측근인 궁내부장 길버트 백작이 중간에 감독을 나온 것이다.

"그래, 잘되고 있는가?"

"네, 백작님."

한스는 갑작스러운 궁내부장의 방문에 허겁지겁 고개를 숙였다. 길버트 백작은 정원을 쭈욱 훑어보았다.

"그래, 정원은 프랑스식으로 잘 꾸미고 있군. 기하학적인 면을 강조해 최대한 우아하고 품위 있게 꾸며야 해. 황태자 전하의 영광을 위해서 말이야."

"네, 명심하겠습니다."

"그러면 3황비마마의 조각상은?"

고개를 돌린 길버트 백작은 얼굴이 딱딱하게 굳었다.

"저게 뭔가?"

"네?"

"설마 우아함과 기품이라곤 한 톨도 느낄 수 없는 저 조각상을 3황비마마의 조각상이라고 하는 것은 아니겠지?"

한스의 얼굴이 흙빛으로 변했다.

"하! 자네 지금 제정신인가? 다른 이도 아닌 3황비마마야! 바로 황태자 전하의 친모이신! 그런 분의 조각을 고작 저런 수준으로 해?! 자네 목숨이 여러 개인가? 목이 날아가 봐야 정신을 차리겠어?"

"……."

그 엄포에 한스는 물론 정원사 모두가 겁에 질렸다. 저 엄포가 거짓이 아님을 모두 알고 있었다. 다른 누구도 아닌, 피의 황태자니까!

"전하의 진노를 피하고 싶다면 지금 당장 손을 보게! 축제날까지 얼마 안 남았으니, 최대한 서둘러야 할 거야!"

"알겠습니다."

그렇게 궁내부장이 돌아간 후, 장내에는 쥐 죽은 듯한 정적이 내려앉았다. 제국 황실 최고의 조각사는 다름 아닌 한스였다. 도대체 누구의 도움을 받아 수를 낸단 말인가? 외부에서 이름난 조각사를 초빙하는 방법도 있기야 했지만, 그건 시간이 너무 촉박했다.

"……일단 다시 일합시다."

누군가 어두운 목소리로 말했다. 다들 뿔뿔이 자신이 맡은 영역으로 흩어졌다.

한스는 망연한 얼굴로 조각상을 바라보았다. 그런 그를 보며 마리는 주먹을 움켜쥐었다. 어떻게든 그를 도와주고 싶었다.

그날은 늦은 밤부터 비가 왔다. 숙소로 돌아온 마리는 빗소리를 들으며 침대에 몸을 뉘었다.

'잠이 안 와.'

요란한 빗소리 때문일까. 아니면 아까 전 있었던 일 때문일까. 좀처럼 잠이 오지 않았다.

"하아."

결국, 그녀는 한숨을 내쉬고 자리에서 일어났다. 동료 시녀, 제인이 부스스한 얼굴로 그녀에게 물었다.

"마리? 어디 가?"

"나 잊은 게 있어서 잠시만 나갔다 올게."

"응, 어두우니 조심하고."

그녀는 우비를 챙겨 입고 숙소를 나서 공사 중인 정원으로 향했다. 특별한 이유는 없었다. 그냥 가슴이 답답해서 가는 거였다. 그런데 정원에 가까워지니 뜻밖의 소리가 들렸다. 빗소리를 뚫고 낮은 쇳소리가 울리고 있었다.

땅. 땅.

'설마?'

마리는 눈을 크게 떴다. 과연 한스가 비가 오는 늦은 밤임에도 정과 망치로 조각하고 있는 것이 보였다. 우비도 안 입고 있어서 전신이 홀딱 젖어 있었다.

'한스 님.'

마리는 입술을 깨물었다. 인기척을 느꼈는지 고개를 돌린 한스가 놀란 표정을 지었다.

"아니, 마리? 이 시간에 정원에는 왜?"

"……감기 걸리세요. 이만 들어가서 쉬세요."

그 말에 한스는 한숨을 내쉬었다.

"그래, 들어가야지. 그래도 조금만 더 손보고……."

"안 돼요. 그러다 감기라도 걸리시면 큰일인 것 아시잖아요. 들어가세요."

한스는 눈을 크게 떴다. 평소의 마리답지 않게 굉장히 단호한 목소리였기 때문이다. 결국, 한스는 고개를 끄덕였다.

"그래, 네 말이 맞다. 이렇게 비 오는 날 망치를 두드려 봐야 감기만 걸리지 아무런 의미도 없는데."

그러며 그는 조각상을 올려다보았다.

"그냥…… 고향에 있는 딸 생각을 하니 자꾸만 초조해져서……."

"……한스 님."

"너무 답답해서 누구라도 대신 저 조각상을 완성해 주었으면 하는 생각까지 드는구나."

그렇게 말한 한스는 미안하다는 듯 고개를 저었다.

"내가 또 너한테 쓸데없는 말을 했네. 미안하다. 나는 이만 들어가서 쉴 테니, 너도 감기 걸리기 전에 들어가서 쉬렴."

힘없이 어깨가 처져 멀어지는 한스를 보며 마리는 한숨을 내쉬었다.

'조금이라도 도움을 줄 수 있었으면.'

그녀는 조각상에 손을 가져가며 신에게 기도했다.

'제발 도와주세요.'

그런데 그녀가 조각상에 손을 가져가는 순간이었다. 생각지도 못 한 일이 일어났다. 마치 극장의 막이 내려오듯 그녀의 시야가 암전된 것 이다! 그리고 지직 하는 잡음과 함께 이런 소리가 들렸다.

「오늘은 무슨 조각을 하고 있는가, 피오나? 태양, 달, 아니면 세상? 그것도 아니면 허무?」

"……!"

마리는 소스라치게 놀랐다. 그녀는 저 목소리를 알고 있었다. 바로 얼마 전 꾸었던 꿈에 나타났던 목소리였던 것이다!

「그대가 조각하는 모습은 어째서 이토록 경건해 보이는 건지. 하긴 그러니, 그대가 대륙 최고의 정원 조각사라 불리는 것이겠지. 안 그런가, 피오나?」

　　그렇게 마리는 간절한 바람 끝에 또 다른 꿈, '정원 조각사 피오나'의 꿈에 빠져들었다.

❖

　　한편 그때, 황궁의 깊은 곳에 자리한 웅장한 사자궁. 피의 황태자 라엘이 기거하는 그곳에서 궁내부장 길버트 백작이 입을 열고 있었다.
　　"축제는 차질 없이 준비되고 있습니다, 전하."
　　그 말에 전하라 불린 남성이 고개를 끄덕였다.
　　"그래, 특별한 문제는 없는가?"
　　아름다운 미성. 그런데 미성과 다르게 남자의 외양은 기괴했다. 하얀 턱 위로 얼굴의 반을 가리는 철가면을 쓰고 있었던 것이다.
　　길버트 백작은 그 철가면을 보며 침을 꿀꺽 삼켰다. 늘 보는 것이지만 적응이 되지 않았다. 저 철가면만 마주하면 마치 맹수 앞에 놓인 먹이가 된 듯한 느낌이었다. 아마 그런 느낌이 드는 것은 저 남자의 흉명(凶名) 때문일 것이다. 피의 황태자, 라엘! 그게 바로 남자의 정체였으니까.
　　"내전이 끝난 후 첫 축제이니, 문제가 없어야 할 것이야."
　　"네, 명심하겠습니다."
　　"그러면 궁내에 또 보고할 일이 있는가?"
　　"아닙니다. 특별한 사안은 없습니다."
　　그렇게 대답한 궁내부장은 문득 한 가지 생각이 떠올라 말했다.
　　"아, 큰일은 아니오나, 3황비마마의 장미궁 정원을 보수하던 중에 한 가지 문제가 있어 따끔히 혼내 주고 왔습니다."

"그게 무슨 말이지?"

"3황비마마의 기일을 맞아 인물상을 조각 중인데, 그분의 기품과 우아함을 제대로 표현하지 못한 듯하여 말입니다. 잘해 내지 못하면 큰 벌을 내릴 것이라 따끔히 말했으니, 조각사도 정신을 차릴 것입니다."

길버트는 주군의 세세한 부분까지 신경 쓴 자신에게 칭찬이라도 해 주길 바라듯 말했다. 그런데 황태자의 반응이 의외였다.

"그러니까 그게 무슨 말이냐고."

"네?"

"내가 언제 어머니의 인물상을 조각하라고 명했지?"

"……!"

생각지도 못 한 서늘한 음성에 길버트는 침을 꿀꺽 삼켰다. 철가면 너머로 푸른 눈동자가 그를 바라보았다. 심연만큼 차가운 눈빛이었다.

"난 그저 정원의 잡초 같은 거나 정리하라고 했지, 조각상을 만들라는 이야기를 한 적은 없는데. 어떻게 된 거지?"

"그, 그건……."

길버트 백작은 말을 더듬었다. 그건 그랬다. 황태자는 그런 명령을 내린 적이 없었다. 오로지 궁내부장인 그가 황태자의 환심을 사기 위해 벌인 일이었다.

"설마 정원을 아예 개·보축하고 있는 것은 아니겠지? 어차피 쓰지도 않는 정원인데?"

"……."

길버트는 대답하지 못했다. 전면적으로 개·보축하고 있었다. 그것도 막대한 예산을 들여서.

'기, 기뻐하실 줄 알았는데.'

황태자는 낮게 말했다.

"쓸데없는 일을 했군."

황태자는 감정이 담겨 있지 않은 건조한 목소리로 말했지만, 그래서 더욱 두렵게 느껴졌다. 길버트 백작은 내전 당시 황태자의 칼에 목이 날아갔던 대신들을 떠올리며 고개를 땅에 갖다 대었다.

"죄, 죄송합니다!"

"더구나 제대로 조각을 해내지 않으면 큰 벌을 내릴 것이라니, 넌 도대체 날 어떻게 보고 그런 말을 지껄인 것이지?"

황태자는 낮게 경고했다.

"잊지 마라. 군주의 칼은 백성의 적을 베기 위한 것이지, 백성을 핍박하기 위해 있는 것이 아니다."

"며, 명심하겠습니다."

궁내부장은 이마가 땅에 닿을 듯 고개를 숙였다. 그런 그를 보며 황태자는 속으로 혀를 찼다. 궁내부장이 자신의 이름으로 으름장을 놓았으니, 정원에서 일하던 이들이 얼마나 사색에 질려 일하고 있을지 뻔했다.

'가서 일하는 이들의 노고라도 위로해 줘야겠군.'

그렇게 생각하며 황태자는 창밖으로 시선을 돌려 장미 정원 쪽을 바라보았다. 기분 탓일까? 왠지 저 멀리서 빗소리를 뚫고 망치 소리가 들려오는 것 같기도 했다.

"어쨌든 나가 보도록."

궁내부장은 허리를 조아리고는 사라졌다. 전형적인 간신배의 모습이었다. 황태자는 그가 나가자 경멸에 찬 목소리로 말했다.

"하여튼 버러지 같은 것이."

궁내부장의 속이 훤히 보였다. 오로지 자신의 환심을 사려고 이런 짓을 저지른 것이겠지. 궁내부장은 책임과 의무는 생각지 않고 오로지 권력만 바라는 전형적인 아첨꾼이었다.

'적당히 기회를 봐서 쳐 내야겠군.'

그렇게 생각한 황태자는 뒤에 말없이 서 있던 근위 기사, 알몬드 자작에게 물었다.

"오늘 일정은 이제 끝인가?"

"네, 전하."

"그렇군."

그 말에 황태자는 얼굴을 가리고 있던 철가면을 벗어 책상 위에 올려놓았다. 가면이 벗겨진 황태자의 얼굴은 지극히 아름다웠다. 호위 기사 알몬드 자작은 힐끗 주군의 얼굴을 훔쳐보았다.

차가운 철가면 뒤에 숨어 있을 거라고는 상상도 못 할 아름다운 얼굴. 선이 여린 곡선은 여인과도 같은, 아니, 여인보다도 더 지극한 아름다움을 품고 있었다. 마치 천상의 것과 같은 외모. 다만 보석 같은 푸른 눈동자는 철혈의 군주란 별칭답게 얼음처럼 차가웠다. 닿는 것만으로도 베일 것 같은 서늘한 느낌이었다.

"오늘따라 지치는군."

"혹시 몸이 안 좋으신 데라도 있으십니까?"

"아니, 그런 건 아니다."

황태자는 고개를 저었다. 특별히 안 좋은 데는 없었다. 그저 피로했다. 잠시 눈을 감고 가만히 있던 그는 무슨 생각을 했는지 자리에서 일어났다. 알몬드가 물었다.

"어디 가시려고 하십니까?"

"조금 산책이나 하고 오지."

"지금 말입니까? 빗줄기가 거셉니다."

"괜찮다. 우비와 우산이나 준비하도록."

알몬드는 더 만류하려고 하다가 고개를 저었다. 가면을 벗고 남몰래 산책을 나가는 것은 황태자의 유일한 휴식이었다.

"그러면 따르겠습니다."

"아니야, 혼자 가지. 혼자 가고 싶은 곳이어서."

"어디에 가시려고 그러십니까?"

황태자는 우비를 입으며 짧게 답했다.

"어머니를 만나고 오겠다."

어머니를 만나러 간다는 건 3황비가 생전에 기거했던 장미궁에 갔다 오겠다는 뜻이었다.

'오랜만이군.'

장미궁으로 향하며 황태자 라엘은 생각했다. 그의 어머니인 3황비의 무덤은 장미궁 옆 정원에 있었다. 황족이 안치되는 묘지에 가지 못한 것은 그녀가 억울한 누명으로 불명예스럽게 죽었기 때문이다.

10년 전, 그녀가 죽은 후 장미궁은 아무도 방문하는 이 없이 계속해서 방치돼 있었다. 유일한 방문자는 그의 친누이동생인 7황녀뿐이었다. 하지만 누이동생이 독살당한 뒤에는 오로지 그 혼자만이 장미궁을 방문하게 되었다.

'그나마도 몰래 찾아올 수밖에 없었지.'

그건 어머니에게 누명을 씌운 이가 다름 아닌 부황이었기 때문이다. 아무도 그녀가 죄를 저질렀다고 믿지 않았으나, 그녀는 죽음을 맞이할 수밖에 없었다. 그게 황제의 뜻이었기에.

'웃기는 일이지.'

황태자 라엘은 입꼬리를 비틀었다. 얼음같이 차가운 미소였다. 그래, 참 웃기는 일이었다. 어머니의 일뿐이 아니었다. 그가 살아온 삶은 모두 웃기는 일들뿐이었다. 그런데 그렇게 그가 생각에 잠긴 채 발걸음을 옮기며 장미궁과 가까워졌을 때였다. 빗방울을 뚫고 생각지도 못한 소리가 들려왔다.

'이건?'

깡! 깡! 깡!

쇠와 돌이 규칙적으로 부닥치는 소리였다.

'설마 조각하고 있는 건가? 이렇게 비가 오고 있는데?'

라엘은 혀를 찼다. 도대체 궁내부장이 얼마나 으름장을 놓았으면 비 오는 이 저녁에 조각을 붙들고 있단 말인가.

'그럴 필요 없으니 그만 들어가서 쉬라고 해야겠군.'

그런 생각으로 그는 정원으로 발걸음을 옮겼다.

깡! 깡! 깡!

규칙적인 소리가 점점 가까워졌고, 이윽고 조각상의 얼굴이 시야에 들어올 정도로 가까워졌을 때였다. 그는 발걸음을 우뚝 멈추었다.

'아……'

라엘은 자신도 모르게 신음성을 삼켰다.

'이건…… 어떻게 이럴 수가?'

완성된 조각은 아니었다. 지금도 정이 조각상의 얼굴을 때리고 있었으니까. 하지만 그럼에도 불구하고 그는 입술을 깨물었다.

"어머니."

그 한 마디를 중얼거린 그는 입술을 깨물었다. 피의 길을 걸으며 애써 잊고 있었던 그 이름. 저 돌로 만들어진 조각상 안에는 바로 그의 어머니가 담겨 있었다. 언제나 슬픔에 잠겨 있었지만, 자신을 향한 사랑이 가득하던 그녀가 말이다. 그녀는 오로지 자신을 위해 슬픈 삶을 이어 나갔고, 마지막 순간에도 자신을 바라보며 죽음을 맞이했었다. 그녀에겐 자신이 삶의 모든 것이었다.

"라엘, 라엘. 무서워하지 말렴. 엄마가 있잖아."

마치 환청처럼 까마득한 먼 옛날에 들었던 목소리가 들리는 듯했다.

조각상의 은은한 미소가 바로 자신을 향하는 미소인 것처럼 느껴졌다.

'이런 바보 같은.'

피의 황태자란 이름답지 않게 자신도 모르게 울컥해지는 마음을 내리누르며 그는 지금도 조각에 열중인 조각사를 바라보았다.

'누구지? 어떤 조각사가 이런?'

두꺼운 우비로 전신을 두른 채 등을 보이고 있어 얼굴을 전혀 볼 수가 없었다. 그저 굉장히 작은 체구이고, 깡말랐다는 것만 알 수 있었다. 그는 말을 걸까 하다가 고개를 저었다.

깡. 깡. 깡.

조각상을 두드리는 그 모습이 왠지 모르게 숭고했다. 그저 단순히 돌을 깎는 것이 아닌, 신께 예배라도 드리듯 엄숙한 느낌이 들었다.

'방해하면 안 되겠군.'

그는 등을 돌리며 생각했다. 자신에게 다시 한번 어머니를 느끼게 해준 저 조각사를 크게 포상해야겠다고.

'내일 날이 밝으면 당장 궁으로 불러 포상해야겠군.'

⁕⁜⁕

날이 밝았다. 간밤에 내리던 비는 새벽에 모두 그쳤고, 정원사들과 한스는 다시 공사를 위해 정원에 나왔다. 그리고 조각상을 보고 깜짝 놀랐다.

"아니, 이게 어떻게 된?!"

조각상의 얼굴 부분이 완성되어 있었던 것이다. 분명 어제 저녁만 해도 미완성이었는데!

"도대체 무슨……?"

한스는 귀신에 홀린 듯한 표정을 지었다. 믿을 수가 없었다. 더구나 조각상은 그저 완성된 것이 아니라, 지극히 깊은 완성도를 품고 있었다. 단순한 외형적 아름다움만이 아닌, 조각상 안에 혼이 담겨 있는 듯한 느낌. 조각상의 입가에 어린 은은한 미소가 마치 살아 숨 쉬는 듯했다.

'어떻게 이런 조각을?'

황실 제일의 조각사인 한스이지만, 지금 이 조각을 완성한 이의 실력에는 미치지 못했다.

'분명 조각의 극에 달한 솜씨야.'

보고 또 봐도 믿을 수가 없었다. 도대체 간밤에 누가 와서 이런 조각을 했단 말인가!

'도대체?'

그때, 옆에서 누군가 재채기를 했다.

"에취!"

마리였다. 그녀는 간밤에 감기라도 걸렸는지 빨개진 볼로 코를 훌쩍이고 있었다.

"마리? 감기 걸렸어?"

"아, 네. 훌쩍."

"어쩌다가. 조심하지."

"괜찮아요, 훌쩍."

마리가 콧물을 훌쩍이며 물었다.

"저, 한스 님."

"응?"

"저 조각…… 제대로 된 것인가요? 제가 볼 줄을 몰라서……."

본인이 조각한 것도 아닐 텐데, 이상하게 조심스럽게 물어보는 말투라서 한스는 의아한 마음이 들었다.

"내가 지금껏 본 조각 중 최고다."

"최고요?"

"그래, 저 조각에는 표현할 수 있는 모든 것이 담겨 있어. 단순히 외형을 묘사하는 것이 아닌, 그 안에 혼을 담는 수준이다. 나 같은 것은 흉내도 못 낼 솜씨야."

"그러면…… 황태자 전하께서도 벌을 안 내리시겠죠?"

"당연하지. 이건 누가 봐도 최고의 조각이니까 벌을 내리진 않으실 거다."

그러며 한스는 생각했다.

'벌은커녕 큰 포상을 내릴 수도. 그런데 도대체 누가 조각한 거지? 간밤에 하늘에서 천사가 내려왔다 갔을 리도 없고.'

사실 한스는 간밤에 간절히 기도했었다. 어떤 기적이라도 좋으니 제발 도와 달라고. 하지만 그렇다고 해서 정말 하늘에서 천사가 내려왔을 리는 없지 않은가?

한스의 말을 들은 마리는 감기로 빨개진 얼굴로 활짝 웃었다.

"헤헤, 정말 다행이네요."

그때였다.

저벅저벅.

거친 군화 소리가 그들에게 다가왔다. 놀라 고개를 돌리니 독수리 문양을 단 근위대의 기사가 다가오고 있었다.

"난 황태자 전하의 호위 기사 알몬드 자작이라고 한다."

"……!"

갑작스러운 근위 기사의 출현에 모두 긴장했다. 호위 기사가 왜 정원 공사 현장에 온단 말인가.

"누가 이곳의 조각사지?"

"제가 이곳의 총책임자이자, 조각을 맡고 있습니다."

한스가 주춤주춤 손을 들었다. 기사는 낮은 목소리로 말했다.

"황태자 전하께서 그대를 찾으신다. 따라오도록."

한스는 잔뜩 겁에 질린 채 호위 기사를 따라갔다.

'나, 나를 왜?'

황태자가 조각상을 보고 갔다는 사실을 모르는 그는 온갖 두려운 상상을 하였다. 수없이 많은 피를 흘리고 스스로 황태자 위에 오른 라엘은 일반인에게 공포의 존재였다.

'매일 밤마다 처녀의 피로 목욕을 한다던데. 인육을 먹기도 하고. 사람을 고문하는 것을 즐기고.'

한스는 세간에 퍼진 황태자의 소문을 떠올렸다.

'설마 날 고문하고 인육을 먹으려고?'

한스는 부들부들 몸을 떨었다. 알몬드 자작이 그런 그를 보며 의아한 목소리로 물었다.

"안 따라오고 뭐 하나?"

"저, 기사님. 저는 오늘 황태자 전하께 죽는 건가요?"

"뭐?"

"아이고! 제발 살려만 주십시오. 고향에는 저만 바라보는 원수 같은 마누라와 두꺼비 같은 딸이……."

알몬드는 황당한 표정을 지었다.

"무슨 말을 하는지 모르겠군. 자네 지금 꿈꾸나? 전하께서 기다리고 계시니 빨리 따라와."

그렇게 한스는 공포에 넋을 반쯤 놓은 채 알몬드를 따라갔다. 그 공포는 사자궁에 들어간 후, 황태자의 철가면을 마주하는 순간 극에 달했다.

'혀, 혈가면!'

내전 당시 피가 마르지 않았다는 그 가면이 분명했다. 이제 저 가면에 자신의 피가 흐를지도 모른다는 생각에 한스는 딸꾹질을 하였다. 그런데 황태자의 입에서 나온 말은 전혀 다른 것이었다.

"고생이 많군. 내가 자네를 부른 것은 상을 내리기 위해서네."

"네, 목숨만 살려……! 네?"

반사적으로 빌다가 한스는 놀라 입을 벌렸다. 황태자는 인상을 살짝 찌푸리며 알몬드를 바라보았다.

"목숨? 뭔가 오해가 있나 보군. 알몬드, 내가 정중히 데려오라고 하지 않았나?"

"……정중히 데려왔습니다."

"어쨌든 이름이 한스라고 했나?"

한스는 황급히 고개를 숙였다.

"네, 네! 전하. 이 미천한 것의 이름은 한스라고 하옵니다."

"그래, 자네를 부른 것은 아까 말했다시피 상을 내리기 위해서야."

그 말에 한스는 눈동자를 데굴데굴 굴렸다. 죽이지 않는다니 천만다행이었지만, 갑자기 상이라니? 도대체 왜? 하지만 곧 이어진 황태자의 말에 한스는 무슨 일인지 깨달았다.

"자네가 조각한 조각상을 어젯밤에 보았네. 정말 훌륭하더군."

한스는 깜짝 놀랐다. 황태자는 말을 이었다.

"내 살면서 그렇게 훌륭한 조각상을 본 적이 없어. 혹시 바라는 것이 있나? 가급적 모두 들어주도록 하지."

"……."

이 생각지도 못 한 상황에 한스는 입을 다물었다. 황태자는 그가 대답하지 않자, 의아한 목소리로 물었다.

"왜 그러나? 부담이 되어서 그런 거면 괜찮네. 무엇이든 말해봐."

"……제가 아닙니다, 전하."

"뭐?"

한스는 고개를 깊숙이 숙이며 말했다.

"황비마마 조각상의 조각은 제가 한 것이 아니옵니다, 전하!"

"그대가 한 것이 아니라고? 하지만 궁내부장은 그대가 조각했다고 하던데?"

"전체적인 조각은 제가 한 것이 맞습니다. 하지만 전하께서 감탄하신, 깊은 혼이 느껴지는 그 부분은 제가 한 것이 아닙니다. 이 미천한 것은 조각에 그런 영혼을 불어넣을 재주가 없습니다."

그 말에 황태자는 한스를 다시 바라보았다.

'그러고 보니 체구가 다르군.'

분명 그가 어제 빗속에서 본 조각사는 굉장히 체구가 작았었다. 마치 깡마른 소녀처럼. 물론 그 조각사가 여자였을 리는 없겠지만, 덩치가 산만 한 이 한스란 자와는 맞지 않았다.

"그렇군. 그러면 그 조각을 한 조각사는 누구지? 훌륭한 조각을 한 대가로 내가 크게 포상을 하고 싶군."

"……저도 모르겠습니다."

"뭐?"

"정말로 전혀 모르겠사옵니다. 간밤에 누가 몰래 조각을 하고 갔는데 전혀 짐작 가는 바가 없습니다. 천사님이라도 왔다 간 것 같습니다."

황태자는 인상을 찌푸렸다. 이게 도대체 무슨 말이란 말인가?

"알몬드."

"네, 전하."

"궁내에 외부인이 허가 없이 들어올 수 있는가? 그것도 밤늦은 시간에?"

"절대 불가합니다. 만약 그런 경우가 있다면 곧바로 체포하거나 사살합니다."

"그러면 궁내의 인물이 조각했다는 말이군."

황태자는 고개를 끄덕이며 명했다.

"누가 그 조각을 했는지 찾아내도록. 꼭 만나 보고 싶으니 말이야."

그는 어젯밤 조각상을 봤을 때의 느낌을 떠올렸다. 10년의 세월을 넘어 어머니를 느끼게 해준 조각사에게 꼭 사례하고 싶었다.

'어차피 궁 안의 인물일 테니 찾는데 어렵지는 않겠지.'

그는 그렇게 생각했다.

하지만 라엘의 생각과 다르게 조각사를 찾는 것은 쉽지 않았다.

"아무도 없다고?"

"네, 궁내에서 전하께서 말씀하신 체구의 남자 중 조각을 하는 이는 아무도 없는 것으로 확인되었습니다."

알몬드는 곤란한 표정으로 말했다. 라엘은 인상을 찌푸렸다.

"없다고? 그럴 리가. 분명히 내가 이 눈으로 조각하는 것을 직접 봤는데."

그때, 옆에서 그들의 대화를 듣던 한 젊은 남자가 흥미롭다는 듯 말했다.

"혹시 잘못 본 것은 아닙니까, 전하?"

황태자는 고개를 돌렸다.

"오른."

오른 공작! 제국 최고 가문인 소비엔 공작가의 당대 당주이자, 내전 당시 황태자를 도와 최고의 공적을 세운 전략가였다. 동시에 현 제국의 재상이자, 황태자의 가장 가까운 측근이었다.

"아니다. 분명히 제대로 봤어."

"하지만 이상한걸요. 전하께서 말씀하신 대로라면 여자애, 그것도 여자 중에서도 작은 몸짓이나 가능한 체구인데."

오른 공작은 고개를 갸웃했다. 쾌활한 인상의 대단한 미남인 그는 금발의 곱슬머리가 잘 어울렸다.

"여자가 대리석 조각을 할 리가 없으니까요."

"그렇긴 하지."

황태자는 고개를 끄덕였다. 제국뿐 아니라, 전 유럽을 통틀어도 석재를 조각하는 여자 조각사는 없었다.

"흠."

오른 공작은 이해가 안 간다는 듯 턱을 쓰다듬었다.

"그러면 이렇게 하는 것은 어떻습니까? 그 조각사, 제가 직접 한번 찾아보겠습니다."

황태자는 의외란 표정을 지었다.

"그대가 직접?"

"뭐, 전하께서 궁금해하시니 충신 된 입장에서 가만히 있을 수 없으니까요. 무엇보다."

그는 잘생긴 입가를 재미있다는 듯 비틀었다.

"누가 황궁 한복판에서 남몰래 이런 일을 벌였는지 저도 궁금하기도 하고요."

그렇게 시녀 마리는 뜻하지 않게 제국에서 가장 지고한 2명의 관심을 끌어버렸다.

"에취!"

마리는 정원사들을 도우며 크게 기침했다.

'누가 내 이야기를 하나?'

코를 훌쩍이며 그녀는 중얼거렸다.

"마리, 감기가 심하네. 가서 쉬어도 된다니까."

한스가 걱정스레 말했다.

"괜찮아요. 훌쩍."

이전과 다르게 정원 공사장의 분위기는 좋았다. 황태자 전하께서 조각상에 만족했기 때문이다. 이제 마무리 공정만 하면 공사도 끝이었다.

'다행이야, 정말로.'

마리는 그렇게 생각했다. 다른 이들도 모두 그녀처럼 생각했다. 다만 한 가지 문제가 남아 있었으니, 도대체 누가 저 조각을 마무리했는지 의문을 풀지 못했다는 것이다.

"마리, 정말 그날 아무도 못 봤니?"

그날 밤에 마리가 공사장에 왔던 것을 알고 있는 한스가 물었다. 뜨끔한 마리가 황급히 고개를 저었다.

"네, 아무도 못 봤어요. 저도 바로 숙소로 돌아가서."

"그렇지?"

마리는 자신이 한 일이란 것을 말하지 않았다. 당연했다. 자신이 능력을 발휘하게 된 것을 어떻게 설명할 것인가. 미쳤다고 하지 않으면 다행이었다.

'그리고 난 황태자의 눈에 띄면 안 돼.'

피의 황태자가 직접 조각사를 찾는다는 말을 들었을 때 얼마나 식겁했는지. 물론 이제 와서 자신이 클로얀 왕국의 왕녀란 것을 들킬 가능성은 적었다. 그로부터 몇 년의 시간이 흐르기도 했고, 애초에 천대받는 왕녀여서 왕궁 내에서도 자신의 얼굴을 아는 이가 적었기 때문이다. 아버지인 국왕은 어쩔 수 없이 자신을 왕궁으로 데려왔어도, 본인의 부끄러운 핏줄인 그녀를 다른 사람에게 보이는 것을 꺼렸다.

'그 덕에 시녀로 변장해 살아남을 수 있었지만.'

만약 자신의 얼굴을 아는 이가 많았다면, 아무리 시녀인 척했어도 단박에 들켰을 것이다. 하지만 아이러니하게도 왕궁 내에서 구박받으며 남들의 눈을 피해 살았던 것이 전화위복이 되어 살아남을 수 있었다.

'그래도 조심해야 해.'

특히 다른 사람은 몰라도 절대 그 잔혹한 황태자의 관심을 끌고 싶지는 않았다.

"정말 신께서 천사님이라도 내려 주셨나?"

그때, 한스가 하늘을 올려다보며 말했다. 마리는 난처한 얼굴로 그저 웃을 뿐이었다. 어쨌든 조각사의 정체를 밝히지 못한 것을 빼고는 모두가 행복한 결말이었다.

그날 밤 마리는 편안한 마음으로 잠이 들었다. 그런데 어째서일까? 그녀는 또다시 새로운 꿈을 꾸었다. 어린 소년의 꿈이었는데, 그 소년의 이름은 이러했다.

볼프강 아마데우스 모차르트(Wolfgang Amadeus Mozart).

더위가 한풀 꺾이며, 가을이 성큼 가까워졌다. 들판이 금빛으로 변해 갔고, 1년 중 가장 풍요로운 시기와 함께 축제가 코앞으로 다가왔다.

"올해 축제는 정말 기대되네."

"그러게, 농사도 풍년이고. 작년에는 축제 자체가 없었으니."

제국민은 곧 다가올 축제에 들떠 말했다. 최근 몇 년간은 황제가 쓰러진 후 벌어진 황자들 간의 참혹한 내전으로 축제가 열리지 않았다. 평화가 찾아온 후에 개최하는 소중한 축제인지라 모두 축제에 많은 기대를 했다.

그리고 대규모 축제를 앞두고 있는 만큼 정신없이 바빠진 사람들도 있었다. 바로 축제를 개최해야 할 실무진들이었다. 그중에는 황궁의 시녀들도 있었다. 백성들의 거리 축제와 별개로 황궁에서도 대규모 연회와 축제를 열 것이기 때문이다. 그 준비는 당연히 시녀들의 몫이었다.

"자, 자! 이제 축제까지 얼마 안 남았으니 정신 차리고!"

"네, 시녀장님!"

"그러면 모두 배정받은 곳으로 가서 지시에 따르세요!"

백합궁의 시녀들은 궁의 유지에 필요한 인원을 제외하고 축제 준비를 위해 뿔뿔이 흩어졌다.

'나도 새로운 곳에서 축제 준비를 해야 하는구나.'

마리는 생각했다. 장미궁의 정원 공사가 마무리 단계에 접어들었기에 그녀도 축제 준비를 위해 다른 곳으로 배정받게 되었다. 그런데 상급자인 수잔에게 새로운 근무처를 전해 들은 그녀는 얼떨떨한 표정을 지었다.

"수정궁…… 말인가요?"

"그래. 무슨 문제라도 있니?"

수잔이 의아한 표정으로 묻자 마리는 화급히 고개를 저었다.

"아, 아닙니다."

"그러면 내일부터 바로 가면 돼. 특별히 어려운 일은 없을 거야. 그곳에서 준비하는 분들 도와주고, 뒷정리만 하면 될 테니까."

"네."

수잔은 웃으며 말했다.

"지난번 장미궁 정원 공사 때 정원사들 사이에서 너에 대한 칭찬이 자자하던데, 그때만큼만 하면 돼."

"가, 감사합니다."

그렇게 시녀장의 방에서 나온 마리는 한숨을 내쉬었다.

'수정궁이라고?'

일이 어려울까 걱정이 되는 것은 아니었다. 수잔의 말처럼 심부름 수준의 간단한 일만 하면 되니까. 다만 그녀는 얼마 전 꾸었던 꿈을 떠올렸다.

'볼프강 아마데우스 모차르트.'

그녀가 곤란해하는 이유는 바로 수정궁이 축제 때 오케스트라단의 음악 공연이 예정된 곳이기 때문이다. 그리고 그녀가 해야 할 일은 그곳에서 공연을 준비 중인 오케스트라단의 심부름을 하는 것이었다. 물론 그 일 자체는 문제 될 것이 전혀 없었다. 다만 기이한 꿈을 꿀 때마다 그 꿈이 현실에서 실현된다는 점이 그녀를 혼란스럽게 하였다.

'설마 이번에도 또?'

모차르트. 꿈속에서의 그 단어가 그녀의 가슴에 박혀 들었다.

아니나 다를까, 그날 밤 마리는 또다시 꿈을 꾸었다. 하늘에서 내려온 음악 천재라는 모차르트가 되는 꿈을! 지난번에 이어 두 번째 꾸는 모차르트의 꿈이었다.

「모차르트! 모차르트!」

어린 소녀가 목소리를 높여 모차르트를 불렀다. 꿈속에서 모차르트가 된 마리는 손을 흔들었다.

「아, 누나!」

「뭐 해? 지금 바로 파리로 출발해야 하는데. 더 지체하면 연주회 시작에 늦을 거야.」

「풍경을 보고 있어.」

「풍경?」

소녀는 인상을 찌푸렸다. 마리는 저 소녀가 모차르트의 누이 난네를이란 것을 눈치챘다.

「응, 풍경.」

그 말에 소녀는 시선을 돌렸다. 로텐부르크 성벽 아래로 한적한 시골 풍경이 길게 이어지고 있었다.

「별것 없잖아?」

「음악 소리 안 들려?」

「음악 소리? 전혀 안 들리는데?」

인상을 찌푸리는 누이를 보며 모차르트는 눈을 감았다. 그러자 마리는 놀라운 사실을 체험했다. 아무것도 없는 전원이었건만, 정말로 음악 소리가 머릿속에서 울려 퍼졌던 것이다.

산들산들 바람 소리, 낮은 개울 소리, 나무가 흔들리는 소리, 들판이 뻗어 나가는 소리. 그 모든 것이 음악이 되어 머릿속에서 휘몰아쳤다. 악보가 되었고, 음표가 되었으며, 선율이 되어 흘렀다. 그때 누이가 잔소리를 하였다.

「이상한 소리 그만하고, 빨리 가자. 아버지가 기다려.」

「응, 알았어. 가자.」

그렇게 모차르트는 수없는 음악 소리를 들으며 파리로 향했다. 파리에서의 공연은 늘 그렇듯 대성공이었다.

거기까지 꿈을 꾼 마리는 멍하니 자리에서 일어났다.

"꿈…… 또 꿨네."

그녀는 자신의 손을 내려다보았다. 벌써 두 번째 모차르트의 꿈이었다. 머릿속에서 휘몰아치던 음악 소리가 흐릿하게 떠올랐다.

'이번에도 능력을 얻게 된 것일까?'

오늘 꾼 꿈이 그냥 단순한 꿈인 것인지, 지난번 같은 능력이 생긴 것인지는 잘 모르겠다.

'아직은 특별한 느낌은 없는데, 모르겠다. 일단 빨리 출근하자. 늦

겠어.'

아직 이른 시간이긴 했지만, 오케스트라 단원들이 도착하기 전에 연습장에 도착해 정리를 끝내 놔야 한다. 그렇게 수정궁 연습장에 도착한 마리는 감탄을 뱉었다.

"와아, 악기들이다!"

공연장 뒤쪽에는 팀파니, 튜바, 심벌즈 등의 악기가 놓여 있었다.

"이게 금관악기구나. 멋지다."

오케스트라의 악기들을 보는 것은 이번이 처음이었다. 황궁에서 일한 지 오래되긴 했지만, 늘 백합궁 안에서 허드렛일만 해서 공연이나 연회장에 갈 일이 없었기 때문이다.

'나도 이번 축제 때는 음악회를 들을 수 있었으면.'

그녀 같은 하급 시녀가 음악을 들을 기회는 흔치 않다.

'그래도 이번에는 대규모 공연이 있다고 했으니 들을 기회가 있을지도 몰라.'

그렇게 생각한 그녀는 열심히 자신의 일을 하였다. 단원들이 나오기 전에 악기들을 정리하고, 바닥을 청소했다. 그러다 우연히 추억이 담긴 물건을 발견했다.

"와아, 피아노네?"

피아노! 하프시코드를 대신해서 최근 들어 유럽 전역에서 널리 사용되기 시작한 건반악기였다.

'이전에 많이 쳤었는데.'

마리의 눈동자가 아련해졌다. 그녀가 이전에 살던 궁에도 피아노가 있어 열심히 연습했던 기억이 났다.

'피아노 참 좋아했었는데.'

그녀는 작게 미소 지었다. 건반을 누를 때 맑은 소리가 나는 것이 좋았다. 같은 건반을 눌러도 누르는 방법에 따라 다른 음색이 나는 것도 신기했다.

'잠깐만 쳐 봐도 될까.'

그녀는 머뭇거렸다. 그런데 그때, 부드러운 목소리가 그녀를 말렸다.

"조율 끝난 거라 지금은 만지면 안 되는데."

"아……!"

마리는 놀라 고개를 돌렸다. 거기에는 젊은 청년이 싱긋 웃고 있었다.

"오늘 새로 오기로 한 시녀님?"

"아, 네! 이번에 오케스트라단을 보조하러 온 마리라고 합니다."

"반가워요. 난 바한. 황궁 오케스트라의 임시 악장이에요. 전임 악장이 몸이 안 좋아 급하게 은퇴해서 임시로 지휘를 맡고 있어요."

그 말에 마리는 깜짝 놀랐다.

'저렇게 젊은데 임시 악장이라고?'

아무리 임시라지만, 믿기지 않았다.

"혹시나 일하다 곤란한 문제가 있으면 나한테 말하면 돼요."

"네, 알겠습니다."

"피아노는 나중에 시간 날 때 만지게 해줄 테니 너무 서운해하지 말고."

부드러운 그 목소리에 마리는 미소를 지었다. 이 젊은 임시 악장은 친절한 사람 같았다.

"네, 감사합니다."

잠시 후 단원들이 모이고, 오케스트라단의 정식 연습이 시작되었다.

"자, 다들 모였죠? 늘 연습하던 교향곡 다시 시작합니다. 탄신 축제 날 귀빈들을 대상으로 공연할 것이니 꼭 완벽하게 연습해야 해요."

"네, 마에스트로!"

오케스트라단이 지금 하고 있는 것은 축제 때 있을 정식 공연을 준비하는 것이었다. 마리가 해야 할 일은 그런 그들을 보조하는 것이었고. 수석 시녀 수장의 말처럼 특별히 어려운 일은 없었다.

"자, 시작합니다!"

젊은 지휘자, 바한의 신호와 함께 연습이 시작되었다. 흐느끼는 듯한 클라리넷의 글리산도가 울려 퍼졌고, 곧 연습장은 수많은 악기의 음색이 흘러넘쳤다.

'내가 이런 호사를 누리게 되다니.'

마리는 오케스트라의 음악을 들으며 생각했다. 일반 사람들은 평생이 가도 오케스트라의 음악을 들을 기회가 거의 없었다. 특히나 원 없이 듣는 것은 돈이 아주 많은 귀족이나 가능했다. 비록 연습 중이라지만, 이렇게 음악을 들을 수 있는 것은 일개 시녀인 그녀에게는 굉장한 호사였다.

'좋다.'

마리는 속으로 중얼거리며 음악을 감상했다. 그런데 그렇게 얼마나 들었을 때일까? 마리는 기이한 느낌을 받고 인상을 찌푸렸다.

'뭐지? 이 거슬리는 느낌은?'

마치 어지럽혀진 방을 보는 듯한 느낌이었다.

'이상하다. 왜 이런 느낌이 들지?'

곧 그녀는 그 이유를 깨달았다. 연주의 틀린 부분이 자꾸 귀에 들어왔던 것이다.

'2번 바이올린, 호른 틀렸구나. 아, 이번에는 팀파니 박자 틀렸네. 전체적인 템포도 조금 안 맞는데? 아, 바이올린 또 틀렸다. 저 부분의 트레몰로는 저렇게 처리하면 안 되는데.'

그렇게 멍하니 생각하던 그녀는 소스라치게 놀랐다.

'뭐, 뭐야. 나 어떻게 이런 걸 알고 있는 거지? 오케스트라에 대해 전혀 모르는데?'

그녀는 오케스트라의 연주를 들어 본 적이 없었다. 보통은 악기의 소리도 구분 못 하는 것이 정상인데, 너무나 선명하게 연주의 잘잘못이 들어왔다.

'처음 들어본 곡인데 어떻게 틀린 부분을 아는 거지?'

하지만 그녀는 곧 원인을 깨달았다.

'모차르트! 모차르트야!'

하늘에서 내려온 천재라는 모차르트! 그의 꿈을 꾼 영향을 받는 것이 분명했다. 과연 그 사실을 인식하고 보니 곡이 성부를 구분해 악보를 보듯 머리에 인식되었다. 믿을 수 없는 일이었다. 마리는 순간 모차르트가 되어 생각했다.

'황궁 악단인데, 연주가 이래도 되는 건가? 단순히 연습 미숙의 문제는 아닌 것 같은데.'

과연 모차르트랄까? 그녀는 곧 답을 찾을 수 있었다.

'곡 자체에 문제가 있어. 일단 테크닉적으로 너무 어려워. 곡의 주제에 비해 쓸데없이. 이렇게 과장된 테크닉을 쓰면 난잡하게만 들릴 뿐이야.'

그녀는 생각을 이어나갔다.

'그리고 푸가 형식이 지나치게 난해하게 꼬여 있고. 그래서 듣기에도 별로 좋지가 않아.'

푸가(Fugue). 하나의 주제를 대위법적인 기법을 사용해 끝없는 모방을 통해 계속해서 발전시키는 형식의 곡을 뜻한다. 작곡적으로 난해한 만큼 음악적으로 깊은 의미를 담고 있는 경우가 많다. 다만 듣기에는 편하지 못한 경우가 종종 있다는 것이 문제였다.

'이건 마치 자신의 능력을 과시하기 위해 만든 곡 같잖아. 듣는 사람은 배려하지 않고.'

자신이라면, 아니, 모차르트라면 절대 이런 곡을 만들지 않으리라.

'전혀 그런 성격으로 보이진 않았는데.'

마리는 의외란 시선으로 바한을 바라보았다. 배려 깊은 성격으로 보였는데 이런 곡을 만들다니. 뜻밖이었다.

"자, 여기까지. 잠시 쉬겠습니다."

"네, 마에스트로!"

단원들은 잠시 악기를 내려놓고 땀을 닦았다. 마리는 시녀로서 막간에 자신이 할 일은 없는지 살폈다. 그런데 그때 임시 악장인 바한이 그녀에게 다가오더니 말을 걸었다.

"마리 양."

"네, 마에스트로! 시키실 일이라도?"

"아니, 그런 것은 없고요. 뭐 물어볼 게 있어서요."

"어떤?"

"방금 우리 연주 들었죠? 어땠어요?"

"……!"

마리는 뜻밖의 물음에 놀라 바한을 바라보았다. 그는 친절한 말투로 말했다.

"그냥 남들이 듣기에 어떤지 궁금해서 그래요. 편하게 말해도 돼요."

"그게……."

엉망이었다. 모차르트의 평가대로 자신도 모르게 그렇게 말할 뻔하다가 마리는 간신히 입을 다물었다.

'마리! 정신 차려! 큰일 날 뻔했잖아!'

아슬아슬하게 대형 사고를 피한 그녀는 말했다.

"그…… 나쁘지 않았어요. 웅장하고…… 뭔가 어려워 보이고…….."

왠지 저 하늘 어디선가 모차르트의 순수한 영혼이 비웃는 것 같았지만, 그녀는 꿋꿋이 그렇게 말했다. 그런데 바한의 반응이 의외였다.

"그래요? 이상하다."

"네?"

"듣는 데 답답하진 않았어요?"

"……!"

마리는 놀란 표정을 지었다. 자신의 곡을 그렇게 말하다니?

'혹시?'

바한은 한탄하듯 말했다.

"사실 이거 우리가 하고 싶었던 곡이 아니거든요. 내가 지은 곡도 아니고. 전임 악장의 곡인데."

"아……."

역시나. 그의 곡이 아니었던 것이다. 마리는 조심히 물었다.

"그러면 왜 마에스트로의 곡으로 안 하시고요?"

이 시대에는 보통 지휘자가 자신의 곡을 연주하는 것이 상식이었다.

'무언가 문제가 있는 건가?'

마리는 고개를 갸웃했다. 그녀의 물음에 바한은 잠시 입을 다물었다가 말했다.

"그건……."

그때, 둘의 대화를 엿듣던 한 단원이 외쳤다.

"마에스트로! 그냥 이 답답한 곡 말고 마에스트로의 곡으로 합시다!"

"그래요! 우리도 이 허영만 가득한 전임 악장의 곡보다는 마에스트로의 곡을 연주하고 싶어!"

그들의 외침에 바한은 난처한 표정을 지었다.

"그건 안 돼요. 아시잖아요. 제 교향곡은 미완성이란 것을."

"미완성이면 뭐 어떻소? 곡이 그렇게나 좋은데. 대충 종결부 마무리 짓고 그 곡으로 합시다. 공연을 들을 청중들도 마에스트로의 곡을 훨씬 좋아할 거요."

"맞소!"

마리는 그들의 말에 의아한 표정을 지었다.

'도대체 곡이 얼마나 좋기에 미완성인 곡을?'

당연한 이야기지만, 미완성인 곡은 공연에 올릴 수 없다. 미완성만으로도 정말 대단한 완성도를 지닌 경우라면 모르겠지만. 급기야 단원들은 이렇게 외쳤다.

"이 답답한 곡 더 이상은 못 하겠소! 공연까지 무리라면 기분이라도 전환할 겸 한 번만 연주해 봅시다."

"그래, 우린 마에스트로의 곡을 연주하고 싶어요!"

"옳소!"

젊은 악장 바한은 곤란한 얼굴로 지휘석에 올라갔다.

"그러면 공연은 무리이고. 기분 전환 삼아 한 번만 갑시다."

그가 손을 들어 올렸다. 시끄럽게 떠들던 단원들이 악기를 잡으며 자세를 가다듬었다.

"교향곡 1번, G장조, 전원 풍경(The country), 1악장. 시작합니다."

이윽고 그의 손이 아래로 떨어지며 연주가 시작되었다. 그리고 그 선율을 들은 마리는 깜짝 놀라며 손으로 입을 가렸다.

'아…….'

방금 연주했던 것처럼 복잡한 기교가 사용된 곡은 아니었다. 그럼에 불구하고 아름다운 멜로디였다. 먼저 비올라가 잔잔한 바람을 흘려보냈다. 그 뒤에 바이올린과 콘트라베이스가 고음부와 저음부에서 시원한 물소리를 터뜨렸다. 마음을 상쾌하게 해주는 현악기의 소리 끝에 팀파니가 낮은 북소리를 울렸다. 그리고 펼쳐지는 전원 풍경.

'편안하다.'

마리는 속으로 중얼거렸다. 복잡하게 들렸던 아까의 곡과는 전혀 다른 편안하고 기분 좋은 곡이었다.

'아직 연습이 부족해서인지 틀린 부분들은 조금 있지만.'

그런 미스가 전혀 신경 쓰이지 않을 정도로 좋았다.

'음악에 위로받는 것 같아.'

왜 그럴 때 있지 않은가? 지치고 힘들 때, 흐르는 강물이나 하늘을 보며 위로받을 때. 딱 그렇게 마음이 위로받는 느낌이었다.

'이렇게 계속 있고 싶어.'

마치 흐르는 강물을 보며 멍하니 있듯이, 그렇게 계속해서 있고 싶었다. 바한의 지휘에 따라 오케스트라는 계속해서 다른 음색을 표현했다. 시원한 바람이 되기도 했고, 거침없는 강물이 되기도 했고, 넓은 바다가 되기도 했다. 다양한 그 음색의 공통점은 듣는 사람을 향한 위로와 평안함이었다.

'좋다.'

그렇게 그녀가 중얼거리고 있을 때였다. 돌연 바한이 손을 내리더니 인상을 찌푸렸다.

"여기까지예요."

"바한?"

"여기서 더는 진행 못 시키겠어요."

단원들이 아쉽다는 듯 말했다.

"너무 좋은데. 이대로 주제부를 발전시키다 클라이맥스로 끝맺으면 안 될까요?"

바한은 고개를 저었다.

"아니, 또 다른 주제를 전개해야 곡을 제대로 완성할 수 있을 것 같은데, 어렴풋한 악상만 떠오를 뿐 그 이상은 모르겠어요. 제 능력으로는 여기까지가 한계인 것 같아요."

"이미 충분한 것 같은데. 도대체 무슨 주제를 더 전개하겠다는 거예요?"

바한은 짧게 답했다.

"삶."

"삶?"

"네, 이 곡에는 전원만 있을 뿐 삶이 없어요. 저는 이 곡 안에 삶을 녹여내고 싶어요. 그래서 듣는 사람들에게 진정한 위로와 평안을 전달하고 싶어요."

그 말에 단원들은 아쉽다는 듯 투덜거렸다.

"그래도 아쉬운데……."

바한도 한숨을 내쉬었다.

"제일 아쉬운 건 저예요. 어떻게든 곡을 완성시키고 싶은데 능력이 안 되어서 못 하겠으니. 마음 같아서는 누구에게라도 도움만 받을 수 있다면 영혼이라도 바치고 싶은 심정이에요."

그렇게 바한과 단원들은 아쉬움을 접고, 아까 전 그 복잡하고 난해한 곡을 연습하기 시작했다. 그런 그들을 보며 마리는 속으로 생각했다.

'아쉽다.'

좋은 곡인데, 이렇게 접는다니. 만약 저 곡이 완성되면 얼마나 멋진 곡이 될까? 그리고 저 음악을 듣는 사람들은 얼마나 행복해할까.

'들어보고 싶다.'

그런데 그런 생각을 한순간이었다. 그녀의 눈동자가 크게 떠졌다.

'이, 이건?'

믿을 수 없는 일이 일어났다. 어디선가 선율이 흘러들어온 것이다! 오로지 그녀의 머릿속에만 흐르는 선율이었다.

'이, 이 선율은?'

선율의 정체를 깨달은 마리의 눈동자가 흔들렸다.

'아까 들었던 전원 풍경이야!'

그냥 머릿속에서 흥얼거리는 것이 아니었다. 각 파트 성부들의 음표와 박자가 정확히 머릿속에 인식되었다. 마치 악보를 보는 것처럼 말이다. 더구나 그냥 전원 풍경도 아니었다. 주 멜로디 밑으로 다른 주제가 숨어 있었다. 바로 바한이 말한 '삶'이란 주제가!

'1악장, 2악장, 3악장……!'

바한이 작곡한 부분이 끝나도 멜로디는 멈추지 않았다. 멜로디는 스스로 뻗어 나가 2악장을 이루고, 3악장을 이루었다. 그러며 주제는 변화를 거듭하고, 완성을 향해 달려갔다. 그러한 과정이 어렵지도 않았다. 실타래에서 실을 풀어내듯 자연스레 곡이 흘러나왔다.

그렇게 얼마나 지났을 때일까? 머릿속에서 곡이 마무리되어가고 있을 때, 누군가 그녀를 불렀다.

"마리 양, 마리 양?"

"아, 아, 네! 마에스트로!"

바한이었다. 그가 걱정스러운 얼굴로 그녀를 살폈다.

"혹시 몸 어디 안 좋으세요?"

"아닙니다!"

"그래요? 계속 멍하니 서 있어서."

그 말에 마리는 화들짝 놀라 주변을 살폈다. 연습이 한번 끝났는지 오케스트라단은 악기를 내려놓고 휴식을 취하고 있었다.

'맙소사. 내가 한 시간 넘게 멍하니 있었던 거야?'

놀라 주춤하고 있자, 바한이 친절한 목소리로 말했다.

"너무 무리하지 마세요. 몸 안 좋으면 바로 말씀하시고요."

오케스트라단은 다시 연습을 시작했다. 그들의 연주를 들으며 마리는 머릿속을 살폈다.

'곡이…… 완성되었어. 전원 풍경(The country) 교향곡, 총 4악장.'

다른 사람에게 이야기하면 절대 안 믿을 이야기였다. 시녀인 그녀가 교향곡을, 그것도 이렇게 짧은 시간 만에 머릿속으로 완성하다니. 하지만 거짓이 아니었다. 지금도 그녀의 머릿속에서는 오선지 위에 악보가 흘러 다니고 있었으니까.

'그런데 어쩌지?'

마리는 곤혹스러운 표정을 지었다. 머릿속으로 완성한 이 교향곡을 어떻게 해야 하지? 그냥 머릿속에서 묻어버릴 수도 없고, 그렇다고 바한에게 무턱대고 말하기도 곤란한 일이었다.

일단 무엇보다 그가 자신이 완성한 교향곡을 듣고 어떤 반응을 보일지 알 수가 없었다. 그가 자신이 완성한 교향곡을 무시할 일은 없다고 생각했다. 그녀가 떠올린 교향곡은 '모차르트'의 시선으로 보아도 훌륭한 완성도를 가지고 있었으니까.

오히려 지나친 주목을 받을까 봐 문제였다. 음악과는 연관도 없는 하급 시녀인 자신이 교향곡을 완성한 것을 뭐라고 설명한단 말인가? 이상하게 생각할 것이 뻔했다.

'정말 어쩌지?'

마리는 바한의 등을 바라보았다. 그와 오케스트라단은 여전히 답답한 전임 악장의 곡을 연습하고 있었다.

"모두 수고하셨습니다!"

"내일 뵙겠습니다!"

그렇게 하루가 지나고, 그날의 연습이 끝났다. 모두가 주섬주섬 짐을 정리하였다.

"제가 정리할게요."

"고마워요. 그러면 내일 봐요, 마리 양."

"네, 수고하셨습니다!"

연습장 뒷정리는 마리의 몫이었다. 그녀는 청소하며 힐끗 악장 바한을 바라보았다. 그는 연습장 구석에서 악보로 보이는 오선지를 뚫어

져라 내려다보고 있었다. 마리는 한참을 고민하다 조심히 그에게 다가 갔다.

'그의 미완성 교향곡, 전원 풍경 악보구나.'

힐끗 살핀 것이지만, 악보가 어떤 음악을 담고 있는지 한눈에 알 수 있었다. 꿈에서 얻은 모차르트의 능력 덕분이다.

"아, 마리 양? 무슨 일이죠?"

기척을 느낀 바한이 그녀를 돌아보았다.

"마리 양?"

마리가 주저할 뿐 아무런 말도 안 하자 그는 의아한 표정을 지었다. 결국, 마리는 눈을 질끈 감으며 물었다.

"저, 마에스트로, 한 가지 물어볼 게 있어요."

"뭐죠? 편하게 물어보셔도 돼요."

마리는 숨을 들이쉬고 입을 열었다.

"혹시나…… 정말 혹시나 해서 여쭈어 보는데…… 전원 풍경 곡을 완성하는 데 누군가 도움을 주면 어떻게 하실 건가요?"

"……!"

바한은 눈을 동그랗게 떴다.

"그게 무슨 말이죠? 누군가 도움을 주다니?"

마리는 긴장감에 횡설수설 말했다.

"그러니까…… 하늘에서 천사님이라도 내려와 곡을 완성해 준다면."

"천사님이요?"

"아니, 꼭 천사님이 도와줄 거라는 것은 아니지만, 그래도 혹시나 그런 비슷한 일이 생기면……."

바한은 돌연 쿡쿡 웃음을 터뜨렸다.

"제가 많이 우울해 보이긴 했나 봐요. 그런 말씀도 해주시고. 위로 고마워요."

"아, 위로 아닌데……."

바한이 미소 지은 채 말했다.

"누군가 도와주면 당연히 고맙겠죠."

그 말에 마리는 다른 것을 질문했다.

"혹시…… 기분이 나쁘진 않을까요?"

"기분요?"

"네, 그래도 마에스트로의 곡이니까. 다른 사람이 도움을 주면 혹시 나 기분 나쁘실까 해서요."

마리는 음악가들의 유별난 자존심을 생각해 물었다. 하지만 바한은 선선히 고개를 저었다.

"뭐, 그렇게 생각할 수도 있지만, 이 곡의 경우에는 달라요."

"……?"

"그런 자존심보다 이 곡이 완성되는 것을 너무 보고 싶거든요. 다른 누구보다 제 자신이. 그래서 이 곡을 완성할 수 있으면 영혼이라도 바치고 싶다는 심정이에요."

"……그렇군요."

마리는 무언가 생각이 잠긴 얼굴로 고개를 끄덕였다. 바한은 싱긋 웃었다.

"그런데 이런 건 왜 묻는 거예요? 혹시 마리 양께서 곡을 대신 완성해 주시려고요?"

"아, 아니요!"

그녀는 허겁지겁 고개를 저었다. 바한은 그런 그녀의 어색한 모습에 고개를 갸웃했다.

"어쨌든 저도 이만 돌아가 볼게요. 수고해 주시고요. 내일 뵙도록 해요."

"네, 수고하셨습니다!"

홀로 남은 마리는 연습장 정리를 마무리하고 중얼거렸다.

"그래. 몰래, 아무도 몰래 도와드리자."

만약 바한이 도움을 원하지 않으면 그녀도 자신이 떠올린 곡을 묻으려 했었다. 하지만 그는 곡의 완성을 간절히 원하고 있었다. 어떤 도움을 받더라도 말이다.

촤악!

그녀는 연습장 바닥에 두루마리 종이를 펼쳤다. 그리고 쪼그려 앉아 정신없이 악보를 적어 내려가기 시작했다.

'중요한 주제가 되는 부분의 모티브만 적자.'

오케스트라 모든 파트의 악보를 적는 것도 불가능하지 않았지만, 그러기에는 시간이 모자랐다.

'그리고 무엇보다 내가 모든 부분을 적으면 그건 바한 님의 곡이 아니게 되는 것이니까.'

그녀가 지금 하고자 하는 것은 어디까지나 도움을 주고자 하는 것이다. 바한이 막힌 부분을 뚫을 수 있도록 도와주는 것만으로도 충분했다. 그러면 그가 나머지 부분은 알아서 채워 넣을 것이다. 자신만의 방식대로.

'누가 오기 전에 빨리 마무리하자. 그리고 몰래 바한 님의 자리에 넣어 두면 내가 한 일이라고는 아무도 상상하지 못할 거야.'

직접 눈으로 보지 않는 한, 일개 시녀가 이런 일을 했다고 누가 짐작이나 하겠는가. 현장에서 들키지만 않으면 문제없을 것이다.

'최대한 빨리 끝내야지.'

그렇게 생각한 그녀는 바쁘게 악보를 적어 내려갔다.

한편 그때, 사자궁에서 황태자 라엘은 하얀 가운을 입은 어의와 대화를 나누고 있었다.

"불면은 어떠신지요, 전하?"

"비슷하다."

그 말에 어의, 고돈 준남작은 한숨을 내쉬었다.

"죄송합니다, 전하. 소신이 불민하여."

이전부터 황태자는 고질적인 불면에 시달리고 있었다. 2~3일 밤을 새워도 좀처럼 깊은 잠을 잘 수 없었다. 아무리 피로해도 뜬눈으로 밤을 새울 때가 더 많았다.

"어쩔 수 없지."

라엘은 가만히 고개를 저었다.

"약의 용량을 조금 더 올리도록 하겠습니다, 전하."

"그래."

어의가 나간 후, 황태자는 의자에 몸을 기대 잠시 눈을 붙였다. 불면으로 어제도 거의 잠을 자지 못해 피곤했다. 하지만 잠시 쉬기도 전에, 시종이 다른 인물이 왔음을 알렸다.

"재상께서 방문하였습니다."

"들라 하라."

곧 쾌활한 인상의 미남이 집무실로 들어왔다. 인상을 잔뜩 찌푸린 채로.

"무슨 일인가?"

"으악, 못 찾겠습니다, 전하!"

"무슨 말이지?"

"그 조각사 말입니다! 아무리 뒤져도 없습니다! 도대체 어디로 사라진 거지?! 전하, 이렇게 여쭈옵기 송구스러우나, 정말로 확실히 보신 것은 맞는지요?"

황태자는 무뚝뚝한 얼굴로 고개를 끄덕였다.

"분명히 봤다."

"그런데 도대체 어디로 간 거지?! 으악! 이 혈견을 이렇게 골탕 먹이다니!"

혈견(血犬). 내전 당시 목표로 삼은 적을 반드시 궤멸시켜 그에게 붙은 별명이었다. 오른은 이를 갈며 말했다.

"찾으면 가만두지 않겠어."

"난 그 조각사에게 고마움을 표하려고 찾는 거다. 벌을 주려고 하는 것이 아니라."

"그러니까요! 절 이렇게 고생시키고 있으니 벌도 주고, 상도 주어야지요!"

그러며 오른은 말했다.

"클로얀 왕국의 모리나 왕녀 이후로 절 이렇게 골탕 먹이는 인물은 처음입니다."

그 말에 황태자의 눈이 이채를 띠었다.

모리나 드 브란덴 라 클로얀. 지금도 그들의 골머리를 썩이고 있는 인물이었기 때문이다.

"벌써 3년이나 되었군, 그녀를 찾기 시작한 것이."

"네, 전하. 도대체 어디에 숨었는지 기가 막힐 지경입니다."

오른 공작은 한숨을 내쉬었다.

"혹시 죽은 것은 아니겠지요?"

"그건 아닐 거다. 아무도 시체를 본 적이 없으니."

"하지만 살아 있다면 아직까지 발견이 안 될 리도 없지 않습니까? 클로얀 전역뿐 아니라, 인근 지방까지 샅샅이 뒤졌는데. 이제 저는 모리나 왕녀가 실존 인물이 아니라, 가상의 인물이 아니었나 싶은 생각이 들 정도입니다. 생김새를 제대로 아는 사람도 거의 없고요."

"가상의 인물은 아닐 거다. 가상의 인물이라면, 그 짧은 시간 동안 왕국 백성들에게 그렇게 인상에 남는 일을 하지도 못 했겠지.”

　모리나 왕녀가 공주로 왕궁에 머문 것은 불과 몇 년 남짓한 시간이
었다. 워낙 짧은 기간이었고, 형제들의 눈을 피해 숨어 살다시피 해서
얼굴을 아는 이가 거의 없었다. 유일하게 한 점 있었던 초상화는 전란
중 불타 버렸다.

　‘그럼에도 불구하고 그 짧은 기간에 백성들에게 힘닿는 대로 선행을
했어. 대단한 일이지.’

　당시의 일로 그녀에게 생긴 별명은 ‘얼굴 없는 성녀’였다. 황태자는
속으로 생각했다. 그 사실을 전해 듣고 얼마나 놀랐는지 모른다.

　‘형편없는 놈들만 있던 클로얀 왕족 중 내가 유일하게 감탄을 한
인물.’

　3년 전이니 모리나 왕녀 14살 때의 일. 그렇게 어린 소녀가 남들의
눈을 피해 백성들을 돕다니. 물론 대단한 일을 한 것은 아니다. 왕가에
서 천시받던 힘없는 어린 소녀가 선행을 해봤자 얼마나 할 수 있었겠
는가. 자신의 몫으로 배정된 내탕금을 남몰래 시녀를 시켜 빈민들에게
전달하거나, 병자를 위한 약을 사게 하는 정도? 큰 규모의 금액도 아
니었다.

　하지만 큰일은 아니었지만, 쉬운 일도 아니었다. 아무리 넉넉한 상
황에 있다 해도 남을 위한 선행을 하는 것은 굉장히 어려운 일이니까.
더구나 당시의 모리나 왕녀는 빈말로도 넉넉한 상황이라 할 수 없었다.
왕가의 폭정에 시달리던 클로얀 왕국의 백성들이 크게 감동한 것은 당
연한 일. 그들은 지금까지도 모리나 왕녀를 잊지 않고 있었다.

　“클로얀의 백성들은 아직도 그녀를 잊지 않고 있어. 그러니 얼마의
시간이 걸리더라도 모리나 왕녀는 반드시 찾아야 한다. 명심하도록.”

　“알겠습니다, 전하. 그런데 모리나 왕녀를 찾으면 어떻게 하실 것입
니까?”

오른은 가만히 물었다.

"역시 죽이실 것입니까?"

황태자 라엘은 잠시 가만히 있다가 입을 열었다.

"최악의 경우엔 죽여야겠지. 그녀에겐 아무런 죄도 없지만, 아직도 그녀를 찾고 있는 클로얀의 백성들이 있으니까."

피의 황태자다운 냉혹한 말이었다. 그러나 오른은 그 말에서 다른 뜻을 발견했다.

"최악의 경우란 말씀은? 그러면 죽이지 않으실 수도 있다는 것입니까?"

황태자는 고개를 끄덕였다.

"그래."

"클로얀의 백성들을 완전히 제국으로 복속시키려면 왕가의 마지막 핏줄인 그녀를 죽이는 것이 낫지 않겠습니까?"

"그렇긴 하지. 하지만 그건 하책(下策)이다. 클로얀 백성들의 마음을 얻으려면 더 좋은 방법이 있다."

"어떤?"

의아해하는 재상에게 황태자는 입꼬리를 비틀었다.

"그녀를 내 것으로 만드는 것이다."

"그 말씀은?"

"그래, 그녀를 내 비로 삼겠다는 것이다."

"……!"

오른은 눈을 크게 떴다. 하지만 곧 황태자의 말이 훌륭한 비책임을 깨닫고 감탄했다.

"그렇군요. 모리나 왕녀를 전하의 품에 거둔다면 그녀를 바라던 클로얀의 백성들도 자연스레 전하에게 복종하겠군요. 훌륭합니다."

"그러니 반드시 모리나 왕녀를 찾아내야 한다."

"알겠습니다!"

고개를 숙인 오른은 한 가지 떠오른 문제점을 생각하고 물었다.

"그런데 전하."

"왜 그러지?"

"그렇게 하셔도 정말 괜찮으시겠습니까?"

"무슨 말이지?"

"모리나 왕녀가 어떤 인물인지 전혀 모르잖습니까. 그런데 비로 맞아도 괜찮으실지."

황태자 라엘은 그 말에 피식 웃었다.

"무슨 말을 하는지 모르겠군, 오른. 난 이 제국을 지배하는 자다. 중요한 것은 제국에 이득이 되냐, 안 되냐일 뿐. 여인을 받아들이는 데 내 감정 따위는 전혀 중요하지 않아."

황태자다운 대답이었다. 오른은 마지막으로 물었다.

"그러면 만약 모리나 왕녀가 전하의 비가 되는 것을 거절하면 어떻게 하실 것입니까?"

황태자는 짧게 답했다.

"그때는 어쩔 수 없이 죽여야겠지."

그 뒤 오른은 이런저런 국정을 더 상의한 후 방에서 나갔다.

"후우."

황태자는 가면을 벗어 책상 위에 올려놓았다. 아까 전 오른과 나눈 대화 탓일까, 아니면 지독한 불면 때문일까. 몹시 피로했다.

"위스키라도 내오라고 할까요?"

그런 그의 마음을 눈치챈 것인지, 호위 기사 알몬드가 물었다.

"아니, 술을 마시면 더 못 잘 것 같군. 차라리 잠시 산책이라도 다녀오지."

"따르도록 하겠습니다."

"아니, 괜찮아. 조용히 다녀오겠다."

"하지만……."

"괜찮아."

그 강한 어조에 알몬드는 입을 다물었다. 이렇게 신분을 드러내지 않고 홀로 산책을 다니는 것은 황태자의 유일한 휴식이었다. 그것을 알고는 있지만, 경호에 문제가 생기니 알몬드는 곤란했다.

"걱정하지 말도록. 이전이라면 몰라도 지금 이 황궁 안에서 무슨 일이 일어나겠나."

이전이라면 몰라도. 뼈가 있는 말이었다. 황궁 안에서 그를 죽이려던 자들은 모두 목숨을 잃었기 때문이다. 다른 사람도 아닌, 바로 그의 손에. 결국, 알몬드는 한숨을 내쉬었다.

"그래도 꼭 조심하셔야 합니다."

그렇게 황태자 라엘은 홀로 산책에 나섰다. 눈길을 끄는 것이 싫어, 옷도 평범한 것으로 갈아입었다.

'어디로 가지?'

선선한 저녁 여름 바람을 맞으니 국정에서 온 스트레스가 조금 풀리는 것 같았다. 문득 주변을 둘러보는데, 저 멀리 한 건물에 불이 켜져 있는 것이 보였다.

'수정궁이군. 아직 공연 연습 중인 건가? 시간이 늦었는데 기특하군.'

그는 생각했다.

'가서 오랜만에 음악이나 들어 볼까.'

수정궁 바로 뒤편에는 공연장의 창문과 맞닿아 있는 언덕이 있었다. 그 언덕에 누우면 공연장 안에 들어갈 것 없이 창을 통해 들리는 음악 소리를 감상할 수 있다. 과거 때 묻지 않던 어린 시절, 그렇게 종종 몰래 음악을 듣곤 했었다.

'음악을 듣다 잠든 적도 많았었는데. 그러다 어머니랑 누이에게 혼도 나고.'

그는 추억을 떠올리고 옅게 미소를 지었다.

'오늘도 가급적 편안한 음악이었으면 좋겠군. 편안한 음악을 들으면 불면에 도움이 될지도 모르니.'

라엘은 그렇게 생각하며 수정궁으로 발걸음을 옮겼다. 하지만 그에게 불행인지, 행운인지 지금 수정궁에는 오케스트라가 없었다. 수정궁에 있는 것은 오직 시녀인 마리뿐이었다

"끝났다!"

마리는 자신이 적은 악보를 보며 외쳤다. 최대한 간단하게, 중요한 모티브가 되는 부분만 적었기에 오래 걸리지 않았다.

"이 정도면 나머지 부분은 바한 님이 충분히 마무리할 수 있을 거야."

그녀는 재빨리 종이를 접어 바한의 자리에 넣었다.

'본 사람은 없겠지?'

주변을 휙휙 둘러보았다. 다행히 아무한테도 안 들킨 것 같다. 그녀는 연습장의 등불을 끄고 서둘러 나갔다. 그런데 밖으로 향하고 있는데, 무언가가 그녀의 발걸음을 붙들었다. 어둠 속에 위치한 피아노였다.

'피아노.'

그녀는 우뚝 자리에 멈추어 섰다.

아직도 떠돌고 있는 모차르트의 기운 때문일까? 문득 기묘한 감정에 빠져들었다.

―한 번만 연주해 봐.

마치 모차르트가 속삭이는 듯한 충동.

―너 한 번도 네가 떠올린 교향곡 들어 본 적 없잖아. 피아노로 연주

해 봐. 직접 연주해 보고 싶지 않아?

해보고 싶었다. 그 충동에 따르고 싶었지만, 한편으론 망설여졌다.

'괜찮을까?'

이미 너무 오래 연습장에 머물러 있었다. 이러다 누가 오기라도 하면 이상하게 생각할 수도 있다.

―어차피 아무도 없잖아. 한 번만 연주해 봐.

결국, 그녀는 충동에 못 이겨 피아노 앞에 앉았다.

'진짜 한 번만. 한 번만 쳐 보고 가자.'

그렇게 그녀는 연주를 시작했다. 낮지만 맑은, 그러면서도 마음에 스며드는 음색이 연습장으로, 그리고 수정궁 밖으로 울려 퍼지기 시작했다. 그리고 우연의 일치일까, 아니면 운명이었던 것일까? 그곳에는 황태자 라엘이 있었다.

"음악 소리가?"

라엘은 중얼거렸다. 수정궁에 왔는데, 불이 꺼지기에 연습이 끝난 줄 알고 돌아가려 했다. 그런데 어둠 속에서 한 줄기 선율이 들려왔다.

'피아노? 오케스트라의 교향곡을 피아노 버전으로 편곡한 건가?'

그렇게 선율을 듣던 그는 자신도 모르게 중얼거렸다.

"좋군. 정말로……."

낮게 깔리는, 그러면서도 가슴을 울리는 맑은 음색이었다. 음악에도 조예가 깊은 라엘은 이 음색이 최고 수준에 다다른 연주 소리란 것을 눈치챘다.

'대단한 비르투우소(Virtuoso, 명연주자)이군. 궁정 악단에 이 정도의 건반 연주자가 있었나? 누구지, 악장인가?'

하지만 그는 모르고 있었다. 아직 진정한 놀람은 시작도 하지 않았다는 것을.

수정궁 안 마리의 오른손이 옥타브를 올리며 빠르게 움직였다. 그리고 그 소리를 들은 라엘의 눈이 크게 떠졌다.

'이건?'

피아노의 멜로디 안에 흐르는 강물이 굽이쳤다. 강물뿐이 아니었다. 따뜻한 바람, 깊은 바다, 넓은 들판. 그 모든 풍경이 피아노 소리에 섞여 그에게 다가왔다.

'따뜻하군.'

그는 속으로 생각했다. 마치 위로받는 듯한 느낌. 하늘도, 강물도, 바람도, 바다도, 모두 다 그를 위로하고 있는 기분이 들었다. 라엘은 눈을 감았다.

'편안해. 마치 마음이 치유되는 듯한 음악이다.'

최근 단 한 번도 느껴보지 못한 평안함이었다. 이 음악을 계속해서 듣고 있으면 지긋지긋한 불면도 치료될 것 같은 기분이 들었다.

'도대체 누가 이런 음악을?'

그때, 음악의 풍이 바뀌었다. 점차적으로 느려지는 리타르단도.

마치 들판에서 황혼이 내려앉는 느낌이 들었다. 그리고 그 황혼의 끝에는 두 명의 사람이 서 있었다. 평범한 사람들이었다. 어떨 때는 웃고, 어떨 때는 울며, 어떨 때는 기뻐하고, 슬퍼하는 지극히 평범한 삶을 사는 사람들. 낮게 깔리는 단조의 선율은 삶이 평안하지만은 않다고, 때로는 괴롭고 슬프다고 말하는 듯했다. 하지만 그럼에도 괴롭고 힘들어도 서로를 바라보는 얼굴에 미소가 있는 것은, 소중한 사람이 있기에 삶이 따뜻하다는 것을 말하는 듯했다.

"……."

황태자 라엘은 가만히 입술을 깨물었다. 그에게도 그런 사람들이 있었다. 같이 있기에 삶이 따뜻해지는 사람들이. 이제는 닿을 수 없는 그들을 떠올리니 가슴이 울렁거렸다.

"하아."

그는 결국 한숨을 내쉬었다.

'이 곡은 도대체……'

고작 음악에 불과하건만, 이토록 가슴을 진동케 하다니.

'도대체……'

그렇게 라엘은 음악이 끝났음에도 곡의 여운에 휩싸여 한참을 움직이지 못했다. 그의 머릿속에는 여전히 피아노 소리가 들리는 듯했다. 그러다 어느 순간 그는 퍼뜩 정신을 차렸다.

"누가 이 곡을 만든 것이지?"

확인하고 싶었다. 얼마 전 조각사처럼 놓치고 싶지 않아 그는 연습장으로 서둘러 발걸음을 옮겼다.

'어느 쪽으로 들어가야 하지?'

수정궁 안으로 들어온 그는 주변을 살폈다. 수정궁 안에는 당연히 연습장만 있는 것이 아닌지라 어느 쪽으로 가야 하는지 헷갈렸다. 더구나 대부분의 등불이 꺼져 있어 길을 걷기도 어려웠다.

'이러다 설마 또 놓치는 건?'

인상을 찌푸리고 발걸음을 바삐 움직일 때였다. 그 순간 가슴 부위에 무언가 부닥쳤다.

"꺄악!"

"……!"

깜짝 놀라며 보니 작은 소녀였다. 이제 17살 정도로 보였는데, 귀엽고 착하게 생긴 인상이었다.

"아야. 아야. 아파."

엉덩방아를 강하게 찧었는지 바닥에 주저앉아 인상을 찌푸리던 소녀는 퍼뜩 정신을 차리고 고개를 숙였다.

"아! 죄, 죄송합니다! 제가 앞을 제대로 못 보고 다녀서."

라엘은 생각했다.

'시녀인가?'

복장을 보니 허드렛일을 담당하는 하급 시녀 같았다. 착한 인상에 나름 귀여운 외모였지만, 라엘의 눈에는 전혀 들어오지 않았다. 지금 그의 머릿속은 방금 기적 같은 연주를 들려준 음악가로 가득 차 있었으니까. 라엘은 일단 자신 때문에 넘어진 시녀에게 손을 내밀었다.

"괜찮나? 일어나라."

"아, 가, 감사합니다."

시녀 마리는 손을 잡고 일어나며 살짝 얼굴을 붉혔다.

'와아, 잘생겼다.'

부드러운 금발, 그림 같은 얼굴선. 잘생겼다는 말보다는 아름답다는 말이 어울리는 외모였다. 차가운 눈빛이 흠이긴 했지만, 그것마저도 너무 아름다워 비현실적이게 느껴질 정도였다.

'누구지? 평복인 것을 보니 귀족은 아닌 것 같은데? 시종인가?'

늘 철가면으로 얼굴을 가리고 다녔기에, 설마 그 공포의 황태자라고는 생각도 못 하고 그녀는 생각했다. 그때, 남자가 그녀에게 물었다. 목소리마저 미성이었다.

"오케스트라단의 연습장은 어디 쪽이지?"

"아! 저쪽이에요!"

마리는 자신이 온 방향을 가리켰다.

"알겠다."

황태자는 고개를 끄덕였다. 그리고 곧바로 발걸음을 옮기며 물었다. 그녀가 자신이 찾는 연주자란 것은 꿈에도 생각하지 못한 채로.

"혹시 이쪽으로 누군가 오는 것을 못 봤나?"

마리는 고개를 저었다.

"저 말고는 이 방향으로 아무도 안 왔어요."

황태자는 곧 연습장에 도착했다.

"이런!"

역시나 불안한 예감대로 아무도 없었다. 텅 빈 연습장에는 금관 악기들과 피아노만 덩그러니 놓여 있을 뿐이었다.

"어디로 간 거지?"

그는 주변을 살폈다. 자신이 온 문 말고도 밖으로 나가는 통로가 몇 개 더 있었다.

'다른 통로로 나갔나 보군.'

방금 자신이 온 통로에는 시녀 말고는 아무도 없었다. 그러니 그 방향은 아닐 것이다. 그렇게 생각한 라엘은 다른 통로로 나갔다. 이번에야말로 연주자를 놓치지 않기 위해.

"어디로 간 거지?"

하지만 없었다! 주변을 다 살펴보았으나 아무도 없었다.

"도대체?"

혹시나 싶어 근처에서 일하는 시종이나 경호대에도 확인해 봤으나 아무도 그 연주자를 본 사람은 없었다. 라엘은 인상을 찌푸렸다.

'어쩔 수 없군. 내일 악단 단원들을 불러서 확인해 보는 수밖에.'

다른 방법이 없는지라 황태자는 그렇게 결정을 내렸다.

'당연히 황궁 악단의 단원이겠지. 악장일 가능성이 가장 높겠군.'

하지만 지난번 조각사의 일 때문일까? 이유 없이 괜히 안 좋은 느낌이 들었지만, 황태자는 곧 고개를 저었다.

'방금 연주는 최고의 대가나 가능한 연주. 이 정도의 음악성을 가진 음악가는 황궁에도 거의 없으니, 쉽게 찾을 수 있을 거다.'

그는 그렇게 생각했다.

"아까 전 만났던 시녀도 다시 불러서 물어봐야겠군. 연습장 근처에 있었으니, 분명 연주를 들었을 터. 누가 연주했는지 봤을 테니까."

라엘은 아까 전 마주했던 귀여운 인상의 작은 시녀를 떠올리며 홀로 중얼거렸다.

다음 날, 마리가 자고 있는 방을 누군가 쾅쾅 두드렸다.

"마리! 마리?! 안에 있니?"

마리는 깜짝 놀라 깨어났다.

"네! 안에 있어요. 무슨 일이세요?"

방문이 열리니, 동료 시녀가 당황한 얼굴로 말했다.

"너 혹시 밤에 무슨 사고 쳤니?"

"네?"

마리의 심장이 덜컥 내려앉았다. 사고를 치긴 했다.

'호, 혹시 누가 봤나?'

그녀의 가슴이 두근두근 뛰었다.

'아니야. 분명 연주할 때 아무도 없었어. 끝나고 나서도 마찬가지고. 아무도 못 봤을 거야.'

애써 마음을 진정시키는 그녀에게 동료 시녀가 말했다.

"황궁 악단의 단장인 바한 님이 너 보고 수정궁으로 와 달래. 지금 당장!"

마리는 헐레벌떡 수정궁으로 향했다. 아직 일과가 시작하기 전인 이른 아침임에도 연습장에는 사람들이 웅성거리고 있었다. 악장인 바한, 그리고 오케스트라단의 핵심 인물인 부악장, 콘서트 마스터 등이었다. 바한은 평소와 다르게 심각한 얼굴로 두루마리 종이를 쳐다보고 있었다.

'아, 내가 놓아둔 악보 때문에 물어보려 나를 부른 거구나.'

저 종이는 전날 그녀가 적어 둔 악보였다. 들킨 게 아니란 생각에 마리는 안도의 한숨을 내쉬었다.

'잘 둘러대자. 명심해. 저건 내가 적은 게 아니야. 난 아무것도 몰라.'

한편 바한과 악단의 인물들은 그녀의 도착을 눈치채지 못하고 대화를 나누고 있었다.

"그러면 부악장이 적은 악보가 아니란 거죠?"

"당연하죠, 마에스트로. 제가 어떻게 이런 음악을 적습니까?"

"그러면 콘서트 마스터도?"

"네, 아시겠지만 전 감히 이 음악에 담긴 내용의 발끝만큼도 쫓아갈 실력이 없습니다."

그 대답에 바한은 한숨을 내쉬었다.

"그러면 도대체 누가? 누가 이런 기적 같은 음악을?"

악단의 인물들이 물었다.

"마에스트로가 적으신 것 아닙니까? 이 악보는 마에스트로가 작곡한 전원 풍경 교향곡의 뒷부분인 것 같은데."

바한은 고개를 저었다.

"아닙니다. 물론 이런 방식으로 진행하려고 악상을 떠올리고 있긴 했지만, 전혀 그 내용을 전개시키지 못하고 있었어요. 그런데 이 악보는……."

바한은 침을 꿀꺽 삼켰다. 자신이 어렴풋이 생각하고 있던 그 내용이 완전히 현실화되어 있었다. 그것도 더 수준 높은 솜씨로. 도저히 믿을 수 없었다.

'도대체 누구인 거지? 누가 이런 기적 같은 악보를?'

그때 그는 마리가 도착한 것을 눈치채고 다급히 물었다.

"아, 마리 양? 이른 아침부터 불러 미안합니다. 급하게 물을 것이 있어서."

"네, 말씀하세요."

"어제 저녁, 연습장에서 이 악보를 쓴 사람을 보지 못했습니까?"

마리는 고개를 저었다. 이제부터 잘해야 한다.

"보지 못했어요."

"아무도 못 봤습니까?"

"네. 정말 못 봤어요."

바한은 그녀가 설마 거짓말을 하는 거라고는 전혀 의심하지 못했다. 특별히 거짓말을 할 이유가 없었기 때문이다.

"그런가요? 하아. 그러면 도대체 누가 이 악보를 남긴 것인지."

"……무슨 일이신데요?"

"이것 보십시오."

바한은 마리에게 악보를 펼쳐 보여 주었다. 바로 그녀가 어제 적은 그 악보였다.

"누군가 이 악보에 기적 같은 음악을 적어 놓고 갔습니다."

기적 같은 음악! 지나친 극찬에 그녀는 얼떨떨한 표정을 지었다. 물론 곡의 완성도가 대단함은 그녀도 알고 있었지만, 코앞에서 그런 극찬을 들으니 당황스러운 기분이 들었다.

"저…… 마에스트로께서도 똑같이 내용을 진행하려고 했던 것 아닌가요?"

"그렇기야 했죠. 하지만 그저 느낌만 가지고 있었을 뿐, 이런 식으로 풀어 나갈 수 있다는 것은 상상도 못 하고 있었습니다."

그러며 그는 탄식했다.

"더구나 더 놀라운 것은 이 악보에는 오로지 중요한 모티브만 적혀 있다는 것입니다. 마치 제게 힌트를 주며, 이런 식으로 진행하면 된다고 알려 주듯이!"

그의 말이 정확했기에 마리는 할 말이 없었다. 힌트를 주려고 한 것이 맞았다. 그녀는 조심히 물었다.

"그러면 그 악보를 토대로 나머지 부분을 완성시킬 수는 없나요?"

"당연히 완성할 수 있죠. 중요한 모티브가 다 해결되었으니."

"그러면 특별히 문제 될 것은……?"

바한은 절레절레 고개를 저었다.

"문제 될 것은 없습니다. 오히려 정말 잘된 일이죠. 일평생 숙원이었던 전원 풍경 교향곡을 완성할 수 있게 되었으니! 하지만……!"

그는 흥분한 목소리로 말했다.

"이 악보를 적은 분을 꼭 만나고 싶습니다. 도대체 어떻게 이런 기적 같은 음악을 만들어 냈는지! 분명 저 같은 것과는 비교도 안 되게 뛰어난 분일 터! 만나서 꼭 가르침을 받고 싶습니다."

그의 말을 들은 마리는 깜짝 놀랐다.

'뭐라고? 가르침을 받겠다고? 농담하는 거겠지?'

하지만 그의 눈빛을 본 그녀는 침을 꿀꺽 삼켰다. 저 활활 타오르는 눈빛은 이 악보의 주인만 만나면 무릎이라도 꿇고 제자로 받아주십사, 하고 빌 것 같은 눈동자였다.

'엄마야.'

절대! 절대로 들키면 안 되겠다고 마리는 다짐했다. 그런데 그때, 저벅저벅 군화 소리가 그들에게 다가왔다.

'왜 또 황태자 전하의 근위 기사가?'

다가오는 이의 존재를 확인한 마리는 놀란 표정을 지었다. 지난번 조각사 사건 때 나타났던 황태자의 근위 기사 알몬드였다.

'이번엔 왜?'

왠지 불길한 예감이 스칠 때, 알몬드가 말했다.

"누가 악장이지?"

"제가 악단의 악장 바한입니다."

바한이 의아한 얼굴로 손을 들었다.

"그렇군. 따라오도록. 황태자 전하께서 기다리신다."

"……!"

그 말에 모두가 깜짝 놀랐다. 음악에 관심이라고는 한 톨도 없을 것 같은 피의 황태자가 왜 악단의 마에스트로를? 하지만 놀람은 끝이 아니었다. 알몬드는 이번에는 마리에게 고개를 돌려 위아래로 훑어보았다. 마치 무언가를 확인하는 것 같은 시선.

"네가 그 시녀군."

"네?"

"너도 따라와라."

마리의 눈동자가 커다래졌다.

'피의 황태자가 나를?'

마리와 바한은 입을 다물고 알몬드를 따라갔다. 둘 모두 똑같은 생각을 하고 있었다.

'왜 황태자가?'

특히 마리의 얼굴은 하얗게 질려 있었다. 바한이야 황궁 악단의 책임자이니 불러 이야기를 할 수도 있는 일이지만, 자신은 그저 일개 하급 시녀에 불과했기 때문이다. 아무리 고민해도 자신을 부를 만한 이유가 없었다. 오로지 짐작되는 것이 있다면 그건 한 가지밖에 없었다.

'설마 내 정체가?'

마리, 아니, 모리나는 침을 꿀꺽 삼켰다. 아무리 고민해 뵈도 일개 시녀인 자신을 부를 만한 이유는 그것 외에는 없어 보였다. 그녀는 애써 고개를 저었다.

'아니야. 아닐 거야. 갑자기 정체를 들킬 이유가 없어.'

애초에 왕국 내에서도 그녀의 얼굴을 정확히 아는 이 자체가 극히 드물었다. 당시 짐작으로 그려진 자신의 몽타주를 보고 얼마나 웃었는지. 완전히 다른 사람이 몽타주에 그려져 있었다. 더구나 그 뒤로도 3년이란 세월이 흘렀다. 14살 어린 소녀는 17살이 되었고, 인상도 많이 바뀌었다. 더구나 자신은 지금 왕녀가 아니라, 하급 시녀로 일하는 중이었고. 설사 이전 자신의 얼굴을 알던 사람이 본다 해도 알아보기 힘들 것이다.

'다른 이유 때문일 거야. 긴장하지 마.'

그녀는 그렇게 생각하며 애써 마음을 다스렸다. 근위 기사인 알몬드가 비교적 자신을 정중하게 이끌고 있는 점도 안심이 되었다.

'만약 정체를 들킨 거면 이렇게 친절하게 안내하지 않았을 거야. 밧줄로 묶어 감옥으로 바로 끌고 갔겠지.'

그렇게 이런저런 생각을 하고 있을 때, 알몬드가 말했다.

"도착했다."

"……!"

"전하께서 기다리고 계시니 예를 갖추도록."

끼이익.

문이 열리며 넓은 방이 드러났다. 책상 주변에 두 명의 남자가 있었는데, 좌측의 남자는 단박에 정체를 알 수 있었다. 하얀 턱 위로 얼굴의 절반을 가리는 철가면을 쓰고 있었기 때문이다.

'철가면!'

그녀는 자신도 모르게 몸을 파르르 떨었다. 왕국 멸망의 날 봤던, 그 철혈의 황태자였다!

'진정해. 난 클로얀 왕국의 왕녀가 아니라, 아무것도 모르는 시녀일 뿐이야.'

황태자 옆에는 쾌활한 인상의 미남도 있었는데, 마리는 그의 정체도 금방 알 수 있었다. 워낙 유명한 인물이었기 때문이다.

'재상 오른 공작!'

생각지도 못 하게 제국 최고의 권력자 두 명을 마주해 버렸다. 그녀는 바한과 함께 예를 올렸다.

"제국의 황태자 전하를 뵙습니다!"

"그래, 고개를 들라."

마리와 바한은 공손히 황태자의 말을 기다렸다.

"그대가 황궁 악단의 악장 바한인가?"

"네, 전하!"

"그래, 수고가 많군. 그대를 부른 것은 한 가지 확인할 것이 있어서다."

"어떤 것이옵니까, 전하?"

황태자는 말없이 자리에서 일어났다. 그리고 방구석에 놓인 피아노를 향해 걸어갔다.

'집무실에 피아노가?'

마리와 바한은 의아한 표정을 지었다. 곧 더욱 놀라운 일이 일어났다. 황태자가 피아노 앞에 앉더니, 건반 위에 손을 올린 것이다.

"그대는 혹시 이 곡을 아는가?"

"……!"

그리고 울려 퍼지는 낮고 맑은 음색! 그 순간 바한의 얼굴이 경악으로 물들었다. 일단 황태자의 피아노 실력이 굉장히 뛰어났다. 어지간한 전문 건반 연주자보다도 완숙한 경지였다. 하지만 그가 진정으로 놀란 이유는 그가 연주한 곡이 바한에게 굉장히 익숙한 음악이었던 탓이었다.

'이건 내 전원 풍경 교향곡! 어떻게 전하께서 내 곡을?'

놀라움은 끝이 아니었다. 황태자가 유려하게 그의 1악장을 연주하더니 뒷부분, 아직 손도 대지 못한 미완성 2악장 부분을 연주하기 시작했던 것이다. 더구나 정체불명의 인물이 남기고 간 악보와 주 선율의 진행이 똑같았다!

'어, 어떻게?!'

바한은 도저히 눈앞에서 벌어지는 일을 믿을 수가 없었다. 황태자는 어느 순간 손가락을 멈추었다.

"이 이상은 내 수준으론 치기 어렵군. 웬만한 비르투우소가 아니면 못 칠 난이도야. 어쨌든 그대는 이 곡을 알고 있는가?"

바한은 멍한 얼굴로 고개를 끄덕였다.

"네, 네. 알고 있습니다."

"그래? 이건 누구의 곡인가?"

황태자는 반색하며 물었다. 지난번 조각사 때와 다르게 쉽게 곡의 주인을 찾을 수 있을 것이라 생각한 것이다. 그런데 악장의 답변이 이상했다.

"……모르겠습니다."

"방금 안다고 하지 않았나? 그런데 모르겠다고? 그게 무슨 말인가?"

"이 곡은 제가 작곡한 곡입니다, 전하. 하지만 동시에 제가 작곡한 곡이 아닙니다."

"도대체 무슨 말을 하는 건지 모르겠군."

황태자는 바한의 이해할 수 없는 말에 인상을 찌푸렸다. 바한은 깊게 한숨을 내쉬었다. 마치 땅이라도 꺼질 것처럼.

"사실은…….."

곧 그는 황태자에게 사정을 설명하였다. 바한의 말을 듣는 황태자의 표정이 시시각각 변했다.

"그러니까…… 누군가 네 미완성 교향곡의 뒷부분을 대신 완성했다고? 그리고 악보를 몰래 연습장에 놓고 사라졌다는 건가?"

지난번 조각사 사건 때와 똑같은 일이 일어난 것이다.

"네, 전하."

황태자는 물었다.

"악단의 인물이 벌인 일일 가능성은 없는가?"

"없습니다."

바한은 단호히 대답했다.

"어째서지?"

"곡의 수준이 너무나 뛰어나기 때문입니다. 이런 수준의 곡을 작곡해 낼 수 있는 인물은 악단에 아무도 없습니다. 물론 저를 포함해서요."

"……!"

"하늘에서 천사가 내려와서 선물을 남겨 주고 간 건가, 하는 생각이 들 정도로 뛰어난 곡입니다. 비록 1악장을 제가 작곡했다지만, 그 뒤에 전개되는 주제들은 제가 감히 흉내 낼 수 없는 경지입니다."

"……알았네. 그래도 혹시나 악단의 단원이 벌인 일일 수도 있으니, 그대는 돌아가서 한번 확인해 보게나."

"네, 전하!"

바한은 고개를 깊이 숙이고 물러났다. 그리고 홀로 황태자와 재상 앞에 남게 된 마리는 속으로 당혹스러워하고 있었다.

'어제 내가 연주한 곡 때문에 날 부른 거였어?'

일단 정체를 들킨 것이 아닌 것은 정말 천만다행이었다. 하지만 곤혹스럽긴 마찬가지였다.

'어떻게 황태자 전하가 내가 어제 연주한 곡을 알고 있는 거지? 분명 아무도 없는 것을 확인했었는데.'

다른 사람도 아닌, 하필 저 피의 황태자에게 들키다니! 그녀는 아득한 마음이 들었다. 그때, 황태자가 재상을 돌아보며 말했다.

"묘하군."

"그렇습니다, 전하. 지난번 조각사 때와 똑같은 패턴입니다."

"그렇군. 이상해. 도대체 어떻게 된 일이지?"

그들의 대화에 그녀는 남몰래 침을 꿀꺽 삼켰다. 조각사 일도 그렇고, 이번 일도 그렇고, 범인은 모두 그녀였다. 그때, 황태자가 그녀를 돌아보았다.

"너는……."

"마리라고 합니다."

그녀는 긴장한 속마음을 숨기며 공손히 고개를 숙였다. 지금도 피에 젖은 검을 들고 자신을 찾던 그의 모습이 생생했다. 들켜서 그의 관심을 끌어선 절대 안 된다.

황태자가 물었다.

"그래, 마리. 어젯밤에 너도 피아노 연주를 들었겠지? 내가 방금 연주한 곡 말이다."

"……네, 전하."

"그러면 혹시 연주자를 보았는가?"

마리는 아무도 모르게 주먹을 움켜쥐었다. 호랑이 아가리에 머리를 내밀고 있는 상황이다. 반드시 잘 대답해야 했다. 이윽고 그녀의 입에서 차분한 목소리가 흘러나왔다.

"보지 못했습니다, 전하."

"그래?"

"네, 연습장 정리를 다 끝내고 나온 뒤에 음악 소리를 듣긴 했지만, 안에서 정리할 때 누가 들어오거나 하지는 않았습니다."

그 대답에 황태자가 마리의 눈을 바라보았다.

"……."

철가면 뒤에서 일렁이는 시리도록 차가운 푸른 눈동자. 왠지 최근에 저 푸른 눈동자를 본 것 같다는 느낌이 들었으나, 긴장에 깊게 생각할 틈이 없었다.

"그런가?"

"……네, 전하."

두근두근.

재차 묻는 그 질문에 마리의 심장이 세차게 뛰었다.

'혹시 이상함을 눈치챈 것은 아니겠지? 아니야, 아무리 황태자라도 시녀인 내가 그 연주를 했다고는 어떻게 짐작하겠어?'

잠시 말없이 그녀를 보던 황태자는 고개를 끄덕였다.

"알겠다. 그러면 나가 보도록."

"네, 전하."

'살았다!'

마리는 크게 안도의 한숨을 내쉬고 싶은 것을 참으며, 고개를 숙였다. 그리고 최대한 공손히 뒷걸음으로 방을 나가려는데, 낮은 목소리가 그녀를 붙들었다.

"잠깐."

황태자였다.

"나가기 전에 저 피아노를 한번 쳐 봐라."

"……!"

"피, 피아노 말씀이십니까?"

마리는 당황해 물었다. 황태자는 짧게 고개를 끄덕였다.

"그래."

어, 어째서?

'혹시 들킨 건가?'

마리의 머릿속이 엉망으로 꼬였다.

'치, 치면 안 돼. 들킬 수도 있어.'

사람마다 생김새가 모두 다르듯, 연주자도 모두 각자의 스타일이 있었다. 그건 지문 같은 것으로, 숨기려고 해도 숨길 수 없었다. 음악에 조예가 깊은 황태자가 들으면 어제 연주와의 유사성을 잡아낼지도 몰랐다. 하지만 누구의 명이라고 거절하겠는가. 그가 자신을 빤히 쳐다보자 마리는 어쩔 수 없이 피아노 앞에 앉았다.

"전하, 제 피아노 실력은 보잘것없사옵니다. 귀를 어지럽힐까 걱정입니다."

"괜찮다. 부담 없이 쳐 봐라."

어떻게 부담 없이 치겠는가! 마리는 창백하게 질린 얼굴로 생각했다.

'어쩌지? 어쩌지?'

긴장감에 건반 위에 올린 손이 파르르 떨렸다. 머릿속이 하얗게 변했다. 어떻게 해야 할지 모르겠다.

'일부러 이상하게 칠까? 아니야, 눈치챌지도 몰라. 어떻게 하지?'

그렇게 그녀가 패닉에 빠져 있을 때였다. 황태자가 말했다.

"됐다. 너무 긴장하는군. 그냥 나가 보도록."

"……!"

마리는 정말인가, 껌뻑껌뻑 황태자를 바라보았다.

"가서 볼일 보도록."

"네, 알겠습니다."

혹시나 다시 붙들까, 그녀는 빠른 걸음으로 집무실을 빠져나갔다. 그런 그녀를 보며 황태자는 철가면 밑으로 인상을 찌푸렸다.

"뭔가 이상하군."

"무엇이 말입니까?"

"저 시녀 말이다."

오른 공작은 고개를 갸웃했다.

"특별히 이상한 것은 없어 보이는데요? 갑자기 전하 앞에서 피아노를 치라고 해서 당황한 것 아닙니까?"

황태자는 고개를 끄덕였다.

"그래, 그건 이상할 것이 없지."

그는 자신의 악명을 잘 알고 있었다. 피의 군주라 불리는 자신 앞에서 갑자기 피아노를 치라고 하면 누구나 당황할 수밖에 없으리라.

"그러면 어떤 것 때문에 이상하다 여기시는 것입니까?"

"……."

라엘은 뭐라 말을 하려다 입을 다물었다. 스스로 생각해도 명확하지 않은 이유인 탓이었다.

'눈빛.'

라엘은 속으로 중얼거렸다. 피아노를 치라고 하기 전, 문답을 나눌 때 시녀의 눈빛을 떠올렸다. 악명 가득한 자신을 마주하고 있다고는 생각하기 어려운 맑고 차분한 눈동자. 그 맑은 눈동자는 일개 시녀라고는 생각하기 어려울 정도의 깊이를 담고 있었다.

'왜 이렇게 이상하게 느껴지는 거지? 그냥 착각인가?'

라엘은 손가락으로 철가면을 두드리며 생각했다.

오른이 그에게 물었다.

"그런데 왜 갑자기 피아노를 쳐 보라고 한 것입니까, 전하?"

그 물음에 라엘은 잠시 입을 다물었다. 특별한 이유는 없었다. 그냥 갑자기 이상한 감이 들었던 것이다.

'혹시 저 시녀가 연주했던 것은 아니겠지?'

순간 그런 생각이 들었었다. 하지만 본인이 생각해도 너무 황당한 생각이어서 중간에 멈추라고 했다. 너무 긴장해 떠는 모습이 도저히 어젯밤의 곡을 연주한 연주자라고는 여길 수 없었던 것이다.

'도무지 모르겠군.'

그때, 오른이 다짐하듯 말했다.

"어쨌든 지난번 조각사도 그렇고, 이번 음악가도 모두 제 이름을 걸고 반드시 찾아내겠습니다."

라엘은 고개를 끄덕였다.

"부탁하지."

그러며 그는 속으로 중얼거렸다.

'마리라고?'

왠지 눈에 밟히는 이름.

'어쨌든 조금 더 지켜봐야겠군.'

그렇게 그녀는 처음으로 황태자 라엘과 얽히기 시작했다.

Chapter 2
피의 황태자와 시녀님

이후 몇 주간의 시간이 흘렀다. 축제가 정말 코앞으로 다가왔고, 마리는 수정궁의 일을 마치고 새로운 일을 받게 되었다.

'드디어 수정궁을 떠나게 되는구나.'

마리는 한숨을 내쉬었다. 그녀에겐 천만다행으로 끝까지 들키지 않을 수 있었다. 바한은 그녀가 적어준 모티브를 기반으로 교향곡의 나머지 부분을 훌륭하게 완성했다. 기쁜 일이었지만, 그가 틈만 날 때마다 범인(?)을 찾아서 문제였다.

"반드시 찾아내 가르침을 받도록 하겠습니다!"

이렇게 외치며 말이다. 그 배움에 불타는 눈빛은 음악에 영혼을 바친 이의 숭고한 것이었으나, 마리는 모골이 송연했다.

'어쨌든 다 잘 마무리되어서 다행이네.'

그녀는 속으로 한숨을 내쉬었다. 축제 때 공연할 곡도 훌륭하게 마무리되었고, 무엇보다 자신의 소행임을 안 들켜서 정말 다행이었다.

'앞으로는 꼭 조심해야겠어.'

그녀는 황태자의 철가면을 떠올렸다. 조각사 때 일도 그렇고, 벌써 연달아 2번이나 그의 관심을 끌어버렸다. 천만다행으로 발각되지는 않았지만 황태자와 더 엮이는 것은 절대 사절이었다.

'다음 근무할 곳은 어디지? 이곳 수정궁 근무가 끝났으니, 축제 전까지 다른 근무처에서 축제 준비를 해야 할 텐데.'

그러며 그녀는 생각했다.

'힘든 근무처여도 상관없으니, 그냥 이번에는 누구의 눈에도 안 띄는 곳이면 좋겠다.'

그런 바람 덕분이었는지 그녀는 정말 사람들이 없는 조용한 곳에 배정받게 되었다. 다만 한 가지 문제가 있었다.

"백조 정원 정리요?"

"그래. 지금 다른 시녀들은 모두 다른 준비를 맡고 있어서 너 말곤 그 일을 맡을 사람이 없어. 어지럽혀진 정원을 간단히 정리만 하면 되니, 크게 어렵진 않을 거야."

그때 상급자인 수잔은 평소와 다르게 조심히 말했다.

"무, 물론 가끔 귀신이 나온단 소문도 있지만, 그건 근거 없는 소문이니 너무 걱정은 하지 말고."

"……."

한 가지 문제점. 그것은 백조 정원에 대한 소문 때문이었다.

백조 정원에는 귀신이 나온다! 황궁 시녀들 사이에 이런 소문이 돌고 있었던 것이다.

'무슨 말도 안 되는…….'

마리는 입을 다물었다. 백조 정원은 황궁 가장 으슥한 곳에 위치한 정원으로 비운의 7황녀가 그곳에서 독살당한 후 5년이 넘는 세월 동안 방치된 있는 곳이었다. 마녀의 머리카락 같은 덩굴나무에 뒤덮인 정원은 마치 흉가처럼 으스스한 분위기여서 귀신이 나온다는 소문이 종종 시녀들 사이에서 돌았다.

"최, 최근 백발의 귀신이 나온다는 소문이 돌던데…… 그런 건 다 헛소문이니 신경 쓰지 말고."

"……."

마리는 새삼스러운 눈으로 수잔을 바라보았다. 사감 선생님보다 매서운 성격이면서 귀신을 무서워하다니!

'귀신보다 수잔 시녀님이 더 무서울 것 같은데…….'

평소 자신을 혼내던 수잔을 떠올렸다. 이전 자신이 실수할 때마다 눈을 치켜뜨고 불호령을 내리는 모습은 귀신도 도망갈 정도로 무서웠다. 물론 마리도 귀신을 안 믿는 것은 아니었다. 하지만 아무리 그래도 황궁 내에서 귀신이라니. 그건 정말 좀 아니지 않은가.

'그리고 귀신보다 황태자가 훨씬 더 무서워.'

차가운 철가면을 떠올린 그녀는 파르르 몸을 떨었다. 만약 이 황궁에 정말로 귀신이 살고 있다면 그건 황태자일 것이다. 아니면 황태자의 검에 죽은 원혼이거나.

'백조 정원에서는 절대 황태자와 마주할 리 없겠지.'

그렇게 생각한 마리는 고개를 숙였다.

"네, 그러면 내일부터 백조 정원으로 가면 될까요?"

그녀는 오랜만에 다른 인물이 되는 꿈을 꾸었다.

'이번엔 무슨 꿈이지?'

혼몽 중임에도 마리는 비교적 선명하게 중얼거렸다. 자각몽(Lucid dream, 自覺夢)이 반복되다 보니 조금씩 꿈속에 익숙해지는 느낌이 들었다.

'설마 낮에 들었던 귀신 이야기와 관련된 꿈은 아니겠지?'

혹시나 하는 마음으로 걱정했지만, 다행히 그건 아닌 것 같았다.

「밀! 밴! 밥 먹고 나가야지!」
「바빠요, 엄마!」
「아니, 그래도 밥 거르면 어떻게 해? 여기 계란빵이라도 가져가!」

마리는 꿈속에서 눈을 깜빡였다.
'이게 무슨 꿈이지?'
지난번 꿈들과 다르게 일반적인 가정집 모습이었다. 꿈속에서 마리는 평범한 중년 여성이 되어 있었다. 두 아들의 어머니인 그녀는 마을 어디에서나 볼 수 있는 지극히 평범한 여인이었다. 굳이 특징을 찾아보자면 요리를 무척 잘한다는 것? 그녀가 만든 감자 수프의 구수한 맛은 마을 내에서도 정평이 나 있었다.

「일은 힘들지 않았어, 아들?」
「에이, 괜찮다니까요. 내가 어린애도 아니고 그만 걱정해요.」
「그래도 위험하니 꼭 조심해야 해. 알았지?」

꿈은 별다른 내용도 없이 굉장히 길었다. 중년 여인과 두 아들의 삶이 '어머니'의 시선을 통해 잔잔히 지나갔다. 말썽만 부리던 두 아들은 커서 직업을 가졌고, 따로 독립도 했고, 결혼도 했다. 그런 와중 즐거운 일도 있었고, 힘든 일도 있었고, 슬플 때도 있었으며, 기쁠 때도 있었다.
삶 속의 지극히 평범한 나날. 꿈속의 중년 여인은 아들들이 커 가는 그 과정을 모두 지켜보았다. 기쁜 일이 있으면 같이 기뻐하고, 아플 때는 본인들보다 더 아파하면서. 자식들이 남몰래 한숨을 내쉬면 무슨 일이 있었는지 걱정하며 잠을 뒤척였다. 그러며 그녀는 늘 기도했다.

주님, 늘 당신의 가호가 임하소서.

그렇게 물 흐르듯 꿈속의 시간이 지나갔고, 마리는 언제인가 모르게 꿈에서 깨어났다.

마리는 눈을 깜빡거렸다.

"이게 무슨 꿈이지?"

너무 평범한 일상이어서 무슨 꿈을 꾼 것인지 오히려 헷갈렸다. 왜 이런 꿈을 꾸게 된 거지?

"그냥…… 별 꿈 아닌가?"

그녀는 고개를 갸웃했다. 꾸는 꿈이 모두 특별한 의미를 가지진 않을 테니까. 평범한 꿈을 꾸는 날도 있을 것이다.

'아니야. 그냥 의미 없는 꿈은 아닌 것 같아.'

하지만 그녀는 곧 고개를 저었다. 별다른 내용이 없긴 했어도 꿈의 내용이 너무 선명했다. 마치 실제로 그 중년 여인이 된 것처럼 말이다.

"모르겠다. 일단 조금 더 자자."

아직 첫 닭도 울지 않은 이른 새벽이었다. 오늘 하루도 힘내기 위해서는 좀 더 푹 자야 했다. 하지만 왜일까? 눈을 감았지만, 멀뚱멀뚱 잠이 오지 않았다. 방금 꿈이 여운처럼 계속 떠올랐다.

'이번 꿈도 무슨 이유가 있는 걸까?'

그녀는 눈을 감고 생각했다. 지금껏 경험으로 봤을 때, 꿈은 늘 앞으로 벌어질 일과 연관이 있었다. 하지만 어머니가 되는 꿈이라니! 도무지 짐작할 수가 없었다.

'난 남자 손도 안 잡아 봤는데…….'

결국, 뜬눈으로 밤을 지새운 마리는 새로운 근무처인 백조 정원으로 향했다. 중간에 상급자인 수잔 시녀가 걱정스러운 어조로 이렇게 말해

머리를 더 복잡하게 만들었다.

"마리, 며칠 전에도 귀신을 봤다는 제보가 있었단다. 금발 머리의 귀신이라
던데……."

"……지난번에는 백발이라고 하셨던 것 같은데……."

"아, 그건! 낮에 나오는 귀신이고, 금발은 밤에 나온 귀신이래."

"……."

마리는 얼떨떨한 표정을 지었다. 낮에는 백발 귀신이고, 밤에는 금
발 귀신이란 말인가.

"무, 물론 모두 헛소문이겠지만 말이야. 그래도 만에 하나라도…… 귀신을
보면……."

십자가 모양으로 성호를 그으며 큰 소리로 기도해야 한다느니, 따위
의 대처 방법을 들은 후 정원에 도착했다.

"……진짜 으스스하긴 하네."

정원을 둘러본 마리는 살짝 질린 얼굴로 중얼거렸다. 치렁치렁한 덩
굴, 죽어 있는 꽃나무들, 메마른 백조 연못. 사람의 손길이 닿지 않아
황량하다 못해 삭막한 정원의 모습을 보니 왜 이곳에서 귀신이 나온다
는 소문이 도는지 알 수 있었다.

'설마 진짜 귀신이 나오는 것은 아니겠지?'

자신도 모르게 생각했다가 마리는 화들짝 고개를 저었다.

"화, 황궁에 무슨 귀신이야. 쓸데없는 생각 말고 일이나 열심히 하자."

그녀는 고개를 홱홱 저어 스멀스멀 올라오는 불안한 마음을 떨쳐 내
었다.

"오늘도 힘내자!"

그녀가 해야 할 일은 어지럽게 방치된 정원을 정리하는 것이었다. 어려울 것은 없는 일이지만, 원체 오래 방치되던 곳이라 치워야 할 것이 적지 않았다.

'일단 쓰레기 먼저 치우고 덩굴도 정리하자. 최대한 열심히 하면 빨리 끝낼 수도 있을 거야.'

그렇게 생각한 마리는 으스스한 기분을 떨치려고 일부러 콧노래를 부르며 일을 시작했다.

"열심히, 씩씩하게~"

그런데 그렇게 얼마나 일했을 때일까? 높게 떠오른 태양빛 아래, 땀이 조금씩 맺히기 시작할 때.

휘잉.

돌연 거친 바람 소리가 들려왔다!

"……?!"

마리는 깜짝 놀라 쓰레기를 모으던 손길을 멈추었다.

'갑자기 무슨 소리지?'

그녀는 눈을 깜빡였다. 그냥 바람 소리인가 싶었는데, 뭔가 이상했다. 바람 소리치고는 너무 거칠었고, 무엇보다 정원에는 바람이 전혀 불지 않았다.

'뭐, 뭐지?'

그때 정체불명의 소리가 재차 들려왔다.

휘잉!

마리는 침을 꿀꺽 삼켰다. 이쯤 되니, 아무리 그녀라도 한 가지 가정이 떠올랐다.

'설마, 정말 귀신?'

"백조 정원에는 귀신이 나온대. 낮에는 백발 귀신, 밤에는 금발 귀신."

'이, 일단 도망칠까?'

하지만 마리는 곧 고개를 저었다.

'아니야. 해가 중천에 떠 있는데 무슨 귀신이야. 다른 소리일 거야. 가서 확인해 보자.'

그녀는 소리가 난 쪽으로 발걸음을 옮겼다. 작은 주먹을 움켜쥐고, 혹시나 정말 귀신일까 봐 속으로 소심하게 주기도문을 외우면서.

'하늘에 계신 우리 아버지여, 이름이 거룩하게……'

그렇게 덩굴이 무성한 정원 건너편에 도착한 그녀는 '귀신'의 정체를 확인하고 한숨을 내쉬었다.

"하."

누군가 있긴 있었다. 그것도 무지막지하게 잘생긴 남자가. 수잔 시녀의 말처럼 백발, 아니, 찬란한 은발의 젊은 남자가 조각 같은 인상의 얼굴로 검을 휘두르고 있었다.

"제가 일하시는 데 방해를 했군요. 죄송합니다."

남자의 부드러운 목소리를 들으며 마리는 생각했다.

'역시. 귀신은 무슨 귀신이야. 그나저나 엄청 잘생겼다.'

정면에서 남자의 얼굴을 본 마리는 속으로 감탄했다. 그녀가 살면서 본 가장 잘생긴 남자는 지난번 수정궁에서 피아노 연주를 끝내고 나오며 우연히 마주친 금발의 남자였는데, 지금 이 남자도 그에 못지않았다.

선이 굵은, 마치 조각을 연상시키는 얼굴선. 바다를 연상시키는 깊고 푸른 눈동자. 비단같이 길고 부드러운 은발.

'귀신이 아니라, 다들 이분을 보고 착각한 것이구나.'

멀리서 저 은발을 보고 백발의 귀신이 출현했다는 소문이 돈 것 같았다. 어떻게 이렇게 잘생긴 남자를 귀신으로 착각할 수 있었을까?

"아니에요. 저야말로 수련하시는 데 방해해서 죄송해요. 전 마리라고 해요."

"마리 양이시군요. 저는……."

그러며 남자는 어째서인지 자신을 소개하기 전 잠깐 머뭇거리다 입을 열었다.

"저는 황실 친위대 소속의 키엘이라고 합니다."

그 말에 마리는 깜짝 놀랐다.

'황실 친위대라고?'

이 황궁에는 두 개의 기사단이 있었다. 바로 근위 기사단과 황실 친위대였다. 그중 황실 친위대는 황궁을 넘어 제국 최고의 무력 집단으로, 오로지 현 황제인 토른 2세에게만 충성을 바치고 있었다.

'작위를 받은 정식 기사는 아니겠지? 스콰이어인가 보구나.'

스콰이어. 기사를 지망하는 종자를 뜻한다.

그녀가 그렇게 생각하는 이유는 간단했다. 남자가 입고 있는 복식이 황실 친위대의 제복이 아니었기 때문이다. 이 황궁 내에서 친위대 소속 기사는 의무적으로 제복을 입게 되어 있다. 예외적인 경우는 아직 기사 자격이 없는 종자와 친위대의 수장인 친위기사단장뿐이었다.

저 남자가 제국 최강검이자, 서북방을 수호하는 변경백(邊境伯)의 직위를 겸임하는 친위기사단장일 리는 없으니, 종자일 것이다.

"그러면 키엘 님께서는 왜 이곳 정원에?"

"아, 검을 연습하러 왔습니다. 조금 생각할 것도 있고요."

마리는 감탄한 표정을 지었다. 검을 수련하기 위해 인적 없는 정원까지 찾아오다니.

'역시 친위대의 종자답게 열심이시구나.'

남자는 검을 꺼내 들었다.

"그러면 전 저쪽에서 수련하겠습니다."

"아, 네! 그러면 수련 열심히 하세요!"

그렇게 둘은 각자의 일을 시작했다.

마리는 정원을 정리하며 검을 수련하는 남자를 힐끗힐끗 훔쳐보았다.

'와, 멋지다.'

파앙!

검이 휘둘러질 때마다 공기가 터지는 듯한 소리가 들렸다. 그녀는 검술에 대해선 당연히 아무것도 몰랐다. 그러나 저 남자의 검이 범상치 않은 것은 느낄 수 있었다.

'그런데 저런 실력으로도 종자라니? 친위대의 실력이 그렇게 대단한 건가? 아니면 혹시 무슨 다른 문제라도?'

그녀는 고개를 갸웃했다. 그런데 그때, 남자가 검을 멈췄다. 혹시 자신이 훔쳐봐서 그런 것인가 해서 고개를 돌렸지만, 그게 아닌 것 같았다. 남자가 긴 한숨을 내뱉었기 때문이다.

"하아, 쉽지가 않군. 어떻게 해야 할지."

그러며 그는 한참을 먼 하늘을 바라보았다. 바다 같은 푸른 눈동자에는 고뇌가 가득 차 있었다. 그렇게 얼마나 지났을까. 남자는 다시 검을 휘두르기 시작했다.

"……."

마리는 그 모습을 가만히 바라보았다. 여전히 강하고 멋져 보이는 검술이었지만, 방금 남자의 한숨 때문일까? 이상하게 답답한 느낌이 들었다.

'무슨 걱정이 있는 걸까?'

그렇게 생각한 마리는 고개를 저었다. 세상에 고민 없는 사람이 어디 있겠는가? 오늘 우연히 스치듯 처음 만난 사람인데, 이 이상의 관심을 갖는 것도 실례일 수도 있었다.

'그나저나.'

마리는 한 가지 의문을 떠올리고 고개를 갸웃했다.

'저분이 백발 귀신이면…… 밤에 나타난다는 금발 귀신은 누구지?'

곧 해가 지고 밤이 되었다. 황실 친위대의 종자인 키엘이란 남자는 해가 지자 기사단으로 돌아갔다.

"그러면 저는 돌아가 보겠습니다, 마리 양. 더 도와드리지 못해 죄송합니다."

"아, 아니에요! 도와주실 필요 없는데. 바쁘신데 너무 감사해요."

키엘은 놀랍게도 검 수련을 마친 후 그녀의 청소를 도와주었다.

'아무리 종자라도 황실 친위대 소속이면 분명 이름 높은 명문가 출신일 텐데.'

그녀가 당황하며 괜찮다고, 자신이 하겠다고 극구 사양했으나 그는 친절한 목소리로 이렇게 말할 뿐이었다.

"괜찮습니다. 어차피 시간이 많이 남아서요. 그리고 옆에서 고생하시는 것을 하루 종일 보니 왠지 죄송하기도 하고요."

그 말에 마리는 생각했다. 이 남자 어마어마하게 착한 사람이다! 무지막지하게 잘생겼는데, 친절하고 착하기까지 하다니!

'나중에 정식 기사로 임명되면 귀족가의 영애들이 줄을 잇겠구나.'

"그러면 수고하십시오. 날이 저물어 어두운데 조심하십시오."

"네, 감사합니다!"

키엘이 돌아간 후, 홀로 남은 마리는 정원을 둘러보았다.

'밤이 되니 더 스산하긴 하네. 나도 빨리 마무리하고 돌아가자.'

정월이라 달빛이 밝긴 했지만, 황량한 외진 정원에 혼자 있으니 으스스한 느낌이 들었다. 빨리 돌아가고 싶었으나, 정해진 기간 안에 일을 마무리하려면 밤에도 일해야 했다.

"최대한 열심히 해서 빨리하자! 씩씩하게, 힘차게~"

콧노래를 통해 으스스한 기분을 떨치며 마리는 다시 열심히 일을 시작했다. 그러다 정원 어느 한구석에 도착한 마리는 무언가를 발견하고 중얼거렸다.

"아, 여기가 바로 그곳이구나."

말라 버린 연못 옆에 있는 빛바랜 정자. 이곳이 바로 비운의 7황녀가 독살되었다는 그 장소로 보였다.

'굉장히 착한 분이셨다고 하던데.'

그녀가 황궁에 들어오기 전 사망한 분이라 이야기로만 들었다. 황족답지 않게 어진 심성으로 이름 높은 분이셨는데, 황위 다툼에 휘말려 죄 없이 죽임을 당했다고.

'이 백조 정원이 암묵적인 금지(禁地)가 된 것도 그분의 죽음 때문이라고 했지?'

왠지 숙연한 마음이 들어 그녀는 살짝 묵념 후, 정자 주위를 조금 더 신경 써서 정리하기 시작했다. 그런데 그렇게 한참 정자 주위를 정리하고 있을 때였다. 낮은 목소리가 그녀에게 들려왔다.

"지금…… 뭐 하고 있는 거지?"

생각지도 못 한 목소리에 마리는 소스라치게 놀라 외쳤다.

"누, 누구?"

순간 고개를 돌린 그녀의 눈동자가 화들짝 커졌다. 지난번 한번 만났던 남자가 그녀의 등 뒤에 서 있었던 것이다.

'그때 수정궁에서 봤던 남자!'

찬란한 금발과 백옥 같은 피부, 마치 그림같이 아름다운 얼굴선. 지난번 피아노 연주를 한 후, 우연히 수정궁 복도에서 마주쳤던 그 남자였다! 워낙 인상적인 외모여서 단번에 알아볼 수 있었다.

'저분이 이 백조 정원엔 왜? 수정궁 시종이 아니었나?'

남자의 복장은 지난번과 같이 수수한 평복이었다.

"무얼 하고 있었느냐고 물었다."

"아! 축제를 맞아 이곳 백조 정원을 정리하고 있었어요."

그러며 마리는 손에 들고 있던 청소 도구를 보여 주었다. 남자는 잠시 말없이 그녀를 바라보았다.

"⋯⋯그렇군."

마리는 의아한 표정으로 물었다.

"그런데 백조 정원에는 무슨 일로 오셨어요?"

남자는 대답하지 않았다. 대신 푸른 눈동자로 말없이 정원을 둘러보았다. 그런데 왜일까? 정원을 둘러보는 눈동자가 한없이 가라앉아 있어 마리는 입을 다물었다. 남자는 정원, 특히, 7황녀가 최후를 맞이했다는 정자를 한참이나 바라보다가 나직이 말했다.

"마리라고 했나?"

"아, 네."

마리는 눈을 동그랗게 떴다. 어떻게 내 이름을? 지난번 우연히 한 번 마주쳤을 뿐인데?

'그때 내가 이름을 알려 줬나?'

몇 주나 지났고 워낙 정신없이 지나갔던 일이라 정확히 기억이 안 났다.

"이 정자, 그대가 정리한 건가?"

마리는 얼떨떨한 얼굴로 고개를 끄덕였다.

"네, 제가 정리했어요. 왜요?"

역시나 대답은 없었다. 금발의 남자는 가만히 그녀를 바라보았다.

"⋯⋯?"

마리의 눈이 의문에 물들 때, 남자는 돌연 등을 돌려 사라졌다.

"뭐, 뭐야?"

다시 혼자 남게 된 마리는 멍하니 중얼거렸다.

"왜 저러지?"

그녀는 고개를 갸웃했다. 그냥 이상한 사람인가 싶었지만, 그건 아닌 것 같았다. 정원을 둘러보는 눈동자가 지극히 무거웠던 것이다. 보는 그녀의 가슴이 욱신거릴 정도로.

"그나저나 혹시 금발 귀신이란 게 저분을 이야기하는 건가?"

맞는 것 같았다. 멀리서 보면 저 찬란한 금발만 눈에 들어올 테니까.

"백발 귀신이랑 금발 귀신이랑, 아예 헛소문은 아니었네."

둘 모두 귀신이 아니라, 귀신마저도 설레게 할 정도로 잘생긴 남자들이라서 그렇지. 이윽고 그날 해야 할 정리를 다 끝내고 숙소로 돌아가며 마리는 생각했다.

'어쨌든 참 특이한 하루네. 백발 귀신, 금발 귀신 둘 다 만나고.'

그리고 그녀는 중얼거렸다.

"설마 둘 다 내일도 또 오진 않겠지?"

또 왔다! 그것도 다음 날뿐 아니라, 그다음 날에도. 심지어 그 다다음 날에도! 둘 모두 처음 만났을 때와 똑같은 일을 반복했다.

황실 친위대의 키엘은 정원 구석에서 검을 수련하다 돌아갔다. 그리고 정체불명의 금발 남자는 늘 늦은 저녁에 정원에 도착해 마치 산책이라도 온 것처럼 주변을 한번 둘러보고 아무것도 안 하고 돌아갔다.

'도대체 뭐지?'

마리는 그런 그들을 보며 고개를 갸웃했다. 둘 다 뭔가 이상했다. 도대체 이 정원에 왜 오는지 알 수 없는 금발 남자도 그렇고, 황실 친위대의 키엘도 이상하긴 마찬가지였다. 백조 정원은 별로 매력적인 장소가 아니었다. 위치도 가장 으슥하고, 관리가 안 돼 경관이 예쁜 것도 아니다.

'다른 사람의 눈을 피하려고? 하지만 검을 굳이 이런 곳에서 수련할

필요는 없잖아. 친위대 전용 수련장이 있는데.'

키엘도 그렇고, 이름 모를 금발 남자도 그렇고 다 이해가 안 되었다. 그런데 그 순간 머릿속에 카엘의 말이 떠올랐다.

"생각을 정리할 것도 있고 말입니다."

'아, 그러고 보니.'

검을 수련하는 중간중간 키엘은 이유 모를 한숨을 내쉬곤 했다. 그건 키엘뿐이 아니었다. 금발 남자도 정원을 둘러볼 때 늘 무거운 눈빛을 하고 있었다.

'둘 모두 무슨 안 좋은 일이 있어 백조 정원에 오는 건가?'

그럴 때 있지 않은가? 머리가 복잡하거나 우울해 남들의 눈을 피하고 싶을 때 말이다. 백조 정원은 남들의 눈을 피하기에는 최고의 장소였으니까. 마리는 한번 조심히 물어볼까 하다가 고개를 저었다.

'나는 그냥 우연히 마주친 사람일 뿐이니까. 쓸데없는 관심을 갖는 건 실례일 거야.'

그렇게 생각하고 그녀는 자신의 일에 열중했다. 이제 며칠 뒤면 축제가 시작되니 최대한 빨리 마무리해야 했다. 그런데 왜일까? 괜히 쓸데없는 오지랖이 들었다.

'뭐, 혹시 도와줄 방법은 없을까?'

자신도 모르게 그렇게 생각한 그녀는 바로 고개를 저었다.

'마리, 너 할 일이 산더미잖아. 일단 네 일이나 잘해. 쓸데없이 남 신경 쓰지 말고.'

하지만 자꾸 은발의 젊은 남자, 키엘의 답답한 한숨이 떠올랐다.

'명문가 출신 귀족답지 않게 참 착한 사람인데.'

그는 종종 수련이 끝난 후 그녀의 일을 도와주었다. 다른 귀족들에게서는 상상도 할 수 없는 착하고 친절한 모습이었다.

'귀족들은 나 같은 허드렛일하는 시녀는 같은 사람으로도 안 보는 경우가 많으니까.'

그가 자신에게 못되게 굴었으면 그녀도 당연히 신경 쓰지 않았을 것이다. 하지만 시녀가 된 후 그녀의 일을 도와주면서까지 친절하게 대해 준 사람이 몇 명이나 있었던가? 거의 없었다. 그래서인지 계속 신경이 쓰였다.

그러나 도와주고 싶단 마음이 들어도 딱히 해줄 수 있는 것이 없었다. 그녀는 고작 일개 시녀일 뿐이니까. 도와줄 능력도 안 되고, 주제넘은 간섭은 상대측에서 불쾌하게 여길 수 있었다.

'역시 그냥 모른 척해야 하나.'

그런데 그 순간 한 가지 방법이 떠올랐다. 주제넘게 나서지 않으면서도 그들을 도와줄 수 있는 방법이!

「밀, 벤. 이것 먹고 일해. 위험하니 꼭 무리하지 말고, 조심하고.」

'얼마 전 꾼 중년 여인의 꿈!'

마리는 자리에서 퍼뜩 일어났다. 꿈속의 중년 여인도 이와 비슷한 상황이 많았었다. 아들들이 밖에서 고민을 안고 집에 들어오는 경우가 종종 있었던 것이다. 그때마다 중년 여인은 아들들에게 기운 내라고 맛있는 음식을 해주곤 했었다.

'나도 우울해하고 있으면 엄마가 맛있는 과자를 만들어주곤 했었지.'

그녀는 고개를 끄덕였다.

'그래, 무슨 고민을 하고 있는지도 모르는데 주제넘게 나설 수는 없어. 그럴 사이도 아니고.'

그들의 고민은 그들의 몫이다.

'그래도 기운 내라고 맛있는 과자를 만들어주는 것 정도는 괜찮지 않을까? 맛있는 음식을 먹으면 기운이 나니까.'

특히 은발의 키엘은 언제나 자신의 일을 도와주지 않았던가? 그 답례라고 생각해도 될 것이다.

'마침 정원 정리도 내일이면 끝나니까 마지막 감사의 인사라고 하면 될 거야.'

그렇게 생각한 그녀는 일이 끝난 후, 백합궁의 주방장 피터를 찾아갔다.

"오, 마리. 무슨 일이니?"

털이 수북한 피터가 푸근한 얼굴로 그녀를 맞았다. 사람 좋은 그는 마리에게 항상 잘해 주곤 했다. 이전 일을 못할 때, 주방 담당 시녀에게 혼날 때도 감싸 준 적이 있었다.

마리는 그에게 주방을 잠시만 사용하고 싶다고 조심히 부탁했다. 다행히 피터는 별다른 말없이 고개를 끄덕여 주었다.

"그래, 대신 깨끗하게 정리해 놔야 한다?"

"네, 감사합니다! 이 은혜는 꼭 갚을게요."

"은혜는 무슨. 네가 지금까지 주방에서 고생한 게 얼마인데 잠깐 쓰는 것 정도야."

그는 인심 좋게 남는 재료들도 써도 된다고 하였다.

"그런데 마리, 너 요리는 할 줄 아니? 어차피 지금 할 일도 없는데, 내가 좀 도와줄까?"

백합궁의 마스터 쉐프인 피터는 황궁 내에서도 손꼽히는 요리사였다. 하지만 마리는 고개를 저었다.

"괜찮아요. 제가 할 수 있을 것 같아요."

주방에 도착한 그녀는 팔목을 걷었다.

"자, 해보자. 쓸 수 있는 재료가……."

그녀는 주방에 남아 있는 재료들을 살펴보았다.

'고기나 과일은 당연히 쓰면 안 되고. 고가의 초콜릿도 곤란해. 밀가루나 우유, 계란, 버터…… 이런 정도만 쓸 수 있겠구나.'

크게 상관없었다. 어차피 그녀가 만들려는 것은 고급 코스 요리가 아닌, 그저 간단히 기분을 전환할 수 있는 과자류니까.

'버터를 넣은 부르고뉴 쿠키와 계란 흰자로 만든 과자, 다쿠아즈, 그리고 타르트 정도로 준비할까?'

꿈속의 중년 여인은 프랑스식 과자를 즐겨 만들었다. 특별한 재료가 들어가지도 않고 만드는 게 복잡하지도 않으니, 충분히 만들 수 있을 것이다.

'자, 시작하자.'

먼저 부드러운 버터와 벌꿀을 비빈 후 파우더에 넣었다. 그리고 소금, 계란 노른자를 열심히 섞어주었다.

"Etoiles, amour~"

마치 꿈속의 중년 여인이 된 것처럼 그녀의 입에서 프랑스 민요가 흘러나왔다. 마리의 손이 계속해서 움직였다. 맛을 돋울 술, 럼주를 반죽통에 소량 붓고 준비한 파우더를 섞은 후, 반죽을 빚었다.

'그리고 모양을 예쁘게 한 후, 주변에 얇게 달걀 물을 칠하고…….'

그렇게 완성된 부르고뉴 쿠키 반죽을 화덕에 구우며 그녀는 다음 차례의 과자를 준비했다.

'다음은 계란 흰자 과자.'

계란 흰자 과자는 수도원에서 유래된 것으로 흰자를 계속해서 버리게 되자 수사들이 그 흰자를 이용해 만든 과자이다.

'버터를 일단 냄비에 끓이고.'

마치 늘 요리해 왔던 것처럼 그녀의 손이 능숙하게 움직였다. 버터를 끓이고, 체로 거르고, 계란 흰자를 섞고, 그걸 식힌 후, 화덕에 굽고. 그렇게 과자와 다쿠아즈, 타르트까지 열심히 요리하며 그녀는 생각했다.

'이거 근데 제대로는 되고 있는 건가?'

꿈속 중년 여인의 기억대로 손을 움직이고는 있는데, 잘하고 있는 건지 알 수가 없었다.

'맛있게 만들어졌으면 좋겠다.'

꿈속 중년 여인은 늘 아들들이 맛있게 먹기를 바라며 요리를 했었다. 꼭 그 중년 여인이 아니더라도, 먹는 사람이 맛있게 먹어주는 것은 요리하는 사람들 모두의 공통된 바람일 것이다. 마리도 그들이 이 과자를 맛있게 먹어주었으면 좋겠다, 란 생각을 하였다. 그렇게 그녀는 밤늦게까지 열심히 과자를 만든 후, 다음 날 백조 정원으로 향했다.

"이건?"

황실 친위대 키엘은 마리가 내민 바구니를 보며 눈을 크게 떴다.

마리는 괜히 민망한 마음이 들어 살짝 얼굴을 붉히며 말했다.

"그, 그냥…… 지금까지 저를 도와주신 게 감사해서 만들어 봤어요. 저 이곳 백조 정원에 오는 것도 오늘이 마지막이거든요."

"오늘이 마지막이란 말입니까?"

"네, 이제 다른 곳에 가서 일해야 해요."

"……그렇군요."

키엘은 묘한 표정으로 고개를 끄덕인 후 바구니를 열어 보았다. 안을 들여다본 그는 놀란 눈을 하였다.

"직접 만드신 것입니까, 이걸?"

"아, 네. 그냥 간단히……."

"대단하군요."

은발의 남자, 키엘은 진심으로 감탄했다. 화려한 과자들은 아니다. 평소 그가 저택이나 파티에서 접하던 과자들에 비하면 수수하기 그지없는 종류. 하지만 그는 과자에 굉장한 정성이 들어가 있음을 눈치챘다.

'늘 밤늦게까지 일하는 것 같던데 언제 이런 과자를……'

더구나 정갈한 빛깔, 폭신한 감촉, 은은한 향기가 나는 과자는 굉장히 맛있어 보였다.

"그, 그냥…… 지금까지 도와주신 게 감사해서 만든 거니 너무 신경 안 쓰셔도 돼요."

민망함에 더듬더듬 말하는 그녀를 보며 키엘은 가만히 웃었다.

"마리 양은 참 착하군요."

그러며 그는 한 가지 말을 덧붙였다.

"귀엽기도 하고요."

"네, 네?"

생각지도 않은 말에 마리의 얼굴이 새빨개졌다.

"노, 놀리지 마세요."

"놀리는 것 아닙니다. 진담입니다."

그의 진지한 목소리에 마리의 얼굴이 더욱 붉어졌다.

'이 남자 혹시 바람둥이인가?'

그런 생각이 들었으나, 진중한 얼굴을 보니 그런 건 아닌 것 같았다. 키엘은 바구니를 내려다보며 말했다.

"정말 감사합니다. 별로 도와드린 것도 없는데……"

물론 대단한 선물은 아니다. 그의 '신분'을 고려하면 더더욱 그렇다. 그의 저택에 쌓여 있는 수많은 선물 중 진귀하지 않은 것이 하나도 없었으니까. 하지만 이런 성의가 담긴 선물은 도대체 얼마 만일까?

'그렇지 않아도 머리가 복잡했는데.'

오랜만에 경험하는 기분 좋은 느낌에 그는 미소 지으며 쿠키를 집어 입에 넣었다.

"……!"

순간 그의 눈이 살짝 커졌다. 마리가 조심스러운 목소리로 물었다.

"괜…… 찮나요?"

그가 잠시 후 대답했다.

"정말 맛있습니다."

"진짜요?"

"예, 원래 과자를 즐기는 편은 아닌데…… 이건…… 정말 맛있군요."

예의상 하는 말 같지는 않았다. 그가 눈을 감으며 과자의 맛을 음미했기 때문이다.

'이건…… 이전에 어머니가 만들어주었던 쿠키와 비슷한 맛 아닌가.'

어릴 적, 지금은 돌아가신 어머니도 종종 그에게 과자를 만들어주었다. 그때 어머니가 해준 과자도 이런 맛이 났었다. 사랑과 정성이 가득한 맛이었다.

"다행이네요. 걱정했는데……."

헤실 웃으며 말하는 소녀를 보며 키엘은 미소 지었다.

"감사합니다, 정말로. 꼭 소중히 간직하며 먹도록 하겠습니다."

그러며 키엘은 말했다.

"혹시 원하는 것이 있습니까? 귀한 선물을 받은 보답으로 원하는 것이 있다면 들어드리겠습니다."

"원하는 것이요?"

"네. 제 이름을 걸고 가능한 것이라면 뭐든 들어드리겠습니다."

남들이 들으면 놀라 눈을 동그랗게 뜰 이야기였다. 그의 '이름'. 그것의 의미는 결단코 가볍지 않았기 때문이다. 물론 키엘도 그걸 알고 있었지만, 자신을 위해 이렇게 정성을 다해 준 소녀에게 워낙 감사한 마음이 들어 하는 이야기였다.

"……."

소녀는 갑작스러운 이야기에 고민하는 듯했다. 그러나 그것도 잠시, 그녀는 조심히 입을 열었다.

"사실…… 원하는 건 아니고…… 드릴 말씀이 하나 있긴 했어요."

"무엇입니까?"

"아무 말이나 돼요?"

"네, 말씀하십시오."

키엘은 소녀가 자신에게 어떤 소원을 말할지 궁금했다. 그런데 소녀의 입에서 나온 말은 그가 전혀 생각지도 못 한 것이었다.

"혹시…… 힘든 일 있으면 기운 내셨으면 좋겠어요."

"네?"

그가 놀라 되묻자, 소녀가 당황한 목소리로 말했다.

"그, 그러니까…… 최근 계속 힘들어 하셨잖아요. 착각일 수도 있고, 만난 지 며칠밖에 안 된 제가 이런 말씀 드리는 것도 실례긴 하지만…… 그래도 저는 종자님이 힘내셨으면 좋겠어요."

그러며 소녀는 망설이는 듯하더니 말했다.

"혹시나…… 잘 알지도 못 하는데 주제넘게 말해 기분 나쁘시면 죄송해요."

키엘은 잠시 말없이 있다가 고개를 저었다.

"기분 나쁘지 않습니다. 전혀. 오히려……."

그는 소녀의 얼굴을 바라보았다. 착하고 귀여운 인상. 그녀의 얼굴이 똑똑히 그의 눈에 박혔다.

"힘을 내긴 어려울지 모르지만…… 감사합니다. 정말로."

다음은 금발 귀신 차례였다.

"……이게 뭐지?"

냉막한 그의 반응에 마리는 과자를 준 것을 곧바로 후회하였다.

'역시 종자님 과자만 만들걸.'

사실 그의 과자를 만들까, 말까 고민을 많이 했었다. 키엘의 경우 자신의 일을 도와주어 감사의 표시를 한다는 이유가 있었지만, 금발 남자의 경우엔 과자를 만들어줄 이유가 전혀 없었다. 그래도 이왕 만드는 김에 같이 만들었는데, 역시나 반응이 떨떠름하다.

"그, 그냥 과자예요. 만들다가 생각이 나서…… 싫으시면 안 받으셔도 돼요."

남자는 말없이 바구니를 한참이나 바라보았다. 평소 차가운 그의 태도를 생각할 때, 마리는 당연히 그가 거절할 것으로 생각했다. 그런데 남자는 의외의 말을 하였다.

"만드느라 고생했겠군. 잘 먹겠다."

"……!"

마리는 놀라 남자를 바라보았다. 생각 외의 반응이었다. 이해할 수 없는 일은 그것이 끝이 아니었다. 남자가 나직이 이렇게 중얼거린 것이다.

"우연인가……."

어딘지 아련함이 담긴 목소리에 마리는 고개를 갸웃했다.

"네?"

"아니다."

역시나 평소처럼 불친절하게 남자는 아무 대답도 안 해주고 등을 돌렸다. 그런데 남자가 사라지기 전, 전혀 생각지도 못 했던 말을 하였다.

"그간 정원 정리하느라 고생하였다. 고맙다."

그가 사라지자 마리는 의아하게 중얼거렸다.

"고맙다니? 뭐가?"

과자가 고맙다는 것은 아닌 것 같았다. 정원 정리는 자신이 맡은 일이라 열심히 했을 뿐인데, 왜 저 남자가 고맙다고 말하는 거지?

백조 정원에서 나온 금발의 남자, 황태자 라엘은 과자 바구니를 보며 나직이 중얼거렸다.

"과자라니."

그는 자신에게 과자 바구니를 건넨 소녀를 떠올렸다. 과자 굽기는 이 정원에서 억울한 죽음을 맞이한 누이동생, 7황녀가 즐겨 하던 취미였다. 그가 최근 이 정원을 계속해서 방문했던 것은 이 시기에 죽음을 맞이한 누이를 기리기 위해서였는데 이렇게 과자를 선물 받게 되다니. 그렇게 생각한 그는 쿠키를 하나 꺼내 물었다.

아삭.

"……!"

쿠키의 맛을 본 그는 살짝 놀랐다. 생각보다 맛이 굉장히 훌륭했다.

'나쁘지 않군. 괜히 시럽만 잔뜩 넣는 사자궁의 파티시에보다 훨씬 낫군.'

더욱이 그를 더욱 놀라게 한 것은 과자의 맛이 오래전 누이가 해준 과자를 연상시켰기 때문이다. 물론 엄밀히 말하면 이 과자들은 누이의 것보다 훨씬 뛰어났다. 누이는 좋아하기만 했지, 별로 솜씨는 없었으니까. 하지만 그럼에도 이 과자의 맛에서 그녀를 떠올리게 된 이유는 단 하나. 정성 때문이었다. 간단해 보이는 과자이지만, 굉장한 정성이 들어가 있음을 느낄 수 있었다.

"오라버니! 란! 이것 먹어 봐요!"

"뭐야, 또 태웠잖는가?"

"그래도 먹어 봐요. 열심히 만들었단 말이야."

라엘은 간만에 떠오르는 누이의 추억에 잠시 눈을 감았다.

'마리라고 했나?'

지난번 음악가 사건 때부터 들었던 이름. 조사해 보니, 조각사 사건 때도 저 시녀가 현장에 있었다고 한다.

'이상하게 계속 겹치는군.'

그는 다시 과자를 꺼내 물었다. 입안에 버터향이 퍼졌다.

"어쨌든 이 과자는 고맙군."

잠시 과자의 맛을 느끼던 그는 자리에서 일어나며 중얼거렸다.

"이제 시간이 됐나?"

그렇게 중얼거리는 그의 얼굴은 간만에 떠오른 추억을 회상하던 빛은 온데간데없이 지극히 냉막했다. 공포의 존재로 경외시되는 피의 황태자의 얼굴로 돌아간 그는 차가운 목소리로 말했다.

"오랜만이군. 잘 지냈나?"

그가 그렇게 말하는 순간 어둠에 묻힌 나무들 사이로 한 인영이 나타났다. 찬란한 은발에 조각같이 아름다운 얼굴. 나타난 이는 놀랍게도 아까 전까지 마리와 대화를 나누던 키엘이었다! 키엘은 딱딱하게 굳은 얼굴로 예를 표했다.

"제국의 황태자 전하를 뵙습니다."

"그래."

라엘은 무릎 꿇은 그를 오만하게 내려다보며 말했다.

"황실 친위대 단장, 키에르한 후작."

황태자의 입에서 나온 말을 마리가 들었다면 도저히 믿을 수 없었을 것이었다.

키에르한 후작! 그 이름은 제국 최강의 기사단, 황실 친위대의 기사단장이자 제국의 서북방을 수호하는 변경백의 것이었기 때문이다. 가문에 소속된 군단병의 숫자만 해도 무려 3만! 명실상부 제국에서 가장 뛰어난 기사이자, 황실을 제외하고는 제국에서 가장 강력한 군사력을 가지고 있는 최강의 군벌(軍閥)이 바로 이 은발의 남자, 키엘의 정체였다.

황태자 라엘은 여전히 무릎 꿇고 있는 키에르한에게 말했다.

"요즘 계속 백조 정원에 오더군."

"……."

"주인을 지키지 못한 개가 왜 계속해서 주위를 맴도는 것이지?"

주인을 지키지 못한 개. 그 말을 들은 키엘의 표정이 괴로움으로 일그러졌다. 7황녀가 죽음을 맞이할 당시 그녀의 기사는 다름 아닌, 바로 키에르한이었다.

"죄송합니다."

라엘은 나직이 한숨을 내쉬었다.

"됐다. 그때의 일을 탓하려 만나고자 한 것은 아니니."

그는 차가운 목소리로 말을 이었다.

"내가 지난번에 한 제안은 생각해 보았나?"

"……."

고개를 숙이고 있는 키엘의 눈동자가 흔들렸다. 입을 열지 못하는 그를 보며 라엘은 인상을 찌푸렸다.

"대답해라. 난 너에게 충분히 시간을 주었으니."

결국, 키엘은 입술을 깨물며 답했다.

"죄송합니다. 그럴 수는 없습니다."

라엘의 푸른 눈동자가 깊게 가라앉았다.

"그게 너의 대답인가?"

"……."

"그게 너의 대답이냐고 물었다, 키에르한."

"죄송합니다."

라엘은 입을 열었다.

"키에르한, 아니, 키엘. 한때 내 소중했던 친구여. 너는 황제인 토른 2세가 정말로 다시 깨어날 거라고 믿고 있는 건가?"

토른 2세. 라엘의 아버지이자, 제국의 현 황제. 클로얀 왕국과의 전쟁부터 시작해, 황가에서 일어난 모든 비극의 원흉이었다.

키에르한은 가만히 고개를 저었다.

"그렇지는 않습니다. 폐하는 아마 회복되기 어려우시겠지요."

"그렇다면? 너는 어째서 의미 없는 충성을 낭비하는 것이지?"

"제가 해야 할 일이기 때문입니다."

"해야 할 일?"

라엘의 눈썹이 꿈틀거렸다. 그의 음성에 무거운 분노가 깃들었다.

"이유도 따지지 않고 맹목적으로 황제를 수호해야 하는 너의 그 세이튼 가문의 율법을 말하는 것이냐?"

"……."

"그래서 깨어나지도 않을 황제를 위해 나에게 맞서겠다고? 토른 2세가 나를 황태자로 인정하지 않았으니까?"

키에르한은 대답하지 않았다. 하지만 라엘은 그의 뜻을 알 수 있었다. 건국 때부터 황제를 수호해 온 세이튼 가문은 오로지 황제가 직접 임명한 정통성 있는 후계자만을 제국의 황태자로 인정한다. 반면 라엘은 원래의 황태자를 자신의 손으로 죽이고 직접 황태자의 지위에 올라섰다. 그 때문에 세이튼 가문의 키에르한에게 있어 라엘은 황태자가 아니라 피의 찬탈자일 뿐이리라.

"그래, 너의 뜻은 잘 알았다."

"죄송합니다, 전하."

"한 가지만 이야기하지, 키에르한, 아니, 나의 친우 키엘."

"무엇입니까?"

피의 황태자는 고저 없는 목소리로 말했다. 무감정하지만, 그래서 더욱더 차갑게 느껴지는 음성이었다.

"내가 왜 너에게 그런 제안을 했을 거라 생각하지? 너의 조력이 필요해서?"

"……."

"아니야. 난 이미 너의 도움 따위는 전혀 필요가 없어. 원하기만 하면 지금 당장에라도 토른 2세의 황관을 벗기고, 스스로 황제가 될 수 있으니까. 그건 너도 알고 있겠지?"

키에르한은 묵묵히 그의 말을 들었다.

"그럼에도 불구하고 너에게 그런 제안을 한 이유는 단 하나. 과거의 친우였던 너의 목을 내 손으로 베고 싶지 않아서이다."

"……!"

"너는 내가 너를 죽일 수 없을 거라 생각하는가?"

"……아닙니다. 전하께서 원하신다면 그대로 이루어지겠지요."

라엘은 푸른 눈동자를 시리게 빛내며 말했다.

"마지막으로 다시 묻겠다. 진정 뜻을 굽힐 생각은 없느냐, 키에르한 후작?"

키에르한은 조각 같은 입술을 지그시 깨물었다.

"……죄송합니다, 전하."

"그래, 알겠다. 너와 너의 가문의 뜻을 존중하지."

라엘은 등을 돌려 자리에서 멀어졌다. 이로써 둘은 과거의 친구에서 언젠가는 서로를 죽여야 하는 적이 되고 말았다.

"하아."

홀로 남은 키에르한은 깊은 한숨을 내쉬었다.

"란."

그는 씁쓸히 황태자의 이전 아명을 불렀다. 그와 황태자, 그리고 재상 오른과 7황녀까지. 그들은 소중한 친우들이었다. 어릴 적 그들은 이 백조 정원에 모여 7황녀가 구운 과자를 나누어 먹곤 했었다. 잠깐이나마 행복했던 기억들. 하지만 그 행복은 오래가지 않았다. 황실의 잔혹한 손은 7황녀를 죽음으로 몰고 갔고, 그 죽음을 시작으로 그들의 행복도 끝이 났다.

"답답하군."

그는 중얼거렸다.

"답답해."

그런데 왜일까? 갑자기 오늘 낮에 만났던 시녀의 말이 떠올랐다.

"무슨 일이 있으셨는지 모르지만, 기운을 내셨으면 좋겠어요."

정말 오랜만에 듣는 누군가의 걱정.

"마리…… 라고 했었나?"

그는 그녀의 얼굴을 떠올렸다. 제 몸집의 반도 안 되어 보이는 작은 체구이지만, 어딘지 씩씩해 보이고 귀여운 인상의 모습이었다.

"과자나 다시 한번 먹고 싶군."

그는 그렇게 중얼거렸다.

드디어 여러 우여곡절 끝에 축제가 며칠 앞으로 다가왔다.

"황태자 전하 만세!"

"제국 만세!"

제국 탄신 축제는 카톨릭 성당의 부활절과 더불어 제국 최고의 축제였다. 축제 시작 일주일 전부터 제국 탄신을 축하하는 행사가 여럿 열리게 되는데, 수도의 거리는 그때부터 흥겨운 축제 분위기에 휩싸였다.

"축제 준비에 문제는 없는가?"

제국의 실질적인 지배자, 황태자 라엘도 축제 준비에 분주했다. 재상 오른이 고개를 끄덕였다.

"네, 차질 없이 진행 중입니다."

"그래, 수년 만에 처음 여는 축제이니 빈틈이 있으면 안 돼. 오랜 내전에 지쳐 있던 백성들은 이 축제만 기다렸을 테니까."

클로얀 왕국과의 전쟁부터 이어진 황자들 간의 내전으로 백성들은 굉장히 지쳐 있었다. 황태자 라엘은 긴 전쟁 끝에 찾아온 첫 축제이니, 이번 축제를 통해 백성들의 괴로움을 달래 주고자 했다.

"축제가 시작되면 비축해 두었던 고기와 술을 백성들에게 아낌없이 베풀도록."

"네, 그렇게 하겠습니다."

"이번 연도에 한해 특별세를 감면해 주는 것도 좋겠어. 지금껏 내전으로 인해 온갖 세금에 시달렸으니."

그렇게 라엘은 민심을 챙기는 조치를 재상 오른과 상의하였다. 어느 정도 이야기가 오간 후, 재상 오른이 다른 화제를 꺼내었다.

"그런데 전하. 이번 축제에 예상하지 못한 일이 하나 생겼습니다."

"무엇이지?"

"서제국이 축하 사절단을 보내왔습니다."

"서제국에서?"

라엘은 철가면 안으로 놀란 표정을 지었다. 뜻밖의 이야기였던 것이다.

"서제국이 최근 들어 축하 사절을 보낸 적은 한 번도 없었던 것 같은데 의외군."

"네, 서로 주적 관계인 서제국에서 축하 사절을 보내다니, 확실히 의외입니다."

서제국! 원래 동제국과 하나의 뿌리에서 갈라진 국가로, 각자가 정통성을 주장하며 상대국의 존재를 인정하지 않았기 때문에 수백 년에 걸쳐 싸우고 있는 관계였다. 특히나 수년 전 그들이 클로얀 왕국을 점령한 뒤로 관계는 더욱 악화되었다. 그들의 점령을 공식적으로 인정하지 않고, 클로얀 지방을 자신들의 영토로 만들려고 계속해서 시비를 걸었다.

'서제국 놈들도 클로얀 왕국에서 유일하게 살아남은 왕족 모리나 왕녀를 계속해서 찾고 있다고 했지? 괜히 쓸데없는 분쟁을 피하려면 하루빨리 우리 쪽에서 모리나 왕녀를 찾아야 할 텐데.'

만약 저들이 모리나 왕녀를 먼저 찾아내면 일이 복잡해진다. 분명 그녀를 앞세워 클로얀 지방의 영유권을 주장하고 나설 것이다.

'모리나 왕녀를 먼저 찾아 내 비로 만들면 문제가 깔끔하게 해결되겠지만, 도무지 어디 있는지 찾을 수가 없군.'

거기까지 생각한 그는 재상 오른에게 물었다.

"그나저나 그놈들은 왜 갑자기 안 보내던 사절단을 보낸 것이지?"

"몇 가지 가능성이 있습니다."

황태자 라엘은 철가면을 손가락으로 두드렸다.

"염탐이겠군."

"네, 아니면 흠집을 잡으려는 것이든가요."

"흠집?"

재상 오른은 무겁게 고개를 끄덕였다.

"전하의 통치가 시작된 후 첫 축제이니, 어떻게든 흠집을 찾아 전하를 깎아내리려는 심산일 수도 있습니다."

"그럴 수도 있겠군."

황태자는 재상의 추측에 동의했다.

"혹시라도 축제 기간에 문제가 생기면 쓸데없는 말이 돌 수도 있겠습니다."

"마음에 안 드는군."

황태자는 눈썹을 찌푸렸다. 물론 그들 동제국이 서제국의 눈치를 볼 필요는 없었다. 다만 괜한 일로 흠집을 잡혀 비웃음을 들으면 기분이 나쁘다. 자존심도 상하고.

"사절단은 몇 놈이나 되지?"

"그게……."

재상 오른은 당황한 목소리로 말했다.

"총 200명입니다."

"뭐, 200명?"

황태자는 놀라 반문했다. 이해할 수 없을 만큼 많은 숫자였다. 보통 각국 사절단의 규모는 10명 이내였다.

"그게 대부분 기사 병력입니다."

"기사? 뭐지? 무력시위라도 하려는 건가?"

황태자는 스산한 목소리로 말했다.

"잘됐군. 조금이라도 수상한 기미를 보이면 당장 목을 치면 될 테니."

아무리 정예 기사 200명이라도 영토 안에서 그들을 제압하는 것은 어려운 일이 아니었다.

"제발 무력시위를 해주었으면 좋겠군. 서쪽 놈들에게 제대로 된 교훈을 내리게."

점점 흥흥해지는 황태자의 기세에 재상 오른은 다급히 손을 저으며 말했다.

"그건 아니고 호위를 위한 병력 같습니다."

"호위? 누구의?"

"그건 모르겠습니다. 다만 그들을 살핀 수비대의 보고에 따르면, 마치 중요한 인물을 경호하는 듯한 모습이었다고 합니다. 사절단의 책임자인 쇼버 백작 외에 우리에게 알리지 않은 또 다른 중요 인물이 동행하고 있을지도 모르겠습니다."

"흠."

황태자는 말했다.

"그 정도의 병력이면 거의 황족을 호위하는 수준인데. 설마 황족이라도 오려는 것인가?"

"한번 면밀하게 살펴보도록 하겠습니다."

"그래."

황태자 라엘은 일정을 물었다.

"그들 사절단을 맞는 만찬회가 언제지?"

"축제 전야제 날, 앞으로 3일 뒤입니다. 그네들은 정확히 전날에 도착할 예정이라고 합니다."

"그렇군. 만찬회 장소는?"

"백합궁입니다. 황궁의 오래된 주방장인 피터가 만찬회를 준비하고 있습니다."

황태자는 잠깐 멈칫하며 물었다.

"백합궁?"

"네, 백합궁의 원래 역할이 이런 귀빈들을 맞는 것이니까요. 왜 그러십니까? 무슨 문제라도?"

"아니, 아니다."

재상 오른은 그런 황태자를 보며 고개를 갸웃했다.

"별거 아니다. 신경 안 써도 된다."

라엘이 멈칫한 것은 정말 별것 아닌 이유에서였다. 백합궁에 소속되어 일하는 누군가를 떠올린 탓이다.

'내가 왜 그 시녀를 떠올렸지?'

마리. 백합궁이란 말에 그냥 이유 없이 그 시녀가 떠올랐다. 시녀, 그중에서도 허드렛일을 담당하는 하급 시녀. 제국에서 가장 존귀한 인물인 그와는 정반대로 가장 밑에 위치한 소녀를 왜 돌연 떠올린 것일까?

'나도 이상하군. 그냥 백합궁에 소속되어 여러 허드렛일을 하는 시녀일 뿐인데.'

그는 머릿속에서 그녀의 생각을 지웠다. 순간 백합궁에서 만찬회를 하면 그 소녀를 다시 보게 될까 하는 생각도 스쳐 지나갔으나, 고개를 저었다.

만찬회 시중은 그 소녀 같은 하급 시녀가 아닌, 귀족가 출신의 중급 시녀가 맡게 된다. 그 소녀 같은 하급 시녀는 보이지 않는 곳에서 온갖 허드렛일을 할 것이다.

'허드렛일이라. 몸이 약해 보이던데, 힘들겠군.'

그는 백조 정원에서 작은 몸을 이끌고 홀로 정원을 정리하던 소녀를 떠올리며 자신도 모르게 생각했다. 그리고 피의 황태자는 다시 흠칫 놀라며 고개를 저었다.

'왜 이렇게 자꾸 쓸데없는 생각을.'

그는 강한 목소리로 말했다.

"어쨌든 서제국을 비롯해 각국 사절단을 맞이하는 첫 인사이니, 주방장에게 일러 만찬회 준비를 철저히 하라 이르도록."

"네, 알겠습니다."

그런데 우연의 장난일까? 그들이 그런 대화를 나누고 있을 때, 황태자가 생각하던 마리는 피터 주방장을 도와 만찬회를 준비하고 있었다.

마리가 소속된 백합궁은 만찬회 준비로 정신없이 분주했다.

"마리, 나 좀 도와줄 수 있니?"

"네, 주방장님! 무엇을 도와드리면 될까요?"

만찬회에 사용할 식기들을 정리하던 마리는 피터 주방장의 말에 고개를 끄덕였다.

"내일 만찬회의 메인 요리인 어린 송아지 스테이크의 고기를 보관하고 있는 곳으로 가 보려고. 혹시 이상은 없는지. 같이 가 줄 수 있니?"

"네, 지금 바로 갈게요."

마리는 식기를 내려놓으며 피터 주방장을 따랐다. 피터가 웃으며 그녀에게 말했다.

"축제 직전이라 정신없지? 힘들진 않니?"

"아, 괜찮습니다. 주방장님께서도 힘드시죠?"

"뭐, 이런 축제 기간이 우리 같은 사람들한테는 제일 힘들지."

피터는 편안한 얼굴로 마리에게 이런저런 이야기를 물어봤다. 이전부터 그는 딸뻘인 마리를 친근하게 대하곤 했었다.

"그래도 요즘 일 잘해 줘서 고마워. 백합궁 시녀들 사이에서 칭찬이 자자하던데?"

"아, 아닙니다."

"아니야. 이전처럼 실수도 거의 안 하고. 만찬회 준비로 정신없었는데, 네가 주방에 와 줘서 한결 숨통이 트여."

백조 정원의 정리가 끝난 후 그녀는 원래 소속된 백합궁의 만찬회를 준비하도록 배정되었다. 주방에 온 그녀는 이전처럼 마스터급의 하녀 실력을 통해 일당백의 능력을 발휘하며 요리사들을 보조해 큰 칭찬을 받고 있었다.

"그렇지 않아도 이번 만찬회는 황태자 전하도 신경 쓰신다 해서 부담이 많이 됐었거든. 네가 잘 도와줘서 고맙구나."

"황태자 전하께서요?"

거듭된 칭찬에 민망한 표정을 짓던 마리는 황태자란 단어에 놀란 표정을 지었다.

"응, 각국의 대표로 온 사절단을 처음 맞는 행사라 문제가 있으면 안 되거든. 제국의 위신이 걸린 문제라. 특히 이번엔 이례적으로 서제국의 사절단도 왔다고 하고. 그래서 전하께서도 각별히 신경 쓰시고 계신 것 같아."

어지간히 무던한 성격의 피터였지만, 황태자가 주시하고 있다고 하자 적지 않은 부담을 느끼는 것 같았다. 그럴 수밖에 없었다. 황태자는 모든 이에게 공포의 존재였으니까.

'그러고 보니 이틀 뒤 만찬회 때 황태자도 오겠구나.'

그녀는 속으로 으스스 몸을 떨었다. 떠올리는 것만으로도 섬뜩한 철가면. 절대로 마주하고 싶지 않았다.

'나는 주방에서 설거지나 하고 있을 테니까 마주칠 일은 없을 거야.'

그날은 절대로 주방에서 벗어나지 않기로 다짐하며 그녀는 피터에게 기운을 북돋아주려는 말을 하였다.

"너무 걱정하지 마세요. 주방장님 요리 솜씨는 황궁 최고시잖아요."

마리의 말에 피터는 너털웃음을 지었다.

"고맙다. 황궁 최고까지는 아니더라도 내가 조금 하긴 하지."

"이번 만찬회의 그로스피에스(메인 요리)는 어린 송아지 스테이크인가요?"

마리는 만찬회의 요리를 물었다. 만찬회의 정찬에는 3종류의 수프부터, 입맛을 돋우는 오르되브르(애피타이저), 연어로 요리한 차가운 앙트레, 메인이 되는 그로스피에스, 다시 따뜻한 3종류의 앙트레, 샐러드와 함께하는 고기 요리 등 20종류는 가뿐히 넘는 요리가 나온다.

그 수많은 요리 중 가장 핵심이 되는 것은 바로 그로스피에스. 최고급 품질의 소고기를 구운 스테이크를 내는 것이 대부분이었다.

"응, 최고 품질의 송아지 고기를 한 달 전부터 저온으로 숙성하고 있단다."

"저온이요?"

"응, 아무리 품질 좋은 고기라도 곧바로 요리하면 뻑뻑한 맛만 나거든. 최대한 좋은 맛을 내기 위해 저온에서 숙성하는 거란다. 다 도착했으니 너도 직접 보면 알 거다."

끼익.

보관소에 도착한 피터는 열쇠를 꺼내 문을 열었다. 문은 신기하게도 지하로 향해 있었다.

"여기 등잔 들고 조심히 따라 내려오렴."

"아, 네!"

조심조심 경사진 계단을 타고 한참을 내려온 마리는 싸늘한 한기에 놀라 중얼거렸다.

"왜 이렇게 춥죠?"

파르르 떨리는 게 마치 한겨울처럼 추웠다.

"깊은 지하라서 그래. 이렇게 추운 곳에 고기를 두면 상하지 않고 숙성돼 좀 더 깊은 맛을 내게 된단다."

그 말에 마리는 감탄한 표정을 지었다. 고기를 곧바로 요리하지 않고 이렇게 숙성하다니. 생각지도 못 한 방식이었다.

"대단하네요."

"응, 제대로 숙성하면 고기 맛이 훨씬 좋아지지."

"그런데 이렇게 보관하면 중간에 상하거나 하지는 않나요?"

그런데 그렇게 그녀가 물은 다음이었다. 피터의 얼굴이 일순 어두워졌다.

"그게 사실 문제야. 고기를 숙성하다 제대로 관리를 못 하면 균이 퍼져 전부 상해서 버리는 경우도 많거든. 여러 온도나 습도 등을 잘 따져 보고 숙성을 해야 해."

"그러면 이 고기들은 괜찮은 건가요?"

마리는 조심히 물었다. 피터는 여전히 어두운 얼굴로 대답했다.

"이 보관소는 원래 서늘한 기온이 잘 유지돼 고기가 잘 상하지 않아. 그래서 상할 걱정 없이 숙성한 것이지. 그런데 최근 들어 한 가지 문제가 생겼단다."

"무슨 문제요?"

"최근 며칠간 비가 계속 온 탓인지, 이 지하 보관소의 공기가 갑작스레 습해졌어. 그래서 고기가 변할까 걱정이야."

"아……."

"당장 이틀 뒤에 만찬회라 이 고기들이 변하면 메인 요리에 쓸 수 있는 고품질의 고기가 없거든."

마리는 피터의 말을 이해했다. 만찬회에 참석하는 인원은 200명이 넘는다. 이 송아지 고기들을 사용할 요리는 바로 만찬회의 핵심인 메인 디시. 반드시 좋은 품질의 고기를 써야 한다. 하지만 아무리 황궁이라도 그 많은 각국 대표를 대접할 만한 고품질의 고기를 하루 이틀 만에 구할 수는 없는 것이다.

"그럼 지금 오신 것은?"

"응, 혹시나 변한 고기가 있는지 확인하려고. 이렇게 공기가 습하면 균이 번식해 주변으로 부패가 확 퍼질 수도 있어서."

그렇게 대답한 피터는 꼼꼼히 고기를 살피기 시작했다. 부패한 부위는 없는지, 냄새가 이상하지는 않는지, 고기의 색깔이 변하지는 않았는지 등을 확인했다. 과연 이상이 있는 고기들이 꽤 발견되었다.

"이것들은 버리는 것이 좋겠구나."

"부패된 건가요?"

"날씨가 좋지 않아 그런지 어제 왔을 때보다 더 심하구나."

피터는 어두운 얼굴로 걱정스러워했다. 실제로 고기가 변질돼 만찬회 준비에 차질이 생긴다면 그 책임은 바로 그의 몫이었다.

"일단 내일도 와서 봐야겠구나."

다음 날도 마리는 피터와 함께 보관소에 다녀왔다. 역시나 이번에도 일부 고기들이 변질되어 있었다. 어제보다 더 심했다.

"큰일이구나. 점점 지하의 공기가 습해지고 있어. 이러다 대규모로 부패가 진행되면 안 되는데."

피터는 초조한 기색으로 말했다.

"내일이면 요리할 것이니 오늘 하루만 신선하게 유지되면 되는데."

"하루 만에 그렇게 고기들이 변할 수도 있나요?"

"계속해서 부패된 고기가 늘고 있어 그럴 수도 있어."

그렇게 그가 고민하고 있을 때, 의외의 사람이 찾아왔다. 이번 만찬회를 비롯해 궁내의 대소사를 총괄하는 궁내부장 길버트 백작이었다.

"그래, 만찬회 준비는 차질 없이 하고 있는가? 이번 만찬회는 유럽 대부분의 나라에서 귀빈들이 참석할 예정이니 반드시 최고의 요리를 내야 할 것이야."

길버트는 옆으로 난 콧수염을 쓰다듬으며 말했다.

"황태자 전하께서도 신경 쓰시고 계시니, 차질이 없어야 해."

그 말에 피터는 주저하며 입을 열었다.

"저, 백작님. 사실 조금 문제가 있습니다."

"뭐, 문제?"

길버트는 눈썹을 치켜세웠다.

"그게 사실은……."

피터는 날씨 문제로 지하 보관소 습도가 높아져 고기 일부에 문제가 생겼고, 앞으로도 부패가 진행될 수 있음을 설명했다. 그 설명을 들은 길버트는 노발대발 펄쩍 뛰었다.

"아니, 이게 지금 무슨 말인가! 도대체 보관을 어떻게 했길래! 지금 제정신인가?!"

피터는 하얗게 변한 얼굴로 고개를 숙였다. 공기가 습해진 것은 그의 탓이 아니었지만, 책임자인 만큼 문책을 피해갈 수 없었다.

"죄송합니다."

"날씨가 아무리 그래도 보관을 제대로 했어야지! 그게 자네의 일이잖은가!"

길버트는 초조한 얼굴로 물었다.

"하아. 큰일이군. 그래서? 내일 만찬회에 최고급 품질로 된 고기를 내지 못한다는 건가?"

"그건 아닙니다. 주의해서 살피고 있으니 문제가 생길 확률은 낮습니다. 그래도…… 공기가 계속 습하니 혹시나 만약을 대비해 추가적인 고기를 준비해 두어야 하지 않을까 싶습니다."

길버트 백작은 고개를 저었다.

"그건 안 돼."

"어째서……."

"몇 명이면 모르지만, 이제 와서 수백 명이나 되는 인원의 고기를 준비할 수는 없어. 물론 품질이 떨어지는 고기야 몇 천 명의 것이라도 얼마든지 준비해 둘 수 있지만, 축제 전야제 만찬회에 그런 질 떨어지는 고기를 내오면 각국 사절단의 비웃음을 살 것이다. 내일 만찬회 요리는 반드시 최상품의 것이어야 해."

"……."

피터는 입을 다물었다. 궁내부장의 말이 옳았다. 각국의 귀빈들을 초청해 놓고, 만찬회에 질 떨어지는 요리를 내놓으면 뒤에서 무슨 비웃음을 들을지 몰랐다.

"그러니 고기가 변하지 않도록 반드시 만전을 기하도록. 만약 준비에 문제가 생기면 자네에게 그 잘못을 물을 거야. 알겠나?!"

"……네. 알겠습니다."

길버트는 씩씩거리며 사라졌고, 마리는 피터를 불렀다.

"주방장님……."

피터는 애써 걱정하지 말라는 듯 고개를 저었다.

"괜찮을 거다. 신경 써서 보고 있으니."

하지만 마리도 피터에게 들어 알고 있었다. 습도의 변화로 인한 고기의 부패는 신경 써서 감시한다고 막을 수 있는 것이 아니란 것을. 특히나 이렇게 보관 중이던 고기가 군데군데 변하고 있는 것은 굉장한 위험 신호였다.

'시간이 지날수록 변질하는 양도 늘고 있고.'

어쩌면 고기들 사이에 이미 균이 퍼지고 있는지도 몰랐다. 그러면 최악이었다.

'혹시나 고기의 부패를 막을 수 있는 방법은 없을까?'

그녀는 자신에게 기적을 일으켜 주는 꿈을 떠올렸다.

'주방장님을 도와줄 수 있는 꿈이라도 꿀 수 있었으면.'

하지만 아무리 꿈속에서 능력을 얻을 수 있다 해도 고기의 부패를 막을 수 있는 방법은 없었다. 그저 할 수 있는 것은 별일 없도록 기도하는 수밖에.

'주님, 제발. 별 탈 없이 만찬회가 끝날 수 있게 도와주세요.'

그 기도 덕분일까? 그날 밤 마리는 '꿈'을 꾸었다. 다른 인물이 되는 듯한 그 자각몽을 말이다.

'이번엔 무슨 꿈이지?'

지금까지 경험상 이 꿈은 앞으로 벌어질 일과 연관이 있을 가능성이 높았다. 어쩌면 피터를 도와줄 실마리가 있을 수도 있었다. 그런데 꿈 속의 내용이 무언가 이상했다. 고기와 관련된 꿈이 맞긴 했지만, 그녀가 원하던 내용이 아니었던 것이다.

「신사, 숙녀 여러분! 오래 기다리셨습니다. 드디어 대망의 그랜드 비프(Beef) 마스터의 최종 결승자를 결정하는 순간이 되었습니다!」

소고기 요리 대회에 참석하는 꿈이었다. 마리는 당황해 입을 다물었다.

'이게 무슨? 갑자기 웬 소고기 요리 대회?'

그녀는 꿈속에서 최종 결승에 남은 2명의 인물 중 한 명이었다. 상대는 금발의 남자, 그녀는 흑발의 동양 여인. 둘은 각자 준비한 소고기 요리를 놓고 심사 위원의 평을 기다리고 있었다.

「자, 첫 번째 요리는 죠셉의 필렛 미뇽(Fillet mignon)입니다. 일체의 기법도 사용하지 않은, 오로지 최고급 안심 부위의 육질로 승부하는 요리이지요. 그 부드러운 맛은 천상의 맛!」

꿈속에서 대회 사회를 보는 인물은 이번엔 꿈속의 그녀, 동양 여인의 요리를 소개했다.

「반면 두 번째 요리는 완전히 반대의 스타일입니다. 사용한 고기는 가정집에서도 사용하는 2등급 품질! 하지만 단순하면서도 탁월한 기법을 통해 2등급 고기를 최고급 품질과 비교해도 전혀 떨어지지 않은 맛으로 탈바꿈시켜 놓았지요. 부드러우면서도 깊은 그 맛은 이 요리가 과연 우리가 알던 그것이 맞나 의심스럽게 합니다.」

그러며 사회자는 동양 여인이 만든 요리의 이름을 말했다.

「모두가 아는 이 요리의 이름은……!」

"마리! 마리! 일어나!"

"……!"

거기까지 꿈꾼 그녀는 자신을 부르는 소리에 번뜩 눈을 떴다. 무슨 꿈인지 의미를 생각하기도 전에 다급한 말이 들려왔다.

"큰일 났어! 지금 빨리 백합궁으로 가 봐야 할 것 같아!"

"네? 무슨 큰일이요?"

마리는 큰일이란 말에 눈을 크게 떴다.

'혹시 설마?'

"오늘 만찬회 메인 디시에 사용할 고기에 문제가 생겼나 봐! 지금 백합궁 전체가 초비상이야!"

"……!"

그녀의 가슴이 덜컥 내려앉았다. 불안 불안했는데, 결국 문제가 생긴 것이다! 다급히 백합궁의 주방으로 뛰어가니 피터가 하얗게 질린 안색으로 서 있었다.

"주방장님?"

피터와 보조 요리사들은 얼굴이 새하얗게 변해 대화를 나누고 있었다.

"어젯밤에 확인했을 때만 해도 괜찮았지, 분명히?"

"네, 주방장님. 분명 괜찮았습니다."

"그런데 어째서. 하아."

"밤사이 습한 공기가 더 유입되면서 원래 부패 기운이 있던 고기들이 확 변질된 것 같습니다. 이런 일을 막으려고 공기가 통하는 구멍을 최대한으로 열어 두었었는데."

상황을 보니 밤사이 공기가 더 습해지며 고기 사이에 서식하고 있던 균이 대규모로 퍼져 대부분의 고기가 변질된 것 같았다.

"향신료를 강하게 뿌리면 어떻습니까? 변한 냄새를 눈치챌 수 없게."

"그 정도로 감출 수 있는 것이 아니야."

피터는 입술을 깨물었다.

"이 고기들을 사용할 수는 없어."

"그러면 어떻게?"

"식자재를 담당하는 부서에 일러 메인 디시에 사용할 고기를 급하게 새로 준비해 달라 이르게."

"주방장님, 그러면 요리의 질이 너무 떨어지게 됩니다."

보조 요리사들이 놀란 표정을 지었다. 책임 주방장인 피터는 괴로운 얼굴로 말했다.

"알고 있어. 하지만 지금 상황에서는 어쩔 수가 없네."

그는 속으로 한탄했다.

'이번 만찬회가 끝나면 문책을 피할 수 없겠구나. 어떤 벌을 받게 되는지.'

피터는 배다른 형제들을 모조리 베고, 황태자의 지위에 오른 라엘을 떠올렸다. 이번 만찬회는 제국의 황태자인 그의 위신이 걸린 일. 피의 황태자인 그가 본인의 위신을 떨어뜨린 자신을 가만히 놔둘 것 같지 않았다.

'최악의 경우 목이 떨어질 수도 있겠구나.'

"어쩌면…… 이번이 내 마지막 요리일 수도 있겠군."

그 씁쓸한 어조에 요리사들이 안타까운 목소리로 그를 불렀다.

"피터 주방장님!"

마리도 안타까운 얼굴로 피터를 바라보았다. 그녀도 피터가 만찬회를 제대로 준비하지 못한 죄로 어떤 벌을 받을지 걱정이 들었다.

'내가 도와드릴 방법이 없을까.'

그녀는 초조하게 생각했다. 그가 피의 황태자에게 벌 받는 모습을 보고 싶지 않았다. 메인 디시에 사용할 고기가 제대로 보관되지 못한 것은 분명 그의 책임이긴 하지만, 엄밀히 말하면 불가항력적인 일이 아니었던가. 사람이 습도를 조절할 수는 없는 노릇이니까. 아니, 그런 걸 떠나 자신에게 따뜻하게 대해 준 그를 도와주고 싶었다.

'제발. 방법이…….'

그런데 그 순간 한 가지 방법이 퍼뜩 떠올랐다. 질 나쁜 고기를 사용하면서도 상급의 메인 디시를 낼 방법이! 오늘 꾼 꿈에서 떠올린 방법이었다. 꿈속의 동방 여인, 그녀가 만든 요리라면 질 나쁜 고기로도 최상급의 맛을 낼 수 있었다.

'그런데 이 요리를 그로스피에스로 인정할까?'

한편으론 걱정이 되긴 했지만, 그녀는 곧 고개를 끄덕였다.

'꿈속의 내용대로라면 인정할 거야. 다른 그로스피에스에 비해 절대 떨어지지 않는 맛이니까.'

꿈속의 여인은 일반 가정에서도 흔하게 만드는 요리를 최상으로 승화시켰다. 그래서 최고급 재료를 사용한 요리들을 제치고 대회 결승까지 올라갈 수 있었던 것이다. 그 여인의 요리라면 분명 사절단의 입맛도 만족하게 할 수 있으리라.

'문제는 이걸 어떻게 주방장님께 말씀드리지?'

그녀는 고민했다. 자신은 주방의 허드렛일을 도와주는 하급 시녀에 불과했다. 요리는 요리사의 영역. 아무리 그녀가 최근 예쁨을 받고 있다지만, 요리에 왈가왈부하는 것은 굉장히 주제넘은 일이었다.

'어떻게 하지?'

그녀가 고민하고 있을 때였다. 생각지도 못 한 음성이 그들 사이에 들려왔다.

"만찬회 준비에 무슨 문제가 있나?"

"……!"

그 음성을 들은 그녀의 몸이 뻣뻣이 굳었다. 그녀뿐만이 아니었다. 주방장 피터도, 보조 요리사들도, 주방 시녀들도 거짓말처럼 움직임을 멈추었다.

'왜 이곳에?'

절대 잊을 수 없는 목소리. 마음 깊이 새겨진 두려움에 마리의 눈동자가 남몰래 흔들렸다. 곧 정신을 차린 사람들이 무릎을 꿇으며 외쳤다.

"황태자 전하를 뵙습니다!"

나타난 이는 자신의 상징과도 같은 철가면을 쓴 황태자였다.

주방이 쥐 죽은 듯한 고요에 휩싸였다. 그들 같은 아랫것들에게 황태자는 평소에도 공포의 대상이었고, 문제가 생긴 지금은 더 말할 것도 없었다. 황태자 라엘은 인상을 찌푸렸다.

"괜히 방해하는 것 같아 와 볼까 말까 고민하다, 마침 백합궁 주변에 올 일이 있어 와 봤는데…… 와 보길 잘한 것 같군. 만찬회 준비에 무슨 문제가 생긴 거지?"

"……."

모두 대답을 못 하고 눈치만 살폈다.

"말해봐라."

결국, 책임자인 피터가 입을 열었다.

"사실은……."

메인에 사용할 고기가 부패되었다는 말을 한 피터는 죽을죄를 진 것처럼 고개를 숙였다.

"죄송합니다, 전하! 제 불찰로!"

황태자는 잠시 입을 다물었다. 얼굴의 반을 뒤덮은 철가면 때문에 표정을 볼 수 없었기에 주방의 사람들은 더욱 공포에 떨었다. 모두의 머릿속에 저 피의 황태자가 검을 꺼내 피터의 목을 치는 환상이 스쳐 지나갔다.

그때, 황태자가 낮은 목소리로 입을 열었다.

"그래서? 그로스피에스는 만찬회의 핵심이다. 원래 준비하려던 어린 송아지 스테이크를 못 내게 되었으니, 어떤 요리를 낼 예정이지?"

피터는 침을 꿀꺽 삼켰다.

"일단 식자재 담당 부서에 연락해 다른 고기를 준비하라 하였습니다."

"다른 고기로? 낮은 품질의 고기를 쓰면 요리의 질이 많이 떨어지는 것 아닌가?"

황태자는 철가면 안으로 곤란한 표정을 지었다. 만찬회에는 수없이 많은 요리가 나오지만, 결국 가장 중요한 것은 메인 디시인 소고기 요리였다. 각국의 대표들이 참석하는 자리에 볼품없는 메인 디시를 내면 분명 뒤에서 비웃음을 살 것이다.

'다른 건 괜찮은데, 서제국 놈들이 뒤에서 비웃을 것을 생각하니 짜증 나는군.'

황태자는 오래된 적국인 서제국 놈들의 비웃음만은 듣고 싶지 않았다. 한편 황태자가 입을 다물고 가만히 있자, 주방의 사람들은 벌벌 떨었다. 아무런 말이 없으니 그게 더 무서웠다.

"메인 디시로 품질이 떨어지는 고기를 내야 한다고?"

"죄송합니다! 죽여 주시옵소서!"

"죄송하다는 말은 그만. 상황이 벌어졌으니 지금은 해결 방안을 찾을 때다. 다른 방법은 없나?"

"다른 방법이라면……?"

"품질이 떨어지는 고기로 괜찮은 그로스피에스를 만들 방법은 없냐는 말이다."

황태자의 말에 주방의 요리사들은 눈을 깜빡였다. 품질이 떨어지는 고기로 상품의 요리를 만드는 건 그들로선 불가능했다. 피터는 침울하게 고개를 저었다.

"죄송합니다, 전하. 품질이 떨어지는 고기로 상품의 메인 요리를 만들 방법은 소신이 알기로 없사옵니다."

"소고기로 그로스피에스를 만드는 방식이 직화 스테이크만 있는 건 아닐 것 아닌가?"

"그렇긴 하오나, 어떤 방식을 써도 소고기 본연의 맛을 살리는 스테이크를 능가하기는 어렵습니다."

"그런가."

라엘은 철가면 아래로 나직이 한숨을 내쉬었다.

'난감하군.'

그런데 그 순간, 그의 눈에 익숙한 얼굴이 들어왔다. 작은 몸집, 순한 인상, 귀여운 느낌의 외모. 지난번부터 이상하게 계속 그와 마주치는 시녀 마리였다.

'주방에서 일하고 있었군.'

"너는?"

"시녀 마리라고 합니다, 전하."

생각지도 않게 황태자가 자신을 부르자 마리는 깜짝 놀라 고개를 숙였다.

'왜 갑자기 나를?'

특별히 그가 무슨 말을 한 것도 아니지만, 도둑이 제 발 저린다고 여러 켕기는 것이 많은 그녀는 가슴이 쿵쾅쿵쾅 뛰었다. 한편 황태자는 그녀를 보며 생각했다.

'지난번 나에게 준 과자의 맛이 굉장히 수준급이었지.'

백조 정원에서 저 시녀가 자신에게 건네준 과자는 어지간한 황궁의 파티시에 못지않은 뛰어난 맛을 가지고 있었다.

'과자 말고 다른 요리도 솜씨가 있는지 모르겠군.'

그렇게 생각한 그는 그녀에게 물었다.

"너는 혹시 알고 있는 방법이 없느냐?"

그 물음에 주변의 요리사들이 깜짝 놀랐다.

"전하? 저 아이는 하급 시녀일 뿐입니다. 요리에 대해서는 전혀…….'

하지만 황태자는 낮게 고개를 저을 뿐이었다.

"난 너희 말고 저 소녀에게 물어보는 중이다."

"……!"

그러며 라엘은 철가면 사이 푸른 눈으로 마리를 똑바로 바라보았다.

"다시 한번 물으마. 마리, 너는 등급이 낮은 고기로 괜찮은 그로스피에스를 만드는 방법을 혹시 알고 있느냐?"

"……!"

마리의 가슴이 미친 듯이 뛰었다.

'왜 나에게 이런 질문을?'

물론 그녀는 알고 있었다. 지난밤 꾼 꿈이 이것에 대한 대답이었으니까.

그로스피에스. 만찬회의 메인 디시를 뜻하며, 대부분 소고기를 구운 스테이크가 나온다. 음식의 맛은 재료가 되는 소고기의 품질에 절대적으로 영향을 받게 마련이다.

'하지만 꼭 직화로 구운 스테이크만을 낼 필요는 없어. 그로스피에스는 '큰 덩어리의 고기 요리'란 뜻이니까. 그 뜻에 해당하기만 하면 어떤 요리를 내도 괜찮아.'

물론 다른 주방장들도 그걸 모르는 것은 아니었다. 그러나 정찬의 그로스피에스가 늘 스테이크인 이유는 고품질의 스테이크를 능가하는

'덩어리 고기' 요리를 만들기 어렵기 때문이다.

'하지만 꿈속의 여인이 만든 요리라면, 비록 낮은 품질의 고기를 사용해도 스테이크 못지않은 맛을 낼 수 있어.'

마리의 머릿속에서 생각이 빠르게 정리되었다. 그때, 차가운 목소리가 다시 한번 그녀를 불렀다.

"왜 대답이 없지?"

마리는 고개를 숙인 채 입술을 깨물었다.

'어떻게 하지?'

평소라면 주방장을 돕기 위해 당장 입을 열었을 것이다. 하지만 황태자가 직접 물어보고 있다는 사실이 그녀가 대답하는 걸 꺼리게 했다.

'황태자에게 주목받으면 안 돼.'

조각사, 음악가 때의 일도 그렇고, 더는 그의 관심을 끌면 안 됐다. 황태자는 아직도 자신, 모리나 왕녀를 찾고 있었다. 얼굴을 아는 이가 없으니 쉽게 정체를 들키진 않겠지만, 최대한 그의 주목은 피하는 것이 좋았다.

'잘못해서 더 주목받으면 나중엔 정체를 들킬 수도 있어.'

그렇게 되면 그녀는 끝장이었다. 그러니 이 상황에서 그녀가 선택할 수 있는 최선은 모르는 척 넘어가는 것이다. 그러면 황태자도 더는 자신에게 관심을 갖지 않을 것이다. 하지만 그녀는 그럴 수 없었다.

"……."

마리의 눈에 하얗게 질려 무릎을 꿇고 있는 피터의 얼굴이 들어왔다. 그녀가 모른 척 넘어가면 자신에게 늘 잘해 주던 그는 벌을 피할 수 없을 것이다.

'안 돼, 그건.'

그녀는 아무도 모르게 주먹을 움켜쥐었다. 조금이라도 황태자의 눈에 들고 싶지 않았지만, 도저히 피터를 외면할 수 없었다.

'주님, 저 어떻게 하죠?'

수만 가지 생각이 머릿속을 오갔다. 그녀는 입술을 지그시 깨물었다.

'……그래도 요리 정도는 괜찮지 않을까? 시녀 중에서도 요리를 잘하는 사람은 많으니까. 그렇게까지 이상하게 생각 안 할지도 몰라.'

물론 최선은 그냥 모른 척하는 것이다. 그녀도 그걸 알았다. 하지만 도저히 그러기가 어려웠다. 결국, 그녀는 한숨을 토해 내듯 말했다.

"한 가지…… 알고 있는 요리가 있습니다."

"마리?"

요리사들이 놀라 그녀를 바라보았다. 황태자도 눈에 이채를 띠며 물었다.

"무엇이지?"

그녀는 황태자에 대한 두려움으로 쿵쾅쿵쾅 뛰는 가슴을 억누르며 말했다.

"제 어머니께서 가끔 해주던 요리로, 다소 품질이 떨어지는 고기로도 달콤하고 부드러운 맛을 낼 수 있는 요리입니다."

"그 요리의 이름이 무엇이지?"

마리는 꿈속의 여인이 요리한 음식을 떠올렸다. 그녀도 처음 들어보는, 아마도 이 시대에는 존재하지 않는 듯한 요리였다.

"솔즈베리 스테이크입니다."

"솔…… 즈베리 스테이크?"

낯선 이름에 황태자는 고개를 갸웃했다. 마리는 고개를 끄덕였다.

"네, 전하. 고기를 간 후, 여러 재료와 함께 다져서 커다란 덩이로 굽는 요리입니다."

솔즈베리 스테이크, 흔히 햄버그 스테이크라 불리는 요리다. 황태자는 의문 섞인 목소리로 물었다.

"그게 맛있다고? 고기를 갈아 다지다니. 잘 이해가 안 되는군."

그들로서는 처음 보는 방식의 요리였다. 마리도 어젯밤 꿈을 경험하지 않았다면 받아들이지 못했을 것이다.

'하지만 이 요리는 맛있어.'

최상급 스테이크보다 뛰어나다고는 할 수 없다. 일단 재료의 차이가 크니까. 하지만 솔즈베리 스테이크에는 솔즈베리 스테이크만의 맛과 풍미가 있다.

'특히나 처음 맛보는 음식이니, 스테이크 구이에만 익숙한 사람들의 입맛을 사로잡을 수 있을 거야.'

더구나 솔즈베리 스테이크는 누가 요리하냐에 따라 맛이 천차만별이었다. 그리고 꿈속 여인의 요리 솜씨는 최고였다. 평범한 재료로 만든 솔즈베리 스테이크로, 최고급 스테이크에 대항해 결승까지 올라간 실력이니까.

"제가 맛본 바로는 일반적인 스테이크와는 또 다른 맛과 풍미가 있다고 생각합니다."

주방의 요리사들은 그렇게 말하는 마리를 조마조마한 심정으로 바라보았다. 말도 안 되는 요리 방식을 이야기하는 그녀에게 황태자가 당장에라도 분노를 토할까 걱정된 것이다.

"잘 모르겠군. 고기를 다지다니. 솔직히 말해 좋은 요리가 나올 것 같지가 않아."

그런데 이어진 황태자의 말은 전혀 뜻밖의 것이었다.

"그러니 이렇게 하지."

"네?"

"마리, 넌 그 요리를 만드는 데 얼마의 시간이 필요하지?"

마리는 당황해 대답했다.

"오래 걸리지는 않습니다."

"그러면 지금 바로 요리를 해봐라. 내가 직접 네가 만든 요리를 먹어

보고 판단하겠다."

"……!"

모두가 깜짝 놀라 황태자를 바라보았다. 정체를 알 수 없는 요리를 직접 시식해 보겠다니? 하지만 황태자는 이렇게 말할 뿐이었다.

"뭐 하는가? 시간이 많이 없다. 지금 바로 시작하도록."

"네, 알겠습니다!"

마리는 허겁지겁 요리를 시작했다.

'황태자 앞에서 직접 요리를 해도 될까? 혹시 수상하게 생각하면 어떻게 하지?'

하지만 그녀는 고개를 저었다. 지금 자신이 나서지 않으면 나중에 피터는 어떤 벌을 받을지 몰랐다.

'그리고 요리하는 모습 정도는 괜찮을 거야.'

조각사와 음악가 때와는 경우가 조금 달랐다. 시녀라도 요리는 잘할 수 있으니까. 그렇게 결론을 내린 그녀는 본격적으로 요리를 시작했다.

'일단 반죽에 넣을 야채를 다지고. 와인도 필요해.'

처음 해보는 요리지만, 마치 꿈속의 여인이 된 것처럼 몸이 자연스럽게 움직였다.

타타타탁.

식칼이 휘리릭 도마를 두드렸고, 순식간에 양파와 야채가 토막 나 해체되었다. 그 모습을 본 주방의 요리사들은 눈을 크게 떴다. 설거지, 주방 닦기, 음식물 쓰레기 정리 같은 허드렛일만 하던 시녀의 손놀림이 마치 일급 쉐프의 것에 못지않았던 것이다.

"저, 저?"

"어떻게 저렇게?"

하지만 마리는 그들의 놀람을 신경 쓰지 못했다. 오로지 완성도 높은 음식을 완성하는 것에 온 정신이 집중돼 있었던 것이다.

「애야. 너는 최고의 음식이 무엇이라고 생각하느냐?」

꿈속 여인의 스승이 그녀에게 말하던 것이 머릿속을 스쳐 지나갔다.

「좋은 품질의 재료를, 재료 본연의 맛이 가장 잘 살아나게 요리하는 것 아닌가요?」

「그것도 맞는 말이지. 하지만 난 누구나 쉽게 접할 수 있는 재료를 누구나 행복하게 먹을 수 있도록 요리하는 것이 최고의 요리가 아닌가 싶구나.」

탁. 탁. 탁.

그녀의 손이 계속해서 움직였다. 고기를 다지고, 준비한 양파, 계란, 우유, 빵가루 등을 섞었다. 독특한 풍미를 더하기 위해 와인도 일정한 비율로 섞었다.

'여기서 핵심은 배합 비율!'

솔즈베리 스테이크, 즉 햄버그 스테이크는 누구나 만들 수 있는 요리다. 하지만 어떻게 만드느냐에 따라, 그 맛은 하늘과 땅 같은 차이를 보인다. 꿈속의 여인은 스승과 더불어 이 평범한 요리를 최고의 경지로 승화시키는 데 일생을 바쳤고, 그 결실이 지금 마리의 손에서 피어나고 있었다. 이윽고 완성된 고기 반죽을 심혈을 다해 불에 익히며 그녀는 생각했다.

'불에 익히는 것도 아무렇게나 익히면 안 돼. 최대한 고기의 식감이 살아나게, 그러면서 풍미가 죽지 않게 적절하게 익혀야 해.'

그렇게 고기가 익으며 고소한 냄새가 주방 안에 퍼지기 시작했다. 언뜻 봐도 굉장히 맛있어 보이는 냄새였다.

'마무리는 최대한 고급스럽게.'

상급의 와인을 섞어 고급스러운 느낌을 낸 데미글라스 소스를 얹고,

그 위에 정갈한 반숙 에그 프라이를 올렸다. 그리고 으깬 감자와 구운 야채를 깔끔하게 데커레이션하며, 요리를 마무리하였다.

"완성되었습니다, 전하."

그렇게 고개를 돌리는 마리를 주방의 모두가 놀라 쳐다보았다. 자신들이 알고 있는 마리가 아닌 것 같았다. 황태자도 놀라 그녀를 바라보았다. 요리를 잘할 거라 짐작은 했지만, 저런 손놀림을 보여 줄 거라고는 생각도 못 했다.

'단순히 손놀림뿐 아니라…… 음식도 굉장히 맛있어 보이는군.'

그녀의 손에 들린 하얀 쟁반에는 고기를 다진 동그란 스테이크와 구운 야채, 반숙 계란이 예쁘게 놓여 있었다. 식욕을 절로 자극하는 모습이었다.

"이리로 가져오도록."

"네, 전하."

중요한 건 생김새가 아니라 맛이다. 황태자는 나이프로 일부를 잘라낸 후, 소스에 찍어 입에 넣었다. 그 순간 그의 눈동자가 희미하게 흔들렸다.

'이건?'

생각지도 못 한 훌륭한 맛이었다. 그는 믿을 수 없다는 듯 속으로 중얼거렸다.

'고작 다진 고기가 이런 맛을 내다니?'

저품질의 고기라고는 생각할 수 없는 부드러운 식감이 입안을 건드렸다. 그리고 고기를 씹는 순간, 육즙이 배어 나오며 고소하면서도 달콤한 맛이 혀를 자극했다.

자칫하면 천박해질 위험도 있는 맛이지만, 적절히 배합한 와인이 요리의 풍미를 더해 주었고, 그 모든 맛의 조화가 일찍이 경험하지 못한 미각의 세계로 그를 이끌었다.

'이건…… 정말 훌륭하군. 훌륭해.'

그는 자신도 모르게 연거푸 속으로 중얼거렸다. 그것은 미식에 관심 없는 그를 단번에 사로잡을 정도로 대단한 맛이었다.

'물론 최상급 재료로 만든 스테이크보다 뛰어난 요리라고 볼 수는 없 지만, 이건 그 나름대로의 가치를 가진 훌륭한 요리이다.'

그렇게 결론 내린 그는 어린 시녀를 바라보았다. 마리를 비롯한 주 방의 사람들은 조마조마한 마음으로 그의 판결을 기다리고 있었다.

"마리라고 했나? 직책은 하급 시녀라고?"

"네, 전하."

"오늘 만찬회 때 이 요리를 그로스피에스로 낼 수 있겠는가?"

"……!"

그 말에 주방 사람들은 놀라 서로를 바라보았다. 마리는 고개를 숙 였다.

"부족하지만 최선을 다하겠습니다."

"그래, 만찬회가 성공적으로 끝난다면 내가 직접 너에게 큰 상을 내 리겠다."

그 말에 마리는 허겁지겁 고개를 저었다. 자신은 피터가 벌을 피하 는 것만으로 됐다. 황태자가 직접 내리는 상이라니, 무조건 사양하고 싶었다.

"아닙니다, 전하. 그저 부족한 저의 솜씨가 전하와 제국에 조금의 보 탬이라도 된다면 그걸로 만족하옵니다."

"군주 된 이로서 공을 세운 이를 그냥 넘어갈 수는 없지. 어쨌든 만 찬회가 끝난 후 따로 부르도록 하겠다."

'망했다! 저 황태자를 다시 만나야 한다니!'

마리는 속으로 그렇게 비명을 질렀다. 그녀가 그러거나 말거나, 황 태자는 생각했다.

'마리라고 했지. 무슨 상을 줄지 생각해 봐야겠군.'

그는 상벌을 명확히 하는 성격이었다. 특히 어쩔 수 없는 잘못은 넘어갈지언정, 잘한 것은 절대로 그냥 넘어가지 않았다.

"그러면 다음에 보지."

그렇게 말한 황태자는 본인이 기거하는 사자궁으로 돌아갔다. 마리는 다시 황태자를 만나야 한다는 생각에 망연한 표정을 지었다.

'황태자를 다시 만나야 한다고?'

괜찮다고. 제발 그냥 잊어 달라고 외치고 싶었지만, 그는 이미 백합궁을 떠난 뒤였다. 그때 누군가 그녀를 불렀다.

"마리!"

"아, 피터 주방장님."

"고맙다. 정말 고마워!"

그가 그녀에게 넙죽 고개를 숙였다. 마리는 당황해 그를 잡았다.

"주, 주방장님 왜 그러세요."

"네 덕분에 살았어. 네가 아니었으면 전하께 큰 벌을 피할 수 없었을 텐데."

다른 요리사들도 그녀에게 다가와 감사의 말을 전했다.

"그래, 마리. 네 덕분에 큰 화를 피할 수 있었어. 네가 아니면 큰일 났을 텐데."

"아, 아니에요. 그냥 저는…….."

"그런데 도대체 언제 그렇게 요리를 배웠던 거야? 식칼 다루는 솜씨가 나보다도 더 뛰어난 것 같은데?"

마리는 당황해 고개를 저었다. 사실 요리는 거의 해본 적이 없어 할 말이 없었다.

"그, 그냥 예전에…… 어쨌든 빨리 만찬회 준비를 해야 할 것 같아요."

그렇게 백합궁의 주방은 분주히 요리를 준비하기 시작했다. 마리는 자신에게 맡겨진 햄버그 스테이크를 열심히 요리했다.

드디어 대망의 만찬회가 시작되었다. 자리에 착석한 각국 대표들은 두런두런 이야기를 나누었다.

"잘 지내셨소이까, 백작?"

"아, 오랜만입니다, 드레이크 후작님. 강녕하셨습니까?"

나라가 달라도 위세를 떨치는 귀족들은 서로 구면인 경우가 종종 있었다. 잉글랜드의 드레이크 후작과 서제국의 쇼버 백작은 친근히 인사를 나누었다.

"나야 별문제는 없었소. 백작도 여전해 보이는구려."

"감사합니다."

드레이크 후작은 만찬회장의 테이블을 둘러보더니 낮은 목소리로 말했다.

"황태자는 아직이구려."

"만찬회 시작 직전에 도착할 것 같습니다."

"그대는 이번에 새로 동제국의 군주가 된 황태자가 어떤 인물인지 알고 있소?"

"황태자 말입니까?"

"그렇소."

동제국과 적대 관계인 서제국의 귀족 쇼버 백작은 남들에게 들리지 않게 낮게 코웃음을 친 후 귓속말을 하듯 작게 속삭였다.

"글쎄요. 잘 모르겠습니다. 피의 군주라니 뭐니, 소문은 무성합니다만, 뭐 별거 있겠습니까. 저희 요하네프 3세 폐하에 비하면 애송이나 다름없겠지요."

서제국의 황제인 요하네프 3세도 마침 라엘 황태자와 비슷한 나잇대였다. 서로 비슷한 나이인 두 명이 각각 양 제국의 군주가 된 터라 사람들은 종종 둘을 비교하곤 했다.

"듣자 하니 이번 만찬회에 낼 고기도 제대로 관리 못 해 모두 부패됐다던데, 도대체 무슨 요리가 나올지 의문입니다."

쇼버 백작은 비웃음 섞인 목소리로 말했다.

"아무리 동제국이 야만적이어도 설마 우리에게 썩은 고기를 먹으라고 내오는 것은 아니겠지요."

그렇게 그가 사람들 몰래 악의 섞인 말을 내뱉는 사이, 황태자 라엘이 재상 오른을 비롯한 대신들과 함께 입장했고 만찬회가 시작되었다.

"먼 길 와주어서 고맙소. 차린 것은 없지만, 정성을 다해 준비했으니 즐거운 식사가 되었으면 좋겠소."

황태자의 말에 서제국의 쇼버 백작은 코웃음을 쳤다.

'동쪽 촌놈들의 음식이야 뻔하지.'

그는 음식에 조금이라도 문제가 있으면 잔뜩 비웃어줄 생각으로 포크를 들었다. 하지만 그는 곧 인상을 찌푸렸다. 음식들의 수준이 생각보다 훌륭했던 것이다.

'음, 전채 요리는 괜찮군. 동쪽 놈들답지 않게 나쁘지 않은 솜씨야.'

만찬회답게 테이블에는 수없이 많은 음식이 코스로 나왔다. 모두 흠을 잡기 어려운 요리들이었다. 쇼버 백작은 불만 어린 표정으로 생각했다.

'하지만 만찬회의 핵심은 그로스피에스. 어떤 요리를 내오는지 보자.'

그는 이미 메인 요리로 준비한 고기가 모두 변질되었다는 소식을 들은 상태였다. 그런 상황에서 제국이 제대로 된 요리를 내올 수 있을 리 없었다.

이윽고 만찬회의 하이라이트인 그로스피에스의 차례가 다가왔다. 쇼버 백작 말고도 메인 요리 준비에 문제가 생겼다는 소식을 들은 사절들이 많아 모두 과연 어떤 요리가 나올지 관심을 가지고 지켜봤다.

"저건?"

하지만 접시에 나온 메인 요리를 보자 모두가 눈을 동그랗게 떴다. 처음 보는 형태의 요리였던 것이다.

"전하, 이건?"

누군가 상석의 황태자에게 물었다. 황태자는 여유롭게 나이프로 고기를 썰며 말했다.

"이번에 우리가 특별히 신경 써서 준비한 특제 스테이크요."

"……."

"나쁘지 않을 테니, 맛들 보시길."

모두 반신반의하며 고기에 포크를 가져갔다. 특히 적대 관계인 서제국의 쇼버 백작은 속으로 잔뜩 비웃음을 지으며 고기를 입에 가져갔다.

'이건 다진 고기 아닌가? 만찬회 메인 요리에 다진 고기를 내다니! 이런 우스운 일이! 하여튼 동쪽 촌놈들이란.'

그렇게 생각하며 고기를 씹는 순간이었다.

"……?!"

쇼버 백작은 눈을 크게 뜨며 입을 다물었다. 그건 그뿐이 아니었다. 만찬회에 참석한 모두가 믿을 수 없다는 표정을 지었다.

"이건……? 어떻게 이런 맛이?"

생각지도 못 한 훌륭한 맛이었다. 부드러운 식감. 달콤하면서도 깊은 풍미가 느껴지는 육질. 평소 지겹도록 먹던 스테이크와는 전혀 다른, 새로운 형태의 맛이 그들의 혀를 사로잡았다. 누군가 감탄의 말을 내뱉었다.

"이런 스타일의 요리는 처음 보는군요. 훌륭합니다."

"직화로 구운 스테이크와는 전혀 다른 맛이군요. 다진 고기를 사용했는데도 어떤 기법을 쓴 것인지, 맛의 질이 전혀 떨어지지 않아요. 부드러운 식감도 일품이구요."

"그야말로 새로운 진미입니다."

처음 경험하는 맛에 각국의 대표들은 앞다투어 찬사를 내뱉었다. 잔뜩 비웃어주려던 쇼버 백작도 이 요리만큼은 인정하지 않을 수 없었다. 누군가 황태자에게 물었다.

"전하, 이 진미의 이름은 무엇입니까?"

황태자는 철가면 아래로 무뚝뚝하게 답했다.

"솔즈베리 스테이크. 또는 햄버그 스테이크라고도 부르더군."

"햄버그 스테이크……."

모두가 그 이름을 중얼거렸다. 햄버그 스테이크란 이름이 온 대륙에 퍼지는 순간이었다.

만찬회는 대성공으로 끝났다. 햄버그 스테이크의 맛을 잊지 못한 사절단은 각국으로 돌아가 요리법을 전파했고, 유럽 전역에 햄버그 스테이크가 퍼지게 되는데 어쨌든 그건 나중의 일이다.

실패로 끝날 뻔한 만찬회를 대성공으로 마무리한 황태자는 이번 일의 일등 공신인 시녀 마리를 생각했다. 그 시녀가 아니었다면 각국의 대표들에게 크게 비웃음을 살 뻔했다. 황태자는 마리에게 어떤 상을 줄지 생각했다.

'시녀에게 상을 주는 것은 처음이라 어떤 상이 좋을지 모르겠군.'

고민하던 그의 머릿속에 허드렛일을 하던 그녀의 모습이 떠올랐다.

'힘든 일을 하기에는 체구가 작아 보이던데. 몸도 약해 보이는 것 같고.'

그러며 그는 생각했다.

'사자궁으로 옮겨서 일하게 할까?'

사자궁! 황태자인 그가 기거하는 곳으로 모든 시녀가 일하길 바라는 곳이었다. 황궁의 중심인 사자궁에서 일하는 것은 시녀들 사이에서도 가장 영광된 직책이니 마리란 시녀도 크게 기뻐할 것이 분명했다.

'다만 신분이 걸리는군. 제국 귀족 출신이 아니라, 클로얀 왕국에서 끌려온 포로라고 했지?'

그는 마리에 대해 보고받은 내용을 떠올렸다. 사자궁에서 일하는 시녀들은 대부분 제국의 귀족가 출신의 영애였다. 반면 시녀 마리는 전쟁 포로인지라 귀족은커녕 자유인도 아니었다. 하지만 황태자는 고개를 저었다.

'뭐, 큰 상관은 없겠지. 규정상 문제가 있겠지만 시종장에게 확인해 보라고 해야겠군.'

라엘은 그렇게 마리에게 내릴 상을 잠정적으로 결정하였다. 황태자가 기거하는 사자궁에서의 근무라니. 마리가 들으면 놀라 기절할 만한 내용의 포상이었다.

한편 그때, 마리가 근무하는 백합궁 인근에 마련된 사절단의 숙소. 동제국의 오랜 숙적인 서제국에서 온 사절 쇼버 백작이 누군가와 대화를 나누고 있었다.

"만찬회는 생각보다 괜찮더군. 그렇지 않았나, 백작?"

백작과 같이 있는 이는 젊은 청년이었다. 부드러운 인상에 흑발, 흑안을 가지고 있었는데, 눈가의 안경이 지적인 분위기를 더하였다. 황태자와는 또 다른 느낌의 대단한 미남이었다. 다만 창백한 피부가 병약해 보이는 것이 단점이었다.

그런데 청년과 대화를 하는 쇼버 백작의 태도가 이상했다. 쇼버 백작은 서제국 내에서도 손꼽히는 권세를 지니고 있었는데, 저 병약해 보이는 청년에게 허리를 굽히며 쩔쩔매고 있었던 것이다.

"네, 네. 그렇습니다, 폐……."

백작이 '폐'라는 어절을 발음할 때였다. 청년은 부드러운 눈매를 찡그렸다.

"공자. 공자라고 하라 했지? 잊지 말게. 지금 난 그대를 따라온 수행원일 뿐이란 것을."

"하지만…… 제가 어찌 감히……."

"내 명을 따르지 않겠다는 건가?"

쇼버 백작은 울고 싶다는 표정을 지었다. 어떻게 자신이 감히 그럴 수 있느냐는 얼굴이었다. 쇼버 백작의 반응은 당연했다. 청년의 이름은 요하네프 3세. 바로 그가 주인으로 모시는 서제국의 황제였으니까!

'왜 또 이런 엉뚱한 일을 벌이신 건지.'

쇼버 백작은 속으로 울상을 지었다.

요하네프 3세! 불과 15세의 나이에 서제국의 황제 지위에 오른 인물로 10년 만에 혼란에 빠진 서제국을 안정시킨 명군(名君)이었다. 아름다운 외모, 뛰어난 지략, 백성을 생각하는 마음. 뭐 하나 부족한 것 없는 완벽한 군주였지만 몇 가지 치명적인 단점이 있었으니, 그건 바로 이번 같은 엉뚱함이었다.

'도대체 왜 적국인 동제국에 몰래 들어오신 거야! 잘못되기라도 하면 어떻게 하시려고!'

"폐…… 아니, 공자님. 너무 위험합니다. 지금이라도 바로 서제국으로 돌아가시는 것이……."

"위험? 뭐가 위험하다는 거지?"

그 천연덕스러운 반문에 쇼버 백작은 가슴이 터질 것 같았다.

"아무리 변복하셨다고 해도 정체를 들킬 수 있습니다."

"뭐, 정체야 당연히 곧 들키겠지. 동세국 놈들의 눈이 장님이 아닌 이상."

청년은 태연히 고개를 끄덕였다.

"폐하의 정체가 밝혀지면 그 피에 굶주려 있다는 황태자가 어떻게 나올지 모릅니다.”

“자네는 걱정도 많군. 괜찮아. 정체를 들킨다 해도 동제국이 우리와 전쟁할 생각이 아닌 한, 나를 어쩌지는 못 해.”

“그거야 그렇지만…… 그래도 굳이 폐하께서 축하 사절로 계실 필요는…….”

쇼버 백작의 지적은 타당했지만 젊은 청년, 요한 황제는 고개를 저었다.

“짐은 동제국의 축제를 축하하러 온 것이 아니야. 자네도 알고 있지 않나?”

“……”

“클로얀 왕국의 마지막 왕녀, ‘얼굴 없는 성녀’ 모리나가 이곳 동제국 황궁에 있다는 이야기를 확인하러 온 것이지.”

마리가 들으면 깜짝 놀랄 내용이었다. 저 서제국 황제의 입에서 그녀에 대한 이야기가 나온 것이다. 더구나 아무도 모르는 비밀인, 그녀가 이곳 황궁에 몸을 숨기고 있다는 사실까지도 알고 있었다. 요한은 낮게 웃으며 말했다.

“모리나 왕녀. 왕녀로 있던 1년 남짓한 시간 동안 수많은 선행을 베풀었으면서 막상 얼굴을 아는 이가 없지. 그래서 클로얀 지방에서 그녀를 부르는 별명은 ‘얼굴 없는 성녀’.”

그는 부드러운 말투로 말을 이었다.

“덕분에 추적하는 게 굉장히 힘들었어. 정말 기적 같은 우연으로 그녀가 이곳 동제국의 황궁에 있다는 사실을 알게 되었지.”

“동제국 놈들은 이 사실을 모르고 있겠지요?”

“모르고 있을 거다. 알면 그녀를 가만히 놔두지 않았을 테니.”

쇼버 백작은 한숨을 내쉬었다. 물론 그도 알고 있다. 저 황제가 그리고 있는 원대한 계획에 모리나 왕녀는 반드시 필요했다. 그만큼 중요한 사안이니 직접 행차한 것이리라. 하지만 그는 걱정스러운 얼굴로 황제를 바라보았다.

"건강도 안 좋으시지 않습니까? 만약 이곳에서 '발작'이라도 일어나시면."

'발작'이란 말에 요한의 얼굴이 굳어졌다. 그건 그도 걱정하고 있는 부분이었다. 그러나 그는 곧 고개를 저었다.

"내 병은 약을 꾸준히 먹고 있으니 괜찮을 거다. 실제로도 많이 좋아져 최근 반년 동안은 한 번도 발작이 없어서 약도 많이 줄인 상태이니까. 만약을 대비해 어의도 동행했으니."

"그래도……."

"이제 그만."

요한은 고개를 저었다.

"내 것으로 맞아야 할 여인인데, 어떤 여인인지는 두 눈으로 직접 확인해 봐야 하지 않겠느냐."

휘융! 파앙!

동방에서 들여온 폭죽이 밤하늘을 수놓았다. 수많은 사건 사고 끝에 드디어 축제가 시작된 것이다.

"와아아!"

"제국 만세! 황태자 전하 만세!"

"신께 영광을!"

황궁도, 길거리도 모두 기쁨의 함성으로 물들었다. 앞으로 일주일간 제국의 사람들은 모든 근심 걱정을 잊고 축제 기간을 보낼 것이다. 백성들은 길가로 몰려나와 거리 축제를 즐겼고, 귀족들은 황궁에 모여 연회를 즐겼다. 그런데 모두가 행복하게 먹고 마시며 떠드는 순간, 평소보다 더 힘든 시간을 보내고 있는 이들이 있었다.

"거기 쓰레기 좀 정리해 주세요!"

"네, 시녀장님!"

"이 음식 연회장에 늦지 않게 가져다주시고요!"

바로 황궁의 시녀들이었다.

"자자! 정신 차리고 빨리빨리 움직여요!"

막상 축제가 시작되니, 일이 어마어마하게 늘었다. 연회장을 정리하고, 음식을 나르고, 귀빈을 접대하고, 어지럽혀진 오물을 치우고, 행사를 준비하느라 모두 정신없이 바삐 움직여야 했다. 축제를 준비할 때가 천국으로 느껴질 정도로 일이 홍수처럼 밀려왔다. 시녀들은 밥 먹을 시간도 없이 몸을 움직였는데, 그중에서도 허드렛일을 담당하는 마리 같은 하급 시녀가 가장 고생했다. 축제장 주변에는 접근도 못 하면서 할 일은 가장 많았던 것이다.

"마리, 밥은 먹었어?"

"아니, 너는?"

"나도 오늘 하루 종일 아무것도 못 먹었어. 죽겠다."

같은 방을 쓰는 동료 제인은 연회장에서 나온 쓰레기를 정리하며 한숨을 내쉬었다.

"높은 시녀님들은 연회장에서 맛있는 것 드시고 있겠지?"

제인이 부럽다는 듯 말했다. 똑같이 시녀란 단어로 불려도, 허드렛일을 담당하는 하급 시녀와 귀인들을 직접 상대하는 중급 시녀는 완전히 다른 존재였다. 담당하고 있는 일도 전혀 달랐고, 신분도 귀족가 출신의 영애가 대부분이었다.

"부럽다. 나도 축제가 끝나기 전 연회장 구경이라도 한번 해봤으면. 꾸미는 것은 다 우리가 했는데, 정작 축제 때는 구경도 못 해보네."

그렇게 한숨을 내쉰 제인이 마리에게 말했다.

"마리? 너 무슨 고민 있어?"

"아? 응? 아니야."

"아닌데? 좀 이상한데?"

제인은 이상하단 표정으로 마리를 바라봤다. 평소 씩씩하고 활발하던 모습과 다르게 계속 아무 말 없이 조용했던 것이다. 마치 고민이라도 있는 것처럼.

"아, 아니야. 정말 괜찮아."

"그래?"

"응, 나 저기 정리하러 갈게! 이따 봐!"

도망치듯 뛰어가는 마리를 보며 제인은 고개를 갸웃했다.

"뭐지? 갑자기 왜 저러지?"

한편 혼자 있게 된 마리는 한숨을 푹 내쉬었다. 제인의 추측처럼 사실 그녀는 고민이 있었다. 그것도 굉장히 심각한.

"도대체 왜 그런 꿈을 꾼 거지?"

그녀는 혼란스러운 목소리로 중얼거렸다. 그녀가 고민하는 건 바로 어젯밤에 꾸었던 꿈 때문이었다.

"왜 이런 꿈을? 하아."

다른 사람이 보면 절대 이해하지 못할 것이다. 고작 꿈의 내용 때문에 고민하다니. 하지만 그녀는 심각했다.

"내가 꿈을 꾸면 꼭 관련된 일이 벌어지잖아."

마리는 고뇌에 찬 표정으로 생각했다. 이세 그녀도 알고 있었다. 자신이 꾸는 지각몽은 절대 이유 없이 나타나지 않는다는 것을. 꿈을 꾼 이상, 분명 관련된 일이 주변에서 벌어질 것이다.

"하지만 왜 도대체 그런 꿈을?"

그녀는 어젯밤 꾼 꿈을 떠올렸다.

「크악! 살려줘!」

「내 팔! 내 팔!」

연기가 치솟아 오르고, 사람들이 비명을 질렀다. 피가 수없이 흐르는 아비규환 같은 모습. 누군가 비명을 지르며 외쳤다.

「의무병! 의무병 어디 있어?!」

「잠시만 기다리십시오!」

거기까지 떠올린 그녀는 눈을 질끈 감았다.

'왜 그런 꿈을?'

그녀가 꾼 것은 다름 아닌 전쟁의 꿈이었다. 그녀는 꿈에서 전쟁에 참전한 병사가 되어 있었다. 그것도 보통 병사가 아닌, 의무병이었다. 병사들이 다치면 병원에 도착하기 전, 응급처치를 해주는.

'도대체 내 주변에 무슨 일이 일어나려고?'

그녀는 한숨을 내쉬었다. 모두가 행복한 축제 때 왜 이런 꿈을 꾼 것인지 도저히 알 수가 없었다.

한편 그때, 황태자는 지친 표정으로 사자궁 집무실 의자에 앉아 있었다.

"바쁘군."

"위스키라도 내올까요?"

호위 기사 알몬드의 말에 그는 고개를 저었다.

"아니, 이미 많이 마셨다."

그는 철가면을 벗어 책상 위에 올려놓았다. 마치 천상의 것처럼 아름다운 그의 얼굴은 술기운에 살짝 붉은 기를 띠고 있었다.

"축제라. 두 번 하기는 어려운 일이군."

그는 혀를 차며 말했다. 모두가 즐기는 축제에서 시녀들만큼 바쁜 사람이 있다면, 그건 바로 황태자인 그였다. 축제에 참석하랴, 각종 행사에 얼굴 비치랴, 외국 사절들을 상대하랴, 상경한 지방의 귀족들과 여러 문제에 대해 대화를 나누랴, 축제 자체에 문제가 없는지 살피랴 등등. 해야 할 일이 수도 없이 많았다. 몸이 두 개, 세 개라도 모자랄 지경이었다.

그때 옆에 있던 재상 오른이 웃으며 말했다. 그도 술을 어느 정도 마셔 얼굴이 붉었다.

"이게 다 전하께서 홀몸이셔서 그렇습니다."

"홀몸?"

"네, 내명부의 주인만 따로 있다면 그렇게까지 바쁘진 않았을 것입니다. 이런 축제는 내명부의 황후마마나 황태자비마마의 소관이니까요."

현재 내명부는 비어 있었다. 제국의 실질적 주인인 그가 홀몸이었기 때문이다.

"그나저나 전하, 비전하는 언제 맞이하실 생각이십니까?"

"아직은 생각 없다."

"하지만 원로원의 압박이 거셉니다. 이번 축제가 끝나면 어떤 분을 황태자비로 맞으실지 결정하셔야 할 것 같습니다."

황태자는 고개를 끄덕였다. 그도 알고 있는 이야기였다. 결혼이 내키지 않아 계속 미뤄 왔지만, 더는 미루기 어려웠다.

"혹시 마음에 두신 분은 없으십니까?"

그러며 재상 오른은 은근한 목소리로 말했다.

"아까 연회 때 보니, 코제린 후작 영애와 스피나 공녀의 눈빛이 심상치 않던데 말입니다. 그녀들뿐 아니라, 사절로 온 도미닌 공주도……."

오른 공작은 그에게 관심을 보이는 영애들의 이름을 쭉 읊었다. 하나같이 사교계에서 이름 높은 레이디로, 모두 대단한 절색이었다. 하지만 황태자는 귀찮다는 듯 고개를 저을 뿐이었다.

"관심 없다. 황태자비는 제국에 가장 도움이 될 법한 인물로 선정할 것이야."

그러며 그는 생각했다.

'모리나 왕녀를 못 찾고 있는 것이 아쉽군.'

만난 적도 없는 인물이지만, 제국의 국익을 생각하면 모리나 왕녀만 한 황태자비도 없었다. 그녀가 황태자비가 되었을 때의 장점은 수도 없이 많았다.

첫째로 서제국과의 화약고인 클로얀 지방의 지배를 공고히 할 수 있었다. 그 점 말고도 외가가 없으니, 외척의 힘을 견제할 필요가 없는 것도 장점이었고, 모리나 왕녀 본인의 심성도 어진 것 같았다. 그야말로 라엘이 생각하는 가장 이상적인 황태자비감이었다. 문제는 도대체 어디에 있는 건지 알 수가 없다는 것이다.

'어쩔 수 없지. 만약 비로 삼기 어려우면, 나중에라도 찾아내서 죽일 수밖에.'

모리나 왕녀는 클로얀 왕국의 후손이라는 상징성 때문에 완벽히 자신의 것으로 만들거나, 그게 힘들면 반드시 죽여야 한다.

'비로 삼든, 죽이든, 어느 쪽이든 그녀를 찾아야 하는군.'

그는 그렇게 생각하고 눈을 감았다. 술기운이 올라와서일까? 갑자기 피로가 몰려왔다.

"그러면 편히 쉬십시오."

"그래. 내일 보도록 하지."

재상 오른이 물러가고, 알몬드가 조심히 말했다.

"침소로 가서 주무시는 것이."

"아직 안 잔다. 검토해야 할 서류가 있어."

서류도 서류이지만, 평소에 앓는 불면 때문에 그는 쉽게 잠들 수가 없었다.

'그때 그 피아노 연주를 들으면 편히 잠들 수 있을 것 같기도 한데.'

그는 문득 이전 수정궁에서 들었던 연주를 떠올렸다. 전원 풍경을 묘사한 그 연주는 마음을 따뜻하게 해 자신의 불면도 치료해 줄 것만 같은 느낌이었다.

'결국, 그 연주자는 못 찾았지. 악장 바한이 새로 작곡한 전원 교향곡도 나름 나쁘지 않으나, 그날 들었던 연주에는 미치지 못해.'

근위 기사단까지 동원해 샅샅이 뒤졌으나 오리무중이었다. 아무리 조사해도 그날 수정궁에 있었던 것은 시녀 마리밖에 없었다. 이전 조각사 사건 때도 그렇고, 도저히 이해하기 어려운 일이었다. 황궁에 천사라도 다녀간 것일까?

'천사는 무슨.'

라엘은 피식 실소했다. 자신처럼 많은 피를 흘린 이에게 무슨 천사란 말인가.

'혹시 그 소녀가 연주했던 것은 아니겠지?'

불현듯 다시 떠오르는 의문. 하지만 그는 고개를 저었다. 말도 안 되는 이야기였다.

'답답하군. 산책이나 다녀올까.'

그는 늘 그렇듯 가볍게 차려입고 사자궁을 나섰다. 그리고 어두운 황궁을 바라보며 생각했다.

'어디로 가지.'

그러다 이런 생각이 떠올랐다. 정말 아무런 이유 없이.

'백합궁 쪽으로 가볼까.'

백합궁을 떠올리자 자연스럽게 생각나는 한 소녀.

'마리. 지금 백합궁에 가면 그 시녀가 있을까?'

그렇게 생각한 그는 흠칫 놀랐다. 백합궁에 그 시녀가 있든 말든 무슨 상관이란 말인가.

'요즘 이런저런 일로 계속 마주쳐서 그런가, 자꾸 쓸데없이 생각이 나는군.'

그는 고개를 젓고는 백합궁 쪽으로 발걸음을 옮겼다. 그 시녀가 있든 없든, 상관없이 그저 산책을 즐기기 위해. 곧 백합궁 근처에 도착한 그는 발걸음을 멈추었다.

'역시 분주하군.'

귀빈을 대접하는 백합궁은 축제를 맞아 굉장히 분주했다. 시녀도 여럿 돌아다니고 있어 라엘은 자신도 모르게 다시 그 소녀를 생각했다.

'없군.'

그 순간 라엘은 다시 흠칫 놀랐다. 그 시녀를 보러 온 것도 아닌데, 무슨 상관이란 말인가.

'술을 마셔서 그런가. 오늘따라 나도 이상하군.'

라엘은 고개를 젓고는 사자궁에 돌아가려고 발걸음을 옮겼다. 그렇게 백합궁 근처를 벗어나려는 순간, 그는 다시 눈을 돌려 백합궁을 바라보았다. 역시나 그 소녀는 보이지 않았다. 그는 그런 자신의 행동에 어이없는 표정을 지었다.

'뭐 하는 거냐, 라엘. 그 시녀는 왜 찾아? 찾아서 뭐 하게? 빨리 돌아가기나 하자.'

그런데 그 순간 라엘의 귀에 그가 찾던 이의 이름이 똑똑히 들려왔다.

"마리, 이것 좀 저쪽에 가져다 버려 줘!"

"네, 수잔 시녀님!"

씩씩한 목소리! 그 소녀의 음성이었다. 라엘은 자신도 모르게 나무 뒤로 몸을 숨겼다. 곧 그의 눈에 작은 체구의 소녀가 들어왔다. 마리였다.

'뭘 저렇게 들고 있는 거지?'

라엘은 인상을 찌푸렸다. 마리는 거의 자신의 체구만 한 쓰레기 더미를 들고 있었다. 축제에서 나온 쓰레기였다. 무거운지 하얗게 질린 손으로 낑낑대며 발걸음을 옮기는 것이 그의 눈에 똑똑히 들어왔다.

'몸도 약해 보이는데 저런 일까지 해야 하는 건가.'

라엘은 살짝 미간을 찌푸렸다. 물론 그도 알고 있었다. 저런 일은 하급 시녀가 당연히 해야 하는 일이란 것을. 하지만 술기운 때문일까? 그냥 마땅치가 않았다.

"영차!"

마리는 작은 몸을 이리저리 움직여 쓰레기를 정리하였다. 그리고 손을 탁탁 턴 후 한숨을 내쉬었다.

"후우, 끝났다."

순간 라엘은 고민했다.

'말을 걸어 볼까?'

하지만 그는 멈칫했다. 무슨 이유로 말을 건단 말인가. 더구나 저 소녀는 자신의 진짜 정체도 모른다.

'지난번 과자가 고마웠다고? 그 감사의 인사라도?'

그가 고민하는 사이, 또 다른 목소리가 그녀를 불렀다.

"마리! 여기 와서 주방 좀 도와줘!"

"네, 지금 갈게요!"

소녀는 목소리가 들린 쪽으로 빠르게 사라졌다. 라엘은 자신도 모르게 그녀를 향해 손을 뻗으려다 엉거주춤 멈추었다. 그는 혼란스러운 표정을 지었다.

"내가 오늘 도대체 어떻게 된 것인지 모르겠군."

피의 황태자는 중얼거렸다.

Chapter 3
좌충우돌 탄신연회

마리는 그날 밤 또다시 꿈을 꾸었다. 전날 꾸었던 것과 같이 전쟁의 꿈이었다.

「크으…….」

「사, 살려 줘.」

전쟁의 모습은 참혹했다. 과거 그녀가 경험했던 것처럼. 꿈속에서 그녀는 병사가 되어 있었는데, 누군가 그 병사의 어깨를 툭 쳤다.

「뭘 그렇게 우울한 얼굴을 하고 있어?」

「아, 분대장님.」

「죄책감 때문에 그러는 거야? 그놈들이 죽은 건 너 때문이 아니야.」

그 말에 병사는 고개를 푹 숙였다. 병사의 눈에 눈물이 그렁그렁 맺혔다.

「그래도…… 살 수 있지도 않았을까요? 제가 조금 더 잘했으면.」

분대장은 그런 병사의 머리를 휘저었다.

「됐어. 넌 의무병으로서 최선을 다했어.」

결국, 병사의 눈에서 눈물이 한 방울 떨어졌다. 오늘 전사한 이는 그의 친구였다.

「아무도 죽게 하고 싶지 않아.」

꿈속에서 병사는 중얼거렸다.

「내가 조금만 더 응급처치를 잘할 수 있다면. 그러면 더 많은 사람을 살릴 수 있을 텐데.」

그 중얼거림을 마지막으로 마리는 눈을 떴다.

"도대체……."

그녀는 한숨을 내쉬었다.

"축제 기간에 왜 전쟁터의 꿈을."

누누이 이야기하지만, 그녀의 꿈은 단순한 꿈이 아니었다. 지금까지 경험으로 봤을 때 분명 꿈과 관련된 일이 일어날 것이다. 하지만 축제와 관련된 꿈이면 모를까, 전쟁터라니? 당황스럽기 그지없었다.

'별일 없어야 할 텐데.'

그녀는 고개를 저으며 자리에서 일어났다. 도대체 무슨 일이 일어날까 걱정이 되었지만, 막상 일이 일어나기 전까지는 그녀가 대처할 수 있는 일은 없었다.

"좋은 아침입니다!"

백합궁에 도착한 마리는 무거운 마음을 떨치려 일부러 밝게 인사했다. 그런데 수잔 시녀의 얼굴이 이상했다.

"마리? 혹시 미리 이야기 들은 것 있니?"

"네?"

마리는 의아한 표정을 지었다. 무슨 이야기?

"역시 모르고 있었나 보네."

"무슨 일이죠?"

"그게…… 나도 조금 당황스러워서."

마리의 표정이 더욱더 의아해졌다. 무슨 일이지?

"네 근무지가 변경되었단다."

"네? 근무지요?"

갑자기 근무지 변경이라니? 그것도 한창 정신없는 축제 기간 중에? 마리는 깜짝 놀라 물었다.

"그게…… 내가 정한 게 아니어서. 하여튼 너도 모른다는 거지?"

더더욱 이해할 수 없는 이야기였다. 상급자인 수잔 시녀가 정한 것이 아니라니? 누가 그녀의 근무지를 변경했단 말인가?

"어쨌든 오늘부터 백합궁이 아닌, 글로리아 홀로 가서 근무하면 된다."

"글로리아 홀이요?"

마리는 고개를 갸웃했다. 글로리아 홀은 축제 기간 중 황궁에서 연회가 벌어지고 있는 연회장이다.

"그곳에 가서 연회장 뒷정리를 하는 건가요? 아니면 주방 정리?"

그녀는 하급 시녀의 업무를 읊었다. 하지만 수잔은 고개를 저었다.

"아니, 너는 연회장에 직접 들어가서 연회 시중을 들 거야."

"네, 하지만 그 일은?"

"그래. 그건 너 같은 하급 시녀가 아닌, 중급 시녀의 업무지."

중급 시녀는 허드렛일을 담당하는 것이 아닌, 귀인들을 직접 상대한다. 대부분 준귀족이나 하급 귀족, 몰락 귀족 가문의 여식으로 이루어져 있고, 드물게 하급 시녀로 오래 근무한 이가 승급한다.

"그런데 어째서?"

수잔은 한숨을 내쉬었다.

"축하한다."

"네?"

"너는 오늘부로 하급 시녀에서 중급 시녀로 승급한 거야."

"네?"

마리의 눈이 동그래졌다. 아니, 이게 갑자기 무슨 황당한 이야기? 수잔은 고개를 젓더니 말했다.

"나도 당황스럽긴 하지만…… 황실의 직인이 찍힌 명령이니 틀림없겠지."

마리는 입을 멍하니 벌렸다. 이게 도대체 무슨?

'혹시 이것도 꿈인가?'

당황스러운 것은 마리뿐이 아니었다. 수잔의 당황은 더욱 심했다. 수잔은 오늘 아침 전해 받은 명령을 떠올렸다.

"마리를 중급 시녀로 승격시키라고요?"

그 명을 전달한 사람은 놀랍게도 궁내부장인 길버트 백작이었다! 길버트 백작도 자신이 왜 이런 명령을 전달하고 있어야 하는지 이해가 안 간단 표정이었다.

"그래. 마…… 리라고 했나? 에잉 참. 이름도 정말 시녀 같은 이름이군. 어쨌든 그 마리란 시녀를 중급 시녀로 승격시키라 한다!"

"……도대체 어째서?"

"나도 몰라! 이유는 기밀이니 더 묻지 말게."

그렇게 된 일이라, 수잔도 더 아는 것이 없었다. 그저 짐작할 수 있는 것은 궁내부장인 길버트 백작보다도 더 높은 인물이 마리에게 호의를 가지고 지켜보고 있다는 것뿐.

'궁내부장보다 더 높은 인물이면 누구지?'

몇 명 존재하지 않았다. 궁내부장만 해도 까마득히 높은 권세를 지니고 있었기 때문이다.

'마리는 어떻게 그런 분의 관심을?'

수잔은 고개를 갸웃했다. 전쟁 포로라 신분도 미천하고, 높은 분의 시선을 끌 정도로 외모가 매력적인 것도 아니었다. 물론 나름 귀여운 상에, 못난 외모는 절대 아니었지만 그녀보다 매력적인 여인은 이 황궁 안에 수도 없이 많았다.

그때 마리가 물었다.

"그러면 축제가 끝나면 다시 이 백합궁에 돌아와서 일하는 건가요?"

수잔은 고개를 저었다. 그것도 따로 내려온 명령이 있었다.

"아니, 축제가 끝나면 다른 곳에서 일하게 될 거야."

"그러면 어디에서?"

수잔은 축하한단 목소리로 답했다.

"사자궁. 그곳이 네가 앞으로 일할 곳이란다."

마리에게는 하늘이 무너지는 것 같은 답변이었다.

'뭐라고?! 사자궁이라고?'

마리는 망연한 표정을 지었다. 얼마나 놀랐는지, 어젯밤 뒤숭숭한 꿈은 머리 밖으로 까마득히 사라졌다.

'안 돼! 사자궁이면 황태자가 있는 곳이잖아!'

그녀는 황태자의 철가면을 떠올렸다. 생각하는 것만으로도 가슴이 조마조마한데, 그와 같은 곳에서 지내야 한다고? 정말 최악의 경우, 황태자를 곁에서 모셔야 할 수도 있었다.

'도대체 왜 이런 결정이?'

수잔 시녀에게 물어봐도 자신도 정확히 모른다며 난처한 표정으로 고개를 저을 뿐이었다.

'사자궁만은 안 돼. 무조건 바꿔야 해.'

그녀는 굳게 다짐했다. 그렇지 않아도 최근 황태자의 눈에 자꾸 들어 곤란한데, 사자궁에 갈 수는 없었다.

'기회를 봐서 다른 곳으로 근무 변경을 요청하자. 시녀장님께 잘 말하면 가능할 거야. 나 말고도 사자궁에서 일하고 싶어 하는 시녀는 많으니까.'

제국의 지배자인 황태자가 거하는 사자궁에서 일하는 것은 시녀들이 가장 원하는 것이었다.

'애초에 나 같은 전쟁 포로는 사자궁에 어울리지 않아. 그러니 바꿀 수 있을 거야.'

그렇게 생각하니, 마음이 조금 안정되었다. 하지만 풀리지 않는 의문이 있었다.

"도대체 누가 날 중급 시녀로 승급시키고, 사자궁으로 전속을 명한 거지? 혹시?"

한참을 고민하던 그녀의 머릿속에 얼마 전 주방에서 만났던 황태자의 철가면이 떠올랐다.

'설마? 그때 요리를 잘한 공으로?'

자신의 요리 때문에 만찬회가 대성공으로 끝났단 이야기를 듣긴 했다. 그 공으로 상을 내린 건가? 설마 하는 생각이 들었으나, 그것 외에는 전혀 짐작 가는 바가 없었다. 그때 황태자가 자신에게 했던 말이 떠올랐다.

"너에게 큰 상을 내리겠다."

'이건 전혀 상이 아니라고!'

그녀는 울상을 지었다. 물론 일반적인 시녀에게는 사자궁에서의 근무는 큰상이 맞았다. 시녀로서 가장 영광된 직책이니까. 하지만 그녀는 사자궁 근처만 가도 목이 서늘해지는 사람이었다. 느낌만 그런 게 아니라, 일이 잘못 풀리면 정말 목이 달아날 수도 있었다.

'만약 정말 그런 것이면 잘됐어. 강하게 사양해 사자궁에서의 근무는 없던 걸로 하자.'

마리는 그렇게 다짐했다. 물론 그녀의 뜻대로 일이 풀릴지는 지켜봐야 할 일이었다.

생각을 정리한 마리는 유니폼을 일단 갈아입었다. 하급 시녀와 중급 시녀는 하는 일이 전혀 달랐기에 다른 옷을 입었다. 허드렛일을 하는 하급 시녀의 옷이 주방의 작업복 같은 느낌이라면, 황족이나 귀인들을 직접 상대하는 중급 시녀의 옷은 좀 더 드레스에 가까운 느낌이었다.

'내가 이런 옷을 다시 입다니.'

마리는 새삼스러운 표정을 지었다. 치마에 달린 레이스와 프릴이 어색했다.

'몸은 힘들어도 남들 눈에 띄지 않는 하급 시녀의 일이 더 좋은데.'

마리는 속으로 한숨을 내쉬었다. 하지만 누구를 탓하겠는가. 오지랖 넓게 이 일, 저 일 나선 그녀의 잘못이지.

'그냥 다 모른 척해야 했을까. 그러면 이렇게 불안해하지 않아도 됐을 텐데.'

하지만 그녀의 성격상 그러기도 힘들다는 것이 문제였다. 다시 한숨을 내쉰 마리는 글로리아 홀로 향했다. 글로리아 홀의 시녀들을 담당하는 블랑쉬 시녀장은 마리를 위아래로 훑어보았다.

"마리 양?"

"네, 마리입니다. 처음 뵙겠습니다."

"원래 백합궁에서 일했다고? 클로얀 왕국 출신이고?"

블랑쉬는 미심쩍은 눈초리를 보냈다. 마리 같은 애가 왜 중급 시녀로 승급한 것인지 이해가 안 된다는 눈초리였다. 물론 마리도 그 생각에 동의했다.

'저도 동감이에요.'

마음 같아서는 지금 당장 백합궁으로 돌려보내 달라고 부탁하고 싶었다.

"연회가 시작되면 연회에 참석한 분들을 시중들면 돼요. 하급 시녀라도 황궁 생활을 3년이나 했으니 예법은 전부 알고 있죠?"

"네."

블랑쉬는 고개를 끄덕였다.

"그래요. 수잔에게 일 하나는 똑 부러지게 잘한다고 전해 들었으니 지켜볼게요."

그렇게 글로리아 홀에서의 근무가 시작되었다. 마리는 처음 보는 연회의 화려한 광경에 눈을 크게 떴다.

'이게 연회장의 모습이구나.'

우스운 일이지만, 그녀는 왕녀였음에도 연회장에 가 본 일이 없었다. 평민인 어머니에게 태어난 사생아였고, 왕비 태생의 형제들이 극심히 견제했기 때문이다. 제국의 침략에 멸망할 때까지 2년 남짓한 시간 동안 그녀는 자신의 궁에서 쥐 죽은 듯 지냈다. 간간이 몰래 담을 넘어 정체를 숨기고 궁 밖의 사람을 만나는 일탈 외에는 창살 없는 유폐 생활이었다. 하지만 덕분에 이렇게 정체를 안 들키고 살아남았으니, 세상일은 참 아이러니했다.

"칵테일을."

"네, 여기 있습니다."

마리는 절도 있는 동작으로 연회 시중을 들었다. 처음 하는 일이었지만, 이전 꿈의 영향이 남아 있어서 능숙히 해낼 수 있었다.

그녀는 주변을 둘러보았다.

'여기도 귀족, 저기도 귀족. 귀족들뿐이구나. 황족이랑 다른 나라의 왕족도 있고.'

멋들어지게 차려입고 연회를 즐기고 있는 이들은 하나같이 이름 높은 귀족들이었다. 황궁에서 오랫동안 일했음에도 귀족들을 직접적으로 마주할 일이 거의 없었던 그녀는 또 다른 세상에 온 것 같았다.

그런데 그 순간 퍼뜩 떠오른 생각.

'잠깐. 내가 연회장에 왔으면 꿈속과 연관된 일이 이곳에서 벌어지는 거 아니야?'

마리는 침을 꿀꺽 삼켰다.

'서, 설마. 아닐 거야.'

그녀는 고개를 저었다.

'이렇게 귀족이 많은데 무슨 일이 생기려고.'

애써 그렇게 생각했지만, 그녀도 알고 있었다. 사건 사고는 귀족과 평민을 가리지 않고 공평하게 다가온다는 것을.

그때 연회장 입구에서 우렁찬 목소리가 울려 퍼졌다.

"황태자 전하께서 입장하십니다!"

놀라 돌아보니, 망토를 걸친 황태자가 연회장에 입장하고 있었다. 샹들리에의 불빛에 철가면이 하얗게 반사됐다. 황태자는 가장 상석, 황족을 위한 자리에 착석했다.

"모두 즐겁게 즐기시오."

잠시 조용해졌던 연회장은 악단의 음악과 함께 다시 흥겨운 분위기를 띠었다. 한편 마리는 일을 하며 곤란한 표정을 지었다.

'왜 이렇게 가까운 거야?'

그녀가 배치된 곳과 황태자와의 거리가 지나치게 가까웠다. 얼굴을 돌리면 눈이 마주칠 정도였다.

'신경 쓰지 말자. 신경 쓰지 말자.'

마리는 그렇게 중얼거리며 일에 열중했다. 사람들이 불편한 것은 없는지 살피고, 모자란 음식을 부탁하고, 음료를 가져다주며 바삐 움직였다. 그런데 그렇게 한창 일에 열중하다가 무심코 황태자 쪽으로 고개를 돌렸을 때였다.

"······!"

마리는 가슴이 덜컥 내려앉았다. 그만 눈이 마주쳐 버린 것이다. 철가면 사이 푸른 눈동자는 정확히 그녀를 바라보고 있었다. 그녀는 화급히 고개를 숙였다.

'시, 신경 쓰지 마. 그냥 우연히 마주친 거니.'

별것 아닌 눈 마주침이지만, 워낙 공포의 대상이다 보니 두근두근 가슴이 뛰었다.

'이, 일이나 하자.'

그녀는 가급적 황태자 쪽으로 몸을 돌리지 않았다. 하지만 시중을 들며 어쩔 수 없이 그쪽으로 고개를 돌렸을 때였다.

"······!"

또 마주쳤다!

'왜 자꾸 이쪽을 보는 거야? 여기에 뭐가 있나?'

그녀는 울상을 지었다. 가슴이 덜컥덜컥 내려앉는 게 심장에 좋지 않았다. 황태자 없는 세상에서 살고 싶었다.

'다른 곳으로 옮기자.'

그렇게 생각한 마리는 그녀가 배치받은 곳에서 최대한 황태자의 시선이 안 닿을 곳으로 자리를 옮겼다. 그런데 그 순간 서늘한 목소리가 그녀를 붙들었다.

"마리."

"······?!"

그녀는 자신이 잘못 들었나 싶었다. 하지만 잘못 들은 것이 아니었다. 저 차가운 음성은 분명히 자신을 지목하고 있었다. 그녀는 침을 꿀꺽 삼키고 고개를 돌렸다.

'왜?'

황태자가 자리에 앉은 채 자신을 바라보고 있었다. 곁에는 재상 오른도 있었다.

"전하를 뵙습니다."

그녀의 가슴이 콩닥콩닥 뛰었다.

'왜 나를 부른 거지? 혹시?'

마리는 긴장하여 생각했다. 하지만 황태자의 입에서 나온 말은 긴장과 다르게 허무한 것이었다.

"음료를 조금 가져다주겠나?"

"⋯⋯."

"마리?"

"아! 네, 네! 어떤 음료면 되겠습니까?"

"딸기 주스가 좋겠군."

마리는 입을 다물었다. 잔뜩 긴장했던 것이 허무했다. 그리고 딸기 주스라니! 처녀의 피라면 모를까, 저 철혈의 황태자와 하나도 어울리지 않았다.

"⋯⋯알겠습니다."

그녀는 음료를 황태자에게 가져갔다.

"음료입니다."

"그래."

그리고 후다닥 도망쳐 나오려는데 황태자가 그녀를 바라보았다. 어디선가 마주한 듯한 느낌의 깊고 깊은 푸른 눈동자였다. 마리는 어색한 표정으로 물었다.

"전하? 혹시 다른 필요하신 것이라도?"

그런데 황태자의 반응이 이상했다. 무언가 말을 하려는 듯 입술을 움직이려다 아무 말 없이 다시 입을 닫은 것이다.

"……?"

마리는 고개를 갸웃하고는 물러섰다.

"혹시나 필요한 것이 있으면 말씀해 주십시오."

"……그래."

그렇게 그녀는 물러났다. 그녀가 물러난 후, 재상 오른이 물었다.

"전하, 무슨 문제가 있으십니까?"

"무슨 말이지?"

"그게…… 평소와 조금 다르신 것 같아서."

오른은 고개를 갸웃했다. 뭐라고 딱히 말하긴 어렵지만, 뭔가 평소와 달랐다. 황태자는 잠시 입을 다물었다가 말했다.

"……아니, 아무것도 아니다."

오른은 고개를 돌렸다. 그곳에는 조막만 한 시녀가 연회 시중을 들고 있었다. 어울리지 않게 딸기 주스를 마시고 있는 황태자와 마리를 번갈아 보던 오른의 머리에 순간 한 가지 생각이 떠올랐다.

'설마?'

시간이 흐르고 연회의 1부가 끝났다. 오케스트라가 잔잔한 곡을 연주했고, 2부가 시작되기 전 사람들은 잠시 휴식을 취하였다.

마리는 사람들 사이를 분주히 오가며 부족한 음식이나 음료들을 채워 주었다. 그런데 음료를 들고 발코니 쪽으로 올라가고 있을 때였다. 그녀는 갑자기 발코니에서 휙 튀어나온 사람을 피하지 못하고 부닥쳐 버리고 말았다.

"꺄악!"

낮게 비명을 지른 그녀의 얼굴이 하얗게 질렸다. 들고 있던 음료가 상대방의 상의에 쏟아진 것이다.

"아, 죄송합니다. 정말 죄송합니다. 그만 실수로……."

그녀는 허겁지겁 고개를 숙였다. 엄밀히 말하면 갑자기 튀어나온 상대의 잘못이었지만, 상대는 귀족이었다. 그러니 무조건 그녀가 사과해야 했다. 다행히 상대는 성격 좋은 귀족 같았다. 주스에 잔뜩 젖은 상의를 털더니 이렇게 말한 것이다.

"저는 괜찮습니다. 그쪽이야말로 넘어지신 것 같은데 괜찮으십니까?"

그녀를 바라보는 남자의 얼굴은 대단한 미남이었다. 흑발에 흑안, 부드러운 눈매. 지적인 느낌을 주는 안경.

'요즘 잘생긴 남자들을 참 자주 보네.'

마리는 자신도 모르게 생각했다. 혈통 좋은 귀족들이 모여 있는 탓에 연회장에는 수많은 미남 미녀가 있었지만, 눈앞 남자의 외모에는 미치지 못했다. 그와 비견할 만한 사람은 이전 백조 정원에서 봤던 황실 친위대의 키엘과 정체불명의 금발 남자 정도? 다만 안색이 지나치게 창백해 병약해 보이는 게 흠이었다.

"정말 죄송합니다."

"갑자기 나온 제가 잘못이죠. 그리고 옷이야 갈아입으면 되니 신경 쓰지 마세요. 그쪽이야말로 안 다쳐서 다행이네요."

그러며 남자가 싱긋 웃었다. 부드러우면서 차분한 미소여서 마리는 자신도 모르게 가슴이 두근거렸다. 이런저런 굴곡이 많아서 그렇지 그녀도 엄연히 소녀인지라, 저렇게 매력적인 미소를 보니 가슴이 설레었다.

"아! 오, 옷! 새 옷을 가져다 드릴게요."

"고마워요. 이 옷도 가져가서 세탁해 주시겠어요?"

"네, 알겠습니다!"

"여기서 기다리고 있을게요."

마리는 음료에 젖은 조끼를 남자에게 건네받고, 궁에 비치된 조끼를 가지러 후다닥 발코니를 내려갔다. 그런 그녀의 모습을 보며 남자가 빙긋 웃었다.

"귀여운 시녀님이네."

그러며 그는 중얼거렸다.

"작고 귀여운 게 딱 내 취향인데, 란에게 말해 내 궁으로 데려간다고 해볼까?"

남자의 입에서 나온 말은 굉장히 놀라운 것이었다. 란, 그것은 황태자의 아명이었기 때문이다. 동제국을 지배하는 황태자의 아명을 태연히 부른 남자의 이름은 요하네프 3세. 믿을 수 없게도 마리와 부닥쳤던 남자의 정체는 서제국의 황제인 요한이었던 것이다.

"당연히 안 들어주겠지."

어깨를 으쓱한 요하네프 3세는 시선을 돌려 발코니 밖을 바라보았다. 장난스럽게 중얼거리던 때와 다르게 그의 시선이 무거워졌다.

"농담할 때가 아니지. 모리나 왕녀의 문제가 급하군."

그가 황제의 몸으로 남몰래 이 동제국에 온 것은 특별한 용무가 있어서였다. 바로 모리나 왕녀를 찾기 위해서였다.

"내 계획을 위해서는 그녀가 반드시 필요한데. 찾는 게 쉽지가 않군."

그는 작은 종이를 꺼내 들었다. 그 안에는 수십 명이나 되는 여인의 이름들이 적혀 있었다.

"레이나 아니고. 케냐 아니고. 소니아 아니고."

그는 종이를 눈으로 훑어 내렸다. 그리고 고개를 절레절레 내저었다.

"전부 아니야. 뭐가 잘못된 거지?"

그가 보고 있는 종이는 다름 아닌 클로얀 왕국이 멸망 당시 이 황궁으로 끌려온 시녀들의 명단이었다.

"모리나 왕녀가 이곳 황궁에 시녀로 끌려온 것은 맞아. 그건 분명한 정보야.”

정말 우연히 얻은 기적 같은 정보였다. 그는 그날로 클로얀 왕국에서 이곳 황궁으로 끌려온 전쟁 포로의 명단을 조사하였다. 그 명단을 토대로 한 명 한 명 몰래 살피고 있었는데, 문제가 발생했다.

“왜 아무도 의심 가는 사람이 없는 거지?”

애초에 쉽게 찾을 거라고는 생각하지 않았다. 이곳 황궁에 끌려온 시녀 중 한 명이란 것만 알지, 그도 모리나 왕녀의 정확한 인상착의는 몰랐기 때문이다.

“‘얼굴 없는 성녀’라고까지 불렸던 인물인 만큼 직접 보면 어느 정도 의심 가는 사람이 있을 거라 생각했는데…….”

없었다, 전혀! 이 말의 의미는 하나였다. 모리나 왕녀는 그냥 봐서는 도저히 알아차릴 수 없을 정도로 자신을 숨기고 있는 것이다.

“그래도 찾아내야 해. 반드시. 무슨 수를 써서라도.”

요한의 얼굴이 차가워졌다. 그가 그리고 있는 계획을 위해서는 반드시 그녀가 필요했다.

“시간이 많이 없으니…….”

그런데 그 순간이었다. 중얼거리던 요한의 얼굴이 흠칫 굳었다.

“이런…… 발작이?”

갑작스레 가슴에 밀려오는 통증에 그는 입술을 강하게 깨물었다. 그렇지 않아도 하얀 피부가 시체처럼 질렸다.

“빨리 약을.”

그는 오래전부터 정체불명의 지병을 앓고 있었다. 그가 병을 앓고 있는 것은 서제국 내에서도 일부만 알고 있는 극비로, 어의가 처방한 비약만이 발작을 억누를 수 있었다.

그는 덜덜 떨리는 손으로 품을 뒤졌다. 최근 들어 병이 호전을 보이고 있어 안심하고 있었다. 요 반년 사이, 발작이 일어난 적도 없었는데 하필 지금 이렇게나 극심한 발작이 재발하다니. 가슴에서 전해지는 극심한 통증에 정신이 아득해졌다.

'빨리…….'

손이 덜덜 떨려 약을 쉽게 찾을 수가 없었다. 정신을 잃을 것 같은 것을 필사적으로 버티며 약통을 찾아 하얀 약을 입안에 집어넣었다. 그런데 약을 삼킨 후였다. 그의 얼굴이 새하얗게 굳어졌다.

'왜 약효가……!'

평소엔 약을 먹으면 곧바로 심장의 통증이 잦아들었는데, 어째서인지 이번엔 전혀 효과가 없었다.

탕!

계속되는 격통에 손에서 약통이 떨어져 바닥으로 와락 하얀 약들이 쏟아졌다. 그의 머릿속에 어의의 말이 떠올랐다.

"폐하, 혹시나 발작이 굉장히 심하게 오면 하얀 약만으로는 발작이 가라앉지 않을 수도 있습니다."

"그러면 어떻게 해야 하지?"

"그때는 따로 처방한 파란 약을 복용하셔야 합니다."

"하얀 약? 파란 약? 다른 건가?"

"네, 작용 효과가 전혀 다릅니다. 잊지 마십시오. 하얀 약을 먹고도 효과가 없다면 꼭 파란 약을 드셔야 합니다."

그 생각을 떠올린 그는 이를 악물며 손을 움직였다.

"파, 파란 약을."

파란 약은 반대쪽 품 안에 들어 있었다. 하지만 손을 움직이려는 순간이었다.

"크흑."

요한은 외마디 비명을 토하며 바닥에 쓰러졌다.

'아, 안 돼.'

그의 시야가 점차적으로 검게 변했다. 조금씩 심장의 맥이 느려지며, 의식이 사라지는 것이 느껴졌다.

'이, 이렇게 쓰러질 수는⋯⋯.'

그 생각을 마지막으로 그의 의식이 꺼졌다. 그렇게 서제국의 황제 요한은 아무도 없는 발코니에 쓰러졌다.

젖은 조끼를 세탁 맡기고, 새로운 조끼를 구한 마리는 빠른 발걸음으로 발코니로 돌아왔다. 그 흑발의 남자가 자신 때문에 기다리고 있으니 최대한 서두른 것이다.

"기다리게 해서 죄송합니다! 여기 조끼를⋯⋯!"

그렇게 외치며 발코니 문을 연 마리는 입을 다물었다. 생각지도 못한 광경을 본 것이다. 흑발의 남자가 의식을 잃고 쓰러져 있었다!

'이게 무슨?'

그 생각지도 못 한 광경에 그녀의 몸이 굳었다. 하지만 그것도 잠시, 마리는 퍼뜩 정신을 차렸다.

'빨리 응급처치를!'

그녀는 놀라 비명을 지른다든지 하는 일반적인 반응을 하지 않았다. 대신 그 순간 가장 필요한 조처를 하였다. 먼저 손가락으로 쓰러진 남자의 경동맥을 짚어 정확한 상태를 확인했다. 마치 '꿈속'의 의무병이 된 것처럼.

'맥이 거의 없어! 심장마비 직전이야!'

그녀의 얼굴이 하얘졌다. 호흡도 없었다. 이대로라면 몇 초 안에 완벽한 심정지로 진행할 것이 분명했다.

'바로 처치를 해야 해!'

마리는 재빠르게 주변을 살폈다. 남자가 바닥에 떨어뜨린 하얀 약이 눈에 들어왔다. 그녀는 재빨리 약의 정체를 확인했다. 다행히 꿈속 '의무병'으로 지낼 때 알던 약이었다.

'심장 발작이 왔을 때 발작을 진정시키는 혈관 확장제야! 하지만 이 약은 이렇게 심장마비 직전 상태에서는 상태를 악화시킬 뿐이야!'

그녀는 혹시나 남자가 다른 약을 지니고 있는지 살폈다. 다행히 품속에 다른 약통이 들어 있었다. 약통에 있는 파란 약들을 보며 그녀는 생각했다.

'강심제! 이 약을 써야 해!'

그녀는 통에서 파란 약 두 알을 꺼내 남자에게 먹였다. 의식이 없어 삼키지 못하는 상태라 자신이 입에 물을 머금어 직접 깊숙이 전달해 주는 수밖에 없었다. 입술과 입술이 닿을 수밖에 없어 순간 멈칫했지만, 그녀는 멈추지 않았다. 이 약을 먹이지 않으면, 이 남자는 심장마비로 사망할 것이다. 부끄러운 것을 따질 때가 아니었다.

그런데 약을 먹이고 난 직후였다. 맥박을 다시 확인한 마리의 안색이 하얘졌다.

'맥이 완전히 없어졌어!'

그나마 희미하게 뛰고 있던 심장이 전혀 움직이지 않았다. 완벽한 심정지 상태가 된 것이다.

"안 돼!"

급박한 상황에서 그녀의 몸이 본능적으로 움직였다.

'심폐소생술!'

마리의 손이 남자의 가슴을 압박했다.

'약효가 돌 때까지 심장을 움직이게 해야 해!'

그녀는 작은 체구를 위아래로 움직이며 최대한 강하게 가슴을 압박해 심장을 마사지했다. 그녀의 머릿속에 '꿈속'에서 의무병이 한 말이

스쳐 지나갔다.

「아무도 죽게 하고 싶지 않아.」

'살릴 수 있어!'

심장마비가 오는 이유는 심장에 순간적으로 강한 충격이 오면 심장 기능이 멈추기 때문이다. 이렇게 멈춘 심장 기능은 시간이 지나거나 약을 투여하면 회복하는데, 그렇게 회복되기 전에 환자를 가만히 놔두면 사망한다. 심장이 멈춘 그 짧은 시간 동안 온몸에 피가 돌지 않으면 전신의 장기가 망가지기 때문이다.

그걸 막기 위해서는 심장 기능이 돌아올 때까지 이렇게 외부에서 강제로 심장을 마사지해 줘야 한다. 그러면 심장의 피가 전신에 돌며 사망을 막을 수 있었고, 심장의 기능이 돌아올 때까지 시간을 벌 수 있었다.

"살릴 수 있어! 조금만 더! 조금만!"

그렇게 그녀는 홀로 심폐소생술을 시행하였다. 단순히 가슴 압박만을 시행하는 것이 아닌, 저산소증을 막기 위해 인공호흡도 병행하였다. 입술과 입술이 맞닿았지만, 그것을 부끄럽게 생각할 여유는 없었다. 오로지 남자를 살리는 일에만 집중했다.

그렇게 얼마간의 시간이 지난 후, 그녀의 이마에서 땀이 비 오듯 떨어지고 있을 때였다.

두근.

남자의 맥이 다시 박동하기 시작했다! 심장이 기능을 되찾은 것이다.

"하아."

그녀는 긴 한숨을 내쉬었다. 심장의 기능이 돌아왔으니 되었다. 남자는 살아날 것이다.

"다행이다. 정말 다행이야."

맥이 탁 풀렸다. 그녀는 흠뻑 젖은 땀을 닦은 후, 사람들에게 도움을 요청했다.

"아니, 이게 어떻게 된?"

사람들이 놀라 달려왔다. 남자는 곧 사람들에게 실려 갔다. 황궁의 의사에게 추가적인 진료를 받게 될 것이다. 그 와중에 남자의 얼굴을 확인한 몇몇 인물이 놀라 웅성거렸지만, 마리는 듣지 못했다. 그녀는 안도의 한숨을 내쉬며 생각했다.

'최근 꾼 꿈은 이분 때문이었구나.'

어떤 사건이 일어날지 굉장히 걱정했었는데, 그래도 잘 마무리되어 천만다행이었다. 심장마비가 온 후 곧바로 처치했으니 저 남자는 별다른 문제없이 회복할 수 있을 것이다. 게다가 이번엔 누구의 눈에도 띄지 않았다.

'황태자의 눈에도 안 띄었어.'

남자가 쓰러진 장소가 으슥한 발코니여서 누구의 눈에도 안 띌 수 있었다. 아무도 시녀인 그녀가 심폐소생술의 응급처치로 남자를 살려 냈다고는 생각하지 못했다. 그녀의 입장에선 완벽한 결말이었다.

'다 잘 끝나서 정말 다행이야.'

마리는 그렇게 속으로 중얼거렸다. 그런데 마리가 전혀 생각하지 못한 부분이 있었다. 남자는 처음부터 끝까지 완전히 의식을 잃고 있었던 것이 아니란 사실을.

그녀의 정확한 응급처치 덕에 심장의 기능이 돌아왔고, 그때 남자의 의식도 같이 회복되었다. 어렴풋한 의식 속에 남자는 누군가 자신을 치료하고 있는 것을 느낄 수 있었고, 그 치료 덕에 자신이 살아났다는 것을 알고 있었다.

그날 완전히 의식을 차린 서제국의 황제 요하네프 3세는 자신을 살려 낸 인물을 찾기 시작했다.

"폐하!"

"괜찮으십니까?!"

눈을 뜬 요하네프 3세의 귀에 절박한 목소리가 들려왔다. 멍한 표정을 지은 요한은 곧 상황을 깨달았다. 그는 자신의 몸을 잠시 내려다보더니 중얼거렸다.

"다행히…… 살아났군."

"폐하, 그러니까 궁을 벗어나 계신 것은 위험하다고 제가 몇 번이나!"

쇼버 백작이 거의 울 듯한 표정으로 외쳤다. 비밀리에 동행한 어의 갈트 남작도 길게 한숨을 내쉬며 말했다.

"이번엔 정말 위험하셨습니다."

요한은 고개를 끄덕였다. 이번 발작은 예전과 달리 정말 심각했다. 그는 의식을 잃으며 죽음을 직감했었다.

"위험하긴 했어. 최근 반년 이상 발작이 없어서 안심하고 황궁을 떠난 것인데."

아무리 그가 엉뚱한 기행을 즐긴다 해도 발작이 계속되고 있는데 자신의 황궁을 떠날 담력은 없었다. 그건 담력이 아니라, 무책임이다. 그가 이번 암행을 결정한 이유는 모리나 왕녀의 일이 중요하기도 했지만, 최근 지병이 많이 호전되어서 황궁을 떠나도 무리가 없을 거라는 판단이 섰기 때문이다. 그런데 이런 심각한 발작이 일어나다니? 어의 갈트 남작이 이유를 추측했다.

"아마 발작을 억제하는 약의 용량을 줄인 탓으로 보입니다."

"역시 그런가. 그러면 약의 용량을 다시 올려야겠군."

"네, 약을 이전의 용량대로 복용하면 발작이 재발하는 일은 없을 것입니다."

"싫지만 하는 수 없군."

요한은 인상을 찌푸렸다. 발작을 억제하는 약은 굉장히 독했다. 그래서 용량을 줄였던 것인데, 어쩔 수가 없을 것 같았다.

"특별히 몸에 이상은 없는가?"

"네, 진찰 결과 옥체에 문제가 생긴 것은 아닌 것 같습니다. 폐하께서 심장의 기능을 회복시키는 파란 약을 늦지 않게 복용한 덕분입니다."

어의의 말에 요한은 멈칫했다.

"파란 약? 내가 그걸 복용했다고?"

"네, 정확한 용량대로 2알 복용하셨습니다."

요한은 고개를 저었다.

"난 그 약을 복용한 적이 없는데?"

분명히 기억한다. 그는 파란 약을 꺼내려다 버티지 못하고 의식을 잃었다. 하지만 어의는 그에게 파란 약통을 보여 주었다.

"아닙니다. 폐하께서는 분명히 약을 복용하셨습니다. 그것도 정확한 용량대로 2알을 복용하셨습니다."

약통에는 8알의 파란 약이 들어 있었다. 원래 10알이 있었으니, 딱 2알이 사라진 것이다.

"그럴 리가 없는데…… 난 분명히……."

혼란스럽게 중얼거리던 그의 머릿속에 번뜩 한 가지 사실이 떠올랐다.

"살릴 수 있어! 살려야 해!"

의식을 잃고 있던 중 어렴풋이 들렸던 목소리. 그뿐만이 아니었다. 분명 누군가 자신의 가슴을 압박하고 입가로 숨을 불어넣어주었다. 의식은 흐릿했지만, 자신의 입가에 닿았던 입술의 감촉이 똑똑히 떠올랐다. 마치 여인의 것처럼 부드러운 느낌이어서 굉장히 놀랐기 때문이다.

"그러면 그게 꿈이 아니었단 말인가?"

"무슨 말씀이십니까, 폐하?"

요한은 그때의 기억을 어의에게 설명해 주었다. 파란 약을 먹지 못하고 쓰러졌는데, 누군가 그에게 응급처치를 한 것 같다는 설명을 듣고 어의는 깊은 탄식을 내뱉었다.

"허어, 그렇군요. 정말 신께서 도우셨군요."

"그게 무슨 말이지?"

"말씀드리기 외람되지만, 그자가 아니었으면 폐하는 소생하지 못하셨을 가능성이 높습니다."

"그게 정말인가?"

"네, 그만큼 상태가 위중하셨으니까요. 혹시 그자가 어떤 응급처치를 했는지 기억이 나십니까?"

요한은 어렴풋이 떠오르는 내용을 설명했다. 어의 갈트 남작은 설명을 들을수록 감탄을 터뜨렸다.

"정말 대단하군요. 그야말로 완벽한 응급처치입니다. 그 덕에 아무런 문제없이 회복될 수 있었던 것으로 보입니다."

요한은 입을 다물고 어의의 말을 들었다.

"응급처치 한 자가 누구인지는 모르지만, 그 의술이 소신에 비해 전혀 떨어지지 않는 자로 여겨집니다."

요한은 고개를 끄덕였다. 어의에 비해 뒤지지 않는 실력을 지닌 자였으니, 자신이 멀쩡한 것일 것이다. 그런데 그는 한 가지 의문이 들었다.

'그러면 내게 숨을 불어넣던 입술은 여인의 것이 아니었단 말인가? 분명 그때 느껴지던 감촉은 여인의 것처럼 부드러웠는데.'

어의와 비교해 뒤지지 않는 실력을 지닌 의사가 여인일 리는 없으니, 그는 자신이 착각한 것인가 생각했다.

"정말 기적 같은 일이군. 하필 내가 쓰러졌을 때, 그렇게 뛰어난 실력의 의사가 근처에 있었다니."

"네, 신께서 도우신 것 같습니다."

"감사를 표해야겠군. 누구지, 날 살린 명의(名醫)가? 이곳 동제국의 어의인가?"

그런 응급 상황에서 아무런 문제 없이 자신을 살려 낸 이라면 분명 이름 있는 명의일 것이다. 그렇게 생각한 요한은 물었다. 그런데 어의가 고개를 갸웃하며 말했다.

"없습니다."

"뭐?"

"당시 현장에 있었던 자는 폐하가 쓰러진 것을 목격한 시녀가 유일합니다."

"시녀만 있었다고?"

요한은 고개를 갸웃했다.

"이해할 수 없군. 그 시녀를 불러오도록."

그는 자신을 구해 준 명의를 찾기 위해 명했다.

한편 마리는 머리가 하얗게 질려 요한의 방으로 끌려왔다.

'뭐라고? 저분이 서제국의 황제 요하네프 3세였다고?!'

이미 남자의 정체가 서제국의 황제 요하네프 3세란 것은 온 궁에 퍼져 있었다. 그렇지 않아도 흑발 남자의 정체를 의심하고 있는 자가 많았는데, 그런 소동까지 벌어졌으니 당연한 일이었다.

'왜 하필 또.'

마리는 망연한 표정을 지었다. 황태자를 피했다고 좋아했더니 이건 또 무슨 날벼락이란 말인가! 사자를 피했더니 호랑이를 만난 격이었다.

요하네프 3세. 15세의 나이에 소년 황제로 등극해 10년 만에 혼란에 빠진 서제국을 안정시킨 절대 군주. 하지만 그렇다고 그가 마음씨 착한 성군(聖君)인 것은 아니었다. 그가 서제국을 안정시키는 과정에서 흘린 피는 황태자 라엘에 비해 결단코 적지 않았다. 아니, 오히려 더욱 심한 감이 있었다.

그가 황제로 즉위한 첫날, 자신에게 불손하게 굴었던 공작의 목을 즉결로 베어버리고 영지를 불태운 것은 온 대륙에 유명한 일화였다. 요한 또한 목적을 이루기 위해선 수단을 가리지 않는 냉혹한 군주였다.

'왜 나는 맨날 이런 식인 거야.'

그녀는 속으로 울상을 지었다. 무슨 일을 하기만 하면 피의 황태자랑 연관되더니, 이번엔 다른 나라 황제까지 연관되었다. 아무도 모르게 쥐 죽은 듯 살고 싶은데. 정말 울고 싶었다.

"서제국의 황제 폐하를 뵙습니다. 시녀 마리입니다."

침대에 기대 앉아 있던 요한은 마리를 보며 싱긋 웃었다.

"그때 봤던 시녀님이군요. 내 조끼는 잘 빨아주었나요?"

"아."

그 웃음기 섞인 말에 마리는 당황했다. 서제국의 황제를 알현한다는 사실에 잔뜩 긴장하고 있었는데, 생각보다 친근한 말투였던 것이다. 더구나 시녀인 자신에게 경어라니?

"말씀을 낮추어주시옵소서, 폐하. 미천한 것이 감당하기 어렵습니다."

"아, 신경 쓰지 마세요. 그냥 습관이니. 난 원래 내 선 안에 들어온 사람이 아니면 편하게 말 안 해요."

내 선 안에 들어온 사람? 무언가 뜻 깊은 어감의 말이었다. 어쩔 수 없어 마리는 고개를 숙이며 말했다.

"폐하의 조끼는 깨끗이 세탁해 궁에 보관 중입니다."

"그래, 고맙군요. 이렇게 마리 양을 부른 이유는 한 가지 물어볼 게 있어서예요."

그 말에 마리는 침을 꿀꺽 삼켰다.

'정신 차려야 해. 상대는 서제국의 황제야.'

부드럽게 웃으며 경어를 사용하고 있지만, 그녀는 방심하지 않았다. 오히려 저런 말투이기에 더욱 두려웠다. 그가 어떤 황제인지 익히 들어 알고 있었기 때문이다.

황태자 라엘이 압도적인 공포로 적에게 군림한다면, 저 요하네프 황제는 웃으며 사람을 베었다. 즉, 황태자 라엘이 맹수라면, 요하네프는 이리의 음험함을 가지고 있었다. 부드러운 흑안 밑에는 피의 황태자 못지않은 냉철함이 도사리고 있을 것이다. 아차 하면 모조리 들킬 수도 있었다.

"마리 양이 쓰러진 나를 발견했다고 들었어요. 혹시 그 당시 다른 인물을 본 적은 없나요?"

"다른 인물 말씀이십니까?"

"그래요."

마리는 최대한 침착한 어조로 답했다.

"없습니다. 당시 발코니에는 폐하 혼자 쓰러져 있었습니다."

그 대답에 요한은 고개를 갸웃했다.

'아무도 없었다고? 그럴 수가 있나?'

아무도 없었다면, 요한을 구한 이는 응급처치를 하고 그를 그대로 방치하고 자리를 떠났다는 뜻인데, 상식적인 면에서 이해하기 힘들었다. 응급처치가 잘 끝났다고 해도 환자가 추가적인 조치를 받을 수 있도록 다른 사람을 부르고 떠나는 게 당연한 일이었으니까. 자신을 살릴 정도로 뛰어난 의학적 실력을 지닌 이가 그렇게 무책임하게 환자를 버려두고 떠났다는 사실을 믿기가 어려웠다.

'다른 사람을 부르는 게 어려운 상황도 아니었을 텐데.'

그렇게 생각한 요한은 마리의 눈을 바라보았다.

'혹시 거짓말을 하고 있는 건 아니겠지?'

하지만 마리의 눈에선 특별히 거짓말을 하는 기색은 느껴지지 않았다.

'하긴. 거짓말을 할 이유도 없는 일이긴 하지. 그러면 뭐지?'

요한은 미궁에 빠져 고민했다. 오랜 기간 제위에 올라 암투를 헤쳐온 그의 육감이 말하고 있었다. 뭔가 이상했다. 그는 그때의 일을 반추해 보았다. 놓치는 것 없이 최대한 꼼꼼하게.

"*살릴 수 있어! 살려야 해!*"

당시 들렸던 목소리. 두 손이 자신의 가슴을 누르던 것과 입술을 통해 숨결이 들어왔던 것이 떠올랐다. 특히 여인의 것처럼 부드러웠던 입술의 감촉은 똑똑히 떠올랐다.

'그러고 보니 가슴에 올려져 있던 손도 작았던 것 같아. 여인의 손처럼.'

생각하면 생각할수록 무언가 이상했다. 자신이 제대로 기억하고 있는 것이 맞긴 한 것인가? 그 순간이었다. 요한의 눈에 공손히 서 있는 마리의 모습이 들어왔다. 정확히는 그녀의 손과 입술이.

'잠깐.'

저 마리란 시녀는 소녀치고도 작은 체구였다. 손바닥도 굉장히 작았다. 그가 혼몽 속에서 기억하고 있는 것처럼. 그리고 입술. 순하고 귀여운 인상의 얼굴에 놓인 작은 입술은 붉고 촉촉해 보였다.

'설마?'

요한의 머릿속에 한 가지 가정이 스쳐 지나갔다. 하지만 그는 곧 고개를 저었다. 본인이 생각해도 너무 말이 안 되었기 때문이다.

'저렇게 작은 소녀가 날 구했을 리가 없지. 정신을 잃은 여파가 있나 보군. 내가 이런 말도 안 되는 생각을 하다니.'

그는 다시 상황을 떠올렸다. 자신이 기억하고 있는 것이 정확한지, 무언가 잘못 기억하고 있는 것은 없는지.

'아니야. 잘못 기억하고 있는 것은 없어.'

어렴풋한 의식이었지만, 가슴을 누르던 손의 느낌과 호흡을 넣어주던 입술의 감촉은 똑똑히 기억났다. 급박한 상황과 이질적인 느낌이어서 더욱 선명하게 느껴졌기 때문이다.

'하지만 말이 안 되잖아.'

요한은 시녀 마리를 바라보았다. 아무도 보지 못했다는 증언. 자신을 응급처치 하던 이와 꼭 닮은 손과 입술. 상식적으로 절대 그럴 리 없다고 생각했지만, 왠지 그럴수록 의혹은 커져만 갔다.

'설마 정말로?'

한편 그가 자신을 아무런 말 없이 바라보자 마리는 침을 꿀꺽 삼켰다. 마치 맹수의 시선을 받고 있는 듯한 기분이었다. 그녀는 속으로 울상을 지으며 생각했다.

'요즘 나는 왜 이렇게 일이 안 풀릴까.'

어떻게 기적 같은 능력을 얻긴 얻었는데, 인생은 더욱더 꼬여만 가는 기분이었다.

"마리 양."

그때, 요한이 그녀를 불렀다. 마리는 조마조마한 심정을 숨기며 차분히 답했다.

"네, 폐하."

'제발 그냥 나가라고 해주었으면.'

하지만 요한의 입에서 나온 말은 그녀의 소원과는 정반대의 것이었다.

"제 쪽으로 가까이 와 주실 수 있으시겠어요?"

마리는 무슨 의미인지 몰라 눈을 크게 떴다. 요한은 다시 부드러운 음성으로 말했다.

"잠시만 이쪽으로 가까이 와 주세요. 직접 확인할 게 있어서 그러니."

"……예?"

마리는 왠지 모를 불안감에 휩싸였다. 요한은 살짝 웃으며 말했다.

"오래 걸리지는 않을 거예요."

마리는 주춤주춤하다가 발걸음을 옮겼다. 맹수의 입으로 스스로 걸어가는 기분. 마음 같아서는 당장 문을 열고 도망치고 싶었지만, 누구의 앞이라고 그러겠는가? 저 부드러운 인상의 남자는 서제국의 황제였다. 자신은 미천한 시녀일 뿐이고. 물론 다른 나라의 황제라지만, 그가 죽으라고 하면 자신은 죽는 척이라도 해야 했다.

"와, 왔습니다."

하지만 요한은 고개를 저었다.

"조금 더 가까이."

"더 말입니까?"

지금도 부담스러울 만큼 가까웠다.

"네, 이쪽으로 더 오세요."

몇 걸음 더 옮기니 그가 기대어 앉아 있는 침대에 몸이 닿았다.

"다, 다 왔습니다."

마리가 긴장감에 침을 꿀꺽 삼키는 순간이었다. 요한은 생각지도 못한 일을 하였다. 그의 손으로 마리의 손을 붙든 것이다.

"잠시만 실례하겠습니다."

"폐, 폐하?"

마리의 가슴이 덜컥 내려앉았다.

"왜, 왜 그러십니까?"

"잠시만, 잠시만요."

마리는 당황해 손을 빼내려 했지만, 그는 놔주지 않았다. 요한은 손을 붙든 채 가만히 마리의 얼굴을 바라보았다. 알 수 없는 빛이 담긴 눈길이었다. 그 눈길 때문일까? 아니면 당황 때문일까? 마리의 얼굴이 붉게 달아올랐다.

"폐, 폐하. 놔주십시오."

마리는 애원하듯 말했다. 그제야 요한은 그녀의 손을 놔주었다. 그는 미안하다는 목소리로 말했다.

"죄송합니다. 꼭 확인해 보고 싶은 것이 있어서 실례했네요."

"어떤?"

그녀는 놀란 가슴을 억누르며 물었다. 요한은 빙글 웃었다.

"손이 작고 예뻐 보여 직접 만져서 확인해 보고 싶었어요."

그러며 그는 말을 이었다.

"직접 만져 봐도 역시 작고 예쁜 손이네요."

마리는 입을 다물었다. 아름다운 외모를 지닌 남자의 달콤한 말이니 가슴이 설렐 법했지만, 마리의 가슴은 오히려 차갑게 식었다. 그의 의도가 그런 것이 아님을 느낀 탓이었다.

'왜 갑자기 내 손을?'

그때 요한이 다시 마리의 얼굴을 바라보았다. 아까처럼 알 수 없는 빛이 담긴 눈동자. 부드러우면서도 위험한 느낌의 그 눈빛에 그녀의 가슴이 다시 떨리려는 순간. 요한이 입을 열며 무언가를 말하려 했다.

"마리 양."

그런데 그 순간, 갑자기 쾅! 하는 소리와 함께 방문이 거칠게 열렸다. 그리고 들리는 낮은 음성.

"지금…… 뭐 하고 있는 거지?"

"……!"

마리는 깜짝 놀라 침대에서 떨어졌다. 서제국의 황제 요한도 놀란 얼굴을 하였다.

"지금 무얼 하고 있는 거냐고 물었다."

깊은 불쾌감이 담긴 목소리. 나타난 이는 이 제국의 황태자인 라엘이었다. 그가 차가운 철가면을 쓴 채 요한을 노려보았다.

"대답해라, 요한."

동서 양 제국의 지배자인 요한과 라엘. 둘 사이에 잠시 무거운 침묵이 흘렀다. 당황에 몸이 굳어 있던 마리는 퍼뜩 정신을 차리고 예를 표했다.

"제국의 황태자 전하를 뵙습니다."

"너는 이리로 와라."

"네?"

"거기 있지 말고 이쪽으로 오라고."

여전히 불쾌감이 가득한 목소리에 마리는 당황했다.

'왜 저렇게 화가 나신 거지?'

그가 저렇게 기분 나빠하는 것은 처음이었다. 이유는 알 수 없지만, 어쨌든 그녀는 황태자의 뒤로 서둘러 물러났다. 공포의 대상인 황태자이지만, 지금 이 순간만큼은 반가웠다. 저 요한 황제에게서 도망치고 싶었다.

'황태자가 반가울 때도 있다니.'

황태자는 그녀가 자신의 뒤로 갔는지 힐끗 확인하더니 요한에게 입을 열었다.

"몸이 안 좋다 들었는데, 헛소문이었나 보군."

동제국의 황태자인 그는 서제국의 황제인 그에게 경어를 사용하지 않았다. 양 제국은 서로의 황실을 공식적으로 인정하지 않고 있었기 때문이다. 황제 요한은 웃으며 말을 받았다.

"반갑군요, 란. 그런데 왜 이렇게 화가 나신 건지? 오랜만의 만남인데 조금 서운하군요."

"반갑지 않은 손님이 '내 것'을 건드리고 있는데 기분 좋을 주인이 어디에 있지?"

요한은 고개를 갸웃했다.

"그게 무슨 말입니까?"

"이 시녀 말이다. 이 시녀는 내 것인데 왜 네가 함부로 건드리고 있느냐는 말이다."

"……!"

황태자의 말에 그 자리의 모두가 깜짝 놀랐다. 요한도 놀랐고, 당사자인 마리는 더욱더 놀랐다.

'지금 뭐라고?'

마리는 당황해 생각했다.

'내 것?'

물론 황태자의 말은 틀린 것이 아니었다. 자신은 황궁에 소속된 시녀이고, 황태자는 황궁의 주인이었으니까. 그러니 그녀는 그의 것이 맞긴 맞았다.

'그, 그냥 그런 의미로 말한 단어겠지. 그렇겠지?'

그녀는 속으로 애써 생각했다. 오해의 소지가 있는 단어이긴 했지만, 저 철혈의 황태자가 다른 의미로 말한 것일 리 없었다. 서로 그럴 만한 사이도 아니었고. 저 황태자는 적국의 황제가 황궁의 소유물인 자신을 건드는 것이 불쾌했던 것이리라.

"마음 같아서는 지금 당장에라도 네놈을 추방하고 싶지만, 네놈의 몸 상태를 생각해 그건 참지. 하지만 이 황궁에 더 머물고 싶다면 행동을 조심해야 할 것이다."

요한은 어깨를 으쓱하며 답했다.

"명심하도록 하죠."

"기력이 회복되는 대로 당장 네놈의 나라로 떠나도록."

그렇게 이야기한 황태자는 몸을 돌려 방을 나섰다. 마리도 눈치를 보며 황태자의 뒤를 조심히 따라갔다. 그들이 나간 후 황제 요한은 한숨을 내쉬었다.

"휴, 저놈의 성질 머리는 여전하군."

그는 가만히 미소 지으며 중얼거렸다.

"그나저나 재미있네."

요한의 머릿속에 방금 전의 장면이 떠올랐다. 황태자는 그에게서 시녀를 지키기라도 하듯 앞을 막아섰다. 평소 그의 성격을 생각하면 깜짝 놀랄 만한 광경이었다.

'그리고 내 것이라고? 란에게 저런 면이 있었단 말이야?'

재미있는 점은 그것만이 아니었다.

"아까 그 시녀도 무언가 수상해."

그는 시녀의 손의 감촉을 떠올렸다. 어젯밤 자신을 응급처치 했던 이의 손과 거의 똑같은 크기의 손이다. 그냥 단지 우연인 것일까?

"아닌 것 같은데."

요한은 나직이 중얼거렸다. 근거는 없었다. 그저 감일 뿐이었다. 하지만 아수라장을 헤쳐 온 그의 감은 그 어떤 합리적 판단보다 정확할 때가 많았다.

"입술의 느낌까지 확인해 보면 정확히 알 수 있었을 텐데, 아쉽군. 그냥 입을 맞춰 확인해 봤어야 했나?"

요한의 미소가 짙어졌다. 사실 확인하려고 했었다. 손을 잡았을 때 긴장에 떠는 모습이 생각지도 않게 귀여웠던 탓이다. 충동에 못 이겨 입술까지 확인하려는 순간, 황태자가 들이닥쳤다.

"하긴. 내가 입술까지 맞추었다면 목을 보전하지 못했을 수도 있겠군."

그는 미소를 지었다. 방금 황태자가 화를 냈던 이유는 자명했다. 창밖으로 자신이 시녀의 손을 잡은 것을 본 탓이리라. 단순히 손만으로도 저런데, 만약 자신이 그 시녀의 입술까지 빼앗았다면 어떤 반응이었을까? 요한은 그것이 굉장히 궁금해졌다.

"어쨌든 재미있어. 원래는 몸의 기력이 회복되는 대로 바로 떠나려 했는데."

그는 조용히 말했다.

"조금 더 머물러 봐야겠군."

마리는 종종걸음으로 황태자의 뒤를 따라갔다. 이제 요한의 방에서도 나왔으니, 각자 갈 길 가면 될 것 같은데 딱히 가 보란 이야기가 없어서 이러지도 저러지도 못 하고 있었다.

'왜 저렇게 기분이 나쁘시지.'

마리는 고개를 갸웃했다. 적국의 황제와 대화를 나누어서 그런가 싶었지만, 그건 또 아닌 것 같았다. 방을 벗어나서도 계속 분위기가 안 좋았던 것이다.

'그래도 이제 돌아가 봐야 할 것 같은데.'

이미 요한의 방에서 시간을 너무 많이 잡아먹었다. 돌아가 맡은 일을 해야 했다. 그리고 꼭 일 때문이 아니더라도, 그녀는 황태자와 단둘이 있는 게 굉장히 불편했다. 방금 자신을 도와준 것은 고마웠지만, 누가 뭐래도 그는 자신이 가장 두려워하는 공포의 대상이 아닌가.

"저…… 전하. 죄송하지만, 저는 이만 글로리아 홀로 돌아가 봐야 할 것 같습니다."

그녀의 말에 황태자는 우뚝 자리에 멈추어 섰다.

"……."

그런데 뭔가 이상했다. 당연히 가 보라 할 줄 알았는데, 아무런 대답이 없었던 것이다. 황태자는 고개를 돌려 철가면 안에서 가만히 그녀를 바라보았다.

"……전하?"

마리는 의아한 표정을 지었다. 황태자는 그렇게 한참이나 그녀를 보더니 나직이 한숨을 내쉬었다.

"……아니다."

"……예?"

"가 보도록."

마리는 주춤주춤 고개를 숙였다.

무언가 황태자가 이상했지만, 가 보라 하니 다행이었다.

'이제는 제발 아무 일도 없었으면. 요한 황제도, 황태자도, 아무도 얽히지 않고.'

그렇게 생각하며 자리에서 벗어나고 있을 때였다. 그녀의 등 뒤로 낮은 목소리가 들려왔다.

"……앞으로는 꼭 조심하도록."

마리는 고개를 돌렸다.

'지금 뭐라고 했지?'

평소 황태자의 음성과 다르게 뭔가 어정쩡하게 낮은 목소린지라 제대로 듣지 못했다. 다시 물어볼까 했으나, 황태자는 이미 등을 돌려 멀어지고 있었다. 그녀는 고개를 갸웃했다.

시간이 지나고 다시 밤이 되며 연회가 시작되었다. 마리는 선배 시녀에게 부탁해 배정된 자리를 옮겼다.

"연회장 밖에서 일하고 싶다고? 나야 좋지. 근데 괜찮겠어?"

연회장 밖에서 근무하는 것을 좋아하는 중급 시녀는 아무도 없다. 공연이나 음악 등 연회를 즐길 수 없기도 했고, 연회장 주변을 돌아다니며 일해야 해서 훨씬 힘들었기 때문이다. 하지만 마리는 흔쾌히 고개를 끄덕였다.

"네, 선배님. 연회장 안이 갑갑해서요."

"아, 그렇구나. 그래, 그러면 내가 안쪽에서 일할게."

"감사합니다!"

마리에게는 연회장 밖이 안쪽보다 훨씬 좋았다. 모든 이유를 다 떠나서 다른 사람들의 시선을 피할 수 있기 때문이다.

'이제는 정말 조심조심 지내자. 더는 아무런 관심도 받고 싶지 않아.'

물론 지금까지의 일들도 일부러 눈에 띄려고 했던 것은 아니었다. 뒤로 엎어졌는데 코가 깨졌다는 것처럼 뭘 해도 상황이 이상하게 풀렸을 뿐이다. 자꾸만 황태자와 마주치는 게 불안했다. 그럴 가능성이야 적겠지만, 그래도 혹시나 자신이 모리나 왕녀인 것을 그에게 들키면 끝장이었다.

'오늘은 '꿈'도 안 꾸었으니까. 아무런 일도 없을 거야.'

그녀는 그렇게 생각하며 일을 하였다.

"연회장은 이쪽입니다. 조심히 들어가십시오."

먼저 연회장을 방문하는 사람들을 안내하고, 연회 시작 시간이 지나 대부분 사람이 도착한 다음에는 연회장 주변을 돌며 휴식을 취하고 있는 사람들의 시중을 들었다.

"여기 음료 좀 가져다주겠어요?"

"네, 알겠습니다, 부인. 잠시만 기다려 주십시오."

"이것 좀 저쪽으로 치워 주세요."

"네, 알겠습니다."

"날씨가 추운데 연회장 안에 놓은 내 숄 좀 가져다줘."

"네, 잠시만 기다리십시오."

"이것 좀……."

수많은 사람이 연회장 밖을 오가며 그녀에게 심부름을 시켰다. 그렇게 사람들의 시중을 들다 보니, 시간이 훌쩍 지나갔다.

'확실히 연회장 밖이 안쪽보다 더 힘들긴 하구나.'

온 사방을 돌아다니며 일해야 하니 훨씬 움직여야 할 일이 많았다.

'그래도 사람들 눈에 안 띄니까.'

정확히는 황태자 눈에 안 띄니까 그것만으로도 만족이었다. 그런데 한참을 일하던 중, 마리는 의외의 인물을 마주했다. 한 귀족 부인의 심부름으로 다과를 들고 저 멀리 성벽 가까이에 있는 정원에 도착했을 때였다.

'어, 저분은?'

마리는 생각지도 못 한 인물을 보고 눈을 깜빡거렸다.

"키엘 님?"

비단 같은 은발과 마치 천상의 조각 같은 얼굴. 이전 백조 정원에서 만났던 황실 친위대의 종자 키엘이었다! 키엘도 그녀를 발견하고 놀란 표정을 지었다.

"마리 양?"

"아, 네! 반가워요. 잘 지내셨어요?"

마리는 밝게 웃으며 인사했다. 오랜만에 만나니 반가운 기분이 들었다. 은발의 미남, 키엘도 부드럽게 눈매를 휘었다.

"네, 저는 잘 지냈습니다. 마리 양도 별다른 일 없으셨나요?"

별다른 일이야 많았지만 그녀는 고개를 저으며 말했다.

"네, 저도 잘 지냈어요. 그런데 여기는 어쩐 일로?"

"근무 중입니다."

"아……."

그녀는 그를 새삼스러운 눈으로 다시 바라보았다. 황궁을 수호하는 황실 친위대니, 축제 기간에도 쉬지 못하고 근무하는 것 같았다.

'아니, 축제 기간이면 평소보다 많은 사람이 황궁에 모이니 오히려 더 바쁘겠구나.'

그렇게 생각한 그녀는 말했다.

"힘드시겠어요. 축제 기간인데 쉬지도 못 하시고."

그 말에 키엘은 고맙다는 듯 웃었다.

"감사합니다. 마리 양도 축제 기간인데 고생이 많으시군요."

"저야 뭐, 시녀니까 당연하죠. 그런데 이 구역에서 근무하시는 건가요?"

"네. 원래는 아닌데 문제가 있어서 잠시만 그렇게 하기로 하였습니다."

"아, 그렇군요."

반갑게 그와 대화를 나누던 마리는 퍼뜩 귀족 부인의 심부름이 떠올랐다.

"키엘 님, 죄송해요. 제가 일하는 중이어서. 시간될 때 다시 올게요."

"괜찮습니다. 바쁘실 텐데 무리하지 마십시오."

"아니에요. 꼭 다시 올게요!"

마리는 급히 심부름을 마무리하고, 다른 일들을 하였다. 그런데 우연의 일치일까? 또 심부름 거리가 생겼는데 키엘이 근무하고 있는 곳 주변이었다.

'먹을 거라도 가져다드릴까? 근무하면서 밥도 못 먹었을 것 같은데.'

어차피 연회장에 음식은 많았으니 그녀는 간단히 요기할 만한 음식을 챙겨 키엘에게 가져갔다. 키엘은 마리가 가져온 음식을 보고 놀란 표정을 지었다.

"마리 양, 이건?"

"혹시나 근무하다가 출출하실까 챙겨 왔어요."

키엘은 감사하다는 표정을 지었다.

"지난번 과자도 그렇고, 매번 마리 양에게 신세를 지는군요. 정말 감사합니다."

그러며 그는 주변에 놓인 벤치를 가리켰다.

"잠깐 같이 드시고 가시죠."

"아, 저는 괜찮은데……."

"마리 양도 바빠서 식사 못 하지 않았습니까?"

마리는 잠시 고민했다. 아닌 게 아니라, 낮에는 요한 황제에게 불려가고, 밤에는 정신없이 일하느라 한 끼도 못 먹었다. 엄청 배고팠다.

"네, 그러면 잠시만……."

그렇게 둘은 벤치에 나란히 앉아 음식을 나누어 먹었다.

"날씨가 좋네요. 시원하고."

"네, 여름이 지나 딱 좋은 날씨인 것 같습니다."

"바람이 좋아요. 달빛도 밝고."

벤치에 앉아 음식을 먹으며 이런저런 가벼운 대화를 나누니, 마리는 편안한 기분이 들었다.

'친구랑 있는 것 같아. 좋다.'

왜 그럴 때 있지 않은가? 오래 알고 지낸 이가 아닌데도, 괜히 마음이 잘 맞는 듯한 느낌. 별것 아닌 이야기에도 편안해지는 느낌. 키엘과의 대화가 딱 그런 느낌이 들었다. 무서운 황태자와 불길한 요한 황제에게서 받은 스트레스가 조금 치유되는 것 같았다.

'나도 이렇게 마음 통하는 친구가 있었으면.'

그렇게 생각한 그녀는 앞으로도 그를 만날 수 있을까 생각하여 물었다.

"그러면 키엘 님은 계속 이곳에서 근무하시는 건가요?"

"아, 그건 아닙니다. 원래 제 업무가 아니거든요."

"그러면?"

"원래 이곳의 업무를 맡고 있던 단원에게 문제가 생겼는데, 다들 손이 안 돼 잠시만 제가 맡는 중입니다."

그 말에 마리는 고개를 갸웃했다. 그녀가 알기로 키엘은 종자인데, 정식 기사를 부르는 호칭이 너무 편했던 것이다. 마치 아랫사람을 부르는 듯한 느낌이었다.

'혹시 키엘 님도 정식 기사인가? 하지만 여전히 기사 제복은 아닌데?'

그녀는 혼란스럽게 생각했다. 이 황궁 내에서 종자가 아닌, 친위대의 정식 기사는 무조건 제복을 입고 있어야 한다. 예외가 인정되는 것은 오로지 단 한 명. 황실 친위대의 단장뿐이었다. 마리가 의아해하고 있을 때였다. 갑자기 한 앳된 목소리가 그들 사이를 파고들었다.

"키엘!"

"아."

순간 키엘의 눈가에 곤란함이 스쳐 지나갔다.

"곤란한 분이 오셨군요."

마리는 의아한 표정으로 고개를 돌렸다가 눈을 크게 떴다. 웬 꼬마아이가 그들을 바라보고 있었던 것이다.

'와, 진짜 귀엽다.'

이제 한 7살쯤 되었을까? 목소리를 들었을 땐 남자아이인 것 같은데, 여아라고 해도 믿을 정도로 인형처럼 귀여운 꼬마였다.

'그런데 황궁에 웬 꼬마가?'

온갖 진귀한 보석이 달린 옷을 보니 분명 신분이 높은 귀족의 자제 같았다. 하지만 아무리 귀족이라도 어린 꼬마를 황궁에 데려오는 경우는 거의 없다.

'누구지?'

순간 그녀의 머릿속에 한 소문이 떠올랐다. 저 꼬마 아이와 딱 맞아 떨어지는 인상착의를 가진 인물에 대한 소문이었다.

'설마 이 꼬마 아이가?'

그 순간 키엘이 고개를 숙이며 입을 열었다.

"오스카 전하를 뵙습니다."

마리의 눈이 동그랗게 커졌다.

오스카. 내전 때 황태자의 칼을 피해 유일하게 살아남은 어린 황자의 이름이었다.

"10황자 전하를 뵈옵니다. 시녀 마리라고 합니다."

꼬마 아이라도 황족은 황족. 마리는 급히 예를 표했다. 그런데 황자의 반응이 이상했다. 예를 받기는커녕,

"넌 누구야?"

"네?"

날카롭게 그녀를 노려보며 외쳤던 것이다.

"못난 게 왜 키엘이랑 놀고 있어? 키엘은 나랑만 놀아야 하는데!"

마리는 그 난데없는 질투에 당황했다.

"그게…… 키엘 님이랑은…… ."

"키엘은 내 거란 말이야! 나하고만 놀아야 해!"

"…… ."

어린아이의 억지에 마리는 뭐라 대답할 말을 못 찾고 입을 다물었다.

'오스카 전하는 키엘 님을 많이 좋아하는구나.'

딱 좋아하는 친구와 놀았다고 질투하는 모습이었다. 하긴 키엘은 엄청 잘생기고, 무척이나 친절했다. 어린애가 좋아할 만했다.

'그런데 키엘 님은 오스카 전하를 어떻게 개인적으로 알고 계신 거지?'

그냥 알고 있는 수준이 아닌 것 같았다. 굉장히 친해 보였다. 오스카는 키엘의 바지를 딱 붙들고 있었는데 마치 엄마를 쫓아다니는 꼬마 아이와도 같은 모습이었다. 그때 키엘이 타이르는 듯한 목소리로 말했다.

"오스카 전하, 마리 양은 저를 많이 도와준 사람입니다."

"도와줘? 그러면 저 못난 시녀가 나보다 중요하다는 거야?"

계속 못났다고 하자, 원래 자신감이 부족한 마리는 시무룩해졌다. 그때 키엘이 오스카 몰래 마리에게 미안하다는 눈빛을 보내더니 이렇게 말했다.

"물론 저에겐 전하가 가장 소중합니다. 전하는 제 가장 친한 친구이니까요."

"그렇지?"

오스카의 표정이 밝아졌다. 키엘은 부드럽게 그의 머리를 쓰다듬어 주며 말했다.

"하지만 마리 양도 저의 친구입니다."

"키엘의 친구?"

"네, 그러니 전하께서도 마리 양과 친하게 지내는 것이 어떻겠습니까?"

꼬마 아이는 키엘의 말이 조금 어려운 듯했다. 손가락을 귀엽게 입술에 가져가며 고민하더니 빽 소리 질렀다.

"몰라! 난 키엘이 제일 좋단 말이야!"

그렇게 마구 떼를 쓰며 키엘을 곤란하게 했다. 그 모습에 마리는 속으로 살짝 인상을 찌푸렸다.

'귀엽게 생기긴 했는데…… 버릇은 조금 없네.'

황족이라고는 생각되지 않는 버릇없는 모습. 아니, 오냐오냐 받들어 주는 황족이니 버릇이 없는 건가? 어쨌든 저 바늘로 찔러도 피 한 방울 안 나올 것 같은 황태자와 같은 아버지 밑에서 나온 배다른 형제라고는 상상하기 어려운 모습이었다. 그때 키엘이 어쩔 수 없다는 표정으로 마리에게 말했다.

"미안하군요. 저는 전하를 궁에 모셔다드려야 할 것 같습니다."

그가 사과하자 마리는 화들짝 놀라며 고개를 저었다.

"아, 아니에요. 조심히 들어가세요."

"그러면 다음에 뵙겠습니다. 아, 오늘 가져다주신 음식 정말 감사했습니다."

키엘이 걸음을 옮기자, 오스카가 화다닥 따라붙었다. 키엘은 옆에 온 오스카에게 손을 내밀었고, 오스카는 꼬옥 그 손을 붙들었다.

"헤헤."

순간 심통 맞은 오스카의 얼굴이 환하게 밝아졌다. 키엘은 그런 오스카의 얼굴을 잠시 따뜻하게 바라보더니 발걸음을 옮겼다.

그날 밤 마리는 또 꿈을 꾸었다.

'왜 이렇게 자주 꾸는 거야?'

그녀는 지각몽의 세계에 들어온 것을 자각한 순간 울상을 지으며 생각했다. 또 무슨 일이 주변에서 벌어지려고 꿈을 꾸는 건지.

'제발 이번엔 별다른 꿈이 아니었으면.'

그렇게 간절히 바라며 꿈의 내용을 바라보았다.

「자자, 이것 봐.」

「또 뭔데?」

「새로 개발한 트릭이야.」

꿈에는 두 남녀가 등장했다. 남자는 당찬 표정으로 여자에게 손을 펼쳐 보았다.

「아무것도 없지?」

「그런데?」

「자, 봐. 짠!」

남자는 주먹을 쥐었다 폈다. 그러자 놀라운 일이 일어났다. 아무것도 없던 손바닥에 동전이 나타난 것이다. 하지만 여자는 피식 비웃을 뿐이었다.

「그게 뭐야? 완전 기본 중의 기본이잖아.」

여자는 의기양양하게 자리에서 일어났다.

「잘 보라고. 내가 진짜 마술을 보여 줄 테니까.」

"……이번엔 마술사라니."

꿈에서 깬 마리는 멍하니 중얼거렸다. 매번 생각하는 것이지만, 이번 꿈도 왜 꾼 것인지 모르겠다.

"설마 나 보고 연회장 앞에 나가 마술 쇼를 하라는 것은 아니겠지?"

그녀는 파르르 몸을 떨었다. 사람들 앞에서 마술 쇼라니. 생각하는 것만으로도 끔찍했다. 그나마 한 가지 희망적인 면은 꿈속의 인물들이 전문 마술사는 아닌 것 같다는 점이었다. 그냥 취미로 마술을 배운 아마추어? 남녀 모두 그 정도의 실력이었다.

'그런데 이번 꿈은 정말 왜 꾼 것일까? 그것도 전문 마술사도 아닌, 애매한 실력의 아마추어 마술사의 꿈을.'

저 정도의 실력으로는 딱히 할 수 있는 것이 없었다. 사람들 앞에서 공연도 당연히 불가능했다.

'몰라. 어쨌든 이번에는 절대로 안 나설 거니까 상관없어.'

그녀는 꼭꼭 굳게 다짐했다. 이번만큼은 눈앞에 무슨 일이 일어나도 신경 쓰지 않으리라. 절대로.

준비를 마친 마리는 연회장으로 일하러 나갔다. 오늘도 그녀는 선배 시녀에게 부탁해 연회장 밖에서 일하기로 했다.

'힘들지만, 사람들 눈에는 확실히 덜 띄니까.'

게다가 혹시나 연회장 안에 있다가 '마술'과 연관된 사건에 얽힐까 걱정도 들었다. 아무래도 사람이 적은 연회장 밖이 마술과 연관될 일이 적을 것이다.

"음료 좀 부탁해요."

"네, 잠시만 기다려 주십시오."

그렇게 그녀는 어제와 같은 일을 하였다. 심부름하며 돌아다니느라 바빴지만, 다행히 특별한 사건이 일어날 기미는 보이지 않았다.

'그래, 이렇게 아무 일 없이 넘기자. 힘내자, 마리!'

하지만 그녀의 인생이 그렇게 쉽게 풀릴 리가 없었다. 마술과 관련된 사건이 일어나진 않았지만, 또 다른 곤란한 일이 생긴 것이다.

"어, 너는 어제 그 못난이 시녀?"

갑자기 들려온 목소리에 마리는 고개를 돌렸다. 정원의 낮은 나무에 인형같이 생긴 꼬마가 올라가 그녀를 향해 입술을 삐죽이고 있었다. 오스카 황자였다!

"10황자 전하를 뵙습니다."

마리는 급히 오스카에게 예를 표했다. 버릇없는 꼬마답게 오스카는 흥 하고 고개를 돌리며 말했다.

"여기서 뭐 하고 있는 거지?"

"연회에 참석한 분들을 시중을 들고 있습니다. 그런데 전하께서는 무슨 일로?"

"보면 몰라? 나도 연회에 참석하러 왔어!"

꼬마는 멋들어지게 차려입은 예복을 펄럭였다. 왠지 턱을 치켜든 모습이 '나 멋지지?'라고 말하는 듯했으나, 저렇게 작고 앙증맞은 얼굴로 그래 봤자 멋지기보단 귀엽기만 할 뿐이다.

"크흠. 너한테 물어볼 것이 있다. 내가 물어보는 것을 너는 큰 영광으로 생각해야 할 거야."

잔뜩 거들먹거렸지만, 역시나 위엄은 전혀 없었다. 오히려 더더욱 귀엽기만 해서 마리는 웃으며 말했다.

"네, 뭐든지 말씀하세요."

"연회장이 어디에 있지?"

"연회장은 저기 글로리아 홀 안쪽에……."

대답하던 마리는 순간 이상하단 생각이 들었다.

'잠깐? 그런데 왜 아무런 수행원 없이 혼자 온 거지?'

어린이여도 황자이니 연회에 참석하는 것은 이상한 일이 아니다. 하지만 황족이 혼자 다니는 일은 거의 없다. 특히나 저렇게 어린 나이의 꼬마 황족이라면 더더욱. 그러고 보니 어제도 혼자였다.

"전하, 혹시 시종이나 시녀는 같이 안 오셨는지요?"

그런데 오스카 황자의 반응이 이상했다. 표정이 딱 굳더니 빨개진 얼굴로 짜증을 냈던 것이다.

"그런 거 없어!"

"네?"

"몰라! 이 못생긴 게! 쓸데없는 것 묻지 말고 넌 그냥 빨리 연회장이나 안내해!"

갑작스럽게 아이가 화를 내자, 마리는 자신이 뭔가 잘못 말했나 고민했다.

'왜 기분 나빠 하는 거지?'

어쨌든 그녀는 연회장으로 오스카 황자를 안내했다.

"안으로 들어가시면 됩니다."

"흥! 그래, 수고해라!"

그런데 또 이상한 점이 있었다. 연회장 입구에 서서 고귀한 신분의 인물이 올 때마다 입장을 알리는 나팔 기수가 오스카 황자를 보고도 아무런 반응이 없었던 것이다. 마치 유령을 보듯 힐끗 한번 쳐다보고 모른 척했다.

"……."

마리는 잠시 가만히 연회장 안으로 들어간 오스카 황자를 바라보았다. 인형같이 귀여운 아이가 돌아다니는데 아무도 신경 쓰는 사람이 없었다. 오스카가 정말 유령이라 아무도 못 보는 것은 아니었다. 다들 힐끗힐끗 아이를 바라보기는 했으니까.

아이는 연회장을 빨빨 돌아다니며 주변을 두리번거렸으나, 나서서 그에게 말을 걸어주는 이는 아무도 없었다.

"……."

마리는 입을 다물었다. 그제야 그녀는 자신이 오스카에게 무슨 말실수를 한 것인지 깨달았다. 그리고 저 꼬마 황자가 황궁 내에서 어떻게 여겨지는 존재인지도 떠올렸다.

그날 마리는 또 꿈을 꾸었다.

「이 못난 아이가 내 동생이라고?」
「뭐야, 엄청 볼품없잖아? 천한 핏줄이라 그런가?」

늘 꾸던, 그녀에게 기적을 주는 지각몽은 아니었다. 일반적인 꿈. 과거, 클로얀 왕국에서의 꿈이었다.

「아바마마는 왜 이런 천한 핏줄을 남겨서. 그래도 아바마마의 씨인데 왕녀로 인정 안 할 수도 없고. 쯧. 어쩔 수 없군. 이름이 모리나라고?」
큰 오라버니, 왕세자는 혀를 찼다. 제국과의 전쟁 당시, 피의 황태자와 싸우기도 전에 반란을 일으킨 동생들에게 죽은 인물이었다. 왕세자는 곤란한 표정으로 그녀의 처치를 고민하더니 좋은 생각이 났다는 듯 말했다.

「이렇게 하면 되겠군. 모리나를 통원의 궁에서 지내게 하도록.」

「……!」

그 말에 다른 왕자들이 놀란 표정을 지었다.

「형님, 그건?」

통원의 궁. 그곳은 과거 죄를 지은 왕족들을 가두던 곳으로, 지금은 버려진 채 방치되고 있는 곳이었다. 왕세자는 씨익 웃으며 말했다.

「왜? 저 천한 핏줄의 동생과 잘 어울리는 곳 아니냐? 그곳이라면 저 못난 아이도 마음 편히 지낼 수 있겠지. 아무도 만나기 어려울 테니까.」

꿈에서 깬 후 말없이 자리에서 일어난 마리는 침대 위 이불을 개었다. 클로얀 왕성의 꿈은 처음이 아니었다. 주기적으로 꾸는 꿈이었다. 즐겁지 않은, 아니, 솔직히 말하면 힘들었던 기억이지만 이제 와서 별다른 감흥은 없었다.

"오늘 하루도 씩씩하게 파이팅!"

이불을 다 정리한 마리는 다시 글로리아 홀로 출근했다.

'축제도 많이 지났구나.'

준비 때부터 정신없었는데, 벌써 절반이 넘게 지나 있었다. 이제 이틀 뒤 가장 큰 규모의 대연회 후 하루의 휴식, 그리고 마지막으로 가면무도회만 지나면 대망의 축제도 끝이었다.

'시녀 중 가면무도회에는 누가 초대될까?'

축제 마지막 날 열리는 가면무도회에는 한 가지 특별한 이벤트가 있었다. 축제 기간 중 높은 귀족들의 눈에 들었던 시녀들을 무도회에 초청하는 것이다. 어차피 가면을 쓰고 참석하기 때문에 신분이 낮아도 부담 없이 연회를 즐길 수 있었고, 이 무도회가 인연이 되어 결혼까지 성공하는 경우도 있어 누가 초청을 받을지 시녀들 모두 관심이 지대했다.

'뭐, 나랑은 상관없겠지.'

그녀는 자신의 주제를 알았다. 어차피 자신이 가면무도회에 초청받을 일은 없을 것이다.

'그것보다 축제가 끝난 다음이 문제야.'

당연한 이야기지만, 축제가 끝난다고 시녀 일이 끝나는 것은 아니었다. 그 뒤에도 무수히 많은 일정이 계획되어 있었다. 특히 가장 큰 일정은 황태자비 간택. 곧 황위를 이을 황태자는 현재 홀몸이었다. 이는 심각한 문제라 할 수 있어 축제가 끝나는 대로 황태자비 간택을 진행할 것이라 들었다.

'물론 누가 황태자비가 되든 전혀 관심 없지만…….'

그녀는 입술을 깨물었다.

'간택이 시작되고 황궁이 정신없어지기 전에 빨리 사자궁에서 나와야 해.'

이게 바로 그녀의 최대 고민이었다. 축제가 끝나면 그녀는 사자궁으로 전속된다. 저 무서운 황태자와 같은 공간에서 지내야 하는 것이다. 황태자비 간택이 시작되어 내명부가 정신없어지기 전, 반드시 사자궁에서 다른 곳으로 옮겨야 한다.

'물론 가장 좋은 것은 이 황궁을 떠나는 것이겠지만…….'

그건 불가능했다. 그녀는 자유인이 아니라, 전쟁 포로였기 때문이다. 특별한 사유로 포로의 신분을 벗어 자유인이 되지 않는 한, 이 황궁을 떠날 수 없었다.

'어쨌든 힘내자.'

이런저런 생각을 정리한 그녀는 다시 분주히 일하였다. 그런데 한참을 일하고 있을 때였다. 익숙한 목소리가 그녀를 불렀다.

"뭐야, 또 못난이 시녀네?"

퉁명스러운 목소리. 어린 황자 오스카였다.

"10황자 전하를 뵙습니다. 연회에 오셨나요?"

"당연히 연회에 왔지. 안 그러면 왜 여기에 왔겠어?"

그는 흥 하며 말했다. 여전히 버릇없는 태도였지만, 악의가 없다는 것을 알아서일까? 보다 보니 귀엽단 생각이 들었다.

'어린애니까.'

마리는 웃으며 물었다.

"오늘도 연회장으로 안내해 드릴까요?"

"아니, 됐어. 이미 갔다 왔어."

마리는 의아한 표정을 지었다. 평소와 다르게 오스카의 목소리가 꽹장히 의기소침했다.

"전하?"

"됐어. 연회엔…… 다시는 안 가."

목소리에 물기가 섞여 있어 마리는 깜짝 놀랐다. 꼬마 황자는 눈물을 참으려는 듯 입술을 깨물었다.

"절대로. 절대로 안 가."

마리는 입을 다물었다. 그녀는 그가 연회장에서 무슨 일을 겪었는지 짐작할 수 있었다.

'또 아무도 상대해 주지 않았구나.'

마리는 10황자 오스카에 대해 들었던 소문을 떠올렸다. 내전에서 유일하게 살아남은, 하지만 언제 죽을지 모르는 비운의 황자.

오스카 황자는 서자인 황태자 라엘과 다르게 황후 소생의 적통이었다. 라엘이 승리했으니 원래대로라면 내전 중 당연히 죽었어야 하지만, 이상하게 황태자 라엘은 이 어린 황자의 목을 베지 않았다. 하지만 라엘이 끝까지 오스카 황자를 살려 둘 가능성은 적었다. 냉혹한 그가 후환을 남겨 둘 리가 없었기 때문이다.

'그래서 아무도 이 어린 황자를 상대해 주지 않고 있어. 혹시나 황태자의 오해를 살까 두려워서.'

그건 귀족들뿐이 아니었다. 시종이나 시녀들도 오스카를 은근히 없는 사람 취급했다.

"이제 연회 절대 안 와."

마리는 안쓰러운 눈으로 오스카를 바라보았다. 어린 황자는 지난 이틀간 받은 대접이 서러웠는지, 눈에 눈물이 그렁그렁 맺혔다. 마리는 속으로 한숨을 내쉬었다. 정치적인 사항을 생각하기엔 너무나 어린 나이였다.

'그냥 어린애일 뿐인데.'

이전 자신이 클로얀 왕궁에서 받았던 구박이 떠올랐다. 자신이야 나이라도 조금 많았지, 이 황자는 완전 꼬마인데.

'어떻게 위로해 줄 방법이 없을까?'

과거 자신의 기억이 떠올라서일까? 그냥 보내고 싶지 않다는 생각이 들었다. 이대로 궁에 돌아가면 이 어린 꼬마는 남몰래 펑펑 울겠지. 과거 자신이 그랬던 것처럼.

"전하, 혹시 맛있는 주스라도 드시겠어요?"

"됐어. 많이 먹었어."

"그러면 과자라도?"

"싫어. 입맛 없어."

맛있는 음식이라도 먹여 기분을 전환시켜 볼까 했지만, 오스카는 입을 꾹 다물고 고개를 저었다.

'음, 어떻게 하지?'

마리는 고민했다. 사실 그녀도 아이를 달래는 데 별다른 재주가 없는 편이었다.

'좋은 생각을 주세요, 주님.'

그 순간, 그녀의 머릿속에 한 가지 방법이 떠올랐다.

'아, 그거면 되겠구나!'

"전하."

"왜?"

입술을 삐죽 내미는 꼬마에게 마리가 말했다.

"저랑 같이 놀이 하나 하지 않으실래요?"

"놀이?"

아이답게 오스카는 놀이란 단어에 반응했다. 마리는 씨익 웃으며 말했다.

"네, 놀이요. 마술 놀이."

그녀의 손에는 어느덧 동전 하나가 들려 있었다.

"마…… 술?"

"네, 마술요. 마술 아시죠?"

오스카는 고개를 끄덕였다.

"길거리 서커스에서 백성들이 한다는 그것?"

황궁을 나가 보지 않은 그는 마술을 직접 본 적은 없지만, 책에서 내용을 들은 적은 있었다.

"네, 제가 몇 가지 마술을 할 줄 알거든요."

"네가?"

꼬마 황자는 믿을 수 없다는 표정을 지었다.

"거짓말하지 마. 넌 시녀잖아. 시녀가 어떻게 마술을 해."

지극히 합당한 의심이었다. 시녀 중 마술을 할 줄 아는 이는 전 유럽에 아무도 없을 것이다. 마리, 그녀를 제외하고는.

마리는 꿈속의 마술사가 된 것처럼 우아한 동작으로 자리에서 일어났다.

"그러면 직접 한번 보시겠어요? 제가 어떤 마술을 할 수 있는지."

무언가 분위기 있는 그녀의 동작에 오스카는 눈을 휘둥그레 떴다.

"그, 그래! 하지만 만약 거짓말한 거면 큰 벌을 내릴 거야!"

"네, 그러면 첫 번째 동전 마술 먼저 보여드리겠습니다."

마리는 오른손의 엄지와 검지로 동전을 들어 황자에게 보여 주었다. 그리고 마술에 들어가기 직전.

"아, 전하. 그냥 마술을 보기만 하는 것은 재미가 없으니 이건 어떨까요?"

"……?"

"서로 내기하는 거예요."

"무슨 내기?"

"전하께서 제가 하는 마술이 어떤 트릭을 쓴 것인지 알아보는 거예요. 만약 알아볼 수 있으시면 전하의 승리, 알아볼 수 없으시면 저의 승리. 진 사람이 이긴 쪽의 부탁을 하나 들어주는 걸로요."

그 말에 꼬마 황자는 의지를 불태웠다.

"좋아! 해! 당연히 내가 이길 테니! 이기면 엉덩이로 크게 이름을 쓰게 해줄 테니 각오해!"

"네, 그러면 시작합니다."

마리는 왼손으로 동전을 든 오른손을 가렸다. 그리고 천천히, 아주 천천히 왼손으로 춤을 추며 오스카의 시선을 현혹시켰다.

"자, 잘 보셔야 해요."

꼬마 황자는 침을 꿀꺽 삼키고 그녀의 손을 바라봤다. 마리는 꿈속의 마술사처럼 옅게 미소를 짓더니, 휙 하고 왼손을 아래로 내렸다. 그와 동시에 동전을 든 오른손이 나타났는데!

"……!"

꼬마 황자는 깜짝 놀란 표정을 지었다. 마리의 오른손에 들려 있던 동전이 사라진 것이다!

"아, 아니? 어디?"

"네, 첫 번째 마술 동전 사라지기였습니다."

"알려 줘! 동전 어디로 간 거야?!"

오스카는 마리에게 매달리며 물었다. 물론 마리는 알려 주지 않았다.

'워낙 쉬운 마술이어서 알면 흥미가 사라져.'

마술은 트릭을 모를 때가 제일 재미있는 법이다. 사실 동전 사라지기 마술의 트릭은 간단했다. 처음 왼손의 현란한 동작은 시선 뺏기용. 왼손에 모든 시선을 집중시킨 후, 휙 하고 내릴 때 오른손에 든 동전도 같이 떨어뜨리는 것이다. 그러면 왼손만 보고 있던 청중은 동전이 허공으로 사라진 것처럼 보인다.

'도구가 있으면 좀 더 정교한 마술도 가능하겠지만. 지금 당장 할 수 있는 것은 간단한 생활 마술 정도밖에 없어.'

어차피 고난이도의 트릭을 자랑하는 마술 쇼를 하는 것도 아니니 상관없었다. 그냥 저 침울한 꼬마 황자가 즐거워할 정도의 마술이면 충분했다.

"자, 다음에는 물로 동전 녹이기입니다."

"물로 동전 녹이기? 뭐야? 너 연금술도 할 수 있는 거야?"

꼬마 황자는 다시 깜짝 놀라 물었다. 이 세상에서 물로 동전을 녹일 수 있는 사람은 연금술사밖에 없다. 물론 마리가 지금 보여 주려는 것은 연금술이 아니었다.

"자아, 잘 보세요. 유리잔 안에 동전이 들어 있습니다. 보셨죠?"

"봤어! 빨리 계속해 봐!"

마리는 연회장 안에 있던 검은 천으로 유리잔을 덮었다. 그리고 정말 신비한 마술이라도 하듯 유리잔 주변에서 양손으로 춤을 추었다.

"수리수리 마수리~"

물론 아무런 의미 없는 손동작과 주문이었지만, 꼬마 황자의 눈은 점점 휘둥그레졌다. 그리고 휙 천을 빼낸 마리는 준비한 주전자로 천천히 유리잔에 물을 붓기 시작했다.

"이제 동전을 물로 녹이도록 하겠습니다."

조르륵.

유리잔에 물이 차오르는데, 오스카는 이번에도 기절할 듯 놀랐다. 정말로 동전이 물에 녹아 사라진 것이다!

"너, 너! 정말로 연금술을?!"

"연금술이 아니라 마술이에요."

역시 이번에도 간단한 트릭이었다. 물이 차오름으로 생긴 빛의 굴절을 이용한 눈속임이었던 것이다. 물론 모르는 사람이 보면 감쪽같이 속을 수밖에 없었다.

"자, 그러면 다음 마술은······!"

이후 마리는 연달아 몇 개의 마술을 더 보여 주었다. 손수건을 이용한 마술. 시녀들끼리 가지고 노는 카드를 사용한 마술. 마지막으로 촛대의 불꽃을 감쪽같이 사라지게 하는 플레임 베니싱(Flame vanishing)까지.

"와, 와!"

오스카는 정신없이 그녀의 마술을 지켜봤다. 마술이 깊어질수록 넋을 잃어가던 그의 표정은, 마지막 고급 마술인 플레임 베니싱을 보고는 아예 기절할 듯 변했다.

"어, 어떻게 그렇게! 알려 줘! 나도 알려 줘! 나도 해볼 거야!"

그녀에게 달라붙어 비기를 알려 달라 조르는 오스카의 모습은 영락없는 어린애의 것이었다.

'다행히 아까 전 일은 까먹은 것 같구나.'

마리는 속으로 안도의 한숨을 내쉬었다. 깜짝 마술 쇼는 다행히 성공인 것 같았다.

"전하, 그러면 내기는 제가 이긴 거죠?"

"내기?"

꼬마 황자는 움찔한 표정을 지었다. 그러고 보니 마술 쇼 시작 전 둘은 내기를 했었다.

"네, 이긴 쪽의 부탁을 들어주기로 하셨잖아요."

"그, 그건……."

오스카는 당황한 표정으로 눈을 이리저리 돌렸다. 이 난관을 어떻게 빠져나갈까 궁리하는 표정이었다. 그 귀여운 모습에 마리는 속으로 쿡쿡 웃었다. 물론 그녀가 저 귀여운 꼬마 황자에게 어려운 부탁을 할 리는 없었다. 그냥 저 황자의 모습이 예전 클로얀 왕성에서의 자신을 떠올리게 해, 당시 자신에게 힘이 되었던 이야기를 해주려는 것뿐이었다.

'내가 그나마 도와줄 수 있는 것은 이런 것 정도니까.'

그녀는 씁쓸히 생각했다. 마음만 같아서야 최대한 많은 도움을 주고 싶었다. 하지만 현실적으로 그럴 수 없다는 것은 그녀 스스로가 잘 알고 있었다.

'그래도 조금이라도 도움이 되었으면 하니까.'

그렇게 생각한 그녀는 입을 열었다.

"제가 드릴 부탁은……."

그런데 오스카 황자가 의외의 반응을 보였다.

"나 안 졌어!"

"네?"

"비겁해! 넌 마술을 잘 알지만, 난 이번에 처음 보는 거라고. 이건 불공평한 내기야!"

틀린 말은 아니었다. 사실 조금 불공평한 내기이긴 했다. 마리는 당황해 말했다.

"무, 물론 그렇지만…… 제가 드릴 부탁은 어려운 게 아니라……."

"몰라! 오늘 네가 보여 준 마술 내가 샅샅이 공부해서 올 테니, 그때 다시 내기해!"

그렇게 외친 황자는 도망치듯 자신의 궁으로 달려갔다. 마리는 황망히 그 뒷모습을 바라보았다.

"어, 어쨌든 기운은 차린 것 같으니 괜찮은 건가?"

자신의 의도와는 다른 결말이긴 했지만, 뭐 이것 나름대로도 나쁘지 않은 것 같았다.

"주님, 저 황자님을 축복해 주세요."

그녀는 저 멀리 보이는 성당의 십자가를 보며 그렇게 기도했다.

'이제 연회장 쪽으로 돌아가자.'

마리가 몸을 돌리려 할 때였다. 그녀는 생각지도 못 한 인물을 마주쳤다.

"키엘 님?"

비단 같은 은발. 보는 것만으로도 가슴을 설레게 하는 조각 같은 얼굴. 황실 친위대의 키엘이었다.

"안녕하세요."

마리는 고개를 숙여 인사했다. 키엘도 마주 인사하더니 말했다.

"오스카 전하께서 오셨었군요."

"아, 네. 방금 왔다 가셨어요."

키엘은 고개를 돌려 저 멀리 뛰어가고 있는 꼬마 황자를 바라보았다. 그의 눈에 오스카를 향한 따뜻함과 안쓰러움이 동시에 깃들었다. 그리고 곧 오스카의 모습이 완전히 안 보이게 되었을 때, 키엘은 마리를 향해 전혀 예상하지 못한 돌발 행동을 하였다.

"키, 키엘 님?"

황실 친위대인 그가 시녀인 마리를 향해 살짝 고개를 숙이며 감사를 표했던 것이다.

"감사합니다. 오스카 전하를 신경 써 주셔서."

"괘, 괜찮아요. 특별히 한 것도 없는데……."

마리는 당황해 손을 저었다. 아무리 감사를 표하기 위해서라지만, 황실 친위대의 인물이 일개 시녀인 자신에게 고개를 숙이며 예를 표하다니. 지난번 백조 정원에서 자신을 도와줄 때부터 느꼈지만, 평범한 성격의 귀족은 아닌 것 같다. 지나치게 착하고, 지나치게 예의가 발랐다.

'무, 물론 나쁜 것은 아니지만, 아니, 좋은 성격이지만…… 그래도 귀족인데…….'

한편, 마리가 당황하며 어쩔 줄 몰라 하자 키엘은 싱긋 웃었다. 소녀의 심장 건강에 안 좋은 맑은 미소였다.

"이전부터 느낀 것이지만, 마리 양은 참 착하고 귀여우신 것 같습니다."

귀엽다는 말에 마리의 얼굴이 자신도 모르게 화악 붉어졌다.

'순진한 얼굴로 그런 말 하지 마세요!'

입에 발린 말이 아닌, 정말로 진심이 느껴지는 말이었다. 키엘의 성격상 별다른 사심 없이 하는 이야기겠지만, 마리는 주책없이 가슴이 뛰었다. 키엘은 잠시 미소를 짓고 있다가 화제를 돌렸다.

"아시고 계시겠지만, 오스카 전하는 외로우신 분입니다."

"아…… 네."

"그래서 더욱 감사드립니다. 저 말고는 그분을 진심으로 대해 주는 사람이 아무도 없었거든요."

그 말에 마리는 입을 다물었다. 순간 키엘의 정체에 의문이 들었던 것이다.

'키엘 님은 어떻게 저렇게 오스카 전하와 가까운 거지?'

자신처럼 오가며 우연히 가까워진 사이가 아닌 것 같았다. 오스카는 진심으로 키엘을 의지하고 있었다. 마치 진짜 가족처럼.

'혹시?'

이전부터 키엘에 대해 떠올랐던 의문들. 그 의문들이 겹쳐 한 가지 가정을 이루었다.

'설마 종자가 아니라…….'

마리는 침을 꿀꺽 삼키고 키엘을 바라보았다. 조각 같은 얼굴의 그는 순수한 느낌이 들 정도로 맑은 눈으로 그녀를 보고 있었다.

"마리 양?"

"……실례가 되지 않는다면 한 가지만 여쭈어봐도 될까요, 키엘 님?"

"뭐든 말씀하십시오."

"혹시…… 키엘 님의 풀네임은 어떻게 되시는지요?"

"……."

키엘은 순간 멈칫했다. 마리는 굳은 얼굴로 그의 대답을 기다렸다.

"제 풀네임은…….."

키엘은 주저하며 말을 이어 갔다.

"키에르한 드 세이튼입니다."

"……!"

마리의 얼굴이 새하얗게 질렸다.

키에르한 드 세이튼 후작.

제국에서 그 이름을 모르는 사람은 한 명도 없었다. 황실 친위대의 단장이자, 제국 최강의 기사, 그리고 황실 다음 가는 군사력을 지닌 변경백(邊境伯)이 바로 키에르한 후작이었기 때문이다!

'맙소사! 뭐라고? 키엘 님이 키에르한 후작이라고?'

마리는 너무 놀라 아무런 말도 못 하고 멍하니 있었다. 그때, 키엘, 아니, 키에르한 후작은 미안하다는 듯 말했다.

"죄송합니다. 일부러 숨길 생각은 없었는데."

그 말에 마리는 퍼뜩 정신을 차리고 무릎을 꿇었다.

"제국의 방패, 키에르한 후작 각하께 시녀 마리가 인사 올립니다. 지금껏 실례를 용서하여 주십시오."

"마리 양, 실례라니요."

키엘은 딱딱해진 마리의 태도에 고개를 저었다.

"잘못은 정체를 숨긴 제가 했지요. 그리고 우리는 친구가 아닙니까? 이전처럼 편하게 대해 주셨으면 합니다."

마리는 그 말에 속으로 아연한 표정을 지었다. 시녀인 나한테 편하게 대해 달라고?

"그럴 수는 없습니다."

마리는 단호한 목소리로 말했다. 물론 그녀도 지금껏 키엘에게 친구 같은 편안함을 느끼긴 했다. 그와 같은 친구가 있으면 좋겠다고 진심으로 생각했었다. 하지만 그래도 안 된다. 제국 최고의 대귀족 중 하나인 세이튼가의 키에르한 후작과 시녀인 자신이 친구라니, 말이나 되는가?

한편 마리의 단호한 거절에 키엘은 상처 입은 표정을 지었다.

"전 마리 양을 친구라 생각하고 있었는데…….."

서운해하는 그의 목소리에 마리는 황당한 마음이 들었다.

'아니, 저분은 정말로 우리가 친구가 될 수 있다고 생각하는 건가?'

이전부터 생각한 거지만 정말 특이한 귀족이다. 마리는 약해지려는 마음을 잡으며 고개를 저었다.

"죄송합니다, 각하."

강경한 그녀의 태도에 키엘은 씁쓸한 미소를 지었다.

"그렇군요. 제가 여기서 더 고집을 부리면 마리 양의 입장이 곤란하겠지요."

마리는 부정하지 않았다. 키엘은 잠시 입을 다물었다. 어떻게 해야 할지 고민하는 듯했다.

"그러면 이렇게 하죠."

"……?"

"솔직히 전 이대로 마리 양과의 인연을 없던 것으로 만들고 싶지 않습니다."

"왜죠?"

키엘은 답했다.

"착하고 귀엽기도 하고…… 무엇보다 마리 양은 만나면 만날수록 편안한 느낌이 들어서요."

"……!"

키엘은 살짝 웃었다.

"마리 양과는 신기하게 마음이 잘 통하는 느낌입니다. 몇 번 만나지 않았지만, 마치 오랫동안 알고 지내 왔던 것 같아요."

그건 마리도 마찬가지였다. 그녀도 키엘이 편안하고 좋았다. 그가 자신과 같은 감정을 느꼈다는 것에 마리는 묘한 기분이 들었다.

"하지만 그렇다고 제 욕심 때문에 마리 양을 곤란하게 만들고 싶지는 않습니다. 그러니 이렇게 하겠습니다."

"어떻게?"

"전 마리 양을 '마음속으로' 제 친구로 여기겠습니다."

"……!"

마리의 눈동자가 살짝 흔들렸다. 키엘은 자신의 손을 마리에게 내밀었다.

"그러니 이전처럼 편하게 대하긴 어렵더라도, 마리 양도 마음속으론 저를 친구로 여겨 주시면 안 되겠습니까?"

그녀는 입술을 지그시 깨물었다. 알 수 없는 감정이 휘몰아쳤다. 클로얀 왕성에 들어간 이후로 그 누가 자신을 이렇게 생각해 주었단 말인가? 그녀는 혼란스러운 눈으로 키엘이 내민 손을 한참이나 바라보았다. 그러다 결국,

"……네, 각하."

주저하며 그 손을 잡았다. 작고 부드러운 손이지만, 고된 일을 많이 해 동시에 거칠기도 했다. 마리의 거친 손바닥에 새겨진 지난 세월을 짐작한 키엘은 순간 안쓰러운 감정을 느꼈다.

"마리 양."

"네?"

그는 손을 잡은 채 마리에게 말했다.

"그래도 단둘이 있을 때는 키엘이라 불러 주시지 않으시겠습니까?"

한편 그때, 마리와 키엘이 있는 으슥한 정원에는 그들만 있는 게 아니었다.

"도대체 무슨 이야기를 하고 있는 거지."

무언가 못마땅함이 가득한 음성. 그 목소리의 주인은 놀랍게도 철가면을 쓴 황태자였다. 황태자는 인상을 찌푸렸다.

'왜 이렇게 계속 답답한 거지.'

그는 한숨을 내쉬었다. 황태자가 그들을 일부러 훔쳐보고 있었던 것은 아니었다. 연회 내내 알 수 없이 계속 답답한 마음이 들어 연회장 주변을 산책 나왔다가 우연히 시녀 마리가 마술 쇼를 하는 것을 보게 된 것이다.

'저 소녀가 마술을?'

상상도 못 했던 모습이라 그는 깜짝 놀랐다. 수준도 낮아 보이지도 않았다.

'대단하군. 거의 전문가급의 실력이야. 그런데 저 시녀는 어떻게 마술을 할 줄 아는 거지?'

황태자는 고개를 갸웃했다. 물론 마술이야 연습하면 할 수 있는 거지만, 시녀와 마술은 전혀 어울리지 않았다.

'요리 솜씨도 굉장하고.'

얼마 전 그녀가 백합궁의 주방에서 요리를 하던 것이 떠올랐다. 그것 역시 전문 셰프 이상의 솜씨였다.

'다재다능하군. 단순한 시녀로 두기 아까울 정도야.'

그는 속으로 중얼거렸다. 그런데 그렇게 생각한 순간이었다. 한 가지 생각이 그의 머리를 스쳐 지나갔다.

'그때 음악가나 조각사의 일도 혹시 저 시녀가?'

그는 미궁에 빠진 두 사건을 떠올렸다. 근위 기사단까지 동원했는데도 범인(?)의 그림자도 못 찾고 있었다.

'두 사건 모두 저 시녀가 주변에 있었지.'

라엘의 머리에 자꾸만 같은 의혹이 떠올랐다. 하지만 늘 그렇듯 그는 고개를 저었다. 너무 말이 안 됐기 때문이다. 직접 눈으로 보면 모를까, 일개 평범한 시녀가 천사가 한 듯한 음악과 조각을 표현했을 거라고는 도저히 생각할 수 없었다.

그런데 그가 그렇게 의문에 잠겨 있을 때였다.

'잠깐.'

황태자는 인상을 찌푸렸다. 키에르한 후작이 마리에게 가까이 다가오는 것이 눈에 들어왔다.

'저놈이 마리에게는 왜?'

그냥 우연히 다가온 건가 했는데, 그건 아닌 것 같았다. 대화를 나누는 모습이 굉장히 친근해 보였던 것이다. 황태자는 자신도 모르게 주먹을 움켜쥐었다. 왜일까? 아까 전부터 느껴지던 답답함이 더 심하게 느껴졌다. 그 답답함은 마리가 키에르한에게 웃음을 보일 때마다 더욱 커졌다.

"……거슬리는군."

자신도 모르게 그렇게 중얼거린 황태자는 흠칫 놀랐다. 뭐가? 뭐가 거슬리는 거지? 저 시녀가 누구와 대화를 나누며 웃음을 보이든 불쾌한 기분이 들 이유는 전혀 없잖아? 황태자는 고개를 저었다.

'뭐 하는 거냐, 라엘. 꼴사납게 남이나 훔쳐보고. 돌아가자.'

그렇게 생각하며 돌아가려는 찰나, 라엘의 눈동자가 흔들렸다. 키에르한이 손을 내밀고, 마리가 그 손을 맞잡는 모습을 본 것이다.

"……."

라엘은 입술을 강하게 깨물었다. 순간 붉은 입술이 하얗게 물들었다.

'정신 차려, 라엘. 왜 기분 나빠하는 거지?'

그저 서로 손을 잡았을 뿐이다. 특별한 사이가 아니어도 흔하게 할 수 있는 악수. 기분 나빠할 이유가 없다. 아니, 설혹 그들이 정말로 특별한 사이라도 자신이랑 무슨 상관이란 말인가?

머릿속으로는 그렇게 생각하고 있지만. 그렇지만 지난번 마리가 황제 요한과 같이 있을 때부터 느꼈던 이해할 수 없는 감정이 그의 가슴에 휘몰아쳤다.

"……아무래도 내가 오늘 술을 너무 많이 마셨나 보군. 돌아가서 쉬어야겠어."

그러나 황태자는 자리에서 벗어나지 못했다. 그는 차마 발걸음이 떨어지지 않아 그녀의 얼굴을 계속 바라보았다. 결국, 황태자는 그녀가 키에르한과 헤어져 연회장 쪽으로 사라지고 난 후에야 한숨을 내쉬었다.

"하아."

가슴의 답답함이 더욱 커졌다.

마리는 그날 밤 편안하게 잠자리에 들었다.

"헤헤."

마리가 기분 좋게 웃자, 같은 방을 쓰는 동료 제인이 물었다.

"마리, 무슨 좋은 일 있어?"

"아, 아니야!"

"……?"

"아무것도 아니야. 잘 자!"

제인은 고개를 갸웃했다. 평소와 다르게 마리가 굉장히 들떠 보였던 것이다. 실제로 마리는 지금 기분이 무척 좋았다. 첫 번째로, 다행히 별일 없이 꿈이랑 관련된 일이 끝났다. 마술사 꿈을 꾼 후 또 무슨 일을 겪을까 굉장히 노심초사했는데, 별 탈 없이 넘어가서 다행이었다. 꼬마 황자에게 마술을 보여 줬을 뿐, 누구의 눈길도 끌지 않았다.

'이런 종류의 일이라면 10번도 해도 괜찮아.'

그리고 두 번째 기분 좋은 일.

"단둘이 있을 때는 키엘이라 불러주시지 않겠습니까?"

그녀에게 친구가 생겼다! 마리는 헤헤 미소 지으며 생각했다.

'물론 일반적인 친구라 하기는 어렵겠지만.'

그와 자신 사이에는 하늘과 땅 같은 신분의 차이가 났다. 따라서 보통의 친구들처럼 친근하게 지낼 수는 없었다. 하지만 꼭 허물없이 지내야 진정한 친구인 것은 아닐 테니까. 가깝게 지낼 수는 없다고 해도, 키엘처럼 착하고 편안한 사람과 친구가 되었다는 것이 행복했다.

'매일 오늘만 같았으면.'

그렇게 생각하며 그녀는 눈을 붙였다. 기분이 좋아 오늘 밤은 좋은 꿈을 꿀 수 있을 것만 같았다.

좋은 꿈을 꾸길 바란 탓일까? 마리는 그날 밤 또 꿈을 꾸었다. 그런데 그녀가 바라던 아기자기하고 행복한 꿈과는 거리가 멀었다.

「왓슨, 이것 좀 보게.」

「이게 뭐지?」

「피해자의 집에서 발견된 목도리야.」

범죄 사건을 조사하는 탐정이 되는 꿈을 꾼 것이다!

'……이건 또 왜?'

꿈속을 보며 마리는 절망하여 생각했다. 겨우 하루 행복하게 지냈건만, 이번엔 범죄 사건을 수사하는 꿈이라니? 더구나 그냥 사건도 아닌, 강력 범죄 사건이다.

'나한테 또 무슨 일이 일어나게 하려고?'

그녀의 절망과 별개로 꿈은 차분히 진행되었다.

「자네는 이 목도리에서 무엇을 발견할 수 있겠나, 왓슨?」

「글쎄…… 그냥 평범한 목도리인데? 거리에 나가면 비슷한 목도리를 100개는 볼 수 있을 걸세.」

왓슨이라 불린 조수의 말에 꿈속의 주인공은 고개를 저었다.

「아니야. 이 목도리는 우리에게 여러 귀중한 정보를 주고 있어. 이 목도리는 범행이 우발적이었다는 것과 범인이 혼자 산다는 것, 동시에 왼손잡이에, 굉장히 비만한 체형을 하고 있고, 외부에서 일하는 직업을 가지고 있다는 점을 알려 주고 있지.」

그의 '프로파일링'을 들은 꿈속의 조수 왓슨은 깜짝 놀라 물었다.

「아니, 그걸 어떻게 알 수 있지?」

「그야 간단해.」

꿈속의 주인공은 담배 연기를 들이마시며 말했다.

「계획적인 범죄였으면 결코 목도리를 놓고 가지 않았을 걸세. 우발적으로 범죄를 저지르고 당황해 놓고 간 것이지. 그리고 이 목도리는 해지고 낡았는데도 한 번도 손질하거나 세탁한 흔적이 없네. 부인이나 부모처럼 같이 사는 사람이 있었으면 이렇게 낡고 더러운 목도리를 그냥 놔뒀을 가능성은 적어. 대충 빨래라도 했겠지.」

그렇게 꿈속의 주인공은 하나하나 자신이 추측하는 바를 이야기했다.

「이렇듯 모든 단서는 관찰에서 알아낼 수 있네. 누구나 할 수 있는 간단한 일이야.」

그 말에 조수 왓슨은 절레절레 고개를 저으며 꿈속의 주인공을 바라보았다.

「누구나 할 수 있는 게 아니야. 자네이니까 가능한 것이네.」

그러며 왓슨은 꿈속 주인공의 이름을 불렀다.

「셜록 홈즈.」

"……!"

마리는 화들짝 놀라며 잠에서 깨어났다.

'이건 또 무슨 꿈이야.'

그녀의 얼굴이 심각해졌다.

'수사관의 꿈이라니. 연회장에서 무슨 사건이라도 일어난단 말이야?'

이전 전쟁터의 꿈도 무서웠지만, 이것도 만만치 않았다.

'설마. 그렇게 높으신 분이 많이 모여 있는데. 근위 기사단이 철저히 경호하고 있고.'

하지만 그녀는 곧 고개를 저었다.

'아니야. 아무리 경호가 철저해도 사건 사고는 일어날 수 있어.'

잠들기 전만 해도 행복했었는데, 갑자기 한없이 마음이 무거워졌다.

'어떻게 해야 하지?'

그녀는 고민했다. 하지만 이전까지 늘 그랬듯, 미리 대처하기는 어려웠다. 일단 꿈을 꾸었으니 관련된 일이 일어나긴 하겠지만, 그게 반드시 범죄 사고라고는 확정할 수는 없었다. 어제 마술사 꿈처럼 연관된 일이 어떤 종류일지는 전혀 짐작할 수 없는 것이다. 범죄가 아니라 완전히 의외의 일일 수도 있었다.

'그렇다고 안심하고 있을 수도 없고. 어디서 무슨 일이 일어날지도 모르는데 미리 가서 대기하고 있을 수도 없고.'

마리는 한숨을 내쉬었다. 답답했다.

'일단 연회장에 수상한 사람은 없는지, 이상한 기미는 없는지 잘 살펴보자.'

그렇게 결론 내린 마리는 연회장으로 향했다. 글로리아 홀은 축제의 클라이맥스인 대연회를 앞두고 한창 분주했다.

'이제 오늘의 대연회와 이틀 뒤에 있을 가면무도회만 지나면 축제도 끝이구나.'

그녀는 낮게 한숨을 내쉬었다. 다른 이들은 축제가 끝나는 것이 아쉽겠지만, 시녀들은 달랐다. 축제 때 워낙 고생하다 보니 빨리 끝나서 쉬고 싶은 생각이 들었다.

'어차피 나야 가면무도회에 초청받을 일은 없을 테니 오늘만 지나면 한결 낫겠지.'

마리는 속으로 중얼거렸다.

'제발 별다른 일 없이 축제가 끝나야 할 텐데.'

자꾸 어젯밤 꾸었던 꿈이 떠올라 불안한 마음이 들었지만, 별다른 기미는 보이지 않았다. 대연회가 시작되기 전의 연회장은 평온하고 즐거운 기운만 맴돌고 있었다.

'일단 대연회 먼저 준비하자. 할 게 많으니.'

그런데 마리가 대연회를 준비하며 분주히 돌아다니고 있을 때였다. 반가운 목소리가 그녀를 불렀다.

"마리 양?"

고개를 돌리니 나무 막대기를 들고 있는 부드러운 인상의 청년이 그녀를 향해 웃고 있었다. 황실 오케스트라단의 마에스트로 바한이었다! 바한은 반갑다는 듯 웃으며 말했다.

"오랜만이에요. 잘 지내셨나요?"

"아, 네! 마에스트로께서도 그간 잘 지내셨나요?"

"저야 잘 지냈지요."

오랜만에 만난 둘은 잠시 대화를 나누었다.

"정식 악장이 되셨다고 들었어요. 축하드려요."

"축하는요. 부끄러울 뿐입니다. 저같이 부족한 사람 말고 '그분'이 악장이 되셨어야 하는데."

안타까움이 느껴지는 바한의 말에 마리는 어색한 미소를 지었다. 음악에 영혼을 바친 바한은 아직도 전원 풍경 교향곡을 완성한 정체불명의 음악가를 찾고 있는 듯했다.

"반드시 찾아 가르침을 받겠습니다!"

당시 그의 말이 떠오르자 그녀는 속으로 식은땀을 흘렸다. 바한은 그 음악가가 자신 바로 앞에 있는 시녀란 것은 꿈에도 생각하지 못할 것이다.

"오늘 대연회 때 음악을 연주하시는 거죠?"

"네, 이제 곧 연회가 시작되니 미리 나와서 준비하고 있었습니다."

연회 때 춤곡이나 배경이 되는 음악을 연주하는 것은 궁정악단의 중요한 업무였다. 오늘 대연회의 음악도 그들 황실 오케스트라가 연주할 예정이었다.

"그러면 다른 단원분들은?"

"이제 곧 연회가 시작되니 악기를 가지러 갔습니다. 벌써 도착했어야 하는데, 조금 늦네요. 아마 지금 오고 있을 겁니다."

마리는 고개를 끄덕였다. 그때 한 선배 시녀가 마리에게 말했다.

"마리, 3층에서 테이블보 좀 가져다줄래?"

"아, 네!"

마리는 바한에게 고개를 숙였다.

"그러면 오늘 대연회 때 음악 기대할게요, 마에스트로."

"네, 그러면 마리 양도 수고하세요."

마리는 연회장 구석에 있는 계단을 통해 3층으로 올라갔다.

'으, 역시 3층은 어두워.'

글로리아 홀은 커다란 연회장이 있는 1층과 연회장의 주변 테두리를 감싸듯이 둘러싸고 있는 2층과 3층으로 이루어져 있다. 2층과 3층은 가운데 공간이 비어 있어 연회장이 내려다보이게 설계되어 있었고, 그중 발코니가 있는 2층은 연회 중 휴식을 취하는 장소로 사용되었다. 반면 저 높이 위치한 3층은 계단으로 올라가기가 쉽지 않아 연회에 필요한 물품을 보관하는 용도로 사용하고 있었는데, 빛이 잘 닿지 않아 굉장히 어두웠다.

'테이블보가 어디에 있지? 가운데에 있다고 들었는데.'

마리는 창고 같은 3층을 뒤지다 의외의 물건들을 발견하였다.

"와, 이게 가면무도회 때 쓸 가면이구나?"

3층 한구석에 예쁘게 꾸며진 가면이 수북하게 쌓여 있었다. 보통은 자신의 가면을 가져오는 것이 일반적이지만, 원할 경우에는 황궁에서 가면을 마련해 주었다.

"와, 이건 눈만 살짝 가리네. 이건 조금 야해 보인다."

마리는 신기하단 얼굴로 가면들을 살폈다. 얼굴 전체를 가리는 것, 일부만 가리는 것, 가죽 재질, 동물무늬, 보석으로 장식된 것까지 종류가 굉장히 다양했다.

"어, 여기 피아노도 있네?"

생각지도 못 한 곳에서 피아노를 발견한 마리는 놀란 표정을 지었다. 홀에 놓인 피아노와 다르게 낡아 보였는데, 아마 신형 피아노를 들여오며 이쪽으로 옮겨진 것 같았다.

'음색은 괜찮나?'

마리는 살짝 건반을 눌러 보았다.

딴~!

생각보다 커다란 소리가 울려 마리는 움찔 놀랐다.

'피아노의 음량이 굉장히 크네.'

가운데 공간이 뚫려 있고, 천장으로 소리가 모이게 되어 있는 글로리아 홀의 구조상 이곳에서 연주하면 연회장 전체로 소리가 퍼질 것 같았다. 마리는 흥미가 돋아 피아노를 이리저리 살폈다.

'삐걱삐걱 낡긴 했지만, 지금도 연주용으로 써도 큰 무리는 없을 것 같아.'

이전 꿈꾸었던 '모차르트'의 기운이 다시 맴도는 것일까? 그녀는 자신도 모르게 한참이나 피아노를 살폈다. 그러다 한번 연주해 보고 싶다는 생각이 들자 화들짝 고개를 저었다.

'무슨 쓸데없는 생각이야. 빨리 테이블보나 찾아서 내려가자.'

마리는 구석에 놓인 테이블보를 찾아 1층으로 다시 내려왔다. 내려오니 시각은 오후 5시 50분. 10분만 있으면 대연회가 시작할 시간이라, 홀 곳곳이 귀족들로 붐볐다.

"여기 테이블보 가져왔습니다."

마리는 선배 시녀에게 테이블보를 가져다주었다.

"어, 어."

그런데 선배 시녀의 표정이 이상했다. 무언가 곤란한 표정을 짓고 있었다.

"선배님?"

"큰일 났어, 마리."

"네?"

선배 시녀의 다급한 목소리에 마리는 눈을 크게 떴다.

"오케스트라단의 악기를 보관하는 곳에 화재가 나서, 악기가 모두 불타 버렸대!"

"……!"

생각지도 못 한 이야기에 마리는 눈을 커다랗게 떴다.

이게 무슨 말인가?

"다행히 다른 곳으로 번지기 전에 불길이 잡혀 인명 피해는 없지만, 보관하던 물건들은 모두 못 쓰게 되었나 봐요."

마리는 이상하단 생각이 들었다.

'왜 갑자기 악기를 보관하는 곳에 불이난 거지? 그것도 대연회 시작 직전에.'

물론 화재는 언제 어느 때든 날 수 있다. 특히 이 시대에는 조명으로 촛불이나 램프 등 불을 직접적으로 사용했으니, 화재가 흔한 편이다. 하지만 어젯밤 꾼 꿈 때문일까? 그녀는 이상하다는 생각이 들었다.

'물건을 보관하는 방의 촛대는 화재의 위험을 대비해 흔들려 떨어지지 않도록 단단히 고정하게 마련인데 어떻게 하다가 불이 난 거지?'

각 방에 놓인 등불을 관리하는 것도 시녀의 업무였다. 담당 시녀들은 불이 나지 않게 하기 위해 철저히 관리한다. 직접 그 일을 해본 마리는 왜 불이 난 건지 의문이 들었다.

'그냥 관리 소홀로 인한 단순 화재인가? 아니면…….'

마리는 조심히 생각했다.

'혹시 의도된 방화는 아니겠지?'

하지만 그녀는 곧 고개를 저었다.

'아니야. 특별한 증거를 본 것도 없는데, 그렇게 생각하는 것은 지나친 비약이야.'

그녀는 아직 현장을 보지도 못 했다. 아니, 현장은커녕 어떤 상황이 있었는지 전해 듣지도 못 했다. 그녀는 일단 화재의 원인에 대한 생각은 접었다. 고민한다고 원인을 알 수 있는 것도 아니었고, 어차피 지금 당장 중요한 것은 그것이 아니었다.

'악기가 상했으면 대연회는 어떻게 되는 거지?'

음악 없는 연회라니. 세상에! 말도 안 되는 일이었다. 마리는 시선을 돌려 오케스트라단을 바라보았다. 악장 바한을 비롯한 몇몇 사람이 새하얗게 질려 당황하고 있었다.

"가, 갑자기 불이라니."

"이제 곧 연회가 시작하는데. 이를 어떻게…….”

궁내부장 길버트 백작이 그들에게 펄쩍펄쩍 뛰었다.

"아니, 이제 어떻게 할 건가?! 도대체 악기 관리를 어떻게 했기에! 오늘은 대연회 날이라 제국의 귀족들은 물론, 외국의 사절들도 모두 참석할 거란 말이야!"

"지금 다른 곳에 보관 중인 여분의 악기를 급하게 가져오고 있습니다.”

악장 바한은 창백한 얼굴로 고개를 조아렸다. 불이 난 것은 그가 잘못한 것이 아니지만, 악장인 그는 악단에서 발생하는 모든 일의 책임을 져야 했다.

"다른 악기를 가져오고 있다고? 얼마나 걸리는데?"

"거리가 조금 있어 앞으로 20~30분 정도 기다려야 할 것 같습니다.”

"20~30분?"

길버트 백작은 그게 무슨 말도 안 되는 이야기냐는 듯 화를 내었다.

"지금 당장 연회를 시작해야 하는데, 20~30분이나 걸린다고?! 그게 지금 무슨 말도 안 되는 소리인가!"

"죄, 죄송합니다. 조금만 연회 시작을 연기하면…….."

"연기? 이게 무슨 동네 티 파티인 줄 알아?!"

악장 바한은 눈을 질끈 감았다. 궁내부장의 말이 옳았다. 무려 제국 탄신 축제의 대연회 날이다. 수많은 귀빈 앞에서 구겨질 황실의 권위는 둘째 치고, 대연회 중간에 무수히 많은 세부 일정이 계획되어 있어 시작 시간 변경은 불가능했다. 무조건 정해진 시간에 시작해야 한다.

그때, 한 시종이 와서 곤란한 얼굴로 물었다.

"각하, 이제 곧 6시 정각이옵니다. 어떻게 해야 할지?"

길버트 백작의 얼굴이 일그러졌다. 6시 정각이 되면 오케스트라단이 짧은 전주곡(프렐류드)을 연주함으로써 연회의 시작을 알린다. 그리고 곧바로 춤곡이 이어지는데, 사람들은 그 음악에 맞춰 춤을 추고 본격적인 연회가 시작된다.

"각하, 명령을…….."

시종이 재촉하자 길버트는 버럭 화를 내었다.

"시끄러! 잠깐만 기다려 봐!"

그는 머리를 쥐어뜯으며 생각했다.

'어떻게 하지? 오늘은 황태자 전하께서도 연회장에 일찍 도착한다 하셨는데. 신이여, 왜 내게 이런 시련을.'

하지만 고민한다고 수가 나올 리가 없었다. 연회의 시작을 알릴 음악을 연주할 악기가 없는데 어떻게 하겠는가? 그렇게 정해진 시간이 되어도 연회가 시작되지 않자, 연회장에 참석한 사람들은 의문을 품었다.

"시작할 시간이 되었는데? 무슨 일이 있는 건가?"

"뭐지?"

웅성거림은 점차 커졌고, 길버트와 악장 바한은 좌불안석으로 어쩔 줄 몰라 했다. 탄신 축제의 클라이맥스인 대연회를 악단의 음악 없이 시작해야 한다니! 사상 초유의 일이었다.

'이 일을 어떻게 책임져야 할지.'

악장 바한은 눈을 질끈 감았다. 자신의 오케스트라 때문에 일 년 중 가장 중요한 행사의 시작이 망쳐졌다. 그 책임은 결코 가볍지 않으리라.

"일단 시작해! 뭐라도 좋으니, 아무 음악이나 시작하란 말이야!"

길버트의 외침에 바한은 입술을 질끈 깨물고 악단을 살폈다. 그나마 몇몇 단원이 자신의 악기를 가지고 있었다.

'바이올린 1대, 비올라 1대, 첼로 1대. 안 돼. 이 악기들로 연주를 해 봤자, 연회에 참석한 사람들의 소리에 묻힐 거야.'

연회 음악은 조용한 공연장에서의 음악과 다르다. 사람들이 내는 소리로 시끌벅적하기 때문에 크고 다채로운 음량이 필요했다. 그래서 오케스트라단 전체가 연회의 연주를 맡는 것이다.

'저 악기들로는 춤곡은 어떻게든 간신히 가능하겠지만, 연회의 시작을 알리는 서곡은 무리야. 연회의 시작을 기념해야 하니 만약 연주할 거면 오케스트라의 웅장한 음량을 대체할 수 있는 소리여야 해.'

하지만 그런 음악을 지금 어떻게 연주한단 말인가? 오케스트라단 없이는 불가능한 일이었다. 기적이라도 일어나지 않는 한 도저히 방법이 없었다.

'정말 이대로 대연회의 시작을 망쳐야 한단 말인가? 신이여, 제발 기적이라도 일으켜 주시옵소서.'

바한은 절망하여 기도했다. 그런데 그 순간.

딴!

어디선가 높고 높은 고음이 길게 울려 퍼졌다. 커다란 피아노 소리였다.

"……?!"

"뭐지? 저 위에서 무슨 소리지?"

사람들이 놀라 웅성거렸다. 그 웅성거림이 가라앉기도 전에 터질 듯이 격렬한 건반 소리가 연회장에 축포를 터뜨렸다. 마치 축제의 기쁨을 널리 알리는 나팔 소리 같은 음색이었다. 그리고 곧바로 이어지는 부드러운 선율.

'아니, 이 소리는?'

악장 바한은 자신도 모르게 주먹을 움켜쥐었다. 신이 그의 기도를 들어주기라도 한 것일까? 기적처럼 아름다운 선율이 연회장에 내려앉았다. 마치 하늘의 천사가 직접 연주하는 듯한 선율.

'도대체 누가?'

바한은 멍하니 생각하였다.

나팔을 불듯 높고 격렬한 음으로 축제의 시작을 축하한 선율은 산들바람처럼 부드럽게 변하였다. 나들이를 나가듯 행복한 소리는 푸가 형식으로 주제를 거듭하며 깊은 의미를 담아 갔고, 듣는 사람을 점차적으로 천상의 행복을 향해 이끌어 갔다. 오늘의 대연회가 행복할 것이란 것을, 그리고 이 자리에 참석한 모두가 축복받을 것이라고 말하는 듯한 멜로디였다.

"아름다워."

"이런 전주곡이라니."

연회장의 모두는 홀린 듯한 표정으로 음악을 들었다. 웅성거리던 소리는 어느새 조용해졌다. 마치 고요한 공연장에 온 것처럼 모두 입을 다물고 음악에 빠져들었다.

"이 대연회장에 천사라도 온 것인가."

누군가의 중얼거림에 모두가 고개를 끄덕이며 수긍했다. 음악은 축제를 축하하듯 밝고 즐거우면서도, 거기에만 머물지 않았다. 주제가 반복되며 점차 고조되는 음색은 듣는 사람들을 드높은 고양감으로 이끌며, 마치 신이 축복을 내려 주는 듯했다.

"연회의 시작을 알리는 전주곡으로 이런 음악을 듣게 되다니, 대단하군."

"맞습니다. 그동안 살면서 수많은 음악을 들어 왔지만, 이렇게 아름답게 마음을 울리는 음악은 처음입니다."

귀족들은 고개를 끄덕이며 감탄했다. 그리고 또 한 명 감탄하는 사람이 있었는데, 바로 철가면을 쓴 황태자였다.

'누구지? 누가 또 이런 음악을?'

황태자 라엘은 연회장 입구에 우뚝 서서 음악을 듣고 있었다. 대연회 날이라 시간에 맞춰 글로리아 홀에 도착한 그는 생각지도 않게 아름다운 선율에 발걸음도 멈추고 음악에 귀를 기울이고 있었던 것이다.

'이건…… 그때 수정궁에서 들었던 피아노 연주와 비슷하지 않은가?'

황태자 라엘의 머리에 이전에 들었던 그 음악이 떠올랐다. 마치 전원에 와 있는 듯한 편안함을 느끼게 해준 연주. 끝내 연주자를 찾지 못한 그 연주와 지금 연주는 기묘하게 닮은 면이 있었다.

다른 사람이 들었으면 몰랐을 것이다. 하지만 음악에 조예가 깊은 라엘이었기에 알 수 있었다. 그때의 전원 풍경 연주와 지금 저 전주곡의 연주는 분명 유사점이 있었다.

'혹시 저곳에 그때의 연주자가?'

황태자는 철가면 아래로 음악이 들려오는 곳을 바라보았다. 음악은 하늘, 아니, 천장 바로 아래 놓인 3층에서 들려오고 있었다.

한편, 그 3층에서는 작은 체구의 소녀가 정신없이 손을 움직이며 피아노 건반을 누르고 있었다. 천상에서 내려온 듯한 음악을 만들어 내고 있는 것과 다르게 소녀의 얼굴은 새하얗게 질려 있었다.

'내가 미쳤어! 어쩌려고!'

마리는 속으로 계속해서 외쳤다.

'이렇게 사람이 많은 곳에서 피아노 연주를. 들키면 어떻게 하려고?!'

마리는 울고 싶은 기분이었다. 사실 그녀는 나설 생각이 전혀 없었다. 저렇게 수많은 사람 앞에서 연주했다가 들키면 뒷감당이 되지 않았다. 하지만 자신에게 항상 잘해 주던 악장 바한의 얼굴이 계속해서 사색으로 변하는 것을 보자 도저히 외면할 수가 없었다. 아니, 처음엔 억지로 외면하려 했으나 그가 절망의 한숨을 내쉬는 것을 보자 모른 척할 수가 없었다.

'빨리 서곡만 마무리하고 내려가자! 이어질 춤곡은 마에스트로 바한이 알아서 연주할 거야. 춤곡은 연회의 시작을 알리는 서곡처럼 강렬한 음색이 필요하지 않으니, 지금 있는 적은 숫자의 악기만으로도 가능해.'

그래도 그나마 다행인 것은 사람의 눈길이 안 닿는 3층에 피아노가 있다는 것을 미리 안 것이었다. 만약 이 피아노의 존재를 몰랐다면 아무리 그녀라도 나서지 못했을 것이다.

'축제의 시작을 알리는 서곡은 보통 3~5분 정도이니 남들이 올라오기 전에 끝내고 내려갈 수 있어!'

그녀는 그렇게 생각하며 손을 움직였다. 들킬지도 모른다는 걱정에 가슴이 터질 듯 두근거렸다. 물론 5분이라는 짧은 시간 만에 누가 올라올 가능성은 적었으나, 그래도 걱정되었다.

'빨리! 최대한 빨리!'

그런 마리의 마음이 반영된 탓일까, 종결부로 향하는 연주의 템포가 점차 빨라졌다. 알레그로(빠르게)에서 비바체(아주 빠르게)로, 비바체에서 비바치시모(가장 빠르게)로. 그녀의 손가락이 최고의 비르투우소의 것처럼 현란하게 움직였으며, 마치 작렬하는 듯한 최고의 테크닉이 클라이맥스의 주제를 터뜨려 내며 곡이 마무리되었다.

"브라보!"

"최고다!"

격정적인 성정을 지닌 이탈리아 반도에서 온 사절들이 감탄을 외쳤다. 곧 연회장 전체에 박수 소리가 울려 퍼졌다.

짝짝짝짝!

원래 서곡 연주가 끝났다고 박수가 나오는 경우는 없었다. 연회의 일부분이기 때문이다. 하지만 이번은 달랐다. 연회의 서곡이란 것을 떠나 모두가 깊이 감탄했기에 마음으로 박수를 치는 것이다. 하지만 정작 놀라운 연주를 끝낸 마리의 귀에는 그런 청중들의 환호가 들려오지 않았다.

'빨리 도망가야 해!'

그녀는 허겁지겁 피아노에서 일어나 계단을 향해 뛰어가고 있었다. 연주가 끝났으니 누군가 3층으로 올라올 수도 있다. 그러면 빼도 박도 못 하고 들킬 것이다.

'바로 밑의 2층으로만 가면 돼! 거기서 시중을 들고 있었던 척하면 아무도 모를 거야.'

곧 밑의 대연회장에서 잔잔한 음악이 흘러나왔다. 정신을 차린 마에스트로 바한이 이어 춤곡을 지휘하기 시작한 것이다. 하지만 사람들은 춤을 출 생각을 하지 않고 박수를 이어갔다. 모두 마리가 한 연주의 여운에서 벗어나지 못하고 있었다.

'됐어! 다 왔어!'

드디어 3층의 계단 입구까지 도착한 마리는 안도의 한숨을 내쉬었다. 이 계단만 내려가면 위기 탈출이었다. 하지만 그녀가 계단에 발을 디디려는 순간이었다. 가슴이 내려앉는 소리가 들려왔다.

끼익. 끼익.

3층으로 이어진 목조 계단이 흔들리는 소리.

"⋯⋯!"

누군가 이곳으로 올라오고 있었다. 힐끗 아래를 내려다본 마리의 얼굴이 사색으로 변했다. 얼굴의 반을 덮고 있는 차가운 철제 가면. 올라오고 있는 이는 그녀가 세상에서 가장 두려워하는 황태자 라엘이었다.

이윽고 3층에 도착한 황태자 라엘은 주변을 둘러보았다.

"저 피아노로 연주한 것인가?"

구석에 낡은 피아노가 보였다. 그는 피아노 앞으로 가더니 건반을 눌러 보았다.

"관리가 안 돼 뻑뻑한데, 이런 피아노로 그런 연주를. 대단하군."

그는 다시 한번 감탄했다.

"그런데 연주자는 어디에 있는 거지?"

라엘은 3층 전체를 훑어보았다. 3층은 1층이 내려다보이게 뚫린 커다란 빈 공간을 중심으로 해서 테두리 부위에 난간이 나 있는 구조였다. 그래서 한눈에 시야가 들어오지 않았다.

"저쪽인가?"

그는 반대쪽으로 발걸음을 옮겼다. 수북이 쌓여 있는 보관물들을 헤치며 반대 난간에 도착한 그는 인상을 찌푸렸다.

"뭐지? 왜 없지? 이쪽이 아니었던 건가?"

고개를 갸웃한 그는 다시 반대쪽 난간을 살폈다. 하지만 마찬가지였다. 아무도 없었다.

"이미 내려간 건가?"

라엘은 이해할 수 없다는 표정을 지었다. 음악을 듣자마자 바로 올라온 것인데, 그사이 아래로 내려갔다고? 혹시 다른 통로가 있나 살폈지만 없었다. 그가 올라온 허름한 목조 계단 외에 이 3층에서 내려갈 방법은 없었다.

'뭐지?'

그는 다시 3층을 살폈다. 3층은 옷, 테이블, 의자, 보관함 등등 수많은 보관물 때문에 정신이 하나도 없었다.

'혹시 저 보관물들에 가려 못 본 건가?'

그는 다시 3층을 돌아다니며 구석구석을 살폈다. 제국을 지배하는 황태자가 하기에는 굉장히 수고로운 일이었지만, 그는 이번에야말로 꼭 그 연주자를 찾고 싶었다.

한편 그 연주자는 라엘의 예상대로 아직 3층에 있었다. 연주자 마리는 침을 꿀꺽 삼키며 생각했다.

'왜, 왜 안 내려가는 거지?'

그녀는 구석에 놓인 보관함 아래 칸에 쪼그려 앉아 숨어 있었다. 자신을 발견하지 못한 황태자가 내려가기만을 기다리고 있는데, 도무지 그럴 기미가 안 보였다. 오히려 보관물을 이리저리 들추며 이곳저곳을 샅샅이 살피고 있었다. 황태자가 점차 자신 쪽으로 다가오자 마리는 가슴이 터질 듯 두근거렸다.

'제발. 주님, 도와주세요. 제발. 제발.'

이대로라면 들키는 것은 시간문제로 보였다. 벗어날 길이 안 보였다. 하지만 간절한 기도에도 불구하고, 황태자는 그녀가 숨어 있는 보관함 바로 앞까지 도착했다.

'제, 제발……..'

마리의 머릿속이 하얗게 질렸다. 황태자는 그녀가 숨어 있는 보관함을 가만히 바라보고 있었는데, 설마 이런 보관함에 사람이 숨어 있을까 고민하는 눈초리였다. 마리는 속으로 간절히 외쳤다.

'제발 그냥 가 주세요! 제발.'

하지만 그녀의 바람과 다르게 황태자는 천천히 손을 들었다.

"……!"

마리는 입으로 손을 가렸다. 터질 듯한 두근거림이 밖으로 새어 나갈 것만 같았다. 그리고…….

철컥!

보관함의 문이 열리고 황태자가 중얼거렸다.

"없군."

그가 열었던 것은 그녀가 있던 곳의 바로 윗칸이었다! 마리는 긴장에 가쁜 숨을 삼켰다. 보관함 밖에서 황태자는 혀를 찼다.

"하긴 생쥐도 아니고, 이런 작은 보관함 안에 숨어 있을 리가 없지. 잘못한 것도 없는데."

그는 이해할 수 없다는 표정을 지었다. 샅샅이 뒤졌지만, 3층에는 아무도 없었다.

"정말 하늘에서 천사라도 내려왔던 것인가?"

하도 이해가 되지 않아, 그는 실없이 중얼거렸다. 물론 그럴 리는 없었다.

'아무리 찾아도 없는데, 어디에 있는 거지?'

그는 보관함을 마저 열어 볼까 하다가 고개를 저었다. 보관함은 10칸이 넘었고, 성인이 들어가기에는 너무 작았다. 조막만 한 체구가 아니라면, 여자도 들어가기 힘들 크기였다. 무엇보다 그런 경이적인 연주를 했던 연주자가 왜 보관함에 숨는단 말인가? 자신은 그 연주자를 벌하려는 게 아니라, 상을 주려는 것인데.

'모르겠군.'

그 순간 그의 머릿속에 한 가지 생각이 떠올랐다. 정체불명의 연주자를 찾을 방법이.

'혹시?'

만약 연주자가 3층에 남아 있는 게 맞다면, 이 방법을 쓰면 분명 찾을 수 있을 것이다. 고개를 끄덕인 그는 몸을 돌려 보관함에서 멀어졌다. 그리고 그대로 계단을 내려가 3층에서 사라졌다. 그렇게 그가 사라진 후, 마리는 터질 듯한 심장을 부여잡으며 보관함에서 나왔다.

"가, 갔지?"

그녀는 혼이 빠진 얼굴로 중얼거렸다. 이번에야말로 정말로 들킬 뻔했다.

'빠, 빨리 내려가자. 다른 사람이 올라오기 전에.'

그녀는 허겁지겁 흐트러졌던 머리와 옷매무새를 정리하고 계단을 내려갔다. 다행히 이번엔 아무도 올라오지 않아 무사히 연회장으로 돌아갈 수 있었다.

"마리, 어디에 갔었어?!"

"죄, 죄송합니다. 잠시 볼일을 보느라⋯⋯."

"빨리 맡은 데 가서 일해!"

선배 시녀가 화를 내었지만, 그녀는 무사히 빠져나올 수 있다는 것만으로도 감사했다.

'정말 다행이야.'

황태자가 보관함에 손을 뻗을 때, 이번에야말로 끝장이구나 싶었다. 정말 기적적으로 안 들킬 수 있었다. 하지만 마리가 모르고 있는 것이 있었다. 그녀는 아무도 모르게 3층에서 내려온 것이 아니란 것을. 계단을 후다닥 내려올 때, 누군가 그녀를 지켜보던 사람이 있었다. 바로 피의 황태자 라엘이었다. 그는 혹시나 자신이 사라진 후 내려오는 사람이 있을까 싶어 계단 뒤편에 숨어 있었는데, 마리가 내려오는 것을 목격한 것이다.

"왜 또 저 시녀가?"

황태자는 혼란스러운 목소리로 말했다.

그렇게 가슴 철렁한 사건을 뒤로하고 대연회는 마무리되었다. 마리의 연주가 끝난 후 악장 바한은 필사적으로 춤곡을 이끌었다. 사용 가능한 악기의 숫자가 적어 쉽지 않았지만, 연회장 모두 처음 서곡의 여운에서 벗어나지 못하고 있어서 큰 문제 없이 넘어갈 수 있었다.

그렇게 시간이 지난 후, 따로 보관하고 있던 악기를 가져온 오케스트라단이 도착해 제대로 된 편성을 갖출 수 있었고, 그 뒤로는 별다른 문제없이 연회가 진행되었다. 다만 사람들은 고개를 갸웃하며 궁금해했다.

"도대체 처음 서곡은 누가 연주한 것이지?"

"그러게 말입니다. 황실 오케스트라단의 음악도 나쁘지 않지만, 처음 피아노 연주를 다시 한번 듣고 싶군요."

모두 처음 피아노곡을 연주한 연주자를 궁금해했다. 황궁에 자주 들락거리는 귀부인 중 이런 말을 주고받는 이들도 있었다.

"혹시 소문의 그 천사 아닐까요?"

"천사요?"

"아, 소문 못 들으셨어요? 요즘 황궁에 하늘에서 천사가 내려와 축복을 베풀고 간다는 소문이 있어요."

"에이, 말도 안 돼요. 농담하지 마세요."

한 귀부인이 말도 안 된다는 듯 웃었다. 하지만 또 다른 귀부인이 진지한 표정으로 말했다.

"정말이에요. 장미 정원의 3황비마마의 조각상 보셨죠?"

"아, 네. 당연히 봤죠."

황태자의 친모인 3황비를 조각한 조각상은 황궁의 명물이 되었다. 단순히 외적 미형을 떠나, 사람의 마음을 울리는 내형미를 지니고 있어 보는 사람마다 감탄했다.

"어느 비 오는 날, 아무도 조각상을 건드린 적 없는데 조각이 완성되었다고 해요."

"설마……."

"네, 하늘에서 천사가 몰래 내려와 조각을 손보고 떠났다는 소문이 파다해요. 또 그것뿐이 아니에요. 황실 오케스트라단이 하는 공연의 '전원 풍경 교향곡'도 천사가 완성해 주었다고 하고……."

그렇게 귀부인들은 황궁에 축복을 내려 준다는 천사에 대해 떠들었다.

"저도 오늘 가서 기도해 보려고요. 혹시 아니요? 천사가 우리 저택에도 와 줄지."

그때 작은 시녀가 조심히 말했다.

"여기 음료 가져왔습니다."

"아, 고마워. 그러니까 그 천사가……."

한편 음료를 가져온 작은 시녀, 마리는 그들의 대화를 듣고 식은땀을 흘렸다.

'세상에 천사라니.'

자신에 대해 이런 소문이 돌고 있을 거라고는 상상도 못 했다.

'오늘 들켰으면 어떻게 됐을지.'

그녀는 남몰래 한숨을 내쉬었다. 황태자가 보관함 앞에서 손을 뻗을 때를 떠올리면 심장이 멎을 것 같았다.

'그런데.'

마리는 힐끗 시선을 돌렸다.

'왜 황태자는 계속 나를 보고 있는 거지?'

눈이 자꾸 마주치기에 처음엔 우연인가 싶었다. 하지만 아니었다. 황태자는 노골적으로 그녀를 바라보고 있었다.

'그, 그만 보지.'

마리는 속으로 울상을 지었다. 곤혹스러운 일은 그것이 끝이 아니었다.

"마리."

"……!"

황태자가 그녀를 직접 부른 것이다. 연회가 잠시 소강을 보이며 그의 주변에 아무도 없을 때였다. 마리는 놀라 고개를 숙였다.

"부르셨습니까, 전하? 혹시 필요하신 거라도?"

"필요한 것은 없다."

"그러면?"

"내일 일정이 어떻게 되지?"

마리는 순간 그의 물음의 뜻을 이해하지 못했다.

"네?"

"반드시 참석해야 하는 일이 있느냐는 말이다."

마리는 당황해 고개를 저었다. 그런 걸 왜 물어보는 거지?

"어, 없습니다."

"그렇군."

그때 피의 황태자는 청천벽력 같은 말을 하였다.

"그러면 내일 사자궁으로 오도록."

"……예?"

"너에게 할 말이 있다."

탄신 축제의 클라이맥스답게 대연회는 매우 늦은 시간에 끝났다. 첫 닭이 울 새벽에 숙소로 돌아온 마리는 쓰러지듯 침대에 누웠다. 죽을 듯이 힘들었지만, 잠에 들 생각은 전혀 들지 않았다. 황태자에게 들었던 말 때문이다.

"왜 나를 사자궁에? 무슨 할 말이 있다고?"

그녀는 이해할 수 없다는 듯 중얼거렸다. 처음 그 말을 들었을 때는 당황과 두려움에 머리가 하얗게 질렸으나, 시간이 지나며 차차 진정이 되어 차분히 생각할 수 있었다.

'정체를 들킨 것은 아니야. 만약 내가 모리나 왕녀란 것을 알았으면 조용히 사자궁으로 부르지 않았을 테니까. 일단 감옥으로 끌고 갔겠지.'

그렇게 생각하니 일단 안심이 되었다. 그녀가 황태자를 두려워하는 것은 정체를 들켜 단두대에 끌려갈까 싶어서니까.

'그러면 왜 나를 부른 걸까?'

그녀는 침대에 누워 끙끙대며 고민했지만, 도저히 떠오르는 바가 없었다. 그렇게 한참을 고민하다 그녀는 깜빡 잠이 들었다 깼는데, 무언가 이상한 것을 깨달았다.

"제인이 안 들어오네? 아직도 일이 안 끝났나?"

마리는 고개를 갸웃했다. 제인은 그녀와 같은 방을 쓰는 룸메이트였다. 벌써 3년째 같은 방을 쓰고 있었다.

'이상하다. 어제 야간 근무 날은 아니었던 것 같은데? 요즘 어디서 일하고 있다고 했지?'

같은 시녀 숙소를 사용하고 있지만, 근무하는 곳은 달랐다. 특히 마리가 중급 시녀가 되어 연회장에 들어가 귀족들의 시중을 들게 된 뒤로는 일정이 완전히 달라져 제인이 어디서 일하고 있는지 알 수 없었다.

'곧 들어오겠지.'

그렇게 생각한 그녀는 무거운 몸을 일으켜 아침을 먹기 위해 시녀 전용 식당으로 향했다. 그런데 식당에 도착한 마리는 생각지도 못 한 말을 들었다.

"제인이…… 감옥에 갇혔다고요?"

이전 마리의 상급자였던 수장이 고개를 끄덕였다.

"마리 양은 아직 못 들었나 보구나."

"어째서?"

마리는 당황해 물었다. 그녀의 룸메이트는 죄를 지을 만큼 못된 아이가 아니었다.

"어제 악단의 악기를 보관하는 곳에 불이 났다고 들었지?"

"네, 듣긴 들었는데……."

순간 마리의 머리에 한 가지 생각이 스쳐 지나갔다.

"설마?"

"그래, 맞아. 그 보관 창고의 등불을 관리하던 게 제인이야. 제인은 어제 발생한 화재의 책임을 지고 감옥에 갇혔어."

"……!"

수장은 안되었다는 듯 말했다.

"아무리 의도한 바가 아니었다고 해도, 황궁에 불이 나게 한 것은 중죄. 제인은 큰 벌을 피할 수 없을 거야."

마리는 제인을 만나기 위해 허겁지겁 감옥으로 달려갔다.

"마리?"

"제인!"

감옥에 갇혀 있던 제인은 같은 방을 쓰는 친구를 만나자 와락 눈물을 흘렸다.

"엉엉. 마리, 나 어떻게 해. 엉엉."

마음고생이 심했는지 제인은 한참을 울음을 터뜨렸다.

"엉엉. 끄윽. 나, 나 어떻게 해. 크게 벌 받을 거라는데. 나 잘못한 것 없는데. 분명 다 확인하고 나왔는데."

제인은 겁에 질려 횡설수설했다.

"나, 나 괜찮을까? 으, 응? 정말 크게 벌 받으면 어떻게 하지?"

"제인……."

마리는 그런 친구에게 해줄 말이 없었다. 아무리 의도치 않은 일이라 해도 황궁에 화재를 일으킨 죄는 컸다. 더구나 이번 일의 경우엔 오케스트라단의 악기가 상하는 등의 재산 손실도 컸으니까. 수잔의 말처럼 큰 벌이 내려질 가능성이 높았다. 제인도 그 사실을 알고 있는지 대성통곡을 하였다.

"엉엉. 엄마, 아빠. 나 어떻게 해…… 흐윽. 나 잘못한 것 없는데. 다 잘 확인하고 나왔는데. 왜, 왜 불이?! 엉엉."

마리는 제인의 말에 이상한 점을 느꼈다.

"문제없는지 다 잘 확인하고 나왔지?"

"끄윽. 다, 당연하지. 몇 번이나 확인했는데 왜 불이?"

마리는 고개를 갸웃하며 생각했다.

'조금 이상해. 도대체 어떻게 불이 난 거지?'

꼼꼼히 관리하고 있었는데 왜 불이 난 걸까? 순간 그녀의 머릿속에 꿈속 주인공의 말이 떠올랐다.

「모든 증거는 현장에 있다네. 그리고 그 증거를 발견하는 것은 꼼꼼한 관찰이지.」

"……!"

마리는 입술을 깨물었다.

'혹시? 단순 화재가 아닌 것은 아닐까?'

그녀는 방화의 가능성을 생각했다.

'단순 화재일 가능성도 높지만 무언가 이상해. 왜 하필 대연회가 시작하기 전 오케스트라단의 악기가 보관된 곳에 불이 났을까?'

물론 우연일 수도 있지만, 너무 공교로웠다. 제인은 친구가 아무런 말없이 있자 훌쩍이며 물었다.

"끄윽, 마리?"

"제인, 나 잠시 다녀올게."

"어디에?"

"화재 현장에!"

"마, 마리?

마리는 입술을 깨물며 생각했다.

'혹시나 제인의 잘못이 아닌지를 밝히려면, 화재에 수상한 점은 없었는지 밝혀내야 해. 그리고 그 답은 화재 현장에 있을 거야!'

마리는 서둘러 화재 현장에 도착했다. 불이 났던 곳은 평소 오케스트라단이 공연을 연습하는 장소인 수정궁 밑의 지하에 위치한 보관 창고였다.

'빨리 들어가서 보자.'

그런데 마리는 의외의 난관에 마주쳤다.

"들어갈 수 없다."

딱딱한 얼굴의 기사가 화재 현장을 지키고 있었던 것이다. 마리는 놀라 기사를 바라보았다. 하얀 제복의 금색 수실.

'황실 친위대 제복! 왜 황실 친위대의 기사가?'

그녀는 이해할 수 없다는 표정을 지었다. 물론 황실 친위대는 황궁 내에서 벌어지는 사건, 범죄를 수사하는 권한을 가지고 있긴 하다. 하지만 이런 단순 화재 사고를 담당하지는 않는데?

"이곳엔 왜 온 거지, 시녀?"

"아! 이전에 수정궁에서 일할 때 이곳에 개인 물품을 보관한 적이 있는데, 혹시 남아 있나 확인하러 왔습니다."

마리는 다급히 둘러대었다. 이곳 보관 창고는 악기만 보관하는 곳이 아니어서, 기사는 그녀의 말에서 이상한 점을 찾지 못했다.

"그렇군. 그래도 들어가 볼 수는 없다."

"저…… 그런데 혹시 어째서 친위대의 기사님이 이곳에 계신 건가요? 원래 불이 난 곳에는 기사님이 오시지 않는 것으로 알고 있는데."

기사는 귀찮다는 표정으로 그녀를 바라보았다. 그냥 쫓아버릴까 하는 눈빛을 보이다 입을 열었다. 아마 마리가 입고 있는 중급 시녀 복장을 보고 마음을 고친 것 같았다. 하급 시녀와 다르게 중급 시녀는 귀족가 출신이 많기 때문이다.

"무언가 심상치 않은 기미가 보여 조사 중이다."

그 말에 마리는 놀란 표정을 지었다.

"심상치 않은 기미라면?"

"그것까지 알려 줄 수는 없다."

마리는 고개를 갸웃했다. 정확히 말해주지 않으니 뭘 이야기하는 건지 알 수가 없었다.

"어쨌든 이곳은 통제되고 있으니 돌아가라, 시녀."

기사는 무뚝뚝하게 말했다. 마리는 주저했다.

'어떻게 하지? 제인을 구하려면 화재 현장을 꼭 확인해 봐야 하는데.'

하지만 황실 친위대의 기사가 막고 있으면 그녀로서는 들어갈 방법이 없었다.

그 순간이었다. 전혀 생각지도 못 한 소리가 들려왔다.

"어, 마리 양?"

"……!"

익숙한 목소리에 마리는 깜짝 놀라 고개를 돌렸다. 친위대의 기사도 급하게 예를 표했다.

"친위대의 나이트 필론이 단장님을 뵙습니다!"

나타난 이는 은발의 조각 같은 미남, 황실 친위대의 단장 키에르한 후작이었다!

"아, 그래. 수고가 많군. 특별한 이상은 없나?"

"네, 이상 없습니다!"

자신에게 고압적이던 기사가 뻣뻣하게 얼어 대답하는 모습을 본 마리는 놀란 마음이 들었다.

'역시 친위대의 단장이 맞긴 맞는구나.'

자신에게 늘 친절하기만 해서 실감이 안 났는데, 저 은발의 남자는 제국 최강의 기사로 불리는 어마어마한 존재였다.

"그런데 마리 양은 여기에 무슨 일로 오셨습니까?"

키에르한은 평소처럼 친절하게 물었다.

"아…… 그게…… 이전에 이곳에 물건을 하나 보관해 놓아서 남아 있는지 확인하려고 왔습니다."

"저런. 성한 물건은 거의 없던데."

키에르한은 안타깝다는 듯 말했다.

"저…… 혹시 죄송한데, 직접 들어가서 확인해 볼 수는 없을까요? 개인적으로 중요한 물건이어서."

마리는 조심히 부탁했다. 키에르한과의 개인적 친분에 기대는 부탁인지라 꺼려지긴 했지만, 어쩔 수가 없었다. 그녀는 제인을 위해 꼭 화재 현장을 확인해 봐야 했다. 다행히 키에르한은 고개를 끄덕였다.

"중요한 물건이라니 어쩔 수 없죠. 잠시만 들어갔다 오십시오."

"단장님! 화재 현장에 외부인의 출입은……."

기사가 완강한 얼굴로 반대했다. 맞는 말인지라 키에르한은 잠시 고민했다.

"원칙적으로 외부인이 현장에 들어오면 안 되긴 하지."

"그렇습니다."

"그러면 이렇게 하면 되지 않겠는가?"

"네?"

"내가 이 시녀와 직접 동행하겠다. 혹시나 문제가 생기면 내가 책임지는 것으로 하지."

"……!"

그렇게 마리는 화재 현장에 들어가 볼 수 있었다. 마리는 자신 때문에 수고를 감수한 키에르한에게 고개를 숙였다.

"저…… 죄송합니다. 저 때문에 번거롭게."

"뭘요. 어차피 저도 들어와 보려 했습니다. 확인해 볼 게 있어서."

마리는 그 말에 의문이 들었다. 조금 전 기사도 그렇고, 이번 화재에서 무슨 수상한 점을 보고 있는 걸까?

"혹시 이번 화재를 방화로 보시는 건가요?"

"……!"

키엘이 흠칫 놀란 표정을 짓자, 마리는 허겁지겁 말을 이었다.

"기사님도 현장을 지키고 계시고, 각하께서도 직접 조사하러 오시고 해서요."

그는 고개를 저었다.

"아직 방화의 증거는 없어요. 하지만 정황이 공교로워서 조사 중입니다. 하필 대연회가 시작 전, 다른 곳도 아닌 이곳에 불이 났다는 것이 이상하니까요."

마리는 그의 말뜻을 알아들었다.

'생각보다 일이 커질 수도 있겠구나.'

그녀는 불안한 마음으로 생각했다. 만약 이게 방화라면, 범인은 누굴까? 대연회를 망치려는 의도를 가진 이가 일으킨 것일 수도 있었다.

'누군지 몰라도, 황태자와 적대적인 사람일 확률이 높아.'

그녀는 곤혹스러운 생각이 들었다. 잘못하면 정치적인 문제에 휘말릴 수도 있었다. 그때, 그가 고개를 저었다.

"마리 양은 신경 쓰지 마십시오. 이런 건 우리 친위대가 알아서 할 문제이니까."

"네, 각하."

그런데 키에르한이 뭔가 마음에 안 든다는 듯한 표정을 지었다.

"키엘."

"네?"

"둘이 있을 때는 키엘이라 불러도 됩니다."

그 말에 마리는 어색한 표정을 지었다. 그건 아직 죽어도 못 하겠다. 어쨌든 그렇게 대화를 나누는 사이, 둘은 화재 현장에 도착했다.

"이곳입니다."

"아⋯⋯."

마리는 새까맣게 타 버린 지하 창고를 보고 얼굴을 굳혔다. 이곳에서 단서를 찾아야 했다. 제인의 잘못인지, 아닌지. 정말로 방화의 흔적이 있는지.

'시작하자.'

현장에 도착해서일까? 마치 꿈속의 주인공이 된 것처럼 옅은 긴장과 흥분이 몸에 감돌았다.

'일단 먼지 등불의 위치부터.'

빛이 닿지 않는 지하 창고의 벽에는 조명 역할을 하는 등불을 놓는 자리가 존재했다.

'역시 완전히 타 버렸구나.'

그녀는 고개를 저었다. 등불이 놓인 자리뿐 아니라, 벽 전체가 시커 먼 재로 덮여 있었다.

'만약 이 부분이 화재에서 깨끗했으면 제인은 책임을 피할 수 있었을 텐데.'

그녀는 등불이 있던 자리 말고도 창고 전체를 꼼꼼히 살폈다. 불에 타 버려진 악기도 살피고, 잿더미도 만져 보고, 불길에 넘어진 기둥의 방향도 확인하고. 그리고 한참을 살핀 결과, 그녀는 한 가지 결론에 도 달할 수 있었다.

'이 화재는 제인의 잘못이 아니야. 이건 분명……'

그녀는 침음성을 삼켰다.

'방화야.'

"마리 양? 물건은 찾으셨습니까?"

그때 키엘이 그녀에게 물었다.

"아, 아니요."

마리는 화급히 고개를 저었다. 그는 안타까운 표정을 지었다.

"중요한 물건이라 하셨는데, 안됐군요. 혹시 따로 구할 수는 없는 물 건입니까?"

걱정 섞인 그의 말에 대충 답하며 그녀는 속으로 빠르게 생각했다.

'이건 분명 방화야. 확실해.'

추측이 아니었다. 현장에 놓인 흔적들이 확실히 방화를 지목하고 있 었다.

'그런데 뭐라고 이야기하지?'

그녀는 일개 시녀일 뿐이었다. 친위대의 수사에 관여할 권한이 없 었다.

'하지만……'

그녀는 항상 친절한 키에르한의 얼굴을 바라보았다. 그러면 자신의 이야기를 편견 없이 들어줄 것 같다는 생각이 들었다.

"각하, 하나 여쭈어봐도 될까요?"

"네, 말씀하세요."

"혹시 방화의 증거는 발견되었나요?"

키에르한은 마리가 왜 그런 걸 묻나 의아한 표정을 지었다가 고개를 저었다.

"아니요. 화재가 심해 단서를 발견하기가 쉽지 않군요."

"그러면 혹시 의심 가는 범인은 없는지?"

그 물음에 키엘은 잠시 입을 다물었다가 열었다.

"있습니다."

"……!"

마리는 흠칫 놀라 그를 바라보았다.

"화재가 일어났을 즈음에 주변에서 수상한 사람을 목격한 증인이 있거든요."

중요한 단서였다! 하지만 그는 고개를 저었다.

"용의자가 누구인지까지는 말씀드리기 어렵습니다."

"네, 각하."

마리는 아쉬웠지만, 고개를 끄덕였다. 당연한 일이었다. 이 정도 이야기해 준 것도 대단한 배려였다.

"그런데 그런 것은 왜 묻는 건지?"

"그게…… 이 화재에 대해 드릴 말씀이 있습니다."

"말씀하세요."

키엘은 의아한 표정으로 그녀를 바라보았다. 마리는 숨을 들이켰다. 그리고 자신이 발견한 사실을 이야기하려는 순간이었다.

"조사는 잘되고 있나?"

서늘한 목소리가 그녀의 등 뒤에 들렸다! 마리는 깜짝 놀라 무릎을 꿇었다.

"제국의 황태자 전하를 뵙습니다."

나타난 이는 철가면을 쓴 황태자 라엘이었다! 심지어 재상 오른도 같이 있었다.

'왜 황태자가 여기에?'

의아한 것은 황태자와 재상 오른도 마찬가지인 듯했다. 특히 황태자는 어째서인지 혼란이 섞인 눈빛으로 그녀를 바라보았다.

"마리? 너는 여기에 무슨 일이지?"

마리는 속으로 곤란한 표정을 지었다.

'이런. 하필 황태자가 오다니.'

마음속 친구인 키엘과 황태자는 부담감이 달랐다. 특히 그녀는 무조건 황태자의 눈을 피하고 싶은데, 또 이런 상황에서 마주치게 된 것이다.

황태자는 잠시 가만히 그녀를 바라보았다. 무언가 이야기하고 싶어 하는 기색이라, 마리는 의아한 마음이 들었다. 하지만 그는 입을 열까 주저하더니 곧 입을 다물고 키엘을 향해 시선을 돌렸다.

"서제국 놈들이 연관되었다는 증거는 찾았나?"

마리를 바라볼 때와 다르게 정적(政敵)인 키엘을 바라보는 황태자의 시선에는 희미한 한기가 흘렀다.

"죄송합니다, 전하. 화재가 심하여 뚜렷한 단서가 남아 있지 않습니다."

황태자는 혀를 찼다.

"곤란하군. 화재 당시 그놈들이 주변에 있던 것은 확실한데, 증거가 없다니."

마리는 그들의 대화에 놀란 표정을 지었다.

'용의자가 서제국이었어?'

얼마 전 만났던 황제 요하네프 3세를 떠올렸다. 확실히 사이가 극악하게 나쁜 서제국이니 대연회를 망치려 방화를 일으켰을 수도 있었다. 그리고 정말 그들이 벌인 일이면 외교 문제로 비화될 수도 있는 심각한 사건이었다.

하지만 순간 마리는 이상한 점을 느끼고 고개를 갸웃했다. 그녀는 방화의 흔적만 발견한 것이 아니었다. 어느 정도 범인의 특징을 '프로파일링'할 만한 단서도 찾은 상태였다.

'하지만 내가 생각하기에 범인은⋯⋯.'

그때, 황태자 라엘이 그녀를 바라보았다.

"마리, 너도 화재에 대해 할 말이 있다고? 무슨 말을 하려고 했던 거지? 말해봐라."

마리는 침을 꿀꺽 삼켰다.

'황태자에게 이야기해도 될까? 분명 또 관심을 끌 텐데.'

그녀는 고민했다.

'하지만 어쩔 수 없어. 지금 이야기하지 않으면 제인은 누명을 벗을 수 없을 거야.'

그렇게 생각한 그녀는 조심히 입을 열었다.

"제 생각엔⋯⋯ 이번 화재는 단순 사고가 아니라 방화로 보입니다."

그들은 눈에 놀란 빛을 띠었다. 그녀의 목소리가 단순한 추측이 아닌 확신을 담고 있었던 것이다. 황태자가 낮은 목소리로 물었다.

"무슨 근거로 그렇게 이야기하는 거지? 너는 모르겠지만, 이 문제는 굉장히 심각한 사안이다. 명확한 증거 없이 함부로 이야기했다가는 큰 벌을 받을 수도 있다."

그는 엄중한 목소리로 말했다. 옳은 말이었다. 무려 서세국이 용의자로 지목되고 있는 상황이니, 그녀 같은 시녀가 함부로 입을 놀리다가는 어떤 벌을 받을지 몰랐다.

"방화로 볼 만한 근거가 한 가지 있습니다."

그녀가 굽히지 않고 당당히 말하자, 황태자 라엘의 눈에 이채가 감돌았다. 키에르한과 재상 오른도 그런 그녀에게 놀란 눈치였다. 키엘은 놀란 눈초리로, 재상 오른은 재밌다는 듯 흥미로운 눈빛으로 그녀를 바라보았다.

"좋다, 말해봐라. 들어 보지."

"이 화재가 사고가 아닌 방화인 이유는 간단합니다. 바로 발화점의 위치 때문입니다."

"발화점?"

모두 의아한 표정을 지었다. 익숙하지 않은 명칭이었기 때문이다. 하지만 그녀는 굳은 얼굴로 고개를 끄덕였다.

"네, 발화점이 단순 화재 사고에서는 도저히 발생할 수 없는 위치에 존재하고 있습니다."

"자세히 설명해 봐라."

발화점(發火點). 처음 화재가 일어난 위치를 뜻하는 용어로, 화재 원인 감식에서 가장 중요한 단서였다.

"보시면 아시겠지만, 이 지하 창고의 등불이 놓인 곳은 바로 이곳 두 곳의 벽면입니다."

"그래, 모두 불타 버렸지. 당연히 이쪽에서 화재가 발생한 것이 아닌가?"

라엘은 지극히 상식적인 질문을 하였다.

"아닙니다. 이곳에서 처음 불이 난 것이 아니라, 다른 곳에서 먼저 불이 난 후 이곳 벽면까지 번졌다가 등잔에 담긴 기름이 터져 이렇게 벽이 탄 것으로 보입니다."

"그걸 어떻게 알지?"

마리는 숨을 들이쉬었다. 황태자의 철가면을 마주하며 말을 하니, 두 배…… 아니, 열 배로 긴장되는 것 같았다. 그런데 그녀가 입을 열려는 순간이었다. 생각지도 못 한 목소리가 또다시 들려왔다.

"그래, 나도 궁금하군요. 왜 그런 거죠?"

모두가 깜짝 놀라 고개를 돌렸다. 부드러운 인상의 흑발, 흑안의 남자가 빙글 미소 지으며 계단을 내려오고 있었다.

'서제국의 황제 요하네프 3세!'

황태자, 재상 오른뿐 아니라, 서제국의 요하네프 3세까지. 마리는 속으로 울상을 지었다.

'어, 어쩌다 일이 또 이렇게 커진 거야!'

처음 시작은 친구 제인을 구하기 위해서였는데, 한 시간도 안 되어 양 제국의 외교 문제가 되어버렸다. 역시 최근 그녀의 인생은 있는 대로 꼬이고 있는 게 분명했다. 황태자가 인상을 찌푸리며 말했다.

"네놈이 여기에 무슨 일이지? 분명 경고했을 텐데. 추방당하기 싫으면 경거망동하지 말라고."

"아아, 그렇긴 한데 침대에 누워 있는데 이상한 소리가 들려서요. 우리 서제국이 대연회를 망치려고 불을 질렀다는."

잠시 말을 멈춘 요한은 황태자를 바라보았다. 여전히 미소 지은 채이지만, 눈빛이 서늘했다.

"그런 기분 나쁜 헛소리가 들려서 확인하러 왔죠."

"……!"

황태자 라엘은 코웃음 쳤다.

"화재가 발생했을 당시, 너희 서제국의 쇼버 백작이 근처에 있었던 것은 분명한 사실. 어쨌든 어떻게 된 일인지는 곧 밝혀지겠지."

그는 마리를 바라보았다.

"계속 말해봐라. 어째서 이 화재가 방화인지."

"저도 궁금하군요."

양 제국을 지배하는 군주들의 시선을 한 몸에 받은 마리는 침을 꿀꺽 삼키며 답했다.

"첫째로는 불길의 방향 때문입니다."

"불길의 방향? 이미 다 타 버렸는데, 불길의 방향을 어떻게 알 수 있지?"

"먼저 이 악기를 보십시오."

마리는 타다 만 바이올린을 가리켰다.

"그을림의 방향이 벽면을 향해 가고 있습니다. 이 악기뿐만이 아니라, 저 악기도, 저 보관함에 남은 그을음도요."

마리의 손가락을 따라간 그들의 눈이 곧 놀랍다는 듯 한껏 커졌다. 정말이었다. 모든 그을음이 벽면을 향해 나 있었다.

"만약 벽에 놓인 등불에서 불이 난 것이었으면 그을음의 방향이 반대쪽을 향하고 있을 것입니다."

"······그럴듯한 이야기군. 하지만 그것만으로 방화라고 이야기하기에는 증거가 약해. 다른 근거는 없는가?"

당연히 있었다. 마리는 이번에는 불에 그슬려 쓰러진 목조 기둥을 가리켰다.

"기둥이 쓰러진 방향 또한 이상합니다. 만약 벽의 등불에서 불이 난 거면, 기둥은 이 반대 방향으로 쓰러졌어야 합니다."

"어째서지?"

"화재로 기둥이 무너질 때는 불이 닿아 타오르기 시작한 부분부터 힘이 약해져 그쪽으로 쓰러지게 되어 있으니까요."

모두의 눈에 또다시 놀람이 서렸다. 마리의 말이 이치에 맞았기 때문이다. 과연 쓰러진 기둥의 방향을 살피니 모두 한쪽 방향으로 쓰러져 있었다.

"그것 외에도 몇 가지 근거가 더 있습니다. 발화점에서 시작한 불이 소재가 될 만한 것들을 태우고 퍼지는데, 여기 남겨진 재들과 흔적을 봤을 때 그 방향 또한……."

　그렇게 마리는 자신이 발견한 사항들을 차근차근 설명하였다. 그 이야기를 듣는 황태자, 요한, 키엘, 재상 오른의 눈이 점점 더 커져만 갔다. 일개 시녀라고는 생각하기 어려운, 가히 화재 전문 감식가와 같은 전문성이 엿보였기 때문이다.

　한편 마리는 놀람에 가득 찬 그들의 눈동자를 보고 곤란한 마음이 들었다. 원치 않게 또 주목받게 되어버린 것 같다. 그것도 황태자는 물론이고, 서제국의 황제 요한, 재상 오른한테까지. 하지만 여기서 멈출 수도 없는 노릇이었다. 그녀는 한 지점으로 걸어가 입을 열었다.

　"이러한 사항을 종합해 볼 때, 처음 발화 지점은 이곳으로 보입니다. 그리고 저는 이곳에서 추가로 방화의 결정적 증거를 발견하였습니다."

　모두가 그녀의 입술을 바라보았다.

　"그 증거가 뭐지?"

　마리는 발화 지점에 놓인 팀파니에 손을 올렸다. 팀파니의 윗부분 가죽은 완전히 타 있었는데, 그녀가 손가락으로 그을음을 닦아 내자 무언가가 나타났다.

　"이 촛농입니다."

　검게 변한 촛농이었다! 모두가 깜짝 놀라 그 촛농을 바라보았다. 재상 오른은 신음성을 흘렸다.

　"촛농…… 그렇군. 범인은 그곳에서 초를 이용해 불을 낸 것이었어."

　저 정도면 증거로 충분했다. 이 화재는 분명한 방화였다. 잠시 장내에 침묵이 흘렀다. 모두가 그녀의 얼굴을 바라보았다.

　지금껏 아무도 단서를 못 찾고 있었는데, 일개 시녀가 순식간에 방화의 증거를 찾아낸 것이다. 도저히 믿을 수 없는 일이었다. 놀람이 가득한 그들의 눈동자는 마치 '저 소녀가 정말 시녀가 맞는 건지?' 하고 묻고 있는 듯했다. 특히 마리가 여러 사건에 연루되어 있음을 알고 있는 황태자의 혼란은 더욱 컸다. 그때, 갑자기 짝짝 하는 박수 소리가 들렸다.

"놀랍군요. 대단해요."

서제국의 황제 요하네프 3세였다. 그는 진정 감탄했다는 표정을 지었다.

"이렇게 잿더미만 가득한 현장에서 그런 사실을 유추해 내다니, 정말 대단해요."

황제 요한은 속으로 생각했다.

'재미있군. 정말 재미있어.'

그의 머릿속에 지난번 발작이 일어나 쓰러졌을 때의 일이 떠올랐다. 그때의 일은 정말 저 시녀와 상관없는 일이었을까? 지금 모습을 봤을 때 왠지 그렇지 않을 것 같았다.

'모리나 왕녀를 찾으러 왔다가 생각지도 않게 흥미 있는 인물을 발견했군. 재미있어. 탐날 정도로.'

한편 요한의 눈빛을 받으며 마리는 속으로 울상을 지었다. 황태자의 관심만으로도 충분히 곤란한데, 어쩌다 서제국 황제의 관심까지 받게 된 것 같았다.

'저 서제국의 황제 요한은 황태자와는 다른 의미로 엮이고 싶지 않은 존재인데.'

하지만 제인을 구하기 위해 안 나설 수도 없었고, 이미 물은 엎질러진 상태였다.

"그러면 혹시 범인에 대한 단서는 있는가?"

황태자의 물음에 다시 모두가 그녀를 바라보았다. 이미 그녀가 전문적인 식견을 보여 준 뒤여서 시녀에게 허튼 질문을 한다고 생각하는 이는 없었다.

"……."

마리는 침을 꿀꺽 삼켰다. 황태자에, 서제국의 황제에, 친위대의 기사단장에, 재상까지 자신의 입만 바라보고 있다. 뭔가 본격적으로 망해 가고 있는 듯한 느낌이었다.

'모, 모른다고 말할까?'

그녀는 진심으로 고민했다. 여기서 자신의 추리를 밝히면 더욱 주목받을 게 뻔했다. 하지만 그녀가 입을 열지 못하고 있자, 곤란한 일이 일어났다. 황태자가 고개를 끄덕이며 말한 것이다.

"역시 범인에 대한 단서까지는 알기 어렵겠지. 그러면 어쩔 수 없군. 수상했던 자들 위주로 심문할 수밖에."

황태자의 말에 요한의 얼굴이 굳었다. 수상했던 자들, 바로 화재 당시 주변에 있었던 서제국의 사신을 뜻한다.

"그게 무슨 말인지 모르겠군요, 란. 설마 지금 무고한 우리 서제국을 핍박하겠다는 건지?"

"무고한지 아닌지는 조사해 보면 알 수 있겠지. 일단 너희 서제국의 쇼버 백작이 화재 당시 수상한 모습을 보인 것은 사실이니까."

"우리 서제국이 그런 부당한 요구에 따를 것으로 생각하는 것인가요? 알고 있겠지만, 국경에 대기 중인 우리 서제국 기사들의 창끝은 굉장히 날카롭답니다. 내전에 지친 그대들이 그 창을 받아 낼 수 있을지 모르겠군요."

"지금 협박하는 건가?"

"글쎄요. 협박은 란, 당신이 하고 있는 것으로 보입니다만."

둘 사이의 분위기가 급속도로 냉각되었다. 자칫 국제적 외교 문제로 치달을 듯한 분위기에 마리는 질끈 눈을 감았다.

'쇼버 백작이 아니야! 범인은 다른 사람일 가능성이 높아. 어쩌지?'

정말 더는 주목받고 싶지 않았다. 하지만 그렇다고 모른 척하고 있기에는 외교 문제가 터질 판이었다. 결국, 그녀는 속으로 울상을 지으며 어쩔 수 없이 입을 열었다.

"범인은 쇼버 백작님이 아닐 가능성이 높습니다."

황태자와 황제 요한은 그녀를 돌아보았다.

"어째서지?"

"현장에 남겨진 몇 가지 단서 때문입니다."

"말해봐라."

모두의 눈빛을 받으며 그녀는 한숨을 삼켰다. 스스로 무덤을 파고 있는 듯한 느낌이었다.

"결론부터 말하면 범인은 어린애처럼 작은 체구이며, 신분이 높은 사람이고, 이 수정궁 내부를 잘 알며, 사람들의 의심을 받지 않는 익숙한 사람일 것입니다. 추가로 계획된 방화보다는 의도하지 않은 방화를 저질러 놀라 달아났을 가능성이 높습니다."

"……!"

모두 다시 한번 깜짝 놀랐다. 그녀의 추리가 굉장히 구체적이었던 것이다.

"어째서 그렇게 생각하는 거지?"

"첫째로 발자국입니다."

마리는 창고에서 밖으로 향하는 계단 바닥을 가리켰다. 그곳에는 화재 현장의 잿더미를 밟은 이들의 발자국이 어지럽게 섞여 있었다.

"너무 섞여 있어서 알아보기가 어려운데?"

"네, 하지만 자세히 관찰하면 특이한 발자국을 하나 발견할 수 있습니다."

"……?"

그녀는 중간쯤 나 있는 발자국 하나를 가리켰다.

"저 발자국은 다른 발자국에 비교해 반절의 크기도 되지 않습니다. 마치 어린애의 것과도 같죠."

확실히 다른 것과는 다른 이질적인 발자국이 드문드문 보였다.

"하지만 그게 범인의 것이라고는 어떻게 알지? 화재 현장을 조사한 이의 것일 수도 있지 않은가?"

"발자국의 방향이 바깥으로만 향해 있습니다. 다른 모양의 발자국들이 대부분 안쪽과 바깥쪽 모두를 향해 있는 것과 다르게요."

"……!"

"그리고 이 발자국은 굉장히 드문드문 남아 있습니다. 나중에 새겨진 다른 발자국에 흔적이 지워진 것이지요."

그녀는 추가적인 사항을 설명했다.

"무엇보다 화재 후 출입을 통제하고 있는데, 이렇게 체구가 작은 사람이 왔다면 당장 눈에 띄었을 것입니다. 즉, 여러 정황을 봤을 때 이 발자국은 화재가 발생한 당시에 찍힌 발자국입니다."

그럴듯한 추리라 다들 고개를 끄덕였다.

"그러면? 왜 범인이 이 수정궁 내부를 잘 아는 이라는 것이지?"

"그건 간단합니다. 불을 일으킨 도구 때문입니다."

"도구?"

"네, 발화점에 떨어진 촛농의 성분을 봤을 때 범인이 불을 일으키는 데 사용한 촛대는 바로 이 창고 내에 보관하고 있던 촛대로 보입니다."

이건 그녀가 이 수정궁에서 근무해 봤기에 알 수 있는 사실이었다. 발화점에 떨어진 촛농과 이 창고에 보관 중인 촛대는 동일한 것이었다.

"그렇군. 범인은 이곳에 촛대가 보관 중이란 것을 알 정도로 이 수정궁에 대해 잘 아는 존재란 것이군."

어린애처럼 작은 체구에, 수정궁에 대해 구석구석 자세히 아는 존재. 그렇다면 서제국의 쇼버 백작은 가능성이 떨어졌다. 일단 그는 장대한 체구였기 때문이다.

"네, 특히 대연회 직전이라 오고가는 사람이 많아 목격자가 분명 있었을 텐데 용의자로 지목되지 않은 것을 보면, 평소 수정궁을 자주 오가 사람들 사이에 익숙한 사람일 가능성이 높습니다. 평소 자주 보던 인물이니, 용의자로 의심받지 않은 것이지요."

"그러면 신분이 높다는 것은?"

"그것 역시 간단합니다. 이 촛대 때문입니다."

마리는 창고 구석에 버려져 있던 촛대를 들어 보였다. 촛대는 대부분 불에 타 손잡이 부분만 일부 남아 있었다.

"원래 이 창고에 보관 중인 촛대인데, 범인이 불을 일으키기 전 사용하다 버린 촛대입니다."

"다 타 버려 끝부분만 남아 있군. 그걸 보고 어떻게 신분을 짐작할 수 있는 거지?"

"이 손잡이 부분 때문입니다."

모두 그녀가 가리킨 철제 손잡이 부분을 바라보았다. 하지만 여전히 이상한 점을 찾을 수가 없었다.

"철제 손잡이에 끼우는 부분에 굉장히 많은 흠집이 나 있습니다. 이건 촛대를 다뤄 본 경험이 없기에 익숙하지 않아 생긴 흠집이지요."

"……!"

"즉, 범인은 촛대를 직접 다뤄 본 적이 없는 높은 신분의 사람일 것입니다."

그들은 자신도 모르게 고개를 끄덕였다. 확실히 그들 모두 촛대를 다뤄 본 경험이 없었다.

"다만 방화의 의도는 짐작하기가 어렵습니다. 정교한 방법을 사용하지 않고, 가연성이 높은 발화물을 이용하지 않은 것으로 볼 때 우발적이었을 가능성이 높지만, 확실하진 않습니다."

그렇게 그녀의 설명이 끝났다. 황태자 라엘은 자신도 모르게 감탄을 뱉었다.

'정말 대단하군.'

만약 우연히 특별한 단서를 발견해 범인을 지목한 것이면 그렇게까지 감탄하진 않았을 것이다. 하지만 저 시녀가 발견해 낸 단서들은 대단한 것들이 아니었다. 그들 모두 오가며 한 번씩은 확인한 것들. 그런 흔한 단서에서 생각지도 못 한 결론을 추리해 냈다. 이건 정말 대단한 일이었다.

'도대체 저 시녀는…….'

그는 최근 몇 번이고 떠올린 의문을 중얼거렸다. 알면 알수록 새로운 면이 나오는 소녀. 도대체 저 소녀는 어떤 존재란 말인가? 황태자 라엘은 갑자기 답답하단 느낌을 받았다. 저 소녀를 볼 때마다 느끼는 이유 모를 답답함이었다.

한편 그 자리에 있던 다른 이들도 각양각색의 감정을 느꼈다.

'정말 대단하군. 서제국으로 데려가고 싶을 정도야. 진심으로.'

서제국의 황제 요한은 이전과 비교할 수 없을 정도로 큰 흥미를 느꼈다.

'마리 양?'

그렇지 않아도 마리에게 호의적이었던 키에르한은 그녀의 또렷한 설명에 깊은 감탄을 하였다. 하지만 지금껏 말없이 듣고만 있던 재상 오른의 반응은 조금 달랐다.

'저 시녀는 도대체 뭐지? 시녀가 어떻게 저런 추리를 할 수 있는 거지?'

그가 알기로 저 시녀는 얼마 전까지만 해도 허드렛일을 하던 하급 시녀였다. 도저히 저런 추리를 헤낼 수 있는 존재가 아니었다.

'눈여겨봐야겠군. 무언가 수상해.'

그렇지 않아도 황태자 라엘이 저 시녀를 눈여겨보고 있는 것은 알고 있었다. 재상 오른은 황태자를 위해서라도 조금 더 저 시녀에 대해 파고들어 봐야겠다고 생각했다. 마리에게 새로운 위협이 생기는 순간이었다. 그때, 마음을 다스린 황태자가 입을 열었다.

"네 이야기는 잘 들었다."

"네, 전하."

"아직 범인이 확정되지 않아 네 의견이 맞다고 할 수는 없겠지만, 수사에 큰 도움이 될 것 같긴 하군. 혹시 원하는 것이 있느냐?"

마리는 주저하다가 조심히 제인에 대한 이야기를 꺼냈다.

"사실은……."

그녀의 말을 들은 황태자는 고개를 끄덕였다.

"그렇군. 그 시녀의 잘못이 아님이 판명되었으니, 그 시녀는 당연히 죄를 벗을 것이다."

"감사합니다, 전하."

"하지만 그건 당연히 조처해야 할 일이지, 네가 밝혀낸 단서에 대한 상이라고 할 수 없어."

마리는 그 말에 곤란한 얼굴을 했다. 상? 그녀에게 최고의 상은 자신에 대한 관심을 모두 거두어주는 것이다.

"저는 딱히 바라는 것이……."

하지만 황태자는 고개를 저으며 그녀의 말을 끊었다.

"이렇게 하지."

"……?"

"네가 말한 추리가 맞다면, 범인은 금방 검거할 수 있을 거다. 지금 당장 내 머리에 떠오르는 인물이 한 명 있으니까."

그 말에 마리는 의아한 표정을 지었다. 당장 짐작 가는 인물이 있다고? 그리고 그건 황태자뿐 아니라 재상 오른도 마찬가지인 듯했다.

"아마…… 그분이면 가능성이 있겠군요. 저 시녀의 말이 맞다면 말입니다."

"그래."

그들의 대화를 들은 키에르한도 용의자를 짐작한 듯했다. 반면 그는 그들과는 달리 창백해진 얼굴로 당혹스러워하고 있었다.

"설마……? 그분이 그럴 리가?"

마리는 그들이 누구를 이야기하는지 몰라 엉거주춤 서 있었다. 황태자는 다시 그녀에게 시선을 돌렸다.

"범인 검거가 마무리되면 부르지. 그렇지 않아도 너에게 따로 할 말이 있었으니까."

Chapter 4
황태자의 개인 시녀

'도대체 누가 범인인 거지?'

마리는 숙소의 침대에 누워 고민했다. 일단 제인이 누명을 벗은 것은 다행이었다. 서제국과 쓸데없는 충돌을 피한 것도 다행이었다. 그런데 실제 범인은 누구일까? 황태자와 재상 오른은 자신의 설명을 듣더니 곧바로 용의자를 짐작해 내었다. 키엘도 그렇고. 그 말은 용의자가 그들에게 굉장히 익숙한 존재란 뜻이었다.

'더구나 키엘 님은 굉장히 당황한 눈치였어.'

어린애 같은 체구에, 황궁 구석구석을 잘 알고, 모두에게 익숙한 인물. 누군가가 어렴풋이 떠오르락 말락 하였다.

'도대체 누구지?'

그 순간 마리의 머릿속에 한 인물이 떠올랐다. 그러고 보니 한 명 있었다. 그녀가 프로파일링한 조건에 딱 맞는 인물이!

'서, 설마?'

그녀의 얼굴이 새하얗게 질렸다. 마치 아까 전 키에르한의 낯빛처럼.

'그분은 아닐 거야.'

마리는 애써 자신의 추측을 부정했다. 그때, 누군가 그녀의 숙소 문을 노크했다. 문을 여니 황태자의 근위 기사 알몬드가 서 있었다. 장대한 체구의 그는 자신의 가슴 정도밖에 안 되는 마리를 힐끗 내려다보았다.

"시녀, 마리?"

"네."

"황태자 전하께서 부르신다. 지금 바로 사자궁으로 갈 준비를 하도록."

"알겠습니다."

마리는 한참 전에 준비를 마치고 기다리던 중이었으므로, 곧바로 방에서 나왔다. 마리는 알몬드의 뒤를 따라 사자궁으로 향했다.

'머리가 복잡하구나.'

그녀는 속으로 한숨을 삼켰다. 황태자가 자신을 왜 따로 부르는지도 걱정이 되었고, 화재를 일으킨 범인의 정체도 궁금했다.

'만약 정말로 내가 추측한 분이 범인이면 어떻게 하지?'

그러며 크게 한숨을 내쉬었는데, 알몬드가 힐끗 고개를 돌렸다.

"그렇게 걱정하지 마라."

"네?"

"너희 아랫것들 사이에서 전하가 어떻게 불리는지는 알고 있지만, 소문같이 처녀의 피를 마시고 하는 분은 아니야."

"아, 아니, 저는……."

알몬드는 자신이 황태자에 대한 소문 때문에 걱정하는 걸로 착각한 듯했다.

'피를 빨아 먹힐까 봐 걱정한 것은 아닌데. 물론 황태자가 무서운 것은 맞지만.'

"하여튼 빨리 가지."

"네!"

마리는 새삼스러운 눈으로 알몬드를 바라보았다.

'방금 나 달래 준 것 맞지?'

무뚝뚝해 보이기만 하는 사내지만 의외로 친절한 부분도 있는 것 같았다. 그 친절에 기대 마리는 주저하며 입을 열었다.

"저, 알몬드 경."

"왜 그러지?"

"혹시 어제 화재 사건의 범인은 잡혔나요?"

알몬드는 잠시 그녀의 얼굴을 바라보다 고개를 끄덕였다.

"잡혔다. 범인은 범행을 자백했고, 현재 구금 중이다."

마리의 얼굴이 굳어졌다. 이렇게 빨리 잡힌 것으로 보아 황태자, 재상, 키엘이 짐작하던 인물이 범인이 맞는 것 같았다. 마리는 불길한 느낌이 들었다.

'설마 정말로?'

"저, 혹시 범인은 누구였는지?"

조마조마하게 물었으나 알몬드는 고개를 저었다.

"사자궁에 도착하면 알 수 있을 거다."

"……네."

마리는 어쩔 수 없이 입을 다물고 그의 뒤를 따라갔다. 이윽고, 그녀는 황태자의 집무실 앞에 도착했다.

"전하, 시녀 마리를 데려왔습니다."

"들어와라."

끼익.

어딘지 귀에 거슬리는 소음과 함께 철제문이 열렸다. 마리는 문 안으로 들어와 예를 올렸다.

"제국의 황태자 전하를 뵈옵니다."

황태자는 재상 오른과 함께 있었다. 재상 오른은 황태자에게 무언가를 강하게 이야기하고 있었는데, 마리가 온 것을 보고 말을 멈추었다.

"그래, 어서 오도록. 그대 덕분에 화재 사건의 범인을 쉽게 찾을 수 있었다."

"송구하옵니다."

황태자는 잠시 말없이 그녀의 얼굴을 바라보았다. 차갑기만 한 평소의 눈동자와 다르게 무언가 복잡한 빛이 섞여 있어 마리는 의아한 마음이 들었다. 하지만 그 눈빛은 금방 사라졌고, 그는 평소와 같이 냉랭한 어투로 말했다.

"지난번 만찬회 때도 그렇고, 두 번이나 공을 세웠어. 공을 세웠는데 그대로 넘어갈 수 없지. 혹시 바라는 것이 있는가?"

마리는 늘 그렇듯 고개를 저어 사양하려 했다. 포상이나 훈장을 받아 황태자의 눈에 더 들고 싶지 않았다. 그런데 그때 그녀의 머릿속에 한 가지 일이 떠올랐다. 그렇지 않아도 황태자에게 부탁해야 했던 일.

'이 기회에 사자궁에서의 근무를 취소해 달라고 해야겠구나.'

이대로 가만있으면 축제가 끝난 후, 그녀는 저 황태자의 옆에서 일해야 한다. 그것만은 반드시 피해야 했다. 이번 기회에 그 문제를 부탁하면 될 것 같았다.

"사실……."

그렇게 입을 여는 순간이었다. 그녀의 눈에 황태자의 책상 위에 놓인 한 장의 서류가 들어왔다.

〈수정궁 화재 범인 검거 보고서.〉

친위대에서 작성해 올린 보고서 같았다. 그녀는 순간 자신도 모르게 '범인' 항목을 훔쳐봤다. 범인의 이름을 본 마리의 눈동자가 크게 흔들렸다.

'저, 정말로? 그분이? 말도 안 돼! 어째서?'

그녀가 갑자기 입을 다물자, 황태자는 살짝 눈썹을 찌푸렸다.

"왜 그러지?"

"전하, 정말 죄송하지만…… 혹시 아까 전 화재의 범인이 누군지 알 수 있습니까?"

황태자는 말을 하다 말고, 범인을 물어보는 그녀에게 의아한 표정을 짓다가 답했다.

"오스카다."

그 대답을 들은 마리의 안색이 시체처럼 하얘졌다.

"그대의 말대로 10황자 오스카가 범인이었다."

'정말? 그 오스카 전하가 화재의 범인이었다고?'

인형처럼 귀엽던 꼬마 아이의 모습이 떠올랐다. 낭랑하게 귀여운 시비를 걸던 모습. 연회에 소외당해 울먹이던 모습. 자신의 마술을 보고 기뻐하던 모습.

'귀엽고, 안쓰럽기만 하던 그 꼬마 황자가 범인이었다고?'

황태자는 차분히 말했다.

"그대의 말이 조사에 큰 도움이 되었어. 만약 그대가 아니었으면 범인을 짐작도 못 하고 있었을 거다."

황태자는 그녀를 칭찬했으나, 마리는 그 칭찬을 들을 정신이 없었다. 오로지 하나의 생각만이 머릿속에 떠올랐다.

'왜? 왜 그분이 불을?'

도저히 믿을 수 없었다.

'혹시나 자신을 소외시킨 사람들에게 복수할 생각에 대연회를 망치려고?'

순간 그런 생각이 들었으나, 고개를 저었다. 그녀의 마술을 보고 어느 정도 응어리를 풀기도 했고, 무엇보다 꼬마 황자는 그렇게 나쁜 심성을 지니고 있어 보이지 않았다. 특히 마지막엔 자신에게 마술로 복수해 주겠다며 아이처럼 외치고 떠나지 않았던가? 그런 그가 방화를 저질러 대연회를 망치려고 했다는 것은 상상하기 어려웠다.

'그러면 왜?'

순간 그녀의 머릿속에 꼬마 황자가 했던 말이 떠올랐다.

"두고 봐! 오늘 네가 보여 준 마술 내가 샅샅이 공부해서 올 테니, 그때 다시 내기해!"

'설마?'

그녀는 침을 꿀꺽 삼켰다.

'내가 보여 주었던 플레임 베니싱을 연습하다가?'

플레임 베니싱(Flame vanishing). 기다란 촛대에 불을 붙인 후 사라지게 하는 마술이다. 어쩌면 꼬마 황자는 그 마술을 연습하다 실수로 불을 낸 것은 아닐까? 마리는 떨리는 목소리로 물었다.

"……전하, 혹시 오스카 전하께서는 왜 불을 낸 것인지……."

"글쎄."

황태자는 말끝을 흐렸다.

"대연회를 일부러 망치려는 것은 아니었고, 촛대로 무슨 연습을 하다 불을 냈다는데. 추궁해도 정확히는 이야기하지 않는군."

그 말에 마리는 직감했다.

'내 불 마술을 연습하다 그런 게 틀림없어!'

그렇게 생각하니 모든 정황이 맞아떨어졌다. 평소 이곳저곳을 혼자 돌아다녀 황궁 구석구석을 잘 알고 있는 오스카는 수정궁 지하 창고에서 남들의 눈을 피해 불꽃 마술을 연습했던 것이다. 그러다 실수로 팀파니의 가죽 면에 불꽃을 튀어 화재를 낸 것이고.

'이를 어쩌지? 내가 괜히 불 마법을 보여 줘서.'

마리는 크게 자책했다. 설마 위험한 불 마법인 플레임 베니싱을 따라할 줄은 상상도 못 했다.

'잠깐. 그러면 처벌은?'

그녀는 침을 꿀꺽 삼켰다. 다른 황족이었으면 큰 문제없이 넘어갈 일이었다. 이 정도 일이야 누군가 나서서 보호해 주었을 테니까. 하지만 오스카는 달랐다. 누구도 그 꼬마 황자를 비호하지 않을 것이다. 그뿐 아니라, 애초에 저 피의 황태자에게 언제 목이 잘릴지 모르는 신세 아니던가. 그런데 다른 잘못도 아닌, 화재라는 큰 잘못을 저질렀으니 어떤 중한 처벌을 받을지 몰랐다. 과연 옆에 있던 오른 공작이 이렇게 말하였다.

"오스카 전하에게 어떤 벌을 내리실 것입니까?"

"글쎄."

"제국법에 따르면 황궁에 화재를 내어, 황제의 재산을 손상시킨 자는 중벌에 처한다고 되어 있습니다."

"중벌이라면?"

"과거의 경우를 보면 손목을 절단한 판례가 있습니다."

그 말에 마리는 깜짝 놀라 고개를 들었다.

'지금 뭐라고? 손목을 절단해?'

황태자도 과하다 생각했는지 인상을 찌푸렸다.

"그건 노예의 경우 아닌가?"

"물론 그렇습니다만, 제국법은 황제 폐하의 재산에 손실을 입힌 경우에는 황족과 평민의 차등을 적시하지 않고 있습니다."

마리는 눈앞이 깜깜해져 생각했다.

'그, 그건 아무도 황족을 그렇게 처벌하지 않으니까!'

손목 절단이라니! 상상도 못 할 만큼 끔찍한 형벌이었다. 만약 죄를 저지른 사람이 황족이 아닌 하급 시녀였다고 하더라도, 그런 처벌까지 내리진 않았을 것이다.

'재상 오른 공작은 이번 기회를 빌려 오스카 황자를 제거하려고 하는 거야!'

마리는 하얗게 질려 생각했다. 오스카 황자는 전(前) 황후의 적통이다. 훗날 장성하면 황태자의 강력한 정적이 될 게 뻔하니 미리 치우려는 것이 분명했다. 황태자는 잠시 말없이 가만히 있었다. 재상 오른은 답답하다는 듯 채근했다.

"전하, 무얼 망설이시는 것입니까?"

"……."

"사실 원래 내전 때 목을 베었어야 했습니다. 그때 살려 두신 것도 그렇고, 지금 망설이시는 것도 그렇고 전하답지 않습니다."

전하답지 않다. 그건 수많은 피를 제물로 바친 피의 황태자로서의 면목을 뜻하는 것이리라. 결국, 황태자는 입을 열었다.

"그게 모두의 뜻인가?"

"그렇습니다. 황실 친위대의 키에르한 후작을 위시한 황제파가 반발하겠지만, 어차피 그들은 소수. 더구나 이번엔 명확한 죄가 있으니 그들이 반대해도 상관없습니다."

라엘은 나직이 한숨을 내쉬었다.

"그렇군."

그 대화를 듣고 있는 마리는 가슴이 터질 것만 같았다.

'어쩌지? 어떻게 하지?'

이대로 황태자 라엘이 고개를 끄덕이기만 하면 오스카 황자는 끔찍한 형벌을 받을 것이다.

'그건 안 돼!'

꼬마 황자의 모습이 떠올랐다. 자신의 옷을 펄럭이며 자랑하던 모습. 마술을 보며 놀라던 모습. 사람들의 냉대에 울먹거리던 모습. 그 안쓰러운 꼬마 황자가 그런 끔찍한 벌을 받아야 한다고? 고작 내 마술을 따라 하다가 불을 저질렀다는 이유로? 아니, 어른들의 정치적 사정 때문에?

"오스카 황자에 대한 처벌은……."

황태자가 이윽고 입을 열었다. 저 입에서 판결이 떨어지면 그때는 뒤집을 수 없었다. 결국, 그녀는 이를 악물며 앞으로 나섰다.

"전하, 말씀 중에 정말 죄송합니다. 아까 말씀하신 포상을 지금 말씀드려도 되겠습니까?"

황태자와 재상 오른은 그녀가 갑자기 나서자 의아한 표정을 지었다. 라엘은 고개를 끄덕였다.

"그래, 말해보도록."

마리는 크게 숨을 들이켰다. 원래는 절대 나서면 안 되는 것이지만, 자신에게 어떤 후환이 몰아닥칠지 두려웠지만, 도저히 못 본 척 가만히 있을 수가 없었다.

"10황자 전하의 죄는 저에게도 책임이 있습니다."

마리는 무릎을 꿇으며 바닥에 낮게 엎드렸다.

"그러니 10황자 전하가 받아야 할 벌의 일부를 저에게도 나누어주십시오!"

황태자와 재상 오른은 그 난데없는 청에 잠시 서로를 바라보았다.

"그게 무슨 말이지? 너에게도 책임이 있다니?"

마리는 자신과 오스카 황자에게 있었던 일을 설명하였다. 마술로 내기를 하였고, 자신의 불 마술을 연습하다 사고가 났을 것이라는 이야기.

"……그러니 그 마술을 보여 준 저에게도 책임이 있다고 할 수 있을 것입니다. 오스카 전하께서 불민한 의도로 불을 낸 것이 아니고, 저에게도 책임이 있으니 저에게도 벌을 나누어주시고, 대신 전하께 내리는 벌을 경감하여 주시옵소서.”

그 말을 들은 황태자와 재상은 잠시 입을 다물었다. 장내에 불편한 침묵이 내려앉았다.

“……마리.”

“네, 전하.”

“넌 지금 네가 한 말이 무슨 뜻인지 알고 있는 건가?”

마리는 침을 꿀꺽 삼켰다. 당연히 알고 있었다. 그녀에게 어떤 후환이 몰아닥칠지 모르는 부탁. 원래대로라면 절대 해서는 안 되는 부탁이다.

‘하지만…….’

도저히 그 안쓰러운 꼬마 황자가 무서운 형벌을 받는 것을 지켜보고 있을 수 없었다. 그것도 자신이 알려 준 마술이 빌미가 되어서.

“네가 한 말이 정말인지는 오스카에게 확인해 보면 알겠지. 어쨌든 마지막으로 다시 한번 묻겠다. 넌 방금 네가 한 말을 취소할 생각은 없느냐?”

“…….”

“너에게 벌을 피할 기회를 주는 것이다. 네가 보여 준 마술을 따라 하다가 불을 냈다고 해도, 그게 꼭 너의 책임이라 할 수는 없으니.”

마리는 대답 없이 가만히 고개를 숙였다. 그녀가 뜻을 굽힐 생각이 없음을 깨달은 황태자는 알 수 없다는 눈빛을 하였다.

“왜지? 오스카와 먼 친척인 키에르한 후작과 다르게 너와 오스카 황자는 아무런 사이도 아니지 않은가?”

틀린 물음은 아니었다. 그저 우연히 몇 번 마주쳤을 뿐, 마리와 오스카는 정말 아무런 사이도 아니었으니까. 그렇다고 그녀가 오스카를 돕는다고 얻을 이득이 있는 것도 아니었다. 황태자는 정말로 궁금해서 물었다.

"대답해 봐라."

마리는 잠시 주저하다가 입을 열었다.

"잘…… 모르겠습니다."

"뭐?"

"그냥…… 도와드리고 싶다는 생각이 들었습니다. 그것 외에는 없습니다. 죄송합니다."

마리의 대답에 황태자는 입을 다물었다. 그녀의 말이 의미하는 것은 하나였다.

'그냥 선의(善意)일 뿐이라고?'

그의 눈동자가 혼란으로 살짝 흔들렸다.

'고작 선의로 남을 위해 나선다고? 자신이 피해 볼 수도 있는데? 왜?'

라엘은 알 수 없다는 표정을 지었다. 그가 지금껏 살아온 세계를 생각하면 도저히 이해가 되지 않았다. 오로지 서로가 서로를 시커먼 눈동자로 바라보았고, 등 뒤에 비수를 감추고 살았다. 죽지 않으려면 죽이는 수밖에 없었고, 결국 그는 모두의 목을 베고 황태자 지위에 올랐다. 그런 냉혹한 길을 걸어온 라엘은 순수한 선의를 말하는 마리에게 이해할 수 없는 혼란을 느꼈다.

'어떻게 그럴 수 있는 거지?'

그저 온실 속 화초로만 자랐다면 납득할 수 있다. 하지만 전쟁 포로에, 하급 시녀로 지내온 저 시녀의 삶도 만만치 않은 굴곡이 있었을 텐데 어떻게 저런 선의를 가지며 살 수 있는 거지?

'이해할 수 없군. 이해할 수 없어.'

왜일까? 저 시녀를 볼 때마다 느껴지는 답답함이 또다시 도졌다. 도대체 이 답답함의 정체를 알 수가 없었다. 라엘은 고개를 흔들고는 입을 열었다.

"좋다. 네 부탁을 들어주마."

"전하?"

재상 오른이 놀라 말했다.

"됐다. 난 이미 저 시녀의 부탁을 들어준다고 말했다."

"하지만⋯⋯."

"그만."

재상 오른은 어쩔 수 없이 입을 다물었다.

"지금 이 자리에서 오스카에 대한 벌을 결정하겠다. 화재를 일으켜 황제의 재산을 손상한 죄로 두 달 감금형에 처하겠다."

마리는 깜짝 놀랐다. 그녀의 부탁대로 오스카가 받을 벌을 굉장히 감형해 준 것이다! 마리는 감사의 말을 올렸다.

"감사합니다, 전하!"

하지만 황태자는 차갑게 말했다.

"감사할 필요 없다. 네가 말한 대로 너도 벌을 받아야 할 것이니."

마리는 얼굴을 굳혔다. 두려웠지만, 그녀 스스로 자초한 일이니 거부할 수 없었다.

"말씀하시옵소서."

"그래."

그런데 황태자는 바로 벌의 내용을 이야기하지 않고 재상 오른을 돌아보았다.

"오른."

"네, 전하."

"먼저 나가 보게. 나는 이 시녀와 따로 할 이야기가 있으니."

오른은 의아한 표정을 지었으나, 곧 황태자의 명에 따라 방에서 나 갔다.

"그러면 나가 보겠습니다."

끼이익.

왠지 소름 끼치게 느껴지는 소음을 내며 철문이 닫혔다.

"……전하?"

마리는 그토록 두려워하는 황태자와 단둘이 있게 되자 눈을 크게 떴다. 벌을 내리는데 왜 단둘이? 황태자는 잠시 가만히 그녀를 바라보았다. 단둘이 있는데 그가 말없이 자신을 바라보자, 그녀는 긴장감에 주먹을 움켜쥐었다.

이윽고 황태자가 입을 열었다. 그런데 그의 입에서 나온 말은 그녀가 전혀 상상하지도 못 했던 것이었다.

"저 피아노 앞에 가서 피아노를 연주해 봐라."

"……네?"

갑자기 그게 무슨? 그녀는 자신이 잘못 들었나 싶어 귀를 의심했다. 하지만 잘못 들은 것이 아니었다. 황태자는 재차 명했다.

"피아노를 연주해 봐라. 너의 연주를 듣고 너에게 내릴 벌을 결정하지."

"……!"

마리는 창백하게 질린 얼굴로 피아노 앞에 앉았다. 오스카 황자를 위해 나섰을 때보다 더욱 심각한 위기였다.

'어째서 내게 피아노 연주를?'

그녀는 입술을 깨물었다.

'혹시 들킨 건가? 아니야. 그때 대연회장 3층에서 황태자는 나를 보지 못했어.'

그녀는 아닐 거라 애써 부정했다. 하지만 들킨 것이 아니라면, 어째서 자신에게 피아노 연주를 시킨단 말인가? 그녀는 힐끗 황태자를 바라보았다. 섬뜩한 철가면 아래 파란 눈동자는 가만히 그녀를 주시하고 있었다. 그 무감정한 눈동자를 마주한 순간 그녀는 본능적으로 직감했다.

'황태자는…… 무언가 알고 있어.'

정확히 들켰는지 안 들켰는지는 모르겠다. 하지만 어느 정도 짐작하고 있는 것이 분명했다.

'보관함에 숨어서 마주치지 않았는데?'

당시 대연회장 3층에서 황태자가 몰래 그녀가 내려오는 것을 지켜봤다는 것을 모르는 마리는 의문을 품었다. 하지만 지금 중요한 것은 황태자가 어떻게 알게 되었느냐가 아니었다.

"빨리 쳐 보도록."

황태자가 명했다. 마리의 머릿속이 하얗게 변했다.

'어, 어떻게 하지?'

그녀의 가슴이 파르르 떨렸다.

'그냥 엉망으로 칠까? 아니야. 이미 어느 정도 짐작하고 있는 상황인데 엉망으로 치면 괜한 의심만 더 살 수도 있어.'

무엇보다 저 황태자는 이해할 수 없게도 굉장히 깊은 음악적 식견을 가지고 있는 듯했다. 정말 실력이 없는 것과 일부러 엉망으로 치는 것을 구별하지 못할 리 없었다.

"뭘 그렇게 긴장하는 거지? 아무 곡이나 쳐 보도록. 너에게 내릴 벌은 그 연주를 듣고 결정할 테니까."

이해할 수 없는 말이었다. 연주를 듣고 벌을 결정하겠다니? 마리는 황태자가 도대체 무슨 생각을 하고 있는 건지 짐작할 수 없었다. 어쨌든 그녀는 맹수 앞에 선 토끼였다. 잡아먹히기 일보 직전의 상태. 도망갈 길이 보이지 않았다.

'주님. 제발, 제발 도와주세요.'

마리는 아득한 마음으로 기도하며 건반 위에 손가락을 올렸다.

'일부러 엉망으로 치는 것은 안 돼. 그러면 실력이 드러나지 않게 최대한 쉬우면서, 이전에 쳤던 곡들과 다른 스타일의 곡으로.'

그녀는 최대한 정체를 숨길 수 있는 곡을 결정했다.

딴.

마리의 손가락이 건반을 눌렀다. 그리고 울려 퍼지는 낮은 건반 음. 곧 방 안에 잔잔한 선율이 흐르기 시작했다.

'전원 풍경 교향곡이나 대연회 서곡과는 전혀 다른 느낌의 곡이군.'

황태자는 마리의 곡을 들으며 생각했다.

'특별히 현란한 기교도 없어.'

지금껏 들었던 전원 풍경 교향곡과 대연회 서곡은 매끄럽고 부드러우면서도, 클라이맥스로 고조될 때는 굉장한 기교를 필요로 하는 난곡이었다. 반면 지금 저 시녀가 연주하는 곡은 완전히 정반대의 스타일. 분위기도 고요하고 잔잔했고, 난이도도 굉장히 낮았다. 악기의 초보자도 따라서 연주할 수 있을 만큼 음형의 구성이 단순했다.

'저 시녀가 아닌 건가?'

그런 생각이 들 정도. 음악에 대해 모르는 사람이 들으면 이전 두 명곡을 연주한 이와 저 시녀가 동일인이라고는 전혀 상상도 못 할 것이다. 하지만 그 순간. 황태자가 철가면 아래로 가만히 눈을 감았다. 잔잔하게 귀를 간지럽히는 선율을 제대로 감상하기 위해서.

'편안하군.'

황태자는 멜로디를 들으며 중얼거렸다.

'간단하지만, 좋은 곡이야. 아니, 좋은 연주라고 해야 하나?'

음표 하나하나, 템포, 아티큘레이션, 프레이징 등 멜로디를 이루는 수많은 내용이 그의 귀로 들어왔다. 그 음악적 정보를 분석하다 그는 고개를 저었다. 저 시녀가 정말로 그 정체불명의 연주자인지 확인하는 것도 중요했지만, 왠지 지금은 다른 생각하지 않고 순순히 저 곡을 즐기고 싶다는 생각이 들었던 것이다.

단순한 기교에도 불구하고 그만큼 듣기 좋은 멜로디였다. 방 안에는 고요한 피아노 선율만 흘렀다. 잔잔한, 마치 어머니가 자식을 무릎에 눕히고 동화책을 읽어주는 듯한 느낌의 선율. 호수의 물결처럼 잔잔하고 평안했다.

그렇게 짧은 시간이 지난 후, 마리는 아르페지오를 마지막으로 곡을 마무리하였다.

"……끝났습니다, 전하."

그녀는 피아노에서 손을 내리며 황태자를 바라보았다. 그는 철가면 안으로 가만히 눈을 감고 있었다. 마리는 조마조마한 가슴으로 생각했다.

'최대한 다른 분위기로 연주하긴 했는데. 난이도도 쉬운 곡이었고.'

방금 그녀가 친 곡은 이전 곡들과 다르게 악기에 관심만 있으면 누구나 쉽게 따라할 수 있는 곡이었다. 마리는 황태자가 제발 이 곡을 듣고 의심을 거두기를 바랐다. 하지만 그녀의 그런 기대는 여지없이 빗나갔다.

"……너였군."

나직한 음성. 황태자가 파란 눈을 들어 똑바로 그녀를 바라보았다. 그녀의 눈동자를 본 순간 그는 확신할 수 있었다.

"역시 네가 그 연주자였어."

마리의 가슴이 내려앉았다.

"무, 무슨 말씀이신지……?"

마리는 하얀 안색으로 반문했다. 하지만 황태자가 아무런 말없이 자신을 바라보자, 그녀는 더는 부정해도 소용없다는 것을 깨달았다. 완전히 들켜 버린 것이다. 사실 라엘도 완전히 다른 스타일의 연주라 처음엔 확신이 들지 않았다. 하지만 단순한 멜로디임에도 불구하고, 듣는 사람의 마음을 평안함으로 이끄는 것을 느끼고 깨달았다. 저 시녀야말로 그 정체불명의 연주자가 분명하다는 것을.

'저 소녀가 정말로 그 연주자였다니.'

황태자는 경악해 마리를 바라보았다. 짐작은 하고 있었지만, 믿어지지가 않았다.

'도대체……'

이 소녀는 얼마나 자신을 경악하게 하려는 것일까? 라엘은 마리에 대해 알면 알수록 모르겠다는 생각이 들었다. 황궁의 주방장과 비견될 정도의 요리 솜씨에, 마술 실력, 모두를 놀라게 하는 추리 능력에, 기적 같은 음악가의 실력까지. 그는 아직 서제국의 황제 요한을 살린 일과 조각사의 일은 모르고 있었지만, 이미 밝혀진 것만으로도 경악스러웠다.

"어째서 정체를 숨겼던 거지?"

마리는 화급히 피아노 의자에서 내려와 무릎을 꿇었다.

"죄송합니다, 전하!"

"아니, 탓하려는 것이 아니다. 그저 이해가 안 가서 물어보는 것이다. 왜 정체를 숨겼던 것이지?"

라엘은 지금껏 계속해서 품었던 의문을 물었다.

"그, 그게……."

마리는 대답할 말이 없었다. 그녀가 정체를 숨기려 했던 것은 과도한 주목을 받아 혹시나 자신이 모리나 왕녀인 것이 밝혀질까 염려스러워서였으니까. 그녀는 고개를 숙인 채 입술을 깨물었다.

'정신 차려, 마리. 아직 황태자는 내가 모리나 왕녀란 것까지는 몰라.'

긴장과 당혹에 얼굴이 하얗게 질렸지만, 그녀는 최대한 침착하려 노력했다. 정말로 호랑이 아가리에 들어온 상황이다. 조금이라도 실수하면 안 된다.

'이렇게 된 이상, 최대한 의심받지 않도록 해야 해.'

가장 최선은 능력을 들키지 않아 주목을 피하는 것이었지만, 이미 그

것은 늦었다. 최대한 의심이라도 피해야 했다.

'뭐라고 해야…….'

그녀는 둘러댈 말을 필사적으로 고민했다.

"대답해 봐라."

그 순간 그녀의 머릿속에 한 가지 생각이 번뜩 떠올랐다.

"의심을 피하고 싶었습니다."

"의심?"

"네, 전 미천한 신분의 여인입니다. 과한 능력을 보여 곤란한 의심을 받는 것을 피하고 싶었습니다."

그녀는 조심히 말을 이었다.

"저같이 미천한 신분의 여인이 괴이한 의심을 받을 경우, 곤란한 상황에 처하는 경우가 많으니까요."

물론 마리가 정체를 숨긴 것은 그런 이유 때문이 아니었지만, 틀린 말은 아니었다. 어느 정도면 모를까, 마리의 능력은 지나치게 뛰어났다. 그것도 다방면으로. 귀족가의 여인이라면 천재라 칭송받았겠지만, 신분이 미천하다 보니 운이 나쁠 경우 충분히 괴이한 의심을 살 수 있었다.

"……그렇군. 마녀(魔女) 취급이라도 받을까 걱정되었던 건가?"

마리는 묵묵히 있었다. 황태자 라엘은 잠시 말없이 그녀를 바라보았다.

'그럴듯한 이유긴 하군.'

확실히 저 소녀의 생각은 일리가 없는 것은 아니었다. 충분히 할 수 있는 걱정이었다. 하지만 왜일까? 그냥 납득하고 넘어가기에는 석연치 않다는 느낌이 들었다. 특별한 근거 없는 감이었다.

'모르겠군. 모르겠어.'

황태자는 고개를 저었다.

'저 소녀는 도대체 어떤 존재인 거지?'

겉으로 보기에는 평범하디평범한 소녀. 하지만 알면 알수록 느껴지는 끝없는 혼란. 라엘은 다시 가슴이 답답해져 옴을 느꼈다.

'하.'

그는 속으로 탄식을 내뱉었다. 저 소녀를 마주할 때마다 늘 느끼는 터질 듯한 답답함이다. 갑갑했다. 이 갑갑함의 벽을 깨부수고 싶었다.

'도대체……'

그는 입술을 깨물었다. 이 소녀는 무엇이건대 나를 이렇게 흔드는 건지, 혼란스럽게 하는 건지.

'그냥 눈앞에서 멀리 치워 버릴까?'

라엘은 순간 생각했다. 눈앞에서 보이지 않으면 이 혼란도 없어지리라. 자신은 이 제국을 다스려야 하는 철혈의 군주. 그런 자신을 흔드는 것은 어떤 요소라도 배제하는 것이 옳았다. 하지만 그 생각을 떠올린 순간, 가슴이 덜컥 내려앉았다. 알 수 없는 허탈감이 밀려왔다.

'안 돼. 그럴 수는 없어.'

그는 주먹을 움켜쥐며 생각했다. 이유는 없다. 그저 그러고 싶지 않았다.

'차라리.'

오히려 반대로.

'철저히 내 옆에 두면 이 답답함이 사라질까?'

라엘은 충동이 일어났다. 저 소녀를 옆에 가둬 두고 싶다는 충동이. 그래서 저 소녀에 대한 모든 것을 알고 싶었다. 감춰진 것 없이 모든 것을 파헤치고 싶었다. 거기까지 생각한 라엘은 나직이 입을 열었다.

"……마리."

"네, 전하."

"혹시 황궁 악단을 맡고 싶지는 않으냐? 네 음악 실력이면 악장 바한을 능가할 터."

마리는 화들짝 놀랐다. 단순한 악단의 단원이 아닌, 악장이라니! 거의 준귀족에 준하는 대우를 받는 직위였다. 일개 시녀와는 차원이 다른 높은 위치. 하지만 그녀는 고개를 저었다.

"감당하기 어렵습니다. 거두어주시옵소서."

물론 그녀도 욕심이 없는 것은 아니었다. 하지만 악단을 맡으면 공연 등으로 수없이 많은 사람의 시선에 노출된다. 그러니 진실한 정체를 숨겨야 하는 그녀로서는 피해야 했다.

"다시 한번 묻겠다. 정말 원하지 않는가?"

"네, 전하."

"후회하지 않겠느냐?"

거듭 물어보는 라엘에게 마리는 의아한 표정을 지었다. 왜 저러시지?

"그렇사옵니다, 전하."

그녀의 대답에 라엘은 고개를 끄덕였다.

"알겠다. 그러면 아까 전 이야기하다 만 너에게 내릴 벌을 결정하지."

마리는 긴장해 주먹을 움켜쥐었다. 과연 자신에게 어떤 벌을? 그런데 황태자는 의외의 말을 하였다.

"시녀 마리, 3년 전 클로얀 왕국에서 끌려온 전쟁 포로. 현 황제인 토른 2세의 개인 소유."

"……전하?"

"내가 말한 것이 맞나?"

마리는 혼란스러운 얼굴로 고개를 끄덕였다.

"네, 저는 황제 폐하이신 토른 2세의 개인 소유가 맞습니다."

자유인인 다른 시녀들과 다르게 전쟁 포로인 그녀는 황실, 정확히는 현 황제인 토른 2세의 개인 소유였다. 지금은 쓰러져 의식 불명의 상태이지만, 그녀의 생사여탈권은 현 황제에게 있었다. 그건 그녀뿐 아니라 다른 전쟁 포로 모두 마찬가지였다. 그런데 그것을 지금 왜?

"좋다. 그러면 너에게 내릴 벌을 확정하겠다."

황태자는 허리춤에 매어진 보검을 움켜쥐었다. 황가 대대로 내려오는 그 보검은 황태자로서 황제의 권한을 대신하게 하는 상징물이었다.

"오늘로서 마리, 너의 소유권을 황제 폐하로부터 나, 황태자 라엘에게로 이양한다."

그 생각지도 못 한 말에 마리는 깜짝 놀라 반문했다.

"저, 전하?"

라엘은 고저 없는 목소리로 말을 이었다.

"이제부터 시녀 마리, 너는 나, 라엘의 것이다."

마리의 안색이 시체처럼 하얘졌다. 그, 그게 도대체 무슨? 라엘은 깊은 눈동자로 그녀를 바라보았다. 철가면 아래 푸른 눈빛에 일순 알 수 없는 감정이 일렁였으나, 마리는 눈치채지 못했다.

"이것이 바로 내가 너에게 내리는 벌이다."

'왜? 왜? 어째서?'

숙소로 돌아온 마리는 베개에 머리를 파묻고 외쳤다.

'왜 나를?'

도저히 이해할 수 없었다.

"이제부터 시녀 마리, 너는 나, 라엘의 것이다."

왜 나에게 그런 벌을 내린단 말인가?

'차라리 감옥에 감금한다든지, 매를 때린다든지 하는 거면 모르겠어.'

이유도 모르겠고, 무엇보다 그녀에게 있어서는 최악의 벌이었다. 황태자 라엘의 곁에 계속 있어야 한다는 뜻이니까!

물론 다른 시녀라면 벌은커녕 크게 기뻐할 일이었다. 이 제국에서 가장 지고한 이를 곁에서 모시는 일이니까. 하지만 그녀는 절대 아니었다. 곁에 계속해서 머물다가는 정체가 안 들킨다는 보장이 없었다.

'내가 모리나 왕녀인 것을 들키면…… 난 죽겠지.'

지금도 피가 뚝뚝 떨어지는 철가면을 쓴 채 검을 휘두르던 그의 모습이 선명했다. 그녀의 클로얀 왕국은 그의 검에 의해 멸망했다. 그러니 냉혹한 황태자는 자신의 정체를 알면 곧바로 목을 칠 것이 틀림없었다.

'이렇게 된 이상, 황태자비 간택이 시작되기 전 사자궁을 벗어나는 것도 불가능해.'

황태자비 간택이 시작되기 전은 고사하고 그 후에도 영원히 불가능할 것이다. 하지만 그녀는 의지를 다지려는 듯 입술을 깨물었다. 그리고 손바닥이 하얗게 변하도록 주먹을 움켜쥐었다.

"그래도 안 돼. 왜 나를 자신의 소유로 한 것인지는 모르지만, 어떻게든 황태자 주변에서 벗어나야 해."

마리는 굳게 다짐했다. 어떻게든 기회를 엿보면 불가능하지 않을 것이다. 아니, 가능, 불가능을 떠나 무조건 그의 곁에서 벗어나야 했다.

그때, 누군가 그녀를 불렀다.

"마리, 마리? 몸은 괜찮아?"

"아, 제인."

같은 방을 쓰는 제인이었다. 제인은 마리가 침대에 웅크려 일어나지 않자 잔뜩 걱정이 담긴 얼굴을 했다.

"약방에 가서 약이라도 가져올까?"

"아니, 괜찮아. 그냥 피곤한 것 같아."

그녀 덕분에 감옥에서 벗어난 제인은 목숨을 구제받은 은혜를 입은 것처럼 마리에게 크게 감사해했다. 실제로 큰 은혜를 입긴 했다. 마리가 아니었으면 중벌을 피할 수 없었을 테니까. 그래서 울음을 터뜨리며 끝없이 감사를 표하는데, 마리가 민망할 정도였다. 이후 감옥에서 나온 제인은 마리에게 이전과 비교할 수 없을 정도로 잘해 주기 시작했다.

"정말 괜찮겠어?"

"응. 그냥 쉬면 될 것 같아."

그런데 제인이 의외의 물음을 하였다.

"저, 마리. 내일은 어떻게 준비할 거야?"

"내일?"

마리는 고개를 갸웃했다. 내일은 대망의 축제 마지막 날, 가면무도회 날이다.

"특별히 준비할 것은 없는데? 평소처럼 글로리아 홀에서 무도회 시중들면 되는 거라서."

"응? 너 가면무도회 참석 안 해?"

제인은 눈을 동그랗게 뜨며 물었다.

"나? 당연히 참석 안 하지."

마리는 고개를 저었다. 가면무도회에는 특별한 이벤트가 있었다. 귀족들이 자신의 마음에 든 시녀에게 초청장을 보내 무도회에 참석시킬 수 있는 이벤트였다.

'나와는 상관없는 일이지. 초청을 받을 리가 없으니까.'

그녀는 베개에 얼굴을 파묻으며 생각했다. 황궁 여기저기에서 초청장을 받은 시녀들이 설렌 마음으로 무도회에 참석할 준비를 하고 있었다. 모두 좋은 집안 출신이거나, 아름다운 용모의 시녀들이었다. 마리에게는 모두 해당 사항이 없었다.

'그냥 아무 생각 없이 쉬기나 했으면.'

그나마 가면무도회를 마지막으로 축제가 끝나면 짧은 휴가를 약속받았다. 백합궁을 떠나 사자궁으로 향하는 그녀에게 시녀 수장이 고생했다며 휴가를 준 것이다.

'잠깐 궁 밖으로 나들이라도 갔다 와야겠구나.'

휴가 생각을 하니 기분이 조금 좋아졌다. 어쩌다 보니 궁 안에 갇혀 지내게 되었지만, 그녀는 궁 밖이 좋았다. 클로얀 왕성에서 통원의 궁에 갇혀 지낼 때도 남몰래 종종 궁 밖에 나들이를 갔었으니까.

'제국에서는 처음이네. 지금껏 궁을 한 번도 벗어난 적이 없었으니.'

그렇게 휴가를 생각하고 있는데, 제인이 또 가면무도회 이야기를 하였다.

"그런데 마리, 정말 가면무도회 참석 안 해?"

"응, 내가 어떻게 참석해? 초청장도 못 받았는데."

"왔는데?"

"응?"

"너 초청장 왔어."

"……."

마리는 잠시 입을 다물었다. 뭐가 왔다고?

제인은 그녀에게 봉투들을 내밀었다. 화려한 문양으로 수놓아진 봉투들이었는데, 이상하게 한 통이 아니었다.

"너 초청장 왔어."

"……누구한테서?"

"몰라. 나 글씨 못 읽잖아."

문맹률이 높은 시대라 하급 시녀 중 글을 읽을 수 있는 이는 소수였다.

"어쨌든 왔어. 그것도 3통이나."

마리는 어안이 벙벙한 얼굴로 초청장들을 바라보았다. 나한테 왜 초청장이? 더구나 초청장이 3개라고?

'잘못 온 것 아니야?'

지극히 화려한 봉투들을 보니 그런 의심이 들었다. 금박에, 금술에, 각각 다른 문양이 고풍스럽게 새겨진 봉투는 초청장을 담은 봉투가 아니라, 마치 예술품 같은 기품을 뽐내고 있었다. 하지만 봉투 구석에 쓰여 있는 '마리 양에게'란 문구를 보면 그녀에게 보낸 것이 맞았다.

'도대체 누가?'

먼저 방패와 검 문장이 새겨진 흰색 봉투를 열었다.

-키에르한 드 세이튼 후작.

"……!"

그녀의 비밀스러운 친구인 키엘이었다!

'나를 배려했구나.'

키엘은 시녀인 그녀를 신경 써 일부러 초청장을 보내 준 것 같았다. 이 가면무도회에 참석하는 것은 모든 시녀의 로망이었으니까.

'괜찮은데.'

그래도 자신을 생각해 준 그가 고맙다는 마음이 들었다.

'혹시 무도회장에서 만나면 고맙다고 인사라도 해야겠구나.'

그녀는 다음 초청장을 열어 보았다. 고풍스러운 검은 문양에 독수리 문장이 새겨진 봉투였다.

'누구지?'

곧 초청장을 꺼낸 그녀의 얼굴이 뻣뻣이 굳었다.

-요하네프 3세.

초청장을 보낸 사람은 바로 서제국의 황제 요하네프 3세였던 것이다! 그녀의 눈동자가 흔들렸다.

'왜 요하네프 3세가 나에게 초청장을?'

키엘 때와 다르게 서늘한 한기가 등 뒤를 스쳐 지나갔다. 부드러운 미소 뒤 차가움을 감추고 있는 눈동자가 떠올랐다. 피의 황태자 라엘에 못지않은 냉혹한 지배자. 그가 왜 자신에게 초청장을? 마리는 혼란스러운 얼굴로 마지막 초청장을 꺼내 들었다. 이번엔 도대체 누가? 요한이 보낸 초청장과 대조되는 흰색 문양의 봉투. 키엘과 요한의 것과 다르게 특별한 문장은 안 새겨져 있었지만, 그들의 것 못지않은 고급 재질의 봉투였다. 조심히 초청장을 꺼내 든 마리는 고개를 갸웃했다.

'누구지?'

초청장의 발신인란에는 아무런 이름도 안 적혀 있었다.

'다른 데 적혀 있나?'

혹시나 다른 구석에 적혀 있을까 꼼꼼하게 살펴보았지만, 없었다.

'뭐지? 왜 발신인을 안 적어 보낸 거지?'

초청장을 보낼 때는 보내는 이의 이름을 적는 게 당연했다. 그런데 이건 도대체 뭐지? 그녀는 의아한 표정을 지었다.

그렇게 혼란스러운 의문만 가득한 채 무도회 날이 되었다.

"자! 마리! 우리가 최대한 예쁘게 꾸며 줄게!"

"괘, 괜찮은데요."

"무슨. 여자의 변신은 무죄! 우리가 마리를 완전히 변신시켜 주겠어!"

마리는 기분도 우울하고 딱히 꾸미고 싶은 마음이 없었으나, 같이 일하던 시녀들이 우루루 달려들었다.

"후후, 마리. 넌 평소에 너무 안 꾸몄지. 오늘 같은 날을 기다렸어."

특히 같은 방을 쓰는 제인은 눈을 번뜩이며 마리를 바라보았다. 무언가 심상치 않은 그 기세에 마리는 침을 꿀꺽 삼켰다.

"아, 아니. 어차피 가면을 쓸 건데. 나는 그냥 드레스만 입고……."

"얘가 모르는 소리 하네. 가면을 써도 알아볼 사람은 다 알아봐. 아니, 오히려 가면을 썼으니 얼굴을 보일락 말락 드러내면서 요염하게 꾸며야지!"

"어, 어. 자, 잠깐만요! 잠깐만!"

시녀들은 온갖 자신만의 비술을 사용해 마리를 단장시켰다. 마리는 반항했으나, 그 정도는 가뿐히 무시해 버렸다. 그리고 시간이 지난 후,

"짠! 변신 완료!"

"이, 이제 끝난 거죠?"

"그래, 거울을 봐!"

한참을 시달린 끝에 멍한 얼굴로 거울을 본 마리는 깜짝 놀랐다.

'이게 나?'

풍성하게 올린 갈색 머리, 밝게 빛나는 하얀 피부, 커다란 맑은 눈망울. 원체 체구가 작고 말라 보호 본능을 자극하면서도, 귀엽고 예쁜 소녀가 거울 속에서 눈을 깜빡이고 있었다. 생각지도 않게 변신한 자신의 모습을 보며 마리는 중얼거렸다.

"이, 이건 사기 아닌가? 다른 사람인데?"

제인이 풋 하고 웃었다.

"사기긴, 뭐가 사기야! 평소에 좀 꾸미고 살아!"

"꾸미긴 뭘……."

마리는 고개를 저으면서도 멍하니 거울을 바라보았다. 예쁘게 변한 자신의 얼굴을 보니, 기분이 나쁘진 않았다.

'이래서 단장을 하는구나.'

마리는 늘 예쁘게 꾸미고 다니는 여자들의 마음을 조금 이해했다. 자기만족이랄까? 꼭 남들에게 보여 주기 위해서라기보다도, 스스로를 예

쁘게 꾸미는 것만으로도 기분이 좋아졌다.

"그런데 마리, 도대체 누구야?"

"네?"

"초청장 보낸 분 말이야. 듣기로 3통이나 왔다고 하던데."

주변 시녀들은 그녀가 어떤 이에게 초대받은 것인지 몰랐다. 마리는 어색하게 고개를 저었다.

"그냥 지나가다 본 분들이에요."

평범한 귀족이면 말해도 상관없겠지만, 무려 황실 친위기사단 단장에, 서제국의 황제였다. 말하는 순간 궁이 뒤집어지리라. 사실 특별한 관계도 아닌데 쓸데없는 오해를 받고 싶지 않았다.

'그런데 도대체 마지막 초청장은 누가 보낸 거지?'

그녀는 고개를 갸웃했다. 혹시나 무언가 더 연락이 올까 기다렸지만 없었다. 어쨌든 시간이 지나 무도회 시간이 다가왔다. 마리는 동료 시녀들이 마련해 준 드레스를 입었다.

"너, 너무 파인 것 같은데."

"괜찮아! 요즘엔 다 이렇게 입어. 아니면, 촌스러운 시녀복이라도 입고 갈 거야?"

"그래, 예뻐. 우리 마리."

동료들은 선 자리에 나가는 동생이라도 응원하듯 외쳤다.

"좋은 인연 만들고!"

"그래, 꼭 결혼해!"

마리는 당황해 고개를 저었다.

"그게 무슨 말이에요. 그냥 잠깐 다녀올게요."

"오늘 밤은 안 들어와도 돼! 아니, 들어오지 마!"

"그래, 외박하고 와!"

킥킥 웃으며 외치는 말에 마리의 얼굴이 빨개졌다.

'하여튼 다들 짓궂다니까. 무슨 외박이야.'

다들 가면무도회장을 백마 탄 왕자라도 만나러 가는 것처럼 여기고 있었지만, 마리는 머리가 복잡해 남자 따위는 생각할 겨를이 없었다.

'그냥 가서 맛있는 거나 먹고 쉬다 오자.'

그렇게 그녀는 눈을 가리는 가면을 쓰고 무도회장으로 향했다. 회장 입구에 도착하니 화려하게 차려입은 귀족들이 각자 가면을 쓰고 돌아다니고 있었다.

'이게 가면무도회.'

마리는 신기한 표정을 지었다. 황궁에 오래 있었지만, 가면무도회를 보는 것은 처음이었다. 다들 액세서리처럼 화려한 가면을 쓰고 있었는데, 얼굴 전체를 가리는 가면은 드물었다. 많이 가려야 얼굴의 윗부분 절반 정도. 보통은 눈 부위 정도만 가려서 원래 알던 사람이 보면 대충 정체를 짐작할 수 있을 듯했다.

'어, 저 사람은?'

그런데 무도회장 입구에 들어가려는 순간, 마리는 문 앞에서 의외의 사람을 보고 흠칫했다.

흑발에 흑안. 지적이고 부드러운 얼굴의 미남.

'요하네프 3세!'

검은 예복을 입은 서제국의 황제 요한이 문 앞에 가만히 서 있었다. 눈을 가리는 검은 가면을 쓰고 있었지만, 워낙 외모가 독특해서 바로 알아볼 수 있었다.

'왜 저기 서 있는 거지?'

마리는 주춤 멈추어 섰다.

'지나가야 하는데.'

그녀는 곤란한 표정을 지었다. 무도회장에 입장하려면 그가 서 있는 곳을 지나야 한다. 가급적 피하고 싶은 상대라 그녀는 이러지도 저러지도 못 하고 난감해했다.

그 순간, 요한이 고개를 돌리더니 그녀를 바라보았다. 눈이 정확히 마주쳐 흠칫한 순간, 요한이 싱긋 웃으며 말했다.

"오셨군요."

마리는 화들짝 놀라며 예를 표했다.

"서제국의 황제 폐하를 뵙니다."

요한은 고개를 저었다.

"여기는 가면무도회장이니 그렇게 예를 표할 필요는 없어요. 가면무도회장에서는 서로가 서로를 모르는 척하기로 약속한 것이니까요. 편하게 대하세요."

"그래도……."

원칙적으로야 그렇다지만, 상대의 정체를 아는데 어떻게 편하게 대하겠는가. 더구나 보통 귀족도 아닌 무려 황제인데.

"그나저나."

요한은 묘한 눈빛으로 잠시 그녀를 바라보았다.

"기다린 보람이 있군요."

"네?"

"마리 양이 아름다워서요."

갑작스럽게 훅 들어온 말에 마리의 얼굴이 빨개졌다.

"노, 놀리지 말아주십시오."

"놀리는 것 아닌데요? 마리 양은 모르겠지만, 제가 이렇게 실없어 보여도 사실은 굉장히 진지한 사람입니다."

진지한 사람인 것은 당연히 알고 있다. 서제국의 혼란을 피로 평정한 냉혹한 군주가 바로 그였으니까. 그가 검은 눈동자로 자신을 계속 바라보자, 마리는 시선을 피하며 고개를 숙였다.

"그러면 전 들어가 볼 테니 용무 보시기 바랍니다."

그의 옆을 지나가려는데 생각지도 않은 일이 일어났다.

탁.

그가 그녀의 손을 붙잡은 것이다. 거칠지 않은 부드러운 손길이었지만, 마리는 가슴이 덜컥 내려앉았다.

"폐, 폐하?"

요한은 낮은 목소리로 말했다.

"제 용무는 마리 양인데요?"

"네, 네?"

"기다리고 있었다고요, 당신을."

마리의 머릿속이 엉망으로 헝클어졌다. 요한은 여전히 웃는 낯이었지만, 마리는 그 웃음 너머로 그가 무슨 생각을 하고 있는지 짐작할 수가 없었다.

"어째서 저를?"

"왜긴요."

요한은 당연하다는 듯 어깨를 으쓱했다.

"당신을 에스코트해 드리려고 기다리고 있었죠."

"……!"

그는 그녀를 붙잡은 손을 부드럽게 놓았다. 그리고 기사가 귀부인에게 하듯, 한쪽 손으로 예를 표하며 말했다.

"저에게 당신을 에스코트할 수 있는 영광을 주시겠습니까, 아름다운 레이디?"

"……!"

마리의 눈동자가 흔들렸다.

'지금 이게 무슨 상황이지?'

혹시 장난을 치는 건가 싶었지만, 자신을 보는 흑색 눈동자는 기이하게 진중한 빛을 띠고 있었다. 아무리 눈치가 둔한 그녀라도 그가 장난으로 이러는 것이 아님은 알 수 있었다. 그래서 더욱 지금 상황이 이해가 안 갔다.

'왜 그가 나를?'

"레이디?"

요한이 다시 물었다. 마리는 입술을 깨물었다.

'어떻게 해야 하지?'

사실 에스코트를 받고 말고는 전적으로 자신의 자유였다. 특히나 가면무도회이니 더욱더 그러했다. 가면무도회 때는 남녀 모두 신분을 잊고 자신이 원하는 상대를 선택할 자유가 있으니까.

'하지만…….'

솔직히 말해 그녀는 요한을 좋아하지 않았다. 남녀 관계로는 말할 필요조차 없었고, 웃음 뒤에 악마의 꽃 같은 위험함이 느껴졌다. 저 부드러운 웃음에 방심했다가는 나락으로 떨어질 것 같은 불길함. 실제로 서제국에는 그렇게 그의 손에 최후를 맞이한 정적이 수도 없이 많았다.

'하지만.'

이 에스코트 신청도 그런 맥락에서 바라봐야 할까? 아니면, 그저 순수한 호의로 받아들여야 할까? 그녀는 판단이 서지 않았다.

"대답해 주십시오."

요한의 말에 마리는 결국 결정했다.

"저는……."

그런데 그 순간 익숙한 목소리가 그들 사이에 끼어들었다.

"그 에스코트, 제가 하면 안 되겠습니까?"

"……!"

마리는 놀라 고개를 돌렸다. 한 남자가 서 있었는데, 가면을 썼음에도 단번에 정체를 알아볼 수 있었다.

'키엘 님!'

황실 친위대 단장인 키에르한 후작이었다. 저 찬란한 은발과 조각 같은 얼굴선은 아무도 흉내 낼 수 없는 것이니까. 요한도 그를 알아봤는지, 입술을 비죽거렸다.

"이름 높은 키에르한 후작이군요. 이곳엔 웬일로?"

"폐하 역시 의외의 곳에서 뵙는군요."

대면하자마자 둘 사이에 서늘한 냉기가 감돌았다. 특별히 발톱을 드러낸 것은 아니지만, 그 이상 가는 싸늘한 시선이 서로를 오갔다.

'서로 적국인 서제국의 황제와 국경 방위를 책임지는 변경백이니 당연한 건가?'

마리는 그렇게 생각했다. 하지만 마리가 모르고 있는 것이 있었다. 그녀의 생각이 아주 틀린 것은 아니지만, 그런 점을 감안해도 둘은 평소보다 더 심한 적의를 보이고 있다는 것을.

"어쨌든 들어가서 볼일 보시죠. 나는 이 레이디에게 볼일이 있으니."

요한의 말에 키엘은 고개를 저었다.

"죄송하지만, 그건 어렵겠습니다. 저도 여기 마리 양께 볼일이 있으니까요."

"볼일?"

요한은 눈썹을 살짝 찌푸렸다. 키엘은 고개를 끄덕이더니, 마리에게 시선을 돌렸다. 그리고 아까 전 요한이 했던 것처럼 귀부인에게 하듯 예를 표하며 말했다.

"마리 양, 이 시간, 저에게 그대와 함께할 수 있는 영광을 주시겠습니까?"

"각하?"

마리는 당황한 표정을 지었다. 서제국의 황제 요한에 이어 황실 친위대 단장 키엘이라니? 이게 도대체 무슨 일이란 말인가?

'무, 물론 키엘 님이 싫은 것은 아니지만, 아니, 좋지만 그래도……'

그녀는 키엘이 좋았다. 오스카를 대할 때를 보면 알 수 있듯 키엘에게는 태생적으로 선한 사람의 느낌이 흘렀다. 친절하고 잘생긴 데다, 착하기까지 하니 누가 그를 싫어할까? 더구나 키엘은 그녀의 친구였다. 그와 함께라면 무도회도 당연히 환영이었다. 하지만 마리는 요한과는 또 다른 이유로 그의 손을 맞잡는 것을 망설였다.

"마리 양?"

"저는 각하의 상대가 되기에는 부족합니다. 배려에 감사하지만, 감당하기 어렵습니다."

키엘이 나선 이유는 자신이 요한 때문에 곤란해하니 도와주기 위해서였을 것이다. 누구보다도 빛나는 저 남자는 자신 같은 미천한 이 말고, 더 훌륭한 레이디가 어울리리라. 그런데 그녀의 말을 들은 키에르한이 인상을 찌푸렸다.

"누가 그럽니까?"

"네?"

"누가 마리 양이 부족하다고 했죠?"

어딘지 불쾌한 듯한 목소리. 키에르한의 이런 목소리는 처음이라, 마리는 주춤했다.

"각하?"

"마리 양은 제 소중한 친구입니다. 그러니 그렇게 말씀하지 마십시오."

마리의 가슴에 '소중한'이란 단어가 박혀 들었다. 물론 키엘은 착한 마음으로 자신을 생각해 한 말이겠지만, 그녀는 가슴이 살짝 흔들리는 것을 느꼈다.

"……감사합니다, 각하."

결국, 그녀는 그의 손을 맞잡았다. 자신이 잡기에는 너무나 과분한 손이란 생각이 들었지만, 저렇게까지 자신을 생각해 주는데 더 거부할 수가 없었다.

'오늘은 가면무도회니까 하루 정도는 신데렐라가 되어도 괜찮을 거야.'

그렇게 생각한 마리는 키에르한의 에스코트를 받으며 무도회장에 입장했다. 그리고 순식간에 버려진 남자, 요하네프 3세는 피식 웃음을 지었다.

"재미있군."

무려 황제의 몸으로 에스코트를 신청했다가 거절당했지만, 별로 불쾌해하는 눈치는 아니었다. 서제국의 지배자인 그는 그런 사소한 것을 신경 쓰는 성격이 아니었다.

"그나저나."

그는 나직이 중얼거렸다.

"모리나 왕녀를 찾으러 왔는데, 왕녀는 흔적도 못 찾았군."

모리나 왕녀. 그의 계획에 반드시 필요한 존재. 그가 이 황궁에 온 것은 그녀를 찾기 위해서였지만, 완전히 실패했다.

"그래도…… 한 가지 소득이 있으니 다행인가?"

요한은 방금 그의 눈앞에서 사라진 소녀를 떠올렸다. 평범하기 그지없는, 그러나 끝없이 흥미를 끄는 소녀.

"이거 어쩌나. 모리나 왕녀보다 저 시녀에게 더 흥미가 가니. 이제 당분간 못 본다고 생각하니 아쉽군."

오늘의 무도회를 마지막으로 그는 서제국으로 돌아간다. 영원히 떠나는 것은 아니었다. 그의 계획을 위해서 요한은 머지않은 시기에 다시 이 황도로 돌아올 것이다.

'그때까지는 저 시녀와도 작별이군. 못 보면 아쉬울 것 같은데, 그냥 서제국으로 확 납치해 버릴까?'

그는 피식 웃으며 중얼거렸다.

"어쨌든 조만간 다시 보자고요, 귀여운 시녀님."

'와, 이게 가면무도회.'

무도회장에 들어온 마리는 눈을 동그랗게 떴다. 그동안 글로리아 홀에서 열렸던 일반적 연회와는 완전히 다른 분위기였다. 가면을 쓰고 있다는 점 때문인지 훨씬 격의 없고, 자유로웠고, 흥겨웠다. 어떻게 보면 방탕하다고 느껴질 정도였다. 그녀가 살던 세계와 전혀 다른 분위기였으므로. 마리는 정신을 차릴 수가 없었다.

탁.

마리는 누군가와 부닥쳐 몸을 비틀거렸다. 옆에 있던 키엘이 급히 그녀를 부축해 주었다.

"조심하십시오."

"아, 감사해요. 조금 정신이 없어서."

"그러면 저기 안쪽으로 가서 잠시 쉬시겠습니까?"

키엘은 구석진 곳에 위치한 발코니로 그녀를 이끌었다. 발코니로 가니 복잡한 분위기에서 벗어나 시원한 공기가 느껴졌다.

"후아, 좀 살 것 같아요."

"가면무도회가 조금 복잡하긴 하지요."

"네, 저랑은 잘 안 맞는 것 같아요."

키엘은 고개를 끄덕였다.

"사실 저도 가면무도회 싫어합니다."

"아, 그러면 왜?"

마리는 의아한 표정을 지었다. 대귀족들이 필수적으로 참석해야 하는 탄신 축제 대연회와 다르게 가면무도회는 참석이 자유였다. 오로지 즐기고 싶은 사람만 참석하면 되는 것이다.

"싫으시면 굳이 참석 안 하셔도 되지 않으세요?"

"뭐, 그렇긴 하죠. 그냥 이번에는 참석해 보고 싶었습니다."

마리는 고개를 갸웃했으나, 키엘은 그저 그녀에게 미소를 지어 보일 뿐 참석한 이유를 알려 주지 않았다.

'그러고 보니 아무하고도 안 즐기시네.'

다른 이들이 계속 파트너를 바꾸며 춤을 추는 것과 다르게 키엘은 자신의 곁에 가만히 있을 뿐이었다.

'춤이 싫으신 건가? 그러면 왜 참석하신 거지?'

그때, 키엘이 하늘을 올려다보며 말했다.

"달빛이 밝군요."

"아, 네. 예뻐요."

"마리 양은 좋아하는 별자리가 있습니까?"

"저기 목동자리를 좋아해요. 각하는요?"

그렇게 그와 그녀는 밤하늘을 올려다보며 별것 아닌 대화를 하였다.

'좋네.'

마리는 그의 말을 들으며 생각했다. 늘 느끼는 것이지만, 키엘과 대화하면 편안함이 느껴졌다.

'이렇게 만나지 않았으면 정말 친한 친구가 되었을지도 모르는데.'

만약 그녀가 정체를 숨긴 시녀가 아니었다면, 어릴 때부터 그와 알고 지냈다면, 그와 자신은 세상에서 가장 소중한 친구가 되었을지도 모른다는 생각이 들었다. 그런 생각이 들 정도로 그녀는 그가 편하고 친근한 느낌이 들었다. 그런데 그렇게 대화를 하던 어느 순간, 키엘이 의외의 말을 하였다.

"감사합니다."

"네?"

"이야기 들었습니다. 오스카 전하를 위해 나서 주셨다고."

마리는 고개를 저었다.

"아니, 그건 그냥 어쩌다 보니……."

일부러 나선 것은 아니었다. 어쩌다 보니 도저히 그 꼬마 황자가 중벌을 받는 것을 못 참아 나선 것일 뿐이었다.

"괜찮아요. 신경 쓰지 마세요."

그런 그녀를 보는 키엘의 눈빛이 깊어졌다. 마리의 말처럼 가볍게 넘어갈 일은 절대 아니었다. 아무것도 아니었다는 듯 이야기하고 있지만, 실제로 당시 그녀는 목숨을 걸었기 때문이다. 덕분에 오스카는 큰 화를 피할 수 있었다. 그는 고개를 숙이며 말했다.

"작게는 오스카 전하의 친구로서, 크게는 세이튼 후작가의 당주로서 마리 양께 감사를 표합니다."

그는 진중한 목소리로 약속했다.

"나 키에르한은, 그리고 세이튼 후작가는 이번에 마리 양께 입은 은혜를 결단코 잊지 않겠습니다. 만약 도움이 필요하시면 언제든 말씀해 주십시오. 세이튼 후작가는 자신의 일처럼 마리 양의 일을 도울 것입니다."

제국 최고의 귀족가 중 하나인 세이튼 후작가의 도움! 굉장한 약속이었다.

"괘, 괜찮은데……."

그렇게 키엘은 감사를 표했고, 마리는 난감한 얼굴로 감사를 받았다. 그때 그녀는 문득 한 가지 생각이 떠올라 물었다.

"오스카 황자는 괜찮으신가요?"

"아, 네. 많이 놀라긴 하셨지만 괜찮으십니다."

키엘은 웃으며 말했다.

"아, 그러고 보니 이런 말을 하시긴 했군요."

"네?"

"나중에 꼭 마리 양과 결혼하겠다고."

마리는 쿡쿡 웃음을 터뜨렸다. 그런 말을 하는 걸 보니, 괜찮은 것 같았다. 그렇게 둘은 발코니에서 이런저런 이야기를 하며 시간을 보냈다. 특별한 주제는 없었지만, 편안하고 즐거운 대화였다.

'가면무도회는 적성에 안 맞지만, 그래도 좋네.'

이렇게 아무 생각 없이 친구와 이야기를 나누는 게 얼마 만인지. 클로얀 왕성에 왕녀로 불려 간 이후로는 처음인 것 같았다.

'그런데 날 초청한 또 다른 분은 누구일까?'

그녀는 정체불명의 초대장을 생각했다. 누굴까 하고 무도회장을 둘러보았지만, 역시 짐작 가는 바가 없었다.

'모르겠다.'

그때였다. 키에르한이 그녀를 바라보며 살짝 미소 지었다. 마치 조각같이 아름다운 미소여서, 마리는 가슴이 살짝 두근거렸다.

"왜 그렇게 웃으세요?"

"마리 양."

"네?"

"부탁 한 가지만 들어주실 수 있으시겠습니까?"

마리는 고개를 갸웃하며 대답했다.

"네, 말씀하세요."

키에르한이 하얀 장갑을 낀 손을 그녀에게 내밀었다.

"……각하?"

"이렇게 같이 무도회장에 오게 되었는데, 저와 함께 춤을 춰 주시겠습니까?"

난생처음으로 춤 신청을 받은 마리의 얼굴이 화악 붉어졌다.

"저, 저요?"

키에르한은 고개를 끄덕였다.

"네, 싫으십니까?"

"아, 아니. 그게 아니라…… 저…… 춤 잘 못 추는데."

떠듬떠듬 이야기하는 그녀를 보며 키에르한은 웃음을 터뜨렸다.

"괜찮습니다. 어차피 편하게 추는 춤이니 부담 안 가지셔도 됩니다. 그리고……."

그는 마리의 손등을 조심스럽게 붙들었다. 하얀 장갑 아래로 부드럽지만, 강인한 손바닥이 느껴졌다.

"제가 나름 잘 추니 걱정하지 마십시오."

두근!

왜일까? 마리는 신데렐라 이야기가 떠올랐다. 하룻밤 동안 무도회장의 공주가 되었던 신데렐라. 저 키에르한이 이야기 속 왕자님처럼 친절하고 멋져서일까? 그의 춤 신청을 받으니, 자신이 신데렐라가 된 듯한 착각이 들었다.

'물론 나는 키엘 님의 신데렐라도, 뭣도 아니지만.'

오늘 밤만큼은 신데렐라가 된 듯한 기분을 느껴도 괜찮지 않을까, 하고 그녀는 생각했다.

"……네, 각하."

한편 외진 곳에서 조용히 시간을 보내고 있던 그들과 다르게 모든 이의 시선을 한 몸에 받고 있는 사람이 있었다. 바로 황태자 라엘이었다. 사람들은 모두 놀라 그를 힐끗힐끗 쳐다보았다.

"황태자 전하가 왜 가면무도회장에?"

"이런 자리는 싫어하시는 것 아니었나?"

"그런데 왜 저렇게 기분이 나빠 보이시지?"

그는 검은 가죽 가면으로 얼굴의 반을 가리고 있었지만, 그가 황태자인 것을 못 알아보는 사람은 아무도 없었다. 철가면을 쓰던 평소와 똑같은 모습이었기 때문이다. 늘 철가면을 쓰던 것의 예상치 못한 부작용이었다.

"그런데 정말 왜 오신 거지? 가면무도회에 전하가 오신 것은 처음 아닌가?"

"그러게요."

사람들은 의아한 눈초리로 속닥거렸다. 연회도 즐기지 않는 황태자가 가면무도회에 참석하다니? 무슨 바람이 드신 거지? 누군가 자신의 추측을 말했다.

"혹시 황태자비가 되실 분을 물색하러 오신 것은 아닐까요?"

"황태자비 전하?"

"네, 이제 전하께서도 결혼하셔야 하잖아요. 아니, 지금도 늦어도 한참 늦었죠."

"그렇긴 하지."

"그렇지 않아도 축제가 끝나면 정식으로 황태자비 간택을 시작한다더라고요. 그전에 마음에 드는 여인이 없는지 보러 나온 것은 아닐까요?"

그럴듯한 추측이어서 사람들은 고개를 끄덕였다.

"그러면 과연 누가 전하의 마음에?"

사람들은 궁금증이 가득한 얼굴로 생각했고, 젊은 귀족 여인들은 혹시나 행운의 주인공이 될까 하는 생각에 다시 한번 자신의 치장을 살폈다. 한편 황태자 라엘은 사람들이 그러거나 말거나 묵묵부답, 아무말 없이 주스를 마시고 있었다. 무언가 잔뜩 마음에 안 든다는 듯 인상을 찌푸린 채.

오랜 친우인 재상 오른이 놀라 그에게 다가왔다.

"아니, 전하? 가면무도회장에는 어쩐 일이십니까?"

"……그냥 왔다."

사실은 특별한 이유가 있어서 왔지만, 말하지 않았다.

"그렇습니까? 그렇지 않아도 전하를 간절히 기다리던 레이디가 많았는데, 잘 오셨습니다."

오른은 기쁜 표정으로 말했다. 그도 라엘이 황태자비 간택이 시작되기 전에 여인들을 살피러 왔다고 생각했다.

"주스 말고, 간단히 술이라도 한잔하는 것은 어떻습니까?"

"됐다. 주스가 좋다."

원래 술을 좋아하는 편이 아니라, 라엘은 고개를 저었다. 오른은 황태자의 손에 들린 시뻘건 주스를 보고 얼떨떨한 표정을 지었다.

"그 주스는 무엇입니까? 혹시 그 소문의 처녀 피 주스?"

"……딸기 주스다."

참고로 딸기 주스는 라엘이 가장 좋아하는 음료다. 철혈의 군주라 불리는 그와 전혀 어울리지 않는 음료인지라, 오른은 쿡쿡 웃음을 지었다.

"혹시 마음에 드시는 레이디는 없으십니까, 전하?"

수많은 귀족 영애가 황태자의 눈치를 보고 있었다. 어떻게든 그와 대화를 나눠 보고 싶은데, 부담감에 못 나서고 있는 것이다. 오른은 자신이 기꺼이 사랑의 징검다리가 되어주기로 마음먹었다.

"에드먼드 후작가의 코엘린 영애? 아니면 이웃 나라 캐설린 공주? 아니면 이런 말씀은 조금 그렇지만, 제 동생인 아네스는 어떻습니까?"

황태자는 귀찮게 옆에서 재잘재잘 떠드는 친우를 보며 인상을 찌푸렸다.

"……다 됐다."

오른이 말한 이들은 모두 유력한 황태자비 후보였다. 특별히 결혼 생각이 없는 그였지만, 대신들은 그에게 비를 맞으라고 계속해서 압박을 넣었고, 급기야 축제가 끝난 후 간택 일정까지 잡아버렸다.

'간택이라니.'

그는 속으로 고개를 절레절레 저었다. 원하지 않는 일이었지만, 대신들의 고집을 꺾을 수가 없었다. 사실 제국의 실질적 지배자인 그가 비를 안 맞고 있는 것은 큰 문제였으므로, 대신들의 주장은 옳았다.

"정말 아무도 안 만나 보셔도 괜찮으시겠습니까? 그래도 전하의 마음에 드는 분을 비로 맞으셔야……."

황태자는 오른의 말을 차갑게 끊었다.

"됐다. 정략적으로 국익에 가장 이득이 될 여인을 비로 맞을 것이다. 외모나 성격 따위는 전혀 중요하지 않아."

지극히 철혈의 황태자다운 말이었다. 오른은 입을 다물고 속으로 중얼거렸다.

'그러면 이 가면무도회에는 왜 오신 거람?'

다른 연회들과 다르게 가면무도회는 오로지 남녀가 어울리기 위한 자리였다. 하지만 라엘은 애꿎은 딸기 주스만 마실 뿐, 어떤 여인에게도 관심이 없어 보였다. 철혈의 황태자가 아닌, 목석의 황태자 같은 모습.

'음?'

그런데 오른은 이상한 점을 발견했다.

"전하, 혹시 찾으시는 분이 있습니까?"

황태자는 순간 멈칫했다가 답했다.

"……아니다."

오른은 고개를 갸웃했다. 시선을 이리저리 옮기는 게 누군가를 찾는 듯한 모습인데? 사실 라엘은 찾는 인물이 있었다. 바로 시녀 마리였다.

'왜 안 보이지? 초대장을 보냈는데…… 안 왔나?'

마리가 받은 발신인 불명의 초대장. 그건 다름 아닌 라엘이 보낸 것이었다.

'내가 왜 초대장을 보내서…….'

특별한 이유가 있어서 초대장을 보낸 것은 아니었다. 그저 알 수 없는 감정에 이끌려 충동적으로 보낸 것이다.

'그리고 난 왜 여기에 나와서 그 소녀를 찾고 있는 거지.'

라엘은 한숨을 삼켰다. 그도 이제 자기 자신을 모르겠다. 자신이 여기 나와 있는 것도 우스웠고, 그 소녀를 못 찾아서 허전해하고 있는 것은 더욱더 우스웠다.

'그냥 돌아가야겠군.'

그는 늘 일이 많았다. 이런 곳에 낭비할 시간이 없었다.

'돌아가자.'

그런데 그가 몸을 돌리려는 순간, 저 멀리 인파 사이, 한 소녀의 모습이 그의 눈에 들어왔다. 보통 여자보다 작은 체구, 갈색 머리, 귀여운 느낌의 얼굴. 눈을 가리는 가면을 쓰고 있었지만, 누군지 신기하게도 한눈에 알아볼 수 있었다. 그가 찾던 시녀 마리였다.

"……!"

라엘은 굳은 듯 멈춰 서 그녀를 바라보았다. 왜일까? 그녀를 보니 가슴속에 머물던 허전함이 알 수 없는 감정으로 채워졌다. 어딘지 모르게 따뜻한 느낌이 드는 감정이었다.

'……예쁘군.'

그는 생각했다. 저 소녀가 꾸민 모습은 처음 봤는데, 잘 어울렸다. 분만 잔뜩 칠한 다른 영애들보다 훨씬 낫다는 생각이 들었다. 그런데 그 순간, 가만히 그녀를 바라보던 황태자의 얼굴이 뻣뻣이 굳었다. 마리의 옆에 키에르한이 다가와 비틀거리는 그녀를 부축하는 것을 본 탓이다.

'키에르한? 저놈이 왜?'

갑자기 가슴이 차갑게 식었다. 키에르한이 손을 내밀며 그녀에게 웃어 보였고, 마리도 그를 마주 보며 웃음을 지었다. 친근해 보이는 모습. 왜일까? 그 친근한 모습을 보고 있는데, 이유도 없이 기분이 한없이 가라앉았다.

'저놈은 왜 저렇게 마리한테 친한 척 구는 거지?'

라엘은 미간을 좁혔다. 저 빤질빤질한 얼굴도, 마리한테 웃는 것도, 친한 척하는 것 모두 다 신경에 거슬렸다. 아니, 그것보다 가장 거슬리는 것은 그런 키에르한에게 마주 웃음을 보이는 마리였다. 라엘은 입술을 깨물었다. 알 수 없는 감정이 계속해서 휘몰아쳤다. 이 감정을 뭐라고 해야 할까? 굉장히 불쾌한 느낌이었다.

"전하?"

갑자기 황태자의 분위기가 싸늘해지자 오른이 물었다. 라엘은 고개를 저었다.

"……아니, 아무것도 아니다."

오른이 의아한 표정을 지었으나, 라엘은 대답하지 않았다. 아니, 정확히 말하면 정신이 마리가 있는 쪽으로 집중돼 대답할 수가 없었다. 그리고 그런 그를 더욱더 불쾌하게 만드는 일이 일어났다. 둘이 조용히 발코니 쪽으로 들어가는 것이 눈에 들어왔던 것이다.

'……왜 발코니에 둘이?'

황태자는 흠칫 표정을 굳혔다.

'설마?'

무도회장에서 발코니에 남녀가 들어가는 경우는 단 하나였다. 밀회를 나눌 때.

'아니야. 아니야.'

그는 애써 고개를 저었다. 저 둘은 서로 잘 알지도 못 할 텐데 무슨 밀회란 말인가. 그럴 리가 없었다. 하지만 애써 아니라고 생각했지만, 머릿속으로 자꾸만 다른 생각이 들었다. 그러다 어느 순간 라엘은 놀라며 정신을 차렸다.

'뭐 하는 거냐, 라엘. 저 둘이 무슨 관계든 나랑 무슨 상관이라고.'

라엘은 고개를 획획 저었다. 그래, 저들과 자신은 아무런 상관없다.

그렇게 속으로 중얼거린 라엘은 오른에게 시선을 돌렸다.

"오른."

"네, 전하."

"이번에 논의 중인 사치세 개정안은 어떻게 진행되고 있는가?"

"……사치세 말입니까?"

가면무도회장에서 웬 사치세 이야기? 오른은 떨떠름한 표정을 지었다.

"그래, 그리고 북부 지방의 가뭄을 대비한 저수지 건설은 문제없이 진행되고 있지?"

"……."

갑자기 무도회장에서 국정을 논하는 황태자를 보며 오른은 입을 다물었다. 왜 저러시는 거지?

"……사치세 개정안은 명하신 대로 의회에 입안했고……."

"그래, 꼭 계획대로 통과되어야 할 것이다. 귀족들의 세금 부담을 늘리면 상대적으로 고액으로 측정되었던 백성들의 세금 부담을 덜 수 있으니까."

"……네."

말하는 내용은 평소의 명민한 모습 그대로이지만, 무언가 이상했다. 기분도 굉장히 안 좋아 보였고, 무엇보다 자신을 바라보면서도 다른 곳에 신경이 팔린 듯한 눈치였다.

'뭐지?'

오른의 추측대로 황태자의 신경은 온통 발코니 쪽으로 가 있었다. 자신과 상관없는 일이라 생각하고 무시하려 했지만, 계속해서 신성이 쓰였다.

'들어가 볼까?'

라엘은 자신도 모르게 생각했다가 화들짝 고개를 저었다. 무도회장에서 남녀가 함께 있는 발코니에 들어가는 것은 굉장한 실례였다. 둘이 안에서 무슨 일을 하고 있을지 모르기 때문에. 더구나 더 이상 키에르한은 그와 가까운 사이도 아니었다. 오히려 그의 가장 큰 정적. 아직은 때가 무르익지 않았지만, 때가 오면 그는 키에르한의 목을 칠 것이다. 그런 상대가 있는 발코니에 어떻게 따라 들어간단 말인가?

"하아."

오른은 한숨을 내쉬는 라엘을 기이한 표정으로 바라보았다. 오늘의 황태자는 평소와 달리 정말 이상했다.

'도대체 왜 저러시는 거지?'

"전하, 혹시 몸이 안 좋으신 건······?"

그렇게 오른이 물을 때였다. 황태자의 표정이 조금 전과는 비교할 수 없게 딱딱하게 굳었다. 마리와 키에르한이 손을 잡고 춤을 추러 나오는 장면을 목격한 것이다. 라엘의 얼굴이 마치 얼음처럼 변했다.

둘은 무도회장 구석에서 조용히 춤을 추었다. 마리는 춤이 익숙하지 않은지 연신 발을 헛디뎠고, 그때마다 키에르한의 팔이 그녀를 부드럽게 부축했다. 마리는 부끄럽다는 듯 얼굴을 붉혔고, 키에르한은 부드러운 미소로 그녀를 바라보았다. 조그만 소녀와 은발 남자의 춤은 아무도 주목하지 않았지만, 라엘의 눈에는 똑똑히 들어왔다. 마치 가시가 박히듯 말이다.

"······오른."

황태자는 나직이 입을 열었다.

"네, 전하?"

갑자기 극도로 차가워진 라엘의 목소리에 오른은 놀라 반문했다.

"축제가 끝났으니 외유를 다녀오겠다."

"외유 말씀이십니까? 혹시 암행을 뜻하는 것인지?"

"그래. 축제 후 백성들의 민심도 중요하니, 잠시 살피고 오겠다."

다른 군주들과 다르게 라엘은 민심을 많이 신경 썼다. 그래서 이전부터 종종 가면을 벗어 정체를 숨기고 백성들 사이로 암행을 나갔다.

"알겠습니다. 준비하겠습니다."

황태자는 고개를 끄덕였다. 그는 가만히 눈을 감았다. 사실 그는 오른에게 말한 것처럼 민심을 살피러 암행을 나가는 것이 아니었다. 물론 아예 민심을 살피려는 의도가 없다고 할 수는 없지만, 진짜 목적은 따로 있었다.

'잠시 바람이라도 쐬면 제정신으로 돌아오겠지.'

그는 속으로 생각했다. 지금 자신의 마음은 어딘가 문제가 생긴 것이 틀림없었다. 그러니 이런 이해할 수 없는 감정에 계속해서 흔들리는 것이라 생각했다.

'금방 괜찮아질 거다.'

그는 고개를 돌려 다시 마리의 얼굴을 바라보았다. 밝은 미소가 예쁘다는 생각과 더불어, 그 미소가 자신을 향해 있지 않다는 사실에 마음이 욱신거렸다.

"……난 이제 궁으로 돌아가겠다."

그렇게 대망의 가면무도회가 끝났다. 다음 날 마리는 침대에서 일어나며 행복한 표정을 지었다.

'어젠 정말 즐거웠어.'

물론 시끌벅적하고 방탕한 가면무도회는 선혀 그녀의 취항이 아니었다. 하지만 좋은 친구와 함께해서 즐거운 시간이었다.

'키엘 님.'

그녀는 어젯밤 자신과 함께했던 친구를 떠올렸다. 착하고 고마운 그는 심지어 어젯밤 헤어질 때 자신의 저택에 초대까지 해주었다.

'물론 실제로 방문하는 것은 어렵겠지만.'

그래도 늘 자신을 배려해 주는 것이 고마웠다.

'다음에 다시 만나게 된다면 과자라도 만들어 드려야겠다.'

어젯밤 수다를 떨 때 그는 예전에 자신이 해준 과자를 몇 번이나 칭찬하였다. 그가 맛있게 먹었다고 하니, 그녀는 기회를 봐서 다시 한번 과자를 선물하기로 했다.

"으아, 한바탕 꿈을 꾼 것 같네. 이제 다시는 그런 무도회에 참석할 일이 없겠지?"

마리는 기지개를 켜며 일어났다. 문득 그녀의 표정이 무거워졌다. 한바탕 꿈같은 무도회가 지나고, 자신에게 닥칠 일이 걱정되었던 것이다.

'오늘 주어진 휴가만 지나면, 사자궁으로 가야 해.'

오늘은 수잔 시녀가 자신을 배려해 특별히 준 휴가 날이다. 잠깐 궁 밖으로 나들이를 나갔다 온 후에는 황태자가 있는 사자궁으로 가야 한다.

"걱정만 한다고 해결되는 것은 없어. 이제부터 정말 정신 차리고 잘 해야 해."

무도회에 참석하고 그녀는 어느 정도 생각의 정리를 하였다. 황태자 개인 소유의 시녀가 되었으니, 사자궁에 가는 것은 피할 수 없는 현실이었다.

'중요한 것은 어떤 방법을 써서라도 사자궁에서 빠져나오는 거야. 그러지 못하고 계속 피의 황태자 곁에 머물다간 언젠가 정체를 들켜 단두대에 목이 잘릴 거야.'

그러니 무조건 사자궁에서 벗어나야 한다. 물론 쉬운 일은 아닐 것이다. 황태자가 직접 자신을 지목했으니, 황궁의 총괄 시녀장이라도 자신을 다른 곳으로 빼 주진 못한다. 하지만 마리에게는 한 가지 생각이 있었다.

'이제 황태자비 간택이 시작돼. 간택 기간 중 황태자비가 될 분을 최대한 도와드리자. 그리고 간택이 이루어지면, 다른 곳으로 빼 달라고 부탁하면 돼.'

황태자비 간택! 동제국의 오래된 전통으로, 황태자비가 될 후보들을 궁에 입궁시켜 황태자와 친분을 쌓게 한 후, 그중 한 명을 최종적으로 간택하는 것이다.

'황태자를 직접 시중들 일도 많을 테니, 황태자비가 될 분을 도와줄 수 있는 일도 있을 거야.'

황태자비가 될 분을 도와주는 데는 대단한 힘이 필요한 것이 아니다. 황태자의 옆에 머물 테니 은근슬쩍 도와줄 수 있는 일은 많으리라.

'더구나 내게는 남들이 모르는 능력이 있으니까.'

원한다고 '그 꿈'을 꿀 수 있는 것은 아니지만, 그 능력이라면 결정적일 때 큰 도움을 줄 수 있을지도 모른다.

'만약 그렇게 황태자비가 될 분을 도와드릴 수 있으면 그분께 부탁해 사자궁에서 벗어나야지. 정말 일이 잘 풀리면 전쟁 포로의 신분을 벗고 자유인이 될 수 있을지도 몰라.'

자유인! 그녀에게 반드시 필요한 신분이었다. 이 살얼음판 같은 황궁을 못 떠나는 것도 그녀가 황제, 아니, 이제는 황태자의 개인 소유이기 때문이다. 그녀는 어떻게든 자유인이 되어 황궁을 떠나는 것을 궁극적인 목표로 삼았다.

'황태자비로 결정된 분이면 친분 있는 시녀 한 명 정도는 자유인으로 만들어줄 수 있을 거야.'

물론 황태자가 직접 자신을 본인의 개인 소유로 지목했다는 것이 조금 걸리긴 했지만, 그녀는 그가 그랬던 이유가 순간의 흥미 때문일 것으로 생각했다. 신기한 것을 볼 때 생기는 흥미 같은 것 말이다. 시간이 지나면 자신에 대한 관심은 자연스레 사라지리라.

'자! 꼭 잘하자, 마리. 사자궁, 아니, 자유인이 되어 이 황궁을 벗어나는 거야!'

그녀는 황태자비 간택 기간 중, 사랑의 큐피드가 되기로 결심했다. 물론 마리의 그런 결심이 어떤 결과가 되어 그녀에게 돌아올지는 지켜볼 일이었다.

그녀는 옷을 갈아입고, 궁 밖을 나섰다. 특별 휴가를 받았으니, 오늘 하루는 궁 밖으로 나들이를 다녀올 생각이었다.

"조심히 다녀와, 마리! 외진 거리는 돌아다니지 말고!"

"응, 잘 다녀올게!"

제인의 걱정스러운 외침에 마리는 손을 흔들었다. 동제국 황궁에 온 지도 벌써 3년. 처음으로 황궁 밖을 벗어나니 상쾌한 기분이 들었다.

'내일부터는 사자궁에서 황태자를 보며 살얼음 같은 하루하루를 보내야 하니, 오늘은 실컷 놀다 들어가자.'

그렇게 생각한 그녀는 황도의 거리로 향했다.

"여기 와서 구경하세요, 아가씨!"

"이것 좀 먹고 가세요!"

마리는 시끌벅적한 거리 풍경에 눈을 동그랗게 떴다.

'와아, 아직도 거리 축제가 안 끝났네?'

황궁의 공식적인 축제는 끝났지만, 거리에서는 아직 축제를 진행하고 있는 듯했다.

'신난다.'

그녀는 흥겨운 분위기에 정신없이 빠져들었다.

한편 그때, 사자궁에서는 그녀가 그토록 두려워하는 황태자가 옷을 갈아입고 외유를 준비하고 있었다.

"정말로 혼자 가시겠습니까? 근위 기사를 대동하는 것이……."

알몬드가 곤혹스러운 표정으로 말했다. 하지만 황태자 라엘은 고개를 저었다.

"근위 기사를 데려가려면 무슨 암행을 할 수 있겠나. 백성들의 마음을 제대로 살피려면 혼자 가는 것이 나아."

"그래도 위험합니다."

알몬드는 한숨을 내쉬었다. 저 황태자는 이런 문제로 늘 자신을 힘들게 했다. 라엘은 허리에 찬 검을 툭툭 쳤다.

"위험? 황도 내에서 날 위험하게 할 수 있는 존재가 있을까? 키에르한 후작 정도면 모르겠군."

"그거야 그렇습니다만……."

피의 황태자라 불리는 라엘의 검술 실력은 보통이 아니었다. 아니, 보통이 아닌 정도가 아니라 적수를 찾기 어려웠다. 제국 최강 기사라 불리는 키에르한 후작과 동급의 실력.

그건 라엘이 검술을 열심히 연마했다기보다는 검술을 포함한 다방면의 분야에서 천재적인 재능을 지녔기 때문이다. 사실 라엘이야말로 불공평한 재능을 지닌 천재였다. 당연히 일반 근위 기사들보다는 몇 수는 위의 실력. 어지간한 상황에서는 호위가 필요 없긴 했다.

"……그래도 다시 고려해 주심이. 궁 밖에서는 어떤 예상치 못한 상황을 만날지 모릅니다."

"괜찮다. 그대들이 있으면 백성들을 살피는 데 방해가 돼."

거인 같은 덩치의 알몬드는 깊은 한숨을 내쉬었다. 아무리 괴물 같은 검술을 지니고 있어도 궁 밖에서는 돌발 사태에 대비해 웬만해서는 호위를 동행했는데, 오늘따라 왜 이러시는지 모르겠다. 결국 늘 그랬듯 알몬드는 황태자의 고집을 꺾지 못했다.

평복에 가면을 벗은 맨얼굴로 궁을 나온 황태자는 속으로 중얼거렸다.

'알몬드에게 미안하군. 고집을 부려서.'

그도 안다. 자신이 고집을 부렸음을. 민심을 살피는 것도 중요하지만, 그것보다 중요한 것은 황태자인 자신의 안전이었으니까.

'하지만 오늘은 혼자 있고 싶었으니.'

그는 쓸쓸히 생각했다. 어젯밤 가면무도회 이후로, 정확히는 그 소녀가 키에르한과 다정히 춤추는 것을 본 이후로 머리가 계속해서 복잡했다. 어떻게든 이 복잡함을 털어 내고 싶어 혼자 나오겠다고 고집을 부린 것이다.

"궁 밖 거리를 돌며 바람을 쐬면 좀 나아지겠지."

그는 황도의 거리로 향했다. 하지만 운명의 장난일까? 라엘이 선택한 길은 아직 거리 축제가 한창인, 방금 마리가 향했던 그 거리였다.

'와아!'

마리는 활기찬 거리 축제를 보며 눈이 휘둥그레졌다. 그녀는 처음 도시에 올라온 시골 처녀처럼 신기한 표정을 지었다.

'좋아. 역시 난 황궁 대연회나 가면무도회 같은 것보다 이런 축제에 더 잘 어울려.'

클로얀 왕궁에 들어가기 전에는 그녀도 이런 거리에서 살았었다. 어머니는 길거리 노점에서 잡화를 팔며 홀로 자신을 길렀다. 따라서 이런 거리는 그녀에게 고향처럼 익숙했다.

'엄마 보고 싶네. 천국에서 잘 지내고 있겠지?'

길거리에 길게 늘어선 노점 좌판을 보니 돌아가신 엄마가 떠올랐다. 생각해 보면 엄마와 지낼 때가 그녀의 삶에서 가장 행복했던 시기였던 것 같다. 비록 가난했지만 말이다. 괜히 울적해지려 해 그녀는 휙휙 고개를 저었다. 그리고 다시 축제에 정신을 집중했다.

'고향에서 보던 축제보다 훨씬 더 시끄럽구나. 번화하고.'

그녀의 고향은 작은 시골이었다. 지금은 제국과의 전쟁 중 불에 타 마을 자체가 사라졌는데, 그 시골 거리와 제국의 중심인 이곳은 비교할 수 없는 차이가 났다.

"아가씨! 여기 와서 구경하고 가세요!"

"싸게 해드릴게요!"

활기찬 호객 행위에 마리는 어색한 표정을 지으며 고개를 저었다. 그렇게 한참을 거리를 돌아다니다 그녀는 한 가지 사실을 발견했다.

'사람들의 표정이 굉장히 밝구나.'

클로얀 왕국과의 전쟁에서 시작된 황자들의 내전이 끝난 지 채 1년도 되지 않았다. 아직 전쟁의 참화를 씻기에는 이른 시기. 그런데 사람들의 얼굴에서 어두운 기색을 찾을 수가 없었다. 그것이 의미하는 것은 분명했다. 이 제국을 통치하는 이의 역량이 굉장히 뛰어난 것이다.

'현 황제인 토른 2세는 당연히 아니고…….'

토른 2세가 쓰러져 의식을 못 차린 지 벌써 4년이 넘었다. 숨만 붙어 있을 뿐, 소생할 가능성은 없었다. 무엇보다 토른 2세는 폭군으로 유명했다. 그런 그의 통치 아래 백성들이 저런 표정을 지을 리가 없었다.

'그렇다면…… 이것은 모두 황태자의 통치력.'

그녀는 묘한 표정을 지었다. 이곳 제국으로 끌려온 후, 3년간 황궁에만 갇혀 지내 외부의 사정을 잘 몰랐다. 냉혹하고 자비 없는 행보로 피의 황태자라 악명 높은 그가 이런 선정을 베풀고 있었다니, 생각지도 못 한 일이었다.

'하긴 클로얀 지방에도 나름 선정을 베풀고 있다고 했지.'

그리고 보면 거리 곳곳에서 축제 기운에 취해 황태자의 영광을 외치는 소리가 들렸는데, 황태자를 부르는 백성들의 얼굴엔 공포만 있는 것이 아니었다. 존경도 공존했다.

'적에게는 무자비하지만, 백성들에게 나쁜 군주는 아니구나.'

잔인하고 냉혹한 행보가 꼭 백성들을 향한 통치와 일치하는 것은 아닌 모양이었다.

'명군(名君).'

황태자는 적에게는 일말의 자비도 없는 두려운 존재였지만, 자신의 백성들에겐 더할 나위 없이 훌륭한 통치자로 보였다.

'문제는 난 그의 적에 속한다는 거지.'

마리는 한숨을 내쉬었다. 클로얀 왕국의 마지막 후예인 자신은 황태자가 볼 때 명명백백한 적이었다. 그는 자신의 백성과 제국을 위해 일말의 거리낌 없이 자신의 목을 베어버리리라.

'쓸데없는 생각은 그만하고, 오늘은 축제에나 집중하자. 내일부터는 또 살얼음판이니.'

꼭 자신의 계획을 성공시켜 사자궁, 아니, 황궁을 탈출하리라 결심한 마리는 다시 축제에 빠져들었다.

"자, 아가씨! 이거 맛 좀 봐요!"

"이것도 먹어 봐요!"

거리 곳곳에 먹음직스러운 먹거리와 살 거리가 그녀를 유혹했다. 마리는 바삭하게 튀겨진 과자를 보며 자신도 모르게 생각했다.

'먹고 싶다. 하나 사 먹을까?'

하지만 곧 고개를 저었다. 나들이를 나오긴 했지만, 돈을 넉넉히 가져오지 않았다. 적지 않은 돈을 받는 다른 시녀들과 다르게 전쟁 포로인 그녀는 봉급이 형편없이 적어 최대한 아껴 써야 한다.

'아쉽다. 저것도 먹어 보고 싶고, 저것도 사고 싶은데.'

그래도 눈요기만으로 즐거우니까. 마리는 그렇게 긍정적으로 생각하고 길거리를 구경하며 돌아다녔다. 그런데 그녀가 모르고 있는 것이 있었다. 자신을 지켜보고 있는 눈동자가 있다는 것을.

'……'

금발의 머리, 마치 그림과도 같이 지극히 아름다운 얼굴선. 가면을 벗고 암행을 나온 황태자 라엘이었다.

"저 소녀는 왜 또 여기에……"

라엘은 곤혹스러운 얼굴로 중얼거렸다. 황궁에서 나온 그는 바깥바람을 마시며 기분 전환을 하고 있었다. 마음속을 어지럽히는 기분을 떨쳐 버리기 위해. 하지만 황궁을 벗어나 시원한 바람을 마셔도, 마음속의 답답함은 사라지지 않았다. 오히려 떨쳐 버리려고 하면 할수록 더 무거워지는 느낌이었다.

'제발 정신 차려라, 라엘.'

그렇게 중얼거리는 순간 라엘의 눈에 믿을 수 없는 모습이 들어왔다. 그의 마음을 어지럽히는 소녀가 보인 것이다.

'……헛것인가? 왜 저 소녀가 여기에?'

라엘은 눈을 깜빡했다. 하지만 아니었다. 어찌 된 일인지 모르지만, 저 소녀도 황궁 밖으로 외유를 나온 것이다. 그것도 그가 외유 나올 때와 같은 시간에.

'하필 이런 우연이. 다른 곳으로 가야겠군.'

저 소녀를 보고 있으면 마음속의 혼란만 커지니, 마음을 정리할 때까지는 피하고 싶었다. 하지만 그는 발걸음을 다른 곳으로 향하지 못했다. 갑자기 더럭 걱정이 들었던 것이다.

'그런데 황궁에서 혼자 나온 건가? 위험에 처하면 어떻게 하려고?'

그는 문득 떠오른 생각에 와락 인상을 찌푸렸다. 남자에, 불세출의 검술을 지닌 그도 황궁 밖을 나올 때 호위를 대동한다. 어떤 예상치 못한 일이 생길지 모르기 때문이다. 그런데 저렇게 작은 소녀가 홀로 돌아다닌다고? 불한당이라도 만나면 어떻게 하려고?

'이런 빌어먹을.'

그는 속으로 욕설을 삼켰다. 그런 걱정이 들자, 도저히 발걸음을 다른 곳으로 향할 수 없었다. 실제로 소녀의 외모가 귀여운 탓인지, 힐끗힐끗 쳐다보는 사람들이 있는 것처럼 보였다.

'제길. 눈 치워.'

버럭 소리를 지를 뻔한 걸 간신히 참았다. 질 나빠 보이는 놈들이 소녀를 훑어보자, 그는 살심이 치솟았다.

'다 베어버릴까.'

젠장, 저 소녀는 왜 이렇게 마음에 안 든단 말인가. 저렇게나 무방비하다니. 그는 그렇게 혹시나 그녀에게 무슨 일이 생길까 남몰래 뒤를 따랐다. 그런데 라엘은 그녀의 뒤를 따르다가 또다시 못마땅한 모습을 목격했다.

'뭘 저렇게 고민하는 거지?'

그는 마리가 자판의 음식을 보고 한참을 고민하는 것을 보았다. 그녀는 엄청 먹고 싶은 표정으로 음식들을 보다가 쓸쓸히 고개를 저었는데, 그걸 한 번도 아니고, 매번 반복했다.

'왜 저러는 거지? 그냥 사 먹으면 되는 것 아닌가? 평민들 기준으로도 비싼 음식은 아닐 텐데.'

그는 순간 한 가지 생각을 떠올렸다.

'혹시 돈이 없는 건가?'

라엘은 또다시 인상을 찌푸렸다. 그러고 보니 그녀는 봉급을 받고 고용된 시녀가 아닌, 전쟁 포로라 제대로 된 봉급을 받지 못할 것이다.

'이런.'

물론 이건 그녀의 잘못이 아니었다. 하지만 저렇게 버림받은 강아지처럼 시무룩한 모습을 보니, 기분이 몹시 안 좋았다. 저 소녀는 시무룩한 모습보다 웃는 모습이 잘 어울렸다.

'돌아가면 당장 궁내부장 길버트 백작에게 전쟁 포로로 끌려온 시녀들의 봉급을 조정하라 일러야겠군.'

그렇게 마리는 자신도 모르는 사이에 봉급 상승의 쾌거를 이루었다.

한편 마리는 자신의 뒤를 황태자 라엘이 쫓고 있다는 것은 상상도 못한 채 축제를 즐기고 있었다. 한참을 이것저것 구경하다 거리 구석에 도착한 그녀는 의외의 물건을 발견했다.

'어? 이건?'

엄청나게 낡은 피아노였다!

'누가 버린 건가?'

사람들이 오가며 신기하다는 듯 건반을 눌러 봤다. 그런데 이리저리 줄이 끊어진 건지, 제대로 된 소리는 들리지 않았다.

'흰 건반은 대부분 끊어져 있구나.'

마리도 피아노를 이리저리 눌러 봤다. 검은 건반 외에는 거의 사용이 불가능한 지경이라 버려 놓은 것 같았다. 그 순간이었다. 그녀의 머릿속에 한 가지 곡이 떠올랐다.

'곡을 연주해 봐도 될까?'

모두가 흥겹게 먹고 마시며 즐겁게 노래 부르는 축제이니, 그녀도 단순히 구경만 하는 것이 아닌, 어느 정도 참여를 하고 싶었다. 고민하던 그녀는 검은 건반 위에 손을 올려놓았다.

'거리 여기저기에 악사도 많으니까 조금 연주해도 될 거야.'

어차피 이곳엔 자신이 누군지 아는 이도 없다. 그렇게 생각한 마리는 피아노의 건반을 누르기 시작했다. 그녀가 생각한 곡은 흑건(黑鍵, Black key). 흰건반 줄이 대부분 상했기 때문에 선택하게 된 검은건반 음표로만 이루어진 곡이었다.

'축제이니, 가볍고 신나게.'

딴. 딴.

짧은 스타카토가 거리에 울려 퍼졌다. 발걸음을 옮기던 사람들이 피아노 소리에 잠시 멈추어 섰다. 흑건, 내림 G 장조(G flat Major). 마치 춤을 추듯 그녀의 손가락이 가볍게 건반 위를 두드렸다. 탬버린이 울리듯 그 경쾌한 소리가 사람들의 귀를 사로잡았다.

"누구지? 새로운 악사인가?"

"엄청 잘 치는데?"

사람들은 감탄한 표정을 지었다. 축제의 흥을 돋우는 신명 나는 연주였다. 춤이라도 따라 추어야 할 것 같았다.

"그런데 저거 고장 난 피아노 아니었어?"

"그러게? 고쳤나?"

"아니야. 방금 내가 쳐 봤는데 소리 안 나던데?"

사람들은 고개를 갸웃했다. 분명 고장 난 악기인데 너무나 좋은 소리가 나고 있었던 것이다. 가만히 사람들 틈에서 피아노 연주를 듣던 라엘은 그 이유를 짐작할 수 있었다.

'검은 건반만으로 연주하고 있군. 역시 대단해.'

검은 건반으로만 연주하는데, 곡의 수준도 나쁘지 않았다. 마치 거리 축제를 위해 따로 준비한 것 같은 곡이었다. 단순히 시끄럽고 높기만 한 곡조가 아니라, 곡 자체로도 상당한 완성도가 있었다. 듣고 있으면 절로 기분이 좋아진다고 할까?

'좋군.'

그는 눈을 감고 마리의 피아노 연주를 감상했다. 그녀 때문에 심란했는데, 그녀의 피아노 연주로 위안받고 있다. 한숨이 나오는 일이었지만, 어쨌든 그녀의 곡은 듣기 좋았다.

"와아! 최고다!"

"브라보!"

짧은 즉흥 공연이 끝나자 모여든 사람들이 환호성을 질렀다. 개중에는 거리로 구경을 나온 귀족가의 인물도 일부 보였다.

툭. 툭. 투둑.

곧 마리의 앞에 수없는 동전이 쌓였다. 그녀가 전문 악사인 줄 안 사람들이 훌륭한 연주의 사례로 동전을 던져 준 것이다.

"한 곡 더! 한 곡 더!"

어느새 사람들이 우루루 몰려와 외쳤다. 그녀는 생각보다 사람들이 너무 몰려 당황해 한 곡을 더 연주 후 도망치듯 빠져나왔다.

'후아. 무슨 사람들이 그렇게.'

얼마나 사람이 많이 몰렸는지, 조금만 더 있다가는 아예 빠져나오지도 못 할 뻔했다. 그래도 나름 색다른 경험이었다. 재미도 있었고.

'그리고 돈도 벌고.'

마리는 수북이 쌓인 동전을 보며 행복한 표정을 지었다.

'나중에 혹시나 황궁을 나올 수 있게 되면 피아노 연주로 먹고살아도 되겠구나.'

그렇게 그녀는 다시 거리를 돌아다니며 축제를 구경했다. 행복한 시간이었다. 그런데 마리가 한 가지 모르고 있는 사실이 있었다. 마리가 연주의 사례로 받은 동전을 챙기고 떠날 때, 의미심장한 눈길로 그녀의 뒷모습을 쳐다보던 사람들이 있었단 것을.

"⋯⋯!"

라엘은 인상을 찌푸렸다. 복잡한 인파 속으로 들어간 마리를 시야에서 놓친 것이다.

"어디로 간 거지?"

시간이 지나며 축제 분위기가 무르익자 거리에는 발 디딜 틈도 없이 많은 사람이 지나다니고 있었다. 거리에는 골목도 수없이 뻗어 있어 그녀가 어느 쪽으로 사라졌는지 알 수가 없었다.

'이런!'

그는 다급한 표정으로 그녀를 찾다가 흠칫 멈추어 섰다.

'내가 왜 그 소녀를 찾는 거지? 그냥 각자 갈 길 가면 되잖아.'

그렇지 않아도 지금까지 따라다닌 것만으로도 우스운 일이었다. 이 거리에 혼자 다니고 있는 여성이 그녀 한 명도 아니고, 알아서 축제를 즐기다 황궁으로 돌아오겠지.

'이제 그만 따라다녀야겠군.'

그렇게 생각한 그는 다른 방향으로 발걸음을 옮겼다. 아니, 옮기려 했다. 갑자기 든 불안한 느낌만 아니면.

'어린애도 아니고 별일 없겠지?'

제국 수도의 치안은 다른 나라의 도시들과 비교할 수 없을 정도로 좋은 편이었다. 모두 그가 치안에 신경 쓴 덕이었다.

'그러니 괜찮을 거야.'

하지만 왜일까? 계속 불안한 마음이 들었다.

'이런 제기랄. 어디로 갔는지 얼굴이나 한번 확인하고 가자.'

그래, 귀엽게 생겼으니까. 어쩌면 흑심을 품은 못된 놈이 있을지도 모른다. 그러니 괜찮은지 마지막으로 한 번만 확인하고 가자. 그렇게 중얼거린 그는 마리를 찾기 시작했다. 하지만 어디로 갔는지, 소녀는 머리털 하나 보이지 않았다.

"젠장, 어디에 있는 거지? 혹시 진짜 무슨 일 생긴 건 아니겠지?"

불길한 마음이 커졌다. 그의 발걸음이 점점 빨라졌다. 대로를 아무리 뒤져도 보이지 않자, 다급한 마음에 사람들에게 물어보기 시작했다.

"갈색 머리 소녀요? 못 봤는데요?"

"못 봤는데……."

'이런 빌어먹을!'

그는 속으로 욕설을 내뱉었다. 물론 소녀에게 무슨 일이 생겼는지 아닌지는 모른다. 아마 다른 곳으로 빠져나가 축제를 즐기고 있을 확률이 높았다. 하지만 왜 이렇게 불안하단 말인가? 가슴이 터질 것 같은 느낌. 소녀의 밝은 얼굴을 확인해야 이 불안이 가라앉을 것 같았다. 그런데 그 순간이었다. 으슥한 골목길에서 희미한 목소리가 들렸다!

"살고 싶으면 조용히 해!"

"……!"

바로 옆의 허름한 건물 안이었다. 라엘은 생각할 것도 없이 삐그덕거리는 문을 발로 차고 안으로 들어갔다. 그곳에서 그는 그렇게나 찾던 그녀를 발견했다.

"누구냐!"

"웬 놈이?!"

강도로 보이는 불한당 3명이 그녀를 둘러싸고 있었다.

"다, 당신은?"

반항하다 뺨을 맞았는지 한쪽 뺨이 빨갛게 변한 마리가 눈을 동그랗게 떴다. 라엘은 그 상처 자국을 보자 이성이 뚝 하고 끊길 것만 같았다. 그의 입에서 차가운 목소리가 흘러나왔다.

"너희냐?"

"뭐?"

"너희가 저 소녀를 다치게 했느냔 말이다."

그 얼음 같은 목소리에 불한당 3명은 침을 꿀꺽 삼켰다. 그림같이 아름다운 남자의 눈동자는 섬뜩할 정도로 서늘한 빛을 담고 있었다.

"여, 여기가 어디라고! 꺼져!"

"돌아가면 순순히 보내 주겠다!"

불한당은 겁먹은 것을 티 내지 않기 위해 오히려 소리를 질렀다. 라엘은 피식 웃었다. 너무 화가 나니 오히려 가슴이 차갑게 식었다.

"너희에게는 두 가지 길이 있다."

"뭐?"

라엘은 품에서 단도를 꺼내 그들 앞에 던졌다.

쨍그랑!

단도가 차가운 금속음을 내며 바닥에서 뒹굴자 불한당은 흠칫 몸을 떨었다. 피의 황태자는 말했다.

"자결하거나 나에게 죽거나. 둘 중 하나를 선택해라. 원하는 대로 해 주지."

그로부터 얼마간의 시간이 흐른 후, 마리와 라엘은 나란히 어느 건물에서 나왔다.

"감사합니다. 정말 감사합니다."

고개를 숙이며 인사하는 마리를 보며, 라엘은 나직이 한숨을 내쉬었다.

"……아니다. 다음부터 조심하도록."

그들이 나온 곳은 치안을 담당하는 수도 경비대의 건물이었다. 불한당을 제압한 라엘이 그들을 경비대에 넘긴 것이다.

'그냥 다 죽여 버렸어야 하는데. 살 가치도 없는 것들.'

라엘은 속으로 차갑게 중얼거렸다. 그녀가 불한당에게 둘러싸여 빨갛게 달아오른 뺨을 잡고 있는 것을 보았을 때의 기분이 떠올랐다. 너무나 화가 나 오히려 차갑게 식는 느낌이었다.

'원래는 그대로 목을 베어버리려고 했지만.'

옆에서 지켜보고 있던 소녀 때문에 멈추었다. 피가 튀는 모습에 혹시나 충격을 받을까 걱정이 되었던 것이다. 그래서 필사적으로 분노를 억제하고 제압만 해 경비대로 끌고 왔다.

'어차피 살기는 그른 놈들.'

잡고 와 보니 부녀자 추행에, 강도에, 살인 등 전적이 화려했다. 법대로 해도 그들은 목숨을 부지하기 어려울 것이다. 아니, 꼭 법이 아니더라도 그가 그렇게 되도록 만들 것이다.

'만약 내가 안 갔으면 이 소녀도 그렇게 될 수 있었다는 것인가.'

문득 떠오른 그 생각에 라엘은 다시 화가 치밀어 올랐다. 걱정이 뒤섞인 화였다.

"……꼭 조심하도록."

마음이 가라앉지 않아서 그런지 목소리가 냉랭하게 나왔다. 가만히 그의 뒤를 따르고 있던 마리는 흠칫 놀라며 고개를 숙였다.

"네, 죄송합니다. 그리고 목숨을 구해 주신 것 정말로 감사합니다."

마리도 자신이 방금 정말로 위험했다는 것을 알고 있었다.

'이런 일이 생기지 않도록 주의하고 큰 도로로만 다녔었는데.'

마리라고 아무런 경각심 없이 돌아다닌 것은 아니었다. 그녀도 여자 혼자 돌아다니는 것이 위험하다는 것은 잘 알고 있었다. 그래서 인적 없는 곳은 피하고 최대한 사람이 많은 곳만 돌아다니고 있었는데, 이번 강도들은 인파가 많은 틈에서 갑자기 옆구리에 칼을 들이밀며 위협해 끌려간 것이다. 만약 저 남자가 아니었다면 어떤 꼴을 당했을지. 마리는 거듭 감사의 인사를 했다.

"정말 감사합니다. 덕분에 무사할 수 있었어요."

그녀가 계속해서 감사의 인사를 하자, 라엘은 다시 한숨을 내쉬었다. 사실 그녀가 무엇을 잘못했겠는가. 피해자에 불과한데. 엄밀히 말하면 저런 소녀도 걱정 없이 다닐 수 있는 치안을 못 만든 자신의 책임도 없다 할 수 없으리라.

"……됐다. 다음에는 정말로 조심하도록."

"네, 명심하겠습니다."

그러며 마리는 문득 의아한 마음이 들었다. 경황이 없어서 생각하지 못하고 있었는데, 저분이 어떻게 그때 나타난 거지?

'황궁의 시종 아니었나?'

마리는 황궁에서 몇 번 마주했던 이 남자를 당연히 기억하고 있었다. 너무나 아름다운 용모여서 잊어버리려야 잊어버릴 수가 없었다.

"저…… 그런데 제가 그곳에 있는 것은 어떻게 아시고?"

남자, 라엘은 잠시 입을 다물었다가 답했다.

"그냥 우연히 지나가고 있었다."

"아…… 네."

뭔가 석연치 않은 답변이었지만, 생명의 은인에게 뭐라고 더 물어볼 수도 없었다.

'도대체 누구일까? 시종은 아닌 것 같은데.'

마리는 남자가 황태자 라엘이라고는 상상도 못 했다. 그 섬뜩한 철가면 밑에 저렇게나 아름다운 얼굴이 숨어 있을 거라고는 생각해 본 적도 없으니까. 그래서 그녀는 저 남자가 원래는 시종인 줄 알고 있었다. 하지만 오늘 보니 그것도 아닌 것 같았다. 시종이 저렇게 뛰어난 검술을 지니고 있을 리가 없었다.

'기사? 멀리서 보니 경비대의 병사들도 굉장히 어려워하는 것 같던데.'

마리는 궁금했지만 물어보기가 꺼려졌다. 지극히 아름다운 얼굴과 다르게 남자의 푸른 눈동자는 굉장히 차가웠다. 나쁜 사람이 아닌 것은 알지만, 뭐라고 편하게 말 걸기 어려운 분위기랄까? 마리는 고민하다 입을 열었다.

"다시 한번 정말로 감사드립니다. 어떻게 감사의 은혜를 갚아야 할지……."

그녀는 가지고 있는 것은 없지만, 어떻게든 오늘 구원받은 은혜를 갚고 싶다는 생각이 들었다.

"보답?"

그녀의 말에 라엘은 고개를 저으려고 했다. 어쨌든 무사하니 됐다. 그 이상 무엇이 필요하겠는가. 그런데 됐다, 라고 말하려는 순간, 한 가지 생각이 그의 머리에 떠올랐다.

'이렇게 된 이상, 이것도 괜찮겠군.'

"오늘 일에 보답하겠다고 했느냐?"

"네, 무엇이든 말씀만 하십시오."

마리는 고개를 숙였다. 남자는 말했다.

"오늘 내가 해야 할 일이 있다. 너는 그것을 도와주도록."

마리는 의아한 얼굴을 했다. 해야 할 일? 뭐지?

"네, 알겠습니다. 그런데 어떤 일이신지요?"

남자는 입꼬리를 들어 올렸다. 아름다운 얼굴에서 나온 표정답게 마치 그림으로 그린 듯한 미소였다.

"네가 할 일은 없다. 그냥 따라다니기만 하면 된다."

"……네."

마리는 고개를 갸웃했다. 도대체 무슨 일이?

"저……"

"란이다."

"네?"

"란이라고 부르면 된다."

마리는 그제야 남자의 이름을 알게 되었다. 참고로 '란'은 라엘의 아명이었다. 라엘은 마리를 뒤에 두고 어딘가로 걸어갔다. 얼마 걷지 않아 나타난 건물을 본 마리의 눈이 의아한 빛을 띠었다.

"란 님, 여기는? 왜 의원에?"

그들이 도착한 곳은 의원이었다. 그것도 그냥 의원이 아니라, 귀족들이 이용하는 고급 의원이었다.

"해야 할 일이 의원에 있으신 건가요? 여기서 제가 어떤 일을?"

하지만 라엘은 고개를 저었다.

"해야 할 일은 없다."

"그러면?"

"네 상처, 그대로 놔둘 것인가?"

"아……."

마리는 오른쪽 뺨을 만졌다. 강도에게 맞아 빨갛게 부어올라 있었다.

"괜찮은데…… 그냥 놔두면 괜찮아질 거예요."

"내가 보기 싫어서 그렇다."

라엘은 빨갛게 달아오른 그녀의 뺨을 볼 때마다 화가 났다. 아까 그 녀석들을 얌전히 잡아간 것이 후회되었다. 이 소녀가 충격받을 것만 걱정하지 않았어도 그 자리에서 모조리 베어버렸을 텐데.

'재판관에게 이야기해 최대한 중벌을 내리라고 해야겠어.'

안에 기별을 하자 곧 의사가 허겁지겁 뛰어 내려왔다.

"어찌 이 누추한 곳에!"

하얗게 질려 쩔쩔매는 의사를 보며 마리는 고개를 갸웃했다. 왜 저렇게 긴장하는 거지? 남자는 짧게 말했다.

"이 소녀를 치료하도록."

"이분은?"

의사는 놀라 마리를 바라보았다. 그는 라엘이 암행을 나온 황태자인 것을 알고 있었다. 여인에게 관심이라고는 일절 없다고 알려진 황태자가 소녀를 데려오다니? 귀족가의 레이디 같지는 않은데 누구지? 암행을 수행 나온 수행원인가? 그런데 의사는 소녀의 달아오른 뺨을 주시하는 황태자의 눈동자를 보고 놀랐다. 걱정과 속상함이 담긴 눈빛이었던 것이다.

'무슨 관계인지는 모르지만, 최선을 다해야겠구나!'

그렇게 생각한 의사는 넙죽 고개를 숙였다.

"알겠습니다! 최선을 다하겠습니다!"

그저 찰과상일 뿐인데 무슨 대단한 수술이라도 임하는 것처럼 결의에 찬 목소리였다.

"이쪽으로 오십시오."

그러며 의사는 상처를 소독하고 치료했는데, 그 조심스러운 손길이 마치 공주라도 치료하는 듯해 마리는 얼떨떨하게 말했다.

"펴, 편하게 하셔도 돼요."

"아닙니다! 혹시 불편한 것이 있으면 바로 말씀해 주십시오!"

그렇게 마리는 정성이 가득 담긴 치료를 받고 의원을 나왔다.

"조금 괜찮나?"

"아…… 네. 감사합니다."

마리는 뭐가 뭔지 모르겠다는 듯 고개를 끄덕였다.

"아프진 않고? 불편한 것은 없나?"

그 물음에 마리는 묘한 얼굴을 했다. 엄청 냉랭한 목소리인데, 걱정하는 것처럼 들렸던 것이다.

'뭐지? 원래 남들에게 친절한 성격인 건가? 키엘 님처럼.'

하지만 원래 친절한 성격으로 보이진 않았다. 친절한 성격이라기에는 말투나 눈빛이 너무 무뚝뚝했다. 아니, 무뚝뚝하다기보다는 차가움에 가까운 느낌.

'그런데 왜 날 걱정하는 거지? 오가며 우연히 몇 번 본 사이에 불과한데.'

남자가 라엘인 것을 모르는 마리는 그렇게 생각했다.

"저…… 그런데 왜 저를 이렇게 신경 써 주시는 건지…….'"

그 물음에 라엘은 입을 다물었다.

'나도 몰라.'

자신이 알면 이러고 있겠는가. 그도 갈팡질팡한 자신의 감정을 몰랐다. 이 소녀를 보면 가슴이 답답해지다가 엉망으로 뒤섞였고, 파도를 만난 것처럼 흔들렸다. 도저히 통제되지 않는 감정. 라엘은 그냥 되는 대로 답했다.

"……과자 때문에 그렇다."

"네? 과자요?"

"그래, 그때 네가 나한테 주었던 과자."

마리는 아, 하고 고개를 끄덕였다. 이전 그녀는 백조 정원에서 그에게 과자를 선물해 준 적이 있었다. 그때 라엘이 등을 돌리며 어딘가로 향했다.

'드디어 볼일을 보려나 보다.'

마리는 과연 볼일이 무엇일까, 궁금해하며 남자를 따라갔다. 그런데 남자가 향한 곳은 전혀 의외의 장소였다.

"여기는?"

축제 거리의 좌판이었다. 바로 아까 전 그녀가 먹고 싶다 고민하다 돈이 없어 고개를 젓고 포기했던!

"아이고, 엄청 잘생긴 손님이시네. 무얼 드릴까요?"

"딸기 주스 한 잔."

그러며 남자는 마리를 바라보았다.

"넌 뭐 먹을 거지?"

마리는 당황한 표정을 지었다. 지금 뭐 하는 거지?

"빨리 골라라."

"……전 타르트요."

"목이 메니 음료도 같이 마셔라. 너도 딸기 주스 마실 텐가?"

"그…… 저, 전 오렌지 주스요."

그녀가 뭐라고 하기도 전에 남자가 계산을 해버렸다. 곧 시원한 주스와 타르트가 나왔다. 먹음직스러워 보이는 외양만큼이나 맛있었다.

"먹을 만한가?"

"네, 그런데…… 저에게 왜?"

마리는 냉랭한 얼굴로 빨대로 딸기 주스를 마시고 있는 남자를 보며 물었다. 저 차갑고 아름다운 얼굴로 딸기 주스라니, 뭔가 부조화스러웠다. 라엘은 마리의 물음에 입을 다물었다.

'뭐라고 답해야 하지? 나도 모르는데.'

사실 그에게 해야 할 일 따위는 없었다. 그냥 나오는 대로 이야기한 것일 뿐이었다. 자신이 왜 그랬는지도 솔직히 잘 몰랐다. 그냥 그때 그녀를 보내기 싫다는 충동이 들었고, 지금도 보내기 싫었다. 단지 그뿐이었다.

'사실 같이 다닐 이유가 없는데, 아니, 그냥 황궁으로 보내는 것이 맞는데.'

그래도 한 가지 다행인 것은 그녀가 옆에 있으니 답답함은 조금 덜하다는 것이었다. 대답할 말이 궁한 라엘은 또 입에서 나오는 대로 답했다.

"……해야 할 일이 이것이다."

"네?"

"난 오늘 돈을 써야 한다. 넌 옆에서 내가 돈 쓰는 것을 도와주어야겠다."

마리는 입을 벌리고 남자를 바라봤다. 이게 말인가, 똥인가? 라엘도 자신이 방금 말도 안 되는 말을 했다는 것을 깨달았다. 방금 발언, 정말 피의 황태자답지 않았다.

"그러니까 그게……."

뒷수습하려고 입을 여는 순간 돌연 마리가 쿡쿡 웃었다. 자신 앞에서 저 소녀가 웃음을 짓는 것은 처음이어서 라엘은 눈을 크게 떴다.

"……왜 웃지?"

"아니요. 아니에요. 알겠습니다. 그러면 최선을 다해 도와드릴게요."

라엘은 인상을 찌푸리며 고개를 갸웃했다. 뭐지?

"그러면 다음 곳으로 가지."

그는 다른 좌판으로 이동했다. 이곳도 그녀가 아까 사고 싶다가 돈이 없어서 포기했던 곳이다. 마리는 그런 남자를 보며 웃음을 지었다.

'솔직하지 못한 분이구나.'

돈을 쓰는 게 볼일이라니, 그런 볼일이 어디 있겠는가. 아마 저 남자도 자신처럼 축제를 즐기러 나온 것이 분명했다. 혼자 돌아다니기 적적하니 저렇게 이야기한 것이겠지.

'그냥 같이 다니자고 말해도 괜찮았을 텐데. 나도 혼자 심심했으니까.'

남자의 의외의 면을 보자 마리는 조금 경계심이 풀리는 것을 느꼈다. 무뚝뚝한 말투와 다르게 생각보다 차가운 사람은 아닐지도 모른다는 생각이 들었다.

"자, 맛있게 드십시오!"

다음 코스는 밀가루 과자에 크림을 잔뜩 올린 디저트였다. 남자는 어지간히 딸기를 좋아하는지, 그 위에도 딸기를 올렸다. 그 뒤로도 둘은 거리를 돌아다니며, 이런저런 볼거리를 구경하며 맛있는 것을 실컷 먹었다.

"신기하네요."

"무엇이 신기하지?"

"란 님이랑 저랑 취향이 비슷한 것 같아요. 란 님이 가자고 하시는 곳, 모두 다 제가 원했던 곳이거든요."

마리의 말에 라엘은 잠시 입을 다물었다. 취향이 비슷한 게 아니라, 아까 그녀가 아쉬워하던 곳을 기억했다가 그대로 방문하고 있었던 덕이었다. 이런 일도 있었다. 어느 좌판에서 남자가 늘 했던 것처럼 계산하려는 찰나, 마리가 선수를 쳐 얼른 동전을 내민 것이다.

"왜 네가 계산하는 거지?"

"저도 해야 할 일이 있거든요. 돈 쓰는 일."

마리는 삐죽 웃으며 말했다. 그 장난스러운 말에 남자는 피식 웃었다.

"됐다. 넣어 둬라."

하지만 마리는 고개를 저었다.

"아니에요. 계속 사 주기만 하셨잖아요. 저도 한번쯤 란 님께 사드리고 싶어서 그래요."

그 말에 라엘은 과자를 집어 입에 물었다. 사실 좋아하는 과자는 아니었지만, 그녀의 말을 들어서일까?

'맛있군.'

그렇게 시간이 쏜살같이 지나갔다.

"언제 이렇게 시간이?"

마리는 깜짝 놀라 말했다. 생각했던 것보다 시간이 훨씬 많이 지나 있었다.

'이제 돌아가야겠네.'

저 무뚝뚝한 남자와 보낸 시간이 생각보다 즐거웠던 것 같다. 돌아가려니 아쉽다는 생각이 들었다.

'어제도 그렇고, 오늘도 그렇고 꿈만 같네.'

가면무도회와 오늘 축제, 모두 즐거웠다. 마치 꿈을 꾼 것처럼.

'내일부터는 사자궁에 가야 하는구나.'

황태자 곁에서 실얼음을 걸어야 할 것을 생각하니 마리는 마음이 무거워졌다. 더구나 그냥 살얼음도 아닌, 미끄러지면 목이 떨어질 살얼음이었다.

'힘내자. 황태자비 간택 때 꼭 잘해 사자궁을 벗어나는 거야.'

그녀는 의지를 다졌다. 그때 옆에 있던 란이 말했다.

"이제 돌아가야 하는 건가?"

"아, 네."

"그러면 바래다주지."

그녀는 괜찮다고 말하려고 했다. 그런데 그 순간 갑자기 뚜둑뚜둑 비가 떨어지기 시작했다.

"아, 갑자기 소나기가."

남자는 손바닥으로 빗방울을 가늠하더니 말했다.

"거세지는군. 잠시 피했다 가지."

"네."

그냥 가기에는 빗방울이 거셌다. 피할 곳을 찾아 주변을 둘러보니 마침 허름한 성당 하나가 보여 둘은 그곳으로 들어갔다.

"신부님도, 수녀님도 아무도 없네요. 이렇게 들어가도 될까요?"

"뭐, 상관없을 거다. 그래도 성당인데 야박하게 쫓아내진 않겠지."

둘은 잠시 성당에 앉아 숨을 돌렸다. 라엘은 짧은 시간 만에 꽤 젖은 마리의 얼굴을 보고 인상을 찌푸렸다.

"젖었군."

"아, 네. 괜찮아요."

마리는 고개를 저었지만, 라엘에겐 괜찮지 않았다. 저러다 감기라도 걸리면 어떻게 하려고. 그래서 그는 품 안에서 손수건을 꺼내 비에 젖은 그녀의 얼굴을 닦아주었다. 그가 부드러운 손길로 얼굴의 물기를 닦아주자, 마리의 뺨이 자신도 모르게 화악 달아올랐다.

"괘, 괜찮아요!"

"왜 그러지? 가만히 있어 봐라."

"저, 정말 괜찮아요!"

마리는 도망치듯 자리에서 일어났다. 남자의 행동이 특별한 의미가 없는 것임은 알지만, 왜일까? 주책없이 가슴이 뛰어 그녀는 강하게 고개를 저었다.

"제가 닦을게요."

그렇게 사양하고 마리는 다시 남자의 옆에 앉았다. 성당 안이 너무 적막해서일까? 둘 사이에 잠시 어색한 침묵이 흘렀다. 남자가 창밖을 보며 말했다.

"비가 많이 오는군."

"아, 네."

두둑. 두둑.

빗방울 소리가 끝없이 창밖을 두드렸다. 조용한 성당 안에서 그 빗방울 소리를 듣고 있으니 마리는 괜히 감상적인 기분이 들었다.

"저…… 예전에 비를 굉장히 무서워했었어요."

"비를?"

"네, 엄마는 일하다 늘 늦게 들어오셔서 혼자 집에 있을 때가 많았거든요. 비가 많이 쏟아지면 저 비에 엄마가 떠내려가면 어떻게 하지, 이렇게 걱정했어요."

무언가 추억에 잠긴 마리의 말에 라엘은 고개를 끄덕였다.

"그대의 어머니는 어떤 분이셨지?"

"그냥…… 평범한 분이셨어요. 아까 거리에서 보셨던 분들처럼 거리 노점에서 장사하셨고, 혼자 절 기르느라 늘 힘들어하셨어요."

"……그렇군."

"그때는 어려서 잘 몰랐는데, 지금 생각해 보니 저 때문에 정말 고생을 많이 하셨던 것 같아요. 항상 저를 위해서만 사셨는데…… 그때는 잘 몰랐어요. 조금만 일찍 알았어도 좋았을 텐데."

'보고 싶다.'

마리는 속으로 그 말을 삼켰다. 왕녀로서 클로얀 왕성에 들어가기 전, 유일하게 행복했던 어린 시절. 그 시절로 돌아갈 수 있으면 얼마나 좋을까? 물론 불가능한 일이다.

그녀가 말을 멈추자, 다시 침묵이 흘렀다. 괜히 자신 때문에 분위기가 어두워졌다고 생각한 마리는 고개를 저으며 웃음을 지었다.

"죄송해요. 제가 괜히 쓸데없는 이야기를 해서. 오늘 정말 고마웠어요. 란 님 덕분에 즐거운 시간 보낼 수 있었어요."

라엘은 잠시 그녀의 얼굴을 바라보았다. 미소 뒤 깊은 곳에 아련한 마음이 느껴졌다. 그 아련함을 느낀 순간, 그는 문득 한 가지 생각이 들어 자리에서 일어났다.

"란 님?"

"잠깐 있어 봐라. 들려줄 게 있다."

의아한 표정의 그녀를 뒤로하고 그는 어딘가로 걸어갔다.

'피아노?'

라엘이 향한 곳은 성당 구석, 십자가 아래에 놓인 피아노였다.

'왜 피아노에?'

그녀는 곧 남자의 의도를 알 수 있었다. 피아노 앞에 앉은 그가 건반 위에 손을 올린 것이다.

"네 실력보다야 못하겠지만…… 그냥 편하게 들어라."

그러며 그의 손가락이 건반을 눌렀다. 곧 조용한 성당 안에 잔잔한 피아노 선율이 흐르기 시작했다.

'아, 녹턴(Nocturne).'

녹턴, 밤의 서정적인 분위기를 나타내는 야상곡(夜想曲). 남자의 손이 천천히, 부드럽게 움직였다. 그 손가락의 움직임을 따라 마치 꿈을 꾸는 듯한 선율이 흘러나왔다. 마리는 그 선율을 들으며 놀라 생각했다.

'대단한 솜씨구나.'

전문 건반 연주자와 비교해도 전혀 손색이 없는 솜씨였다.

'선율도 굉장히 듣기 좋아. 직접 작곡한 건가?'

즉흥 연주라기에는 굉장히 뛰어난 곡이었다. 연주자의 감정이 곡 여기저기에서 묻어나왔다.

'그리움. 두려움.'

마리는 곡을 들으며 눈을 감았다. 그녀의 마음속 어두운 밤하늘에 달이 떠올랐다. 구름에 가린 그 달은 너무나 희미한 빛만을 비출 뿐이었다. 여리디여린 월광(月光). 마리는 어린 시절로 돌아가 그 달을 보았다. 홀로 남겨진 두려움과 누군가를 향한 그리움이 피아노 소리에 사무쳤다.

그런데 어느 순간, 멜로디의 분위기가 바뀌었다. 어두운 분위기의 단조에서 장조로 전조가 일어나며 암흑 속에 부드러운 기운이 흐르기 시작했다. 달을 감싸던 구름이 천천히 걷혔다. 구름이 걷히고 나타난 것은 따뜻한 월광. 따뜻하고 부드러운 월광이 성당 안을 가득 채웠다.

'이건……'

마리의 눈동자가 흔들렸다. 남자의 피아노가 무엇을 표현하는지 느껴졌다. 저 따뜻한 월광은 바로 애틋한 사랑이었다. 엄마가 자신에게 주었던. 저 하늘에 떠 있는 달처럼 언제, 어디에 있든 그녀를 사랑하고 있다고 말하는 듯했다. 순간 가슴이 울컥해져 마리는 입술을 깨물었다.

'도대체.'

마리는 남자의 얼굴을 바라보았다. 저 남자는 언제 이런 곡을 작곡한 것일까? 분명 즉흥적으로 떠올린 곡은 아니었다. 이 곡은 분명 본인의 경험과 아픔을 투영해 만든 곡이다. 그렇다면 저 차가운 눈동자의 남자도 자신과 같은 아픔을 겪었다는 것일까? 그때 남자가 피아노 연주를 멈추었다. 그는 잠시 머뭇거리다 말했다.

"……들을 만했을지 모르겠군."

"……"

마리는 대답하지 않았다. 아니, 아직 곡의 여운이 가시지 않아 가슴이 흔들려 입을 열지 못했다.

그때, 남자는 무슨 생각이 들었는지 의외의 말을 하였다.

"괜찮다면 같이 쳐 보지 않겠나? 악기를 연주하다 보면, 기분이 좋아지기도 하니까."

마리와 남자의 눈동자가 허공에서 마주쳤다. 그녀는 홀린 듯 고개를 끄덕이고, 남자의 왼편에 앉았다. 곧 다시 고요한 성당에 피아노 선율이 흐르기 시작했다. 이번엔 그와 그녀가 함께하는 합주였다. 라엘이 주선율을 연주했고, 마리가 그걸 따라갔다. 마리는 건반을 누르며 눈을 감았다. 그와 자신이 함께 자아내는 선율이 귓가를 간지럽혔다. 왜일까? 그 소리에 지금까지의 아픔이 조금은 씻겨 내려가는 듯한 느낌이 들었다.

'앞으로의 삶도 계속해서 힘들겠지만.'

그녀는 속으로 중얼거렸다.

'이 순간만큼은.'

그래도 따뜻하다는 마음이 들었다.

마리는 피아노를 연주하며 고개를 들었다. 십자가가 보였고, 그 위 높은 곳에 위치한 창문으로 밤하늘이 보였다.

뚜둑. 뚜둑.

여전히 밖에선 빗방울이 떨어지고 있었다. 그 빗방울 소리를 들으며 그녀는 다시 가만히 눈을 감았다. 그렇게 고요한 피아노 소리와 함께 많은 것이 변했던 축제가 막을 내렸다.

Chapter 5
황태자비 간택

다음 날 마리는 드디어 호랑이 소굴 같은 사자궁으로 출근을 하게 되었다.

"마리, 이제 자주 못 보겠네. 가끔 만나 줄 거지?"

같은 방을 쓰던 제인이 아쉬운 목소리로 말했다. 사자궁으로 근무처를 옮기게 되며 마리는 하급 시녀들의 단체 숙소가 아닌, 개인적으로 나온 방을 쓰게 되었다.

"그래도 부럽다. 사자궁이라니."

제인은 동경의 눈빛으로 마리를 바라보았다. 사자궁에 속한 시녀는 수많은 시녀 중 가장 존귀한 직책이다. 하급 시녀였던 마리 입장에서는 그야말로 벼락 승진이라도 한 상황. 누구라도 부러워할 만했다. 하지만 마리는 곤란한 표정을 지을 뿐이었다. 그녀에게 있어 사자궁은 사지나 다름없었다. 황태자란 저승사자가 있는 사지(死地) 말이다. 조금만 발을 헛디뎌도 끝장이었다.

'됐어. 더는 떨지 말자. 필요 이상으로 긴장하면 오히려 이상하게 생

각할 거야. 최대한 자연스러운 모습을 보여야 해.'

그녀는 굳은 얼굴로 생각했다.

'중요한 것은 끝까지 정체를 들키지 않고, 사자궁을 탈출하는 것.'

그리고 마리는 사자궁을 탈출할 계획을 가지고 있었다.

'곧 시작될 황태자비 간택 때 황태자비 후보를 도와 공을 세우는 거야.'

그녀가 생각하고 있는 계획은 이른바 '사랑의 큐피드 계획!'. 그 유치한 이름의 계획의 골자는 간단했다. 기회를 엿봐 황태자비 후보가 황태자와 맺어지는 데 도움을 주는 것이다. 마치 사랑의 큐피드처럼 말이다. 분명 사자궁에 머물다 보면 도움을 줄 기회가 생기리라.

'그러면 그 도움에 대한 대가로 나를 사자궁에서 벗어나게 해달라 부탁하자. 내가 황태자의 개인 소유이긴 하지만, 그 정도는 이루어줄 수 있을 거야.'

물론 그녀도 고작 시녀인 자신이 간택을 좌지우지할 정도로 큰 도움을 줄 수 있을 거라고는 생각하지 않았다. 할 수 있는 것은 그저 계기가 될 만한 작은 도움들 정도일 뿐. 그래도 그 정도라도 상관없었다. 도움을 받은 황태자비 후보는 분명 자신을 잊지 않으리라.

'그래도 잘하자. 아니, 무조건 잘해야 해.'

황태자가 자신에 대해 어떤 생각을 하고 있는지 전혀 모르는 마리는 그렇게 굳게 다짐하였다.

그녀는 제인과 인사를 마무리한 후 사자궁으로 향했다.

'일단 먼저 사자궁에 적응해야 해. 분명 텃세가 심할 거야.'

황태자가 거하는 사자궁에서 일하는 것은 시녀들 사이에서도 가장 높은 직책이었다. 그런 만큼 사자궁의 시녀는 모두 귀족가 출신의 영애들로만 이루어져 있다. 그녀 같은 평민, 아니, 평민보다 못한 전쟁 포로 출신은 단 한 명도 없으니 가면 어떤 구박을 당할지 몰랐다.

'그래도 구박에는 익숙하니까. 기죽지 말고 어떻게든 노력해서 자리를 잡자.'

그렇게 각오하며 사자궁에 들어갔는데, 생각지도 못 했던 인물이 그녀를 기다리고 있었다.

"반가워요. 마리 양인가요?"

이마에 주름이 가득한 중년 여인을 보고 마리는 화들짝 고개를 숙였다.

"네, 마리라고 합니다! 에슐린 백작 부인을 뵙습니다!"

에슐린 백작 부인! 이 사자궁을 넘어서 황궁 전체의 시녀들을 총괄하는 총시녀장이었다. 말단 시녀인 마리와 비교하면 까마득하게 높은 인물. 총시녀장인 그녀가 가진 권세는 가히 궁내부장인 길버트 백작에 비할 만했다.

'왜 총시녀장님이 나를?'

고작해야 선배 시녀가 자신을 마중할 줄 알았던 마리는 생각지도 못한 거물이 자신을 기다리고 있자 놀랄 수밖에 없었다.

"그래, 성(姓)은 없나요?"

당시 평민 중에는 성이 없는 사람이 많았다.

"네, 그냥 마리라고 불러 주시면 됩니다."

"그렇군요."

에슐린 백작 부인은 돋보기안경을 곧추세우며 마리를 위아래로 훑어보았다. 그리고 이해할 수 없다는 듯 고개를 갸웃했다.

"흠. 전하께서는 도대체 왜?"

마리는 그 시선에 의아한 마음이 들었다. 무슨 말이지? 하지만 백작 부인은 특별한 설명 없이 업무에 대한 이야기를 꺼냈다.

"이전에 일했던 곳에서 모두 평가가 훌륭하던데, 이곳에서도 잘할 거라고 생각해요. 특별히 몸이 힘들거나 하는 일은 없을 거예요. 다만."

백작 부인은 나직이 주의를 주었다.

"이곳 사자궁에서 만나는 분들은 모두 지고한 신분의 귀족들이에요. 그러니 몸가짐을 조심해야 하고, 그분들을 모시는 데 각별하게 신경 써야 할 것이에요."

"네, 알겠습니다."

"특히 순번을 돌아가며 황태자 전하의 시중을 들게 될 텐데, 그때는 꼭 실수가 없도록 주의하세요."

마리는 얼굴을 굳혔다. 황태자의 시중! 그녀가 가장 두려워하는 일이었다.

'역시 황태자의 시중을 들어야 하는구나.'

그런데 문득 그녀는 이상하단 생각이 들어 조심히 입을 열었다.

"저…… 혹시 전하께서는 전담 시녀가 없으신지……."

보통 황족이나 대귀족은 따로 시중을 전담하는 시녀와 시종들이 있었다. 이렇게 순번을 돌아가며 시중을 드는 경우는 드물었다. 참고로 이러한 시중을 드는 이를 전담 시녀라 부르며, 이들은 황족을 근처에서 보필하는 최측근인지라 최소 백작가 이상의 명문가 출신으로 구성되어 있다. 하지만 에슐린 부인은 고개를 저었다.

"황태자 전하께서는 따로 전담 시녀를 두지 않고 계세요."

마리는 이해할 수 없다는 듯 고개를 갸웃했다. 클로얀 왕국의 왕자들만 해도 전담 시녀, 시종을 우루루 데리고 다녔었다. 그런데 그들과 비교할 수 없는 막강한 권세를 지닌 황태자가 전담 시녀를 안 두고 있다니?

"여러 번 전담 시녀와 시종을 두라고 권하긴 했었는데, 매번 번거롭다고 거절하더군요. 아마 특별히 마음에 드는 인물이 없어서인 것 같아요."

"아……."

그때 백작 부인이 묘한 눈빛으로 마리를 훑어보며 말했다.

"뭐, 혹시 모르죠. 이번에 전담 시녀가 한 명 생길지."

그 알 수 없는 말에 마리는 의아한 표정을 지었다. 하지만 백작 부인은 추가적인 설명을 해줄 생각이 없는 듯했다.

"그러면 전 간택 후보분들을 맞을 준비를 하러 가야 하니, 추가적인 설명은 저기 레시아 양에게 듣도록 하세요."

"네, 알겠습니다."

곧 레시아라 불린 소녀가 마리에게 다가왔다. 나이는 마리보다 한두 살 정도 많아 보이는데, 뭔가 쉽게 말 걸기 어려운 기품 같은 것이 느껴지는 미소녀였다.

'예쁘다. 당연히 귀족이겠지?'

마리는 속으로 생각했다. 레시아뿐이 아니었다. 주변에 돌아다니는 시녀 모두 상당한 미모와 기품을 뽐내고 있었다. 한눈에 봐도 최고의 영애들로만 가리고 가려 뽑은 티가 났다. 왠지 마리는 자신이 백조들 사이에 선 오리가 된 것 같다는 기분이 들었다.

"레시아 폰 베나첼이라고 해."

폰(Von). 도이칠란트 지방에서 유래한 귀족을 뜻하는 미들네임. 역시나 귀족이었다.

"아, 네! 선배님. 마리라고 합니다."

마리는 뻣뻣이 대답했다.

'분명 날 탐탁지 않게 여기고 있을 거야.'

그녀는 귀족 영애들이 갑자기 나타난 오리인 자신에게 심한 텃세를 부릴 것으로 예상했다. 레시아가 입을 열었다.

"그래. 편하게 마리라고 부를게. 괜찮지?"

"아, 네!"

"오늘은 첫날이니 특별히 일은 안 해도 될 거야. 나랑 같이 다니면서 천천히 사자궁에 익숙해지면 돼. 설명을 들으며 이해 안 가는 것 있으면 물어봐."

마리는 레시아의 말에 눈을 깜빡였다. 생각보다 굉장히 친절한 말투였다. 예상했던 것과 전혀 달랐다.

'뭐지? 처음이어서 그런가?'

하지만 아니었다. 레시아는 마리를 데리고 다니며 사자궁과 그녀들이 담당해야 할 건물들, 업무들을 차분히 설명해 주었는데, 처음부터 끝까지 한결같이 친절했다.

'원래 굉장히 친절한 성격인 건가?'

그런 생각도 하였으나, 그건 아닌 것 같았다. 중간중간 만나는 다른 선배 시녀들도 마리에게 친절한 태도를 보였던 것이다.

"네가 오늘 오기로 한 마리? 힘들 텐데 잘 부탁해."

"처음에는 익숙하지 않을 테니, 모르는 것 있으면 물어보고."

이해할 수 없는 친절. 마리는 고개를 갸웃했다.

'뭔가 이상해. 대놓고 텃세를 부리진 않더라도 마음에 안 들어 하는 사람이라도 있어야 하는데, 모두 잘해 주기만 하다니?'

분명 무언가 이유가 있을 거다. 결국, 마리는 눈치를 보며 조심히 입을 열었다.

"저, 선배님. 혹시 저한테 잘해 주시는 이유가 있으신지요?"

"응, 이유?"

"그게…… 전 귀족도 아니고…… 다른 분들이 보시기에 마음에 안 들 수도 있을 것 같은데, 다들 잘해 주셔서……."

그 말에 레시아는 풋 하고 웃음을 터뜨렸다.

"아, 그거? 네가 귀족이 아니라서 그래."

"네, 그게 무슨?"

"넌 귀족이 아님에도 불구하고 이 사자궁에 왔잖아. 다른 분도 아닌,

황태자 전하께서 지목해서."

"……!"

마리의 얼굴이 굳어졌다. 레시아가 하는 말의 뜻을 깨달은 것이다.

"평민인 너를 사자궁에 오도록 하다니. 전하께서 너를 얼마나 특별하게 생각하고 계시기에 그렇게 명한 걸까?"

마리는 당황해 고개를 저었다.

"그, 그렇지 않은데……."

레시아는 의미심장한 목소리로 말했다.

"우린 전하와 네가 정확히 무슨 관계인지는 몰라. 하지만 황태자 전하가 너를 특별하게 생각하는 것이 분명한데, 감히 우리 같은 것들이 어떻게 너를 함부로 대하겠니?"

그녀는 겁난다는 듯 고개를 저었다.

"난 괜히 너를 잘못 건드려 황태자 전하의 진노를 사는 일은 절대로 하고 싶지 않아."

그러며 그녀는 말했다.

"황태자 전하는 정말 정말 무서우신 분이니까."

이유를 알게 된 마리는 황당한 마음이 들었다. 다들 엄청난 오해를 하고 있었다.

'황태자가 나를 특별하게 생각하다니. 그럴 리가 없잖아.'

물론 엄밀히 말하면 아예 틀린 말은 아니긴 했다. 황태자가 자신을 특별하게 여기는 것은 맞을 테니까. 다만 시녀들이 생각하는 '특별함'과는 조금 거리가 있었다.

'신기하게 여기는 거겠지. 내가 보여 준 여러 능력 때문에.'

그녀는 한숨을 내쉬었다.

'어쨌든 쓸데없는 텃세는 피할 수 있어서 다행이구나. 일도 어려워 보이지 않고.'

대충 교육을 받고 보니 높은 신분의 사람들을 시중든다는 것뿐, 특별히 일이 힘들어 보이지는 않았다. 이전에 일하던 험한 곳들에 비하면 가히 천국 같은 환경! 문제는 단 하나. 황태자였다.

'당장 내일부터 황태자의 시중을 들어야 해. 지나치게 긴장하면 더 이상하게 보일 테니 조심하고, 사자궁에서 탈출하는 날까지 힘내자!'

하지만 늘 그렇듯, 마리의 의도대로 일이 풀릴 리가 없었다. 최근 그녀의 인생은 있는 대로 꼬여 있으니까. 황태자를 시중들기 전날 밤, 그녀는 또 꿈을 꾸게 되었다.

'또 웬 꿈이야. 무슨 일이 일어나려고.'

마리는 꿈속을 바라보며 울상을 지었다. 하필 황태자를 시중들어야 하는 전날, 자각몽을 꾸게 되다니! 이제 이 자각몽은 능력을 선물해 주는 꿈이라기보단 사고를 예고하는 꿈처럼 느껴졌다.

'안 돼. 그냥 차라리 일어나자. 꿈을 꾸기 전, 잠에서 깨면 없었던 일이 되지 않을까?'

물론 그렇게 될 리가 없었다. 마리의 의식 속으로 마치 그림을 보듯 선명하게 꿈속의 내용이 들어왔다.

「날씨가 좋구려, 연매.」
「네, 가가(哥哥).」

동방을 배경으로 하는 꿈이었다. 산들바람이 부는 산속의 정자에 젊은 남녀가 앉아 있었는데, 연인 관계인 듯 서로를 바라보는 시선이 애틋했다.

「이건 어떤 차요, 연매?」

「낙양에서 구해 온 백차이옵니다.」

여인이 내온 차를 한 모금 마신 남자는 편안한 표정으로 감탄했다.

「역시 훌륭하군. 도대체 어떻게 이런 차를 우릴 수 있는 거요? 세상의 모든 근심 걱정이 이 차 한잔에 떠내려가는 듯하니. 특별한 비법이라도 있는 거요?」

남자의 감탄에 여인은 가만히 웃으며 답했다.

「성어중형어외(誠於中形於外)라, 그저 마음을 다할 뿐입니다.」

꿈이 끝난 후 마리는 눈을 깜빡거렸다.

"다행히…… 큰 사건이 일어날 것 같은 꿈은 아니네."

모차르트 꿈, 의무병 꿈, 탐정 꿈 등등에 비하면 굉장히 잔잔한 내용이었다.

'그런데 차야 원래부터 그럭저럭 끓었었는데. 왜 이런 꿈을 꾼 거지?'

마리는 고개를 갸웃했다. 늘 그렇듯 짐작 가는 바가 없었다.

'어쨌든 대형 사고는 안 일어날 건가 보구나. 다행이야.'

다소 안도한 마리는 숙소에서 나와 사자궁으로 향했다. 새로 배정받은 개인 숙소가 사자궁 바로 옆이어서 그녀는 곧 사자궁에 도착할 수 있었다. 먼저 나와 있던 선배 시녀가 그녀를 맞았다.

"마리, 왔구나. 오늘은 네가 전하를 시중드는 날이니?"

"네, 선배님."

"너무 긴장할 것은 없어. 피의 황태자라 불리는 분이긴 하셔도, 우리 시녀들에게 까탈스럽게 대하지는 않으시니까."

그러며 선배 시녀는 묘한 눈빛으로 말했다.

"물론 네가 더 잘 알고 있는 내용이겠지만."

마리는 당황해 손을 저었다. 황태자가 자신을 직접 사자궁으로 부른 탓에 뭔가 다들 단단히 오해하고 있는 듯했다.

"아니, 저는 전하와 그런 사이가."

"그래, 그래. 그렇겠지. 어쨌든 수고해."

선배 시녀는 다 안다는 듯 고개를 끄덕였다. 그러며 '저런 삐쩍 마른 평범한 아이를 도대체 왜 황태자 전하가?'라는 눈빛을 보내는 것도 잊지 않았다. 마리는 발끈하여 속으로 외쳤다.

'다들 도대체 무슨 생각을 하는 거예요?!'

물론 그래 봤자 아무도 알아주는 사람은 없었다. 마리는 한숨을 내쉬고, 간단한 다과를 들고 황태자의 집무실 앞에 섰다.

"들어가도 되겠습니까?"

곧 끼익 하는 소리와 함께 철문이 열리고, 몇 번 와본 탓에 익숙한 느낌이 드는 황태자의 집무실이 모습을 드러냈다. 구석의 피아노. 응접용 테이블과 의자. 늘 황태자의 옆자리를 지키는 거구의 호위 기사 알몬드를 뒤로하여 섬뜩한 철가면이 눈에 들어와 마리는 침을 꿀꺽 삼켰다. 황태자 라엘이었다. 서늘한 눈빛으로 서류를 보던 그가 고개를 들어 그녀를 바라보았다.

"마리인가?"

"네, 황태자 전하를 뵙습니다."

두근. 긴장하지 말자고 다짐했지만, 어쩔 수 없이 가슴이 뛰었다. 토끼가 맹수를 마주할 때 느끼는 본능적인 두려움이었다. 그녀는 자신의 긴장을 최대한 티 내지 않으려 노력하며 말했다.

"다과를 가지고 왔습니다. 혹시나 필요한 것이 있으면 바로 말씀해 주십시오."

조심히 황태자의 책상 위에 다과를 올려놓은 마리는 집무실 구석으로 몸을 옮겼다. 이제 그녀가 해야 할 일은 그림자처럼 조용히 집무실에 대기하며 황태자가 불편함이 없도록 시중드는 일이다. 힘들 것은 없는 일이지만, 저 황태자와 하루 종일 같은 공간에 있어야 한다니, 어마어마하게 불편했다.

'빨리 시간이 흘렀으면.'

그렇게 불편한 침묵 속 시간이 흘렀다.

사각사각. 황태자가 펜을 놀리는 소리 외에는 아무것도 들리지 않는, 정적인 고요함이 방 안을 메웠다. 그런데 가만히 대기하고 있던 마리는 의아한 표정을 지었다. 황태자가 서류를 보는 와중에 힐끗힐끗 자신을 바라보았던 것이다.

'뭐지?'

처음엔 그냥 우연히 이쪽을 보는 것인가 했다. 곁눈으로 힐끗힐끗 볼 뿐, 정면으로 그녀를 주시했던 것도 아니니까. 하지만 아니었다. 황태자는 분명 자신을 보는 것이 맞았다.

'왜 저렇게 보지? 시킬 일이 있나?'

그녀는 고개를 갸웃했다.

"전하, 혹시 하실 말씀이라도?"

마리의 말에 황태자는 흠칫 놀라기라도 한 듯 몸을 멈추었다. 그리고 나직이 한숨을 내쉬더니 말했다.

"……아니다."

이해할 수 없는 반응이라 그녀는 아리송한 표정을 지었다.

'뭐지?'

시간이 지나자, 더 이해할 수 없는 일이 일어났다. 황태자가 서류를 읽으며 이런 말을 툭 던진 것이다.

"다리가 아프진 않나?"

마리는 순간 누구에게 이야기한 것인지 몰라 대답하지 못했다.

"마리?"

"아, 네? 저 말씀이십니까?"

"그래, 계속 서 있는데 힘들진 않나?"

생각지도 못 한 질문에 마리는 당황했다.

"괘, 괜찮습니다."

"그래?"

"네."

사실 오랫동안 서 있다 보니 다리가 욱신욱신 쑤시긴 했다. 차라리 걷는 게 낫지, 가만히 서 있으려니 더 고역이었다. 그래도 곧이곧대로 황태자에게 말할 수는 없는 노릇이라, 마리는 고개를 저었다. 괜찮다는 마리의 대답에 황태자는 입을 다물었다.

"……그렇군."

무언가 심기가 불편해 보이는 중얼거림이라, 마리가 다시 의문을 품으려는 찰나, 황태자가 상상하지도 못 한 명령을 내렸다.

"그래도 앉아 있도록."

"……네?"

마리는 잘못 들었나 싶어 반문했다. 지금 뭐라고? 하지만 잘못 들은 것이 아니었다.

"앉아 있어."

마리는 완전히 당황해 버렸다. 시녀인 나 보고 앉아 있으라니?

"그, 그럴 수는 없습니다. 제가 어찌 감히 전하 앞에서."

"굳이 서 있을 필요는 없지 않은가?"

"예, 예법에 어긋납니다."

그 말에 황태자는 잠시 입을 다물었다. 철가면을 쓰고 있어서 표정이 보이진 않았으나, 왠지 못마땅해하고 있는 느낌이었다.

"알몬드."

"네, 전하."

"시녀가 황태자 옆에서 대기 중에 서 있어야 한다는 궁중 예법이 있는가?"

"……모르겠습니다만."

"궁중 규율을 집대성한 책에 그런 내용은 없었던 것 같다. 그러니 앉아."

마리는 입을 벌렸다. 아니, 너무 당연한 이야기니 궁중 규율에 안 적혀 있지!

'도대체 왜 저러시는 거지? 설마 날 시험하려는 건가? 예법을 어기게 해 그 핑계로 목이라도 치려고?'

물론 그럴 리가 없었지만, 마리는 너무 당황해 그런 생각마저 하였다. 그때 황태자가 나직이 말했다.

"모든 예법보다 내 명령이 우선이다. 그러니 앉아."

"……!"

결국, 마리는 옆에서 작은 의자를 가져와 조심히 앉았다. 그녀는 혼란스러운 표정으로 생각했다.

'왜 저러시는 거지? 설마 정말로 내가 다리가 아플까 배려해서?'

앞뒤 정황을 따지면 그것밖에 이유가 없긴 했다. 하지만 정말로 자신을 배려해 준 거라고? 처녀의 피로 주스를 만들어 마신다는 소문까지 도는 저 피의 황태자가? 마리는 힐끗 황태자를 바라보았지만, 철가면 속 얼굴은 감정을 읽을 수가 없었다. 아무런 일도 없었던 것처럼 황태자는 묵묵히 서류를 읽을 뿐이었다.

'도대체 뭐가 뭔지.'

그녀는 한숨을 삼켰다. 그렇게 혼란 속에서 시간이 다시 흘렀다. 황태자는 마치 일하는 기계처럼 꿈쩍도 않고 서류를 읽고 또 읽었다. 중간중간 정부를 논하기 위해 오는 대신들을 맞는 것을 제외하고는 쉬지도 않았다.

'저렇게 안 쉬어도 되나. 밥도 대충 빵으로 때우던데.'

옆에서 지켜보던 마리가 자신도 모르게 그런 생각을 할 정도. 그런데 그렇게 있을 때였다. 돌연 황태자가 그녀를 바라보았다. 마리는 깜짝 놀라 의자에서 일어나며 말했다.

"혹시 시키실 일이라도?"

"힘들진 않나?"

"네? 네?"

그녀는 다시 당황한 표정을 지었다. 중간중간 찾아온 손님들의 시중을 들었을 뿐, 하루 종일 앉아 있던 자신이 뭐가 힘들겠는가.

"괜찮습니다."

그녀는 고개를 저었지만, 황태자가 또 생각지도 않은 명령을 내렸다.

"계속 옆에서 대기하느라, 밥도 제대로 먹지 못하지 않았는가? 잠시 나가서 쉬었다 오도록."

마리는 괜찮다고 하려 했으나, 왠지 따르지 않으면 또 뭐라고 이야기를 들을 것 같았다. 어쩔 수 없이 고개를 숙이며 조심히 집무실을 빠져나왔다.

"그러면 잠시만 나갔다 금방 돌아오겠습니다."

그녀가 문을 닫고 나간 순간.

"하아."

황태자는 길고 긴 한숨을 내쉬었다. 라엘은 가면을 벗고 지친 표정을 한 채 의자에 깊이 몸을 기대었다.

"어디가 불편하십니까, 전하?"

호위 기사 알몬드가 물었다.

"아아, 괜찮다. 불편한 것은 없어."

라엘은 고개를 저었으나, 알몬드는 의아한 표정을 풀지 않았다. 황태자가 오늘따라 이상했다. 딱히 꼭 집어 표현할 수는 없지만, 무언가 평소와 다른 느낌이었다. 라엘은 그렇게 눈을 감고 한참이나 의자에 몸을 기대고 있었다. 복잡한 머리라도 정리하려는 것처럼. 그리고 무슨 생각을 하였는지 고개를 젓고, 철가면을 쓴 후 그는 다시 평소처럼 서류를 읽기 시작했다. 알몬드는 그런 주군을 보며 모르겠다는 듯 아리송한 표정을 지었다.

마리는 황태자의 명대로 짧은 휴식을 취한 후 다시 집무실로 돌아왔다. 그런데 집무실에 돌아온 마리는 의아한 표정을 지었다. 호위 기사인 알몬드의 모습이 보이지 않았던 것이다.

"갑자기 근위대에 일이 생겨 해결하러 갔다. 아마 한참 걸릴 거다."

황태자가 짧게 말했다.

"네, 알겠습니다."

별생각 없이 대답하고, 본인의 자리로 향한 마리는 순간 흠칫 놀라고 말았다.

'잠깐. 그러면 이 방 안에 황태자와 단둘이 있어야 하는 거야? 계속?'

그녀는 침을 꿀꺽 삼켰다. 아침에 확인한 스케줄상 앞으로는 방문할 사람도 없었다. 알몬드가 한참 늦는다고 했으니, 몇 시간인지 모를 시간을 황태자와 단둘이 있어야 하는 것이다.

'특별한 일이야 당연히 없겠지만⋯⋯.'

워낙 두려워하던 상대여서 그럴까, 이유 없이 긴장감이 확 올라갔다. 그녀는 뻣뻣이 굳어 혹시라도 실수하지 않도록 정신을 차리려 했다.

한편 황태자는 그녀가 그러든 말든 묵묵히 서류를 읽고, 검토하고, 결제했다. 아침부터 계속해서 똑같은 일을 하고 있건만 지치지도 않는 듯한 모습이었다. 그렇게 10분, 20분, 30분, 1시간, 2시간⋯⋯ 얼마나 지났을까? 마리에게 생각지도 못 한 큰일이 닥쳤다.

'크, 큰일 났다. 어떻게 하지?'

그녀는 치마 위에 올려놓은 주먹을 꽉 움켜쥐었다.

'조, 졸려!'

마리에게 일어난 큰일! 그건 급격하게 몰려온 졸음이었다.

'안 돼. 정신 차려, 마리. 황태자 앞에서 졸 수는 없잖아!'

사실 최근 이런저런 일을 많이 겪은 그녀는 그렇지 않아도 몸이 피로한 상태였다. 이렇게 가만히 앉아 황태자가 서류를 읽는 모습만 보고 있으니, 졸음을 참을 수가 없었다. 처음엔 단둘이 있다는 사실에 긴장해서 그나마 나았지만, 계속 아무런 일도 없으니 긴장도 풀리고 수마가 몰려왔다.

'안 돼. 안 돼. 무서웠던 일을 생각하자.'

그녀는 황태자 앞에서 졸음에 빠지는 초유의 사태를 피하려고 필사적으로 노력했다. 무서운 생각을 하고, 눈에 잔뜩 힘을 주고, 손가락으로 허벅지를 꼬집고 등등. 처음엔 그런 노력 덕분에 어느 정도 버틸 수 있었다. 하지만 그것도 한두 번이지, 그녀는 시간이 지날수록 점점 졸음의 늪에 빠지기 시작했다.

'졸면…… 안…… 되는데…….'

그녀는 자신도 모르게 꾸벅꾸벅 졸기 시작했다.

한편 서류를 보면서도 계속해서 그녀를 신경 쓰고 있었던 라엘은 마리가 잠든 것을 금방 눈치챘다.

"마리?"

"……."

"마리?"

불러도 대답이 없는 그녀에게 라엘은 쓸쓸한 미소를 지었다.

'많이 피곤했나 보군.'

그는 자리에서 일어나 조심히 그녀를 향해 걸어갔다. 정말 깊이 잠에 빠졌는지, 마리는 그가 코앞에 다가왔음에도 눈을 뜨지 않았다.

"하아."

그는 그런 그녀의 모습을 보며 긴 한숨을 내쉬었다.

"내가 널 도대체 어떻게 해야 할까?"

라엘은 탄식하듯 중얼거렸다.

'이 소녀를 괜히 옆에 둔 것일까?'

사실 그는 오늘 제대로 업무를 보지 못했다. 하루 종일 서류를 쳐다보고 있었지만, 같은 공간에 있는 이 소녀가 계속 신경 쓰였던 것이다.

'이 답답함을 어떻게 해야 할지. 차라리 먼 곳으로 보내 눈앞에서 보이지 않으면 나을까?'

그는 고개를 저었다. 이 소녀를 못 본다고 생각한 순간, 아득한 상실감이 그를 괴롭혔다. 무저갱으로 떨어지는 듯한 상실감이었다.

'이 소녀는 본인이 나를 이렇게나 괴롭게 하고 있다는 사실을 알고 있을까?'

그는 잠에 빠진 마리의 얼굴을 하염없이 바라보았다. 깨끗하고, 순수한 소녀의 얼굴. 피로 물든 자신과는 전혀 다른 맑은 모습이어서일까?

'마리.'

그는 홀린 듯 손을 들어 천천히 그녀의 얼굴을 향해 가져갔다. 라엘은 자신도 모르게 침을 꿀꺽 삼켰고, 그의 손이 그녀의 뺨에 닿았다. 손끝에 닿는 부드러운 느낌.

'마리.'

라엘은 마음속에서 타오르는 듯한 갈망을 느꼈다. 그의 손가락이 마치 깨지기 쉬운 유리라도 만지듯 조심히 움직였다. 천천히 뺨을 쓰다듬던 손가락이 그녀의 붉은 입술로 향했고, 이윽고 입술에 손가락이 닿는 순간. 라엘은 화들짝 정신을 차렸다.

'뭐 하는 거냐, 라엘! 잠들어 있는 소녀한테.'

그는 입술을 강하게 깨물었다.

"……잠시 산책이라도 다녀와야겠군."

저 소녀가 잠들어 있는 모습을 계속 보고 있다가는 자신이 어떻게 변할지 모를 것 같았다. 그는 집무실을 나가려다 눈을 돌려 다시 마리를 바라보았다. 소녀는 여전히 곤히 잠들어 있었다. 그는 잠시 머뭇거리다, 집무실 한편에서 담요를 꺼내 마리에게 덮어주었다.

"하아."

가슴을 떠나지 않는 답답함에 그는 다시 깊은 한숨을 내쉬었다.

얼마의 시간이 지났을까? 어느 순간 마리는 퍼뜩 눈을 떴다.

'맙소사! 내가 정말 잠든 거야? 황태자 앞에서?!'

그녀의 안색이 하얗게 질렸다. 황태자 곁에서 일한 첫날. 상상도 못한 일을 저질러 버렸다!

'어, 얼마나 잠든 거지?'

그녀는 공황에 빠져 창밖을 바라봤다. 어둡게 변한 창밖엔 하얀 달이 두둥실 떠 있었다.

'……망했다.'

그녀는 망연한 얼굴로 생각했다. 얼마나 오래 잠들었던 것인지 짐작도 되지 않았다. 그때 무뚝뚝한 음성이 그녀를 불렀다.

"이제 일어났나?"

황태자의 호위 기사인 알몬드 자작이었다. 마리는 화들짝 놀라 고개를 숙였다.

"죄, 죄송합니다!"

"많이 피곤했나 보군."

마리의 얼굴이 빨개졌다. 피곤했다지만 아무리 피곤해도 저질러서 안 되는 일이었다.

"정말 죄송합니다."

"괜찮다. 어차피 전하도 계속 안 계셨으니."

그 말에 마리는 의아한 표정을 지었다. 그러고 보니 알몬드만 있을 뿐, 황태자가 보이지 않았다.

"전하께서는?"

"볼일을 보러 나가셨다."

"아……."

마리는 그나마 다행이란 생각이 들었다. 만약 자신이 자는 모습을 황태자가 계속 지켜봤으면 정말 죽고 싶을 만큼 민망했을 것이다.

'조심하자고 그렇게나 다짐하고 와 놓고서는 황태자 앞에서 졸다니.'

그녀는 자신이 굉장히 한심하단 생각이 들었다. 만약 까다로운 황족이었으면, 경을 쳐도 할 말 없는 실수였다.

"그만 돌아가서 쉬어라. 시간이 늦었으니."

"하지만 전하께서 침소에 드실 때까지……."

마리는 고개를 저었다. 전담해서 시중들 때는 상대가 침소에 들 때까지 시중을 드는 것이 보통이었다. 즉, 황태자가 침소에 들어야 마리의 오늘 업무도 끝인 것이다. 그런데 알몬드가 의외의 말을 하였다.

"아, 처음이어서 전해 듣지 못했나 보군."

"네?"

"황태자 전하께서는 불면을 심하게 앓으셔서 밤마다 거의 주무시지 못하신다."

"아……."

뜻밖의 이야기였다. 피의 황태자가 불면증을 앓고 있다고? 그것도 거의 잠자리에 못 들 정도로 심하게?

"그러니 침소에 들 때까지 기다릴 필요는 없다. 나머진 당직을 서는 이가 담당할 테니 너도 이만 들어가서 쉬어라."

"……네, 알겠습니다."

마리는 알몬드의 말을 듣고 자리에서 일어났다. 그녀는 집무실을 나가기 전, 그에게 꾸벅 고개를 숙여 감사를 표했다.

"아까 전, 담요 감사했습니다."

"담요?"

알몬드가 의아한 표정으로 묻자, 마리는 민망한 얼굴로 답했다.

"네, 아까…… 제가 졸고 있을 때 담요 덮어주셨잖아요. 감사했습니다."

그녀는 눈을 떴을 때 자신의 몸에 덮여 있던 담요가 알몬드가 덮어준 것으로 생각했다. 그런데 알몬드는 고개를 저었다.

"내가 덮어준 것이 아니다."

"네? 그러면?"

"글쎄? 모르겠군. 어쨌든 난 아니야."

마리는 고개를 갸웃했다. 그가 아니라고?

'그러면 누가? 알몬드 경 말고 방 안에 있던 인물이 누가 있었지?'

생각을 더듬던 마리의 눈동자가 살짝 커졌다. 알몬드 말고 방 안에 있던 인물은 단 한 명이었다. 황태자 라엘, 그밖에 없었다.

'설마?'

마리는 고개를 저었다. 황태자가 졸고 있는 자신에게 담요를 덮어주었다고?

'그럴 리가.'

그녀는 고개를 저었으나, 황태자 말고 그 방에 있었던 사람은 아무도 없었다.

'도대체 어떻게 된 거지?'

마리는 혼란스러운 눈빛으로 생각했다.

얼마간의 시간이 흘렀다. 사자궁은 점차적으로 바빠졌다. 이제 곧 황태자비 후보들이 입궁할 예정이니, 그들을 맞을 준비를 하는 것이다.

"이번 황태자비 후보께서는 두 분이신가요?"

"그래, 슐레안 대공가의 아리엘 공녀와 이스트반 백작가의 레이첼 영애가 최종 후보로 결정되었어."

마리는 시녀들을 위해 마련된 휴게실에서 선배 시녀 레시아와 대화를 나누고 있었다. 같은 시녀 휴게실이라도, 이전 하급 시녀일 때 사용하던 휴게실과는 호화로움이 차원이 달랐다.

"슐레안 대공가면 황태자 전하의 가장 큰 우군이군요. 반면 이스트반 백작가는…… 내전 당시 황태자 전하의 반대 측에 섰던 1황자파이고요."

마리의 말에 레시아는 눈에 살짝 이채를 띠었다. 귀족도 아닌 마리가 정확하게 이야기했기 때문이다.

"응, 둘 모두 대단한 권세가지. 슐레안 대공가는 제국 최고의 대귀족 중 하나이고, 이스트반 백작가도 1황자를 지지하는 세력을 영도하던 수장이었으니까."

"두 분 중 어떤 분이 황태자비로 간택되실까요?"

"글쎄, 그거야 황태자 전하께서 결정하실 문제니까. 결국, 배경이 되는 집안을 보고 결정하지 않으실까?"

레시아는 잠시 고민하다 말했다.

"그래도 아마 제국에서 손꼽는 권세를 지닌 슐레안 대공가의 아리엘 공녀가 최종 간택될 가능성이 높을 거야."

레시아의 말은 옳았다. 현 제국의 최고 대귀족이라 하면 이 3개의 가문을 손꼽았다.

재상 오른의 소비엔 공작가!

황실친위대 단장인 키에르한 후작의 세이튼 후작가!

그리고 이번에 후보로 들어오는 아리엘 공녀의 슐레안 대공가!

강력한 힘을 지닌 대공가와 황실이 혈연관계가 되면 제국으로서도 큰 이득이니, 모두 아리엘 공녀가 최종 간택될 것으로 생각했다.

'그런데 정말 그렇게 될까?'

하지만 마리는 속으로 가만히 고개를 저었다.

'그렇게 간단히 생각할 문제는 아니야. 이스트반 백작가를 품으면 1황자파의 세력들 전부를 거둘 수 있으니, 그 이득도 어마어마해.'

그러며 그녀는 생각했다.

'그나저나 정말 철저히 정치적인 이유로 결정된 후보들이구나. 당연한 일이긴 하지만.'

마리는 문득 든 생각에 속으로 혀를 찼다. 아내를 맞을 후보를 선택함에 있어서 황태자 본인의 생각은 전혀 고려되지 않은 것 같았다. 오로지 기준이 된 것은 제국에 가장 큰 이득이 되는지의 여부! 물론 제국을 이끌 황태자니 당연한 이야기였다.

'어쨌든 난 두 후보 중 어떤 후보를 도와드려야 할까?'

마리는 자신이 생각하고 있는 사자궁 탈출 계획을 떠올렸다. 그녀는 황태자비 후보를 은밀히 도와 나중에 그 도움을 대가로 사자궁을 벗어날 계획이었다.

'어차피 양 가문 모두 정치적 이득이 비등하니 황태자의 마음을 얻는 사람이 최종 간택이 될 가능성이 높아. 나는 상황을 봐서 황태자비 후보 중 한 분이 황태자의 마음을 얻을 수 있도록 은밀히 도움을 주는 거야.'

저 철가면을 쓴 황태자가 여인에게 마음을 뺏기는 것이 상상이 되지 않았지만, 그도 목석은 아닐 거다. 그렇게 마리는 자신의 '사랑의 큐피드 계획'을 마음속으로 정리했다.

'꼭 잘하자. 성공해 반드시 황궁을 벗어나는 거야.'

마리는 그렇게 의지를 다졌다. 어쨌든 그때, 레시아가 물었다.

"마리, 황태자 전하의 시중을 드는 거 힘들지 않아?"

"아…… 괜찮아요."

그 말에 레시아는 묘한 표정을 지었다.

"정말?"

"네."

그간 마리는 몇 번 황태자의 시중을 더 들었다. 생각했던 것과 다르게 전혀 힘들지 않았다. 정체가 들킬까 긴장되는 것은 어쩔 수 없지만, 일은 정말 편했다. 이런 상황만 아니면 평생 직업으로 삼아도 좋겠다는 생각이 들 정도였다.

'그리고 무엇보다…… 잘해 주기도 하고…….'

마리는 속으로 생각했다. 그래, 믿을 수 없는 일이지만, 저 차가운 황태자는 그녀에게 잘해 주었다. 그건 정말 의외의 일이었다.

'적에게는 한없이 냉혹하지만, 아랫사람에게는 자비로운 성격인 건가. 하긴 거리 축제에서 봤던 백성들도 황태자를 존경했었지.'

마리의 머릿속에서 황태자에 대한 생각이 일부분 수정되었다. 적에게는 한없이 냉혹하지만, 자신의 것에는 관대한 군주로.

"그래? 난 황태자 전하 시중드는 거 정말 힘들던데. 우리 시녀들에게까지 뭐라고 하지는 않지만, 괜히 긴장되고 무서워서."

마리는 그녀가 무슨 말을 하는지 대충 알 것 같았다.

'하긴. 황태자를 만나러 온 대신들도 모두 잔뜩 긴장하지.'

그러고 보니 황태자가 모두에게 잘해 주는 것은 아니었다. 아니, 대부분의 사람에게 차갑게 대했다. 특히 그에게 일을 보고하러 오는 대신들은 매번 저승사자라도 만나는 듯한 표정이었다. 사소한 일까지 황태자가 지적하는 것은 아니지만, 만약 국정을 잘못 운영해 백성에게 피해가 가는 일이 생기면, 결코 그냥 넘어가지 않았기 때문이다. 그가 낮게 목소리를 깔며 질책하면, 곁에서 지켜보고 있던 마리도 괜히 몸이 떨렸다.

'시녀에게만 잘해 주는 건가?'

마리는 고개를 갸웃했다. 그때 레시아가 한숨을 내쉬며 말했다.

"외모는 정말 천사처럼 아름다우신데."

마리는 의아한 표정으로 물었다.

"황태자 전하가 아름다우시다고요? 얼굴이 흉측해서 가면을 쓰는 게 아니고요?"

지금까지 마리는 황태자가 철가면을 쓰는 이유가 흉터라도 가리기 위해서인 줄 알았다.

"아니야. 가끔 가면을 쓰지 않으시고 산책하러 나갈 때가 있는데, 너도 보면 깜짝 놀랄 거야. 정말 너무나 아름다우시거든."

무슨 장면을 상상하는지, 레시아의 얼굴이 살짝 붉어졌다.

"정말 그림으로 그린 듯한 외모셔. 이 제국에서 가장 아름다운 사람을 꼽으라면 그건 아마 황태자 전하일 거야. 이번에 후보로 입궁하는 아리엘 공녀와 레이첼 영애가 아니라."

참고로 아리엘 공녀와 레이첼 영애는 제국 최고의 미인으로 꼽히는 여인들이었다.

'에이, 설마.'

마리는 속으로 고개를 저었다. 레시아가 지나치게 과장해 이야기하고 있다고 생각했다. 마리는 문득 한 가지 의문이 들었다.

'그런데 흉터가 없다면 왜 가면을 쓰고 있는 거지?'

다음 날, 마리는 늦은 밤에 사자궁으로 출근했다. 당직 근무를 설 차례였다.

"앞으로 일주일간 당직 근무지?"

"네, 선배님."

그녀와 교대하는 선배 시녀가 말했다.

"10시에 나와서 아침 6시에 정시 근무자와 교대하면 돼. 집무실 밖에서 대기하다가 황태자 전하가 부르면 그때 가 보면 되고. 특별히 어려운 일은 없을 거야."

그러며 그녀는 주의를 주었다.

"신경 써야 할 것은 단 하나야. 혹시나 황태자 전하가 잠이 드셨을 때 절대 깨우면 안 된다는 것."

그러며 덧붙였다.

"전하께서는 정말 잠을 잘 못 이루시거든. 그러니 간신히 잠이 드셨을 때는 절대로 방해하면 안 돼."

그 말에 마리가 물었다.

"전하께서 그렇게 불면이 심하신가요?"

"응, 심한 정도가 아니야. 어제도 전혀 못 주무셨는걸. 그저께도 2시간도 못 주무셨고. 간신히 잠이 드셔도 얼마 주무시지도 못 하고 금방 악몽을 꾸면서 깨곤 하셔."

"……."

마리는 입을 다물었다. 황태자가 불면을 앓고 있다고 알고는 있었지만, 그 정도인지는 몰랐다.

'하긴, 낮에도 종종 피곤한 기색을 보이긴 하셨지.'

처음 시중을 들 때는 몰랐지만, 그의 곁에서 하루 종일 있어 보니 알 수 있었다.

"그런데 악몽이면 어떤 악몽을?"

"글쎄, 그거야 전하께서만 아시겠지. 어쨌든 수고해."

그렇게 마리는 사자궁에서 당직 근무를 시작했다. 당직 대기실에서 달빛을 받으며 가만히 앉아 있으니 이런저런 생각이 들었다.

'황태자가 심한 불면을 앓고 있다니.'

피도, 눈물도 없는 철혈의 존재라 생각하고 있었는데, 의외였다. 하긴 의외인 면이 어디 이것뿐이겠는가. 직접 마주한 황태자는 지금껏 상상해 오던 삼두육비의 괴물은 아닌 것 같았다.

'물론 적에게 가차 없는 것은 맞는 것 같지만.'

그녀가 이런저런 생각을 하고 있을 때였다. 대기실 한편에 마련된 종 중 하나가 땡땡 하고 울렸다.

'아, 황태자의 호출이구나.'

마리는 종의 종류를 확인했다. 집무실과 연결된 종이었다. 그녀는 집무실로 향했다.

"호출을 받고 왔습니다."

근위대의 기사가 문을 열어주었다. 늦은 밤이라 알몬드 자작은 사자궁 내 침소로 취침하러 간 상태였다.

끼익. 문이 열리고 집무실의 책상에서 서류를 보고 있는 황태자의 철가면이 눈에 들어왔다.

"마리?"

"전하를 뵙습니다."

라엘은 왜인지 당직 시녀가 마리란 사실에 살짝 놀란 듯했다.

"오늘 당직은 그대인가?"

"네, 전하."

"그렇군. 피곤하겠군."

평소와 같은 낮은 목소리. 그런데 왜일까. 오늘 그에 대해 이런저런 생각을 해서일까. 마리는 '피곤하겠군'이란 그의 말에 마음에 미묘한 파문이 일어나는 걸 느낄 수 있었다.

"무슨 일로 부르셨습니까?"

"아, 잉크가 다 떨어져서. 잉크와 종이를 조금 더 가져다주겠나?"

힐끗 보니, 그는 지방 행정관에게 보내는 편지를 쓰고 있었다.

'정말 끝없이 일하는구나.'

낮에도 하루 종일 일이었는데, 이런 늦은 밤까지 일이라니.

'잠이 안 와서 그러는 거면, 저런 서류를 보는 것은 오히려 불면에 안 좋지 않을까?'

마리는 주저하다 조심히 입을 열었다.

"너무 늦은 밤까지 서류를 보는 것은 몸에 안 좋은 영향을 끼칠 수도 있습니다."

그 말에 황태자는 잠시 멈칫했다. 혹시 마리는 자신이 주제넘게 이야기해 불쾌하게 느낀 건가 염려했지만, 그건 아닌 것 같았다. 황태자가 철가면 밑에 드러난 입술의 입꼬리를 희미하게 들어 올린 것이다. 마리는 놀란 표정을 지었다. 굉장히 옅었지만, 분명 미소였다. 그가 웃는 것을 보는 것은 처음이었다.

'웃을 줄도 아는 사람이었구나.'

황태자의 미소는 빠르게 사라졌다. 마치 그녀가 목격한 것이 거짓이었다는 것처럼.

"나도 자고 싶지만, 신경 쓰이는 일이 많아서인지 늘 잠을 이룰 수가 없군. 어차피 깨어 있을 것, 일이라도 하는 게 낫지 않겠나?"

그러며 그는 말했다.

"내가 조금 더 일하는 만큼 백성들이 그만큼 편안해질 테니."

"......!"

마리는 고개를 숙였다.

"주제넘은 이야기 죄송했습니다. 잉크와 종이를 가져다드리겠습니다."

그녀는 사자궁 구석에 자리한 창고에 가서 종이와 펜을 찾으며 생각했다.

'이 동제국의 백성들은 축복받았구나. 저런 군주를 만나다니.'

이제 명확히 알 수 있었다. 황태자는 명군(明君)이었다. 비록 적에게는 냉혹할지라도 말이다. 아니, 적에게 냉혹한 면은 그의 보호 아래에 있는 사람들에게는 더할 나위 없는 든든함일 것이다.

'내가 그의 적이 아니었다면, 그랬으면 좋았을지도.'

마리는 한숨을 내쉬었다. 물론 의미 없는 가정이었다.

"아, 여기 있다."

곧 잉크와 종이를 찾은 마리는 황태자의 집무실로 그것들을 가져다 주었다.

"그러면 물러가 보겠습니다. 혹시나 명하실 일 있으면 바로 불러 주십시오."

마리는 예를 표하고 물러나려 했다. 그런데 그때, 황태자가 그녀를 불렀다.

"마리."

"말씀하십시오."

"오늘 밤은 밤새 대기하는 건가?"

"네, 전하."

"그렇군."

황태자는 고개를 끄덕이더니, 잠시 머뭇거린 후 생각지도 않은 말을 하였다.

"밤공기가 차가운데, 따뜻하게 입고 있어라."

"……!"

마리의 눈동자가 살짝 커졌다. 그녀는 잠시 입을 다물었다가 고개를 숙였다.

"배려에 감사드립니다, 전하."

마리는 방을 나가려다 주저하며 입을 열었다.

"전하."

"응, 왜 그러지?"

"밤이 늦었는데, 혹시 제가 차를 한잔 올려도 괜찮겠습니까?"

그 말에 황태자가 입꼬리를 살짝 올렸다. 아까 전 봤던 옅은 미소였다.

"그것도 좋겠군. 부탁하지."

마리는 가만히 차를 우릴 준비를 하였다. 공포의 대상이라고만 생각했던 황태자의 의외의 면을 마주해서인 걸까? 이유 없이 마음이 복잡했다.

'나는 왜 황태자에게 차를 끓여 준다고 했을까?'

잘 모르겠다. 불면으로 잠을 못 이루면서도 서류를 놓지 않는 모습이 자신의 가슴을 건드렸을지도. 마음이 편안해지는 따뜻한 차라도 한잔 드리고 싶었다.

'이 정도 해드리는 것은 상관없겠지.'

그녀는 꿈속 내용을 떠올렸다.

「다도(茶道)는 마음의 수양이니, 깊은 마음으로 차를 우리면 몸과 마음이 깨끗해집니다.」

꿈속 동방의 여인은 다도에 깊은 소양을 지니고 있었다. 똑같은 찻잎을 사용해도 그녀가 끓이는 차는 모두를 감탄하게 할 만큼 전혀 다른 맛이 났다. 그건 그녀가 차를 우릴 때 단순한 기교를 넘어서 마음을 다해 우리기 때문이다.

'아니, 차를 끓이는 기교 자체가 마음을 다하지 않으면 제대로 할 수 없는 것이긴 하지.'

마리는 꿈속의 내용을 떠올리며 생각했다. 그녀의 몸과 마음이 점차 꿈속 동방 여인처럼 가지런해졌다. 가슴속 복잡함이 깊게 가라앉으며 마음이 차분해졌다.

'늦은 밤이라 좋은 물을 사용할 수 없는 것이 아쉽구나. 물은 차의 체

㈜인데.'

먼 옛날부터 다도와 다례를 중시하던 동방과 다르게 유럽은 차를 끓이는 수준이 형편없었다. 그저 찻잎을 뜨거운 물에 넣고 우리는 것이 끝이었다. 따라서 차에 사용할 약수를 따로 보관하거나 하지 않았다.

'어쩔 수 없지. 그래도 물의 종류보다 중요한 건 끓여 내는 과정이니까.'

너무 높은 온도로 끓여도 안 되고, 너무 낮은 온도로 끓여도 안 된다. 또한 너무 짧게 끓여도 안 되고, 너무 길게 끓여도 맛이 상한다. 그야말로 찻잎의 종류에 맞는 조화, 중정(中正)을 이루어야 상질의 차를 끓일 수 있는데, 오로지 깊은 정성이 있어야 한쪽에 치우치지 않게 되니 다도를 마음의 공부라 하는 것이다.

달그락. 달그락.

달빛 아래 찻잎을 담은 물이 끓어오르기 시작했다. 물에 일어나는 거품의 정도(형변, 形辨)와 물이 끓는 소리를 통해 온도를 가늠하며(성변, 聲辨) 마리는 마음속 떠도는 잡념을 잊었다. 그저 색과 향과 미가 조화를 이룰 수 있도록 깊은 마음으로 차를 우려냈다.

그렇게 시간이 지나갔고, 차가 다 끓여졌다. 마리는 조심히 찻잔에 차를 따르고, 황태자의 집무실로 갔다.

"그건?"

"아랍의 상인들이 동방에서 구해 온 찻잎으로 끓였습니다."

황태자는 깊게 퍼져 나오는 향에 놀란 표정을 지었다.

"늘 마시는 차인데 오늘따라 향이 더 깊게 느껴지는군. 특별한 향료라도 쓴 건가?"

마리는 고개를 저었다. 다른 향을 섞으면 차의 맛이 상한다. 깊은 향이 나는 것은 찻잎에 맞게 조금 더 낮은 온도로 더 오랜 시간 우렸기 때문이다.

"우리는 방법을 조금 달리해 보았습니다. 전하의 입맛에 맞았으면 좋겠습니다."

"고맙군."

천천히 찻잔에 입술을 가져간 황태자는 눈동자를 크게 떴다. 이전과
는 전혀 다른 맑고 부드러운 맛이 입안 가득 퍼졌기 때문이다. 분명 늘
마시던 찻잎과 똑같은 종류일 텐데, 비교할 수 없을 정도로 깊고 맑았다.

"이건…… 대단하군. 이전 동방에서 온 사신이 끓여 주었을 때의 맛
과 흡사하구나. 네가 직접 끓인 거라고?"

"과찬이옵니다. 입맛에 맞다니 다행입니다."

고개를 숙이는 마리에게 황태자는 진심으로 감탄의 눈빛을 보냈다.
천고의 음악 솜씨에, 황실 주방장 못지않은 요리 실력, 사소한 단서로
범인을 추측하는 추리 능력 등에 이어 이런 다도 실력까지. 지켜보면
지켜볼수록 저 소녀는 끝없이 뛰어난 능력을 보여 주었다.

'정말 대단하군.'

황태자는 나직이 입을 열었다.

"좋은 차를 내어주어 고맙구나."

"아닙니다. 부족한데 좋게 여겨 주어 감사합니다."

"아니야. 부족하지 않아. 그나저나 마리."

라엘은 나직이 그녀를 불렀다. 무언가 진중한 그 목소리에 마리는 의
아한 표정을 지었다.

"네. 말씀하십시오, 전하."

"두려워할 필요 없다."

마리의 눈동자가 커졌다.

"그게…… 무슨 말씀이신지?"

"날 그렇게 어려워할 필요는 없다는 것이다."

마리는 입을 다물었다. 황태자는 차분한 목소리로 말을 이었다.

"지난 며칠간 지켜보니 날 많이 어려워하는 것 같더구나. 난 널 나쁘

게 생각하고 있지 않으니, 그렇게까지 두려워할 필요는 없다."

"……."

"부담스러워하지 말고, 네게 또 다른 능력이 있다면 나를 위해, 이 제국의 백성을 위해 사용해다오. 혹시나 다른 사람들의 시선이 신경 쓰인다면 걱정하지 마라. 내가 모두 지켜주겠다."

황태자의 말에 마리는 입술을 깨물었다. 그녀는 한참을 주저하며 뭐라고 입을 열려다 결국 아무 말도 못 하고 고개를 숙였다.

"……이만 나가 보겠습니다."

"그래, 수고하도록."

예를 표하고 황태자의 집무실을 나온 마리는 문에 몸을 기댄 후 눈을 감았다.

"하아."

그녀는 깊고 긴 숨을 내쉬었다. 방금 황태자에게 들었던 말이 떠올랐다. 마음이 더욱 복잡해졌다.

한편 방 안에 남은 황태자는 마리가 끓여 준 차를 한 모금 마셨다. 마음을 평온하게 가라앉혀 주는 맑은 맛이 가슴에 퍼졌다. 라엘은 이전 동방의 사신에게 들었던 말을 떠올렸다.

'차를 끓이는 다도는 마음의 공부라 그랬지. 마음을 다해 끓이지 않으면 차 본연의 깊은 맛을 절대 낼 수 없다고.'

그렇다면 이 차는 저 소녀가 마음을 다해 끓였다는 뜻일까? 바로 자신을 위해서? 라엘은 속으로 실소했다. 이런 별스러운 생각을 떠올리다니. 확실히 내 마음이 이상하긴 한가 보다. 그는 의자 깊숙이 몸을 기대었다. 코끝으로 가슴을 어루만지는 듯한 따뜻한 차향이 느껴졌다.

'어쨌든 좋군.'

저 소녀가 직접 끓인 차여서 그런 걸까? 조금 더 따뜻하고 편안한 느낌이 들었다. 마치 마음을 부드럽게 감싸는 듯한 느낌.

'어쩌면…… 오늘은 조금 잠들 수 있을지도 모르겠군.'

그렇게 생각하며 그는 가만히 눈을 감았다.

그날 마리의 차를 마셨던 황태자는 정말로 잠들 수 있었다. 그것도 무려 3시간 동안이나 깨지 않고 잘 수 있었다. 남들에게는 턱없이 짧은 시간이지만, 최근 그렇게 깊게 자 본 적이 없는 황태자는 잠에서 일어난 후 깜짝 놀랐다.

'내가 이렇게 깊게 잠이 들다니?'

늘 꾸는 악몽도 꾸지 않았다. 깊게 잔 덕분에 몸도 이전과 비교할 수 없이 상쾌했다.

'정말로 그 차 때문인가?'

그날 이후로 마리는 종종 밤에 황태자를 위해 차를 끓여 주게 되었다. 그녀는 차를 끓이는 것에 그치지 않고, 마음을 안정시키는 데 도움이 되는 음악을 연주해 주기도 했는데, 효과가 있어 라엘은 짧게나마 잠을 이룰 수가 있었다.

그렇게 황태자의 불면을 치료하기 위해 늦은 밤에 황태자의 침소에 들르는 것이 마리의 중요한 일과가 되었다.

'이 정도는 괜찮겠지. 일단 난 황태자의 시녀니까.'

마리는 속으로 생각했다. 황태자는 나쁘지 않은 주인이었다. 그러니 그를 떠나기 전까지 이 정도는 괜찮을 것 같다는 생각이 들었다. 그런데 불면 치료를 위해 매일같이 황태자의 침소를 들락거리니, 한 가지 예상치 못한 일이 일어났다. 주변의 다른 이들이 마리를 더욱더 특별하게 여기게 된 것이다.

"역시 황태자 전하가 그냥 부르신 것이 아니구나."

"그러게. 매일 밤 전하의 침소를 들락거리다니."

사자궁의 시녀들이 마리를 보며 속닥거렸다. 물론 마리가 황태자의 침소에 가는 것이 불면 치료를 위해서란 것은 모두 알고 있었다. 그래도 매일 밤 황태자의 침소에 가다니. 특별한 것은 특별한 것이다.

'황태자 전하가 가장 아끼는 시녀.'

'전하가 가장 신뢰하는 시녀.'

모두 마리를 그렇게 여겼다. 아무리 불면을 치료하기 위해서라지만, 보통 아끼고 신뢰하지 않으면 매일 밤 침소로 부르겠는가. 그렇게 마리는 자신도 모르는 사이에 모두의 머릿속에 황태자가 가장 아끼는 최측근 시녀가 되어버렸다.

그러한 일상적인 나날이 지나고, 사자궁에 큰 변화가 일어났다. 황태자비 후보들이 입궁하게 된 것이다. 마리가 고대하고 고대하던 황태자비 간택의 시작이었다.

"드디어 후보들이 입궁하는군요."

재상 오른이 집무실에서 황태자에게 말하였다.

"그렇군."

감흥 없이 고개를 끄덕이는 황태자를 보며 오른은 입술을 삐죽거렸다.

"너무 관심이 없으신 것 아닙니까? 곧 전하의 비가 될 후보들인데."

오른은 이 간택을 추진한 가장 핵심적인 인물이었다.

"제국의 남자 모두가 전하를 부러워하고 있습니다. 두 후보 모두 제국 최고의 미인으로 꼽힐 정도로 아름다운 여인들이니까요."

라엘은 그 말에 실소를 지었다. 여인의 용모가 뭐 그리 중요하단 말인가. 그와 같은 높은 위치에 있는 인물들에게 결혼은 하나의 도구일 뿐이었다. 그는 국익에 가장 도움이 될 여인과 결혼해야 했다. 그것이

제국을 지배할 이의 의무였다.

"혹시 두 후보 중 마음에 두고 계신 분은 없으십니까?"

"아직은 없다. 슐레안 대공가와 이스트반 백작가. 둘 중 어느 쪽이 더 제국에 도움이 될지 가늠해 보고 결정해야겠지."

황태자의 대답에 오른은 혀를 찼다. 그는 두 여인 중 어떤 이가 더 마음에 가는지 물은 것이건만, 황태자는 정략적인 면 이외에는 전혀 관심이 없어 보였다. 그건 라엘이 자신의 결혼을 오로지 제국의 국익을 위한 도구로밖에 여기지 않기 때문이리라.

'그래도 평생을 함께할 이를 고르는 것인데. 조금은 본인을 위한 선택을 해도 좋을 텐데.'

사실 결혼뿐이 아니었다. 저 황태자는 오로지 제국과 제국민만을 위할 뿐, 자기 자신을 위한 일에는 큰 관심이 없었다. 물론 군주로서 굉장히 훌륭한 태도이지만, 그 정도가 심하니 문제였다.

'이번 간택을 통해서 저 목석같은 면이 조금 누그러지면 좋겠구나.'

모든 게 완벽한 황태자이지만, 인간적인 면모가 부족한 것이 흠이었다. 오른은 후보로 입궁할 두 여인 중 아무라도 황태자의 마음을 녹여 낼 수 있으면 좋겠다고 생각했다.

'간택 기간 중 계속해서 같이 지내실 테니, 둘 중 누구에게라도 마음을 주시겠지. 황태자 전하도 사람이니까.'

어차피 양 가문의 정치적인 이득은 비등하므로, 오른은 이왕이면 황태자의 마음을 얻은 여인이 황태자비가 되었으면 좋겠다고 생각했다.

그때 황태자가 다른 이야기를 꺼냈다.

"모리나 왕녀의 행방은 아직도 못 찾았는가?"

"죄송합니다. 계속 사람을 풀어 찾고 있으나……."

라엘은 고개를 저었다.

"아쉽군. 황태자비로 맞았을 때 가장 큰 도움이 될 이는 슐레안 대공가도, 이스트반 백작가도 아닌 클로얀 왕국의 마지막 핏줄인 모리나 왕녀인데. 도저히 행방을 알 수가 없으니."

황태자의 말은 옳았다. 모리나 왕녀를 정식 황태자비로 맞으면 아직도 불안정한 상태에 있는 클로얀 지방을 완전히 제국의 품 안으로 끌어들일 수 있으니까. 그로 인한 이득은 가늠할 수조차 없을 정도로 대단했다.

"하지만 모리나 왕녀를 찾을 때까지 비를 맞는 것을 미룰 수는 없습니다, 전하. 사실 한참 전에 결혼을 하셨어야 했는데, 늦어도 많이 늦은 상태입니다."

오른의 말에 황태자는 고개를 끄덕였다. 그건 그도 알고 있었다. 그래서 결혼이 내키지 않았지만, 어쩔 수 없이 간택을 시작한 거였다.

"알고 있다. 이렇게 된 이상 어쩔 수 없지. 모리나 왕녀를 황태자비로 맞는 것은 포기할 수밖에."

"네, 그래야 할 듯합니다."

그러며 오른은 질문을 하였다.

"그런데 만약 후에 모리나 왕녀를 찾게 되면 어떻게 하시겠습니까?"

황태자는 잠시 입을 다물었다. 황태자비를 2명 맞을 수는 없다.

'그렇다면……'

모리나 왕녀는 클로얀 왕국의 마지막 핏줄이다. 비로 맞아 자신의 것으로 만들 수 없다면 왕녀에 대한 처분은 하나였다.

"당연히 죽여야겠지."

황태자 라엘은 무감정하게 말했다.

히힝. 말의 울음소리와 함께 화려하게 꾸민 마차 두 대가 황궁 안으로 들어와 멈추어 섰다. 황태자비 후보들을 태운 황실 마차였다. 곧 각각의 마차에서 기사의 에스코트를 받으며 황태자비 후보들이 내려왔다.

"아리엘 공녀 저하와 레이첼 영애를 뵙습니다. 총시녀장인 에슐린이라고 합니다."

2명의 후보를 맞아 먼저 총시녀장 에슐린 백작 부인이 고개를 숙였다. 그 뒤를 따라 대기하고 있던 사자궁의 시녀들도 고개를 숙이며 인사했다.

"여기 사자궁의 시녀들이 앞으로 두 델피나분을 모실 것입니다. 잘 부탁합니다."

델피나. 황태자비를 뜻하는 라틴어, 델피나투(Delphinatu)에서 기원한 단어로, 간택에 참여하는 황태자비 후보를 칭하는 단어다. 두 여인 중, 고고한 인상의 아름다운 여인이 말을 받았다.

"네, 저야말로 잘 부탁해요."

한편 뒤에 서 있던 마리는 여인을 보고 놀란 표정을 지었다.

'저분이 아리엘 공녀이구나. 정말 소문대로 아름다워…….'

여기 사자궁의 시녀도 미녀가 많았지만, 저 아리엘 공녀에 비할 바가 아니었다. 칠흑 같은 흑발, 빠져들 것 같은 커다란 푸른 눈동자, 백옥 같은 피부에 장미처럼 붉은 입술. 조각 같은 얼굴선은 천상의 보석을 연상시켰다. 누구의 손에도 닿지 않는 고고한 보석 말이다. 거기에 강렬한 눈매에 육감적인 몸매까지. 남자라면 누구라도 저 공녀를 보고 가슴이 뛰지 않을 수 없을 것 같았다.

"저도 잘 부탁합니다."

뒤를 이어 여린 인상의 소녀가 고개를 숙였다. 마리는 그 소녀를 보고도 속으로 감탄성을 뱉었다.

'저 소녀가 이스트반 백작가의 레이첼 영애. 저분도 정말 아름다우

시구나.'

나이는 그녀와 비슷해 보였다. 찬란한 금발에 호수 같은 푸른 눈을 가지고 있었는데, 인형 같은 외모가 한 떨기 꽃처럼 청초했다. 아까 아리엘 공녀가 도도한 장미꽃처럼 짙은 유혹의 향을 풍긴다면, 이 레이첼 영애는 보호 본능을 자극하는 여리고 청초한 매력이 흘렀다. 두 후보 모두 제국 최고의 미인이라는 소문에 조금도 부족하지 않은 듯했다.

'이건…… 뭐, 완전 소설 속 주인공들 같잖아.'

마리는 속으로 생각했다. 저 두 여인 옆에 있으니 나름 빼어난 외모를 자랑하는 사자궁의 시녀들이 배경으로 전락해 버린 듯했다. 평범한 외모의 마리는 뭐, 말할 것도 없고.

"황태자 전하께 안내해 드리겠습니다. 두 델피나분께서는 이쪽으로."

총시녀장 에슐린 백작 부인이 그들을 안내했다. 아리엘 공녀는 외모 그대로 고고한 발걸음으로 그 뒤를 따랐고, 레이첼 영애는 조심스러운 발걸음으로 따랐다. 그들이 사라지자, 사자궁의 시녀들이 웅성거렸다.

"와, 봤어? 정말 소문대로네."

"그러게. 아리엘 공녀야 제도의 사교계에서 여러 번 뵈어 알고 있었지만, 남부의 레이첼 영애도 전혀 뒤처지지 않는데?"

시녀들은 로맨스 소설을 읽은 소녀처럼 낭만적인 눈이 되어 속닥였다. 그들은 과연 누가 황태자와 맺어질지 속닥속닥 떠들었다.

"과연 두 분 중 어느 분이 황태자 전하의 선택을 받을까?"

"아리엘 공녀 아닐까? 황태자 전하도 남자이신데 저런 매혹적인 스타일을 좋아하지 않으실까?"

"아니야. 난 레이첼 영애가 더 승산이 높다고 보는데? 남자들은 저런 연약한 스타일을 더 좋아한다고."

"에이, 당연히 슐레안 대공가의 아리엘 공녀가 선택되시겠지. 제국 최고의 대귀족 가문인데."

"그런 식으로 따지면 이스트반 백작가의 저력도 만만치 않아. 그리고 저 아름다운 레이첼 영애가 황태자 전하의 마음을 녹이면 이야기는 달라질걸?"

그렇게 그들은 갑론을박하였다. 한편 마리는 그들의 이야기를 들으며 고개를 끄덕였다.

'틀린 이야기는 아니야. 의외로 황태자의 마음을 얻는 분이 선택될 가능성이 높아. 두 가문 모두 정치적인 이득은 비등하니까.'

물론 저 황태자가 여인에게 마음을 뺏기는 것이 도무지 상상이 안 가긴 했지만, 오늘 저 두 후보를 보니 생각이 바뀌었다. 아무리 철혈의 황태자라도, 저렇게 아름다운 여인들이라면 마음이 흔들릴 수도 있으리라.

'마리, 이제부터 정신 차려야 해. 일단 어떤 분을 지지할지 먼저 결정하자.'

마리는 이 사자궁을 탈출할 '사랑의 큐피드 계획'을 떠올렸다. 이제 그녀는 저 두 후보 중 한 명을 도와 황태자와 맺어지는 데 도움을 줄 생각이다. 그리고 그 도움의 대가로 사자궁에서, 황태자에게서 벗어날 것이다.

'정신 차리고 잘하자, 마리!'

그렇게 황태자에게서 탈출할 의지를 돋울 때였다. 얼마 전 황태자에게서 들었던 말이 떠올랐다.

"날 그렇게 어려워할 필요는 없다."

왜 그 말이 갑자기 떠오른 것일까? 마리는 입술을 깨물었다.

'황태자…… 는 나쁜 분이 아니지만.'

아니, 어쩌면 자신의 울타리 안에 들어간 사람에게는 좋은 사람일 수도 있다. 이제 마리도 그걸 안다. 하지만 그녀는 그에게서 벗어나야 했다. 어쩔 수 없는 일이었다. 왠지 알 수 없이 찝찝한 마음이 들어 그녀는 고개를 획획 저었다. 아마 그가 자신에게 나쁘지 않게 대했기 때문에 이런 마음이 드는 것 같았다.

'떠날 땐 떠나더라도, 그전까지는 할 수 있는 한 최선을 다해 그를 섬기다 떠나자.'

어쩔 수 없이 그를 떠나게 되겠지만 그의 시녀로서, 할 수 있는 한 최대한의 노력으로 그를 섬기다 떠나자고, 그녀는 생각했다. 그렇게 하면 이 알 수 없는 찝찝함이 조금은 사라질 것 같았다.

마리는 다음 날 침대에서 일어났다.

'오늘 일정은 사자궁에 방문하는 분들을 시중들고…….'

그녀는 시녀복으로 갈아입고, 옷매무새를 다듬으며 오늘 해야 할 일을 생각했다.

'그리고 후보들에게 접근할 방법을 고민해 봐야 해.'

황태자비 간택 때 공을 세우려면 일단 후보들과 연결 고리가 있어야 한다.

'워낙 지고한 신분이라 쉽게 접근하기는 어려울 거야. 난 귀족도 아닌 일개 시녀에 불과하니까.'

그래도 해내야 했다. 마리는 후보들에게 접근할 기회를 조심히 엿보기로 했다. 그런데 숙소에서 나서는 순간, 그녀의 고민을 단번에 해결해 주는 일이 일어났다.

"시녀 마리? 맞나요?"

"아…… 네. 제가 마리입니다."

마리는 숙소 앞에서 자신을 기다리고 있던 중년 여인을 보고 놀란 표정을 지었다. 왠지 깐깐한 인상이었는데, 처음 보는 여인이었다.

"잠깐 시간 괜찮은가요? 당신을 보고 싶어 하는 분이 계세요."

"아, 네. 괜찮습니다. 그런데…… 누구이신지?"

중년 여인은 콧잔등에 걸쳐진 안경을 곧추세우며 말했다.

"전 아리엘 공녀 저하를 섬기는 마틸다라고 해요. 공녀 저하께서 마리, 당신을 만나고자 해요."

"……!"

마리는 눈을 크게 떴다. 마틸다는 어딘지 고압적으로 느껴지는 목소리로 짧게 말했다.

"공녀 저하께서 기다리고 계시니 따라오세요."

'아리엘 공녀가 왜 나를?'

마리는 의아한 표정을 지은 채 마틸다의 뒤를 따라갔다. 지고한 신분의 공녀가 일개 시녀인 나를 왜 보려고 하는 거지?

'어쨌든 잘됐어. 어떻게든 만나서 연결 고리를 만들려고 했으니까.'

"다 왔어요."

얼마 걷지 않아 공녀의 거처에 도착했다. 간택 후보, 델피나의 거처는 사자궁 바로 옆 별궁에 마련되어 있었기에 굉장히 가까웠다. 그 때문에 사자궁의 시녀들이 후보의 시중을 들었다.

"전해 듣기로 귀족이 아니라 들었는데, 공녀 저하께 무례를 범하지 않도록 주의하세요."

다시 고압적인 말투. 마리는 고개를 끄덕였다.

"네, 알겠습니다."

마틸다는 노크하며 말했다.

"시녀 마리를 데려왔습니다. 들어가겠습니다, 저하."

슐레안 대공가에서 따라온 다른 시녀가 문을 열었다. 황태자비 후보답게 화려하게 단장된 방 안으로 들어가니, 어제 보았던 아름다운 미녀가 의자에 앉아 있었다.

'아리엘 공녀!'

고고한 장미 같은 모습. 이른 아침임에도 화사하게 피어오르는 듯이 아름다웠다.

"아리엘 공녀 저하를 뵙습니다."

"그래."

마리는 무릎을 꿇으며 예를 올렸고, 공녀는 까닥 고개를 끄덕이며 인사를 받았다. 마리는 무릎을 꿇은 채 가만히 공녀의 다음 말을 기다렸다. 보통은 계급이 높은 윗사람이 일어나라 한 다음 일어나는 것이 예의였다. 그런데 무언가 이상했다. 공녀에게서 그만 일어나라는 말이 없었다.

'뭐지?'

마리는 고개를 갸웃했다. 이상한 것은 그것뿐이 아니었다. 자신을 바라보는 공녀의 눈빛도 어딘가 이상했다. 높은 의자에 앉아 무릎 꿇은 자신을 아래로 깔아 보고 있었는데, 마치 훑어보는 듯한 시선이었다. 절대 호의적인 느낌은 아니었다.

"네가 그 마리?"

"네, 그렇습니다."

"계급은? 몰락 귀족가 출신? 아니면 혹시 평민?"

마리는 얼떨떨한 표정을 지었다. 갑자기 불러 왜 이런 걸 물어보지?

"전쟁 포로입니다."

공녀의 예쁜 눈매가 찌푸려졌다.

"전쟁 포로? 그러면 노예란 말이야?"

마리는 입을 다물었다. 노예는 아니었다. 아랍 쪽 국가와 다르게 동제국에는 노예 제도가 없었으니까. 옆에 서 있던 마틸다가 정정해 주었다.

"전쟁 포로들은 황실의 소유물이긴 하나 노예는 아닙니다, 저하."

"그게 그거잖아. 황실의 노예. 아니, 황실에서 일하는 농노에 가까운 건가?"

"……."

마리는 입을 다물고 가만히 있었다.

"흠, 어쨌든 일어나서 서 봐. 제대로 좀 보게."

마리는 엉거주춤 일어났다. 아리엘 공녀는 아름다운 푸른 눈동자로 그녀를 자세히 훑어보았다.

"내가 왜 너를 불렀는지 궁금하지?"

"……네, 저하."

"궁금해서 불러 봤어. 부군 되실 황태자 전하께서 특별히 아끼는 시녀가 있다기에, 어떤 아이인가 해서."

공녀는 피식 웃었다.

"그런데 뭐 크게 신경 쓸 필요는 없을 것 같네. 전하께서 설마 너 같은 애를 첩으로 받지는 않을 테니."

마리의 얼굴이 굳었다.

'설마 나를 부른 이유가?'

내가 황태자의 첩이 될까 확인하기 위해서였단 말인가? 마리는 입술을 깨물고 말했다.

"……황태자 전하께서 저를 좋게 보시는 건 그런 이유 때문이 아닙니다."

"알고 있어. 불면을 치료하기 위해서란걸. 그래도 그냥 혹시나 해서 확인하려 불러 본 거야. 어쨌든 확인했으니 나가 봐."

마리는 잠시 말없이 가만히 있었다. 공녀는 고운 눈매를 다시 찡그렸다.

"뭐 해? 나가 봐."

"……그러면 이만 물러가 보겠습니다."

그렇게 그녀는 공녀의 거처에서 물러났다. 별궁에서 한참을 멀어진 후, 마리는 주먹을 움켜쥐었다.

'내가…… 황태자의 첩?'

아무리 신분이 높다지만 지나치게 무례한 말이었다. 얼굴이 붉어지며 수치심이 치밀어 올라왔다.

'진정해, 마리. 참자, 참아. 저런 무례한 말에 기분 나빠하면 너만 손해야. 똥 밟았다 생각하자.'

그녀는 입술을 깨물고 마음을 다스렸다. 잠시의 시간이 지난 후, 마음을 안정시킨 마리는 길게 한숨을 내뱉었다.

"어쨌든…… 아리엘 공녀는 아니구나."

소문대로 대단히 아름답지만, 가문의 권세에 오만하기 그지없는 성품. 그녀는 짧게 공녀를 평가했다. 곱게 자란 대귀족 자제들에게서 흔히 나타나는 성격 유형이었다.

'저런 성품의 아리엘 공녀가 황태자 전하의 마음을 얻는 건 쉬울 것 같지 않아.'

물론 단 한 번의 만남으로 이렇게 생각하는 것은 어불성설이란 것은 마리도 알고 있다. 하지만 지극히 이성적이고, 냉철한 황태자가 오만한 대귀족 아가씨에게 마음이 흔들릴 것 같지는 않았다. 아무리 외모가 아름답다고 해도 말이다.

'그러면 레이첼 영애를 만나 봐야겠구나.'

레이첼 영애가 어떤 성격일지는 모르겠지만, 아리엘 공녀보다는 나을 것 같았다.

'조만간 레이첼 영애의 시중을 들 차례가 돌아올 거야.'

사자궁의 시녀들이 별궁의 시중까지 들게 되므로, 마리도 순번을 돌아가며 레이첼 영애의 시중을 들 것이다.

'그때 기회를 엿봐서 이야기를 나누어 보자.'

그런데 마리의 생각보다 빨리 기회가 찾아왔다. 그날 사자궁에서 일하고 있는데, 한 어린 시녀가 그녀를 찾아온 것이다.

"저…… 마리 님 되시나요?"

마리는 순간 자신을 부르는 것인지 못 알아들었다. 지금까지 살면서 '마리 님'이라 불린 적이 한 번도 없었기 때문이다.

"제가 마리이긴 한데…… 무슨 일로?"

"아, 반갑습니다! 레이디 레이첼을 모시는 지나라고 합니다."

마리는 놀란 표정을 지었다. 레이첼 영애를 모시는 시녀가 나를?

"정말 죄송한데…… 혹시 잠시만 시간을 내주실 수 있으실까요? 레이디 레이첼께서 마리 님을 뵙고 싶어 해서요."

그렇게 마리는 하루 만에 아리엘 공녀에 이어 레이첼 영애까지 만나게 되었다.

"시녀 마리입니다. 레이첼 님을 뵙습니다."

어제 봤던 청초한 인상의 미소녀가 마리를 기다리고 있었다.

"아, 어서 오세요! 기다리고 있었어요. 여기 앉으세요."

레이첼은 반가운 목소리로 마리를 맞았다. 아리엘 공녀와는 완전히 다른 태도라 마리는 눈을 깜빡거렸다.

"차라도 한잔 드시겠어요? 어떤 차 좋아하세요?"

"괘, 괜찮습니다."

생각지도 못 한 환대라 마리는 얼떨떨한 표정을 지었다.

"그래도 손님으로 오셨는데, 아무것도 대접 안 할 수는 없죠. 지나, 가문에서 가져온 차를 내와 줘."

"네, 아가씨. 잠시만 기다려 주세요."

곧 어린 시녀가 따뜻한 차를 끓여 마리에게 내다 주었다.

"뜨거우니 조심히 드세요."

"가, 감사합니다."

마리는 조심스러운 표정으로 레이첼 영애를 살폈다. 일개 시녀에 불과한 자신을 너무 환대해 주니 오히려 부담스러웠다.

'도대체 왜 날 보자고 한 거지? 혹시?'

레이첼은 어린 외모만큼이나 맑은 목소리로 말했다.

"바쁘실 텐데 시간 내주셔서 고마워요."

"아닙니다. 말씀 편하게 하십시오, 영애. 그런데 어떤 일로 저를?"

레이첼 영애는 바로 용건을 꺼내지 않고 찻잔을 입에 가져갔다. 간단한 동작이건만, 기품이 저절로 느껴질 정도로 부드러운 움직임이었다.

"사실 한 가지 용건이 있어서 마리 양을 뵙고자 했어요."

"말씀하십시오."

차를 한 모금 머금은 레이첼 영애는 찻잔을 테이블 위에 내려놓았다. 그리고 커다란 푸른 눈동자로 마리의 눈동자를 바라보며 입을 열었다.

"말 돌리지 않고 말할게요."

마리는 무언가 심상치 않은 분위기에 긴장했다.

"저와 제 이스트반 백작가를 도와주세요."

마리는 흠칫 놀라 레이첼을 바라보았다.

"그게…… 무슨 말씀이십니까? 영애와 이스트반 백작가를 도와 달라니? 저는 일개 시녀에 불과합니다."

"그 말 그대로예요."

아름다운 소녀는 말했다.

"저는 이 간택에서 최종 선택받아 황태자 전하와 반드시 결혼해야 해요."

"그건 알고 있습니다."

황태자비 후보인 델피나이니, 당연히 황태자와의 결혼이 목표이리라. 하지만 레이첼 영애는 굳은 표정으로 말을 이었다.

"단순히 개인적인 욕심으로 황태자비가 되고 싶다는 것이 아니에요. 제가 이 간택에서 선택받느냐, 못 받느냐에 따라 우리 가문의 운명이 달려 있어요."

마리는 놀라 레이첼을 바라보았다.

"그게 무슨 말씀이죠? 간택에 가문의 운명이 걸려 있다니……."

레이첼은 씁쓸한 표정을 지었다.

"황태자 전하와의 내전에서 패배한 이후부터 저희 이스트반 백작가는 쇠락의 길을 걷고 있으니까요. 더 시간이 지나면 손을 쓸 수조차 없을 정도로 몰락할지도 몰라요."

"……."

"그런 저희 이스트반 백작가를 이전처럼 부흥시킬 방법은 단 하나. 제가 간택에서 최종 선택받아 황태자비가 되는 것이에요. 그러니 저는 가문을 위해서 반드시 황태자비가 되어야 해요."

마리는 레이첼 영애의 말을 알아들었다. 확실히 황태자와 사돈 관계를 맺으면 백작가는 단번에 부흥할 수 있으리라.

"저와 가문은 이번 간택에 사활을 걸었어요. 가문을 부흥시킬 마지막 기회나 마찬가지이니까요. 하지만 객관적으로 간택에서 선택받을 확률이 높은 사람은 제가 아니라, 아리엘 공녀예요. 가문의 위세도 그렇고, 슐레안 대공가는 오랜 시간 동안 황태자 전하를 도와 온 우군이니까요."

레이첼은 희미하게 떨리는 눈으로 마리를 바라보았다.

"그러니 전 마리 양이 이번 간택 때 저를 도와주셨으면 해요. 저에겐 마리 양의 도움이 필요해요."

거기까지 들은 마리는 속으로 중얼거렸다.

'나의 도움을 통해 황태자와 가까워질 생각인 거구나.'

그녀는 가만히 수를 따져 보았다.

'일단 레이첼 영애의 제안은 내가 계획하던 바와 일치하긴 해.'

황태자비 후보가 황태자와 맺어질 수 있도록 돕는다! 그게 마리의 계획이었다. 그렇지 않아도 어떻게든 연결 고리를 만들려 하고 있었는데, 먼저 손을 내밀고 있으니 감사한 일이었다. 하지만 한 가지 이유 때문에 마리는 곧바로 고개를 끄덕이지 못했다.

'저 영애를 도와주어도 될까?'

이리저리 거창하게 이야기하긴 했지만, 결국 가문의 영달을 위해 황태자와 결혼하겠다는 뜻인데, 과연 도와주어도 되는 걸까 하는 의문이 들었다. 괜히 이유 없이 꺼림칙했다. 하지만 마리는 곧 고개를 저었다. 어차피 정략결혼이니 저 영애가 가문의 이득을 생각하는 것은 당연한 일이었다. 그걸 나쁘다고 탓할 수는 없었다.

'성품도 나빠 보이지는 않고. 간택되면 나쁜 황태자비가 될 것 같지는 않아.'

물론 그건 함부로 확언할 수 없는 문제긴 했다. 그래도 최소 오만한 아리엘 공녀보다는 나쁜 황태자비가 될 것 같지는 않았다. 그렇게 생각을 마무리한 마리는 레이첼 영애가 황태자와 맺어지도록 도움을 주어야겠다고 결론 맺고 입을 열었다.

"알겠습니다. 황태자 전하와 영애가 가까워질 수 있도록 돕도록 하겠습니다."

다행히 황태자는 자신을 총애하고 있다. 그러니 도움을 줄 수 있는 기회는 많으리라. 그런데 레이첼이 의외의 반응을 보였다. 고개를 저은 것이다.

"아니, 전 마리 양께 그런 도움을 바라는 것이 아니에요. 물론 마리 양이 도와준다면 전하와 가까워지는 데 도움이야 되겠지만, 그거야 저 스스로도 할 수 있는 일이니까요."

"……그러면?"

마리는 의아한 표정을 지었다.

"제가 바라는 것은 그런 것이 아니라, 마리 양의 '능력'이에요."

"……네? 그게 무슨?"

생각지도 못 한 이야기여서 마리는 멍하니 반문했다. 자신의 능력을 바란다고?

"다 알고 있어요. 마리 양께서 여러 분야에 걸쳐 굉장히 뛰어난 능력을 가지고 있다는 것을. 황태자 전하께서 마리 양을 총애하시는 것도 다 그 다재다능한 능력 때문이죠?"

"……!"

"제가 바라는 것은 간택 기간 중 마리 양이 그 '능력'으로 저를 도와주는 것이에요."

마리의 눈동자가 흔들렸다. 레이첼이 얼굴을 굳히며 그녀를 바라보았다.

"간택 기간 중 저는 수많은 일을 겪게 될 거예요. 그 일은 모두 황태자 전하의 귀와 눈을 통해 보고되겠지요. 엄밀히 말하면 간택 기간 중 벌어지는 모든 일은 황태자비가 되기 위한 시험이라고도 할 수 있어요."

"……!"

마리는 놀라 레이첼을 바라보았다. 정확한 말이었다. 황태자와 친분을 쌓는 것도 중요하다. 하지만 그만큼 중요한 것이 간택 기간 중 슬기로운 모습을 보이는 것이다.

"저는 그 시험을 겪는 동안 마리 양이 여러 능력을 통해 저에게 도움을 주었으면 좋겠어요. 그래서 마리 양의 도움을 통해 누구보다 좋은 결과를 내 전하 앞에서 빛나는 존재가 되고 싶어요."

"……."

생각지도 못 한 제안에 마리는 입을 다물었다. 레이첼은 마지막으로 말했다.

"당신의 능력을 저를 위해 빌려주세요. 그 대가로 마리 양이 원하는 것은 그 무엇이라도 들어드리겠어요."

고민 끝에 마리는 레이첼의 제안을 받아들였다. 사실 예상 밖의 제안이긴 하지만, 받아들이지 않을 이유가 없었다. 무엇보다 레이첼이 제시한 보상이 굉장히 컸다.

'자유인의 신분에 타국으로 이주 보장, 정착비로 1,000페나라니.'

1,000페나면 평생을 놀고먹어도 될 거금이었다. 레이첼은 그저 마리를 사자궁에서 빼주는 것뿐만이 아니라, 아예 자유인의 신분에 더해 완전히 새로운 삶을 살 수 있도록 약속해 준 것이다.

어쨌든 마리에게는 더할 나위 없이 좋은 조건이었지만, 한 가지 문제가 있었다.

'내가 과연 레이첼 영애가 바라는 도움을 줄 수 있을까?'

사실 마리가 생각했던 기존의 계획은 간단했다. 황태자 곁에 머물며 후보들과 가까워질 수 있도록 은근슬쩍 다리만 놓아주면 되니까. 하지만 레이첼의 부탁은 그런 차원의 것이 아니었다.

'레이첼 영애가 맞닥뜨리는 문제들에 도움을 줘야 해.'

마리는 한숨을 내쉬었다. 마음속에 부담이 느껴졌지만, 그녀는 고개를 저으며 생각했다.

'어쩔 수 없어. 어차피 선택 사항은 없어. 아리엘 공녀는 내 의견을 들어보려고도 하지 않을 테니까. 이렇게 된 이상 가능한 최선을 다해 레이첼 영애를 도와주자. 그래서 사자궁을, 아니, 이 제국을 벗어나는 거야.'

성공적으로 레이첼이 황태자비가 되면 마리는 영원히 목숨의 위협에서 벗어날 수 있었다. 자유인이 되어 이 제국을 떠날 것이니까.

'지나치게 능력을 드러내 정체를 의심받을까 걱정할 필요도 없어. 어

차피 난 뒤편에서 도움을 줄 것이고, 모든 관심은 레이첼 영애가 받을 테니까.'

마리가 전면에서 능력을 발휘해 문제를 해결하면 레이첼에게 아무런 이득이 없었다. 모든 주목을 레이첼이 아닌, 마리가 받을 테니까. 레이첼이 바라는 것은 마리가 전면에 나서는 것이 아닌, 뒤에서 은밀히 도움을 주는 것이었다. 공로는 자신이 가져가고. 마리도 가급적 주목을 피해야 하는 입장이므로, 그편이 나았다.

'좋아. 나쁘지 않아.'

결론 내린 마리는 의지를 돋우었다.

'할 수 있는 한 최선을 다해 보자.'

그렇게 마리와 레이첼, 둘의 비밀스러운 계약이 이루어졌다. 앞으로 마리는 레이첼에게 일이 생길 때마다 능력이 닿는 한에서 도움을 줄 것이다. 레이첼은 은밀한 그 도움을 통해 황태자에게 자신의 가치를 부각시킬 것이고. 서로에게 이득인 윈윈(Win-win)의 계획.

그런데 마리와 레이첼이 고려하지 못한 것이 있었다. 황태자가 그녀를 어떤 눈빛으로 좇고 있는지. 따라서 마리가 하는 일은 결단코 그의 눈길에서 벗어날 수 없다는 것을. 레이첼은 물론 마리 본인도 전혀 고려하지 못하고 있었다.

그날 이후 레이첼은 마리를 자신의 전속 시녀로 요청했다. 황태자비 후보인 델피나가 자신의 마음에 맞는 인물을 전속 시녀로 요청하는 것은 당연한 권리였으므로, 일반적인 경우로 볼 때 마리가 레이첼의 전속 시녀가 되는 것은 아무런 문제가 없었다. 따라서 총시녀장인 에슐린 백작 부인은 별생각 없이 마리를 레이첼의 전속 시녀로 배정하려 했는데, 중간에 문제가 생겼다. 바로 그녀의 '주인'인 황태자가 이의를 제기한 것이다.

"마리를 이스트반 영애의 전속 시녀로 배정할 예정이라고?"

"네, 전하."

무언가 딱딱한 어조에 에슐린 백작 부인은 의아한 얼굴로 고개를 숙였다.

"마리는 내 개인 소유, 즉 나의 것이다. 그런데 왜 레이첼 영애의 전속 시녀로 배정한다는 것이지?"

"……!"

에슐린 백작 부인은 흠칫 놀라며 몸을 굳혔다. 황태자가 마리에 대한 소유권을 이야기한 것에 놀란 것이다. 더구나 '나의 것'이라니?

'물론 전쟁 포로인 마리가 황실의 주인인 황태자의 소유인 것은 맞는 말이지만.'

에슐린 백작 부인은 조심히 황태자의 얼굴을 바라보았다. 그저 자신 소속의 소유물이 다른 사람에게 가는 것이 싫은 건지, 아니면 그 이상의 다른 의미가 있는 건지 살피기 위해. 하지만 저 철가면 안 푸른 눈동자는 늘 그렇듯 마음을 읽을 수가 없었다.

"마리가 별궁에서 이스트반 영애를 시중드는 것은 상관없다. 하지만 그녀는 내 소유이니, 다른 이의 전속 시녀로 배정하지는 말도록."

"……알겠습니다, 전하."

그렇게 마리는 별궁에서 일하며 레이첼의 시중을 들게 되었으나, 전속 시녀로 배정되지는 않았다. 이 일은 다른 여러 시끄러운 일로 큰 화제가 되지는 않았지만, 마리에게는 큰 의미가 있는 일이었다.

"이제부터 마리, 너는 나, 라엘의 것이다."

황태자가 지난번 했던 말을 여전히 가슴에 담아 두고 있었다는 뜻이니까.

'그 뒤로 별 언급이 없으셔서 큰 의미를 두지 않고 있는 줄 알았는데.'

마리는 한숨을 내쉬었다. 어쨌든 마리는 그 뒤로 낮에는 레이첼 영애의 별궁에서 일하고, 밤에는 황태자의 침소로 가서 불면을 치료하는 생활을 하게 되었다.

그렇게 고요한 며칠이 지나갔다. 레이첼과 아리엘, 두 후보는 공식적인 일정에 따라 황태자와 만남을 가졌고, 특별한 일 없이 시간이 흘렀다. 너무 아무런 일이 없어 따분하다고 느껴질 정도. 곁에서 잔뜩 긴장하고 있던 마리는 이런 생각까지 하였다.

'내가 할 일이 있기는 있는 건가? 차라리 황태자 곁에 머물면서 레이첼 영애가 가까워질 수 있도록 다리를 놓아주는 게 낫지 않았을까?'

하지만 그런 고요도 잠시. 곧 정신이 번쩍 드는 일이 일어났다. 슐레안 대공가의 아리엘 공녀가 수작을 걸어온 것이다. 그것도 두 후보의 입궁을 축하하는 간택 연회 직전에! 그리고 공교롭게도 마리는 그날 밤 또 꿈을 꾸었다.

「……입니…….」

「저는…….」

잔뜩 노이즈가 낀 듯한 의식. 그 흐릿한 의식 속에서 늘 꾸던 자각몽이 끝이 났다. 이전과 늘 마찬가지로 마리는 번쩍 눈을 뜨며 꿈에서 깨어났다.

"무슨 꿈을 꾼 거지?"

그녀는 곤혹스럽게 중얼거렸다. 꿈의 내용이 혼란스러워서가 아니었다. 혼란스러울 것이 없었다.

"……기억이 안 나."

아무런 기억도 떠오르지 않았으니까. 그녀는 당황해 기억을 더듬었다.

"자각몽을 꾼 것은 맞아. 그런데 왜 아무것도 떠오르지 않는 거지?"

왜 그럴 때 있지 않은가? 꿈을 꾼 것은 확실한데 아무것도 떠오르지 않을 때. 지금 마리의 상황이 그러했다. 자신에게 능력을 주는 신비한 자각몽을 체험한 느낌은 확실히 들었는데 아무런 생각도 나지 않았다.

'뭐지?'

마리는 심각한 얼굴로 생각했다. 이전이었다면 별생각 없이 넘겼겠지만, 지금은 상황이 달랐다.

"당신의 능력을 저를 위해 빌려주세요."

마리는 레이첼 영애에게 도움을 주기로 거래한 상태이니까. 그녀는 입술을 깨물었다.

'자각몽을 꾸었으면 분명 꿈과 관련된 일이 일어날 거야. 하지만 아무런 생각이 안 나니.'

도대체 무슨 일이 일어나려는 걸까?

'하필 오늘은 후보들의 입궁을 축하하는 간택 연회인데. 설마 연회에서 사고가? 떠올려, 마리!'

그녀는 막이 내려진 극장처럼 아무것도 안 보이는 머릿속을 필사적으로 더듬었다. 그 노력 덕분인지 그녀는 간신히 한마디의 말을 떠올릴 수 있었다.

「나의 목표는 당신이 당신 자신의 가치로 최고가 되도록 도와주는 것입니다.」

그녀는 인상을 찌푸렸다. 흐릿한 의식 속 꿈속 주인공이 했던 이야기. 이 한마디 외에는 아무런 것도 떠오르지 않았다.

'이게 무슨 말이지?'

무언가 의미심장한 말이었으나 어떤 상황에서, 무슨 의미로 한 말인지 짐작할 수가 없었다. 그때, 마리의 방문을 누군가가 두드렸다.

"마리, 이제 나가 봐야 할 것 같아. 준비해."

"아, 네!"

어쩔 수 없이 마리는 서둘러 나갈 채비를 하였다.

최근 마리의 일과는 시중을 드는 레이첼을 중심으로 돌아갔다. 오늘 레이첼은 오전에 황태자와의 조찬, 그리고 저녁에 후보들을 환영하는 간택 연회가 예정되어 있었다. 마리는 조찬에 가기에 앞서, 레이첼의 머리를 다듬어주었다.

"불편하지는 않으십니까?"

"응, 좋아. 그렇게 다듬어줘."

서로 간의 거래가 성립된 후 레이첼은 마리에게 편하게 말을 놓았다. 사실 계급 차이가 있으니 하대가 당연했다. 거울 앞에 앉아 편안히 눈을 감고 있던 레이첼은 마리가 머리를 손질해 주는 것을 끝내자 눈을 떴다.

"마리, 머리도 잘 다듬네."

레이첼은 부드럽게 찰랑거리는 자신의 머릿결을 어루만지며 말했다.

"아닙니다. 영애의 머릿결이 원체 좋으셔서 특별히 다듬을 것이 없었습니다."

마리의 말은 빈말이 아니었다. 한 떨기 꽃처럼 아름다운 레이첼은 머릿결도 비단처럼 부드러웠다.

'부럽다. 나도 저렇게⋯⋯ 아니, 반의반만큼이라도 예뻐 봤으면.'

마리는 레이첼을 훔쳐보며 자신도 모르게 생각했다. 특별히 자신의 외모에 불만은 없었지만, 눈앞의 상대가 워낙 아름답다 보니, 어쩔 수 없이 부럽다는 생각이 들었다.

'됐어. 바랄 것을 바라야지. 쓸데없는 생각 말고 정신이나 바짝 차리고 있자.'

꿈속의 일이 오리무중인 탓에 어떤 일이 일어날지 모르는 상황이다. 마리는 오늘 하루 최대한 긴장을 늦추지 않기로 다짐했다.

"가자, 마리."

"네."

단정하게 꾸민 레이첼은 마리와 다른 시녀들을 대동하고 조찬이 예정된 사자궁의 테라스로 향했다. 하지만 황태자에게 급한 회의가 생기는 바람에 조찬이 취소되어버렸다.

"죄송합니다, 영애."

레이첼의 눈동자에 옅은 실망감이 스쳐 지나갔으나, 티 내지 않고 공손히 고개를 숙였다.

"저와의 조찬보다 국정이 중요한 것은 당연한 일. 조찬이야 언제든 다시 해도 되니, 전하께 개의치 않으셔도 된다고 전해 주십시오."

"네, 살펴 가십시오."

그렇게 사자궁을 나온 레이첼은 무슨 생각을 하였는지, 마리에게 말했다.

"그러고 보니 '마침 그 시간'이구나."

"⋯⋯?"

"잠시 둘이서 산책이나 하다가 들어갈래, 마리?"

마리는 남부에서 데려온 시녀들을 놔두고 굳이 자신과 따로 산책하자는 게 의아했다. 그리고 '마침 그 시간'이라니? 어쨌든 그녀는 고개를 끄덕였다.

"네, 영애. 제가 안내하겠습니다."

"중앙 정원이 예쁘다던데, 그쪽에 가 보자."

마리는 중앙 정원으로 레이첼을 안내했다. 레이첼은 드넓게 펼쳐진 정원을 보며 감탄했다.

"와, 역시 남부의 정원들과는 비교도 안 되는구나."

이른 시간이라 하늘은 맑고, 아침 햇살을 받은 정원의 호수는 반짝반짝 빛나고 있었다. 레이첼은 옅게 미소 지으며 호수를 바라보았는데, 정말로 황궁의 정원에 감탄한 표정이라 마리는 왠지 레이첼이 자신의 또래처럼 느껴졌다.

'또래 같은 게 아니라, 실제로 또래지. 나보다 한 살밖에 안 많으니까.'

행동 하나하나에 기품이 있고, 차분해서 레이첼은 나이보다 성숙하게 느껴졌다. 그때였다. 생각지도 못 한 목소리가 그들 사이에 파고들었다.

"아니, 이게 누군가요? 반가워요, 레이첼 영애."

"……!"

레이첼과 마리는 깜짝 놀라 뒤를 돌아보았다. 장미와도 같은 화려한 아름다움의 아리엘 공녀가 시녀들을 잔뜩 이끌고 서 있었다.

"아리엘 공녀 저하를 뵙습니다."

레이첼은 차분히 예를 표했다.

"그래요, 반가워요. 첫날 이후로 처음 뵙는 것 같은데 잘 지내셨나요?"

"네, 공녀 저하 덕분에 특별한 일 없이 무탈하게 지냈습니다."

그 뒤 둘은 각자의 마음을 드러내지 않고, 부드럽게 대화를 나누었다. 모르는 이가 보면 친근한 지인처럼 느껴질 대화 내용이었다. 하지만 그것도 잠시, 아리엘 공녀가 넌지시 발톱을 꺼내었다.

"정원이 아름답지요?"

"네, 저하."

"아무래도 남부에서는 보기 힘든 정원이니 볼 수 있을 때 많이 봐 두는 것이 좋을 거예요."

"⋯⋯!"

레이첼의 얼굴이 살짝 굳었다. 아리엘은 한마디의 말로, 그녀의 출신인 남부를 깔아 내림과 동시에 레이첼이 황후가 되지 못할 것이라 무시한 것이다. 하지만 레이첼은 곧 얼굴을 풀며 공손히 답했다.

"네, 저하의 배려에 감사드립니다."

아리엘 공녀는 레이첼이 반박해 들어오지 않자 인상을 찌푸렸다. 꾸민 듯한 공손함이 마음에 들지 않았다. 아리엘은 다른 트집거리가 없는지 찾다가 뒤에서 가만히 서 있던 마리를 발견했다.

"저 아이는?"

"사자궁 소속의 시녀, 마리라고 합니다."

"그건 알고 있어요."

아리엘은 더러운 것을 봤다는 듯 고운 눈매를 찡그렸다.

"저 아이는 망국 출신의 전쟁 포로 아닌가요? 노예나 다름없는."

"⋯⋯!"

"당신도 나름 황태자비 후보인 델피나인데, 저런 천한 아이를 데리고 다니는 것은 품위를 떨어뜨리는 행동 아닌가 싶군요."

그 말에 마리는 얼굴을 굳혔다. 아무리 마리가 착해도 이렇게 대놓고 모욕을 듣는데 기분이 좋을 수는 없었다. 하지만 그때 레이첼이 마치 기다렸다는 듯이 입을 열었다.

"부족한 저를 생각해 주셔서 다시 한번 감사합니다, 저하. 다만 저마리는 황태자 전하가 직접 사자궁으로 부른 아이⋯⋯."

레이첼은 진심으로 조심스러운 목소리로 말을 이었다.

"그런 그녀를 천하다고 하는 것은 혹여나 황태자 전하를 욕보이게 하는 것은 아닌지, 어리석은 저로서는 조금 걱정되옵니다.”

“……!”

아리엘 공녀의 얼굴이 딱딱하게 굳었다. 레이첼의 말이 맞았다. 황태자가 부른 시녀를 천하다 욕하는 것은 받아들이기에 따라 황태자를 욕보이게 하는 것으로 여겨질 수도 있었다. 생각지도 않게 황태자를 욕보이게 된 아리엘은 당황했다.

“나, 나는 그런 의도로 말한 것이…….”

레이첼은 정말로 아리엘이 걱정된다는 듯 말했다.

“지금이라도 늦지 않았으니, 저 시녀에게 사과하는 것이 어떨까요? 저희야 상관없지만, 혹시나 황태자 전하의 귀에 이야기가 들어가면…….”

아리엘 공녀의 얼굴이 와락 구겨졌다. 나보고 저 천한 시녀에게 사과하라고? 죽어도 하기 싫었지만, 상황상 무시하고 넘어갈 수가 없었다. 아리엘은 귀 끝까지 시뻘게져서 말했다.

“미안하구나. 마, 말실수였다.”

“아, 아닙니다.”

마리는 화들짝 놀라 무릎을 꿇으며 고개를 숙였다.

‘레이첼 영애도 보통이 아니구나.’

마리는 고개를 숙인 채 침을 꿀꺽 삼켰다. 청초하게 생겨서, 상황을 몰아가는 게 보통이 아니었다. 레이첼의 말 한마디로 아리엘은 공녀의 신분으로 시녀에게 사과하는 우스꽝스러운 모습을 보이고 말았다.

한편, 아리엘 공녀는 고개를 숙인 마리를 신경도 쓰지 않은 채 레이첼을 노려보았다. 아리엘도 완전히 바보는 아닌지라, 이 상황이 레이첼이 원하는 대로 흘러간 것임을 일고 있는 것이다. 아마 당분간 수도 사교계에서 오늘의 일이 수다거리로 오르내리리라.

‘이 가증스러운 것이……!’

화가 머리끝까지 치민 아리엘은 꺼내서는 안 될 내용을 말해버렸다.

"오늘 간택 연회가 기대되는군요."

"……?"

"영애가 어떤 모습을 하고 나올지 기대가 돼요. 누구보다도 어여쁜 영애이니, 오늘도 아름다운 모습을 보여 주겠죠?"

레이첼은 아리송한 표정을 지었다. 갑자기 저 이야기를 왜 하지? 아리엘은 가시 돋친 장미처럼 화려한 미소를 지으며 말했다.

"가벼운 선물을 준비해 놓았으니, 곧 소식이 갈 거예요. 영애의 마음에 드셨으면 좋겠군요. 그러면 오늘밤 기대하고 있을게요."

아리엘은 시녀들과 함께 다른 곳으로 사라졌다. 휑하니 남게 된 레이첼은 고개를 갸웃했다.

"저게 무슨 말이지?"

말 자체로만 보면 특별할 것이 없었다. 하지만 저런 말을 난데없이 왜 한단 말인가?

"날 위해 선물을 준비했다고?"

더욱더 알 수 없는 말이었다. 저 공녀가 자신에게 웬 선물을?

"일단 별궁으로 돌아가자, 마리."

그때 마리에게 고개를 돌린 레이첼은 흠칫 놀랐다. 마리가 심각한 얼굴을 하고 있었던 것이다.

"마리?"

"아, 아무것도 아니에요."

"……?"

마리는 레이첼에게 고개를 저어 보였으나, 얼굴 표정은 여전히 어두웠다. 방금 아리엘 공녀의 이야기를 듣고 본능적으로 한 가지 사실을 짐작한 것이다.

'혹시 오늘 일어날 일이?'

그녀는 주먹을 움켜쥐었다.

'분명해. 아리엘 공녀는 이번 간택 연회 때 무슨 일을 꾸미고 있어. 내가 어젯밤 꾼 꿈은 아리엘 공녀가 꾸미는 일과 연관이 있을 거야.'

간택 연회가 시작될 때까지 남은 시간은 반나절. 마리는 그 안에 아리엘 공녀가 꾸미는 일을 파악해 내기로 결심했다.

그렇게 레이첼의 별궁으로 돌아온 마리는 생각에 잠겼다.

'아리엘 공녀가 꾸미고 있는 음모는 과연 무엇일까?'

범위가 너무 막연했다. 연회장에서 획책할 수 있는 음모의 종류는 무궁무진했다.

'분명 공녀가 한 말 중에 단서가 있을 거야.'

당시 아리엘 공녀는 흥분에 못 이겨 속마음을 내뱉은 것으로 보였다. 원래라면 절대 꺼내지 않았을 내용의 말을. 그러니 공녀가 한 말 중에 단서가 있을 것이다.

'생각해 내, 마리. 그래서 공녀의 음모를 막는 거야.'

그녀는 아까 공녀가 자신에게 던졌던 말들을 떠올렸다. 어차피 레이첼을 도와야 하지만, 그것과 별개로 공녀의 음모를 막고 싶었다. 자신에게 모욕을 준 공녀에 대한 소심한 복수였다.

'공녀는 몇 번이나 거듭해 레이첼 영애의 모습을 기대한다고 했어.'

무언가 수상했다. 물론 레이첼 영애가 워낙 아름다우니 그렇게 말한 것일 수도 있지만, 정말 그럴까?

'무언가 있어.'

그 순간 한 가지 생각이 머릿속에 떠올랐다.

'혹시 연회에 입고 갈 드레스에 상난을?'

마리는 침을 꿀꺽 삼켰다.

'주인공으로 연회에 참석할 때는 보통 새로운 드레스를 제작하게 마련이야. 그 제작 중인 드레스에 혹시?'

확실한 것은 아니다. 하지만 확인해 볼 필요가 있었다. 그녀는 급히 발걸음을 옮겨 우아하게 차를 마시고 있던 레이첼에게 물었다.

"영애, 혹시 오늘 간택 연회 때 입을 드레스는 별다른 문제없이 준비되었는지요?"

"응, 제이드 살롱에서 주문 제작한 드레스를 점심에 가져오기로 했어. 그건 왜?"

순간 마리는 싸한 느낌이 들었다. 본능적인 직감이었다.

"혹시 드레스는 문제없이 제작되고 있는 건지……."

"며칠 전에 사람을 보내 확인했어. 기본 디자인은 완성되었고, 장식을 넣고 있었는데? 왜 그래, 마리?"

레이첼은 의아한 표정을 지었다. 마리는 조심스러운 목소리로 자신의 걱정을 이야기했다. 마리의 말을 들은 레이첼의 얼굴이 굳어졌다. 그렇지 않아도 아리엘 공녀의 말을 레이첼도 꺼림칙하게 여기고 있었다.

"드레스를……. 하지만 설마 아무리 그래도……."

"그래도 한번 확인해 보는 게 좋을 것 같습니다."

레이첼은 고개를 끄덕였다.

"그래, 사람을 보내 볼게."

그녀는 남부에서 같이 온 시녀 지나를 제이드 살롱에 보냈다. 얼마간의 시간이 지난 후 지나가 돌아왔다.

"아, 아가씨."

"지나?"

레이첼과 마리의 얼굴이 딱딱해졌다. 지나의 안색이 창백했던 것이다.

"드레스를 제작 중 갑자기 재료에 문제가 생겨 납입 일자를 맞출 수가 없을 것 같대요."

"말도 안 돼!"

옆에서 그 이야기를 들은 다른 시녀들이 깜짝 놀라 외쳤다.

"오늘이 당장 연회인데 납입 일자를 맞출 수가 없다니?"

별궁에 난리가 났다. 레이첼이 하얗게 질린 얼굴로 마리에게 물었다.

"이건 아리엘 공녀의 입김이겠지?"

"아마…… 그럴 것입니다."

마리는 입술을 깨물었다. 수도 최고의 드레스 숍인 제이드 살롱에서 이런 어처구니없는 실수를 저지를 리가 없다. 분명 아리엘 공녀, 아니, 슐레안 대공가의 입김이 작용한 것이리라.

"가문에서 가져온 다른 연회용 드레스는 없으신지요?"

"그…… 있긴 한데, 수도에서는 완전히 유행이 지난 스타일이야."

레이첼은 곤혹스러운 얼굴로 말했다. 남부는 수도와 비교해 유행이 반년 이상 차이가 났다. 수도에서 어떤 스타일이 유행하면, 한참 뒤에 남부로 퍼지는 식이었다. 그러니 남부에서 가져온 드레스를 입고 간택 연회에 나서면 큰 비웃음을 살 게 뻔했다.

'이런 치졸한 음모를.'

마리는 입술을 깨물었다. 치졸했지만 아픈 일격이었다. 간택 연회는 델피나의 첫 공식 데뷔 장소로 아름다움을 한껏 뽐내는 자리다. 그런 곳에 유행이 지나간 구닥다리 드레스를 입고 나가는 것은 상상할 수도 없는 일이었다.

'아니야. 아직 시간이 있으니 어떻게든 해결할 수 있을 거야.'

그나마 일찍 문제를 알아채서 다행이었다. 조금이라도 늦게 알게 되었으면, 손쓸 수도 없었으리라.

"영애, 지금이라도 다른 드레스 숍을 수소문해 보는 게 좋을 것 같습니다."

레이첼은 알겠다는 듯 고개를 끄덕였다.

하지만 다른 드레스 숍을 수소문해 봐도 대체할 드레스를 찾을 수가 없었다. 온갖 보석으로 치장된 연회용 드레스는 굉장히 고가이고, 수요층이 한정되어 있어 주문 제작만 받기 때문이다. 미리 다량의 제품을 만들어 놓고 파는 일반적인 드레스와는 상황이 달랐다. 그나마 다른 귀부인들이 주문해 놓은 연회용 드레스가 몇 벌 있긴 있었으나, 체형이 맞지 않았다.

'어쩌지?'

마리는 레이첼을 돌아보았다. 레이첼의 안색은 하얗게 질려 있었다.

"마리, 방법이 없겠지?"

"……."

이런 상황에서 마리라고 답이 있을 턱이 없었다. 이대로라면 레이첼은 첫 공식 연회에서 망신을 당하고 말 것이다. 저 못된 아리엘 공녀의 치졸한 음모에 의해서.

'어떻게 방법이 없을까?'

마리는 필사적으로 고민해 보았으나, 방법이 떠오르지가 않았다. 직접 드레스를 만들지 않는 한 해결책이 없었다.

'드레스를 직접 만들 수 있을 리가 없잖아. 내가 패션 디자이너도 아니고.'

그런데 그 순간 마리의 머릿속에 한 가지 생각이 떠올랐다.

'잠깐. 설마?'

「나의 목표는 당신이 당신 자신의 가치로 최고가 되도록 도와주는 것입니다.」

어젯밤 꿈속에서 들었던 한마디. 다른 내용은 하나도 기억나지 않지만, 오로지 저 한마디만 기억이 났다.

'이게 무슨 뜻일까? 스스로의 가치로 최고가 되도록 도와준다고?'

무언가 깊은 의미가 있어 보이지만, 쉽게 짐작하기 어려운 내용. 마리는 얼굴을 찡그리며 중얼거렸다.

"이거…… 설마 패션을 이야기하는 말은 아니겠지?"

마리가 그렇게 생각하는 이유가 한 가지 있었다. 이전 황궁에서 하급 시녀로 일할 때 우연히 만났던 패션 디자이너 한 명이 이런 말을 했었던 것이다.

"패션은 단순히 외모를 꾸미는 것이 아닌, 자아의 완성입니다! 패션을 통해 자기완성을 이루는 것이죠!"

……뭔가 비슷한 말 같아 보인다. 거기까지 생각한 마리는 침묵했다. 뭔가 황당하다는 생각이 들었지만, 가능성이 있어 보였다. 그때 레이첼이 마리에게 물었다.

"마리, 무슨 생각해? 혹시 좋은 방법이 있어?"

"……영애."

"응?"

"제이드 살롱에 주문한 옷은 미완성 상태라고 했죠?"

레이첼은 의아한 눈빛으로 고개를 끄덕였다.

"그러면 그 미완성 상태의 드레스는 제이드 살롱에 있는 건가요?"

"응, 재료에 문제가 생겼다는 핑계로 작업을 멈추고 그대로 보관하고 있어."

마리는 고개를 젓고 레이첼에게 말했다.

"혹시 그 미완성의 드레스를 가져올 수는 없을까요?"

레이첼은 눈을 크게 떴다.

"어려울 것은 없지만, 그건 왜?"

마리는 답했다.

"어쩌면…… 문제를 해결할 수도 있을 것 같아서 그렇습니다."

마리는 미완성 드레스를 가지고 별궁에 비어 있는 방에 들어갔고, 수선 도구를 손에 잡는 순간 깨달았다. 자신이 꾼 꿈은 패션 디자이너의 꿈이 맞았다는 것을! 그것도 어마어마한 경지에 이른 패션 디자이너였다. 옷을 단순히 외모를 치장하는 데 그치게 하지 않고, 입는 사람의 특성을 최고의 가치로 이끌게 하는 경지의 디자이너.

'단순히 유행을 따라가는 게 중요한 게 아니야. 입는 사람에게 가장 잘 어울리는. 그 사람만이 가지고 있는 본연의 가치를 꽃피울 수 있도록 하는 옷이야말로 최고의 옷.'

마치 정말로 패션 디자이너라도 된 것처럼 생각이 떠올랐다.

'시작하자. 남은 시간은 반나절. 시간이 얼마 없어.'

그나마 기본적인 디자인은 제이드 살롱에서 만들어 놓아서 다행이었다. 아무리 최고 경지의 디자이너라도 반나절 만에 옷을 뚝딱 만들 수는 없는 노릇이니까.

'물론 디테일과 마무리가 가장 어려운 거긴 하지만. 그래도 어떻게든 시간에 맞출 수 있을 것 같아.'

마리는 그나마 제이드 살롱에서 디테일과 마무리를 손대지 않아서 차라리 다행이란 생각이 들었다. 만약 일부러 엉망으로 해놓았다면 아예 손을 쓸 수가 없었을 것이다.

'차라리 잘됐어. 디테일과 마무리를 잘 손보면 충분히 훌륭한 드레스를 만들 수 있으니까.'

사실 정말 파격적인 드레스가 아닌 한, 옷의 기본 형태는 다 엇비슷하다. 그 비슷한 옷을 다른 옷들과 차별화해 명품으로 인정받게 하는 것은 바로 디테일과 마무리. 마리는 반나절 안에 제이드 살롱에서 가져온 미완성 드레스를 최고의 명품으로 탈바꿈시켜 보기로 결심했다.

'해보자.'

바늘과 실, 가위를 든 그녀의 손이 움직이기 시작했다. 그리고 시간이 쏜살같이 흘러가 간택 연회가 시작되었다.

탄신 축제가 끝난 후 한동안 한적했던 글로리아 홀. 오래간만에 다시 수많은 귀족으로 붐비기 시작했다. 황태자비 후보인 델피나들을 환영하는 간택 연회가 열린 것이다.

"델피나분들은 아직이시지요?"

"네, 주인공들이니 연회가 조금 더 무르익고 도착하겠지요."

"기대되는군요. 어떤 분들이신지."

연회장은 축제 때만큼이나 붐볐다. 두 명의 후보 중에서 한 명이 차기 황태자비로 선택된다. 그리고 현 황제인 토른 2세의 병환으로 봤을 때 머지않은 시기에 라엘이 황위를 양도받을 것이기 때문에 사실상 황태자비 후보가 아니라 황후 후보인 셈이나 마찬가지였다. 따라서 누가 최종적으로 간택될지 사람들의 관심이 지대할 수밖에 없었다.

"과연 어떤 분이 황태자비로 간택될지."

"당연히 슐레안 대공가겠지?"

"아니야, 1황자파를 품을 수 있는 이스트반 백작가도 만만치 않아."

경쾌한 음악과 화려한 음식이 연회장을 수놓았지만, 귀족들의 정신은 오로지 델피나들에게로 쏠렸다. 둘 중 어떤 인물이 간택되느냐에 따라 앞으로 정치 판도가 변하리라.

어느 정도 시간이 지난 후, 문지기가 나팔을 불었다.

"슐레안 대공가의 아리엘 공녀이십니다!"

사람들의 시선이 연회장으로 쏠렸다. 곧 화려한 드레스를 입은 아리엘이 모습을 드러냈다.

"오오! 역시 아름다우시군요."

아리엘은 흰 바탕에 붉은색 무늬로 수놓아진 드레스를 입고 있었다. 최근 제도에서 가장 유행하는 스타일로 깊게 파인 가슴, 코르셋으로 강조한 잘록한 허리, 크리놀린으로 부풀린 치맛단으로 꾸며져 마치 화려한 꽃 같은 인상을 주는 드레스였다. 가장 압권인 것은 드레스의 곳곳에 매달린 수많은 보석들. 마치 밤하늘의 별처럼 찬란하게 빛을 내뿜고 있었다.

"정말 아름답습니다."

"제국 최고의 미인이라는 소문이 결코 틀린 말이 아닙니다."

"그러게 말입니다."

아리엘의 아름다움에 연회장이 술렁였다. 연회장에 모인 모두가 그녀를 보며 감탄성을 내뱉었고, 아리엘은 그 소리를 들으며 속으로 생각했다.

'그래, 이 연회에 주인공은 나야. 레이첼, 네가 아니라.'

그녀는 일부러 레이첼보다 조금 일찍 연회장에 도착했다. 보다 먼저 시선을 받기 위해.

'물론 늦게 도착하는 게 주목받는 데 더 유리하지만. 오늘은 이야기가 다르지.'

아리엘은 속으로 차갑게 미소 지었다.

'오늘 레이첼, 너는 유행이 지난 형편없는 드레스를 입고 올 수밖에 없을 테니까.'

마리의 짐작대로 제이드 살롱의 일은 아리엘이 손을 쓴 것이었다. 제이드 살롱 자체가 대공가의 가신(家臣)이 운영하는 곳이어서 어려울 것도 없었다.

'내 화려한 등장에 사람들은 네가 어떤 모습을 하고 올지 잔뜩 기대하게 되겠지. 그런 상황에서 네가 구닥다리 옷을 입고 오면 망신도 그런 망신이 없어.'

아리엘은 오전에 중앙 정원에서의 일을 떠올렸다.

'나한테 천한 시녀에게 사과하라고 했었지. 그것도 가증스러운 표정으로.'

떠올리니 열이 확 치밀어 올랐다. 아리엘은 빨리 레이첼이 등장해 그녀가 망신당하는 모습을 보고 싶었다.

'두고 봐. 레이첼, 너는 오늘도, 앞으로도 내 들러리가 될 것이니.'

그래서 최종적으로 황태자비로 간택되면 그 거슬리는 천한 시녀도 가만 두지 않겠다. 꼭 치도곤을 쳐 줘야지. 그렇게 아리엘이 속으로 생각하고 있을 때였다. 연회장의 문지기가 다시 나팔을 불었다.

"이스트반 백작가의 레이첼 영애입니다!"

모두가 연회장의 문을 바라보았고, 아리엘도 의기양양한 눈으로 시선을 돌렸다. 하지만 레이첼의 모습을 확인한 아리엘의 얼굴이 딱딱하게 굳어졌다.

'저 드레스는?'

옅은 푸른색이 감도는 백색의 드레스였는데, 무언가 스타일이 일반적인 드레스와 달랐다. 남부의 구닥다리 스타일인가 싶었지만, 그것은 아니었다. 아예 '다른' 스타일의 드레스였다.

코르셋으로 과도하게 강조한 것이 아닌, 하늘하늘하게 떨어지는 허리선. 과하게 조이지 않았음에도, 부드러운 곡선이 오히려 시선을 끌었다. 또한, 치맛단을 부풀리는 크리놀린도 당시 유행과 달랐는데, 우산처럼 커다랗게 펼쳐진 것이 아닌 단정한 곡선을 이루고 있었다. 하지만 초라해 보일 것 같은 예상과 다르게, 레이첼의 여린 몸매와 백색의 색상은 잘 어우러져 우아한 기품이 흘러나왔다. 그리고 가장 큰 차이가 나는 것은 드레스를 치장하는 장식 보석들.

누군가 놀라 중얼거렸다.

"보석을 거의 사용하지 않았군요."

"그러게요. 의외입니다."

드레스 전체에 걸쳐 모래알처럼 촘촘히 보석이 박혀 있는 아리엘과 다르게, 레이첼의 드레스는 부드러운 고급 옷감이 그대로 노출되어 있을 뿐이었다. 다만 중간중간 포인트를 주듯 보석과 깃발, 리본 등이 장식되어 있었는데, 그게 오히려 사람들의 시선을 강렬하게 잡아끌었다.

"조금 다르긴 하지만…… 아름답군요."

"네, 정말 아름답네요. 마치 요정 같아요."

누군가 이런 이야기도 하였다.

"저 새로운 양식의 드레스가 레이첼 영애의 아름다움을 극대화하고 있는 것 같군요."

"네, 부드럽고, 우아하고, 기품 있어요."

아리엘과 같이 최고의 아름다움을 지닌 레이첼이지만, 체구가 작고 여린 인상이다 보니 화려한 연회 드레스는 다소 어울리지 않는 면이 있었다. 하지만 오늘 입고 온 드레스는 레이첼이 가지고 있는 특성을 최고의 장점으로 끌어올리고 있었다.

"훌륭합니다. 보석을 적게 사용해 자칫 잘못하면 수수해 보일 수도 있는데, 포인트를 적절히 줘 그런 단점을 상쇄했어요."

"오히려 보석을 잔뜩 사용한 것보다 더 눈에 잘 들어옵니다."

"도대체 어디서 저런 드레스를?"

"제이드 살롱은 아닌 것 같아요. 거긴 유행에 따르는 옷 아니면 취급 안 하니까. 남부의 디자이너일까요?"

레이첼이 입고 온 드레스는 단번에 사람들의 화제가 되었다. 특히 유행에 민감한 귀족 영애들은 레이첼의 드레스가 새로운 트렌드가 될 것임을 직감했다. 귀족 영애들은 두런두런 떠들었다.

"와아! 정말 예쁘네요. 저도 저런 스타일로 입어 보고 싶어요."

"네, 저도 다음엔 가문의 디자이너에게 저런 스타일로 디자인해 보라고 해야겠어요."

한편 레이첼은 자신에게 쏟아지는 감탄 어린 시선에 부드럽게 웃으며 응대했다.

'이게 어떻게 된?!'

반면 아리엘 공녀는 주먹으로 애꿎은 드레스를 쥐어뜯으며 분노했다. 아리엘은 레이첼의 새로운 드레스 때문에 순식간에 사람들의 관심에서 멀어졌다. 모두 레이첼을 보며 드레스와 그녀의 아름다움을 감탄할 뿐이다. 완벽한 아리엘의 패배였다.

'도대체 어디서 저런 드레스를?!'

아리엘은 이를 악물었다. 억지로 깎아내려 보려 했으나, 드레스는 아리엘의 눈에도 아름다워 보여 깎아내릴 게 없었다.

'이익!'

그 순간이었다. 연회장의 문지기가 최종 주인공의 등장을 알렸다.

"황태자 전하 납십니다!"

일순 연회장의 음악이 끊기고 모두가 자리에서 멈추었다.

"제국의 황태자 전하를 뵙습니다!"

예를 받은 황태자는 가운데 황족을 위한 자리에 가서 앉았고, 곧 다시 연회가 시작되었다. 그런데 무심하게 사람들을 스치던 황태자의 눈동자가 어느 한곳에서 멈추어 섰다. 레이첼 영애에게서였다. 그것도 잠시가 아닌, 한참이나 그녀의 모습을 바라보았다. 두 후보와 황태자에게만 시선을 집중하고 있던 사람들은 그 모습을 놓치지 않았다.

"전하께서도 레이첼 영애를 눈여겨보시는군요."

"하긴 오늘 레이첼 영애가 정말 아름답긴 하지요."

하지만 그때 누군가 다른 의견을 내놓았다.

"전하는 레이첼 영애가 아니라, 드레스를 본 것일 수도 있습니다."

"드레스요? 전하께서 유행에 관심이 있을 것 같지는 않으신데……."

"그게 아니라, 레이첼 영애가 입고 온 드레스가 굉장히 검소한 스타일 아닙니까? 전하께서는 이전부터 귀족 영애들의 사치스러운 스타일을 안 좋아하셨으니, 검소하게 꾸민 드레스에 관심을 보이는 것일 수도 있습니다."

그 말에 사람들은 고개를 끄덕였다. 저 철혈의 황태자가 귀족 영애들의 과도하게 사치스러운 드레스를 좋아하지 않는 것은 유명한 일이긴 했다.

"아니면 모르지요. 그냥 관심이 가서 보셨던 것일 수도요. 저 철혈의 황태자 전하께서도 남자이시니, 아름다운 레이첼 영애를 보고 마음이 흔들리셨을 수도 있죠."

그렇게 사람들은 상상의 나래를 펼쳤다. 시간이 흐르고, 간택 연회의 하이라이트가 다가왔다. 바로 황태자와 두 후보의 춤 시간이었다.

예법에 따라 황태자는 아리엘 공녀와 먼저 춤을 추었다. 다방면에 능통한 황태자답게 빼어난 춤 실력을 보여 주었지만, 아리엘 공녀와의 춤은 무언가 밋밋했다. 사람들은 그 모습을 보며 고개를 갸웃했다.

"훌륭한 춤이긴 한데, 무언가 비어 있는 것 같군요."

"그러게 말입니다. 밋밋합니다."

춤이 끝나고, 이번엔 레이첼의 차례였다.

황태자는 장갑을 낀 손을 레이첼에게 내밀었다.

"그대와 춤을 출 수 있는 영광을."

예법에 따른 춤 신청. 레이첼은 하얀 뺨을 살짝 붉히며 고개를 끄덕였다. 사람들은 둘의 춤을 관심 있게 지켜보았다. 무언가 텅 비어 보였던 아리엘 공녀와의 춤과는 다를지.

"레이첼 영애와는 조금 다를까요?"

"그렇지 않겠습니까? 아까도 레이첼 영애를 눈여겨보셨으니까요."

하지만 사람들의 그런 기대와 다르게, 여전히 황태자의 춤은 밋밋했다. 기교적으로는 완벽하게 훌륭하지만, 무언가 열정이 느껴지지 않는다고 할까? 그저 해야 하니 하는, 업무를 처리하는 듯한 느낌도 들었다. 그런 느낌은 같이 춤을 추고 있는 레이첼이 가장 강하게 받았다.

'아직 처음이니까.'

레이첼은 실망하지 않았다. 이제 겨우 첫걸음이니, 그의 마음을 열 기회는 많으리라. 그런데 한참 춤을 추고 있을 때, 의외의 일이 일어났다.

"그 드레스. 누가 고안한 것이지?"

레이첼은 황태자가 생각지도 않은 것을 물어보자 눈을 크게 떴다.

'아! 이 드레스가 전하가 원하시는 대로 사치스럽지 않은 스타일이어서 그렇구나.'

레이첼은 황태자가 사치스러운 스타일을 싫어한다는 소문을 떠올렸다.

"저 보석이 결국 다 백성의 세금이거늘."

그가 했던 유명한 이야기다. 순간 레이첼은 황태자의 점수를 딸 기회가 왔음을 깨달았다.

'이 드레스를 고안한 것은 내가 아닌, 시녀 마리이지만 그래도……'

이 드레스에 그녀가 관여한 것은 아무것도 없다. 마리가 기적 같은 솜씨를 발휘하더니 완성한 것이다. 레이첼은 마리의 얼굴이 잠시 떠올랐으나, 속으로 고개를 저었다. 이런 기회를 놓칠 수는 없었다. 어차피 마리가 디자인했다는 것은 자신밖에 몰랐다.

"이전부터 드레스에 과도한 사치를 하는 것이 마음에 걸렸습니다. 결국, 다 백성들의 고혈이니까요. 그래서 고민 끝에 사치를 줄인 드레스를 고안해 보았습니다."

그녀는 최대한 현숙하게 보이려 노력하며 말을 했다. 황태자는 그 말에 잠시 가만히 레이첼을 바라보았다. 깊고 깊은, 마치 마음속을 꿰뚫는 듯한 눈빛. 왠지 긴장되어 레이첼이 침을 꿀꺽 삼키는 순간, 황태자가 다시 물었다.

"그래서? 누가 고안한 것이지?"

"……!"

알 수 없는 물음. 분명 자신이 고안한 것이라 대답했건만, 다시 묻다니?

"제가 고안했습니다."

다시 돌아오는 되물음.

"정말로 영애가 고안한 거라고?"

레이첼은 알 수 없이 꺼림칙한 느낌이 들었으나, 고개를 끄덕였다.

"네, 전하."

황태자는 그 뒤로 아무 말도 하지 않았다. 레이첼은 의아한 마음이 들었으나, 철가면에 가려진 황태자의 마음은 짐작할 도리가 없었다. 그렇게 춤이 끝났고, 늦은 시간에 연회가 막을 내렸다.

연회가 끝난 후 황태자는 바로 사자궁으로 돌아갔다. 그때 사자궁에는 그의 시녀 마리가 불면을 달래 주기 위해 그를 기다리고 있었다.

"오늘도 수고하셨습니다."

"그래."

언제나처럼 가만히 자신을 기다리고 있는 마리를 보며 라엘은 묘한 마음이 들었다.

'이것도 어느덧 익숙해졌군.'

마리가 그에게 처음으로 차를 타 준 뒤부터였을 것이다. 마음을 따뜻하게 해주는 차를 마시고 숙면을 취한 그는 그 뒤로도 밤마다 그녀의 차를 찾게 되었다. 그리고 마리는 차를 끓여 주는 것에 그치지 않고, 마음을 안정시키는 피아노 연주도 같이 해주었고, 덕분에 그는 조금씩 잘 수 있게 되었다.

'이제는 저 소녀의 차와 피아노가 없으면 잠을 자는 것은 상상도 할 수 없군.'

마치 공기와 물을 마시는 것처럼 그녀와 이 시간에 만나 차를 마시고, 피아노 연주를 듣는 것이 당연한 일상이 되어버렸다.

'이래도 괜찮은 걸까?'

저 소녀가 자신의 삶에 생각보다 깊게 들어온 느낌이다. 물론 그게 싫지는 않았다. 아니, 싫지 않은 것이 문제였다.

'그래, 바로 그게 문제지.'

라엘은 속으로 쓴웃음을 지었다. 그때, 마리가 조심히 물었다.

"차는 어떤 것으로 하시겠습니까, 전하?"

"아아. 오늘은 술을 먹어서 차는 됐다. 그냥 피아노 연주만 부탁하지."

"네, 그렇게 하겠습니다."

라엘은 몸을 누이기 위해 침대로 걸어가던 중, 문득 생각이 났다는 듯 말했다.

"마리."

"네?"

"오늘 수고했느니라."

마리는 고개를 갸웃했다. 갑자기 뭘 수고했다고 하는 거지?

'물론 이리저리 바쁘긴 했지만.'

아리엘 공녀의 음모를 간파하고, 드레스를 직접 완성하느라 정말 정신없는 하루긴 했다.

'하지만 황태자는 내가 그런 하루를 보냈단 사실을 모를 텐데?'

그러나 황태자는 더 설명은 해주지 않고, 캐노피 안 침대로 들어가 몸을 뉘었다. 고개를 갸웃한 마리는 건반 위에 손을 올렸다.

"오늘은 변주곡 17번입니다."

곧 침실 안에 잔잔한 음악이 울려 퍼지기 시작했다. 마리는 불면에 도움이 될 만한 음악 몇 개를 작곡 후, 매일 주제를 변주시키며 황태자에게 들려주었다.

'오늘도 좋군.'

황태자는 철가면을 벗어 침대 옆에 올려놓으며 생각했다. 마치 그림으로 그린 듯한 지극히 아름다운 얼굴이 드러났으나, 캐노피에 가려 마리는 보지 못했다.

'잔잔한 선율.'

라엘은 귀를 간질이는 선율을 느끼며 가만히 눈을 감았다. 마리의 피아노 소리는 언제 들어도 좋았다. 하루 동안 쌓인 짙은 피로도, 그녀의 연주를 듣고 있으면 노곤히 사라지는 느낌이었다.

'너무 좋아서, 그게 문제지.'

그의 아름다운 얼굴에 씁쓸한 기운이 떠올랐다.

'왜 나는 저 소녀를 이렇게나 신경 쓰고 있을까?'

사실 알고 있다. 왜 자신이 저렇게나 저 소녀를 신경 쓰고 있는지, 자신의 감정이 무엇인지. 애써 모른 척 외면하고 있을 뿐.

'하지만 그래선 안 돼.'

자신은 이 제국의 지배자이다. 저 철가면이 피로 물들었던 과거에 했던 맹세대로 오로지 제국을 위해서만 살아야 하는 그런 존재이다.

'슐레안 대공가나 이스트반 백작가 모두 제국의 훌륭한 동맹 상대이다. 그러니 난 그중 하나와 맺어져야 해. 제국에 이득이 될 결혼을 하는 것. 그게 내 의무야.'

모두 알고 있다. 군주인 자신의 감정 따위는 중요한 것이 아니란 것을. 그는 오로지 제국에 가장 이득이 될 이와 결혼해야 했다. 그게 군주로서의 의무였다. 하지만 모두 알고 있는데. 알고 있는데. 그런데 어째서.

"어째서…… 난 계속 너만 생각나는 걸까."

황태자는 한탄하듯 낮게 중얼거렸다. 캐노피 밖에서는 여전히 잔잔한 음악이 울려 퍼지고 있었다. 마음을 편안하게 해주는 선율이었지만, 라엘의 가슴은 점점 더 답답해졌다. 라엘은 어쩔 수 없이 한숨을 내쉬었다. 그렇게 밤이 깊어 갔다.

Chapter 6
온 힐데른

시끌벅적했던 간택 연회가 끝나고 다시 얼마간의 시간이 흘렀다. 간택 연회 이후 두 후보 아리엘과 레이첼의 관계는 갈수록 냉랭해졌다. 황궁에서 우연히 마주칠 경우 냉랭한 기운에 등골이 시릴 정도였다.

특히 아리엘이 노골적으로 레이첼을 핍박하려 들었는데, 레이첼도 만만치 않았다. 고분고분 얌전히 고개를 끄덕이다가 조심스럽게 한마디를 던지는데, 늘 비수를 꽂는 반격이어서 아리엘은 대응할 말을 찾지 못하고 부들부들 떨다가 화를 내고 떠나기 일쑤였다.

'정말 보통이 아니시구나.'

마리는 차분한 태도로 차를 마시고 있는 레이첼을 보며 고개를 내둘렀다. 저 인형같이 예쁜 절세의 미소녀는 다소곳한 얼굴로 속을 긁는 솜씨가 정말 일품이었다. 당하는 아리엘 공녀는 얼마나 화가 날까. 조금 불쌍할 정도였다.

'괜찮을까? 이번에는 보통 화가 난 것이 아닌 것 같던데.'

마리는 걱정이 되었다. 방금 아리엘은 가문의 역사 문제로 다투다 씩씩거리며 자리를 박찼는데, 기세가 심상치 않았다.

'또 무슨 일을 벌이는 것은 아니겠지?'

마리는 불안한 예감이 들었다. 그리고 늘 그렇듯, 그녀의 예감은 적중했다. 아리엘이 또 레이첼을 향해 수작을 걸어 온 것이다. 황태자와의 중요한 공식 행사, '파티시에와의 만남'에서였다.

"뭐라고요? 약속했던 파티시에가 못 오게 되었다고요?"

"네, 영애. 갑자기 급한 일이 생겼다고."

"아니, 그게 무슨 말도 안 되는."

레이첼의 얼굴이 하얗게 질렸다.

"그러면 제가 직접 황태자 전하께 과자를 구워 줘야 한다고요?"

파티시에와의 만남. 이것은 간택 일정 중 하나로 후보들이 황태자에게 직접 과자를 만들어 대접하는 행사이다.

'하지만 내가 직접 과자를 어떻게 구워?'

하지만 이 전통에 심각한 문제가 하나 있었는데, 대귀족가의 영애들이 과자를 구울 줄 모른다는 것이다.

그래서 언제부터인가, 몰래몰래 유명 파티시에를 들여와 도움을 받기 시작했고, 작금에 와서는 직접 과자를 만들어 대접하는 후보는 아무도 없었다. 오히려 누가 최고의 파티시에를 초청해 오는가를 겨루는 행사로 변질한 상태.

"안 돼. 나는 과자는커녕 밀가루도 만져 본 적이 없는데."

레이첼은 창백한 얼굴로 중얼거렸다. 그녀도 당연히 제도의 가장 유명한 파티시에를 섭외해 놓았는데, 갑자기 날벼락이 떨어진 것이다.

"어째서? 도대체 무슨 급한 볼일이라는 거죠?"

"그…… 슐레안 대공가에 가서 급하게 요리할 일이 생겼다고."

"……!"

레이첼과 마리의 안색이 굳어졌다. 이번에도 아리엘 공녀의 수작인 것이다. 이번엔 간택 연회 때와 다르게 아예 대놓고 방해하고 있었다.

'또 이런 치졸한 수작을.'

마리는 속으로 고개를 저었다. 예상은 하고 있었지만, 너무나 예상대로여서 한숨이 나왔다.

"다른 파티시에를 섭외할 수는 없을까?"

"그게…… 시간이 너무 촉박합니다. 전하와의 약속이 당장 오늘 오후 2시에 예정되어 있습니다."

레이첼은 입술을 깨물었다.

'아리엘 공녀는 분명 최고의 파티시에를 고용해 전하를 대접할 텐데, 너무 비교당하게 돼. 성의 없다고 생각하실 수도 있어. 그건 절대 안 돼.'

사실 따지고 보면 별것 아닌 행사일 수도 있지만, 고작 이런 걸로 황태자에게 점수를 잃을 수는 없었다.

"너희는? 너희 중에는 과자를 잘 굽는 사람 없어?"

레이첼은 남부에서 데려온 시녀들을 돌아보았다. 하지만 시녀들도 난색을 보였다. 그녀들도 모두 남부 귀족가의 자제들인지라 과자 같은 것을 직접 만들어 봤을 리가 없었다. 레이첼은 마지막으로 자신의 비밀 병기, 마리를 돌아보았다.

"마리, 너는?"

마리는 낮게 한숨을 내쉬고 고개를 끄덕였다.

"부족하지만, 과자를 구울 줄은 압니다."

그 말에 레이첼의 얼굴이 환해졌다.

"다행이다. 고마워, 정말 고마워! 넌 정말 날 위해 내려온 천사야!"

레이첼은 마리가 탄신 축제 때 놀라운 요리 실력을 발휘해 타국의 대신들을 대접했다는 것을 알고 있다. 그때 보인 실력은 황궁 주방장 못지않았다. 그런 만큼 과자 굽는 솜씨도 수준급일 것이다.

"그러면 시간이 얼마 없으니 바로 준비를 하겠습니다."

<hr />

일정에 맞춰 황태자 라엘은 레이첼의 별궁에 방문했다.

"황태자 전하를 뵙습니다. 이곳까지 힘든 발걸음 해주셔서 정말 감사합니다."

아까 초조해하던 것과 다르게 레이첼의 얼굴에는 자신감이 깃들어 있었다. 마리가 구워 준 과자의 맛을 본 덕이었다.

'정말 대단해. 어떻게 과자 굽는 솜씨까지.'

마리가 구운 과자는 정말로 굉장히 맛있었다. 설마 이 정도로 뛰어난 솜씨를 발휘할지는 몰랐기 때문에 레이첼은 깜짝 놀랐다.

'혹시 마리가 황궁의 천사인 것은 아닐까?'

축제 전부터 은밀히 황궁에 떠돌던 이야기. 황궁에는 하늘에서 내려온 천사가 있어서 곤란에 빠진 사람을 도와주곤 한다는 이야기였다. 그 천사의 정체는 아직도 밝혀지지 않았는데, 레이첼은 그 천사가 마리가 아닐까 하는 생각을 하였다.

어쨌든 지난번 간택 연회도 마리 덕분에 위기를 대성공으로 바꾸었는데, 이번에도 그녀 덕분에 위기를 넘길 수 있을 것 같았다.

"날씨가 많이 시원해졌습니다. 정원에 단풍이 아름답게 물들었더군요."

"그렇군."

"정무에 늘 바쁘신 것 같은데, 잠시 단풍을 보며 기분을 전환하는 것은 어떠실는지요?"

과자를 먹기에 앞서, 둘은 잠시 대화를 나누었다. 그런데 이런저런 이야기를 하던 중, 황태자가 의외의 말을 꺼내었다.

"마리는 어디에 갔는가?"

레이첼은 의아한 표정을 지었다. 왜 마리를 찾지? 물론 그녀가 대단한 능력을 지니고 있고, 그 능력으로 황태자의 불면을 치료하고 있는 것은 알고 있다. 황태자가 그런 그녀를 나름대로 총애하고 있는 것도 알고 있고. 하지만 그래 봤자 전쟁 포로, 천민일 뿐인데 이렇게 따로 찾다니?

"잠시 심부름을 내보냈습니다."

사실 심부름이 아니라, 마리가 과자를 구운 것을 들킬까 봐 잠시 내보냈다. 물론 마리가 과자를 구운 것은 레이첼과 그녀의 시녀들만 아는 사실이지만 혹시나 하는 마음에 말이다.

"……그렇군."

레이첼은 고개를 갸웃하고, 입을 열었다.

"전하, 제가 부족하지만 과자를 준비해 보았습니다."

황태자는 가만히 고개를 끄덕였다. 곧 레이첼의 시녀들이 마리가 준비해 놓은 과자를 내왔다. 아무런 감흥 없이 그 모습을 지켜보던 라엘은 천을 벗긴 바구니를 보고 살짝 놀란 눈을 했다.

"이건?"

"버터에 구운 브르고뉴 쿠키와 계란 흰자를 이용한 비지탕딘, 그리고 다쿠아즈와 타르트입니다."

레이첼은 과자의 구성이 단순해 황태자가 놀란 것으로 생각했다. 확실히 마리가 만들어 놓은 과자는 굉장히 간단했다. 전문 파티시에라면 결단코 내지 않았을.

'아리엘 공녀는 분명 생크림과 여러 재료를 잔뜩 사용한 최고급 과자를 내왔겠지.'

레이첼은 속으로 생각했다.

'누가 봐도 전문 파티시에가 만든 것으로 보이는 그런 과자보다는 이런 과자가 훨씬 나아. 이런 과자 정도는 취미 삼아 만드는 귀부인도 많으니까. 황태자 전하도 내가 만든 것으로 믿을 거야.'

무엇보다 이 과자들은 맛있었다. 레이첼이 맛봐도 깜짝 놀랄 만큼.

"제가 솜씨가 미욱해 화려한 과자를 준비하지는 못 했습니다. 부족하지만, 부디 전하의 입맛에 맞기를 바랄 뿐입니다."

하지만 레이첼이 고려하지 못했던 것이 있었다. 황태자가 놀란 것은 과자의 구성이 생각보다 단순해서가 아니란 것을.

'이 과자들은…… 오랜만이군.'

저 과자들은 그의 추억에 들어 있는 과자들이다. 억울하게 독살당했던 그의 누이, 7황녀가 종종 만들어주던 과자이자, 7황녀가 죽은 백조 정원에서 우연히 만난 마리가 그에게 처음으로 선물을 해주었던 과자가 저것들이었기 때문이다.

'그 과자를 마리에게 선물 받은 것도 벌써 몇 달이나 지난 일이군. 그 뒤로도 참 많은 일이 있었어.'

왠지 추억에 잠겨 황태자는 생각했다.

'그러면 저 과자는 마리가 조언을 준 것인가? 아니면 아예 마리가 한 것인가?'

누가 한 것인지는 먹어 보면 구분할 수 있으리라. 그때 마리가 해준 과자의 맛은 지금도 기억에 남아 있을 정도로 인상이 강했으니까.

"전하, 조금 드셔 보시지요."

"그래."

황태자는 손가락으로 브르고뉴 쿠키를 들어 조금 깨서 물었다. 곧 입안 가득 퍼지는 달콤한 느낌. 그리고 그 맛을 느낀 순간 황태자는 이 과자를 요리한 이가 누구인지 알 수 있었다.

"……훌륭하군."

진심이 섞인 그 찬사에 레이첼은 크게 기뻐했다. 그 뒤로도 황태자는 하나하나 종류별로 과자를 먹어 보았고, 그때마다 빠지지 않고 칭찬을 해주었다. 물론 저 요리의 주인공은 마리이지만, 레이첼은 마치 정말로 자신이 한 것 같은 목소리로 입을 열었다.

"익숙하지 않은 솜씨로 직접 과자를 굽느라 많이 걱정했었는데, 기뻐해 주시니 정말 감사합니다."

그녀가 그렇게 말하는 순간이었다. 다시 과자에 손가락을 가져가던 황태자가 멈칫했다.

"……그대가 직접 구운 거라고?"

"……?"

레이첼은 고개를 끄덕였다.

"네, 부족하지만 제 손으로 전하께 드릴 과자를 만들고 싶어 직접 과자를 구웠습니다."

"그래?"

재차 묻는 황태자에게 레이첼은 고개를 갸웃했다. 왜 저렇게 묻는 거지? 더구나 갑자기 기분도 별로 안 좋아 보이신다.

'거짓말한다고 생각하시는 건가?'

하지만 레이첼은 고개를 저었다. 어차피 마리가 구웠다는 것을 아는 이는 자신밖에 없다. 만약을 대비해 알리바이를 마련하기 위해 과자를 다 굽자마자 밖으로 내보냈고.

"네, 전하. 제가 직접 구웠습니다."

"……."

황태자는 잠시 말이 없었다. 점점 더 그의 기분이 안 좋아 보여 레이첼은 의아한 표정을 지었다.

'내 착각인가? 기분이 나쁘실 이유가 없는데.'

그가 왜 저러는 것인지 몰라 레이첼이 고개를 갸웃할 때, 그가 입을 열었다.

"다시 한번 묻겠다. 이 과자, 정말 그대가 한 것이 맞는가?"

한편 그때, 마리는 황궁을 정처 없이 돌아다니고 있었다. 갑자기 생각지도 않게 자유 시간이 생겨 딱히 할 일이 없었던 것이다.

'좋네. 이렇게 산책도 할 수 있고.'

그녀는 귓가를 기분 좋게 간질이는 바람을 느끼며 생각했다. 황궁에서 오랫동안 있었지만, 이렇게 대낮에 자유 시간이 생긴 것은 처음이었다.

'레이첼 영애는 잘하고 있으려나.'

뭐, 여린 외모와 다르게 사교술은 엄청나게 능숙하니 알아서 잘하고 있을 것이다. 마리는 뜻하지 않게 주어진 자유 시간을 즐겁게 보내기로 다짐했다.

'저녁까지 돌아가야 하니, 황궁 안이나 산책하자.'

사실 시내로 나가고 싶었지만 마차를 이용할 수도 없고, 혼자 걸어 나가기에는 시간이 애매했다. 황궁도 단풍이 물들어 여기저기 예쁜 곳이 많으니 그거나 구경하자고 마음먹었다.

'좋구나. 이렇게 여유가 있으니.'

마리는 정원을 산책하며 생각했다.

'그런데 내 이 능력은 어떻게 된 것일까? 계속해서 이 능력을 사용할 수 있는 걸까?'

여유가 생겨서일까? 마리는 그간 생각하지 못했던 자신의 능력에 대해 고민했다.

'이 능력은 분명 그때 죄수의 기도로 인해 생긴 거야. 확실해.'

그녀는 과거 죽어 가는 죄수를 간병하고 축도를 받은 적이 있었다.

그 후부터 이 신비한 능력이 생겨났다.

'그때 내가 뭐라고 했더라.'

그녀는 당시 자신이 바랐던 바를 떠올렸다.

"미술도 잘했으면 좋겠고, 음악도 잘했으면 좋겠고, 공예도 잘했으면 좋겠고, 요리도 잘했으면 좋겠어요. 그리고 여기사님처럼 검도 잘 다루었으면 좋겠고, 춤도 잘 췄으면 좋겠고, 카드 게임도 잘했으면 좋겠어요. 아, 의사 선생님처럼 사람을 고치는 의술도 있었으면 좋겠고, 나쁜 범인을 잡을 수 있는 능력도 있었으면 좋겠어요. 그리고……."

그녀는 곤혹스러운 얼굴을 했다. 지금 돌이켜 보니 정말 많이 바라긴 했었다. 정말 그때 바랐던 모든 것이 이루어지는 걸까?

'아니야. 그건 아닐 것 같아.'

마리는 고개를 저었다. 당시 죄수와 했던 대화 때문이었다.

"너에게 정말 그런 능력들이 생긴다면 너는 그 능력들로 무엇을 할 생각이니?"

죄수의 물음에 마리는 이렇게 답했다.

"할 수 있다면 다른 사람들에게 행복을 주는 삶을 살고 싶어요. 그게 제 소원이에요."

죄수는 그녀의 소원을 그대로 기도하였고, 그 기도는 실제로 이루어졌다.

'지금까지 능력이 내려진 것들을 보면 그때 내가 바랐던 것처럼, 남들에게 도움을 주어야 하는 상황에만 능력이 생겨났어.'

처음 조각사의 일부터 음악, 과자, 요리, 응급처치, 마술 등등. 그 능력은 모두 남을 도와주는 일과 연관되어 있었다. 그녀 스스로를 위해 사용하라고 주어진 능력은 거의 없었다.

'실제로 거리 축제 때 강도들에게 살해당할 뻔했을 때도 아무런 능력도 주어지지 않았어.'

그녀는 생각을 이어갔다.

'그러면 능력들이 사라지지 않고 있는 것은 그 능력들로 더 도와줄 사람들이 있어서일까?'

이게 조금 모호했다. 모든 능력이 계속 지속하는 것은 아니었다. 음악, 요리 같은 것은 지금도 꿈을 꾼 다음 날처럼 능숙한데, 그렇지 않은 능력도 있었다.

'대표적인 게 청소 능력이야. 중급 시녀로 승급해 청소할 일이 없어진 다음부터 이전처럼 마스터급으로 하지는 못 하게 됐어.'

물론 과거의 구제불능의 못난이 때처럼 못하진 않았다. 여전히 그녀의 청소 실력은 꼼꼼하고 뛰어난 편에 속했다. 하지만 꿈을 꾸고 난 직후의 하녀 마스터급의 실력은 아니었다.

'그러면 난 앞으로 어떤 삶을 살아야 할까?'

시간이 많아서일까. 그녀는 지금껏 하지 못했던 고민을 하였다.

'일단 이 황궁에서는 나갈 거야. 황태자의 곁에 계속 있을 수는 없으니까.'

물론 마리는 이제 그를 이전처럼 싫어하지는 않았다. 확실히 그는 존경받을 만한 군주였으니까. 하지만 그것과 별개로 그녀는 그를 떠나야 했다. 계속 그의 곁에 있다가는 언젠가는 정체를 들킬 것이고, 그는 제국과 백성을 위해 자신의 목을 벨 것이다.

'아무리 나를 아껴도 그렇게 하겠지. 본인의 감정보다 군주로서의 의무를 훨씬 중시하시는 분이니까.'

그녀는 씁쓸한 표정을 지었다.

'어쨌든 난 이 황궁을 떠나야 해. 하지만 이 황궁을 떠난 다음에는? 그다음에는 어떻게 살아야 하지?'

가장 쉬운 길은 인적 드문 곳으로 가서 은거하는 것이다. 가급적이면 이 제국과 먼 곳이면 좋겠지.

'하지만 그게 맞는 걸까? 이런 능력을 가지고?'

마리는 분명 자신에게 능력이 주어진 이유가 있을 거라고 생각했다. 그게 바로 그녀에게 내려진 소명(召命)이리라.

'정확히 내 소명이 무엇인지는 모르겠어. 하지만…… 난 남들에게 행복을 주는 삶을 살고 싶어.'

신께서 자신에게 무엇을 바라는 것인지는 모르겠다. 하지만 그녀는 가능하다면 남들에게 행복을 주며 살고 싶었다. 그래서 의미 있는 삶을 살다 죽고 싶었다. 그간 정신없는 삶에 부닥쳐 잊고 있었던 소망. 그렇게 생각을 정리한 그녀는 자리에서 일어났다. 다른 곳을 좀 더 둘러보려고 하려던 찰나, 그녀는 의외의 목소리를 들었다.

"마리 양? 이곳에는 웬일로?"

생각지도 못 한 목소리에 어두웠던 마리의 얼굴이 환해졌다. 은발의 조각 같은 미남, 키에르한이 놀란 표정으로 그녀를 보고 있었다.

"후작 각하!"

마리는 반갑게 그를 불렀고, 그녀의 목소리를 들은 그의 표정이 부드러워졌다.

"키엘."

"네?"

"둘이 있을 때는 키엘이라고 해도 된다고 하지 않았습니까. 우린 친구니까."

그 말에 마리는 당황했다. 아니, 아무리 그래도 어떻게 자신이 그를 이름으로 부르나. 키에르한은 옅게 웃음을 지으며 하얀 장갑을 낀 손을 내밀었다.

"어쨌든 반갑습니다. 보고 싶었습니다, 마리 양."

너무나 부드러운 그의 말에 마리는 고개를 끄덕였다.

"⋯⋯네, 각하. 저도 보고 싶었어요."

뜻밖의 재회 후 둘은 정원 근처의 벤치에 앉았다. 마리는 반가운 목소리로 안부를 물었다.

"잘 지내셨나요, 각하? 특별한 일은 없으셨는지⋯⋯."

"특별한 일은 없었습니다. 하지만 잘 지낸 것 같지는 않군요."

"네?"

그가 잘 지내지 못했다는 말에 마리는 걱정 어린 표정을 지었다. 무슨 일이 있는 건가?

"어째서? 혹시 안 좋은 일이라도?"

"그건 아닙니다."

키에르한은 마리를 바라보며 가만히 미소 지었다.

"마리 양이 보고 싶었거든요."

"⋯⋯!"

마리의 얼굴이 순간 사과처럼 빨개졌다. 그냥 친구로서 하는 말이라 생각하지만, 그의 미소가 너무 부드러운 탓일까. 괜히 가슴이 두근거렸다.

"⋯⋯그, 그⋯⋯ 그런데 여기는 어쩐 일로?"

"근무 중이었습니다."

"네?"

"여기가 제가 근무하는 곳이거든요."

"아."

마리는 놀라 주변을 둘러보았다.

'맙소사. 여기 자운궁이잖아. 나 언제 여기까지 온 거야?'

자운궁(紫雲宮)! 현 황제인 토른 2세의 궁이었다. 생각에 빠져 걷다 보니 어느덧 이곳까지 와 버린 것이다.

"그러면 각하께서는?"

"네, 여기서 폐하를 경호하는 것이 친위대의 임무이니까요. 뭐, 사실 저는 대외 업무를 주로 보고, 대부분의 경호는 제가 아니라 부단장이 하고 있기는 하지만……."

그 말에 마리는 새삼스러운 눈으로 그를 바라보았다. 워낙 부드럽고 친절해 종종 까먹지만, 그는 최강 기사단인 황실친위대의 단장이자 제국의 북방을 수호하는 변경백이었다. 또한 황실을 제외하고는 가장 강력한 군사력을 지닌 최강의 군벌(軍閥).

'그리고 의식불명인 현 황제 토른 2세를 아직까지도 모시며 황태자 라엘에게 대립각을 세우고 있는 유일한 대귀족이기도 하지.'

키에르한의 세이튼 가문은 대대로 변경백과 친위대의 단장을 역임하는 황실의 수호 가문이었다. 그들은 오로지 황제만을 섬기며, 황제의 정통성을 물려받은 계승자만을 제국의 주인으로 인정한다.

'그래서 키엘 님의 세이튼 가문은 황제가 쓰러진 후 발생한 황자들 간의 내전 때도 누구의 편도 들지 않고 중립을 지켰어. 현 황제가 살아 있는 한 황자들 모두 황위를 물려받을 자격이 있다고 할 수 없었으니까.'

특히 황태자 라엘의 경우, 그들 세이튼 가문의 입장에서는 찬탈자나 마찬가지였다. 원래의 적합한 계승자인 1황자를 살해하고, 다른 황자들도 모조리 도륙한 뒤 위법으로 황태자의 지위를 차지해 버렸으니까.

'키엘 님의 세이튼 가문이 황태자를 인정하는 일은 없을 거야. 황태자도 언제까지 세이튼 가문을 가만히 내버려 두지는 않겠지. 즉…… 둘은 언젠가는 충돌해야만 하는 관계.'

그러한 사실을 떠올린 마리는 갑자기 가슴이 답답해졌다. 자신이 간섭할 수준의 문제는 아니지만, 저 친절한 키엘과 황태자가 언젠가는 서로의 목숨을 노릴 것이라 생각하니 마음이 무거워졌다.

"하아."

그녀는 자신도 모르게 한숨을 내쉬었고, 그 한숨을 들은 키엘은 의아한 표정을 지었다.

"왜 한숨을? 혹시 힘든 일이라도 있으십니까?"

"아, 아니에요."

마리는 급히 고개를 저었으나, 키에르한은 살짝 인상을 찌푸렸다.

"최근 레이첼 영애의 시중을 든다고 들었는데, 혹시 그녀가 괴롭히기라도 하는 것입니까? 아니면 아리엘 공녀? 그것도 아니면 혹시 황태자 전하가?"

"아, 아니에요."

마리는 당황해 고개를 저었다. 무언가 정말로 가서 대신 화내 주기라도 할 것 같은 기세라 그녀는 급히 말했다.

"다들 잘해 주세요."

"정말입니까?"

"네, 정말로요."

마리는 걱정하지 말라는 듯 크게 고개를 끄덕였다. 키엘은 나직이 한숨을 내쉬며 말했다.

"마리 양, 한 가지만 약속해 주십시오."

"네?"

"만약 힘든 일이 있거나, 누군가 곤란하게 하면 꼭 저에게 이야기해 주겠다고. 그렇게 약속해 주십시오."

그 말에 마리는 배시시 웃었다. 자신이 저 후작 각하께 고자질하지야 않겠지만, 그래도 자신을 생각해 주는 그의 마음이 너무나 고마웠다.

"네, 약속할게요."

"꼭입니다."

"네, 꼭이요."

그의 당부에 그녀는 재차 고개를 끄덕였다.

"그런데 다시 안 들어가 보셔도 괜찮으세요? 근무 중이신데."

그 말에 키에르한은 잠시 입을 다물었다가 열었다.

"……괜찮습니다."

"……정말요?"

방금 분명 멈칫했다! 마리는 눈을 가늘게 떴다. 뭔가 땡땡이치는 것 같은 기색인데? 키에르한은 변명하듯 말했다.

"어차피 단장직은 실무직이 아니라 명예직에 가까워서 대부분의 일은 부단장이 하고 있습니다."

"……그래요?"

"……저, 정말입니다."

심지어 말까지 더듬었다. 땡땡이가 분명했다! 완전 근면 성실의 대명사일 것처럼 생기셔서 땡땡이라니!

'각하께도 이런 면이 있구나.'

마리는 신기한 마음이 들어 쿡쿡 웃었다.

"……진짜인데. 정말로 부단장이 저 대신 철통같은 경호를……."

"네에, 네에."

마리는 웃으며 말했다.

"그래도 저는 좋아요. 이렇게 각하와 같이 있을 수 있으니까요."

그런데 어째서일까. 마리의 말을 들은 키엘은 순간 멈칫했다. 그는 그렇게 잠시 가만히 있더니 천천히 입을 열었다.

"저도……."

"네?"

의아한 표정으로 반문하던 마리는 자신을 바라보는 키에르한의 얼굴을 보고 입을 다물었다. 그가 너무나도 부드러운 얼굴로 자신을 보고 있었던 것이다. 보는 것만으로도 가슴이 두근거릴 정도로 아름다운 얼굴이었다.

"……저도 마리 양과 같이 있어서 좋습니다."

두근두근!

또 알 수 없이 가슴이 두근거려 마리는 고개를 돌렸다.

"……네, 네."

그 뒤 잠시 어색한 적막이 흘렀다. 마리는 가슴을 진정시키기 위해 빨개진 얼굴을 속으로 휙휙 내저었다.

'진정해. 진정해.'

몇 번이고 생각하지만, 저 키에르한의 얼굴은 정말 심장에 안 좋은 얼굴이었다. 자꾸 시도 때도 없이 가슴이 뛰었다. 그녀가 애꿎은 바닥만 노려보고 있을 때였다. 키에르한이 의외의 말을 하였다.

"그런데 오랜만에 봐서 정말 기쁘긴 한데, 조금 마음에 안 드는 것이 있습니다."

"네? 제가요?"

마리는 놀라 그를 바라보았다. 내가 저 천사 같은 남자의 마음에 안 들게 한 것이 있다고?

"네, 마리 양이요."

"어, 어떤 거요?"

"왜 그렇게 마르신 것입니까?"

"아."

마리는 그의 말에 자신의 몸을 살펴보았다. 확실히 최근 이런저런 일을 겪으며 마르긴 했다. 그렇지 않아도 볼품없는 몸이 더 볼품없어 보였다.

"그게…… 바빠서……."

키에르한은 정말로 불만 있다는 목소리로 말했다.

"오늘 마른 모습을 보고 얼마나 속상했는지 아십니까?"

"죄송해요."

마리는 그의 걱정이 기분 좋아 웃으며 말했다.

"앞으로 신경 쓸게요."

"정말입니까?"

"네, 꼭 약속할게요."

"그러면 제 부탁을 들어주십시오."

"어떤 거요?"

"들어주신다고 이야기하면 말씀드리겠습니다."

마리는 고개를 끄덕였다. 그의 부탁을 못 들어줄 것이 무엇 있겠는가. 그런데 키에르한의 부탁은 그녀가 전혀 생각지 못한 것이었다.

"혹시 급한 일이 없다면 오늘 저와 함께 시간을 보내 주십시오."

"……네?"

마리는 당황한 표정을 지었다. 어차피 자유 시간을 받은 상태라 어려울 것은 없지만, 왜?

"너무 말라 속상해서 안 되겠습니다. 맛있는 거라도 사드려야겠습니다."

키에르한은 그녀에게 손을 내밀며 말했다.

"그러니 잠시만 제게 시간을 빌려주십시오, 레이디."

마리는 당황해 거절하려 했으나, 키에르한은 생각 외로 고집을 부렸다. 저 부드럽고 착한 남자가 강건한 모습을 보이는 게 의외여서 마리는 어어, 하며 자신도 모르게 끌려가 버렸다.

"어서 오십시오."

잠시 후 키엘이 그녀를 데리고 간 곳은 황궁 옆에 위치한 수도 최고의 레스토랑이었다. 깔끔하게 차려입은 레스토랑의 주인이 그들을 환대했다.

"오랜만에 뵙겠습니다, 각하. 여기 레이디께서는?"

그는 제국 3대 대귀족가의 하나인 세이튼가의 당주(當主)인 키에르한이 웬 소녀를 데리고 오자 놀란 표정을 지었다.

"아, 저는 그냥……."

뭔가 둘 사이를 오해하는 듯한 시선이라 마리는 서둘러 입을 열려 했으나, 키에르한이 먼저 말했다.

"제가 소중하게 여기는 레이디입니다."

마리는 깜짝 놀라 키에르한을 바라보았다.

'이, 이게 무슨 말이야?'

폭탄 같은 이야기를 내뱉은 키에르한은 이전과 마찬가지로 전혀 표정의 변화가 없었다.

'무, 물론 소중한 친구인 것은 맞지만.'

그래도 그렇게 이야기하면 오해하잖아요! 마리는 또 알 수 없이 얼굴이 화끈해져 시선을 돌렸다.

"아, 그렇군요! 귀하신 분을 모시게 되어 영광입니다. 안쪽으로 들어오시지요."

곧 말끔한 웨이터가 그들을 안쪽의 VVIP 룸으로 안내했다.

'내가 이런 곳을 다 와 보다니.'

마리는 복도를 걸으며 힐끗힐끗 주변을 살폈다. 몹시 고급스러운 인테리어, 고풍스러운 벽난로, 화려한 고미술품들. 과거 클로얀 왕국의 왕성, 아니, 어떤 면에서 보면 제국의 황궁보다도 고급스러웠다.

"이쪽으로 앉으시지요, 레이디."

웨이터가 절도 있는 동작으로 의자를 탁자 안에서 빼낸 후 그녀에게 말했다.

"아…… 네."

그녀가 어색한 얼굴로 자리에 앉자, 얕은 그릇에 올리브 잎을 띄운 손 세정용 물을 가져오고 손수건, 식기 등을 세팅해 주는데 마치 공주라도 대접하는 듯 정중한 태도였다.

'좋기는 진짜 좋은 레스토랑이네.'

마리는 시선을 돌려 창밖을 바라보았다. 레스토랑은 황궁 옆 낮은 언덕에 위치하고 있어서 제도의 전경이 한눈에 내려다보였다. 유럽 최고의 도시 중 하나의 전경답게 그야말로 장관이었다.

'좋긴 좋은데, 내가 이런 데를 와도 되는 건지.'

솔직히 이런 레스토랑에 오는 것이 싫지는 않았다. 마치 공주라도 된 듯한 느낌을 주는 고급 레스토랑인데, 그 어떤 여인이 싫어하겠는가? 여인이라면 한번쯤 이런 곳에 오고 싶다는 로망을 모두 갖고 있을 거다.

'다만 내가 정말 이런 곳에서 식사를 해도 되는 건지…….'

그때 키에르한이 조심히 마리에게 입을 열었다.

"혹시 불편하십니까?"

"아…… 아니요."

마리는 당황해 고개를 저었다. 부담스러워한 게 얼굴에 티가 났나 보다. 키에르한이 미안하다는 듯 입을 열었다.

"죄송합니다. 그래도 마리 양과 하는 첫 식사인데 최대한 좋은 음식을 대접하고 싶어서, 제가 욕심을 부린 것 같습니다. 불편하셨다면 사과드립니다."

마리는 화들짝 놀라 고개를 저었다.

"아, 아니에요! 뭐가 죄송해요. 죄송해하지 마세요. 오히려 감사하죠."

마리는 진심으로 키에르한에게 고마웠다. 자신을 위해 이런 곳까지 데려온 것도 모자라, 자신이 불편할까 봐 깊게 배려하고 있다. 어찌 고맙지 않을까.

'그래도 신경 써서 데려와 주셨으니까…… 감사하게 즐기자.'

키엘과 함께 오지 않았다면 그녀가 언제 또 이런 곳에 와 보겠는가. 그와 함께 있으면 자꾸 자신이 신데렐라라도 된 것만 같다는 느낌이 든다고 마리는 생각했다.

"먼저 따뜻한 가재 수프 요리입니다. 즐거운 시간 되십시오."

곧 수프부터 오르되브르(애피타이저), 차가운 앙트레, 메인이 되는 그로스피에스, 다시 따뜻한 앙트레 등 만찬회의 정찬과도 같은 다양한 요리가 코스로 나오기 시작했다.

"많이 드십시오, 마리 양."

"네, 감사해요."

그 뒤 둘은 이런저런 대화를 나누며 식사를 하였다. 그와 함께했던 다른 시간들과 마찬가지로 식사도 즐거웠다. 하나하나 천천히 나오는 고급스러운 음식은 혀를 행복하게 해주었고, 무엇보다 즐거운 것은 역시 그와 함께하는 대화였다.

'참, 신기하지. 특별히 별다른 대화를 하는 것도 아닌데.'

그와 대화를 나누면 마리는 마음이 편안해졌다.

"그러면 각하께서는 황실과 후작령(領)에 번갈아 머물며 업무를 보시는 건가요?"

"네, 친위대의 단장직만큼이나 국경을 지키는 변경백으로서의 의무도 중요하니까요. 사실 지금은 국경이 안정되어 황실에 머물고 있긴 하지만, 보통은 주로 후작령에 머물고 있을 때가 더 많습니다."

마리는 키엘의 말에 고개를 끄덕였다. 그의 말처럼 친위대의 단장은 대대로 황실의 수호 가문인 세이튼가의 가주가 역임하는 명예직 같은 것이고, 실제로 주가 되는 역할은 변경백으로서의 국경 방위에 있는 것 같았다.

"후작령은 어떤 곳인가요?"

그 물음에 고향을 떠올린 것인지, 키에르한의 얼굴이 따뜻해졌다.

"국경 지대라 다소 위험하긴 하지만, 좋은 곳입니다. 멋진 경관도 많고, 사람들도 따뜻하고요."

그는 잠시 머뭇거리더니 말했다.

"언제 기회가 된다면 한번 방문해 주시지 않겠습니까?"

"네, 그렇게 할게요."

마리가 일말의 고민도 없이 선선히 고개를 끄덕이자, 키엘은 살짝 놀란 듯했다.

"정말입니까?"

"네."

"약속입니다?"

마리는 재차 묻는 키엘에게 웃음을 지었다.

"네, 기회가 된다면 꼭 가 볼게요."

그러며 그녀는 생각했다.

'이 황궁을 떠나게 되면 자유의 몸이 될 테니까. 그때, 후작님의 영지에 가 보는 것도 나쁘지 않겠지.'

아니, 아예 그곳에 정착하는 것도 생각해 볼 일이었다. 국경 지대라 클로얀 지방과 가깝다는 것이 걸리긴 하지만, 저 키에르한이 다스리는 영지라면 분명 살기 좋은 곳일 것 같았다. 어쨌든 그건 나중에 천천히 생각해 볼 문제였고, 이런저런 대화를 더 하다가 식사가 끝났다.

"시간이 많이 지났으니 이제 그만 들어가 볼까요?"

"네, 각하. 오늘 정말 감사했습니다."

마리는 키에르한의 에스코트를 받으며 황궁으로 향하는 마차에 올랐다.

따각따각.

마차 소리와 함께 황궁이 가까워지자 마리는 속으로 생각했다.

'이제 신데렐라에서 현실로 돌아와야 하는 시간이구나.'

그때, 마주 앉아 있던 키에르한이 입을 열었다.

"마리 양."

키에르한은 평소처럼 옅게 미소를 짓고 있었는데, 무언가 평소와 다른 분위기여서 마리는 고개를 갸웃했다.

"레이첼 영애를 너무 믿지 마십시오."

마리는 흠칫 놀라 그를 바라보았다.

"그게…… 무슨 말씀이시죠?"

"말 그대로입니다. 레이첼 영애를 너무 믿지 마십시오."

키에르한은 천천히 말을 이었다.

"제가 왜 이런 이야기를 하는 건지는 마리 양도 어렴풋이 느끼고 계시지 않습니까?"

"……."

"안 그렇습니까?"

마리는 입을 다물었다. 키에르한의 말이 옳았다. 그녀도 레이첼에 대해 그런 느낌을 받고 있긴 했다.

'신뢰할 수 있는 사람은 아니지.'

마리의 눈이 가라앉았다.

"제가 속사정까지는 모르지만, 레이첼 영애와 가까이 지내는 것은 그렇게 추천하고 싶지 않습니다. 아마…… 레이첼 영애는 마리 양을 이용하려고만 들 가능성이 높습니다."

둘 사이에 침묵이 흘렀다. 마리는 한참을 입을 다물고 있다가 말했다.

"……저도 알고 있어요."

"알고 있다는 말입니까?"

"네."

마리는 고개를 끄덕였다. 그래, 그녀도 알고 있었다. 확실히 레이첼은 자신을 본인의 사람으로 여기며 아끼기보다는 이용하려고만 하고 있었으니까. 마리라고 느끼지 못할 리가 없었다.

"그러면 레이첼 영애에게서……."

하지만 마리는 고개를 저으며 말했다.

"알고는 있지만 상관없어요."

"……!"

"그녀가 절 이용하려는 듯이, 저도 그녀에게서 얻어 낼 것이 있어서 곁에 있는 것이니까요."

그녀는 굳은 표정으로 말했다.

"저도 제 목적을 위해 그녀를 이용하는 것이나 마찬가지이니 상관없어요."

자신은 레이첼 영애를 신뢰하지 않는다. 하지만 상관없었다. 그녀가 설사 자신을 이용하더라도 자신도 그녀를 통해 목적을 이루면 그만이다. 애초에 그러기 위한 계약관계였으니까.

"……그렇군요. 알겠습니다. 제가 속사정까지는 정확히 모르니, 더는 이야기하지 않겠습니다."

그 말에 마리는 미안함과 고마움을 동시에 느꼈다.

"신경 써 주셔서 감사해요. 그리고 걱정 끼쳐서 죄송해요."

키에르한은 괜찮다는 듯 고개를 젓고 말했다.

"대신 하나만 약속해 주십시오."

"……?"

"아까 이야기했다시피, 만약 곤란한 일이 생기면 혼자 해결하려 하지 마시고 저를 찾아주십시오. 알겠습니까?"

그 말을 하는 키에르한과 눈과 마주친 마리는 순간 가슴이 흔들렸다.

그냥 하는 말이 아닌, 그가 자신을 진심으로 걱정하고 있다는 것이 느껴진 것이다.

"……네, 감사합니다. 각하."

키에르한은 신경 쓰지 말라는 듯 가볍게 웃었다.

"혹시나 부담 갖지 않으셔도 됩니다. 우린 친구이니까요."

그렇게 마리는 키에르한과 즐거운 시간을 가진 후 헤어졌다. 그 뒤 황태자비 간택은 조금은 묘한 양상으로 흘러가기 시작했다. 모두 당연히 슐레안 대공가의 아리엘 공녀가 간택될 것으로 여겼지만, 시간이 지날수록 레이첼이 조금씩 두각을 보이기 시작한 것이다.

"아악! 레이첼, 이 가증스러운 년!"

아리엘은 자신의 별궁으로 돌아와 거칠게 물건을 집어 던졌다. 그녀는 오늘도 레이첼에게 한 방 먹고 돌아온 참이었다. 공손한 얼굴로 얄미운 말만 하는 것을 떠올리니 열불이 터져 죽을 것 같았다.

"공녀 저하. 고정을……."

"레이첼, 그년이 나쁜 년입니다. 마음 넓으신 저하께서 참고 넘어가주시지요."

"레이첼, 고년은 언젠가 천벌을 받을 것입니다."

"황태자 저하도 그런 가식적인 년은 싫어할 겁니다."

시녀들이 레이첼을 욕하며 아리엘을 달래었다. 직선적이고 단순한 면이 있는 아리엘인지라, 노련한 시녀들이 레이첼을 욕하며 살살 달래자 조금 마음을 풀었다.

'어쨌든 이대로는 안 돼.'

아리엘은 손톱을 질끈 깨물었다. 다행히 아직 황태자는 누가 좋다, 나쁘다 의견 표시를 한 적이 없다. 그저 공평하게 무심한 눈빛으로 그녀와 레이첼을 바라볼 뿐이었다. 물론 좋은 현상이라고 볼 수는 없었다. 아리엘은 황태자의 눈동자가 자신만을 향하기를 바랐다.

'어떻게든 수를 내야 해.'

물론 아리엘은 자신이 황태자비로 최종 간택될 것이란 점을 추호도 의심하지 않고 있다. 하지만 최근 들어서는 불안한 마음이 드는 것도 사실이었다. 가문의 위세만 믿고 있을 게 아니라 자신도 무언가 황태자에게 점수를 따야 했다.

'어떻게 해야 하지.'

아리엘은 고민했다. 하지만 늘 오냐오냐 떠받들며 온실의 화초처럼 자라 온 그녀의 머릿속에 쉽게 방법이 떠오를 리가 없었다. 한참을 고민하다, 아리엘은 속으로 레이첼을 욕했다.

'이게 다 그 가증스러운 년 때문이야!'

아리엘은 레이첼뿐만 아니라, 그 옆에 붙어 다니는 왠지 얄미운 시녀 마리도 떠올렸다.

'마리라고 했나? 그년도 마음에 안 들어.'

넌지시 전해 듣기로는 최근 레이첼이 두각을 드러내는 데는 그 시녀의 역할이 큰 것 같았다. 정확하지는 않지만 말이다. 어쨌든 마음에 안 들었다.

'그 시녀도 나중에 가만두지 않겠어.'

그녀는 그렇게 씩씩거렸다. 그런데 그렇게 두 후보가 간택을 놓고 다투던 중에 제국에 생각지도 않은 일이 일어났다. 그것은 제국의 안주인 자리를 정하는 간택이 모두의 관심에서 멀어질 정도로 큰일이었다.

바로 동방을 지배하는 이교도들의 대제국, 동방 교국(敎國)의 사절단이 동제국을 방문한 것이다. 생각지도 않은 이교도들의 대제국, 동방 교국 사절단의 방문에 온 제국의 촉각이 집중되었다.

황태자는 재상 오른을 비롯해 제국 대신들이 모두 모인 자리에서 의외의 표정으로 말했다.

"동방 교국의 사절단이 오고 있다고?"

"네, 전하. 국경을 통과했고, 곧 수도에 도착한다고 합니다."

"반갑지 않은 손님들이군. 그놈들이 도대체 우리에게 무슨 볼일이 있다고 오고 있는 거지?"

반갑지 않은 손님. 황태자의 표현은 정확했다. 이교도들의 동방 교국은 그들 동제국과 수백 년에 걸친 악연을 가지고 있었다. 한 대신이 빨개진 얼굴로 목소리를 높였다.

"전하, 이교도 놈들을 맞이할 필요가 있습니까? 그냥 혼쭐을 내고 쫓아내 버리시지요."

"맞습니다. 이야기를 들을 필요도 없습니다."

일부 대신들이 동조했다. 모두 이교도에 대한 반감이 대단했다. 하지만 황태자는 고개를 저었다.

"이교도 놈들이 마음에 안 든다고 그렇게 단순하게 대처할 문제는 아니지. 특히 동방 교국과 바다를 사이에 두고 서로를 마주하고 있는 우리 동제국의 입장에서는."

동방 교국(敎國)! 북아프리카, 서아시아를 사실상 제패한 대제국으로 술탄이 지배하는 이교도들의 나라였다. 그들 동제국과는 바다를 사이에 두고 국경을 맞대고 있었는데, 서로의 강대한 힘을 의식해 충돌 없이 견제하며 지내고 있었다.

"일단 이야기를 들어 봐야 하지 않겠습니까? 무슨 용무로 오는 것인지."

오른의 말에 황태자는 고개를 끄덕였다.

"그래야겠지. 어쨌든 그네들이 정식 사절단을 보낸 것은 수백 년 만에 거의 처음인 것 같군."

그렇게 결론을 내리자 다음 문제가 남았다. 동방 교국의 사절들을 어떻게 대접할 것인가. 원래는 이런 사신의 접대는 황후나 황태자비가 담당하는 내명부의 역할이었다. 하지만 내전 이후로 내명부가 비어 있었기 때문에, 지금까지는 황태자가 임의대로 사신들을 대접해 왔지만, 이번에는 그러기가 곤란했다.

"이교도의 사절단을 제국의 주인인 전하가 직접 대접하면 나중에 논란이 생길 수 있습니다."

황태자는 고개를 끄덕였다. 그들 동제국의 국교는 서방의 다른 모든 나라와 마찬가지로 가톨릭이다. 그런 제국의 군주인 황태자가 직접 이교도인들을 대접하면 훗날 교황청에서 말이 나올 수도 있다. 물론, 동제국은 강대한 국력으로 바티칸에 위치한 교황청의 눈치를 보지 않았지만, 굳이 논란이 생길 일을 만들 필요는 없었다. 따라서 최고 권력자인 황태자보다는 그 아랫사람이 이교도인들을 대접해야 했다.

"그러면 그들 사절단을 누가 대접하지? 황궁에 담당할 만한 사람이 또 없지 않은가?"

"왜 없습니까? 두 분이나 계시지 않습니까?"

오른은 당연하다는 듯 답했다.

"황태자비 후보인 아리엘 공녀, 레이첼 영애. 두 분 중 한 분이 대접하면 되지 않겠습니까?"

그는 말을 이었다.

"이번 일은 두 후보분의 역량을 시험하는 좋은 기회가 될 것이기도 합니다."

황태자는 오른의 말에 고개를 끄덕였다. 정치 경험이 없는 두 후보가 능숙하게 사절단을 맞이할 수 있을지 걱정이 되긴 했지만, 법도로 따지면 예비 황태자비인 델피나가 해야 하는 일이 맞긴 했다.

"그러면 그렇게 하도록 하지."

두 후보 중 한 명이 사절단을 대접하기로 결정됐다는 이야기가 전해진 뒤, 아리엘과 레이첼이 머무는 별궁은 발칵 뒤집혔다. 둘 모두 이번 일이 황태자비로서의 역량을 시험하는 중요한 일이란 것을 직감한 것이다. 이번 사절단의 대접을 성공적으로 수행해 낸다면, 황태자비로서의 역량을 입증하는 것이나 마찬가지였다.

'우리 중 누가 사절단의 대접을?'

'이건 황태자 전하의 점수를 딸 절호의 기회야. 절대 놓치면 안 돼.'

후보는 두 명이고, 사절단은 하나이다. 그러니 한 명한테밖에 기회가 돌아오지 않는다. 둘은 자신이 그 기회를 잡으려고 필사적으로 노력했다. 아리엘은 물론, 레이첼도 그나마 희미하게 중앙 정계에 남아 있는 이스트반 백작가의 끈을 통해 로비했다. 하지만 결론적으로 사절단을 대접할 기회는 아리엘 공녀에게로 돌아갔다. 레이첼이 아무리 노력한다고 해도, 정계에서 슐레안 대공가의 입김을 이길 수 없었다.

"호호. 이번에야말로 황태자비는 이 아리엘밖에 없다는 것을 보여주어야겠어."

자신이 사절단을 대접하기로 결정된 날, 아리엘은 웃으며 말했다. 그렇지 않아도 최근 계속 레이첼에게 밀리는 듯한 느낌을 받고 있었는데, 이번 한 번으로 만회할 수 있게 된 것이다.

'레이첼, 이 얄미운 년, 이번에야말로 두고 보자.'

아리엘은 반드시 성공적으로 사절단을 대접해 그 가식적인 레이첼의 얼굴이 찡그려지는 것을 봐야겠다고 다짐했다.

한편, 아리엘이 그렇게 다짐하지 않아도 레이첼은 이미 얼굴을 찡그리고 자신의 별궁에서 초조하게 중얼거리고 있었다.

"어떻게 하지, 마리? 아리엘 공녀가 이번 일을 성공적으로 마무리하면 안 되는데."

레이첼의 얼굴은 차분한 평소와 다르게 불안감에 차 있었다. 그만큼 이번 일의 중요성이 컸던 것이다. 무려 대제국, 동방 교국의 사절단을 대접하는 일이다. 아리엘이 이번 일만 성공적으로 마무리하면, 그간 레이첼이 쌓아 놓은 점수는 모조리 물거품 되는 것이나 마찬가지였다.

'그건 안 돼! 내가 할 수 있는 일은 없을까?'

레이첼은 고민했으나, 사신을 대접할 권한을 받은 것은 아리엘이었다. 아리엘이 큰 실수라도 하지 않는 한 그녀로서는 나설 방법이 없었다. 하지만 레이첼은 아리엘이 사절단의 대접에 실패할 가능성은 적다고 생각했다. 아리엘은 분명 가문의 역량을 동원해 최고의 대접을 하려고 할 테니까.

'안 돼. 이대로 지켜볼 수만은 없어. 어떻게 해야 하지?'

옆에서 전전긍긍하는 레이첼을 지켜보고 있는 마리는 쓴웃음을 지었다.

'이건 황태자비 간택을 떠나, 제국의 국익이 걸린 일인데. 무작정 사절단의 대접이 엉망이 되길 바라다니.'

그건 아니라는 생각이 들었으나, 입 밖으로 낼 수는 없는 노릇이라 마리는 가만히 있었다.

'그런데 아리엘 공녀가 동방 교국의 사절단을 잘 대접할 수 있을까?'

순간 그녀는 그런 의문이 들었다. 물론 극진히 대접하는 것이야 어려울 것이 없었다. 문제는 동방 교국과 제국의 문화 차이였다.

'이교도의 사절단을 접대하는 일은 다른 서방 국가들의 사절단을 접대하는 것과 완전히 달라. 그저 융숭히 대접하는 것이 아니라, 문화 차

이를 다 고려해야 하는데, 아리엘 공녀가 그런 일을 실수 없이 해낼 수 있을까?'

당연한 이야기지만, 쉬운 일이 아니었다. 가톨릭 문화인 서방과 다르게 동방 교국은 아예 문화권 자체가 달랐기 때문이다. 사소한 것부터가 완전히 달랐다.

'설마 식사로 돼지고기를 대접하거나 하는 실수를 하지는 않겠지?'

마리는 걱정스러운 마음이 들었다.

며칠이 지난 후, 이교도의 사절단이 제국의 수도에 도착했다. 제국의 사람들은 꺼림칙한 표정으로 구릿빛 피부의 이교도인들을 바라보았다. 그들과 이교도인들은 기름과 물 같은 관계였다. 절대 섞일 수 없는. 지금이야 잠잠하지만, 특히 과거에는 그들 동제국은 이교도들과 곧잘 피를 흘리며 싸워 왔다. 그런 만큼 제국민들에게 동방 교국의 사절단은 낯설고 꺼림칙한 존재일 수밖에 없었다.

한편 불편한 눈빛으로 제국민들을 보는 것은 동방 교국의 사절단도 마찬가지였다.

'온통 이교도들이군.'

사절단의 대표 카산은 자신들을 바라보는 제국민을 보고 불편한 표정을 지었다.

'어쩌다 내가 이교도들의 땅에.'

그는 동방의 지배자, 술탄의 친척으로 교국 내에서도 지고한 위치의 인물이었다. 원래는 이런 이교도들(그들 입장에서는 동제국이 이교도였다)의 땅에 올 이유가 없는 인물이다. 교국 내에 중요한 문제가 아니었다면 결코 발걸음 하지 않았을 것이다.

'빨리 마무리하고 돌아가고 싶군.'

카산은 피곤한 얼굴로 한숨을 내쉬었다.

"이쪽으로 오시길."

미리 마중 나와 있던 근위 기사단이 그들을 황궁으로 안내했다. 시가지를 지나자, 드높은 건물들이 치솟은 황궁이 모습을 드러냈다. 사절단의 대표, 카산은 황궁의 모습을 보고 의외란 표정을 지었다. 이교도의 도시라 무시하고 있었는데, 생각보다 웅장한 모습이었기 때문이다. 황궁의 입구에서는 궁내부장인 길버트 백작과 외무대신이 나와 있었다.

"본인은 궁내부장 길버트 백작이오. 우리 동제국에 온 것을 환영하오."

동방어를 아는 통역이 그들의 말을 전달해 주었다. 카산은 고개를 끄덕이며 대답했다.

"동방 교국의 카산이라고 하오. 술탄의 명에 따라 제국의 군주인 황태자와 긴밀히 나누고 싶은 이야기가 있어 찾아왔소."

궁내부장, 길버트 백작이 그를 안내했다.

"전하께 기별하겠소. 일단 안으로 들어오시오."

'의외군. 이런 대접이라니.'

카산은 따뜻하게 준비된 목욕물에 몸을 씻고 나오며 생각했다. 이곳은 이교도의 땅이다. 그런 만큼 형편없는 대접을 받을 거라는 예상과 다르게 꽤 세심한 대접을 받고 있었다. 모두 대접을 담당한 아리엘 공녀가 온 힘을 다해 준비했기 때문이다. 덕분에 카산은 만족스럽게 최고 귀빈 대접을 받을 수 있었다.

"씻는 데 불편함은 없으셨습니까?"

시중을 드는 시종의 물음에 카산은 고개를 끄덕였다.

"괜찮았다."

"아리엘 공녀께서 저녁에 사절단 여러분을 환영하는 만찬회를 준비하였습니다. 참석해 주실 수 있으시겠습니까?"

카산은 그 말에 흡족한 표정을 지었다. 우리를 위해 만찬회를 준비했다고?

"기꺼이 참석하지. 아리엘 공녀라고? 고맙다고 전하도록."

"알겠습니다. 그러면 저녁에 뵙도록 하겠습니다."

"그런데 만찬회에는 황태자도 참석하는 건가?"

"그렇지는 않습니다. 대신 델피나이신 아리엘 공녀가 참석할 예정입니다."

카산은 고개를 끄덕였다. 용무를 해결하기 위해 가급적 황태자를 빨리 만나 보고 싶었지만, 사절단이 상대 나라에 도착하자마자 군주를 만날 수 있는 경우는 거의 없었다. 어느 정도 기다리는 것이 일반적인 예였다.

"알겠네. 먼 길을 오느라 많이 피로하니 만찬회를 기대하지."

그리고 시간이 금방 지나고 만찬회가 다가왔다. 카산을 비롯한 사절단의 인물들은 황궁에 온 귀빈을 접대하는 백합궁으로 안내받았다. 이번엔 궁내부장 길버트 백작과 외무대신과 더불어 아리엘 공녀가 그들을 맞았다.

"슐레안 대공가의 아리엘이라고 합니다. 황태자 전하를 대신하여 교국의 사절단 여러분께 인사드립니다."

카산은 지극히 아름다운 아리엘에게 속으로 감탄했다. 교국인의 시선으로 볼 때 옷차림이 지나치게 가벼웠으나, 어쨌든 대단한 미인이었다.

"미인과 함께하니 식사가 즐겁겠구려. 교국의 카산이라고 하오."

그 뒤 만찬회는 나쁘지 않은 분위기에서 진행되었다. 아리엘이 그들 사절단을 대접하기 위해 많은 신경을 썼기 때문이다. 재료는 최고급으로만 사용했고, 가문의 힘을 빌려 따로 최고의 요리사를 수배했다. 그런 만큼 만찬회에 나오는 요리는 하나하나가 혀에 닿으면 녹을 정도로 최고의 진미였다. 그리고 또 신경 쓴 것은 돼지고기와 술을 내지 않은 것.

'교국인들은 돼지고기와 술을 먹지 않는다고 했지.'

아리엘은 속으로 중얼거렸다. 그녀는 전혀 모르던 사실이었다. 그들 동제국과 동방 교국은 공식적 교류가 전혀 없었다. 그런 만큼 서로 이교도로 적대시만 할 뿐, 실제로 그들이 어떤 문화를 지니고 있는지 알고 있는 이는 거의 없었다. 그래서 아리엘은 당연히 일반적인 만찬회처럼 돼지를 재료로 만든 요리와 최고급 포도주를 대접하려고 했다. 그런데 우연히 교국인들이 돼지고기와 술을 안 먹는다는 사실을 누군가 충고해 주었고, 급히 그것들을 빼게 되었다.

"술을 드시지 않는다고 하여 대신 음료를 준비하였습니다."

"감사하오."

그렇게 만찬회는 화기애애하게 진행되었고, 별다른 문제 없이 마무리될 것 같았다. 아리엘은 속으로 의기양양한 미소를 지으며 생각했다.

'이번 일로 전하께서도 나를 다시 보게 되시겠지.'

사절단을 대접하는 업무는 그간 레이첼이 두각을 드러내던 사소한 일과는 차원이 다른 일이었다. 실제로 황태자비가 해야 하는 업무에 대한 역량을 입증하는 일이었다. 아리엘은 이번 일로 가증스러운 레이첼의 코를 눌러 주었다고 생각하니 속이 다 시원했다.

"만찬회의 메인인 그로스피에스입니다. 어린 송아지를 구운 스테이크 요리로, 입맛에 맞았으면 합니다."

그런데 수프, 오르되브르, 차가운 앙트레 등을 거치고 만찬회의 하이라이트인 송아지 요리가 나오는 순간이었다. 화기애애하던 만찬회장의 분위기가 갑작스럽게 싸늘해졌다!

쨍그랑!

카산이 식기를 접시에 거칠게 내려놓은 것이다. 카산은 얼굴이 붉으락푸르락해져 말했다.

"이게…… 무슨 짓이지? 지금 날 우롱하는 건가?"

아리엘과 궁내부장, 외무대신은 깜짝 놀라서 카산을 바라보았다.

"갑자기 왜 그러시는지?"

"이건 하람이 아닌가!"

하람(Haram). '허용되지 않은'이란 뜻으로, 종교적 율법상 금지된 음식을 뜻한다. 통역에게 그 이야기를 전해 들은 아리엘은 당황해 말했다.

"무언가 오해가 있는 것 같습니다. 이건 송아지 요리로, 돼지고기가 아니라……."

그녀가 전해 듣기로 교국에서도 소고기는 금지된 음식이 아니었다. 오히려 즐겨 먹는 음식으로 들었는데? 하지만 카산은 핏물이 잔뜩 배어 나오는 레어 스테이크를 손가락질하며 말했다.

"나에게 다비하(Dhabihah)식으로 도축하지 않은 고기를 먹으라고?"

"아, 아니."

아리엘은 완전히 당황했다. 다비하? 이게 무슨 말이지?

"무, 무언가 오해가……."

하지만 카산은 자리를 박차고 일어났다.

"우리 교국을 어떻게 보기에, 나에게 이런 모욕을 주는 것인지 모르겠군."

카산은 지극히 불쾌한 얼굴로 만찬회장을 벗어나며 말했다.

"아무리 우리가 제국에게 부탁할 것이 있는 사절단으로 왔다지만, 이런 모욕이라니. 나와 대(大)동방 교국은 오늘의 무례를 결단코 잊지 않을 것이다."

"자, 잠깐만요!"

아리엘이 급하게 불렀으나, 카산은 듣지 않고 거칠게 만찬회장을 빠져나갔다.

"이, 이게 무슨?"

아리엘과 길버트 백작, 외무대신은 당황한 얼굴로 서로를 바라보았다. 도대체 저 이교도인이 무엇에 불쾌해하는 것인지 알 수가 없었다. 그렇게 그날의 만찬회는 엉망으로 막을 내렸고, 카산을 비롯한 교국의 사절단은 황태자에게 그날의 일을 정식으로 항의했다.

"교국의 사절단이 만찬회장을 박차고 나갔다고?"

"네, 율법을 어긴 음식을 내왔다고 강력히 항의한 후 율법에 맞는 할랄 음식을 내오지 않을 경우, 입도 대지 않겠다고 선언했습니다."

황태자는 재상 오른의 말에 헛웃음을 지었다.

"우리가 초청한 것도 아니고, 자기들이 사절단으로 왔으면서 굉장히 까다롭게 구는군."

재상 오른도 쓴웃음을 지었다.

"그러게 말입니다. 이교도들에게 종교적 율법은 목숨보다 소중하다고 하니, 그래서 그런 것 같습니다."

"그런데 뭐가 문제였지? 돼지고기와 술을 낸 것도 아니지 않은가? 부패한 고기를 낸 것도 아니고."

황태자도 이교도의 율법에 대해 어느 정도 알고 있었다. 그래서 혹시나 쓸데없는 마찰을 피하고자 사전에 아리엘 공녀가 준비한 음식 명단을 검토했는데, 돼지고기나 술, 그 밖에 종교적으로 금지된 음식은 없었다.

"송아지가 다비하(Dhabihah) 식으로 도축되지 않았다고 항의했다고 하더군요."

"다비하?"

"네, 이교도들의 도축 방식으로, 이번에 따로 조사를 해보니……."

오른은 자신이 알아낸 사실을 설명하였다. 황태자 라엘은 오른이 설명을 끝내자 눈썹을 찌푸렸다.

"가축의 머리를 성지가 있는 방향으로 향하게 한 후, 목의 식도와 기도, 정맥, 동맥을 한 번에 잘라 내서 피를 전부 빼내야 한다고?"

"네, 이교도들은 그렇게 도축하지 않은 고기는 먹지 않는다고 하더군요."

동방 교국과 제국의 공식적 교류가 끊긴 지 수백 년이다. 그런 만큼 서로의 세세한 문화에 대해서는 자세히 아는 자가 드물었다. 황태자도 다양한 분야에서 굉장히 박식했지만, 저런 방식으로 도축해야 한다는 것은 몰랐다.

"돼지고기, 술, 발굽이 갈라지지 않은 네발짐승, 송곳니가 날카로운 육식동물 같은 것만 피하면 되는 줄 알았는데, 굉장히 어렵군."

"네, 저도 이번에 처음 알았습니다."

"지금 교국 사절단의 반응은 어떻지?"

"강력히 항의 후 단식을 선언했습니다. 단단히 화가 나서 율법에 맞춘 제대로 된 음식을 내오기 전에는 전하를 만나러 온 용무를 꺼내지도 않을 것 같습니다."

"골치 아프게 됐군."

오른이 황태자의 뜻을 물었다.

"어떻게 하시겠습니까? 솔직히 말해 우리가 이교도의 율법에 온전히 맞추어 대접해 줄 필요는 없다고 생각합니다. 그건 그네들의 율법이지, 우리의 율법이 아니니까요."

황태자도 동의했다.

"그렇지. 그들이 피하고 싶은 음식을 빼줄 수는 있어도, 그네들의 율법에 맞춘 도축까지 해달라는 것은 무리한 요구이다."

단순한 고집은 아니었다. 이건 국가 대 국가의 위신의 문제였다. 그들 동제국이 동방 교국의 속국도 아닌데, 그렇게까지 굽히면 분명 훗날 안 좋은 이야기가 나온다. 특히 사사건건 트집을 잡는 교황청은 무조건 문제를 삼을 것이다.

'문제는 그렇다고 쫓아낼 수도 없다는 것인데.'

황태자는 속으로 고민했다. 솔직히 놈들의 요구고 뭐고 그냥 쫓아내 버리면 간단하기야 하겠지만, 현명한 선택은 아니었다.

'교국 놈들이 수백 년 동안 보내지 않은 공식 사절단을 보낸 것은 분명 중요한 용무가 있어서다. 그 용무를 들어 보지도 않고, 이런 사소한 일 때문에 쫓아내서는 곤란해.'

물론 교국이 두려워서 눈치를 보는 것은 아니었다. 아무리 교국이 동방을 제패한 패자라 해도, 제국의 힘도 그에 못지않았으니까. 문제는 제국에 도움이 될지도, 아니면 피해가 올지도 모르는 이야기일 텐데 들어 보지도 않을 수는 없다는 것이다.

'곤란하군. 그네들의 무리한 요구를 들어줄 수도 없고, 무시하고 쫓아낼 수도 없고.'

황태자는 손가락으로 가만히 철가면을 두드렸다. 고민이 있을 때의 그의 버릇이었다.

'좋은 방법이 없을까?'

사절단의 무리한 요구를 들어주지 않으면서도 분위기를 풀 방법이 필요했다. 어떤 방법이어야 할까? 그런데 순간 고민에 잠긴 그의 머릿속에 한 명의 인물이 떠올랐다.

시녀 마리.

지금까지 언제나 상상도 못 할 능력을 보여 주어 왔던 작은 소녀. 그녀라면 이 난관을 해결할 방법을 알고 있을까?

'아니야. 아무리 마리라도 알고 있을 리가 없겠지.'

황태자는 고개를 저었다. 아무리 마리가 다재다능하다고 해도 지금껏 그녀가 보여 준 능력과 이번 일은 종류가 달랐다. 깊은 지식과 넓은 정치적 식견이 있어야 해결 가능한 일이다.

'어쨌든 이번 일은 내가 담당해야겠군. 이스트반 영애가 맡을 만한 일이 아니야.'

원래는 아리엘 영애가 접대에 실패했으니, 다른 황태자비 후보인 레이첼 영애가 사절단을 대접해야 할 차례였다. 하지만 황태자는 레이첼의 능력을 냉정히 파악하고 있었다. 레이첼에게 이런 곤란한 상황을 해결할 만한 능력은 없었다.

'일단 동방 교국의 사정에 밝은 상인들을 만나 이야기를 나누어 봐야겠군. 그네들의 무리한 요구를 들어주지 않으면서도, 분위기를 풀 만한 방법을 찾아봐야겠어.'

그렇게 결론을 내린 황태자가 오른에게 지시를 내리려 할 때였다. 호위 기사 알몬드 자작이 손님이 도착했음을 알렸다.

"레이첼 영애가 방문하였습니다."

"이스트반 영애가? 지금은 국정으로 바쁘니 따로 연락을 준다고 전하여라."

황태자는 고개를 저었다. 그런데 알몬드가 의외의 말을 전하였다.

"그게…… 이번 동방 교국의 사절단의 일로 긴히 드릴 말씀이 있다고……."

그러며 알몬드는 놀라운 말을 하였다.

"레이첼 영애께서 자신에게 사절단의 문제를 해결할 방안이 있다고 하였습니다."

"……!"

곧 곱게 차려입은 아름다운 소녀가 집무실로 들어왔다.

"이스트반 가문의 레이첼이 제국의 황태자 전하를 뵙습니다."

"그래, 너에게 이번 사절단의 문제를 해결할 방안이 있다고?"

레이첼은 공손한, 그러나 자신감 넘치는 목소리로 말했다.

"네, 부족한 지혜이나 아리엘 공녀 저하로 생긴 문제에 대해 전하께 작은 보탬이라도 되고 싶어 고민을 해보았습니다."

은근슬쩍 아리엘 공녀를 폄훼하는 말이었다. 어쨌든 황태자는 고개를 끄덕이며 말했다.

"이번 문제의 요점이 무엇인지는 알고 있는가?"

"네, 사절단의 무리한 요구를 들어주지 않으면서도 그들의 화를 달래는 것이 요점이라 생각됩니다."

레이첼은 설명을 이었다.

"종교적 율법에 민감한 교국인들의 특성상 모욕을 느꼈다 생각하면 대화를 나누지도 않고 교국으로 돌아가 버릴 수도 있으니까요. 그들이 어떤 용건으로 왔는지도 모르는데, 그렇게 그들이 돌아가면 제국의 입장에서도 기쁜 일은 아니라 판단됩니다."

"맞는 말입니다, 영애."

오른은 옆에서 감탄하며 말했다. 레이첼 영애가 문제의 맥을 정확히 짚은 것이다.

"그러면? 이 문제를 해결할 방법이 무엇이라 생각하지?"

레이첼은 철가면 아래로 푸른 눈동자가 자신을 바라보자, 살짝 웃음을 지었다. 황태자의 눈빛은 늘 차가워 마주하기 어려웠으나, 오늘만큼은 자신감이 들었다. 그녀에겐 정말로 방법이 있었기 때문이다.

'정말 대단해. 어떻게 이런 지식을.'

레이첼은 자신에게 방법을 알려 준 이를 떠올리며 생각했다.

"황태자 전하가 방법을 물어보면 이렇게 답하십시오."

작은 체구, 자신과 다르게 천하디천한 신분. 하지만 알면 알수록 놀라운 소녀. 그녀에게 방법을 알려 준 이는 놀랍게도 시녀 마리였다.

'도대체 어떻게 이런 내용을 알고 있는지 감탄만 나오지만…….'

"간단합니다. 그 방법은…….''

마리가 일러 준 내용을 떠올리며 레이첼은 마리의 말을 그대로 읊었다.

"사절단이 만족할 음식을 내는 방법은 간단합니다. 도축된 요리를 제외한 만찬을 준비하면 됩니다."

"……!"

레이첼은 놀란 그들의 표정을 보며 자신만만한 목소리로 말을 이었다.

"즉, 일체의 육류를 제외하고 음식을 준비하면 됩니다."

레이첼은 방금 자신의 별궁에서 마리와 있었던 일을 떠올렸다. 당시 레이첼은 아리엘 공녀가 접대에 실패했다는 이야기를 듣고, 어떻게 교국의 사절단을 대접할까 고민하고 있었다.

'하지만 종교적 율법 문제가 그렇게나 끼다롭다니. 괜히 잘못 나섰다가는 오히려 망신만 당할 수도 있어.'

전해 듣기로는 아리엘 공녀가 바보 같은 실책을 범한 것은 아니었다. 그저 문화적 차이가 컸을 뿐. 아마 그 자리에 레이첼이 있었어도 똑같은 결과가 나왔을 것이다.

'차라리 나 대신 아리엘 공녀가 대접해서 다행인 것일지도. 만약 내가 나섰으면 망신당한 것은 아리엘 공녀가 아닌 나였을 테니까.'

그렇게 생각한 레이첼은 이번 일은 한발 물러서기로 마음먹었다. 잘 해결만 한다면 어마어마한 점수를 따겠지만, 그럴 자신이 없었다. 무엇보다 그녀는 동방 교국에 대해 아는 것이 없었다.

'아쉽지만 다음 기회를 노려야지.'

사실 레이첼에게는 반드시 황태자비가 되어야만 하는 이유가 있었다. 가문의 부흥이란 표면적인 목표와는 다른 '진정한 이유'. 그걸 위해서는 반드시 간택에서 선택받아야 했다. 하지만 그렇다고 해도 이번 일은 너무 위험부담이 컸다. 그녀는 다음 기회를 노리기로 했다. 그런데 그때 옆에서 가만히 생각에 잠겨 있던 마리가 그녀에게 말을 걸었다.

"레이첼 영애."

"응? 왜, 마리?"

"혹시 이번 사절단의 문제를 해결할 생각은 없으십니까?"

"그야 하고는 싶지만, 나는 교국에 대해서 아는 게 없어서……."

그렇게 이야기하던 레이첼은 일순간 입을 다물었다.

"너…… 혹시?"

마리는 굳은 표정으로 고개를 끄덕이며 말했다.

"네, 제게 한 가지 생각이 있습니다."

레이첼은 깜짝 놀라 마리를 바라보았다. 여러 분야에서 다재다능한 것은 알고 있었지만, 동방 교국의 문화에도 능통하다고?

"뭔데? 말해줘."

"간단합니다. 그 방법은……."

마리는 천천히 자신의 생각을 이야기하기 시작했다. 그리고 그 이야기를 듣는 레이첼의 얼굴이 시시각각 놀람으로 물들어 갔다.

레이첼이 제시한 의견에 오른이 문제점을 지적했다.

"육류를 제외하고 만찬회를 준비하자고? 그러면 야채로만 된 정찬을 준비한단 거요? 그건 타국 사절단을 맞는 제대로 된 대접이라고 할 수 없소."

그는 소비엔 공작가의 공작이니만큼 원래 일개 영애인 레이첼에게 하대를 해야 했지만, 현재 그녀가 황태자비 후보인 점을 고려하여 반공대를 하였다. 어쨌든 타당한 지적이었다. 레이첼도 마리의 이야기를 들었을 때, 같은 의문을 떠올렸으니까. 하지만 레이첼은 마리가 알려준 내용을 다시금 떠올리며 말했다.

"야채로만 이루어진 정찬은 아닙니다. 이교도의 종교적 율법은 야채, 과일, 곡류뿐 아니라 어류, 즉, 생선 요리도 허용하고 있으니까요."

"생선 요리를 허용한다는 것은 확실한 이야기이오, 영애? 또 실수가 있으면 안 됩니다."

오른의 걱정에 레이첼은 고개를 끄덕였다.

"네, 의외로 그들은 육류와 다르게 바다에서 난 물고기에 대해서는 대부분 허용한다고 합니다. 물론 학파에 따라 조금씩 의견이 달라 이견이 있을 수도 있는데, 비늘이 있는 물고기는 전부 상관이 없다고 합니다."

그녀의 구체적인 말에 오른은 놀란 표정을 지었다. 추가적으로 확인해 봐야겠지만, 근거 없이 하는 이야기는 아닌 것 같았다.

"나도 이교도의 풍습에 대해서는 자세히 모르고 있는데 이렇게나 소상히 알고 있다니 대단합니다, 영애."

"과찬이십니다. 그저 책을 읽다 보니 우연히 알게 된 것에 지나지 않습니다."

레이첼은 오른의 칭찬에 다소곳이 고개를 숙였다. 겸손이 섞인 말이었지만, 오른은 더욱 감탄한 표정을 지었다. 이교도의 풍습을 기술한 책은 극히 드물었기 때문에 어지간한 독서량으로는 이런 내용을 알 수가 없었다.

한편 레이첼은 오른의 감탄한 얼굴을 보며 속으로 미소 지었다.

'역시 감탄하는구나. 사실 난 책 같은 것은 거의 안 읽는데.'

그녀는 책에서 이런 지식을 알게 된 것이 아니었다. 모든 것은 마리의 덕이었다. 물론 레이첼은 그러한 사실을 입 밖에 낼 생각이 전혀 없었다. 모든 것은 황태자비 후보인 자신의 공이 되어야 했으니까.

'내가 잘되는 것이 마리가 잘되는 일이니까.'

그렇게 생각한 레이첼은 말을 이었다.

"수프, 오르되브르, 앙트레 등은 고기를 사용하지 않아도 큰 문제가 되지 않습니다. 야채, 곡류만으로도 훌륭한 음식을 만들 수 있지요. 문제는 정찬의 메인인 그로스피에스인데, 육류 요리 대신 생선을 내면 그것도 해결됩니다."

그 이야기를 듣고 재상 오른은 고개를 끄덕였다. 훌륭한 해결책으로 보였다. 과연 그렇게 대접하면 큰 문제 없으리라. 다만 한 가지 걸리는 점이 있어서 물었다.

"채소와 생선으로만 음식을 하면 너무 구성이 단조롭지는 않겠소?"

"물론 그렇기는 합니다. 하지만……."

레이첼은 가만히 미소를 지으며 입을 열었다. 이 질문도 마리가 답을 미리 해주었다. 지금껏 마리가 해준 이야기 중 가장 압권인 답변이었다.

"그건 그들이 감수할 문제입니다."

"그게 무슨 말이오? 감수할 문제라니?"

"그 말 그대로입니다."

레이첼은 최대한 강건한 느낌이 드는 말투로 이야기했다.

"우리 제국이 저들 사절단에게 그렇게까지 큰 환대를 해줄 필요는 없다는 것입니다."

"······!"

레이첼은 마리가 일러 준 그대로 말을 이었다.

"최근 큰 충돌은 없었으나 동방 교국은 우리의 엄연한 적국. 기본적인 예의를 지켜 주는 것만으로도 충분합니다. 우리가 그들의 속국도 아니고, 가까운 사이도 아닌데 거한 환대를 해줄 필요는 없지요. 그러니 이 정도 대접이면 차고 넘친다고 생각합니다."

명쾌한 대답이었다. 그들 제국이 동방 제국의 눈치를 볼 필요는 없었다. 그녀의 말대로 이 정도 배려만으로도 충분한 예의를 차렸다고 할 수 있었다.

"훌륭하오, 영애."

"아닙니다. 제 부족한 이야기가 괜히 두 분의 귀를 어지럽히지 않았는지 걱정스럽습니다."

"어지럽히기는······ 이스트반 영애의 말에 대해 어떻게 생각하십니까, 전하?"

오른은 황태자를 돌아보았다. 가타부타 아무 말 없이 가만히 레이첼의 말을 듣던 라엘은 고개를 끄덕였다.

"좋은 생각으로 보이는군. 그대로 진행하도록 하지."

레이첼은 황태자가 긍정적인 반응을 보이자 크게 기뻐하며 고개를 숙였다.

"부족한 의견인데 좋게 뵈주셔서 감사합니다."

레이첼은 고개를 숙인 상태로 웃음이 나오는 것을 삼켰다. 드디어 황태자에게 인정받은 것이다!

"그러면 남은 일정 동안 사절단을 대하는 일은 그대에게 맡기지. 혹시나 어려운 일이 있으면 바로 고하도록."

"네, 감사합니다. 부족하지만 최선을 다하겠습니다."

레이첼은 기쁜 웃음을 삼키며 집무실에서 물러나려는데, 황태자가 그녀를 불렀다.

"아, 한 가지만 묻지."

그 순간 황태자의 눈동자가 다시금 그녀에게로 향했다. 레이첼은 그 눈동자를 보고 자신도 모르게 침을 꿀꺽 삼켰다. 이전 몇 번이나 마주한 적 있는, 마음을 꿰뚫는 듯한 깊은 눈동자였다. 저 눈동자만 마주하면 속마음 깊은 곳이 파헤쳐지는 듯해 레이첼은 몹시 긴장되었다.

"방금 말한 것들을 책에서 읽었다고 했느냐?"

"네, 전하."

"그 책의 제목이 무엇이지?"

"……!"

그녀의 눈동자가 흔들렸다. 레이첼은 책을 읽지 않았다. 책을 읽은 것은 그녀가 아니라, 시녀 마리였다.

"마리, 너는 어떻게 이런 내용들을 알고 있는 거야?"

레이첼이 물었을 때, 마리는 놀랍게도 이렇게 답했다.

"책에서 읽었습니다."

"책에서?"

"네, 예전 클로얀 왕성에서 시녀로 있을 때 도서관의 책을 자유롭게 접할 기회가 있어서, 그때 읽었습니다."

그러며 마리는 왜인지 모르지만 무언가 씁쓸한 말투로 이렇게 말했다.

"그 당시 왕성에서 지내며 책을 정말 많이 읽었습니다."

어쨌든 자신은 안 읽었지만, 마리는 책을 읽었다. 그리고 천만다행으로 레이첼은 마리가 읽은 책의 제목을 알고 있었다. 혹시나 이런 질문을 받을 때를 대비해서 확인했던 것이다.

"도레인 남작의 〈이교도 생활기〉란 저서에서 봤습니다."

다행히 황태자는 지난번과 다르게 재차 묻지 않았다.

"알았다. 앞으로 수고해 주도록."

"네, 이만 물러가겠습니다."

그녀가 물러간 후, 재상 오른이 황태자에게 말했다.

"정말 현명하지 않습니까? 황태자비 후보인 델피나께서 저리 명민하시니 제국의 홍복입니다."

하지만 황태자는 가만히 무언가를 생각할 뿐, 오른의 말에 가타부타 대답이 없었다. 오른이 그런 그에게 의아한 표정을 지을 때 황태자가 물었다.

"오른."

"네, 전하."

"이교도 생활기를 쓴 도레인 남작이 누구인지 아나?"

"네, 압니다. 십 년 전, 지중해에서 이교도 해적에게 납치당했다가 풀려난 클로얀 왕국의 귀족 아닙니까? 책을 따로 썼는지는 몰랐군요. 아마 그때 수년간의 포로 생활을 바탕으로 저술한 모양입니다."

"그렇지. 자네의 말이 맞아."

"그런데 그건 왜?"

"아니네. 자네도 이만 돌아가서 일을 보도록."

오른은 의아한 표정을 지었으나, 황태자는 별다른 대답이 없었다. 오른은 어쩔 수 없이 고개를 숙이며 물러갔다. 홀로 남은 황태자는 나직이 중얼거렸다.

"그래, 도레인 남작은 클로얀 왕국의 귀족이지. 우리 제국의 귀족이 아니라."

그는 말을 이었다.

"그리고 그의 저서는 우리 제국에는 출간된 적이 없어. 클로얀 왕국에서만 출간됐지."

그걸 황태자가 아는 이유는 간단했다. 클로얀 왕성을 점령한 후 중요한 책들을 제국의 황궁으로 가져오려 도서관을 살피던 중 우연히 봤던 책이기 때문이다. 〈이교도 생활기〉라는 워낙 특이한 제목이라 눈에 똑똑히 박혔었다. 당시에는 그리 관심이 있는 내용이 아니어서 그냥 놔두고 왔었는데, 황궁에 돌아온 후 그 책을 구해 읽어 보려다 제국에는 없는 책이란 것을 알고 관둔 기억이 있었다. 그렇다면 레이첼이 클로얀 왕국에만 출간된 책을 읽어 봤다는 뜻은 무엇일까. 그녀가 타국에만 출간된 책까지 찾아 읽을 정도로 독서에 관심이 많다는 뜻일까.

"그렇다기보다는…… 이것도 마리가 생각해 낸 것이겠지."

황태자는 나직이 중얼거렸다.

마리. 끝없이 그에게 와서 박히는 이름이었다. 믿을 수 없게 이번 일도 또 그녀가 해결책을 마련한 것이다!

'대단하군. 정말 대단해.'

황태자는 고개를 저었다. 도대체 그 소녀의 능력의 끝은 어디일까?

'물론 마리, 네가 아니라 레이첼이 해낸 일처럼 꾸미려 하고 있지만……'

황태자의 눈에는 모두 빤히 보였다. 마리가 해낸 일을 매번 레이첼이 자신의 공적으로 삼으려고 하는 것이. 따라서 레이첼이 공을 세우려 하면 할수록 간택 기간 중 가장 두각을 드러내는 이는, 아리엘도 레이첼도 아닌 시녀 마리였다. 아이러니하게도 말이다.

'간택 기간 중 두 영애가 눈에 들어와야 하는데.'

황태자는 쓴웃음을 지었다.

'시간이 지날수록 왜 자꾸 너만 내 눈에 박히는 것이냐.'

그렇게 레이첼은 마리의 도움을 받아 교국의 사절단을 대접하였다. 오른이 지적했던 것처럼 레이첼이 준비한 만찬회는 화려하지도 풍족하지도 않았다. 육류를 모조리 배제했기 때문에 어쩔 수가 없는 일이었다. 하지만 교국의 율법을 비추어 봐도 흠잡을 것은 전혀 없었다.

"크흠."

카산은 헛기침을 하며 음식을 먹었다. 썩 마음에 드는 대접은 아니었지만, 딱히 뭐라고 할 수는 없었다. 카산을 비롯한 사절단은 아무런 군소리 못 하고 식사를 하였다. 그런 모습을 보며 궁내부장과 외무대신을 비롯한 사람들은 레이첼의 지혜를 칭찬했다.

"대단합니다. 그놈들의 무리한 요구를 들어주지 않으면서도, 군소리 못 하게 하다니."

"굉장히 지혜로운 처사였습니다."

"암요. 우리 제국이 교국 놈들의 눈치를 볼 필요는 없는 것 아닙니까? 레이첼 영애가 참 잘 처신하였습니다."

당연히 레이첼의 위상이 높아졌다. 아리엘 공녀는 조금 더 초조해졌고.

한편, 아무도 모르는 이번 일의 일등 공신 마리는 속으로 고민하고 있었다.

'사절단의 일이 잘 해결되어서 다행이야. 황태자도 레이첼 영애를 좋게 보셨겠지.'

최근 레이첼의 행보는 굉장히 순탄했다. 연일 실수만 거듭하는 아리엘과 다르게 늘 좋은 모습만 보이고 있었던 것이다. 그 뒷면에는 모두 마리의 도움이 있었다. 만약 레이첼이 황태자비가 된다면 그녀의 도움을 잊지 않을 것이 분명했다.

'레이첼 영애가 정말로 황태자비가 되면 난 자유인의 신분을 얻고 황궁에서 벗어날 수 있어.'

더할 나위 없이 좋은 상황. 하지만 정작 마리의 표정은 좋지 않았다.

'그런데 레이첼 영애는 분명 잘하고 있는데…… 왜 황태자는 요지부동이지?'

그게 문제였다. 레이첼은 아리엘에 비해 분명 현명히 잘하고 있었지만, 정작 중요한 황태자는 별다른 반응이 없었다. 처음 만났을 때처럼 늘 무심한 눈빛을 보일 뿐이었다.

'레이첼 영애가 취향이 아니신가?'

그렇다고 아리엘에게 관심을 보이는 것도 아니었다. 그냥 똑같았다.

'어떻게 하지? 황궁을 벗어나려면 레이첼 영애가 황태자비로 간택되어야 하는데. 이대로는 간택받는다는 보장이 없어. 불안해.'

마리는 어떻게 하면 레이첼과 황태자 간의 사이를 더 가깝게 만들 수 있을지 고민했다. 그런데 그런 고민을 까마득하게 잊게 하는 중대한 일이 황궁에서 일어났다. 동방 교국의 사절단이 드디어 황태자 라엘을 알현한 것이다. 사절단의 대표, 카산은 황태자에게 생각지도 못 한, 청천벽력 같은 용건을 꺼내었다.

"지금…… 뭐라고 했지?"

황태자는 카산에게 반문했다. 그의 낮은 목소리에는 희미한 노기가 감돌았다. 그건 황태자뿐이 아니었다. 재상 오른도, 다른 대신들도 모두 얼굴에 분노한 빛을 띠고 있었다. 그럴 수밖에 없었다. 카산이 꺼낸 용건은 그만큼 충격적인 내용이었다.

"우리 제국보고 너희 동방 교국에 식량을 지원하라고?"

사절단의 대표, 카산은 고개를 끄덕였다.

"네, 전하. 우리 교국은 벌써 수년째 극심한 가뭄에 시달리고 있습니다. 그간 비축된 식량으로 버티고 있었으나, 그것도 한계. 교국 전역에서 백성들이 굶어 죽어 가고 있는 상황입니다. 따라서 술탄께서는 이웃 나라인 동제국에서 식량을 지원해 주길 바라고 있습니다."

그 이야기가 끝나자 제국의 대신들은 발끈해 소리쳤다. 적국에 와서 식량을 내놓으라니, 말도 안 되는 이야기였다.

"전하, 더 들을 것도 없습니다. 이자들을 당장 국경 밖으로 내쫓아버리십시오!"

"맞습니다. 식량 지원이라니, 말도 안 됩니다!"

거칠어지는 알현장의 분위기에 황태자는 손을 들었다.

"그만. 조용히 하도록."

그는 사절을 차갑게 노려보았다.

"너희가 지금 굉장히 무례한 이야기를 하고 있는 것은 알고 있겠지? 식량 지원이라니? 가뭄에 시달리는 것은 안 된 일이지만, 우리가 너희를 도와주어야 할 이유가 있는가?"

"이웃한 나라로서 넓은 마음으로 베풀어주길 바랄 뿐입니다."

그러며 카산은 말했다.

"만약 이번에 도움을 준다면, 우리 교국은 제국의 은혜를 결단코 잊지 않을 것입니다. 제국에 훗날 곤란한 일이 생긴다면, 마치 형제의 일처럼 그 일을 돕겠습니다. 반면, 이번에 도움을 주기를 거절한다면."

카산은 낮은 목소리로 말했다.

"저희로서도 방법이 없습니다. 굶어 죽어 가는 백성들을 지켜보고만 있을 수는 없는 노릇. 술탄께서는 어쩔 수 없이 군사를 일으킬 수밖에 없을 것입니다."

"……!"

황태자를 비롯한 대신들의 얼굴이 딱딱하게 굳었다.

"군사를 일으킨다고? 그건 우리 제국과 전쟁이라도 하겠다는 말이냐?"

"우리도 결코 전쟁을 원하진 않습니다. 전쟁은 정말 최악의 경우, 어쩔 수 없을 때의 선택 사항일 뿐입니다."

카산은 그렇게 말했으나, 결국 식량을 내놓지 않으면 군사를 일으키겠다는 협박이었다. 알현장의 분위기가 조금 전과는 비교도 할 수 없을 정도로 싸늘해졌다.

"이제 보니 사절단이 아니라 강도 놈들이었군."

"다시 분명히 이야기하지만, 우리 교국도 제국과 전쟁을 하고 싶지는 않습니다."

카산은 고개를 저으며 말했다.

"가뭄이 닥친 우리와 다르게 제국엔 몇 년째 풍년이 이어지고 있다고 들었습니다. 창고에는 식량이 남아 벌레가 꼬일 지경이라 들었고요."

"……."

"이웃을 가엾이 여기는 자비로운 마음으로 식량을 지원해 주면 당연히 전쟁은 없을 것입니다. 그뿐 아니라, 우리 교국은 제국에게 받은 은혜를 결단코 잊지 않을 것이고요."

알현장에는 숨이 막힐 듯 무거운 분위기가 내려앉았다. 카산은 다음의 말로 이야기를 마쳤다.

"양 국가를 위한 전하의 현명한 판단을 기다리겠습니다."

그 알현이 끝난 후, 황궁은 난리가 났다. 대부분의 대신이 분노해 외쳤다.

"이런 무례한 이야기가 어디 있습니까?! 칼만 안 들었지, 이게 강도가 아니면 무엇이란 말입니까?"

"맞습니다. 우리 제국을 얼마나 우습게 보면 이런 협박을!"

"고민할 것도 없습니다. 당장 저 사신을 매질해 국경 밖으로 쫓아냅시다!"

모두가 그렇게 분노할 만했다. 식량을 지원하지 않으면 군사를 일으킬 수도 있다니. 이건 제안이 아니라 협박이었다.

"전쟁이라고요? 쳐들어오라고 하십시오. 하나도 무섭지 않으니."

"맞습니다. 이교도 놈들에게 본때를 보여 줄 때가 되긴 했습니다."

대신들은 씩씩거리며 외쳤다. 아무리 교국이 동방을 제패한 대국(大國)이라지만, 제국의 국력도 그에 못지않았다. 교국의 협박에 굴복할 이유가 없었다. 그때 조심스럽게 반대 의견을 내는 사람들이 있었다.

"그런데 정말로 교국 놈들이 전쟁을 일으키면 어떻게 합니까? 물론 우리가 패배하지야 않겠지만, 피해가 막심할 것입니다."

"우리가 교국과 전쟁을 하면 서쪽에 위치한 또 다른 적국, 요하네프 3세의 서제국이 빈틈을 노릴 수도 있습니다."

그 말에 전쟁을 주장하던 대신들이 멈칫했다. 틀린 말은 아니었다. 교국이 두렵지는 않았다. 제국의 힘은 결코 그에 못지않았으니까. 하지만 전쟁을 하면 막대한 피해를 입는 것은 피할 수가 없었다.

'그렇게 되면 좋아할 사람은 서제국의 요하네프 3세겠지. 생각지도 않은 어부지리이니까.'

회의실 상석에서 가만히 이야기를 듣던 황태자는 생각했다.

'굉장히 곤란한 상황이군. 이럴 수도 없고, 저럴 수도 없어.'

일단 대신들의 이야기처럼 교국의 협박에 굴복하는 것은 말이 안 된다. 제국의 위신상 절대 그럴 수는 없다. 하지만 실제로 전쟁을 하게 되면? 그 피해는 어떻게 한단 말인가?

'특히 교국과 인접한 국경 지대 백성들의 피해가 어마어마하겠지.'

황태자는 눈을 감았다. 사실 전쟁이 일어나도 귀족들의 피해는 미미하다. 앞장서 싸우고 피를 흘리는 것은 평민들이기 때문이다. 그렇기 때문에 귀족들이 전쟁을 쉽게 이야기할 수 있는 면도 있었다.

'전쟁이 두렵진 않다. 피할 수 없는 전쟁이라면 두려워해선 안 돼. 하지만…… 이번 경우엔 전쟁하는 것이 백성을 위한 최선일까?'

그는 군주였다. 오로지 백성들을 위해 살아가야 하는. 그런 그가 판단하기에 이번 전쟁은 피할 수 있다면 피하는 것이 좋았다.

'방법이 없을까? 저들의 협박에 굴하지 않으면서도 전쟁을 피할 방법이.'

라엘은 철가면 안으로 깊은 상념에 빠져들었다.

교국과 전쟁이 일어날지도 모른다는 소문이 퍼지며 황궁의 분위기는 무겁게 가라앉았다. 날벼락처럼 다가온 전쟁의 가능성에 황태자비 간택은 모두의 관심 밖으로 멀어졌다. 물론 모두가 전쟁의 위기를 걱정하는 것은 아니었다. 전쟁이 일어나도 전혀 영향을 받지 않을 귀족가의 영애들은 긴장감 없이 떠들어 댔다.

"정말로 전쟁이 일어나지는 않겠지요?"

"모르죠. 뭐, 일어나면 어떤가요? 저희에게는 황태자 전하가 계시잖아요. 이교도들 따위야 단칼에 물리쳐 주시겠죠."

"그나저나 이번 일 때문에 수도 내에 연회가 모두 취소되어서 짜증 나요. 연회용 드레스도 모두 새로 맞추었는데."

마리는 황궁을 걷다 들은 귀족 영애들의 수다에 남몰래 눈살을 찌푸렸다.

'상황의 심각성을 전혀 모르는구나. 하긴 전쟁이 일어나도 피를 흘리는 것은 백성들이니.'

마리는 씁쓸히 생각했다. 사실 전쟁이 일어나도 그 전란의 여파가 수도에까지 미칠 가능성은 적었다. 그러니 저 영애들이 저렇게 속 편한 이야기를 할 수 있는 것이리라. 하지만 직접 전란을 겪어 본 마리는 도저히 그런 생각을 할 수가 없었다.

'전쟁이 나면 또 수많은 사람이 피를 흘리게 되겠지.'

마리는 눈을 감았다. 끔찍했던 과거의 일이 떠올랐다.

'황태자 전하도 가급적 전쟁을 피하고 싶어 하는 것 같던데. 전쟁을 막을 방법은 없을까?'

매일 밤마다 황태자를 만나기 때문에 마리는 그가 전쟁을 피하기 위해 고민하고 있다는 것을 알고 있었다. 고민이 얼마나 심한지 그는 최근 다시 불면이 악화되었다.

'하지만 쉽지 않은 일이야. 교국의 협박에 굴할 수도 없는 노릇이니.'

마리는 굳은 얼굴로 생각했다. 어쨌든 그렇게 시간이 흘러 늦은 밤이 되었다. 그녀는 늘 해왔던 대로 황태자의 침소로 향했다. 워낙 중대한 일이 생긴지라 간택과 관련된 일정은 전부 취소된 상태였지만, 그녀가 황태자를 밤늦게 찾아가 불면을 달래는 것은 여전히 계속하고 있었다.

그런데 침소에 도착한 그녀는 고개를 갸웃했다. 상당히 늦은 시간이었음에도 황태자의 모습이 보이지 않았던 것이다.

"전하께서는 아직 집무실에 계신다."

마침 침소 주위에 있던 호위 기사 알몬드 자작이 그녀에게 알려 주었다.

"아…… 그러면……."

마리는 황태자가 집무실에 있다는 말에 그냥 돌아갈지 말지 고민했다. 그때 알몬드 자작이 말했다.

"집무실에 가 봐라."

"네? 하지만……"

"전하께서 고민이 깊으시다."

알몬드는 그녀를 보며 말을 이었다.

"네가 가면 좋아하실 거다."

마리는 그 말에 눈을 깜빡였다. 이게 무슨 말이란 말인가?

"……제가 가면요?"

"전하께서 널 특별히 아끼지 않느냐. 가서 격려의 말이라도 해드려라."

뭔가 그건 아닌 것 같지만, 어쨌든 마리는 고개를 끄덕였다.

'몸에 좋은 차라도 끓여 드려야겠다.'

마리는 곧 차를 한 잔 끓인 후 집무실로 향했다.

"전하, 시녀 마리입니다."

곧 철문이 끼익 하고 열리며 집무실의 모습이 드러났다. 딱딱한 나무 책상에 철가면을 쓴 황태자가 정무를 보는 모습. 이제는 익숙해진 풍경이었다.

"마리인가?"

"네, 전하. 따뜻한 차를 내왔습니다."

"고맙군."

황태자는 철가면 밑으로 입꼬리를 옅게 들어 올렸다. 황태자가 가끔씩 보여 주는 옅은 미소였는데, 오늘따라 마리는 그의 미소에 피로가 담겨 있다고 느껴졌다. 자세히 살펴보니 미소뿐이 아니었다. 철가면 밑의 눈동자도 피로가 가득했다. 생각해 보니 최근에 자는 것을 거의 보지 못했다.

"······조금이라도 주무시는 것이 어떻습니까? 옥체가 상할까 염려되옵니다."

"괜찮다. 지금은 내 몸보다도 훨씬 중요한 일을 마주하고 있으니까."

그 말에 마리는 속으로 한숨을 삼켰다. 어떻게 저런 군주가 다 있을까 하는 생각이 들었다. 가끔 보면 황태자는 제국과 백성을 위해 자신을 학대하는 것처럼 보였다.

"그래도 네가 끓여 주는 차는 언제나 좋구나. 마음이 편안해지는 것 같아."

그는 오히려 그녀를 배려해 주었다.

"시간이 늦었는데 너야말로 들어가서 쉬도록 하여라. 피곤할 터이니."

"······!"

그 염려를 듣는 순간 마리는 가슴에서 알 수 없는 감정이 치밀어 올랐다.

'내가 황태자를 도와줄 방법은 없을까?'

그래, 그를 돕고 싶었다. 백성을 위해 자신을 돌보지 않고 고민하는 그를 도와 조금이라도 좋은 결과가 나오게 했으면 좋겠다. 비록 자신의 나라는 아니더라도, 불필요한 전란으로 사람들이 고통받지 않았으면 좋겠다.

그렇게 생각한 마리는 머릿속에서 고민했다.

'생각해 봐, 마리. 분명 무슨 해결책이 있을 거야.'

그 순간, 그녀의 머릿속에 간단한 해결책이 한 가지 떠올랐다.

'잠깐? 이러면 되는 것 아닌가?'

그런 그녀를 보며 황태자가 의아한 목소리로 물었다.

"마리? 무슨 할 말이 있느냐? 혹시 할 말이 있다면 편히 해도 좋다."

마리는 주저하다가 입을 열었다.

"전하, 혹시 미천한 것이 최근 일과 관련하여 말씀드려도 되겠습니까?"

"편하게 말해도 된다고 하지 않았느냐. 그리고."

황태자는 인상을 찌푸리며 꾸짖듯 말했다.

"넌 나의 것이다. 그러니 절대 미천하지 않아. 앞으로는 무슨 일이 있어도 미천하다느니, 그런 말 따위는 입 밖에도 내지 말도록."

그 말에 마리는 또 알 수 없는 감정이 들었다. 저 황태자는 확실히 자신을 아끼고 있었다. 어떤 의미로 아끼는 것인지는 모호하지만 말이다. 그래서 마리는 용기를 내어 입을 열었다.

"교국에 식량을 내어주는 것은 결코 불가능한 일이옵니까?"

"불가하다."

황태자는 곧바로 대답했다.

"우리는 교국의 속국이 아니야. 아무리 전쟁을 피하고 싶다 해도, 그런 협박에 고개를 숙일 수는 없어."

당연한 이야기였다. 교국에 고개를 숙일 바엔 어떤 피해를 입어도 전쟁을 하는 것이 나았다. 물론 마리도 당연히 그 사실을 알고 있었다. 그럼에도 황태자에게 그 이야기를 꺼낸 것은 다른 이유가 있어서였다.

"전하의 말대로 교국에 고개를 숙이는 것은 불가능합니다. 하지만 교국과 거래하는 것은 어떻습니까?"

"거래?"

그 말에 황태자의 눈동자가 이채를 띠었다.

"네, 식량을 내어주고 그에 합당한 대가를 지불받는 것입니다. 그러면 공평한 상호 교역이 되니 제국의 위신도 상하지 않고, 교국도 원하는 것을 얻게 되니 전쟁도 피할 수 있지 않을까 싶습니다."

황태자는 마리의 말에 감탄의 빛을 보였다.

"훌륭한 생각이다. 마리, 네가 한 생각인가?"

마리는 그 말에 아차 싶었다. 허드렛일을 하던 평범한 시녀가 떠올리기에는 너무 깊은 식견이었다.

'됐어. 어차피 지금 중요한 건 그런 게 아니니까. 내 정체야 레이첼 영애의 도움으로 황궁을 떠날 때까지만 안 들키면 돼.'

지금은 자신의 정체를 숨기는 것보다 황태자를 도와 문제를 해결하는 데 보탬이 되고 싶었다.

라엘은 부드러운 차향을 맡으며 칭찬하듯 말했다.

"사실 나도 너와 같은 생각을 했었다. 정당한 대가를 지불받고 식량을 팔면 서로가 이득인 거래가 될 테니까."

"그러면…….."

"하지만 이 거래는 애초에 불가능하다."

단언하는 듯한 목소리. 의아한 표정을 짓는 마리에게 황태자가 짧게 말했다.

"저들이 이교도이기 때문이다."

마리는 황태자가 무슨 말을 하려는 것인지 단번에 깨달았다.

"그 말씀은…….."

"그래, 우리 제국을 비롯한 서방의 국가들은 원칙적으로 이교도들과 금, 은 등의 금품을 거래하는 것이 금지되어 있지. 물론 민간의 거래까지 막고 있지는 않지만, 국가 단위의 교역은 안 돼."

"아…….."

마리는 자신이 조금 더 깊게 생각하지 않았음을 반성했다.

'하긴 저 명민한 황태자가 이런 간단한 생각을 안 했을 리가 없겠지.'

원칙적으로 서방 국가들은 동방 교국과 금품을 사용한 교역이 금지되어 있다. 물론 여러 허술한 점이 많은 원칙이라 잘 지켜지지는 않으나, 금번의 일처럼 대규모 거래는 당연히 금지된다.

"혹시 금품을 제외한 다른 물품으로 대가를 지불받으면 안 되는지요?"

"가능은 하다. 하지만 금전적 가치가 있는 후추나 향신료, 염료, 보석 같은 것들은 모두 원칙적으로는 금지된 품목이다."

그러며 황태자는 고개를 저었다.

"저 품목을 제외한 물품이면 어떻게든 거래가 가능하긴 하지만, 저 품목이 아니면 사실 아무런 가치가 없지."

마리는 고개를 끄덕였다. 황태자의 말이 모두 옳았다. 금지되지 않은 품목이면 어떻게든 거래를 해볼 수야 있겠지만, 저 품목을 제외하고 무엇을 거래의 대가로 받는단 말인가?

"죄송합니다. 쓸데없는 말로 전하의 귀만 어지럽혔습니다."

"아니다. 마리, 네가 말한 이야기는 나도 고려했던 것이니까. 다음에도 좋은 생각이 있다면 말해주도록."

그렇게 마리는 황태자의 집무실을 나왔고, 답답한 마음에 한숨을 내쉬었다.

"하아. 무슨 방법이 없을까?"

마리는 숙소로 돌아가지 않고 집무실 밖에서 계속 고민했다. 전쟁이 일어나 수많은 사람이 피를 흘릴지도 모르는 일이다. 어떻게든 황태자를 도와 이번 일을 잘 해결하고 싶었다.

'이교도와의 거래가 금지된 품목 말고 대가로 받을 만한 물건은 없을까? 만약 그런 게 있다면 그 물건을 대가로 받고 식량을 파는 것으로 처리하면 제국의 위신도 상하지 않고, 서로가 이득인 거래가 될 텐데. 생각해 봐, 마리!'

마리는 과거 클로얀 왕성에서 유폐되어 지낼 때 읽었던 수많은 책을 떠올렸다. 당시 클로얀 왕성에서 지낼 때 그녀는 책을 읽는 것 외에는 할 수 있는 게 아무것도 없어서, 정말 많은 책을 읽었었고, 덕분에 나름대로 깊은 식견을 가질 수 있게 되었다. 그녀가 시녀로 지내면서도 지금껏 간간이 뛰어난 판단력이나 식견을 보인 것은 모두 그때의 독서

덕분이었다.

'하지만 아무리 생각해 봐도 없어. 거래할 만한 품목이.'

애초에 금지된 품목 자체가 어떤 품목을 특정했다기보다는 이교도와의 교역을 금지하기 위해 거래할 만한 품목을 모조리 지정한 것이기 때문에 그것들을 제외하고 나니 대가로 받을 만한 것이 없었다. 민간 상인들이야 금지된 품목도 눈치를 보며 거래하지만, 제국같이 거대한 국가의 경우에는 불가능했다.

'어떻게 하지? 정말 방법이 없을까?'

그녀는 입술을 깨물었다.

그렇게 밤이 깊어 갔다.

마리는 숙소에 돌아가서도 고민을 거듭하다 늦은 새벽이 되어서야 잠이 들었다. 밤새 깊은 고민을 하다가 잠이 든 탓일까? 그녀는 오래 간만에 꿈을 꾸었다.

마리는 꿈속에서 눈을 크게 떴다. 마치 현실처럼 선명한 감각, 뚜렷한 시야. 자신에게 능력을 주는 그 신비한 자각몽이 분명했다.

'혹시 이번 교국의 일과 관련한 꿈을?'

마리는 침을 꿀꺽 삼켰다. 이 자각몽을 꾸기만 하면 꼭 관련된 사건 사고가 발생해 싫었는데, 이번에는 이야기가 달랐다. 어쩌면 이 자각몽이 금번 난관을 해결할 열쇠가 되어줄지도 몰랐기 때문이다. 그녀는 온 정신을 집중해 꿈속의 내용을 바라보았다. 그런데…… 꿈속의 내용이 무언가 이상했다.

「오늘은 또 무얼로 끼니를 때우지?」

「황태자 전하께서 내려 준 배급도 거의 다 떨어졌어요.」

제국어였다. 신기하게 이번 꿈은 다른 곳이 아닌, 제국을 배경으로 하는 꿈인 것이다. 억양을 보니 제국에서 가장 못 사는 서남부 지방의 사람들 같았다. 꿈속 사람들은 남루한 옷을 입고 길게 한숨을 내쉬었다.

「다른 지역은 다 풍년이라는데, 우리 지방은 또 흉년이구려.」
「이번에도 또 기온이 너무 뜨겁고, 비가 너무 많이 내렸어요. 문제는 매년 이게 반복되니…….」
「땅도 기름지지 않고, 척박하니…….」
사람들은 절망이 가득한 목소리로 말했다.
「이번 해에는 또 무엇을 먹고 살아야 할지…….」

마리는 깜짝 놀라 꿈에서 깨어났다.
"이건 또 무슨 꿈이지?"
이번에도 무슨 의미의 꿈인지 모르겠다.
"농민이 되는 꿈이라니? 그것도 제국 서남부 지역의?"
그녀는 고개를 갸웃했다. 꿈속 남루한 인물들은 분명 서남부 지역의 제국 농민이었다.
'다른 지역과 다르게 서남부 지역은 매해 흉년이라고 그랬지. 꿈속의 내용처럼.'
비옥한 땅으로 풍년일 때가 많은 다른 지역과 다르게 바다와 인접한 서남부 지역은 아열대 기후에 가까웠고, 강수량이 많으며, 심지어 땅도 비옥하지 않아 밀을 심어도 수확량이 형편없을 때가 많았다.
'서남부 지방은 황태자가 직접 관리하는 황실 직할지이긴 하지만…….'
마리는 서남부 지방에 대해 아는 바를 떠올렸다. 황실 직할지이지만, 실제로 황실에 도움이 되는 직할지는 아니었다. 오히려 내전이 끝난 후 주인이 비게 되었는데, 아무도 그 땅을 받으려 하지 않아 황태자가 황실 직할지로 거둔 것이다. 매번 흉년만 거듭되니, 세금이 걷히기보다는 구휼로 빠져나가는 금액이 훨씬 많았다.

'그런데 왜 이런 꿈을 꾼 거지? 특별히 능력이 주어진 것도 아닌데?'

마리는 고개를 갸웃하며 고민했다. 늘 그렇듯 이번에도 의미 없는 꿈은 아닐 것이다. 이번 사절단의 일과 연관이 있는 꿈일 가능성이 높았다.

'꼭 생각해 내자. 꿈속에 분명 단서가 있을 거야.'

마리는 그렇게 생각하며 하루를 시작했다. 침대에서 일어나 옷을 갈아입고, 사자궁에서 일을 하고, 레이첼의 별궁으로 가 시중을 들면서도 생각을 멈추지 않았다. 어떻게든 단서를 찾아 황태자를 도와주고 싶었다. 그래서 불필요한 피가 흐르는 것을 막고 싶었다.

하지만 그런 그녀의 노력이 무색하게 특별히 짚이는 바가 없었다. 왜 그런 꿈을 꾼 것인지, 아니, 실제로 의미가 있는 꿈이기나 한 건지 의문이 들었다.

'혹시 이거 아무런 의미 없는 개꿈인가?'

마리는 얼떨떨하게 생각했다. 아무리 생각해도 교국 사절단의 일과 서남부 농민의 삶이 연관 있을 것 같지 않았다.

'도대체 뭐지?'

그녀는 자신도 모르게 한숨을 내쉬었고, 곁에 있던 레이첼이 의아한 목소리로 물었다.

"마리, 왜 한숨이야? 무슨 생각해?"

"아…… 그냥 이번 사절단의 일로 걱정이 되어서 그랬습니다."

마리의 말에 레이첼은 고개를 끄덕였다.

"그러게. 이번 일이 빨리 끝나야 할 텐데. 간택 일정도 다 취소되고, 뭐 하고 있는 것인지 모르겠네."

갑작스러운 비상사태에 레이첼도, 아리엘도 일체의 활동을 중단하고 별궁에 칩거하고 있다. 그런 상황이 불만스러운지, 레이첼은 입술을 살짝 내밀었다.

'내 진짜 목표를 위해선 반드시 황태자비가 되어야 하는데.'

레이첼은 자신의 '진정한 목표'를 떠올렸다. 그 목표를 위해선 황태자비가 되어야 하는데, 난데없이 황궁에 이런 문제가 생기다니. 그러다 그녀는 매번 문제가 생길 때마다 마술사처럼 해결해 낸 마리의 능력을 떠올리고 물었다.

"마리, 혹시 이번 문제를 잘 해결할 방법은 없어? 너라면 뭐라도 좋은 생각이 있을 것 같은데."

"모르겠습니다. 워낙 어려운 문제라."

"그렇지? 그래도 아쉽다. 좋은 방법이 있으면, 황태자 전하께 말씀드려 큰 점수를 딸 수 있을 텐데."

점수를 얻는 정도가 아니었다. 이 비상 상태를 슬기롭게 해결할 만한 방법을 레이첼이 말해주면, 황태자는 그 답례로 그녀를 황태자비로 책봉할지도 몰랐다. 이번 일은 그 정도로 제국에 큰 문제였다.

"케이크나 먹자. 너도 조금 먹을래, 마리?"

"아, 괜찮습니다."

"그래? 이번 케이크는 벌꿀이 아니라 설탕을 넣은 거라 맛이 굉장히 좋은데."

마리는 레이첼의 말에 놀란 표정을 지었다. 설탕은 유럽에서 거의 재배되지 않고, 대부분 동방에서 들여오기 때문에 굉장히 귀한 기호 식품이다. 워낙 값이 비싸 돈 많은 귀족 아니면 구경하기도 힘들었고, 따라서 대부분의 사람은 단맛을 내기 위해 설탕이 아닌 벌꿀을 사용했다.

'식량을 주는 대가로 저 설탕을 받아도 좋을 텐데.'

설탕은 거의 같은 무게의 금값에 육박할 정도의 고가였다. 지원해 주는 식량 이상의 가치를 충분히 지닌다.

'하지만 설탕도 마찬가지로 교역 금지 품목이야. 민간 상인이라면 모를까, 제국은 교역할 수 없어.'

그때, 케이크를 먹던 레이첼이 지나가듯 중얼거렸다.

"설탕은 맛있는데, 왜 이렇게 비쌀까? 우리 제국도 설탕을 재배할 수 있으면 좋을 텐데."

마리는 화들짝 놀라 레이첼을 바라보았다.

'잠깐! 지금 뭐라고?'

마리는 떨리는 목소리로 물었다.

"레이첼 영애, 방금 뭐라고 하셨습니까?"

"응? 우리 제국도 설탕을 재배하면 좋겠다고. 그러면 조금 더 쉽게 구할 수 있을 것 아니야."

그러며 레이첼은 고개를 갸웃했다.

"그런데 어차피 설탕은 동방에서밖에 안 나는 것 아니었어? 왜 그렇게 봐, 마리?"

하지만 마리는 레이첼의 말에 답할 정신이 없었다. 한 가지 엄청난 사실을 떠올렸던 것이다.

'내가 왜 이걸 떠올리지 못했지? 식량을 주는 대가로 꼭 완성된 물품을 받을 필요는 없잖아.'

그녀의 눈동자가 파르르 떨렸다.

'사탕수수의 종자를 받으면 돼! 그래서 그 종자로 제국에서 설탕을 생산해 내는 거야!'

마리는 침을 꿀꺽 삼켰다. 어마어마한 생각이었다. 제국에서 설탕을 생산해 낸다! 식량 지원의 대가로 충분했다. 아니, 충분한 정도가 아니라 이건 황금알을 낳는 거위였다.

'물론 유럽은 기후 조건이 사탕수수를 재배하기에 적합하지 않지만, 제국에는 마침 조건에 맞는 곳이 있어.'

마리는 사탕수수의 재배 조건을 떠올렸다. 연중 기온이 내내 뜨겁고, 강수량이 많아야 한다. 대부분의 유럽은 이 조건을 충족시키지 못하지만, 제국에는 가능한 곳이 있었다. 늘 흉작을 거듭하는, 꿈속에서 본 서남부 지역이었다!

'서남부 지역은 밀농사에는 적합하지 않은 기후이지만, 사탕수수 재배에는 오히려 나아.'

그러며 그녀는 생각했다.

'지금 설탕 무역은 베네치아 상인이 독점하고 있어. 그런데 제국이 자체적으로 설탕을 생산하여 유럽에 유통한다면?'

거기에서 창출되는 부는 어마어마하리라. 얼마나 많은 부를 얻을 수 있을지 짐작도 되지 않았다.

'지금 당장 황태자에게 가서 이 사실을 알려 주자.'

황태자도 크게 기뻐할 것이 분명했다. 그야말로 위기를 기회로 바꾸는 방법이었기 때문이다.

'이 이야기를 들으면 황태자 전하도 오늘은 잠을 잘 수 있겠지.'

왜일까? 문득 마리는 그가 편안히 쉬는 모습을 보고 싶다는 생각이 들었다. 최근 너무 무리하는 모습만 봐서 이런 생각이 드는 것 같았다.

'사자궁으로 가자.'

그런데 마리가 그렇게 생각하는 순간, 가만히 마리의 얼굴을 보고 있던 레이첼이 불쑥 말했다.

"마리. 너 무언가 방법을 생각해 냈구나?"

"……!"

마리는 흠칫 놀라 레이첼을 바라보았다. 레이첼은 마리가 무언가 방법을 찾아냈다는 것에 기쁜 얼굴을 했다.

"나에게 네가 생각해 낸 것을 이야기해 줘. 황태자 전하께 고하는 것은 지난번처럼 내가 할게."

레이첼은 부드럽게 미소 지으며 말했다.

"어차피 내가 잘되는 것이 너한테도 좋은 거잖아?"

그날 레이첼은 황태자에게 알현을 요청했다. 황태자는 사절단의 일로 두 후보에게 소홀하다는 주변의 의견을 듣고, 아예 간단히 저녁을 같이하기로 했다. 다만 소홀했던 것은 레이첼뿐 아니라, 아리엘 공녀에게도 마찬가지였으므로 아리엘과도 같이 식사하게 되었다.

"공녀 저하를 뵙습니다."

마리를 대동하고 식사 장소에 도착한 레이첼은 아리엘을 보고 공손히 고개를 숙였다. 최근 연이은 레이첼의 두각으로 초조함에 휩싸여 있는 아리엘은 코웃음을 치며 인사를 제대로 받지도 않았다. 널따란 식사 테이블에 앉은 아리엘은 레이첼의 뒤편에 서서 식사 시중을 들 준비를 하는 마리를 보며 인상을 찌푸렸다.

'전하와의 식사 자리에 저런 천한 신분의 시녀를 데려오다니.'

같은 표정이었다. 레이첼은 그런 아리엘의 표정에 웃음을 지었다. 평소라면 넌지시 트집을 잡았겠지만, 이번엔 그럴 생각이 들지 않았다. 곧 있을 황태자와의 대화가 너무나 기대되었던 탓이다.

'아리엘 공녀도 같이 식사하게 되어 좋네.'

레이첼은 속으로 가만히 생각했다.

'오늘로써 이 경쟁도 끝이니까. 황태자비로 간택되는 이는 바로 나야.'

그녀는 마리가 아까 해주었던 이야기를 떠올렸다. 식량을 지원해 주는 대신, 사탕수수의 종자를 얻어 내 설탕을 자체 생산한다! 정말 어마어마한 생각이었다. 단순히 환란의 위기에서 벗어나는 것뿐 아니라,

차후 제국에 어마어마한 부를 안겨 줄 방법.

'이 방법을 떠올린 것은 정말 대단한 공이야. 상벌이 명확한 황태자 전하가 그냥 넘어갈 리가 없어. 분명 큰 상을 내려 줄 거야.'

그리고 황태자비 후보인 그녀에게 내려 줄 상은 단 하나였다. 바로 황태자비로 책봉하는 것.

'그러니 이 지긋지긋한 간택도 오늘로서 끝이야.'

레이첼은 자신이 황태자에게 의견을 말할 때 아리엘이 어떤 표정을 지을지 기대가 되었다. 상상하는 것만으로도 기분이 좋았다. 그러다 레이첼은 문득 자신이 마리의 공을 낚아채는 것은 아닌가, 하는 생각이 들었다. 하지만 곧 고개를 저었다.

'내가 잘되어 황태자비가 되는 것이 마리에게도 좋은 일이니까.'

레이첼은 이런 생각도 하였다.

'그나저나 마리의 능력은 정말 대단하단 말이야. 황태자비가 되고 난 후에도 놔주지 않고 계속 옆에 둘까?'

마리의 능력은 정말로 대단했다. 옆에서 지켜보면 지켜볼수록 감탄이 끊이지 않았다. 레이첼은 황태자비가 되고 난 뒤에도 마리를 자신의 그림자로 삼아 계속 그 능력을 사용하고 싶은 욕심이 들었다.

'아니야. 그러다가 지금껏 내가 했다고 소문난 일들이 사실 마리가 한 것이라고 밝혀지면 곤란해.'

레이첼의 예쁜 눈동자가 낮게 가라앉았다. 아무도 안 보는 사이, 찰나간에 일어난 변화였다.

'간택이 끝나면 입을 막기 위해 황궁 밖으로 내보내야 해. 가급적 멀리. 제국 밖으로.'

마리도 이 제국을 떠나길 바라고 있어서 다행이었다. 만약 마리가 계속 제국에 남아 있기를 원했다면, 상황이 곤란해졌을 것이다. 어쨌든 그건 나중의 일이었다. 레이첼은 평소와 같이 부드러운 목소리로 말했다.

"마리, 내 손수건을 좀 줄래?"

"네, 레이첼 님. 여기 있습니다."

"응, 고마워."

레이첼이 손수건을 받아 펼치는 순간이었다. 서늘한 목소리가 그들에게 들렸다.

"내가 늦었군. 많이 기다렸느냐?"

황태자 라엘이었다. 모두가 자리에서 일어나 예를 표했다.

"제국의 황태자 전하를 뵙습니다."

"앉지. 시간이 많이 없으니 바로 음식을 내오너라."

황태자는 대기 중이던 시종에게 일렀다. 시종은 고개를 숙인 후, 곧바로 준비해 놓았던 음식을 내오기 시작했다. 시국이 시국인 만큼 만찬을 하기로 한 것은 아니어서, 간단한 요리 위주로 나왔다.

"국정으로 다망한 와중에 이렇게 시간을 내주셔서 감사합니다, 전하."

레이첼이 먼저 공손하게 입을 열었다. 황태자는 고개를 젓더니 단도직입적으로 말했다.

"그래. 나에게 하고자 하는 이야기가 뭐지, 이스트반 영애?"

철가면 아래로 시리도록 차가운 눈동자가 레이첼을 응시했다. 저 철가면을 마주하는 모든 다른 이와 마찬가지로 레이첼은 서늘한 한기를 느꼈으나, 당당한 태도로 입을 열었다. 그녀가 지금부터 말할, 마리가 알려 준 방법은 저 황태자조차 크게 감탄하게 만들 방법임이 틀림없었으니까.

"교국의 무례한 요구와 관련하여 한 가지 생각을 떠올려 감히 이렇게 전하를 뵙고자 청했습니다."

그 말에 황태자는 눈에 이채를 띠었다.

"그래?"

"네, 전하."

그런데 레이첼은 무언가 이상하다는 생각이 들었다. 자신이 방법을 떠올렸다는데, 황태자는 눈에 이채를 띠며 자신이 아닌, 뒤에 시립해 있는 마리를 바라본 것이다.

"말해봐라."

레이첼은 고개를 갸웃한 후 입을 열었다.

"제가 생각한 방법은……."

그녀는 마리가 자신에게 일러 준 이야기를 그대로 읊었다. 이야기가 깊어질수록 옆에서 듣고 있던 아리엘 공녀의 얼굴이 경악으로 물들었다. 정치, 외교에 식견이 깊지 않은 아리엘이지만, 지금 레이첼이 하고 있는 말이 어떤 의미를 가진 이야기인지 깨달았던 것이다. 아리엘로서는 상상도 못 한, 제국의 곤란을 극복하며 동시에 어마어마한 이득을 가져다줄 방법.

황태자의 눈에도 놀람이 깃들었다. 그 놀람을 보며 레이첼은 속으로 회심의 미소를 지었다. 분명 자신이 한 이야기에 황태자도 감탄하고 있는 것이 분명했다.

"……이상입니다."

그녀가 이야기를 끝마치자, 장내가 고요해졌다. 레이첼이 어마어마한 공을 세웠음을 직감한 아리엘은 창백하게 얼굴이 질린 채 입을 다물었다. 황태자는 아무런 말 없이 가만히 있었다. 철가면에 가려 무슨 생각을 하는지 전혀 짐작할 수가 없었다.

'분명 감탄하고 있겠지.'

레이첼은 속으로 그렇게 확신했다. 얼마간의 시간이 흐른 후, 황태자가 드디어 입을 열었다.

"훌륭한 생각이다."

레이첼의 얼굴이 환해졌다. 그녀는 웃음이 나오려는 것을 참으며 겸손히 고개를 숙였다.

"과찬이십……."

그런데 그녀가 말을 끝맺기도 전, 황태자가 다음 말을 이었다.

"그런데 그 이야기는 누구한테 들은 이야기지?"

"……!"

레이첼의 눈동자가 희미하게 떨렸다. 이게 갑자기 무슨 물음이란 말인가?

"그야 당연히 제가……."

그렇게 말하던 그녀는 자신도 모르게 입을 다물었다. 황태자가 가만히 자신의 눈동자를 바라보고 있었던 것이다. 그의 눈동자는 아무런 감정도 깃들지 않은 듯 차가웠지만, 오히려 그래서 더욱 긴장이 되었다.

"이스트반 영애, 그대가 생각한 거라고?"

"……네, 전하."

레이첼은 침을 꿀꺽 삼키며 말했다.

'긴장하지 마, 레이첼. 마리가 떠올린 생각인 것을 아는 사람은 나밖에 없어.'

그 사실을 떠올리자, 레이첼의 마음이 조금 안정되었다. 그녀는 의연한 목소리로 말했다.

"부족함이 많아 부끄럽지만 제가 떠올린 생각입니다, 전하."

"그런가?"

황태자는 나직이 고개를 끄덕였다.

한편 뒤에서 가만히 그 모습을 지켜보고 있던 마리는 불안한 느낌이 들었다. 왠지 황태자가 모든 걸 꿰뚫어 보고 있는 느낌이었다.

"그대가 떠올린 생각이면 이것에 대한 해결책도 생각하고 있겠군. 식량 지원에 대한 주변국의 반발은 어떻게 대처할 거지?"

"……네?"

레이첼은 자신도 모르게 멍하니 반문했다. 이게 무슨 물음이지? 대답은커녕 황태자가 묻는 질문의 요지도 잘 파악이 되지 않았다.

"그…… 설탕과 다르게 사탕수수 종자는 이교도와 거래 금지 품목이 아니니……."

"영애. 난 종자가 아니라, 식량을 지원하는 문제를 묻는 것이야."

황태자는 낮은 목소리로 말했다.

"아무리 인도적인 이유가 있다지만, 이교도들에게 대규모의 식량을 내주면 다른 서방 국가들이 비난할 것은 당연한 일. 이 문제를 어떻게 해결할 것이냐, 묻는 것이다."

레이첼의 얼굴이 하얘졌다. 그런 문제는 생각해 본 적 없었다.

"그…… 그……."

뒤를 돌아 마리에게 물어보고 싶었지만, 가능할 리가 없었다. 한편 뒤에 서 있던 마리의 얼굴도 하얗게 질린 것은 마찬가지였다. 물론 그녀는 황태자가 이야기한 물음에 대한 답을 알고 있었다. 서방과 동방 교국과의 교역이 어떻게 이루어지고 있는지 원리만 알고 있으면 답할 수 있는 내용이었으니까. 하지만 자신이 알고 있는 답을 레이첼에게 알려 줄 수가 없으니 문제였다.

'어떻게 하지?'

황태자의 눈이 점점 더 차가워졌다.

그 순간이었다. 마리가 전전긍긍하고 있을 때, 황태자의 눈이 마리와 정확히 마주쳤다.

"……!"

마리의 눈동자가 파르르 흔들렸다. 황태자의 눈동자는 이렇게 이야기하고 있었다.

─마리, 네가 떠올린 생각이지?

어떻게 알고 있는 건지 알 수 없었지만, 황태자는 모든 것을 알고 있는 것이 분명했다!

'그뿐이 아니야. 저런 질문을 한다는 것은…… 황태자도 나와 똑같은 해결책을 생각해 냈다는 뜻이야.'

황태자가 다시 레이첼을 바라보았다. 레이첼은 속으로 끙끙대며 황태자의 물음에 대한 답을 찾고 있었다.

"우리 제국의 힘은 강대하니, 타국의 반발 같은 것은 무시해도……."

"무시? 이교도와 공식적으로 거래하는 국가로 낙인찍혀 어떤 불이익을 받을지 모르는데, 무시?"

황태자는 고개를 저으며 말했다.

"그런 식견으로 어떻게 방금 말한 방법을 떠올린 것인지 모르겠군. 꿈속에서 계시라도 받은 건가?"

"……!"

레이첼의 얼굴이 수치심으로 빨갛게 물들었다. 황태자 라엘은 낮게 한숨을 내쉬었다.

"이스트반 영애."

"……네, 전하."

"내가 어떤 어린 시절을 보냈는지 알고 있나?"

갑작스러운 물음에 그 자리의 모두가 의아한 표정을 지었다. 황태자는 감정의 고저가 느껴지지 않는 목소리로 말을 이었다.

"죽이지 않으면 죽는 황궁의 암투를 겪으며 살았지. 당시 황궁의 모든 이는 가면을 쓰고 서로의 등 뒤에 칼을 꽂을 생각만 하면서 살았어. 내 어머니도, 누이도 모두 그렇게 죽었고."

"……."

"그런 과거를 보냈기에 내가 굉장히 싫어하는 것이 무엇인지 알고 있나?"

"……모르겠습니다."

황태자가 차갑게 말했다.

"날 기만하는 것이야."

"……!"

레이첼의 얼굴이 시체처럼 창백해졌다. 황태자가 무슨 뜻으로 이런 이야기를 하는지 깨달은 것이다. 황태자는 마리가 해낸 일을 레이첼 본인이 한 것처럼 속이려 한 것을 지적하고 있는 것이다.

"저, 저는…… 전하를 기만하려고 한 적이…….."

그녀는 떠듬떠듬 변명했으나 황태자의 얼굴은 더욱더 차가워졌다.

"그만. 더는 듣고 싶지 않군. 이번 일이 처음도 아니야. 명민한 영애이니 내가 어떤 일들을 말하고 있는 것인지 잘 알고 있겠지."

"…….."

레이첼의 얼굴이 창백해지다 못해 파리해졌다.

"더 식사할 분위기가 아니군. 그만 일어나도록."

그렇게 식사 자리가 파했다. 아리엘은 황태자가 레이첼에게 정확히 어떤 이유로 화난 것인지 몰라 얼떨떨한 얼굴이었고, 레이첼은 충격에 비틀비틀 걸음을 옮겼다. 그런데 그들이 식당에서 나가려는 순간, 황태자가 말했다.

"마리, 너는 나를 따라오도록."

"……!"

황태자가 마리를 데려간 곳은 사자궁의 테라스였다. 테이블 의자에 앉은 황태자는 맞은편 자리를 가리키며 말했다.

"앉지."

"제, 제가 어찌 감히 전하의 앞에…….."

마리는 당황해 거절했으나, 황태자는 고개를 저었다.

"괜찮으니 앉아. 아까 전부터 계속 서 있지 않았느냐?"

그가 거듭 권하자 마리는 어쩔 수 없이 조심스럽게 자리에 앉았다. 그녀가 앉자 대기 중이던 다른 시녀가 차를 내왔다.

"먼저 마시지."

"……감사합니다, 전하."

하지만 마리는 감히 황태자의 앞에 마주 앉아 차를 마실 생각은 못 하고, 가만히 그의 눈치를 살폈다.

'다행히…… 그렇게까지 분노하시진 않은 것 같구나.'

아까 전 분위기가 워낙 싸늘해서 잔뜩 겁먹고 있었는데, 지금은 그 정도까지는 아닌 것 같았다.

'화내실 만도 하지. 이유야 어쨌든 계속 황태자를 속이려고 한 것이니까.'

사실 레이첼이 마리의 능력을 빌리는 것은 잘못한 일이 아니었다. 밑의 사람을 적재적소에 사용하는 것도 능력인 법이니까. 다만 레이첼은 마리가 해낸 일을 마치 자신이 해낸 것처럼 황태자를 속이려고 했다. 그것도 한 번도 아니고 몇 번이나. 그건 명백한 잘못이라 할 수 있었다.

"레이첼이 시킨 것이냐?"

그 말에 마리는 곧바로 무릎을 꿇고 용서를 구했다. 어쨌든 그녀도 레이첼의 거짓에 일조한 셈이니까. 황태자에게 죄를 지은 것이었다.

"죄송합니다, 전하. 큰 죄를 지었습니다. 감당하지 못할 죄를 지었으니, 벌을 내려 주시옵소서."

의자에서 내려온 후 무릎을 꿇고 고개를 숙이는 그녀를 보며 황태자는 말했다.

"됐다. 이리니저리니 해도 그간 네가 많은 공을 세운 것은 맞으니까. 그 공으로 이번 잘못은 없던 일로 쳐주겠다. 하지만 마리."

"……네, 전하."

"네가 정확히 어떤 이유로 이스트반 영애를 도운 것인지는 모르겠다. 아마 너도 곤란한 사정이 있었겠지."

황태자는 천천히 말을 이었다.

"다만 난 너를 아끼니, 혹시나 너에게 곤란한 사정이 있다면, 다른 사람이 아니라 나한테 이야기해 주었으면 좋겠구나. 내가 모두 해결해 주겠다."

"……!"

마리의 눈동자가 흔들렸다. 저 딱딱한 어조의 목소리에서 자신을 향한 그의 마음이 느껴졌다.

─그래, 저 피의 황태자는 자신을 아낀다.

그리고 그 마음을 느낀 순간 마리는 그에게 진심으로 미안하다는 생각이 들었다. 그는 저렇게 자신을 아끼는데, 자신은 그에게서 벗어나려고만 하고 있었다. 물론 정체를 들켜 목숨을 잃지 않기 위해 어쩔 수 없는 일이었지만, 그냥 전부 다 미안하단 마음이 들었다.

"……죄송합니다, 전하. 정말로……."

황태자는 고개를 저었다.

"됐다. 끝난 이야기니 그만 이야기하지."

그는 다른 화제로 이야기를 돌렸다.

"그나저나 아까 레이첼 영애가 말한 의견은 네 생각이겠지?"

"……네, 전하."

마리는 부정하지 않고 고개를 끄덕였다. 황태자는 감탄의 빛을 보였다.

"대단하군. 훌륭해. 사실 나도 고민 끝에 비슷한 결론을 내렸었다. 다만 사탕수수의 종자를 들여온다는 생각은 못 했지. 서남부 지역에서 재배할 수 있다는 사실을 몰랐으니까."

"과찬이십니다."

역시 명민한 황태자답게 자신과 비슷한 방법을 고민하고 있었던 것 같았다. 마리는 다만 거기에 설탕을 생산한다는 생각을 추가로 한 것이고.

"아니야. 정말 훌륭한 방법이지. 설탕을 생산해 낼 수 있다면 어마어마한 부를 창출할 수 있으니까. 이번 위기가 역으로 엄청난 기회가 된 셈이야."

그런데 감탄의 목소리로 이야기하던 황태자가 돌연 이렇게 말하였다.

"하지만 이 방법에는 몇 가지 문제점이 있어. 너도 알고 있겠지?"

마리는 황태자의 눈동자를 바라보았다. 그의 눈동자에는 신뢰가 담겨 있어, '너라면 당연히 알고 있겠지?'라고 말하고 있는 듯했다. 결국, 마리는 주저하다가 고개를 끄덕였다.

"……네, 알고 있습니다."

"그래, 아까 이스트반 영애에게 물어본 다른 서방 국가들의 반발은 어떻게 무마할 거지?"

황태자의 물음은 답을 몰라서 하는 것이 아니었다. 오히려 그녀가 자신과 같은 생각을 하고 있는지 확인하고 싶은 듯한 느낌이었다. 마리는 짧게 답했다.

"중개상을 이용하면 됩니다."

그 답에 황태자는 입꼬리를 들어 올렸다. 마리의 생각이 자신과 일치했던 것이다.

"정확히 설명해 보겠나?"

"우리 제국이 공식적으로 이교도에게 식량을 파는 것은 곤란합니다. 거래 금지 품목은 아니지만, 누가 봐도 대규모 교역이니까요."

마리는 천천히 말을 이었다.

"하지만 제삼의 중개상이 끼면 이야기가 다릅니다. 우리 제국은 중개상에게 식량을 팔고, '공식적으로는' 손을 떼는 것입니다. 그러면 미리 이야기해 둔 대로 교국이 그 중개상에게 수수료를 주고 식량을 다시 사면 됩니다. 그러면 우리 제국은 공식적으로 교국에 식량을 판 적이 없는 것이 되기 때문에 문제를 제기할 수가 없습니다."

"그래, 네 말이 정확하다. 우리 서방 국가들이 교국과 거래할 일이 있을 때 흔하게 사용하는 방법이지."

황태자는 마리의 대답이 흡족하다는 듯 고개를 끄덕였다.

"하지만 이것 말고도 문제가 여럿 있지. 만약 교국이 사탕수수 종자의 반출을 거부하면 어떻게 하지?"

"그렇지는 않을 것입니다. 지금껏 교국은 커피의 경우는 종자의 반출을 엄격히 제한하고 있지만, 사탕수수 종자의 반출은 그렇게까지 엄격히 관리하지는 않아 왔으니까요."

그러며 마리는 말했다.

"그리고 만약 거부한다면, 그때는 우리 제국도 강하게 나가면 됩니다. 어차피 지금 아쉬운 측은 교국이니까요."

그 대답에 황태자는 다시금 입꼬리를 들어 올렸다. 마리의 생각이 다시금 자신과 일치했기 때문이다.

'대단해. 어떻게 이런 식견을 가지고 있지?'

황태자는 속으로 감탄했다. 고작 시녀에 불과한 소녀일 뿐인데, 정말 대단한 식견이었다. 머리 빈 일부 대신들보다도 훨씬 나았다. 하지만 라엘은 감탄을 숨기며 짐짓 매섭게 물어봤다. 저 소녀의 생각이 어디까지 자신과 일치할지 궁금했던 것이다.

"만약 강하게 나갔다가? 그러다 저들 이교도인들이 정말로 전쟁을 일으키기라도 하면?"

그 물음에 대한 마리의 대답은 뜻밖이었다.

"만약 그렇게 되면, 전쟁을 하면 됩니다."

"……!"

"우리 제국이 저들에게 어디까지나 양보해 줄 수는 없는 노릇입니다. 이만해도 충분히 양보해 준 것이니까요. 그럼에도 불구하고 저들이 제국을 핍박하려 든다면, 그때는 우리도 가만히 있으면 안 된다고 생각합니다."

그러며 마리는 말했다.

"무엇보다 우리 제국은 약하지 않습니다. 그저 필요 없는 피해가 우려되어 전쟁을 피하려 한 것일 뿐, 실제로 싸우게 된다면 충분히 이길 수 있습니다."

그 대답을 듣자 황태자는 왜인지 모르게 웃음이 나올 것만 같았다. 유쾌했다.

'즐겁군. 저 소녀와 이런 대화를 나누는 것이.'

뜻이 통해서일까. 그런 마음이 들었다. 황태자는 마지막으로 물었다.

"만약 전쟁을 하게 되면 또 다른 적국인 서제국은 어떻게 할 것이지?"

어려운 물음이다. 서제국의 요하네프 3세는 충분히 하이에나처럼 등 뒤를 노릴 수 있으니까. 하지만 마리는 그것도 거침없이 답했다.

"교국에 대항하는 십자군을 모집하는 서신을 보내면 됩니다."

"⋯⋯!"

"십자군을 모집하는 순간, 우리 제국과 교국의 싸움은 단순한 국가 간의 분쟁이 아닌, 성전(聖戰)이 됩니다. 아무리 서제국이 적국이라도 성전을 벌이는 우리의 뒤를 공격할 수는 없을 것입니다."

마리가 말을 끝맺는 순간이었다. 생각지도 못 한 일이 일어나 마리는 눈을 크게 떴다. 황태자가 낮게 웃음을 터뜨렸던 것이다.

'저 피의 황태자가 웃음을?'

더군다나 유쾌한 듯한 웃음소리였다. 지금껏 지내며 황태자가 저런 웃음소리를 내는 것은 한 번도 본 적이 없었던 마리는 놀란 표정을 지었다. 곧 웃음을 멈춘 황태자는 마리에게 말했다.

"마리. 네 말은 잘 들었다. 하나도 거를 것 없는, 모두 훌륭한 의견이었다."

"과찬이십니다."

"너는 어떻게 이런 생각을 할 수 있었던 것이지?"

황태자는 진정 궁금하여 물었다. 라엘, 그도 사실 다방면의 분야에 걸친 천재였다. 검이면 검, 음악이면 음악, 그 밖의 미술, 군사 전략, 정치할 것 없이 손만 대면 천재적인 능력을 발휘했다. 오죽하면 역사에 남은 규격 외의 천재, 성인(聖人) 힐데가르트의 재림이라는 이야기를 들었을까. 어린 시절 그런 천재성 때문에 형제들에게 숱한 죽음의 위기를 넘기기도 한 라엘이었다.

하지만 저 소녀는 그런 그조차도 뛰어넘는 것 같았다.

'저 소녀야말로 역사적 천재 성인 힐데가르트가 다시 태어난 것 같지 않은가?'

참고로 힐데가르트는 독일 빙엔(Bingen) 지방의 성녀(聖女)로 예술, 언어학, 의학, 예언, 자연과학, 철학, 약초학, 작곡 등의 분야에 걸쳐 어마어마한 업적을 쌓은 인물이었다. 한 인물이 해낸 일이라고는 도저히 믿기지 않을 정도로 다방면의 분야에서 독보적인 업적을 남겼는데, 그녀는 역사에 분명히 실존하는 인물이었다.

'……뭐라고 하지?'

어쨌든 마리는 황태자가 경탄하여 자신을 바라보자 곤란했다. 그에게 더 주목받고 싶지 않았지만, 이미 늦어도 한참 늦어버린 것 같았다. 이제 와서 눈에 안 띄려고 해봤자, 그게 도리어 이상하게 보일 것이다. 그녀는 어쩔 수 없이 솔직히 대답했다.

"책에서 읽었습니다."

"책에서?"

"네, 전하."

마리는 고개를 숙이며 말했다.

"클로얀 왕성에서 시녀로 일할 당시, 도서관에서 책을 자유로이 접할 수 있었습니다. 덕분에 그 당시 많은 책을 읽을 수 있었습니다."

그녀의 말은 거짓이 아니었다. 왕성에서 유폐되어 지낼 때 할 수 있었던 것이 책을 읽는 것밖에 없어서 하루 종일 책만 읽으며 지냈었다. 덕분에 굉장한 양의 독서를 할 수 있었고, 그녀가 다른 일에는 모두 서툴렀지만, 식견만은 뛰어났던 것은 그 덕분이었다. 황태자는 그녀의 답에 가만히 고개를 끄덕였다.

"독서라. 그렇군."

다행히 보통 왕국의 왕성은 도서관을 시녀들에게도 개방했었으니, 특별히 의문점을 가지지 않은 듯했다.

"어쨌든 마리, 네 의견은 모두 잘 들었다. 훌륭한 방법이라 생각한다."

"감사합니다."

그는 자리에서 일어나 진중한 목소리로 말했다.

"나는 교국의 사절단에게 네가 이야기한 방법을 제안할 것이다. 그래서 만약 협상이 잘 풀리게 된다면, 그때는 너에게 상을 내리도록 하마."

마리는 황태자가 예상치 않게 상을 내린다고 하자 살짝 당황했다.

"상 말씀이십니까?"

"그래, 이번 일이 잘 해결된다면 너는 제국에 큰 공을 세우게 되는 것이니, 당연히 상을 내려야지. 혹시 따로 바라는 상이 있느냐?"

마리는 순간 생각지도 않은 기회가 찾아왔음을 직감했다.

'이 부탁을 해도 될까?'

그녀가 간절히 바라는 것은 바로 전쟁 포로의 신분을 벗어 자유인이 되는 것이다. 자유인이 되면 원하는 대로 시녀를 그만둘 수 있다. 즉, 황궁을 떠나 정체를 들킬 위협에서 벗어날 수 있는 것이다. 하지만 그녀는 망설여졌다. 바로 한 가지 이유 때문이었다.

"마리, 너는 나, 라엘의 것이다."

그가 과거 자신에게 했던 이야기. 어째서인지 모르지만 저 황태자는 자신을 아낌과 동시에 소유욕 비슷한 것을 가지고 있다. 그런데 그런 그가 자신을 그냥 놓아줄까? 고민되었으나 마리는 일단 말하였다.

"……자유인의 신분이 되고 싶습니다."

"자유인?"

"……네, 전하."

마리는 조마조마하게 그의 눈치를 살폈다. 그런데 그의 반응이 의외였다. 일말의 고민도 없이 시원하게 답한 것이다.

"대단할 것도 없는 부탁이군."

"……!"

마리는 그가 진심인가 눈을 크게 떴다. 하지만 황태자는 오히려 이렇게 말했다.

"자유인이라. 알겠다. 하지만 고작 그 정도로는 네 공에 대해 충분한 보상을 했다 할 수 없으니, 그 이상의 상을 내려 주지."

마리는 믿을 수 없다는 표정을 지었다. 이렇게나 쉽게 자유인이 되는 것을 허락하다니? 황태자는 마리를 바라보며 말했다.

"네가 어떤 것을 원하는지 알았으니, 네가 바라는 것 이상의 상을 주도록 하마."

그렇게 마리와 황태자와의 면담이 끝났고, 황태자는 곧바로 교국인들과 교섭을 시작했다. 결과는 대성공이었다. 마리와 황태자가 의도했던 대로 교국인들은 제안을 받아들였고, 식량을 내주는 대신 제국은 사탕수수의 종자를 가져와 설탕을 생산하기로 결정하였다.

"대단하십니다, 전하!"

"설탕이라니! 제국에 어마어마한 부를 가져와 줄 것입니다!"

사람들은 모두 황태자의 현명한 처사를 칭송했다. 하지만 황태자는 가만히 고개를 저으며 말했다.

"난 그저 조언을 받아들였을 뿐, 내가 생각해 낸 방법이 아니다."

"그러면 누가 이런 묘책을?"

"시녀 마리다."

"……네?"

사람들은 황당한 표정을 지었다. 마리? 그게 누구야? 시녀? 하지만 황태자는 묵묵한 어조로 똑같은 말을 반복할 뿐이었다.

"그래, 내가 아니라 그녀가 생각해 낸 묘책이다."

그 대답에 사람들은 난리가 났다. 고작 시녀가 이런 묘책을 생각해 냈다고? 원래부터 그녀를 알고 있던 사람들의 놀람은 더욱 대단했다.

"마리면 그 마리 맞지? 원래 백합궁에서 허드렛일하던?"

"맞는 것 같은데? 최근 황태자 전하가 계신 사자궁으로 옮겼잖아."

"그런데 마리가 이런 묘책을 생각해 냈다고?"

"그렇지 않아도 얼마 전 황태자 전하의 전속 시녀가 되었다더니……."

다들 놀라 웅성거렸다. 원래 그녀가 유능함은 알고 있었지만, 이번 일은 아예 차원이 다른 문제였기 때문이다. 마리가 생각해 낸 방법은 제국에 크게 3가지 이득을 가져다주는 방법이었다. 첫째로 교국과의 마찰을 슬기롭게 피하며, 둘째로는 설탕을 통해 막대한 부를 창출할 수 있고, 셋째로 늘 빈곤에 시달리던 서남부 지역을 새롭게 부흥시킬 수 있게 된 것이다. 그런 어마어마한 묘책을 일개 시녀가 생각해 냈다니. 모두가 너 나 할 것 없이 마리가 누구인지 관심을 가졌다.

그리고 화재의 주인공 마리는…….

'……망했다. 이렇게나 소문이 나다니.'

절망스러운 얼굴로 중얼거리고 있었다.

'어쩌다 이렇게 된 거야?'

설마 황태자가 대놓고 자신의 이름을 거론할 줄은 몰랐다.

'황태자의 성격을 고려했어야 했는데.'

마리는 뒤늦게 후회했다. 황태자는 상벌이 명확하며, 수하의 공을 절대 넘기지 않는 성격을 가지고 있다. 특히 공을 세운 이를 숨기는 경우는 있을 수 없었다. 공을 세웠다면 널리 알려, 그 이름을 명예롭게 높여 주어야 한다. 그것이 황태자의 당연한 생각이었다. 물론 대부분의 경우 자신의 이름이 명예롭게 퍼지는 것을 기뻐하였을 것이다. 하지만 마리는 한숨을 내쉬었다.

'난 아니라고.'

그녀는 사람들의 관심이 전혀 달갑지 않았다. 지금까지야 황궁에서 많은 일을 해왔어도, 남들의 시선을 피했기에 그녀가 대단한 일들을 했음을 아는 사람은 거의 없었다. 하지만 이렇게 생각지도 않게 사람들의 주목을 받게 되어 곤혹스럽기 그지없었다.

'그래도 이제 곧 황궁을 떠날 수 있으니 다행이야. 상을 받아 자유인이 되면 바로 황궁을 나가자. 더는 미루면 안 되겠어.'

마리는 그렇게 결론을 내렸다. 모아 둔 돈이 없어 걱정되었지만, 여러 재주가 많으니 그거야 어떻게든 해결될 것이다.

'황궁을 떠나면 이제 걱정도 끝이야. 그때까지만 조금만 더 버티자.'

마리는 의지를 다지듯 주먹을 불끈 움켜쥐었다. 그런데 그녀는 문득 황태자 생각이 났다.

'그래도 날 이리저리 아껴 주긴 했는데…….'

괜히 미안하다는 생각이 들었다. 그가 상을 내리자마자 그의 곁을 떠나는 것이니. 하지만 어쩔 수가 없었다.

'감사의 편지라도 남겨야겠구나.'

그리고 또 다른 소중한 이. 키에르한도 떠올렸다. 이 황궁을 떠나면 언제고 그의 영지를 방문할 생각이었으니, 큰 상관은 없을 것 같았다.

그 뒤로 얼마간의 시간이 지났다. 교국의 사절단과 세부적인 사항을 논의하느라 대신들은 바쁜 시간을 보냈고, 대충 이런저런 일이 마무리되었을 때, 마리는 궁내부장 길버트 백작의 부름을 받았다.

'약속했던 상을 주려고 하는구나.'

마리는 두근거리는 마음으로 생각했다. 드디어 전쟁 포로의 신분을 벗어 이 황궁을 떠날 수 있게 된 것이다. 간절히 바라 왔었는데, 생각지도 못 하게 쉽게 받게 되어 얼떨떨한 기분마저 들었다. 곧 완고한 인상의 길버트 백작이 말했다.

"시녀 마리에게 전하의 말씀을 전하겠다."

마리는 고개를 숙이며 답했다.

"네, 말씀하십시오."

"일단 먼저 축하하마. 이번 교국 사절단의 일에 공을 세운 대가로 전하께서 너에게 상을 내리기로 하셨다."

드디어! 마리는 가슴이 두근거렸다.

"먼저 전하께서는 널 전쟁 포로의 신분에서 사면하기로 결정했다."

마리는 떨리는 목소리로 물었다.

"그러면…… 전 자유인이 된 건가요?"

자유인! 그토록 바라고 바랐던 자유인이 된 것이다. 그런데 길버트 백작의 반응이 이상했다.

"응, 자유인? 아닌데?"

"……네?"

마리는 자신이 잘못 들었나 반문했다. 전쟁 포로에서 벗어났는데 자유인이 아니라고? 길버트 백작이 너털웃음을 터뜨렸다.

"뭐냐. 너 설마 전하께 아무런 언질도 전해 듣지 못했던 것이냐?"

대단히 축하한다는 듯한 음성이었다. 하지만 마리는 알 수 없이 등줄기에 서늘한 느낌이 들어 반문했다.

"……예?"

마리는 고개를 갸웃했다.

'설마?'

왠지 불안했다.

"전하께서는 너를 전쟁 포로의 신분에서 사해 줌과 동시에 공로를 인정해 예작(禮爵, Honorise)위를 수여하기로 결정하셨다."

마리의 눈이 찢어질 듯 커졌다.

"예작위라고 하시면?"

"그래, 너도 예작위의 의미를 잘 알고 있겠지?"

당연히 알고 있다. 그녀는 막막한 마음으로 생각했다.

'어쩐지 일이 너무 쉽게 풀린다라고 했더니. 하필 예작이라니!'

예작(禮爵), 아너리스(Honorise). 공후백자남의 오등작 밑의 작위로, 엄연한 귀족의 작위였다. 물론 귀족 작위를 받는 것이 문제 될 것은 없었다. 오히려 좋으면 좋았지. 하지만 문제는 예작위의 의미였다. 다른 나라에서는 예작위는 단순히 남작 밑의 명예 작위를 의미하지만 제국에서는 전혀 달랐다.

마리는 컴컴한 눈으로 생각했다.

'제국에서 예작위는 황제가 옆에 두고 가장 아끼는 권속에게 내리는 작위이잖아!'

이 제국에서 예작은 굉장히 독특한 작위였다. 황제나 황태자가 자신이 가장 아끼는, 평생을 두고 옆에 두고 싶은 총애하는 이에게 내리는 명예 작위였다. 그런 만큼 예작위를 받은 사람은 귀족임에도 황제에게 속박되었다. 황제에게 예속되는 것이다. 물론 명예로운 예속이었다. 마리의 경우엔 당연히 황제가 아니라, 황태자에게 예속되는 것이었다. 그 순간 그녀의 머리에 라엘의 말이 떠올랐다.

"마리, 넌 나, 라엘의 것이다."

그녀를 옭아매는 그의 목소리.
그때, 길버트가 말했다.
"전하께서 너에게 특별히 직접 성을 지어주셨다."
"……!"
"힐데른. 앞으로 네 이름은 마리 폰 힐데른이 될 것이다."
그렇게 마리의 황궁 탈출 계획은 또다시 실패로 막을 내렸다. 그녀는 전쟁 포로의 신분에서 벗어나 귀족이 되었음에도 여전히 황태자에게서 벗어나지 못했다.

───※───

마리는 생각지도 않게 예작위를 수여받게 되었다. 당연히 주변의 모두가 난리가 났다. 황궁에서 가장 미천했던, 천민이나 다름없었던 전쟁 포로의 신분에서 귀족이 되었으니까.

예작은 남작 밑의, 명예직에 가까운 작위이지만 엄연한 정식 귀족직이다. 일반 기사나 준남작에 비해서도 신분이 높았다. 특히 제국에서 예작은 단순히 작위의 높낮이만으로 고하를 따질 수 없는 상징성이 있었다. 황태자가 가장 아끼는 최측근이라는 의미 때문이다.

"축하해, 마리. 이제는 편하게 마리라고 부르지도 못 하겠네."

제인을 비롯한 이전 하급 시녀 때의 동료들이 와서 그녀를 축하해 주었다. 그들뿐이 아니었다.

"축하해요, 마리. 아니, 이제 온(Horn) 힐데른이 되었군요."

총시녀장 에슐린 백작 부인이 웃으며 축하해 주었다. 참고로 온(Horn)은 예작에게 붙이는 호칭이었다.

"예작위는 작위의 고하를 떠나 제국의 신하로서 가장 명예로운 작위. 다시 한번 진심으로 축하해요."

에슐린의 말이 옳았다. 오로지 황제나 황태자만이 수여할 수 있는 예작은 지극히 명예로운 작위였다. 따라서 이전 상급자들, 사자궁에서 일하는 동료들 모두 그녀를 부러워하며 축하해 주었다. 물론 당사자인 마리는⋯⋯.

'⋯⋯울고 싶다.'

절망하고 있었다.

'명예 따위 하나도 필요 없는데. 귀족 아니어도 되는데. 차라리 그냥 평민이 낫지. 하필 예작이라니! 왜 내 인생은 계속 이렇게 안 풀릴까.'

황태자에게서 벗어나려고 하면 할수록 더욱더 수렁에 빠지는 느낌이었다. 어쨌든 그녀의 한탄과 상관없이 시간은 흘러, 작위 수여식 날이 되었다. 황태자는 황제의 권한을 대행하는 검을 들어 직접 그녀에게 작위를 수여해 주었다.

"이로써 나, 황태자 라엘은 황제 폐하를 대신하여 그대에게 예작위를 내리노라."

"⋯⋯감사합니다."

라엘은 무릎 꿇은 마리의 어깨에 검을 살짝 내려놓았다. 군주가 신하에게 작위를 수여할 때 행하는 예식이었다.

"동시에 그대에게 힐데른이란 성을 내리노라. 앞으로 그대는 마리 폰 힐데른이라 불릴 것이며, 역사에 기록된 성인(聖人) 힐데가르트처럼 주님과 백성을 위해 봉사할 것을 명하노라."

그 말에 마리의 표정이 묘해졌다. 그녀가 부여받은 성(姓)인 힐데른. 역시나 수많은 분야에서 압도적인 업적을 남긴 성(St.) 힐데가르트에게서 따온 이름이었던 것이다. 굉장히 영광스러운 이름으로 다방면에서 뛰어난 능력을 보이는 것이 서로 비슷해 그렇게 지은 것 같았다.

'황태자가 나한테 나쁜 의도로 작위를 준 것은 아니긴 하지.'

그래, 당연히 안다. 그가 작위를 내린 것은 그녀에게 큰 상을 주기 위해서란 것을. 훌륭한 군주인 그는 수하의 공을 절대 넘어가는 법이 없었고, 반드시 보상해 주었으니까. 그러니 그녀에게도 작위를 준 것이다. 그녀 같은 낮은 신분의 이가 귀족 작위를 받는 것은 그야말로 최고의 상이라 할 수 있었으니.

'그런 마음이 고맙긴 하지만.'

마리는 속으로 한숨을 삼켰다. 황태자를 보면 참 복잡한 마음이 들었다.

'그냥 단순하게 두려워하고 미워할 수 있으면 좋으련만.'

하지만 옆에서 지켜본 그는 증오할 수 있는 존재가 아니었다. 오로지 제국을 위해 헌신하는, 존경할 수밖에 없는 군주. 그게 라엘이었다. 비록 적에게는 냉혹하지만 그건 군주로서 장점이면 장점이지, 단점이라 할 수 없었다. 더구나 그는 저 차가운 철가면이 무색하게 냉혹하기만 한 것이 아니었다. 공적인 부분은 칼처럼 엄정했지만, 자신의 사람을 아꼈다. 따라서 황태자의 수하 중에는 그를 진정으로 존경하는 이가 많았다.

'나도…… 어느 정도는 존경하는지도.'

만약. 정말 만약에 클로얀 왕국의 왕녀가 아닌, 제국민이었다면 그녀는 황태자를 진정한 주군으로 섬겼을지도 몰랐다.

"마리."

작위 수여식이 끝난 황태자가 그녀를 불렀다.

"네, 전하."

그는 철가면 아래 푸른 눈동자로 그녀를 바라보며 말했다.

"지금까지 수고가 많았다. 앞으로도 잘 부탁하마."

"……!"

왜일까? 그의 무뚝뚝한 목소리가 자신을 향한 깊은 신뢰를 담고 있어서일까? 마리는 이유 없이 가슴이 흔들려 입술을 깨물었다.

"……감사합니다, 전하."

그렇게 우여곡절 끝에 마리는 예작이 되었다. 큰 변화가 없는 것 같으면서도, 많은 것이 변한 일상이 이어졌다. 시녀를 그만두지는 않았다. 여전히 그녀는 시녀였다. 정확히 말하면 허드렛일을 하는 하급 시녀를 제외한 대부분의 시녀가 귀족이었다. 에슐린 백작 부인의 경우에서 알 수 있듯이 마리보다 신분 높은 귀족도 수두룩했다. 하지만 그렇다고 이전의 일을 그대로 하게 된 것은 아니었다.

일단 업무에 변화가 있었다. 이전과 다르게 황태자의 시중을 주로 들게 된 것이다. 명목상이 아닌, 진정한 전담 시녀가 된 것이다. 시녀들 간의 위계에서도 변화가 있었다.

"온 힐데른을 뵙습니다."

마리는 자신을 향해 고개를 숙이는 시녀들을 보며 어색한 마음이 들었다. 온(Horn)은 예작을 부르는 호칭이었다.

사자궁의 시녀들은 대부분 명문 귀족가의 영애들이다. 하지만 명문가 출신이라도 작위 후계자가 아니니, 실제로 본인이 작위의 소유자인 마리보다 계급이 낮았다. 따라서 시녀 중 그녀보다 계급이 높은 사람은 에슐린 백작 부인처럼 가문의 안주인이거나, 본인이 작위를 가진 이여야 했다. 마리는 생각지도 않게 시녀 중에서 굉장히 높은 신분을 가지게 되었다. 그리고 가장 큰 변화가 생긴 것은 레이첼 영애와의 관계였다.

'어색하네.'

워낙 큰일이 지나가 사람들의 관심에서 멀어졌지만 황태자비 간택은 끝나지 않았다. 아리엘과 레이첼은 여전히 황태자비 후보로서 황궁에 남아 있었다. 그런데 지난번 일 때문에 마리는 레이첼을 대하는 것이 어색했다.

"작위 받은 것 축하해요, 마리. 아니, 이제 온 힐데른이군요."

레이첼은 친절하게 그녀를 대했지만, 마리는 레이첼의 본마음이 그렇지 않다는 것을 느꼈다. 레이첼은 분명 마리를 꺼리고 있었다.

'레이첼 영애와의 계획은 완전히 실패했구나.'

마리는 어쩔 수 없이 자신의 계획을 원점에서 검토해야 했다. 물론 아직 간택은 끝나지 않았으니, 레이첼이 황태자비가 될 가능성이 없는 것은 아니었다. 하지만 레이첼이 황태자비가 된다 해도 그녀를 도와주지는 않을 것 같았다.

'도와주려고 해도 이미 황태자비가 도와줄 수 있는 수준은 넘어섰지.'

마리는 생각했다. 단순히 전쟁 포로를 자유인으로 만들어주는 것이면 모를까, 이제 그녀는 귀족이었다. 황태자가 직접 내린 작위이니, 황태자비도 감히 손댈 수 없었다.

'앞으로 어떻게 할지 잘 생각해 보자. 그래도 분명 방법이 있을 거야.'

마리는 속으로 다짐했다.

'다행히 황태자는 내가 여러 능력을 보이는 것을 크게 수상하게 여기는 것 같지는 않으니까. 너무 초조하게 생각하지 말고.'

그건 아마 황태자 본인이 다방면의 천재였기 때문인 것 같았다. 뭔가 자신도 그러하니 그녀도 그럴 수 있지, 라는 느낌? 사실 황태자야말로 범재들이 보기에 불공평한 천재였다.

'어쨌든 다행이지. 다른 사람이었으면 의심을 해도 백번은 더 했을 텐데.'

하지만 마리가 고려하지 못한 것이 있었다. 그녀를 바라보고 있는 것은 황태자만이 아니란 것을. 갑작스레 나타나 뛰어난 능력을 보이는 그녀를 의아하게 바라보는 사람들이 있었다. 그중 대표적인 인물이 재상 오른이었다.

"안녕, 마리."

마리는 궁에서 발걸음을 옮기다 자신에게 친근하게 인사를 건네는 남자를 보고 발걸음을 멈추었다. 쾌활한 인상의 미남자. 익숙한 얼굴이었다. 마리는 급히 고개를 숙였다.

"소비엔 공작 전하를 뵙습니다."

그녀에게 인사를 건넨 이는 다름 아닌 오른이었다!

"마리? 아니면 힐데른 경? 어떻게 부르는 게 좋지?"

"편하게 마리라고 부르셔도 됩니다."

"그래, 마리. 날씨가 추운데 어디 가는 중?"

마리는 오른이 계속 친근한 척 말을 걸자 얼떨떨한 표정을 지었다.

'왜 저러시지?'

그녀는 당연히 오른에 대해 자세히 알고 있었다. 황태자를 전심으로 모시는 충신. 쾌활한 인상과 사교적인 언행으로 여인들에게 인기 많은 바람둥이이지만, 실제로는 의심이 많고, 때로는 정적에게 독한 수법을 쓰는 것도 마다치 않는 인물이었다. 그래서 내전 당시 붙은 별명이 혈견(血犬).

'그런 공작이 왜 나에게?'

어쨌든 켕기는 것이 있는 그녀로서는 별로 달갑지 않은 접근이었다.

"전하의 심부름으로 외무대신에게 가고 있었습니다. 그런데 어떤 일로 저를?"

"아는 사람한테 인사를 하는데 특별한 이유가 있어야 하나? 그냥 불러 봤어."

"……네, 그러면 시간이 촉박해 먼저 실례하겠습니다."

"아, 그래. 수고해."

마리는 피하듯 그 자리를 벗어났고, 오른은 친근하게 그녀의 등을 향해 손을 흔들었다. 그녀가 시야에서 사라지는 순간. 오른의 눈빛이 차갑게 가라앉았다.

"마리. 클로얀 왕국에서 일하던 시녀."

그는 낮게 중얼거렸다.

"수상하단 말이야. 정말 수상해."

사실 오른은 이전부터 마리를 미심쩍은 눈빛으로 바라봤었다. 그래서 뒤에서 몰래 그녀의 인적 사항을 다시 조사해 보았다.

"전염병으로 일가족이 전부 사망한 기사 가문 출신의 고아. 가문의 빚으로 클로얀 왕성에 끌려가 모리나 왕녀가 유폐되었던 통원의 궁 근처에서 일하며 지냈다고 했지. 그러다 우리 제국군에 성이 함락될 때 포로로 끌려왔고. 아쉬운 점은 통원의 궁 근처에서 일했을 뿐, 모리나 왕녀와는 접점이 없어 그녀의 신상 파기를 정확히 모른다는 점."

별달리 이상할 것 없는 신상 명세였다. 그래서 조사를 하고 오른은 그녀에게 신경을 껐다. 하지만 이번 교국 사절단의 일을 겪으며 생각이 바뀌었다.

"……일개 시녀가 그런 식견을 가지고 있다고?"

사탕수수 종자를 서남부로 가져와 설탕을 생산해 낸다. 간단해 보이는 발상이지만, 이 방법을 생각해 내려면 서방과 동방의 복잡 미묘한 관계와 밀수 무역의 상관관계, 서남부 지방의 기후 환경, 사탕수수에 대한 박식한 지식 등이 모두 필요했다.

"레이첼 영애가 이교도 사절단을 대접할 방법을 생각해 낸 것도 저 시녀가 조언해 준 덕분이라고 했지."

그것도 놀라운 일이었다. 동방인의 생활 문화까지 자세히 알고 있다니. 학자도 아닌, 고작 일개 시녀가 말이다.

"본인의 말로는 클로얀 왕성의 시녀로 있을 당시 일이 워낙 없어서 도서관의 책을 읽으며 지냈다고 하지만……."

물론 불가능한 일은 아니었다. 하지만 수상했다. 더구나 저 시녀가 잘하는 일이 한두 개가 아니지 않은가? 그래서 오른은 다시 한번 그녀의 신상 명세를 살폈고, 이상한 점을 발견했다.

"없어. 아무도. 저 시녀를 아는 사람이."

클로얀 왕성의 인적 기록부에 마리란 이름은 분명히 적혀 있었다. 그녀가 통원의 궁 근처에서 일했던 것도 맞았다. 하지만 기이하게도 아무도 저 시녀를 아는 사람이 없었다. 그리고 오른은 클로얀 왕국 출신의 인물 중 그런 존재를 한 명 더 알고 있었다.

"……모리나 왕녀도 아는 사람이 아무도 없지."

오른은 낮게 중얼거렸다.

"한 번 더 자세히 조사해 봐야겠군."

그리고 오른 말고도 마리를 주목하고 있는 인물이 한 명 더 있었다. 그는 굉장히 뜻밖의 인물이었다. 흑발에 흑안. 지적인 인상의 대단한 미남자가 안경을 들어 올리며 서류를 바라보고 있었다. 바로 서제국의 황제 요하네프 3세였다.

"교국의 일은 아쉽게도 실패군."

그의 입에서 나온 말이 굉장히 놀라웠다.

"동제국 쪽으로 화살을 돌리기 위해 술탄 근처에 인물들에게 어마어마한 뇌물을 투자했는데, 다 공으로 날렸군."

그는 이번 동제국이 겪은 교국 사절단의 일이 마치 자신의 획책한 계략처럼 이야기했던 것이다. 여인처럼 아름다운 인상의 서제국 재상이 고개를 끄덕였다.

"네, 폐하. 아쉽게 되었습니다."

"뭐, 어쩔 수 없지. 그나저나 생각보다 훨씬 유연하게 대처했군. 더구나 사탕수수 종자라니."

요하네프 3세는 혀를 찼다.

"이건 뭐, 동쪽 놈들에게 보석을 가져다준 꼴 아닌가. 그것도 마르지 않는 보석을."

유럽에서 사탕수수를 재배할 수 있는 환경은 몇 곳 되지 않는다. 서쪽 끝 이베리아 반도, 지중해에 위치한 일부 섬 정도. 그리고 이번에 동제국의 서남부 지역이 가능하단 것이 추가로 확인되었다.

"뭐, 이번 일은 성공하면 좋고, 실패해도 상관없다는 마음으로 가볍게 건 일이니까. 그리고 동제국이 설탕을 생산하는 것도 장기적으로 보면 나쁜 일은 아니지. 머지않은 시기에 동제국과 우리 서제국은 하나의 제국으로 합쳐질 것이니까."

황제 요하네프 3세는 어마어마한 이야기를 태연하게 말하였다. 그는 지나가는 듯한 말투로 말했다.

"이스트반 백작가는 잘하고 있는지 모르겠군. 백작가의 영애가 지금 황태자비 간택을 위해 황궁에 들어가 있다고 했지? 레이첼이라고 했나?"

"네, 그렇습니다."

"그것도 잘되었으면 좋겠군. 이스트반 백작가의 영애가 황태자비가 되면 계획은 그만큼 쉬워질 테니."

요한과 재상이 나누는 대화는 동제국의 인물들이 들으면 경악할 이야기였다. 황태자비 간택을 위해 들어온 레이첼과 그녀의 이스트반 백작가가 요한의 서제국과 모종의 관계가 있음을 말하고 있었으니까.

요한과 재상은 다른 이야기로 화제를 돌렸다.

"모리나 왕녀에 대해서는? 조만간 계획을 위해 짐이 동제국으로 다시 행차할 텐데 그때까지는 누가 그녀인지 알아냈으면 좋겠군."

요하네프 3세가 그리고 있는 원대한 계획이 순조롭게 이루어지려면 모리나 왕녀의 존재는 필수였다.

"죄송합니다. 하지만 조만간 성과가 있을 것 같습니다."

그 말에 요한은 눈을 빛냈다. 그의 재상은 허언을 하지 않는다. 그러니 조만간 성과가 있을 것 같다면 정말로 성과가 있을 것이다.

"그래, 기대하지."

"아, 폐하. 그리고 지난번 말씀하셨던 건에 대해 보고드리겠습니다."

"어떤 것을 말하는 거지?"

"마리란 시녀에 대해서입니다."

요한은 흥미 어린 표정을 지었다. 지난번 몰래 동제국의 황성에 다녀온 후 끝없이 그의 흥미를 자극하고 있는 소녀였다.

'이번에 교국을 이용한 내 계획을 좌초시킨 것도 그 소녀라고 했지.'

역시 그때 납치라도 해서 자신의 궁으로 데려왔어야 했나, 하고 요한은 생각하며 물었다.

"어떤 것이지? 말해봐라."

"시녀 마리에 대해 조사해 보았는데, 없습니다."

"뭐?"

"아무도 그녀에 대해 아는 사람이 없습니다."

요한은 인상을 찌푸렸다.

"그럴 수가 있나? 모리나 왕녀야 통원의 궁에 홀로 유폐되어 있었으니 그럴 수 있다고 치지만…… 시녀로 일하고 있었으면 아무리 외진 곳에서 일했어도 아는 사람이 아무도 없을 수가 없을 텐데?"

"소신도 같은 생각입니다."

재상의 말을 듣고 요한은 문득 한 가지 생각이 들었다.

'……설마?'

"재상."

"네, 폐하."

"시녀 마리에 대해 조금 더 자세히 조사해 보도록."

요한은 짙은 미소를 지으며 말했다.

"무언가 흥미로운 냄새가 나는군."

그렇게 마리에 대해 동제국의 재상 오른, 서제국의 황제 요한이 파고들기 시작했다.

그녀가 자신의 뒤에서 어떤 일이 일어나고 있는지 상상도 못 하고, 바뀐 일상에 적응하며 살고 있을 때였다. 마리는 생각지도 않은 임무를 받게 되었다.

"……전하가 외유를 나가시는데 수행해야 한단 말입니까?"

"그래, 전하가 외유를 나가는데 그대가 아니면 누가 전하를 모시겠나?"

궁내부장 길버트 백작이 당연하다는 듯 말했다. 마리는 황태자의 전담 시녀로 일하고 있었다. 그러니 그가 외유를 나가면 따라가는 것이 옳았다. 하지만 문제가 있었다.

"저와 전하, 두 명만 간다는 말씀이십니까?"

바로 다른 일행 없이 오로지 그녀와 그만 떠나는 외유라는 것이었다. 그것도 왕복 보름은 넘게 걸릴 서남부까지!

"어차피 서남부의 사정을 살피러 시찰을 가는 것이니 많은 인원이 필요 없다 하시더군. 물론 호위할 근위 기사단도 일부 동행할 것이다."

마리는 혹시나 물었다.

"다른 황태자비 후보분들은 동행하지 않으십니까?"

원래 간택 기간 중 장기간 외유할 일이 생기면 보통 후보들이 동행하곤 했다. 장기간 여행을 같이하며 정을 쌓으라는 의미에서였다. 하지만 길버트 백작은 고개를 저었다.

"전하께서 거절하셨다. 거창하게 일행을 늘려 서남부 지방에 부담을 주고 싶지 않다고 하시더군."

마리는 황태자의 의도를 알 것 같았다. 후보들이 합류하면 행렬의 규모가 커진다. 그러면 황태자 일행을 맞아야 하는 서남부의 부담도 커지리라.

'황태자다운 생각이긴 한데……'

문제는 덕분에 자신 혼자서 황태자와 동행해야 한다는 것이다. 그 먼 길을! 그러며 길버트 백작은 당부하듯 말했다.

"전하께서 불편함이 없도록 성심성의껏 모시도록."

"……네, 알겠습니다."

그렇게 마리는 생각지도 않게 황태자와 둘이서 장거리 여행을 떠나게 되었다. 곧 그녀가 황태자와 같이 외유를 간다는 이야기가 퍼졌고, 사자궁의 시녀들이 묘한 눈으로 마리를 바라보았다. 그들은 뒤에서 속닥거렸다.

"서남부까지면 꽤 먼데. 오가면서 서로 정이라도 드는 것 아닐까요?"

"에이, 황태자 전하께서 어떤 분인데."

"하지만 전하께서 원래 힐데른 경을 각별하게 아끼긴 하셨잖아요. 그리고 그렇게 먼 거리를 둘이서 오가는데 설마 아무 일도 없으리라 고요."

일리가 있는 말이라 모두 고개를 끄덕였다. 계속 같이 붙어 지내다 보면 없던 정도 생기게 마련이다. 애초에 둘의 관계가 조금 묘하지 않 았는가. 본인들은 의식하지 못하고 있는 것 같았지만, 황태자가 마리 를 대하는 게 범상치 않긴 했다.

"음…… 이러다 힐데른 경이 황태자비가 되는 것은 아니겠죠?"

누군가 조심스럽게 한 말에 사람들은 깜짝 놀라 고개를 저었다.

"그게 무슨 말이야? 아리엘 공녀와 레이첼 영애가 계시는데."

"하지만 전하는 두 분 모두 썩 마음에 들어 하는 것 같지 않으시는 걸요."

"그래도 전하는 두 후보 중 한 분을 선택하실 거야."

그 말에 모두 고개를 끄덕였다. 황태자비는 당연히 대귀족인 아리엘 공녀나 레이첼 영애가 될 것이다. 다만 처음 이야기를 꺼냈던 시녀는 고개를 갸웃했다. 그녀는 레시아로 다른 이들보다 자주 황태자와 마리 를 가깝게 지켜본 시녀다.

'정말 그럴까? 난 아예 가능성 없는 이야기라 생각하지는 않는데.'

어쨌든 사람들의 호기심 속에 외유를 떠날 날이 다가왔다. 그리고 마 리는 외유 전날 밤, 또 꿈을 꾸었다.

꿈의 배경은 화려한 샹들리에가 놓인 만찬장이었다. 고풍스러운 옷 을 입은 남자가 음식을 들며 감탄하고 있었다.

「역시 훌륭하군.」

「과찬이십니다, 전하.」

「아니야, 역시 '파티시에의 왕'이라 불릴 만한 솜씨야. 그대의 명성이 짐보다 높다고 하더니, 과찬이 아니었군.」

마리는 꿈의 내용을 바라보며 눈을 깜빡거렸다. 요리사를 부르는 호칭이 무언가 굉장히 거창했다.

'파티시에의 왕…… 이라고?'

꿈속, 화려한 옷을 입은 인물은 거창한 칭찬을 멈추지 않았다.

「이번에 러시아의 로마노프 왕도 그대의 만찬에 극히 흡족했다고 들었네. 자네의 요리를 맛볼 수 있는 것은 짐이 세상에서 누릴 수 있는 가장 큰 호사야.」

「그래도 지나친 과식은 좋지 않습니다, 전하.」

「이렇게 훌륭한 음식을 만들어놓고 소식하란 말인가? 참, 고약한 말이군.」

꿈속의 왕은 껄껄 웃었다. 그리고 접시에 놓인 케이크를 바라보며 물었다. 하얀 생크림 케이크는 단정하면서 고풍스러운 기풍이 느껴지는 게, 요리라기보다는 하나의 예술품 같았다.

「참, 궁금하군. 그대는 가난한 빈민가에서 불행하게 태어난 것으로 알고 있는데, 어떻게 이런 훌륭한 음식을 만들 수 있게 된 것인가?」

그 물음에 요리사는 가만히 입을 열었다.

「빈민가 출신이기에 이런 요리를 만들 수 있었던 것 같습니다.」

「그게 무슨 말이지?」

요리사, 카렘은 대답했다.

「그건…….」

거기서 꿈은 끝이 났다.

마리는 번쩍 눈을 떴다.

"이게 무슨⋯⋯? 웬 요리사의 꿈?"

그녀는 멍하니 중얼거렸다. 아니, 남서부 시찰을 가는 날 밤 웬 요리사의 꿈이란 말인가? 가서 요리할 일도 없을 텐데. 고개를 갸웃한 그녀는 나갈 채비를 하였다. 깊게 생각하기에는 시간이 부족했다. 조금 늦게 일어나 서둘러 나가야 했다. 그녀는 짐을 챙겨 출발 장소로 향했다. 출발 장소에는 황태자가 탈 마차를 비롯해 몇 대의 마차가 더 있었다.

'호위를 맡은 기사들이구나.'

단출하게 떠난다 해서 경호 인원을 동행하지 않을 수는 없었다.

'알몬드 자작님이랑 그 밖에 근위 기사단의 기사들⋯⋯.'

마리는 경호를 맡은 기사들을 살피다가 뜻밖의 인물을 발견했다.

'어, 저분은?'

마리는 놀라 눈을 크게 떴다. 찬란한 금발, 그림으로 그린 듯한 아름다운 얼굴. 지난번 거리 축제 때 불한당들에게서 그녀를 구해 주었던 '란' 님이었다!

'검 실력이 뛰어나다 했더니, 역시 근위 기사였구나.'

그렇게 생각한 마리는 반갑게 그를 불렀다.

"란 님!"

"⋯⋯!"

그가 흠칫 놀라며 그녀를 바라보았다. 무언가 살짝 당황한 눈치라 마리는 고개를 갸웃했다.

"반가워요. 마리예요. 그간 잘 지내셨어요?"

"⋯⋯그래, 잘 지냈다."

그런데 무언가 이상했다. 그의 반응도 조금 어색했고, 주변을 둘러싼 근위 기사들이 눈이 휘둥그레져 그녀를 바라봤던 것이다. 특히 알몬드는 입까지 쩌억 벌린 것이 경악한 눈빛이라 마리는 고개를 갸웃했다.

'왜 저러지?'

그때 알몬드가 란을 바라보며 말했다.

"……설마 힐데른 경은 모르고 있었던 것입니까?"

"……그랬던 것 같다. 생각해 보니 따로 이야기한 적이 없군."

그들의 대화에 마리는 의아한 표정을 지었다. 무슨 이야기지? 알몬드는 한숨을 내쉬더니 입을 열었다.

"전하시다."

"……네?"

"저분이 황태자 전하시라고."

"……."

마리는 입을 다물었다. 지금 뭐라고? 너무 엄청난 말이어서 그런지 머릿속에서 해석이 안 되었다. 마리는 그림 같은 란의 얼굴과 알몬드를 마치 농담이시죠, 란 눈빛으로 번갈아 바라봤다. 하지만 당연히 알몬드의 얼굴에는 전혀 농담의 빛이 없었다. 그때, 란, 아니, 황태자 라엘이 입을 열었다.

"어쩌다 보니 이야기를 안 했군. 속이려 한 것은 아니다."

그 말을 들은 마리의 얼굴이 하얘졌다. 정말로 란이 황태자였던 것이다.

'란 님이 황태자였다고?'

마리는 패닉에 빠져 생각했다. 아니, 왜? 어째서?

'그러고 보니…….'

마리는 이전에 레시아가 했던 말이 떠올랐다.

"정말 그림으로 그린 듯한 외모이셔. 이 제국에서 가장 아름다운 사람을 꼽

으면 그건 아마 황태자 전하일 거야.'

그것 말고도 란은 황태자와 닮은 점이 많았다. 무뚝뚝한 음성이나 시리도록 차가운 눈빛. 따지고 보면 충분히 의심해 볼 수 있는 일이었는데 왜 전혀 생각하지 못했던 것일까?

'언질이라도 해주시지.'

마리는 한숨을 내쉬었다. 거리 축제 때 그와 함께했던 시간이 떠올랐다. 당시 축제 분위기에 휘말려 엄청 편하게 대했었는데. 지금 생각해 보면 불경하기 짝이 없는 행동들이었다.

'불쾌하셨을까?'

워낙 속마음을 드러내지 않는 황태자이다 보니 알 수가 없었다. 마리는 조심스럽게 맞은편에 앉아 있는 황태자를 훔쳐보았다. 가면을 벗어 지극히 아름다운 얼굴이 그대로 드러나 있었다.

'……아름답긴 정말 아름답구나.'

마리는 자신도 모르게 중얼거렸다. 이전에도 느꼈던 것이지만 너무나 아름다운 얼굴이었다. 마치 신이 직접 빚은 듯했다. 이 제국에서 최고로 아름다운 사람은 아리엘도, 레이첼도 아닌, 황태자라는 레시아의 말이 공감이 갔다. 물론 그녀의 소중한 친구인 키에르한도 마찬가지로 아름답긴 했다. 황태자와 우열을 가리기 어려울 정도였다. 키에르한이 강인한 조각 같은 아름다움이라면, 라엘은 그림처럼 예쁜 아름다움이었다.

그때, 서류를 보고 있던 라엘이 눈을 들어 그녀를 바라보았다.

"불편하지는 않은가?"

"네?"

"마차 타는 것이 힘들진 않은가?"

그 말에 마리는 당황해 고개를 저었다.

"아닙니다. 불편하지 않습니다."

"미안하게 됐군. 원래는 나 혼자 조용히 다녀오려 했는데, 길버트 백 작과 에슐린 백작 부인이 혼자 다녀오는 것은 절대로 안 된다고 해서. 만약 불편한 점이 있다면 바로 이야기하도록."

"……네, 감사합니다."

마리는 그 말에 묘한 얼굴을 했다. 무뚝뚝한 배려. 가면을 벗었지만 역시나 똑같은 황태자이다. 그녀는 주저하다가 입을 열었다.

"……죄송합니다, 전하."

"무슨 말이지?"

"일전, 거리 축제 때 전하임을 모르고 큰 실례를 범했습니다. 불쾌하 셨던 점 모두 용서해 주십시오."

그 말에 황태자는 미간을 찌푸렸다. 워낙 아름다운 얼굴이어서 인상 을 찌푸리니 티가 확 났다.

"뭐가 실례했다는 거지?"

"네?"

마리는 당황해 말했다.

"그야…… 제가 전하께 실례를 범해……."

라엘이 미간을 좁혔다. 그 반응에 그녀는 고개를 갸웃했다. 왜 저러 시지?

"……않았다."

"네?"

"불쾌하지 않았다고. 그러니 그런 사과는 하지 말도록."

강한 목소리에 마리는 얼떨떨하게 고개를 끄덕였다. 그 뒤 마차 안 에는 정적이 흘렀다.

따가닥따가닥.

마차 바퀴가 도로와 부딪치는 소리가 들려왔다. 알몬드 자작과 호위 기사들은 직접 말을 타고 곁에서 그들을 따르고 있는 중이라 마차 안에는 황태자와 그녀밖에 없었다.

'……이렇게 있으니 어색하네.'

마리는 속으로 중얼거렸다. 지금 타고 있는 마차는 외유를 나갈 때 황태자가 이용하는 마차였는데, 황족의 마차답지 않게 화려하지 않았고, 무엇보다 조금 좁았다. 황태자의 검소한 성품이 그대로 반영되었다. 그 때문에 그녀는 황태자와 굉장히 가까운 거리에서 마주 앉아 있어야 했다. 살짝 잘못 움직이면 서로의 무릎이 스칠 정도의 거리.

'최대한 조심하자.'

그렇게 생각한 마리는 다시 황태자를 훔쳐보았다. 좁은 공간에 둘밖에 없다 보니 어쩔 수 없이 시선이 계속 갔다.

'또 서류네. 마차 안에서는 조금 쉬어도 괜찮을 텐데.'

라엘은 집무실에서 서류를 산더미처럼 챙겨 와서 검토하고 있었다. 애초에 정무를 보며 이동하려 만든 마차인지, 그가 앉은 문 쪽에는 접이식 책상이 놓여 있었다.

그때, 라엘이 서류에서 눈을 떼지 않은 채로 말했다.

"피곤하면 조금 눈을 붙여도 된다."

"괜찮습니다."

"사양할 것 없다. 어차피 지금 네가 할 일도 없으니."

마리는 어색한 표정을 지었다. 본인의 몸이나 신경 쓰시지.

'그나저나 전하는 왜 가면을 쓰고 계신 걸까?'

마리는 이전부터 생각했던 의문을 떠올렸다.

'용모가 흉한 것도 아니신데.'

늘 쓰고 다니는 철가면 때문에 그에게는 온갖 흉험한 소문이 떠돌았다. 외모가 추악하다느니, 잔인한 폭군이라느니, 처녀의 피를 마신다느니 등등. 아무리 생각해도 그가 철가면을 쓰고 다닐 만한 이유가 없었다. 그녀는 입을 열어 물어볼까 하다가 고개를 저었다. 왠지 가벼운 마음으로 물어보면 안 될 것 같다는 느낌이 들었다.

그런데 그 순간이었다!

덜컹. 덜컹.

험한 길에 접어들었는지 마차가 심하게 흔들리기 시작했다.

"……!"

마리는 갑작스레 흔들리는 마차에 균형을 못 잡고 확 하고 앞으로 넘어져 버렸다.

'악!'

그녀는 강하게 부닥칠 것을 예상하고 눈을 질끈 감았다. 그런데 이상했다. 무언가에 부닥치긴 부닥쳤는데, 전혀 아프지 않았다. 오히려 부드러우면서 단단한 느낌…….

'헉?'

마리는 깜짝 놀라 눈을 떴다. 바로 코앞에서 하얀 얼굴이 보였다. 라엘이었다!

"……괜찮나?"

라엘은 어딘지 당황한 얼굴로 물었다. 마리는 잠시 상황 판단이 안되어 눈을 깜빡였다. 그러다 곧 그의 품에 안겨 있다는 것을 깨닫고 깜짝 놀랐다. 단단한 그의 몸이 온몸으로 느껴졌다.

"죄, 죄송합니다!"

"괜찮다. 다치진 않았나?"

마리는 하얗게 질린 얼굴로 그의 품에서 벗어나려 했다. 아마 자신이 갑작스럽게 앞으로 넘어지는 것을 보고 다치지 않게 막아주려고 했던 것 같다. 문제는 자신이 너무 심하게 넘어져 그의 품에 완전히 안겨 버린 것이다.

'어쩌다 황태자에게 이런 실수를.'

마리는 창백한 얼굴로 생각했다. 황태자의 품에 안겨 버리다니. 백번 사죄해도 모자랄 중죄다. 그녀가 급히 그의 품에서 일어나려는 순간이었다.

덜컹!

마차가 다시 한번 거세게 흔들렸고, 그녀는 또 균형을 잃었다.

"꺅!"

마리는 황태자의 품 안으로 다시 쓰러졌다. 그것도 아까보다 더욱 깊이.

"……."

시간이 멎은 듯했다. 완전히 그의 품에 안겨 버린 마리는 머릿속이 하얗게 변해 생각이 정지했다.

두근두근.

그녀의 가슴일까, 아니면 귀에 닿은 그의 가슴 속에서 나는 소리일까? 조용한 마차 속에서 두근거리는 심장 소리만 울려 퍼졌다.

"……괜찮나?"

그제야 마리는 화들짝 정신을 차렸다. 마리는 새빨갛게 달아오른 얼굴로 그의 품에서 벌떡 멀어졌다.

"죄, 죄송합니다. 정말 죄송합니다."

"아니다. 안 다쳤으면 됐다."

라엘도 그녀와 마찬가지로 얼굴이 붉어져 있었지만, 완전히 당황한 상태인 마리는 그걸 보지 못했다. 마리는 터질 것처럼 붉어진 얼굴로 고개를 숙였다. 도저히 그의 얼굴을 마주 바라볼 수가 없었다.

'내가 황태자의 품에 안기다니.'

그녀의 가슴이 계속해서 뛰었다. 가슴이 뛰는 이유가 생각지도 않게 황태자에게 불경죄를 저질러서인지, 아니면 다른 이유 때문인지 알 수가 없었다.

"위험하니 조심하도록."

"……네."

황태자는 다시 서류를 꺼내 읽기 시작했다. 자신과 다르게 전혀 흔들림 없는 그 모습에 마리의 가슴도 조금씩 안정되었다.

'정신 바짝 차리고 가자.'

하지만 마리가 모르고 있었던 것이 있었다. 황태자는 흔들림이 없었던 것이 아니란 것을. 그는 붉어진 자신의 얼굴을 서류로 가리며 생각했다.

'미치겠군.'

자꾸만 방금 자신에게 닿았던 그녀의 느낌이 떠올랐다. 사실 그는 한참 전부터 마리를 의식하고 있었다. 어떻게 안 그러겠는가? 이렇게 좁은 공간 안에 단둘이 있는데. 애꿎은 서류를 노려보며 잡념을 떨치고 있었는데, 방금 불의의 사고(?)를 겪으니 도저히 정신을 차릴 수가 없었다.

'이래서 혼자 오려고 했었던 것인데.'

라엘은 한숨을 내쉬었다. 앞으로 이렇게 계속해서 그녀와 단둘이 마주해야 할 텐데, 어떻게 그 시간을 버텨야 할지 막막한 마음이 들었다. 그렇게 황태자의 복잡한 마음과 함께 마차는 서남부 지방을 향해 나아갔다.

"……드디어 서남부 지방이군."

라엘은 한숨을 돌리며 말했다.

"혹시 어디가 불편하십니까, 전하?"

자신이 한숨을 내쉬자 물어 오는 마리를 보며 라엘은 고개를 저었다.

"……아무것도 아니다."

그대 때문만 아니면 다 괜찮아. 그는 속으로 중얼거렸다. 지난 며칠 간 함께 마차를 타고 오며 자신이 그녀 때문에 얼마나 마음고생을 했 는지 저 소녀는 모를 것이다. 서류를 보려 해도 끝없이 그녀에게 향하 는 시선을 붙드느라, 마차 안에서 우연이 몸이 스칠 때마다 덜컹하는 가슴을 부여잡느라, 그녀가 긴 여행 중 몸이 아프진 않을지 걱정되는 마음을 달래느라 얼마나 고생했는지 정말 전혀 모를 것이다.

'그나마 서남부 지방에 도착해서 다행이군. 돌아갈 때가 걱정이긴 하 지만.'

그렇게 한숨을 내쉬고 있을 때, 경호를 책임지고 있는 알몬드 자작 이 그에게 와서 말했다.

"전하, 시간이 많이 늦어 오늘은 부득이 야영을 해야 할 것 같습니다."

"알겠다. 준비하도록."

"늘 야영하던 곳에 자리를 마련하겠습니다."

수도가 있는 중부에서 서남부 지방으로 건너는 길목에는 잠자리를 해결할 만한 마을이 없었다. 아니, 원래는 있었으나 내전 당시 불타 사 라져 버렸다. 그래서 서남부 지방에 진입할 때는 어쩔 수 없이 야영을 해야 했다.

"서두르면 내일 안으로 서남부의 주도인 베일성에 도착할 수 있을 것입니다."

"나야 야영해도 상관없다. 신경 쓰지 말도록."

그렇게 말하던 라엘은 입을 다물었다. 어차피 자신을 비롯한 기사들 이야 숱하게 야영을 해봐서 익숙했지만, 그렇지 않은 존재가 떠올랐던 것이다. 마리였다.

'이런.'

안색을 굳힌 황태자가 물었다.

"……이 근처에 잠자리를 해결할 만한 곳은 없겠지?"

알몬드는 의아한 표정으로 답했다.

"사람이 살던 곳은 내전 당시 전부 다 불에 타 마땅한 곳이 없습니다."

"……그렇군."

"왜 그러십니까?"

라엘은 잠시 가만히 있다가 입을 열었다.

"숙영용 침구류는 가져왔겠지?"

"네? 당연히……."

"푹신하고 따뜻한 걸로?"

알몬드는 그런 것을 왜 물어보는지 몰라 황태자를 바라보았다. 그런 알몬드의 의문에는 아랑곳하지 않고 황태자는 단호히 명령했다.

"최대한 불편하지 않고 푹신하며 따뜻한 침구를 준비해라. 마치 황궁에서 자는 것처럼 편안한 걸로 말이다."

"……황궁에서 자는 것 같이 말입니까?"

"그래."

"……알겠습니다."

알몬드가 매우 이해가 안 간다는 표정을 지었지만, 황태자는 진지했다. 그는 인상을 찌푸렸다.

'야영해야 하는 것을 고려하지 못했어. 이럴 줄 알았으면 절대 데려오는 것이 아니었는데.'

라엘은 저 멀리서 식사 준비하고 있는 마리를 보며 생각했다.

'그렇지 않아도 약해 보이는데. 야영하다가 건강이라도 상하면 어떻게 하지?'

마침 겨울이 가까운 시기라 바람도 차다. 싸늘한 바람을 맞으며 야영하다 저 소녀의 몸에 문제라도 생기면? 그런 일은 생각하고 싶지도 않았다.

'돌아오는 길에는 무조건 야영을 피할 방법을 생각해야겠군.'

라엘은 근위 기사를 몇 명 남겨 작은 오두막이라도 지어 놓으라고 해야겠다고 생각했다.

그렇게 일행은 야영을 하게 되었다.

"내일이면 방에서 편안히 쉴 수 있을 거다. 오늘 하루만 고생하도록."

무뚝뚝한 음성으로 말하는 황태자를 보며 마리는 어색한 표정을 지었다.

"괜찮습니다. 그런데 이 침구류는 혹시 전하 것이 아니신지……."

마리는 곤혹스러운 얼굴로 자신에게 주어진 숙영용 침구를 바라보았다. 두툼하면서 폭신한 감촉, 그러면서 비단같이 부드러운 느낌. 마치 황궁의 침대를 옮겨 온 듯한 최고급 침구였다. 다른 기사들 것과 확연히 다른 고급이었고, 심지어 황태자의 것보다 좋아 보였다.

"내 것이 아니다."

"……정말입니까?"

"그래, 내 것이 아니다."

마리는 입을 다물었다. 아무리 봐도 황태자의 침구로 보이는데?

"어쨌든 이 침구는 제가 아니라 전하가 쓰시는 것이……."

마리는 시녀인 자신이 황태자보다 고급의 침구를 쓰는 게 부담스러워 말했다. 하지만 황태자는 단호히 말했다.

"난 그런 침구를 싫어한다."

"네?"

"그런 느낌의 침구는 몸에 맞지 않는다. 그러니 네가 쓰도록."

그, 그럴 리가? 불면을 앓고 있어 황태자는 평소 잠자리에 굉장히 많은 신경을 썼다. 그런데 그런 그가 좋은 침구가 몸에 맞지 않는다고?

"그러지 마시고……."

하지만 황태자는 더 듣지 않고 그 자리에서 사라져 버렸다.

"난 알몬드와 일정을 이야기해야 해서 가 보겠다. 쉬어라. 바람이 차니 모닥불에서 멀어지지 말고."

"전하?"

마리는 급히 그를 불렀으나, 그는 돌아보지 않았다. 뭔가 도망치는 듯한 느낌이어서 마리는 당황했다.

"설마…… 날 신경 써 주는 건가?"

그녀는 묘한 표정으로 침구를 바라보았다. 그는 아니라고 했지만 이 침구는 황태자의 것이 확실했다. 아무래도 야영에 익숙하지 않은 자신을 신경 써 준 것 같았다.

"난 괜찮은데……."

그녀는 한숨을 내쉬었다. 그가 자신을 신경 써 주는 것을 느낄 때마다 알 수 없는 감정이 들었다. 문득 그가 자신에게 지금까지 했던 말들이 떠올랐다.

"날 두려워할 필요 없다."

"내가 널 아끼니, 곤란한 일이 있다면 나한테 이야기해 주었으면 좋겠구나."

"그냥 황태자를 모시면서 살 수 있으면 그것도 나름 나쁘진 않을 텐데."

마리는 그런 생각이 들었다. 신하의 입장에서 볼 때 그는 사실 최고의 주군이었다. 능력을 편견 없이 인정해 주며 자신의 사람을 아낀다. 공은 빠짐없이 치하하고 어쩔 수 없는 잘못에는 너그럽다. 이런 주군이 또 어디에 있단 말인가? 하지만 그녀는 이대로 그의 곁에 있을 수가 없었다. 그 사실이 너무 답답했다.

'클로얀 왕국의 왕녀가 아닌, 이 제국에서 태어났다면 좋았을 텐데.'

마리는 가만히 눈을 감았다. 따뜻한 모닥불의 열기와 황태자가 양보한 침구의 부드러운 느낌이 몸에 닿았다.

'그러면 그의 곁을 떠나지 않아도 될 텐데.'

문득 마리는 생각했다. 황태자의 곁을 떠나지 않을 방법은 없을까? 하지만 마리는 쓴웃음을 지었다. 그럴 방법이 있다면 좋겠다.

시간이 지난 후, 모닥불의 열기를 받으며 마리는 잠이 들었다. 마리가 잠이 들자, 조용히 그녀에게 다가오는 그림자가 있었다. 찬란한 금발에 그림같이 아름다운 얼굴, 황태자 라엘이었다.

"……불편하진 않은 건가."

그는 복잡한 눈빛으로 그녀를 내려다보았다.

"내가 너를 어떻게 해야 할까?"

라엘은 씁쓸한 목소리로 중얼거렸다. 이렇게나 계속 눈에 밟히는데. 아무리 눈을 돌리려 해도 너만 보이는데. 도대체 어떻게 해야 하는 걸까?

"이대로…… 널 가지면 안 되는 것일까?"

라엘은 결국 속의 마음을 밖으로 내뱉었다. 한탄하는 듯한 목소리였다. 그래, 그녀를 가지고 싶었다. 하루에 몇 번이나 부정하는지 모르겠지만, 그의 마음은 그녀를 간절히 바라고 있었다.

'그때 했던 맹세만 아니었다면…….'

라엘은 쓸쓸한 미소를 지었다. 과거 황태자 지위에 오를 때, 피에 젖은 철가면에 했던 맹세만 아니었다면 자신은 이미 그녀를 가졌을지도 모른다.

"하아."

라엘은 한숨을 내쉬었다. 그는 자신의 담요를 그녀의 몸 위에 덮어주었다. 혹 싸늘한 바람에 몸이 상하지 않도록. 그는 한참을 머뭇거리다 그녀의 머리카락을 향해 손가락을 가져갔다. 천천히, 희미하게 떨리는 손이 그녀의 머리에 닿기 직전. 그는 손을 흠칫 멈추어 세웠다.

"하아."

라엘은 무슨 생각을 하였는지, 다시 깊고 깊은 한숨을 내쉬었다. 그리고 고개를 젓고는 자리에서 일어섰다.

그때였다. 낮은 목소리가 라엘을 불렀다.

"너무 감정을 억누르는 것도 능사는 아니옵니다."

"……!"

라엘은 흠칫 놀라 고개를 돌렸다. 그의 충직한 신하 알몬드였다. 황태자의 얼굴이 싸늘해졌다.

"그게 무슨 말이지, 알몬드?"

"말씀대로입니다. 신하로서 주제넘은 이야기이긴 하오나…… 감정을 너무 외면하면 훗날 후회하는 일이 생길 수도 있습니다. 때로는 이런저런 복잡한 사정 보다 본인의 솔직한 감정이 중요할 때가 있으니까요."

"……"

황태자는 잠시 말없이 그를 쏘아보았다. 알몬드는 하루 종일 그와 밀착해 있다. 그러니 마리를 향한 그의 마음을 눈치채고 있었다.

"경험에 의한 말인가?"

"그렇습니다."

알몬드는 어딘가 쓸쓸해 보이는 목소리로 말했다.

"과거, 저도 마음의 소리를 외면하다가 후회했던 적이 있습니다. 전하께서는 저와 같은 실수를 안 하셨으면 좋겠습니다."

"……"

황태자는 한참이나 입을 다물고 있었다. 그러다 탄식하며 입을 열었다.

"내가 그럴 수 없는 것은 그대가 잘 알고 있지 않은가?"

"……전하."

"내가 어떤 마음으로 살고 있는지, 어떤 맹세를 했는지 누구보다 잘 아는 그대 아닌가?"

황태자는 입술을 깨물며 말했다.

"내 모든 것은 이 제국을 위해 존재한다. 그것 외에는 어떤 것도 의미가 없어. 그러니…… 내 개인적인 감정 따위는 어떻게 되어도 상관없어."

알몬드는 그 말에 안타까운 표정을 지었다. 황태자의 목소리는 반드시 그래야만 한다는 듯, 억지로 내뱉는 듯했다. 하지만 알몬드는 그 사실을 지적하지는 못 했다. 황태자는 몸을 돌리며 말했다.

"잠시 그곳에 다녀오겠다."

"호위하겠습니다."

"됐다. 늘 가는 곳이니. 멀지도 않고. 금방 다녀오겠다."

알몬드는 고개를 끄덕였다. 이곳에서 야영할 때마다 황태자가 방문하는 곳들이 있었다. 그곳들에 갈 때는 꼭 다른 사람을 대동하지 않고 홀로 다녀왔다.

"그래도 조심해서 다녀오십시오."

"그래, 알겠다."

황태자가 숲속으로 난 길로 사라지자, 알몬드는 한숨을 내쉬었다.

'너무 그렇게 자신을 몰아붙이지 마십시오, 전하.'

지나치게 자신을 몰아붙이는 황태자도 안타까웠고, 그런 그에게 도움을 줄 수 없는 것도 안타까웠다.

그들이 대화를 나누고 사라진 후 잠시 뒤, 마리는 멍하니 침낭에서 일어났다. 아무래도 야영이 익숙하지 않다 보니 잠에서 깬 것이다. 다시 눈을 감았지만, 완전히 깨 버려 잠이 올 것 같지 않아 그녀는 잠시 주변이나 산책하려고 일어났다.

"온 힐데른, 어디에 가시려 하십니까?"

"아, 잠이 안 와서 잠시만 주변을 걷다가 오려고요. 위험할까요?"

불침번을 서던 근위 기사가 말했다.

"저쪽에 난 길을 통해 걸으면 위험하진 않을 겁니다. 이전에 이 근방에 살던 사람들이 이용하던 길이라서. 하지만 멀리 가지는 마십시오."

"네, 금방 돌아올게요."

마리는 근위 기사가 알려 준 길을 통해 숲으로 들어갔다. 어두운 밤이지만 만월이고, 잘 닦인 길이라 위험하진 않았다.

'이렇게 밤에 숲길을 걷는 것도 나쁘진 않네.'

황궁에 갇혀 산 지 3년이 넘었으니, 이런 숲길도 오랜만이었다. 상쾌한 기분이 들어 마리는 깊게 숨을 들이마셨다.

'조금만 걷다가 들어가자.'

그녀는 좀 더 안쪽으로 발걸음을 옮겼다. 그렇게 얼마나 걸은 뒤였을까? 이제 슬슬 돌아가야겠다고 생각할 때, 그녀의 눈에 의외의 인물이 들어왔다.

'어, 왜 전하가?'

그녀는 자신이 잘못 본 건가 싶었지만 아니었다. 먼 거리에서도 한눈에 들어오는 저 얼굴은 잘못 볼 수 있는 것이 아니었으니까.

"왜 여기에 오신 거지? 잠이 안 오셔서 산책을 나오신 건가?"

마리는 별생각 없이 그의 뒤를 따랐다. 그런데 무언가 이상했다. 점점 숲이 깊어졌는데, 황태자는 발걸음을 멈추지 않았다. 단순한 산책이 아니라 어딘가 목적지라도 있는 듯, 한 방향으로 쭉 나아가고 있었다.

'이전에 여기에 와 보신 적이 있나?'

마리는 고개를 갸웃했다. 그녀는 그냥 돌아갈까 고민하다 조금만 더 가 보기로 했다. 황태자가 이 외진 곳에 무슨 볼일이 있는지 궁금했던 것이다.

잠시 후, 그녀는 라엘의 목적지가 어디였는지 알 수 있었다.

'아······.'

그녀는 손으로 입을 가렸다. 숲길의 끝에는 마을이 있었다. 아니, 정확히 말하면 '마을이었던 잔해'가 놓여 있었다. 완전히 불에 타 잿더미로 변한 폐허만 남아 있었던 것이다. 폐허 옆에는 수많은 묘비가 세워져 있었다. 적게 봐도 수백은 훨씬 넘을 것 같은 수의 묘지였다.

"······."

황태자 라엘은 아무런 말 없이 그 폐허와 묘지를 바라보고 있었다. 한참이나 말없이. 평소처럼 속마음을 알 수 없는 눈빛으로. 마리는 황태자가 왜 이 마을에 온 것인지 깨달았다. 이 마을은 내전 당시 2황자와 4황자의 다툼으로 불타올랐던 마을이다. 그리고 4황자는 지금의 황태자 라엘이었다. 즉, 이 마을은 황태자와 2황자와의 싸움으로 희생된 마을이었다.

꽃

야영을 끝내고, 그들 일행은 서남부의 주도인 베일성으로 다시 마차를 달렸다.

"······."

좁은 마차 안에서 마리는 황태자를 훔쳐보았다. 어제 의도치 않게 뜻밖의 광경을 본 뒤라 복잡한 마음이 들었다.

"왜 그러지?"

"아, 아닙니다."

황태자가 서류를 보며 묻자 마리는 다급히 고개를 저었다. 황태자는 늘 그렇듯 평소와 전혀 변함이 없었다. 그래서 가면을 쓰지 않고 있음에도 그의 속마음을 짐작할 수 없었다.

"곧 베일성에 도착할 거다. 성에서 하루를 머문 후, 다음 날 바로 사탕수수를 재배할 곳을 시찰할 것이다."

"이번 시찰의 목적은 사탕수수를 재배할 곳을 확인하기 위해서입니까?"

"그래, 어떤 토지가 적합할지, 어떻게 노동력을 수급할 것인지 등을 살피기 위함이다."

그 말에 마리는 의아한 목소리로 물었다.

"그런데 그런 일은 행정관을 파견하셔도 되는 일 아닌지요?"

수도에서 이곳 서남부까지 오는 것은 쉬운 일이 아니었다. 특히나 황태자처럼 존귀한 위치의 인물이 말이다. 이런 일의 경우엔 서류를 받아 처리하는 편이 편할 텐데?

"중요한 일이니까."

하지만 황태자는 이렇게 답했다.

"사탕수수를 재배하는 일은 제국 전체에 이득이 되는 것뿐만 아니라, 서남부 자체에도 굉장히 의미가 큰 일이다."

라엘은 마차 밖을 바라보았다. 겨울이 다가오는 서남부의 들판은 황량하기 그지없었다.

"사탕수수 재배에 성공하면 서남부 지역은 오랜 궁핍에서 벗어날 수 있게 될 테니까."

"아……."

"서남부 지역민들의 미래가 걸린 중요한 일인데 어떻게 보고서 몇

장만 보고 일을 진행할 수 있겠느냐."

그 대답에 마리는 감탄한 표정을 지었다. 지극히 황태자다운 생각이었다. 황태자는 잠시 옅게 웃더니 말했다.

"그래서 마리, 너한테는 참 고맙다."

"네?"

"네 덕분에 사탕수수를 들여올 수 있게 되지 않았느냐? 나와 오른은 교국과 거래한다는 생각은 했지만, 사탕수수의 종자를 들여온다는 생각은 못 했어. 서남부 지방이 사탕수수 재배에 적합하리라 생각지 못했으니까."

"아, 아닙니다."

마리는 당황해 고개를 저었다. 그녀도 꿈이 아니었다면 그 사실을 떠올리지 못했을 것이다.

"어쨌든 덕분에 늘 궁핍에 시달리던 서남부 지역도 희망을 가질 수 있게 되었어. 만약 사탕수수 재배에 성공하게 된다면, 나는 단순히 설탕을 재배하는 것을 넘어 이곳 서남부를 교역 도시로 탈바꿈시킬 생각이다."

"교역 도시 말입니까?"

"그래, 바다에 인접한 곳에는 서유럽으로 향하는 교역항을 만들고, 서남부의 북부에는 북유럽의 한자(Hansa) 동맹의 상인들이 와서 거래할 시장을 만들 것이다. 제2의 샹파뉴를 만드는 것이지."

황태자는 자신이 서남부에 그리고 있는 청사진을 설명하였다. 일차적으로 사탕수수 재배를 통해 지역 경제를 부흥시키고, 생산해 낸 설탕을 바탕으로 서남부 지방을 교역의 중심지로 발전시킨다. 성공만 한다면 서남부 지방은 어마어마하게 부유해지리라.

'즐거워 보이시는구나.'

마리는 속으로 생각했다. 평소처럼 별다른 감정이 실리지 않은 무뚝뚝한 목소리였지만, 마리는 황태자가 즐거워하고 있다고 느꼈다. 황태자는 서남부 지방이 궁핍에서 벗어날 수 있을지도 모른다는 사실을 진심으로 기뻐하고 있는 듯했다.

'전하……'

마리는 어젯밤 폐허가 된 마을을 바라보던 라엘의 모습이 떠올랐다. 황태자는 폐허가 된 그 마을을 보며 무슨 생각을 하고 있었던 것일까?

그때, 마차 밖에서 말을 몰던 알몬드가 창가로 다가왔다.

"전하, 도착했습니다."

"그래?"

"네, 베일성입니다."

그 말에 창밖으로 시선을 돌리자, 여기저기 불에 그슬린 흔적이 있는 커다란 성채가 눈에 들어왔다. 서남부의 주도인 베일성이었다. 드디어 목적지에 도착한 것이다.

2권에서 계속…